O LIVRO DOS NEGROS

Tradução: Dina Blaj Schaffer

LAWRENCE HILL

O LIVRO DOS NEGROS

PRIMAVERA
EDITORIAL

LIVRO UM

LIVRO DOIS

LIVRO TRÊS

LIVRO QUATRO

Para minha filha e alma gêmea, Geneviève Aminata

Pus diante de ti a vida e a morte,
a benção e a maldição.
Escolhe, pois, a vida.
Deuteronômio 30: I9

Então, geógrafos, nos mapas da África,
Com imagens selvagens preenchem seus vazios;
E sobre dunas inabitáveis,
Na falta de cidades, colocam elefantes.
Jonathan Swift

LIVRO UM

E agora sou velha

(Londres, 1802)

Parece que, para mim, é difícil morrer. Com certeza, eu não deveria ter vivido tanto. Mas ainda consigo sentir o cheiro de problemas com tanta certeza quanto posso dizer se o caldo que ferve na panela de ferro sobre o fogão é feito com pescoços de galinha ou pés de porco. E meus ouvidos ainda funcionam tão bem quanto os de um cão de caça. As pessoas acham que, só porque não têm a postura tão ereta quanto à de um adolescente, você é surda. Ou que sua cabeça é um purê de abóboras. Outro dia, quando eu estava sendo levada para um encontro com um bispo, uma das senhoras da sociedade disse para outra:

— Precisamos levar essa mulher ao Parlamento logo. Quem sabe por quanto tempo mais ela estará conosco?

Embora estivesse meio inclinada, cravei os dedos em suas costelas. Ela deu um gritinho e se virou para me encarar.

— Cuidado — eu disse —, posso viver mais do que você!

Deve haver uma razão para eu ter vivido em todas aquelas terras, sobrevivido a todas aquelas encruzilhadas, enquanto outros foram assassinados ou fecharam os olhos e simplesmente decidiram morrer. No início, quando eu era livre e não sabia de nada, costumava me esconder fora do nosso complexo murado, subir na árvore de acácias equilibrando o Alcorão do meu pai na cabeça, sentar em um galho e refletir sobre como, algum dia, desvendaria todos os mistérios contidos no livro. Balançando os pés, deixava de lado o livro — o único que tinha visto em Bayo — e voltava minha atenção para a miscelânea de paredes de barro e telhados de palha. As pessoas estavam sempre em movimento. Mulheres carregando água tirada do rio, homens trabalhando o ferro no fogo, garotos voltando da floresta, triunfantes, com porcos-espinhos presos em armadilhas. Dá muito trabalho tirar a carne de um porco-espinho, mas, se não tivessem outras tarefas urgentes, eles o fariam de qualquer maneira; remover os espinhos, escalpar o animal, fatiar as entranhas, praticar com suas facas afiadas nas pequenas e patéticas carcaças. Naquela época, eu me sentia livre e feliz, e a simples ideia de segurança nunca me passou pela cabeça.

Escapei de finais violentos, até dos que estavam ao meu redor, mas nunca tive o privilégio de ficar junto de meus filhos, viver com eles, criá-los da forma como meus próprios pais fizeram comigo por dez ou onze anos, quando a vida de todos nós foi dilacerada. Nunca consegui manter meus próprios filhos por muito tempo, o que explica eles não estarem aqui comigo agora, fazendo minha comida, colocando palha no meu colchão, oferecendo-me agasalho para afugentar o frio, sentando-se ao meu lado junto ao fogo, cientes de que saíram das minhas entranhas e de que os momentos que compartilhamos floresceram como milho em solo úmido. Outras pessoas cuidam de mim agora. E isso é uma coisa boa, mas não é a mesma coisa que ter seu sangue e sua carne embalando-o a caminho do túmulo. Sinto falta de segurar meus filhos e os filhos deles, se é que existem. E sinto sua falta da mesma forma que sentiria falta dos membros do meu próprio corpo.

Eles mantêm-me tremendamente ocupada aqui em Londres. Dizem que preciso encontrar-me com o rei George. Quanto a mim, tenho um grupo de abolicionistas — homens barrigudos, carecas, com suíças, que boicotam o açúcar, mas cheiram a tabaco e queimam vela após vela enquanto conspiram noite adentro. Os abolicionistas dizem que me trouxeram à Inglaterra para ajudá-los a mudar o rumo da história. Bem, veremos. Mas, se vivi todo esse tempo, deve ser por alguma razão.

Pa significa pai na minha língua. *Ma* significa rio. E também mãe. No começo da minha infância, minha mãe era como um rio, correndo comigo ao longo dos dias e mantendo-me em segurança à noite. A maior parte da minha vida veio e se foi, mas eu ainda penso neles como meus pais, mais velhos e sábios que eu; ainda escuto suas vozes, algumas vezes vultosas e profundas, outras, flutuando como notas musicais. Imagino suas mãos, afastando-me das ameaças, desviando-me dos fogões e me levando para o colchão à sombra fresca de nossa casa. Ainda consigo ver meu pai com uma vara afiada sobre a terra dura, riscando, em árabe, linhas fluentes, e falando sobre o distante Timbuktu[1].

Em certos momentos, quando os abolicionistas não estão dando voltas em torno de mim como um tornado, querendo a minha presença nesse comitê, ou minha assinatura naquela petição, adoraria que meus pais estivessem aqui, cuidando de mim. Não é estranho? Aqui estou eu, uma velha negra alquebrada, que cruzou mais água do que consegue lembrar e caminhou mais léguas que um burro de carga, sonhando, apenas, com aquilo que não posso ter — filhos e netos para amar, e pais para cuidarem de mim.

1 Timbuktu é uma cidade localizada em Mali, no oeste da África (N. do T.).

Outro dia, levaram-me a uma escola londrina, querendo que eu falasse com as crianças. Uma menina perguntou-me se era verdade que eu era a famosa Meena Dee, citada em todos os jornais. Seus pais, ela disse, não acreditavam que eu pudesse ter vivido em tantos lugares. Falei que eu era Meena Dee, mas que, se quisesse, poderia chamar-me de Aminata Diallo, que era o meu nome na infância. Treinamos meu nome durante algum tempo. Depois de três tentativas, ela conseguiu. *Aminata.* Quatro sílabas. Não é tão difícil. *Ah-ME-naw-tah,* falei. Ela disse que gostaria que eu conhecesse seus pais e seus avós. Falei que estava encantada com o fato de ela ainda ter avós. Ame-os bastante, eu lhe disse, e muito. Ame-os todos os dias. Ela me perguntou por que eu era tão negra. Eu lhe perguntei por que ela era tão branca. Respondeu que tinha nascido assim. Eu também, respondi. Vejo que você deve ter sido muito bonita, apesar de tão escura, disse ela. Você seria mais bonita se Londres fosse mais ensolarada, respondi. Perguntou-me o que eu comia. Meu avô disse que aposta que você come elefante cru. Disse-lhe que, na verdade, eu nunca tinha dado uma mordida em um elefante, mas que houve épocas em minha vida em que tive tanta fome, que até tentaria. Persegui trezentos ou quatrocentos deles durante a vida, mas nunca consegui um que parasse de fazer rebuliço e ficasse quieto por tempo suficiente para que eu desse uma boa mordida. Ela riu e disse que queria saber o que eu comia de verdade. Eu como o mesmo que você, disse-lhe. Você acha que vou encontrar um elefante perambulando pelas ruas de Londres? Linguiças, ovos, guisado de carneiro, pão, crocodilos, todas estas coisas normais. Crocodilos? Ela perguntou. Falei que só estava querendo ver se ela prestava atenção. Ela disse que era uma excelente ouvinte, e que gostaria que eu lhe contasse uma história de terror.

Querida, respondi, minha vida é uma história de terror. Então me conte, ela disse.

Como falei, sou Aminata Diallo, filha de Mamadu Diallo e Sira Kulibali, nascida na aldeia de Bayo, distante três luas, a pé, de Grain Coast, no oeste da África. Sou uma bamana[2]. E uma fula[3]. Sou as duas coisas, e explicarei mais tarde. Creio que nasci em 1745, ou por aí. E estou escrevendo este relato. Todo ele. Caso eu morra antes de termi-

2 Os bambara (bamana na sua própria língua, ou algumas vezes banmana) são um povo que vive no oeste de África, principalmente em Mali, mas também na Guiné, Burkina Faso e Senegal (N. do T.).

3 Os fulas ou fulanis são um grupo étnico que compreende várias populações espalhadas pela África Ocidental, mas também a região central do continente e o Sudão (N. do T.).

nar a tarefa, instruí John Clarkson, um dos abolicionistas mais pacatos, mas o único em quem confio, para não mudar nada. Os abolicionistas aqui em Londres já fizeram planos para que eu escrevesse um ensaio curto, umas dez páginas, sobre por que o comércio de seres humanos é execrável e deve parar. Já fiz isso, e o ensaio está disponível no escritório da sociedade.

Tenho a pele brilhante e escura. Algumas pessoas a descreveram como preto-azulada. Meus olhos são difíceis de descrever, e eu gosto deles assim. Desdém, desconfiança, ódio — não queremos expor esses sentimentos. Alguns dizem que tive uma beleza pouco comum, mas eu não desejaria beleza para nenhuma mulher que não tivesse sua liberdade, e que não escolhesse os braços que a abraçam.

Hoje, não resta muito dessa beleza. Não tenho mais o bumbum empinado, tão raro nesta Inglaterra de bumbuns achatados. Nem as coxas grossas ou as panturrilhas, redondas e firmes como maçãs maduras. Meus peitos caídos outrora foram empinados como aves orgulhosas. Tenho todos os dentes, menos um, e os limpo diariamente. Para mim, uma boca cheia de dentes brancos e reluzentes é algo maravilhoso, sem dúvida, e usar um palito, vigorosamente, três ou quatro vezes por dia, mantém-nos assim. Não sei por que, mas, parece que quanto mais fervoroso o abolicionista, pior é o hálito. Alguns homens da minha terra comem noz de cola amarga com tanta frequência, que seus dentes ficam alaranjados. Mas, na Inglaterra, os abolicionistas fazem muito pior, com café, chá e tabaco.

Quase todo o meu cabelo caiu, e os fios restantes são acinzentados, ainda crespos, firmes na minha cabeça, e eu não mexo com eles. A East India Company traz belos lenços de seda para Londres, e, com muito prazer, gastei um *shilling* aqui outro ali com eles, sempre usando um deles quando sou trazida para adornar o movimento abolicionista. Bem em cima do meu peito direito, as iniciais *GO* aparecem juntas, em um círculo de 2,5 cm. Ai de mim; sou marcada, e não há nada que possa fazer para me livrar dessa cicatriz. Tenho carregado esta marca desde os 11 anos, mas só recentemente soube o que essas iniciais representam. Pelo menos estão escondidas. Estou bem mais feliz com as maravilhosas luas crescentes entalhadas nas maçãs do meu rosto. Tenho uma bela luazinha virada para baixo em cada uma das minhas bochechas, e sempre amei as marcas de beleza, muito embora as pessoas em Londres tenham tendência a encará-las.

Eu era alta para minha idade quando fui sequestrada, mas parei de crescer depois disso, e o resultado são meus meros 1,55 m. Para falar a verdade, hoje em dia eu nem chego a tanto, pois me inclino para um lado, e uso mais a perna direita. As unhas dos dedos dos meus pés são amarelas e grossas, resistentes à lixa. Atualmente, meus dedos dos pés ficam levantados ao invés de rentes ao chão. Não tem importância, já que tenho calçados e não preciso correr nem andar longas distâncias.

Ao lado da minha cama, gosto de manter meus objetos favoritos. Um deles é um pote de vidro azul com creme para a pele. Uso-o todas as noites em meus cotovelos e joelhos pálidos. Depois da vida que vivi, o gel branco parece uma indulgência mágica. *Use-me em abundância*, parece dizer, *e eu lhe concederei mais um dia ou dois.*

Minhas mãos são a única parte de mim que ainda me trazem orgulho e que sugerem minha antiga beleza. São longas, escuras e macias, apesar de tudo, e as unhas são bem-incrustadas, ainda arredondadas, ainda rosadas. Tenho mãos maravilhosamente belas. Gosto de colocá-las nas coisas. Gosto de sentir o tronco das árvores, o cabelo na cabeça das crianças, e, antes que meu tempo acabe, gostaria de colocar estas mãos no corpo de um bom homem, se surgir a oportunidade. Mas nada — nem o corpo de um homem, nem um gole de uísque, nem um guisado de carneiro apimentado da minha terra — daria o prazer que eu teria com o som de um bebê respirando em minha cama, um neto dormindo ao meu lado. Às vezes, pela manhã, acordo com um raio de sol em meu pequeno quarto, e meu único desejo, em vez de usar o penico e beber chá com mel, é voltar a deitar-me na cama macia e irregular, com uma criança para segurar. Ouvir sua voz, sentir a mágica de uma mãozinha, não totalmente sabedora do que está fazendo, passando pelo meu ombro, pelo meu rosto.

Hoje, os homens que querem acabar com a escravidão me alimentam. Deram-me roupas em quantidade suficiente para proteger-me da umidade londrina. Tenho uma cama melhor do que a que desfrutei desde minha tenra infância, quando meus pais me deixavam enfiar toda a grama macia que eu conseguia recolher sob uma esteira. Não ter de pensar em comida, abrigo ou roupas é coisa rara, sem dúvida. O que uma pessoa faz quando a sobrevivência não é um problema? Bem, há a causa abolicionista, que toma tempo e me cansa muito. Algumas vezes, ainda me sinto em pânico quando cercada por homenzarrões brancos com um propósito. Quando me cercam para fazer perguntas, lembro-me do ferro em brasa fritando a pele acima do meu peito.

Felizmente, as visitas públicas não são frequentes, deixando tempo para a leitura, hábito no qual sou viciada como alguns são pelo álcool ou pelo tabaco. E tempo para escrever. Tenho minha vida para contar, minha própria história de terror; e que propósito haveria para esta vida que vivi se não pudesse aproveitar esta oportunidade para contá-la? Sinto câibra na mão depois de algum tempo, e, às vezes, minhas costas e meu pescoço doem quando fico sentada por muito tempo, mas esse negócio de escrever demanda pouco. Depois da vida que vivi, desce tão bem quanto salsicha com molho.

Deixe-me começar fazendo uma ressalva a todo aquele que encontrar estas páginas. Não confie em grandes massas de água, e não as atravesse. Se você, caro leitor, tiver uma tonalidade africana e for em direção à água cujas costas desaparecem, meça sua liberdade de todas as formas necessárias. E cultive a desconfiança da cor rosa. O rosa é tido como a cor da inocência, a cor da infância, mas, ao respingar na água sob a luz do sol poente, não caia nessa. Lá, logo abaixo, há um cemitério sem fim de crianças, mães e homens. Estremeço ao pensar em todos os africanos meneando ali no fundo. Todas as vezes em que naveguei nos mares, tive a sensação de planar sobre os insepultos.

Algumas pessoas chamam o nascer do sol de uma criação de extraordinária beleza, e de prova da existência de Deus. Mas que força benevolente enfeitiçaria o espírito humano ao escolher rosa para iluminar a trajetória de um navio negreiro? Não se deixe enganar por esta bela cor, e não se submeta aos seus acenos.

Uma vez, encontrei-me com o rei e contei minha história. Desejo ser enterrada aqui, em solo londrino. A África é minha pátria, mas cultivei migrações que dariam para cinco vidas; agradeço muito e não quero mudar-me novamente.

Mãos pequenas eram boas

(Bayo, 1745)

Não importa em que época da vida eu me encontre, ou em que continente; para mim, o pungente e libertador aroma do chá de menta sempre remeteu à minha infância em Bayo. Das mãos dos comerciantes que viajavam durante muitas luas, com trouxas na cabeça, coisas mágicas surgiam em nossa aldeia com a mesma frequência com que as pessoas desapareciam. Aldeias inteiras e cidades eram cercadas, e sentinelas com lanças envenenadas vigiavam, para prevenir o roubo de homens. Mas quando comerciantes de confiança chegavam, habitantes da aldeia de todas as idades iam admirar a mercadoria.

Papai era joalheiro, e, um dia, abriu mão de um colar de ouro em favor de uma chaleira de metal com as laterais abauladas, e um longo bico curvado. O comerciante disse que a chaleira havia cruzado o deserto, e que traria sorte e longevidade para quem bebesse dela.

No meio da noite seguinte, papai cutucou meu ombro enquanto eu dormia. Ele achava que uma pessoa adormecida tem a alma vulnerável e merece ser acordada com delicadeza.

— Venha tomar chá com a mamãe e comigo — disse papai.

Pulei da cama, corri para fora e sentei no colo de minha mãe. Todos os outros na aldeia dormiam. Os galos estavam em silêncio. As estrelas brilhavam como os olhos de toda uma cidade de homens nervosos, sabedores de um terrível segredo.

Mamãe e eu observávamos enquanto papai usava as folhas grossas, dobradas, de uma bananeira para remover a chaleira de três achas incandescentes. Ele levantou a tampa, fazendo surgir misteriosas dobradiças, e usou um pedaço de pau entalhado para raspar o mel de um favo no chá borbulhante.

— O que você está fazendo? — perguntei.

— Adoçando o chá — ele disse.

Aproximei meu nariz. Folhas frescas de menta foram colocadas na chaleira e a fragrância parecia falar da vida em lugares distantes.

— Hum — exclamei ao sorvê-la.

— Se você fechar os olhos — papai disse —, poderá sentir o aroma do Timbuktu.

Com a mão em meu ombro, minha mãe também inalou e suspirou.

Perguntei a papai onde, exatamente, ficava o Timbuktu. Muito longe, disse ele. Havia estado lá? Sim, disse ele. Estava localizado no poderoso Rio Joliba, e ele viajara para lá, certa vez, para rezar, aprender e cultivar a mente, coisa que todo crente deveria fazer. Isso fez com que eu também quisesse cultivar a mente. Cerca de metade da população de Bayo era muçulmana, mas papai era o único que tinha uma cópia do Alcorão, e que sabia ler e escrever. Perguntei qual a largura do Joliba. Se era como cruzar os riachos perto de Bayo. Não, disse ele, era dez vezes maior que a distância a que um homem conseguia atirar uma pedra. Eu não podia imaginar um rio assim.

Quando o chá estava forte e doce com o presente das abelhas, papai ergueu a chaleira fumegante até a altura de seu braço levantado, inclinou-a e colocou o líquido em uma pequena cabaça para mim, outra para mamãe e a terceira para si próprio. Ele não derrubou uma gota. Colocou a chaleira de volta nas achas e alertou-me para que esperasse a bebida esfriar.

Coloquei as mãos em torno da cabaça quente e disse:

— Conte-me novamente, papai, como você e mamãe se conheceram.

Adorava escutar que eles não estavam destinados a se encontrar, sendo mamãe uma bamana e papai um fula. Eu adorava essa história que desafiara o impossível. Eles nunca deveriam ter se encontrado, quanto mais ter ficado juntos e formado uma família.

— Foi uma sorte, em uma época estranha — disse papai —, ou você jamais teria nascido.

Apenas uma estação chuvosa antes do meu nascimento, papai saiu de Bayo com outros homens fulas. Eles andaram durante cinco sóis para trocar sua manteiga de caritê por sal em um mercado distante. Na volta para casa, deram um saquinho de sal para o chefe de uma aldeia bamana que não lhes era hostil. O chefe convidou-os para comer, descansar e passar a noite na aldeia. Enquanto comiam, papai viu mamãe passar. Ela equilibrava na cabeça uma bandeja com três carás e uma cabaça com leite de cabra. Papai deleitou-se com seu andar delicado, a cabeça erguida, o queixo levantado, o arco de sua coluna, suas pernas longas e fortes e os calcanhares pintados de vermelho.

— Ela parecia séria e confiável, mas não alguém com quem se podia brincar — disse papai. — Em um instante, eu sabia que ela seria minha mulher.

Mamãe bebericou o chá e sorriu.

— Eu estava ocupada — disse —, e seu pai estava no meu caminho. Eu ia ajudar uma mulher que teria um bebê.

Mamãe ainda não tinha filhos, mas já havia trazido muitos bebês ao mundo. Papai encontrou o pai de mamãe e fez perguntas. Ele soube que o primeiro marido de mamãe desaparecera muitas luas antes, logo depois que eles se casaram. As pessoas achavam que ele fora morto ou sequestrado. A esposa de papai — com quem ele ficara noivo antes mesmo que ele ou ela nascessem — morrera, recentemente, de febre.

Mamãe foi trazida para conhecer papai. Isso interrompeu o trabalho com o parto, e ela lhe disse isso. Papai sorriu e notou os músculos de trás de suas pernas quando ela virou-se para voltar ao trabalho. As negociações continuaram em torno de como compensar o pai de mamãe da perda de uma filha. Eles concordaram em seis cabras, sete barras de ferro, dez manilhas de cobre e quatrocentas conchas tipo cauri, amarradas.

Eram tempos difíceis, e, se não fosse pelo tumulto, o casamento entre um fula e uma bamana não seria permitido. As pessoas estavam desaparecendo e as aldeias estavam tão preocupadas com a possibilidade de cair em mãos de sequestradores, que novas alianças entre aldeias vizinhas se formavam. Caçadores e pescadores viajavam juntos, em grupo. Homens passavam dias construindo muros em volta de cidades e aldeias.

Papai trouxe mamãe para sua aldeia, Bayo. Ele fazia joias com finos fios de ouro e prata, e viajava para levar sua mercadoria para o mercado e para rezar nas mesquitas. Às vezes, voltava com o Alcorão ou outros escritos em árabe. Dizia que não era apropriado para uma menina aprender a ler ou escrever, mas cedia ao ver-me tentando desenhar palavras em árabe com um pau na areia. Então, na privacidade do nosso lar, com ninguém além de minha mãe como testemunha, aprendi a usar o bastão de bambu, a água tingida e o pergaminho. Aprendi a escrever frases em árabe, tais como *Allaahu Akbar* (Deus é grande) e *Laa ilaaha illa-Lah* (Não há nada digno de adoração, exceto Deus).

Mamãe falava sua língua nativa, o bambara, uma língua que ela sempre usava quando estávamos sozinhas, mas assimilou também o fulfulde, e aprendeu algumas rezas de papai. Às vezes, enquanto eu assistia, um bando de mulheres fulas batia os cotovelos e provocava umas às outras; mamãe, então, inclinava-se e, com um pedaço de pau afiado, escrevia *Al-hambulillah* (Louvado seja Deus) na terra, a fim de provar para as mulheres da aldeia que aprendera algumas preces árabes. Ali perto, as mulheres socavam o painço usando pesados pilões de madeira, longos como pernas humanas, delicados como a pele de um bebê e duros como pedra. Quando elas socavam os pilões cheios de painço, o som parecia o de uma bateria que tocava uma música. De vez em quando elas paravam para beber água e examinar as mãos calejadas, enquanto mamãe repetia as palavras que aprendera com papai.

Na época em que cheguei, mamãe era respeitada na aldeia. Como as outras mulheres, ela plantava milho e painço e recolhia nozes de caritê. Secava as nozes em uma fornalha e socava com o pilão para extrair o óleo. Ela ficava com a maior parte do óleo, mas reservava um pouco para as ocasiões em que ajudava a trazer bebês ao mundo. Mamãe era chamada sempre que uma mulher estava prestes a dar à luz. Em uma ocasião, ela até ajudou uma mula com problemas durante o trabalho de parto. Minha mãe tinha um sorriso tranquilo quando estava feliz e sentindo-se segura, um sorriso do qual me recordei diariamente, desde que fui arrancada de perto dela.

Quando o momento do meu nascimento chegou, recusei-me a entrar neste mundo. Papai disse que eu punia minha mãe por ter me concebido. Finalmente, mamãe chamou papai.

— Fale com seu bebê — disse ela —, porque estou ficando cansada.

Papai colocou a mão sobre a barriga de mamãe. Aproximou a boca de seu umbigo, inchado como uma tulipa em botão.

— Filho — papai disse.

— Você não sabe se temos um filho aqui — minha mãe falou.

— Se você continuar demorando tanto, acabaremos tendo uma cabra — papai falou. — Mas você me pediu para falar, e estou pensando em um filho. Portanto, querido filho, saia daí agora. Você tem vivido uma vida boa, dormindo agarradinho à sua mãe. Venha agora, ou vou bater em você.

Papai contou que eu respondi de dentro do útero.

— Eu não sou um menino — ele disse que eu falei —, e antes que eu saia, precisamos conversar.

— Então, vamos conversar.

— Para sair agora, exijo bolos quentes de milho, uma cabaça de leite fresco e aquela bebida gostosa que os descrentes tiram da árvore.

— Vinho de palmeira, não — meu pai interrompeu. — Não para alguém temente a Alá. Mas posso dar-lhe bolo quando tiver dentes e mamãe lhe dará leite. E se você for boa, um dia lhe darei noz de cola amarga. Alá não se incomoda com cola.

E então eu saí, deslizando para fora de minha mãe como uma lontra no leito do rio.

Nos tempos de criança, eu viajava nas costas de minha mãe. Ela me colocava em seu peito quando eu chorava de fome, e me deixava ser carregada pelos moradores da aldeia, mas, normalmente, eu estava embrulhada em um tecido vermelho e laranja, e circulava em suas costas quando ela ia ao mercado, socava painço, buscava água na fonte ou cuidava dos nascimentos. Lembro-me de que, um ano ou dois depois de começar a dar os primeiros passos, eu ponderava por que só os homens sentavam-se para beber chá e conversar, e as mulheres estavam sempre ocupadas. Concluí que os homens eram fracos e precisavam descansar.

Logo que pude andar, comecei a me fazer útil. Recolhia nozes de caritê e subia em árvores para catar mangas e abacates, laranjas e outras frutas. Fui feita para segurar os bebês de outras mulheres e deixá-los felizes. Não havia nada de errado com uma menina de três ou quatro estações chuvosas, segurando e cuidando de um bebê, enquanto a mãe fazia outras coisas. Certa ocasião, entretanto, Fanta, a esposa mais jovem do chefe da aldeia, bateu em mim ao ver que eu tentava amamentar um bebê.

Em minha oitava estação chuvosa, eu escutei histórias de homens em outras aldeias sendo roubados por guerreiros invasores ou mesmo vendidos por sua própria gente, mas nunca me ocorreu que isso pudesse acontecer comigo, afinal de contas, eu era uma muçulmana nascida em liberdade. Conhecia algumas preces em árabe, e até tinha a orgulhosa lua crescente entalhada bem alto em cada uma das bochechas. Elas serviam para me deixar bonita e também para identificar-me como uma crente entre os aldeões fulas. Havia três cativos, todos não crentes em nossa aldeia, mas até as crianças sabiam que nenhum muçulmano podia prender outro muçulmano. Eu achava que estava segura.

Meu pai dizia isso, quando eu lhe contava todas as histórias que as crianças da aldeia recitavam: alguém, certa noite, tentou me arrancar da cama. Alguns diziam tratar-se de nossa própria gente, os fulas. Outros alertavam acerca do povo de minha mãe, os bamanas. Outros, ainda, referiam-se aos misteriosos toubabus[4], homens brancos, que nenhum de nós jamais vira.

— Tire essas crianças bobas da cabeça — papai disse. — Fique perto de sua mãe e não ande sozinha, e tudo ficará bem.

Mamãe não estava tão confiante. Ela tentava alertá-lo a respeito das longas viagens para vender as joias e rezar nas mesquitas. Uma ou duas vezes, à noite, quando eu deveria estar dormindo, ouvi que discutiam.

— Não viaje para tão longe — mamãe dizia —, não é seguro.

E papai respondia:

— Viajamos em grupo, com flechas e porretes, e que homem testaria sua força em mim?

— Já ouvi isso antes.

Mamãe levava-me junto quando as mulheres estavam prontas para dar à luz. Eu via suas mãos rápidas afrouxando os cordões umbilicais enrolados no pescoço dos bebês. Vi-a colocar a mão dentro de uma mulher, com a outra mão firme empurrando o útero do lado de fora, para girar o bebê. Vi-a esfregar óleo nas mãos e massagear as partes íntimas da mulher, para relaxar sua pele e prevenir que rasgasse. Mamãe disse que algumas mulheres tinham os órgãos femininos cortados e costurados de forma inapropriada. Perguntei o que ela queria dizer. Ela quebrou um velho pote de cerâmica sem valor, separou os pedaços, pôs de lado alguns e pediu que eu tentasse montar o pote. Tentei juntar as partes, mas elas estavam denteadas, e não se assentavam.

— Desse jeito — disse mamãe.

— O que acontece com uma mulher assim?

— Ela pode sobreviver, ou pode sangrar muito e morrer. Ou pode morrer quando tentar dar à luz ao primeiro bebê.

Ao longo do tempo, vi como mamãe ajudava as mulheres a ter seus bebês. Ela tinha uma série de bolsas de pele de cabra com folhas tritura-

---

4 Os brancos eram chamados de toubabus pelos negros (N. do T.).

das, cascas secas e ervas, cujos nomes aprendi. Como em um jogo, para me testar, eu tentava antecipar quando mamãe encorajaria uma mulher a superar toda aquela agitação em sua barriga. Pela forma como a mulher se movia, respirava e cheirava, e pelo modo como emitia aquele som gutural, como o de um animal no auge de sua convulsão, eu tentava adivinhar quando começaria a empurrar. Mamãe costumava trazer uma bexiga de antílope, cheia de um líquido feito de tamarindo amargo e mel. Quando as mulheres gritavam de sede, eu colocava um pouco em uma cabaça e lhes oferecia, orgulhosa do meu trabalho, orgulhosa por ser confiável.

Depois que mamãe amparava um bebê em outra aldeia, a família da mãe lhe dava sabão, óleo e carnes, e mamãe comia com a família e me elogiava por ser sua pequena ajudante.

Cortei um cordão pela primeira vez com a idade de sete chuvas, segurando a faca rapidamente e serrando, serrando até conseguir separar aquele resistente cordão. Uma estação chuvosa mais tarde, amparava bebês quando estes saíam. Mais tarde, minha mãe ensinou-me a colocar a mão, coberta com óleo morno, dentro de uma mulher, e a tocar no ponto certo para dizer se a abertura estava suficientemente larga. Tornei-me hábil nisso e mamãe dizia que era bom que eu estivesse com ela porque minhas mãos eram pequenas.

Mamãe começou a explicar-me como meu corpo mudaria. Logo, eu começaria a sangrar, disse ela, e, nesse momento, ela e algumas mulheres cumpririam um pequeno ritual comigo. Todas as garotas fazem isso quando estão prontas a tornarem-se mulheres, disse ela. Quando pressionei pedindo detalhes, mamãe disse que parte da minha feminilidade seria cortada, e eu então seria considerada limpa e pura, pronta para o casamento. Não fiquei nem um pouco comovida com isso e informei-a de que não tinha pressa para casar e que recusaria o tratamento. Mamãe falou que ninguém poderia ser levado a sério se não se casasse, e que, no momento certo, ela e papai me contariam quais eram os seus planos para mim. Disse-lhe que me lembrava o que ela dissera sobre algumas pessoas terem sua feminilidade cortada e consertada de forma imprópria. Ela prosseguiu com uma confiança tão implacável, que me deixou preocupada.

— Fizeram isso com você? — perguntei.

— É claro — ela disse —, ou seu pai nunca teria se casado comigo.

— Doeu?

— Mais do que dar à luz, mas não durou muito. É apenas uma pequena correção.

— Mas eu não fiz nada de errado, portanto não preciso de uma correção — eu disse. Mamãe apenas sorriu, e eu, então, tentei outra abordagem. — Algumas garotas disseram-me que Salima, da aldeia vizinha, morreu no ano passado, quando faziam isso nela.

— Quem lhe disse isso?

— Não importa — eu disse, usando uma de suas expressões. — Mas é verdade?

— A mulher que trabalhou com Salima era louca. Ela era mal treinada e exagerou no corte. Eu cuidarei de você quando chegar a hora.

Deixamos o assunto morrer e nunca tivemos a chance de discuti-lo novamente.

Em nossa aldeia, havia um homem gentil chamado Fomba. Ele era um *woloso*, que na língua de minha mãe significava cativo de segunda geração. Desde que nascera ele pertencia ao chefe da nossa aldeia. Fomba não era um muçulmano livre, e nunca aprendeu as rezas apropriadas em árabe, mas, às vezes, se ajoelhava com papai e os outros crentes, na direção do sol nascente.

Fomba tinha braços musculosos e pernas grossas. Era o melhor atirador da aldeia. Uma vez, o vi dar sessenta passos para trás, afastando-se de um lagarto sobre uma árvore, levantar o arco e lançar a flecha. Acertou o abdômen do lagarto, prendendo-o na casca da árvore.

O chefe da aldeia deixava-o caçar diariamente, mas dispensava-o do plantio e colheita do painço porque ele não parecia capaz de aprender todas as regras e técnicas ou de trabalhar com um grupo de homens. As crianças adoravam seguir Fomba pela aldeia e observá-lo. Era estranha a forma como ele mantinha a cabeça inclinada para o lado. Às vezes, lhe dávamos uma bandeja com cabaças vazias e pedíamos para equilibrá-la na cabeça, apenas pelo prazer de ver tudo escorregar e se espatifar no chão. Fomba deixava-nos fazer aquilo repetidas vezes.

Caçoávamos muito de Fomba, mas ele nunca parecia se importar. Sorria e suportava as provocações rudes que nos levariam a apanhar de qualquer outro adulto em Bayo. Alguns dias, nos escondíamos atrás do muro para espionar Fomba, enquanto ele brincava com as cinzas de uma fogueira. Era uma de suas atividades favoritas. Muito tempo depois de as mulheres terem cozinhado e de termos comido bolas de painço e molho, e terminado de usar sabão das cinzas das folhas de bananeira para limpar as panelas, Fomba trazia um pau para brincar com as cinzas. Um dia, ele aprisionou cinco galinhas em uma rede de pesca. Tirou-as, uma por uma, torceu seus pescoços, limpou-as e tirou suas vísceras. Então, enfiou uma haste de ferro afiada pelo meio de seus corpos e colocou-as no fogo para assar.

Fanta, a esposa mais jovem do chefe da aldeia, veio correndo do círculo de pilões e bateu em sua cabeça. Pareceu-me estranho que ele não tenha tentado se proteger.

— As crianças precisam de carne — foi tudo o que ele disse.

Fanta zombou.

— Elas não precisam de carne até que possam trabalhar — disse ela. — *Woloso* estúpido. Você acaba de desperdiçar cinco galinhas.

Sob o olhar de Fanta, Fomba seguiu assando as galinhas; tirou-as do fogo, cortou-as e deu-nos os pedaços. Peguei uma coxa, bem quente, e uma folha para proteger meus dedos. Um sumo quente escorreu por minhas bochechas enquanto eu comia a carne amarronzada e mastigava o osso, para sorver o tutano. Soube que naquela noite, Fanta disse ao marido que batesse no homem, mas este se recusou.

Um dia, mandaram Fomba matar uma cabra que, de repente começara a morder as crianças e a comportar-se como se estivesse fora de seu juízo. Fomba pegou a cabra, fê-la sentar, colocou o braço em torno dela, acariciou sua cabeça para que se acalmasse. Então, pegou uma faca de dentro da tanga e cortou-lhe o pescoço, onde a artéria era mais grossa. A cabra descansou nos braços de Fomba, olhando para ele como se fosse um bebê, enquanto sangrava furiosamente, enfraquecia e morria. Fomba, entretanto, não estava bem posicionado, e o sangue escorreu sobre ele. Ficou no meio da aldeia, rodeada por casas de barro, pedindo água quente. As mulheres socavam painço, e Fanta disse às outras que o ignorassem. Mas mamãe tinha um fraco por Fomba. Certa noite, ouvi-a comentar com papai que Fanta maltratava o *woloso.* Não fiquei surpresa quando mamãe interrompeu o trabalho no pilão, pegou um valioso balde de metal, encheu-o com várias cabaças de água morna e levou-o para Fomba, que arrastou-o até o cubículo de banho.

Achei que o balde era mágico. Um dia, entrei furtivamente na casa redonda de palha de Fanta. Encontrei o balde e trouxe-o para um local mais iluminado, perto da porta. Era feito de metal liso arredondado, e refletia a luz do sol. O metal era fino, mas eu não conseguia dobrá-lo.

Virei-o de cabeça para baixo e bati nele com as palmas das mãos. Engolia o som. O metal não tinha caráter nem personalidade e era inútil para fazer música. Não se parecia em nada com a pele de cabra esticada no tambor. Dizia-se que o balde veio dos toubabus. Ponderei sobre que tipo de pessoa inventaria uma coisa assim.

Tentei erguê-lo e segurá-lo pela alça de metal. Nesse momento, Fanta veio em minha direção, arrancou o balde de minha mão, pendurou-o em um cabide na parede e me deu um tapa na cabeça.

— Você veio à minha casa sem permissão?

Tapa.

— Não, eu só...

— Não pode mexer.

Tapa.

— Você não pode me bater desse jeito. Vou contar para o meu pai.

Tapa.

— Bato quanto quiser, e ele vai bater também quando souber que você esteve em minha casa.

Fanta, que plantava painço sob o sol a pino, tinha gotas de suor nos lábios. Vi que ela tinha mais o que fazer do que ficar batendo em mim o dia todo. Eu me abaixei e saí correndo, sabendo que ela não viria atrás de mim.

Papai era um dos maiores homens de Bayo. Dizia-se que ele podia lutar e vencer qualquer homem de nossa aldeia. Um dia, ele agachou-se no chão e chamou-me. Subi em suas costas, até os ombros. Fiquei ali, mais alta que o morador mais alto da aldeia, minhas pernas curvadas em volta de seu pescoço e minhas mãos nas dele. Ele me levou para fora dos muros da aldeia; eu passeando ali no alto.

— Já que você é tão forte e faz joias tão bonitas — eu disse —, por que não escolhe uma segunda esposa? Nosso chefe tem quatro esposas.

Ele riu.

— Não posso sustentar quatro esposas, minha pequena. E por que eu preciso de quatro esposas, se sua mãe já me dá todos os problemas com que posso lidar? O Alcorão diz que um homem deve tratar todas as suas esposas da mesma forma, se tiver mais do que uma. Como posso tratar alguém como trato sua mãe?

— Mamãe é linda — disse eu.

— Mamãe é forte — ele disse. — A beleza vem e vai. Força conserva-se para sempre.

— E os velhos?

— São os mais fortes de todos, pois viveram mais do que todos nós, e são sábios — ele disse, tocando a têmpora.

Ele parou à beira da floresta.

— Aminata passeia sozinha assim tão longe? — ele perguntou.

— Nunca — eu disse.

— Para que lado fica o poderoso Joliba, o rio das muitas canoas?

— Para lá — eu disse, apontando para o norte.

— A que distância?

— Quatro sóis, a pé — respondi.

— Você gostaria de ver a cidade de Segu algum dia? — perguntou.

— Segu no Joliba? — eu perguntei. — Sim. Se eu andar nos seus ombros.

— Quando você tiver idade suficiente para caminhar por quatro sóis, vou levá-la para uma visita.

— E eu viajarei e cultivarei a mente — eu disse.

— Não vamos falar sobre isso — disse ele. — Sua tarefa é tornar-se uma mulher.

Papai já havia me ensinado a rabiscar algumas preces em árabe. Com certeza, ele me mostraria mais, no tempo certo.

— A aldeia de mamãe é por ali, a cinco sóis de distância — eu disse, apontando para o leste.

— Já que você é tão esperta, finja que sou cego e mostre-me o caminho de volta para casa.

— Estamos cultivando minha mente?

Ele riu.

— Mostre-me o caminho para casa, Aminata.

— Vá por ali, passe o baobá.

Seguimos até ali.

— Vire para cá. Pegue este caminho. Cuidado. Mamãe e eu vimos três escorpiões brancos neste caminho, ontem.

— Boa menina. E agora?

— Mais para frente, entramos em nossa aldeia. Os muros são grossos e da altura de dois homens. Entramos por aqui. Dizemos "alô" ao sentinela.

Papai riu e cumprimentou o sentinela. Nos aproximamos da casa retangular do chefe, e passamos pelas quatro casas redondas, uma para cada esposa.

— Avise-me quando passarmos pela casa de Fanta.

— Por que, papai?

— Poderíamos parar lá e batucar em seu balde favorito.

Eu ri e dei uns tapinhas em seu ombro, de brincadeira. Disse-lhe, sussurrando, que não gostava daquela mulher.

— Você precisa aprender a respeitar.

— Mas eu não a respeito — disse eu.

Papai parou por um momento, e cutucou minha perna.

— Então você deve aprender a esconder seu desrespeito.

Papai voltou a caminhar e, logo, duas mulheres vieram em nossa direção.

— Mamadu Diallo — uma delas chamou papai —, esta não é a forma de educar sua filha. Ela tem pernas para andar.

O verdadeiro nome de meu pai era Muhammad, mas todo muçulmano da aldeia tinha esse nome. Ele, então, usava Mamadu para distinguir-se.

— Aminata e eu estávamos conversando — papai disse às mulheres —, e eu precisava de seus ouvidos próximos à minha boca.

As mulheres riram.

— Você a está mimando.

— De jeito nenhum. Estou treinando-a para me carregar deste mesmo jeito quando eu ficar velho.

As mulheres caíram na risada. Nos despedimos e continuei apontando o caminho para papai. Passamos pelo cubículo para banho, pelos bancos que ficavam à sombra, onde as pessoas conversavam e pelas cabanas redondas onde o painço e o arroz eram estocados. E então, papai e eu demos de cara com Fanta, que puxava Fomba pela orelha.

— Homem estúpido — disse ela.

— Olá, quarta esposa do chefe — disse papai.

— Mamadu Diallo — ela respondeu.

— Não vai cumprimentar minha filha hoje? — papai perguntou.

Ela fez uma careta e disse:

— Aminata Diallo.

— Por que você está arrastando o pobre Fomba? — disse papai. Ela ainda puxava o homem.

— Ele levou um burro ao poço e o burro caiu lá dentro — disse ela. — Ponha essa menina mimada no chão, Mamadu Diallo, e ajude-nos e pegar o burro, antes que ele suje a água que bebemos.

— Se você largar Fomba, que vai precisar de sua orelha, eu ajudo com o burro.

Papai me colocou no chão. Fomba e eu vimos papai e outros homens amarrar gavinhas em volta de um garoto da aldeia e mandar o menino para o fundo do poço. Dentro do poço, o garoto amarrou mais gavinhas em volta do burro e foi puxado para fora. Então, papai e os homens içaram o burro. O animal parecia tranquilo, e, no geral, menos machucado que a orelha de Fomba.

Gostaria que papai me ensinasse a enrolar gavinhas em volta da barriga de um burro. Talvez ele me ensinasse tudo o que sabia. Não faria mal a ninguém eu aprender a ler e escrever. Talvez um dia, eu viria a ser a única mulher, e uma das únicas pessoas da aldeia toda, capaz de ler o Alcorão e escrever a linda e fluida escrita árabe.

Um dia, quando socávamos painço, mamãe e eu fomos chamadas para um parto em Kinta, a quatro aldeias da nossa, na direção do sol poente. Os homens capinavam os campos de painço, mas deram ordens para que Fomba pegasse seu arco e uma aljava com flechas envenenadas e fosse conosco, para nos proteger. Ao chegarmos a Kinta, ofereceram a Fomba um local para beber chá e descansar, e nós fomos trabalhar. O parto estendeu-se da manhã até a noite, e, quando mamãe amparou o bebê, enrolou-o e entregou-o à mãe, estávamos cansadas até os ossos. Comemos bolos de painço em molho quente de quiabo, que eu adorava. Antes de partirmos, as mulheres da aldeia alertaram-nos para que ficássemos longe da trilha principal que saía da aldeia, pois homens estranhos, desconhecidos em todas as aldeias da vizinhança, foram avistados recentemente. Os aldeões perguntaram se gostaríamos de passar a noite com eles. Minha mãe recusou, pois outra mulher, em Bayo, daria à luz a qualquer momento. Quando nos preparávamos para partir, os aldeões deram-nos um odre com água e três galinhas amarradas pelas pernas, juntamente com um presente especial — um balde de metal, igual ao que Fomba usara no dia em que matou a cabra.

Fomba não podia carregar nada na cabeça, já que seu pescoço estava sempre inclinado para a esquerda, então mamãe pediu-lhe que carregasse o balde onde as galinhas estavam enfiadas. Fomba parecia orgulhoso de sua aquisição, mas mamãe avisou-o que ele teria de devolver quando chegássemos à aldeia. Ele concordou alegremente, e pôs-se a andar na nossa frente.

— Quando chegarmos à casa, posso ficar com o balde? — perguntei.

— O balde pertence à aldeia. Vamos dá-lo ao chefe.

— Mas, aí, Fanta irá pegá-lo.

Mamãe prendeu a respiração. Achei que ela também não gostava de Fanta, mas foi discreta.

Andamos sob a lua cheia que brilhava no céu e iluminava nosso caminho. Quando estávamos quase chegando à casa, três lebres pularam à nossa frente, uma logo depois da outra, desaparecendo na floresta. Fomba largou o balde, pegou uma pedra de uma aba de sua tanga e ergueu o braço. Ele parecia saber que as lebres voltariam pelo mesmo caminho. Quando estas reapareceram, Fomba acertou a mais vagarosa na cabeça. Ele abaixou-se para pegá-la, mas mamãe ajudou-o a levantar-se. A lebre estava gorda. Mamãe passou o dedo pelo corpo dela. A lebre estava prenhe. Mamãe comentou com Fomba que ela daria um bom caldo, mas que, da próxima vez que ele visse lebres saltitando no caminho, deveria melhorar a mira e pegar a mais rápida, e não a fêmea que estivesse carregando filhotes na barriga. Fomba assentiu e pendurou a presa por cima do ombro. Ele voltou a caminhar, mas, de repente, inclinou mais ainda o pescoço para o lado e pôs-se a escutar.

Havia mais barulho atrás das árvores. Procurei algum sinal das lebres. Nada. Andamos mais depressa. Mamãe pegou minha mão.

— Se estranhos vierem em nossa direção, Aminata — ela começou a dizer, mas não continuou.

De trás do bosque, surgiram quatro homens com armas pesadas e pernas fortes. Sob a luz da lua, pude ver que suas faces eram iguais à minha, embora não tivessem o entalhe facial. Quem quer que fossem, vinham de outra aldeia. Tinham cordas, tiras de couro e facas, e um estranho e longo pedaço de pau com um buraco na ponta. Por um instante, nossos olhares se cruzaram. Ouvi um clique de medo no fundo da garganta de mamãe. Eu queria correr. Um desses homens gordos, desajeitados e arfantes nunca me pegaria se eu voasse e me esquivasse por entre as árvores, correndo pelos caminhos da floresta tão rápido quanto um antílope. Mas mamãe equilibrava os odres de água em uma bandeja na cabeça, e eu tinha alguns abacaxis sobre a minha; no instante em que hesitei, decidindo o que fazer com essas bandejas, preocupada com a possibilidade de as frutas caírem no chão se me movimentasse, os homens nos cercaram.

Fomba foi o primeiro de nós três a se mexer. Ele agarrou o homem que segurava o estranho pau, prendeu-o com um dos braços pelo pescoço e bateu nele com o balde de galinhas. O homem tropeçou. Fomba agarrou seu pescoço com uma mão e torceu-o, com firmeza, para a direita. Um murmúrio escapou da garganta do homem antes que este caísse. Fomba virou-se, tentando me alcançar, mas outro homem surgiu atrás dele.

— Fomba — gritei —, cuidado!

Mas, antes que Fomba pudesse virar, foi atingido na cabeça e caiu. A carcaça da lebre escorregou de seu ombro. Eu não imaginava que alguém com seu tamanho e força pudesse cair tão depressa. Um homem amarrou as mãos de Fomba, passou uma corda em volta de seu pescoço e segurou a lebre. Mas Fomba não se moveu.

Mamãe gritou para que eu deixasse as frutas cair e corresse, mas eu não conseguia me mexer. Não conseguia abandoná-la. Ela encarou os homens e berrou como uma guerreira:

— Que a maldição da morte caia sobre vocês. Deixem-nos passar.

Os homens falaram em uma língua estranha. Acreditei reconhecer as palavras *garota, jovem* e *não tão jovem*, mas não tinha certeza.

Mamãe começou a falar em fulfulde.

— Corra, filha — ela sussurrou. Mas não consegui.

Ela segurava seu kit para partos, e ainda equilibrava os odres com água na cabeça. Estava muito carregada para fugir, e eu, então, fiquei ao seu lado. Podia escutar sua respiração, sabia que ela estava pensando. Talvez começasse a gritar, e eu gritaria também. Nossa aldeia não estava distante. Alguém poderia ouvir-nos. Dois homens agarraram mamãe e derrubaram os odres. Outro me segurou pelo braço. Sacudi os braços, chutei e mordi sua mão. Ele me soltou. Estava bravo e arfava ainda mais. Quando veio para cima de mim, chutei-o com toda força, acertando-o naquele ponto em que as pernas se unem. Ele gemeu e tropeçou, mas eu sabia que não o machucara o suficiente para mantê-lo no chão. Virei-me em direção à minha mãe, mas outro homem me deu uma rasteira e prendeu-me no chão. Cuspi sujeira do chão pela boca, tentando livrar-me, mas não tinha forças contra aquele que me prendia.

— Isto é um engano — eu disse. — Sou uma muçulmana nascida em liberdade. Deixe-me ir — falei em fulfulde, falei em bamanankan, mas minhas palavras não surtiram efeito. Então, comecei a gritar. Se algum aldeão estivesse fora àquela hora da noite, talvez escutasse. Alguém amarrou meus pulsos atrás das costas e passou um laço de couro pelo meu pescoço, apertando-o a ponto de prender minha respiração, impedindo-me de gritar e quase de respirar. Engasgada, acenei desesperadamente para os homens. O laço foi solto o suficiente para que eu conseguisse respirar. Eu ainda estava viva. *Allaahu Akbar,* disse eu. Tinha esperanças de que alguém ouvisse as palavras em árabe e percebesse o engano. Mas ninguém escutou. Ou deu importância.

Estiquei o pescoço para olhar para cima. Mamãe havia se soltado de um homem; dava tapas em seu rosto e no ombro. Então, pegou um galho grosso e bateu em sua cabeça. Ele parou atordoado. Mamãe arremeteu contra o homem que havia colocado o laço em volta do meu pescoço. Puxei o laço, esticando-me em direção a ela, ainda que sufocada. Mas outro homem interceptou-a, ergueu um cassetete grosso e pesado e bateu em sua nuca. Mamãe caiu. Sob a luz da lua pude ver seu sangue furioso, escuro, escorrendo veloz. Tentei engatinhar até ela. Sabia o que fazer quando o sangue escorria: só precisava pressionar firmemente a palma da mão contra o ferimento. Mas não conseguia engatinhar, nem rastejar. Sequer me mexer. Os captores seguravam-me firmemente, a coleira apertando novamente meu pescoço. Tentaram levantar Fomba e eu, e nós não tivemos outra escolha senão obedecer.

Tentei olhar por cima do ombro, e vi que mamãe ainda estava no chão, imóvel. Bateram-me, viraram-me para frente e empurraram-me. Mais e mais e mais vezes empurraram-me para frente e eu tinha de mover os pés.

A não ser dormindo, eu nunca tinha visto mamãe imóvel. Isso devia ser um sonho. Desejava acordar em minha cama, comer bolo de painço com mamãe, admirar a forma como ela mergulhava a cabaça em uma jarra de cerâmica, tirando a água sem derramar uma gota sequer. Em breve, com certeza, eu estaria livre destes espíritos ruins. Em breve, encontraria papai e juntos voltaríamos para buscar mamãe. Antes que fosse tarde, nós a despertaríamos e a levaríamos para nossa casa.

Mas eu não estava acordando.

Um grito prolongado partiu de meus pulmões. Os homens enfiaram um pano em minha boca. Sempre que eu diminuía o passo eles me empurravam. Andávamos tão depressa, que era difícil respirar. Tiraram o pano, mas demonstraram, com sinais impacientes, que o colocariam de volta em minha boca se eu fizesse qualquer barulho. Fizeram-me andar e andar, ficando cada vez mais longe de mamãe. Havia fumaça no ar. Estávamos dando a volta por fora de minha aldeia. Os atabaques de Bayo alertavam para o perigo. Ouvia estalos sem parar. Pareciam galhos de árvores sendo quebrados. Os atabaques cessaram. Através de uma brecha na floresta, pude ver o fogo. Bayo estava em chamas.

Outros cinco estranhos juntaram-se a nós, levando três prisioneiros, também amarrados. Pelos passos largos, entre aqueles homens, reconheci meu pai.

— *Pa* — chamei-o.

— Aminata — ele gritou.

— Mataram *Ma* — os homens que seguravam minha corda me bateram no rosto.

— Você vale menos que merda de porco-espinho — gritei para o captor, mas ele não entendeu.

Observei meu pai. Os outros prisioneiros lutavam contra as cordas, mas meu pai andava com a cabeça erguida, esguio, esfregando os punhos um no outro, até que se libertaram. Ele enfiou os dedos nos olhos de um dos captores, tirou a faca de suas mãos e cortou a corda em volta de seu próprio pescoço. Quando outro captor correu, papai enfiou a faca, fundo, em seu peito. O captor parecia suspirar, e ficou em pé o suficiente para que meu pai tirasse a faca. E então, caiu morto.

Queria que meu pai fugisse para encontrar *Ma* no caminho que levava para fora de Bayo. Se ela ainda estivesse viva, queria que ele a salvasse. Enquanto nossos captores gritavam, papai correu para mim. Ele deu um golpe no homem que segurava meu libambo[5], fazendo um corte profundo em seu braço. O homem escorregou e gemeu de dor. Dois homens pularam sobre meu pai, mas ele desviou. Esfaqueou um depois o outro, e estava rodeado por três homens feridos. Então, um dos captores levantou um estranho bastão, longo e retangular. Franziu os lábios e apontou o bastão para o meu pai, a uma distância de cinco passos. Papai parou onde estava e levantou a palma da mão. O fogo saiu do bastão, queimando-lhe as costas. Ele se virou para olhar para mim, mas, naquele momento, seu olhar

5 Libambo: tipo de corrente de ferro utilizada na África para prender escravos pelo pescoço (N. do T.).

era vazio. A vida jorrou de seu peito, inundou suas costelas e correu para a terra, que sugou tudo o que veio dele.

Havia dois novos prisioneiros. Não os conhecia. Talvez viessem de diferentes aldeias. Olhei para eles, suplicando. Eles baixaram os olhos. Fomba abaixou a cabeça. Os prisioneiros nada podiam fazer por mim. Estavam com as mãos amarradas e presos no libambo. Resistir seria suicídio, e quem, além de meu pai e minha mãe, lutaria por mim agora, lutaria até a morte?

Meus pés estavam colados ao chão. Minhas pernas estavam rígidas. Sentia o estômago junto ao peito. Mal conseguia respirar. *Pa* era o homem mais forte de Bayo. Conseguia levantar-me com um braço e lançar faíscas tão alto, que pareciam estrelas, quando malhava o ferro em brasa com sua marreta. Como era possível? Rezava para que isso fosse um sonho, mas o sonho não se abrandava.

Perguntei-me o que *ma* e *pa* me aconselhariam fazer. *Continue andando!* Era tudo o que eu conseguia imaginar. *Não caia.* Pensei em mamãe andando em Bayo, com as solas dos pés tingidas de vermelho. Tentei manter suas vozes em minha mente. Tentei pensar em beber chá com eles à noite, enquanto minha mãe ria e meu pai contava histórias melodiosas. Mas não consegui alimentar tais pensamentos. Todas as vezes, eles eram subjugados, achatados, sugados para fora da minha cabeça e substituídos pela lembrança de minha mãe imóvel na floresta e de meu pai, seus lábios tiritando, enquanto seu peito explodia.

Caminhei porque fui feita para isso. Caminhei, porque era a única coisa a fazer. E naquela noite, enquanto caminhava, por muitas e muitas vezes, ouvi as últimas palavras de meu pai. *Aminata. Aminata. Aminata.*

Três rotações da lua

Eu vivia com medo de que os captores nos espancassem, ou nos cozinhassem para nos comer, mas eles começaram humilhando-nos — rasgaram nossas roupas. Não tínhamos lenços ou xales para cobrir o corpo; nada que cobrisse nossas partes íntimas. Sequer tínhamos sandálias para nossos pés. Não tínhamos mais roupas do que as cabras, e a nudez nos marcava como prisioneiros onde quer que fôssemos. Entretanto, nossos captores também tinham uma marca, por aquilo que lhes faltava: a luz em seus olhos. Nunca conheci alguém que, fazendo coisas terríveis, pudesse cruzar seu olhar com o meu em paz. Encarar o rosto de outra pessoa é fazer duas coisas: reconhecer a humanidade do outro e assumir a sua. Quando iniciei minha longa marcha para longe de casa, descobri que havia pessoas no mundo que não me conheciam, não me amavam e não se importavam se eu estava viva ou morta.

Éramos oito os prisioneiros capturados fora de Bayo e nas aldeias próximas. No escuro, Fomba era o único que eu reconhecia. Eu cambaleava para frente sem perceber que o libambo arrancava a pele do meu pescoço. Não conseguia parar de pensar em meus pais e no que havia acontecido com eles. Num momento, eu não podia imaginar minha vida sem eles; no outro, eu ainda estava viva enquanto eles partiram para sempre. *Acorde agora*, disse para mim mesma. *Acorde, beba da cabaça ao lado de sua esteira, e vá abraçar sua mãe. Este sonho é como uma pilha de roupas sujas; saia de perto delas e vá ver sua mãe.* Mas havia apenas um insuportável pesadelo sem fim.

Enquanto andávamos durante a noite, outros eram amarrados à nossa corda de prisioneiros. À luz da manhã, vi Fomba andando com a cabeça baixa. E então, vi Fanta. Não havia sinal do chefe. Fanta também estava amarrada ao libambo. Seus olhos moviam-se da direita para a esquerda, de cima abaixo, percorrendo a floresta e avaliando nossos captores. Queria chamá-la, mas um pano estava enfiado em sua boca e uma corda mantinha-o no lugar. Tentei fazer com que nossos olhos se encontrassem, mas ela não respondeu ao meu olhar. Vi sua barriga nua. A esposa do chefe estava grávida. Calculei que ela devia estar grávida de cinco luas.

Caminhávamos com o sol nascendo atrás de nós, chegando a um grande e movimentado rio. Finalmente, eles soltaram o libambo, para que descansássemos à beira da água. Quatro homens faziam nossa guarda, com lança-chamas e cassetetes.

Talvez este rio fosse o mesmo Joliba que diziam passar pela cidade de Segu. Pela descrição de meu pai, era mais largo que a distância de uma pedra atirada. Era cheio de canoas e homens enfileirando pessoas e mercadorias. Nossos captores negociaram com o chefe dos barqueiros, e nós fomos atados uns aos outros pela cintura e jogados no meio da canoa. Seis remadores conduziam nosso barco. Por entre o movimento regular dos braços dos remadores, eu via os outros barcos deslizando sobre a água. Em um deles, vi um cavalo, régio, totalmente preto a não ser por um círculo branco entre os olhos, que se mantinha totalmente imóvel, enquanto os remadores conduziam o barco.

Do outro lado do rio, fomos desamarrados e mandados para fora do barco. O ar pantanoso cheirava mal. Mosquitos mordiam meus braços, pernas e até as bochechas. Nossos captores pagaram os remadores com conchas tipo cauri. Senti uma cauri na areia, sob meus pés, e agarrei-a antes de ser colocada no libambo novamente. Era branca e dura, com as beiradas curvadas, pontudas como pequenos dentes. Era tão pequena quanto a unha do meu polegar, bela e perfeita, e parecia inquebrável. Enxaguei-a e coloquei-a em minha língua. Parecia uma amiga em minha boca, confortando-me. Chupei-a com vontade, avaliando quantas cauris eu poderia valer.

Éramos um comboio de prisioneiros, ligados pelo pescoço em grupos de dois ou três. Mandaram-nos caminhar. Um garoto, talvez umas quatro chuvas mais velho do que eu, andava ao nosso lado, examinando os prisioneiros, dando-nos de beber de um odre com água, e de comer, pedaços de bolos de painço ou milho, uma manga ou laranja. O garoto ficava me olhando quando os outros captores não estavam vendo. Ele falava bamanankan, mas eu o ignorei. Era magro e parecia ser feito inteiramente de ombros, cotovelos, joelhos e tornozelos. Andava de um jeito descoordenado e esquisito. Colado a seu rosto, havia um sorriso permanente, que me fez desconfiar por completo. Não se sorri para os inimigos, eu disse para mim mesma, mas, de repente, duvidei disso. Meu pai, lembrava-me, havia dito que um homem sábio conhece seus inimigos e os mantém próximos. Provavelmente, aquele garoto que ficava me olhando, de olhos bem abertos e inocentes, era um inimigo. Ou apenas um garoto estúpido, sorridente e curioso, que se divertia andando ao lado do nosso comboio, sem ter ideia do que testemunhava. Eu não gostava do seu olhar sobre meu corpo nu. No estado em que me encontrava, não queria ser notada, vista ou reconhecida por ninguém. Com certeza, eu ficaria livre. Com certeza, isso teria um fim. Com certeza, eu encontraria um jeito de escapar para a floresta e voltar para casa. Mas, naquele momento, sem nenhuma roupa sobre o corpo, eu não podia cruzar com alguém que me conhecesse. Na minha idade, eu não podia ser vista assim. Meus seios logo brotariam; minha mãe havia dito que, em breve, eu me tornaria mulher. Não era a forma de ser vista. Quase enlouqueci pensando em como escapar de minha nudez. Para onde uma pessoa pelada poderia correr?

Naquele momento, tínhamos uns dez captores, todos com lanças, cassetetes e lança-chamas. Pareciam falar uma língua vagamente semelhante ao bamanankan. Eu sabia que não eram muçulmanos, pois nunca paravam para rezar. À noite, éramos agrupados sob um baobá. Nossos captores pagavam cinco homens de uma aldeia próxima para que nos vigiassem. Ainda presos pelo pescoço, faziam-nos catar madeira, fazer uma fogueira e cozinhar inhame em água, sem sequer uma pimenta para dar à comida algum sabor. O mingau era aguado e sem gosto, e eu não conseguia comer. O garoto que ficava olhando para mim trouxe-me uma banana. Aceitei e comi, mas continuava recusando-me a falar com ele.

— Você — Fanta falou —, menina de Bayo, filha de Mamadu, o joalheiro, dê esta banana para mim. Jogue-a aqui.

Terminei a banana, joguei a casca e falei:

— Eu só tinha aquela.

— Fale com o garoto que a deu a você. Eu vi que ele estava olhando para você.

— Ele não tem mais comida.

— Crianças insolentes apanham. Eu sempre falei para Mamadu Diallo que ele dava muita liberdade a você.

Senti a raiva subir. Queria, desesperadamente, escapar dos seus insultos.

— Deixe-me sozinha — falei.

— E sua mãe bamana — ela caçoou.

— Eu disse deixe-me sozinha.

— Levar você para assistir a todos aqueles bebês nascendo. Ridículo.

— Eu não ficava só assistindo. Eu os amparava. E quem você acha que vai amparar o seu?

Fanta ficou boquiaberta. Pronto. Estávamos empatadas. Eu sentia vergonha do que havia dito. Meu pai disse que eu devia esconder o desrespeito, e minha mãe nunca teria usado a gravidez de uma mulher contra essa própria mulher. Fanta ficou quieta. Eu imaginava sua vergonha ao ter de dar à luz enquanto seus captores assistiam.

Estávamos amarrados na altura dos tornozelos, aos pares; o libambo fora removido para que deitássemos sob o baobá. Eu estava amarrada à Fomba, que me permitiu ficar perto de Fanta. Toquei sua barriga. Ela encarou-me, mas seu olhar abrandou-se ao sentir minha mão repousar calmamente sobre sua barriga.

— Chegue perto, criança — disse ela. — Posso sentir que está tremendo. Fui grosseira porque estou faminta e cansada, mas não vou bater em você.

Aconcheguei-me a ela e adormeci.

Alguém tocava meu ombro. No início, sonhei que Fanta pedia que eu lhe arrumasse uma banana novamente. Mas meus olhos se abriram e eu não estava mais sonhando. Era Fomba dizendo que eu havia chorado em voz alta durante o sono.

Meus soluços assustavam os guardas, Fomba disse, e eles ameaçavam me bater se eu não parasse. Além disso, minhas pernas se contraíam intensamente. Ele deitou-se ao meu lado, bateu de leve em meu braço e disse que não deixaria que eles me batessem, mas que eu devia dormir direito.

Os homens que me capturaram pegaram a lebre de Fomba. Esfolaram-na, tiraram-lhe as vísceras e assaram-na sobre o fogo. Nenhum pedaço da carne da lebre ou das galinhas, logo mortas e assadas, veio parar em minha boca. Deitei-me de frente e fiquei observando as estrelas. Nos tempos de alegria, eu adorava observá-las com meus pais. Ali estava a Ursa Maior com sua alça brilhante. Perguntava-me se alguém em Bayo naquele momento também a observava.

Fomba voltara a dormir. Esforçando-me para não puxar seu pé, levantei-me para rezar. Não tinha nada com que cobrir a cabeça, mas prossegui mesmo assim. Com a cabeça baixa, coloquei os polegares atrás das orelhas. *Allaahu Akbar*, pronunciei. Coloquei minha mão direita sobre a esquerda e comecei a dizer *Subhaana ala huuma wa bihamdika*, mas não fui adiante. Um captor aproximou-se, bateu em mim com um cassetete e mandou que eu me deitasse. No final, adormeci.

Na manhã seguinte, entre a primeira luz da manhã e o nascer do sol, tentei rezar novamente, mas outro captor bateu em mim com uma vara. Na noite seguinte, depois de mais uma surra, desisti de rezar. Eu havia perdido minha mãe, meu pai e minha comunidade. Havia perdido a chance de aprender as rezas do Alcorão e a oportunidade de aprender a ler, em segredo. Quando tentava murmurar as rezas — *Allaahu Akbar ala huuma wa bihamdika. A'uudhu billaahi minash shaitaan ar-Rajeem* — não era a mesma coisa. Rezar mentalmente não era bom. Eu era pior que uma prisioneira. Estava me tornando uma descrente. Não conseguia exaltar Alá de maneira apropriada, sem rezar.

Andamos por muitos sóis, aumentando em número lentamente. Seguíamos em frente, desajeitados, até somarmos uma cidade inteira de pessoas sequestradas. Passamos por aldeia após aldeia, cidade após cidade. Todas as vezes, as pessoas se apinhavam para olhar para nós. Inicialmente, eu acreditava que os aldeões vinham para nos salvar porque, com certeza, opunham-se a este ultraje. Mas eles apenas olhavam e, às vezes, traziam para os captores carne assada em troca de conchas cauri e cristais de sal.

Algumas noites, quando estávamos deitados, nossos captores pagavam mulheres da aldeia para que cozinhassem para nós inhame, bolo de painço e de milho, às vezes com molho apimentado e borbulhante. Comíamos em grupos pequenos, em volta de uma grande cabaça, pegando a comida quente com as próprias mãos. Enquanto comíamos, nossos captores negociavam com os chefes locais. Todos exigiam pagamento por passarmos por suas terras. Todas as noites, nossos captores negociavam e discutiam. Eu tentava entender, na esperança de saber aonde íamos e por quê.

O garoto que trabalhava para nossos captores voltou diversas vezes para me oferecer água e comida. Eu via e ouvia enquanto ele tentava convencer os captores de que as crianças deveriam ser liberadas do comboio, para andar ao lado dos adultos. Depois de alguns dias, a tira de couro foi retirada do meu pescoço. Acenei para o garoto em agradecimento.

Havia uma garotinha que caminhava ao lado do pai amarrado ao libambo, e segurava sua mão a maior parte do tempo. Era muito pequena, umas quatro ou cinco chuvas, talvez. Às vezes, ela suplicava, e ele a carregava. Uma vez, a menina tentou chamar minha atenção e brincar de esconde-esconde com as mãos e os olhos. Afastei-me deles. Eu não suportava vê-los juntos e tentei de todas as maneiras não escutar o que diziam. Tudo neles lembrava minha casa.

O garoto que viajava com o comboio, com frequência, ficava ao meu lado. Seu nome era Chekura e era tão magro quanto uma folha e tão desajeitado quanto uma cabra de três pernas. Tinha uma estrela entalhada no alto de cada bochecha.

— Suas luas são lindas — disse ele.

— Você é da aldeia de Kinta — eu disse.

— Como você sabe?

Apontei para suas bochechas.

— Já vi essas marcas antes.

— Você já esteve em Kinta? — perguntou.

— Sim. Quantos anos você tem?

— Quatorze chuvas.

— Aposto que minha mãe o amparou — eu disse.

— Amparou-me? Como?

— Quando você nasceu, seu bobo. Ela é parteira. Eu sempre a ajudo.

— É mentira. — Ele insistia em não acreditar até que eu disse o nome de algumas mulheres de Kinta que tiveram bebês recentemente.

— Sim, com certeza minha mãe amparou você. Como é o nome de sua mãe?

— Minha mãe está morta — ele disse, secamente.

Caminhamos em silêncio por algum tempo, mas ele continuou ao meu lado.

— Como vocês puderam fazer isso conosco? — finalmente sussurrei. Ele não disse nada. Eu, então, continuei. — Minha mãe e eu estivemos na sua aldeia. Conheço-a por causa das duas cabanas redondas, os altos muros de barro e o jumento com a cara engraçada com uma orelha rasgada e a outra listrada de amarelo.

— Esse era o jumento do meu tio — disse ele.

— Então, vocês não têm honra?

Depois da morte dos pais, segundo contou, Chekura fora vendido pelo tio. Esta era a terceira chuva em que os raptores usavam-no para ajudar na caminhada dos cativos até a grande água. Portanto, caminhávamos em direção à grande água também. Eu podia pensar em três motivos: para comer, para pescar ou para atravessar. Devia ser o terceiro. Queria perguntar a Chekura, mas ele continuava falando sobre si próprio. Disseram-lhe que o deixariam ir em breve, mas também o avisavam de que, caso não seguisse as ordens, seria mandado embora com os prisioneiros. Chekura tinha um sorriso forçado. Sorria tanto, que eu achava que os cantos de sua boca formariam vincos permanentes. Sorria até ao me contar que o tio não gostava dele, que batia nele com frequência até, finalmente, vendê-lo aos sequestradores. Uma parte de mim queria odiar Chekura, mantendo o ódio simples e focado. Outra parte gostava do menino, ansiando por sua companhia; qualquer conversa com outra criança era bem-vinda.

Fanta sempre estava de mau humor e não aprovava minhas conversas com Chekura. Tentava fazer com que eu caminhasse ao seu lado, mas, habitualmente, eu me recusava.

— Ele não é da nossa aldeia — dizia.

— A aldeia dele não é longe da nossa, e ele é só um garoto — eu respondia.

— Ele trabalha com os captores — Fanta dizia. — Não lhe conte nada. Não converse com ele.

— E a comida que ele traz, que eu, às vezes, compartilho com você?

— Pegue a comida, — dizia —, mas não fale com ele. Ele não é seu amigo. Lembre-se disso.

No dia seguinte, enquanto eu conversava com Chekura, Fanta atirou um seixo em mim.

— Aquela mulher anda com a cabeça erguida — disse Chekura.

— Seu pescoço está esfolado — respondi. — Peça aos seus chefes que soltem Fanta e as outras mulheres do libambo. Elas não fugirão.

— Falarei com os outros — ele disse.

No dia seguinte, Fanta foi solta do libambo, mas seu tornozelo ficou preso ao de outra mulher. Fanta e eu começamos a andar lado a lado, mas nunca na frente do comboio, para evitar dar de cara com cobras e escorpiões, e não no final, por medo de sermos chicoteadas, caso diminuíssemos o passo.

— Aqui no meio é mais seguro — Fanta sussurrou. — É onde meu marido me diria para andar.

— O que aconteceu com ele? — perguntei.

— Quando fui levada, ele lutava contra dois homens — disse ela.

— E a aldeia?

— Metade pegou fogo.

Fanta cerrou os lábios e desviou o rosto. Achei melhor não fazer mais perguntas.

Passamos por dezenas de aldeias. Ouvia o som dos atabaques, via urubus voando preguiçosamente no céu e sentia o aroma de carne de cabrito, mas não havia resgate. Os aldeões sequer protestavam.

Um dia, ao passarmos por uma aldeia, um homem foi retirado de um cubículo murado e entregue aos nossos captores. Estava amarrado pelos punhos e foi seguido por crianças que assistiram enquanto os moradores negociavam com os captores. Finalmente, em troca de manilhas de cobre e sal, os homens pegaram-no e ataram-no à última pessoa do libambo. As crianças começaram a insultar o novo cativo. À medida que o clamor aumentava, os meninos mais velhos começaram a jogar pedras e frutas podres em nós. Um pedaço de pau voou sobre minha coxa. Sangrou. Arquejei e engoli a concha que mantinha em minha boca como companhia. Engasguei e corri para trás de Fomba, em busca de proteção. Ele protegeu-me, da melhor forma possível, dos objetos que voavam e gritou para que os meninos parassem. Totalmente nu, os cabelos emaranhados e sujos, a cabeça tombada para o lado, agitando as mãos vigorosamente, Fomba era uma visão e tanto. Foi atingido por algumas pedras e mangas até o momento em que os líderes do comboio mandaram os meninos embora e levaram-nos para fora da aldeia.

Eu não conseguia entender por que fomos objeto de diversão dos garotos da aldeia. É verdade que as crianças de Bayo, eu inclusive, zombavam de Fomba o tempo todo. Mas nunca o machucamos; nunca o colocamos no libambo ou negamos comida a ele. Eu nunca vi cativos passando por fora dos muros de nossa aldeia. Mas, se visse homens, mulheres e crianças no libambo, forçados a marchar como *wolosos*, mas pior, gostaria que tivéssemos lutado por sua liberdade.

Naquela noite, Chekura trouxe uma cabaça de água e sabão feito com nozes de manteiga de caritê e ofereceu-se para ajudar a limpar o ferimento em minha coxa.

— Eu posso fazer — eu disse.

— Deixe-me ajudar — ele disse, despejando um filete de água sobre o corte.

— Por que as crianças da aldeia zombaram de nós? — perguntei.

— São só garotos, Aminata — Chekura respondeu.

— E todos esses aldeões que vendem mercadoria aos captores e nos vigiam à noite? Por que eles ajudam esses homens?

— Por que *eu* os ajudo? — disse. — Que escolha eles têm?

— Eles não foram vendidos pelos tios — ponderei.

— Não conhecemos suas histórias — Chekura disse.

No dia seguinte, ao passarmos por uma cidade, ninguém nos insultou ou atirou pedras. Senti-me aliviada. Algumas mulheres, carregando frutas e nozes, rodearam os captores e uma delas observou-me cuidadosamente, seguiu-me por alguns momentos e começou a andar ao meu lado. Ela removeu a bandeja da cabeça e me deu uma banana e um saquinho com amendoins. Não entendi suas palavras, mas a voz era bondosa. Ela colocou a mão seca e empoeirada sobre meu ombro. O gesto de carinho foi tão inesperado, que meus olhos encheram-se de lágrimas. Ela bateu no meu ombro, disse algo em tom de urgência e partiu antes que eu pudesse agradecer.

Menstruei pela primeira vez durante a longa marcha. Tentei me acalmar pensando que eu não viveria por muito mais tempo e que a humilhação não duraria muito. Tive cólicas. Nua como estava, era impossível ocultar o sangue escorrendo por minhas pernas.

Quando Chekura se aproximou, pedi a ele:

— Vá embora.

— Você está doente?

— Vá embora.

— Beba um pouco de água. — Bebi de sua cabaça, mas recusei-me a agradecer.

— Você se cortou?

— Você é bobo?

— Posso ajudá-la.

— Deixe-me sozinha. — Ele caminhou ao meu lado por algum tempo, mas fiquei calada. Finalmente, afastou-se. Quando ele fez isso, gritei:

— Quando pararmos esta noite, arranje-me uma mulher da aldeia.

Ele assentiu e continuou andando.

Paramos à noite nas cercanias de uma aldeia. Chekura desapareceu. Mais tarde, duas mulheres aproximaram-se dos captores, apontaram para mim e conversaram animadamente. Deram a eles vinho de palmeira e aproximaram-se de mim.

As mulheres falavam uma língua que eu não compreendia. Uma delas puxou-me pela mão. Olhei para Chekura; este gesticulou que eu estava livre para ir. Uma mulher conduziu-me pela mão, enquanto a outra nos seguia. Afastamo-nos dos cativos, que estavam sentados sob as árvores, passamos por um sentinela e entramos em uma aldeia cercada. Vi um poço, alguns armazéns redondos e casas retangulares com paredes de barro parecidas com as de Bayo. As mulheres me levaram até os fundos de uma pequena casa. Evidentemente, pertencia à mulher que me pegara pela mão. Trouxeram um caldeirão com água morna para que me lavasse. Quando terminei, levaram-me para dentro e me puseram sentada em um banco. Procurei sinais de facas ou outros instrumentos, achando que talvez fossem fazer alguma coisa comigo, agora que minha feminilidade emergia. No momento em que estava no auge do meu terror, quando tentei ver se alguém segurava a porta para impedir que eu fugisse, outra mulher entrou trazendo um pano azul. Ela entregou-o a mim, instruindo-me para amarrá-lo. Era longo e largo, cobrindo a barriga e a parte de trás. Senti-me muito melhor e mais segura, com as partes íntimas cobertas. Subitamente, estava faminta e senti que a vergonha da nudez tirara meu apetite. Agora que eu estava coberta, me convidaram para sentar e comer com elas, conversando comigo o tempo todo. *Sirva-se.* Ouvia minha mãe dizendo para mim, do mundo dos espíritos. *Pegue a comida, criança. Estas mulheres não lhe farão mal.*

Serviram-me carne de cabrito com pimenta malagueta, com molho de amendoim apimentado. Estava delicioso, mas forte. Podia sentir meu estômago revolto e só consegui comer um pouco. Colocaram em minha mão um saco de amendoins, bem como tiras de carne de cabrito seca e salgada. Continuaram conversando comigo; achei que deviam estar perguntando sobre minha família e meu nome. Respondi em minha própria língua, fazendo-as dar risada. No fim, devolveram-me aos captores; pareciam negociar, oferecendo, adulando, mas não conseguiram nada com os homens do grupo, que negavam com a cabeça e terminaram por mandá-las embora. As mulheres voltaram para perto de mim, seguraram minhas mãos e tocaram as luas em meu rosto. Inúmeras vezes repetiram algo que eu não entendi. Dei a volta e me afastei. Gostaria de ter podido ficar com elas. Sentei-me novamente sob a árvore, vigiada pelos captores. Sentia-me muito confusa para dormir. Não sabia se as pessoas da próxima aldeia demonstrariam brutalidade ou gentileza.

O comboio de acorrentados aumentava a cada dia. A cada manhã, quando éramos despertados e começávamos a andar, havia dois ou três novos prisioneiros. Apenas as mulheres e as crianças podiam andar sem as correntes no pescoço. À noite, quando os homens eram soltos para deitar e dormir, os guardas ficavam atentos a todos os nossos movimentos. Meus pés tinham bolhas, estavam doloridos, grossos e cheios de calos. Fomba mostrou-me a sola de seus pés depois de um longo dia de caminhada. Estavam amareladas, grossas e mais duras que pele de cabra, além de secas e rachadas. O espaço entre os dedos sangrava. Convenci Chekura a conseguir um pouco de manteiga de caritê na aldeia, e, certa noite, sob o olhar de desaprovação de Fanta, esfreguei a manteiga nos pés de Fomba.

— Filha de Mamadu e Sira, obrigado — disse ele.

Eu não sabia quem eram seus pais, não conhecia seu sobrenome.

— De nada, Fomba — foi tudo o que respondi. Ele sorriu e afagou minha mão.

— Filha de Mamadu e Sira, você é boa.

Fanta protestou.

— Esposa do chefe — Fomba disse, dirigindo-se a ela. — Puxadora de orelhas.

Caí na risada pela primeira vez em um longo tempo. Fomba sorriu e até Fanta conseguiu achar graça.

— Sobrou alguma manteiga de caritê? — ela perguntou.

Fomba esfregou um pouco em seus pés, e prometeu nunca mais puxar suas orelhas.

Certo dia, eu caminhava no libambo atrás de um homem, que desviou repentinamente para a esquerda. Não tive tempo para reagir, e meu pé afundou em algo úmido e macio. Algo parecido com um galho quebrou sob meu pé e eu gritei. Era o corpo em decomposição de um homem nu. Dei um pulo e arranquei folhas do galho mais próximo. Como uma louca, pus-me a limpar uma massa de vermes que se contorciam em meu tornozelo. Eu tremia e resfolegava. Fanta pegou as folhas e limpou meu pé, segurou-me e disse para eu não ter medo. Mas minha histeria aumentou, e eu não conseguia parar de gritar.

— Pare já — Fanta disse. Agarrou-me, sacudiu-me pelos ombros e pôs a mão em minha boca. Ela virou meu rosto até que nossos olhos se encontraram.

— Olhe para mim — disse ela. — Olhe aqui, nos meus olhos. Aquilo não é mais um homem.

Meus pulmões se acalmaram. Quando pararam de arfar, fui capaz de respirar com mais facilidade. Fanta tirou a mão de minha boca e eu não voltei a gritar.

— São só pele e ossos — disse ela. — Pense em uma cabra. É só um corpo. Fanta pôs o braço em volta de mim até que meu tremor cessou.

Dali em diante, cobras e escorpiões não eram os únicos de quem se precaver em nosso caminho cada vez mais deteriorado. Logo, pisávamos em, pelo menos, um corpo por dia. Quando os cativos caíam, eram desamarrados do comboio e abandonados para apodrecer.

Andamos durante uma rotação inteira da lua, e depois outra. Juntamente com as idas e vindas da lua, eu tinha também meu próprio corpo para marcar a passagem do tempo. Entre um sangramento e outro, eu encontrava mais aldeias, mais cativos juntavam-se a nós e mais guardas amarravam nossos tornozelos à noite.

Hoje em dia, quando as pessoas perguntam acerca de minha terra, todas elas parecem ficar fascinadas com as bestas perigosas. Todos querem saber se eu tinha de correr de leões ou de elefantes em disparada. Mas era com os sequestradores que eu tinha de me preocupar. Qualquer homem ou mulher que obstruísse o comboio apanhava, e quem quer que tentasse fugir era morto. Entretanto, certa noite, quando nos acomodamos para descansar, um babuíno surgiu de trás das árvores. Seus ombros e ancas ondulavam desenfreadamente, e ele disparou em linha reta, em nossa direção. Levantamos e gritamos. Os captores gritaram também. O babuíno arrebatou a menininha que andara durante duas luas com o pai, e fugiu com ela para o meio do mato. Já não podia vê-la, mas ainda conseguia escutar seus gritos. O pai gritava pedindo socorro. Chekura cortou a corda em volta do tornozelo do homem e correu com ele atrás do babuíno.

Um longo tempo se passou. Tempo suficiente para que, abatidos, comêssemos enquanto esperávamos por notícias. Escutamos o choro do pai antes mesmo de vê-lo. Foi então que vimos Chekura e o homem descendo a montanha. O pai carregava nos braços o corpo inerte da filha. Seu pescoço, aberto, estava tingido de vermelho. Os captores não voltaram a amarrar o homem. Deixaram que ele cavasse uma cova rasa para a menina. Ele a cobriu com terra, pôs-se de joelhos e chorou compulsivamente. Pela primeira vez, um homem chorava na minha presença. A angústia me deu ânsia de vômito. Não era certo ver um adulto chorar. Parecia impossível a filha ter sido arrancada dele tão abruptamente. Achei insuportável contemplar sua dor, mas não consegui escapar do som de sua amargura. Embora eu pudesse andar sem amarras durante o dia, ficava presa à noite. Tentei observar outras coisas em volta, as palmeiras, as pedras, o contorno do muro em volta da aldeia a distância, o coelho saltando à luz da lua. Os outros cativos também se esquivaram do pai em luto.

Os cativos acabaram pegando no sono, porém eu não consegui dormir, pensando no homem e em sua filha. Quando já não conseguia mais suportar seus soluços, procurei por ele na escuridão, mas o local ao lado da sepultura estava vazio. Finalmente, vi-o aproximar-se de uma árvore, uns vinte passos atrás de nós. Ele subiu nos galhos, cada vez mais alto. A árvore era maior que vinte homens uns sobre os outros, mas o homem não parava de subir.

Eu desejava que ele voltasse a si e descesse. Talvez sua esposa também estivesse morta, mas algum dia ele voltaria a ser livre, encontraria uma esposa e teria outra filha. Levantei-me, fiquei olhando e torcendo. Um captor percebeu e pediu ao pai que descesse, mas o homem continuava a subir. Com a gritaria, os prisioneiros acordaram, viram o que acontecia e, amarrados em pares como estavam, moveram-se para longe da árvore. No topo, o pai escalou até um galho que se projetava do tronco, gritou pela última vez e pulou no ar em uma velocidade espantosa. Eu nunca vira um corpo cair daquela altura. Virei o rosto um momento antes que ele alcançasse o chão, mas ouvi o baque e senti a vibração sob meus pés. Nossos captores recusaram-se a levá-lo para junto da filha, ou a enterrá-lo, ou sequer a tocar o corpo. Não estavam dispostos a reconhecer esse ato de autodestruição. Sob suas ordens, andamos um bom pedaço, parando sob outras árvores, longe dos corpos do pai e da filha.

Nossa jornada terrestre continuou por três ciclos da lua. Certo dia, nossos captores pararam em uma bifurcação do caminho e cumprimentaram um tipo diferente de homem — pele manchada como a de um porco molhado, lábios apertados, dentes encardidos, mas grande e alto, peito estufado, postura de chefe. Então, isso era um toubabu! Meus companheiros cativos esbugalharam os olhos em vista da estranha criatura, mas os aldeões no caminho não esboçavam qualquer reação. Percebi que já deviam ter visto toubabus antes. Ele juntou-se aos captores à frente do grupo. Era alto, magro, barbudo com lábios finos, e tinha uma crosta em volta dos olhos. Falou algumas palavras na língua dos captores.

Procurei Chekura com os olhos e, quando este se aproximou, perguntei:

— De onde vem este toubabu?

— Do outro lado da grande água.

— É um homem ou um espírito maligno?

— Um homem, mas não um daqueles que se deseja conhecer.

— Você o conhece?

— Não, mas não queira conhecer nenhum branco.

— Meu pai dizia: não tema nenhum homem, mas conheça-o.

— Tenha medo do toubabu.

— Como ele respira, com um nariz tão pequeno? Passa ar por estas narinas?

— Não olhe para o toubabu.

— Ele tem muito pelo.

— Olhar diretamente para um toubabu é um sinal de rebeldia.

— Chekura! Ele tem até pelos saindo pelas narinas.

— Ande com cuidado, Aminata.

— Você é meu captor ou meu irmão?

Chekura balançou a cabeça e não disse mais nada. Eu ouvira que toubabus eram brancos, mas não era verdade. Este não era, de jeito nenhum, da cor de um dente de elefante. Ele era cor de areia, mais escuro nos braços do que no pescoço. Eu nunca vira pulsos tão grossos. Ele não tinha muito traseiro, e caminhava como um elefante: Tum, tum, tum. Seus calcanhares martelavam no solo com a dureza de uma árvore tombada. O toubabu não estava descalço como os cativos, e nem com sandálias de pele de antílope, como os captores. Seus sapatos grossos passavam dos tornozelos.

O toubabu tinha uma corrente no pescoço, e, no cinto de couro em volta da cintura carregava um objeto coberto de vidro, que consultava com frequência. Agitava as mãos nervosamente e gritava com os dois principais captores. Sob sua supervisão, os captores prontamente voltaram a prender a mim e às outras mulheres pelo pescoço, junto ao grupo. Fanta foi presa imediatamente à minha frente no libambo. Uma ponta do libambo de madeira estava presa em volta de seu pescoço, e a outra em volta do meu. Os libambos eram atados firmemente na parte de trás dos nossos pescoços, e, nem com muita força eu conseguia soltá-lo ou fazer qualquer outra coisa além de deixar minha pele em carne viva.

Enquanto o toubabu assistia, nossos captores trouxeram três novos cativos para o comboio. Uma nova mulher, também grávida, foi trazida e colocada entre Fanta e eu. A mudança não foi ruim. Fanta reclamava com frequência, fazendo com que os dias parecessem longos. Além disso, a nova mulher era mais baixa, mais ou menos da minha altura — ficava mais fácil caminhar com meu pescoço preso ao dela. Naquela noite, quando deitei sob uma árvore, ela deitou-se de lado, e eu pude ouvir sua respiração ofegante. Acomodei-me ao seu lado.

— *I ni su* — sussurrei boa noite. Estas foram as primeiras palavras que falei a ela, em bamanankan.

— *Nse ini su* — ela respondeu, em bamanankan.

Perguntei se ela teria seu bebê em breve. Muito breve, respondeu.

— Este é um mau momento — ela disse. — Gostaria que o bebê esperasse.

— O bebê não sabe das nossas desgraças — eu disse. — Você acha que vai ser menino ou menina?

— Menina. E ela não quer esperar.

— Como você sabe que vai ser uma filha?

— Só uma menininha petulante viria em um momento tão inconveniente. Só uma menina me desafiaria. Um menino não me provocaria. Ele sabe que eu bateria nele.

Essa mulher fez com que o tempo passasse. Gostei dela.

— Você não bateria em uma menina?

— Meninas são espertas. Sabem como escapar de uma sova.

— Então por que ela a está desafiando agora? — perguntei.

— Você é esperta. Qual seu nome?

Respondi.

— Meu nome é Sanu — disse ela.

— Durma em paz, Sanu — falei bocejando.

— Sim, menina. Durma em paz.

De manhã, fomos presos ao libambo, e eu fui colocada atrás de Sanu novamente. Enquanto caminhava, ela gemia. Eu podia jurar, pelo modo como as solas dos seus pés batiam no chão, pelo modo como ela pressionava as costas para aliviar a tensão, pela forma como colocava as mãos nos quadris, que estava prestes a ter o bebê. À tarde ela começou a retardar o comboio.

— Ela vai ter o bebê em breve — falei a Chekura.

— O que devemos fazer?

— Eu já ajudei em partos. Minha mãe e eu fazemos isso. É a nossa profissão, nosso trabalho, nosso modo de vida.

Sanu falou:

— O bebê está a caminho. Estou pronta.

— Há uma aldeia mais à frente. Direi a eles que parem lá.

Chekura dirigiu-se à frente do comboio e falou com seus superiores. Paramos sob um bosque. Chekura voltou com um captor mais velho e com o toubabu. Soltaram-nos do libambo.

Falei apenas para Chekura:

— A mulher e eu vamos nos acomodar sob a grande árvore, ali. Deixem-nos a sós, mas tragam uma mulher para me ajudar. Precisarei de uma faca afiada, bem limpa. E água. Vá até a aldeia e traga três cuias com água, sendo uma delas morna. E algumas roupas.

O toubabu segurava um lança-chamas. Ele olhou-me fixamente. Falou com o homem mais velho, que falou em outra língua com o mais jovem, que, por sua vez, falou comigo.

— Ele perguntou se você sabe o que fazer.

— Sim — respondi. — Tragam as coisas que pedi.

Fanta virou as costas e se afastou. Outra garota, algumas chuvas mais velha do que eu, foi mandada para ajudar. Pelo menos, ela fazia o que eu mandava. Quando a água morna chegou, usou-a para limpar a faca, com cuidado. Ela deitou a mulher confortavelmente, com folhas dobradas sob a cabeça e algumas peles e couros sob o corpo, para que ela não se deitasse no chão.

Nossos captores estavam em pé, assistindo. Pensando em minha mãe e no que ela faria, abri bem a palma da mão e empurrei na direção deles, com o cotovelo dobrado e o braço estendido. Eles ergueram as sobrancelhas e o toubabu olhou novamente para mim. Murmurou algo para um dos captores, que transmitiu para o outro, que me perguntou se eu tinha certeza de que sabia o que fazia. Gesticulei novamente para que se afastassem, e, desta vez, eles se foram.

Massageei os ombros e as costas de Sanu com manteiga de caritê.

— Você vai ser uma ótima mãe — disse-lhe, e ela sorriu suavemente e falou que minha mãe ficaria orgulhosa de mim.

Sanu contou-me sobre seu marido e seus dois outros bebês. Descreveu a maneira como fora rendida enquanto levava comida para as mulheres que trabalhavam nos campos de mandioca, puxando as raízes do solo. Com o bebê tão grande dentro dela, decidira não lutar.

Encorajei-a a manter a respiração ritmada, mesmo durante as contrações. Ela cochilou por um momento.

Quando acordou, disse:

— Estou pronta agora, menina. Se sobrevivermos, eu lhe darei o nome de Aminata, em sua homenagem.

A lua brilhava novamente, e eu podia sentir o ar pesado. Úmido. O vento soprava como uma criança furiosa, mas Sanu estava parada, em silêncio.

O bebê apontou, com a cabeça primeiro, como deve ser, e, então, o resto do corpo escorregou para o mundo. Amarrei o cordão escorregadio na barriga e cortei. O bebê começou a chorar. Ela tinha os órgãos femininos grandes e intumescidos — até isso pude ver sob a luz da lua. Embrulhei o bebê e coloquei-o no peito da mãe. Então, esperei a placenta. Foi o nascimento mais rápido que eu já havia presenciado.

— Aminata, meu bebê — disse Sanu.

Eu não sabia se era correto dar nome para uma criança tão depressa, ou ainda, se era correto fazer isso em minha homenagem. Talvez desse azar, dar à criança o nome de alguém que corria tanto perigo. Mas Sanu estava decidida. Fiquei comovida ao vê-la virar o bebê e colocá-lo junto ao peito.

A pequena Aminata começou a sugar com tanta força, que parecia já fazer isso há muitos meses, e Sanu e eu tocamos os dedos. As lágrimas que brotaram nos olhos de Sanu trouxeram à tona toda a tristeza que eu sentia. Solucei e chorei até sentir os olhos vazios, e as lágrimas de Sanu escorriam sem parar, enquanto ela segurava e alimentava seu bebê. Eu sabia que dava azar chorar quando nasce um bebê.

De manhã, fomos amarrados novamente. Com as roupas que Chekura havia trazido, Sanu amarrou o bebê nas costas. Sangue escorria entre suas pernas enquanto subíamos e descíamos as montanhas e atravessávamos vales e florestas repletas de negociantes de nozes de cola.

Para passar o tempo, uma vez que caminhava bem atrás dela, eu ficava observando a pequena Aminata. Quando a cabeça dela balançava demais, eu alertava Sanu para que esta a amarrasse com mais firmeza. O bebê tinha pequenos tufos de cabelo encaracolado e macio na parte de trás da cabeça, e eu passava horas imaginando como, um dia, esta menininha pentearia e trançaria seus longos cabelos. Durante dois dias, sonhei acordada olhando para o bebezinho embrulhado junto à mãe.

No terceiro dia após o nascimento de Aminata, o comboio diminuiu o passo junto ao topo de uma montanha. Apesar de muito cedo, o sol já estava quente. Desviei os olhos da cabeça de Aminata e observei o mundo novamente.

O que vi parecia impossível.

Para a direita, onde o caminho levava, o rio corria com rapidez. Era mais largo do que dez pedras atiradas. À beira deste rio ameaçador, havia dez canoas com oito remadores em cada uma. Eu nunca vira tantos barcos e tantos remadores. Para a esquerda, a água se estendia até a eternidade. Surgia e rugia, subia e descia. Verde em algumas partes, azul em outras, eternamente ondulando e mudando de cor. Espumava como um cavalo que acabava de correr. Para a esquerda, a água tomara conta do mundo.

Fomos levados para a margem. O toubabu dava ordens, enquanto os captores soltavam-nos dos libambos, empurrando-nos para o meio das canoas.

Fiquei confusa ao ver que forçaram Chekura a entrar em minha canoa. A não ser pelas tangas, os remadores estavam nus e podia-se ver seus músculos brilhando sob a luz do sol. As canoas deslizavam sobre a água, enquanto o rio ficava cada vez mais largo, até que não pude mais distinguir os detalhes da margem distante. Ao deixarmos a terra firme, um cativo, no barco ao lado do meu, bateu o pé, gritou e balançou o barco. Dois imensos remadores pararam seu trabalho e bateram nele com os remos. Ele continuou lutando. Quando a canoa começou a virar, eles largaram os remos e, rapidamente, jogaram o cativo na correnteza. Este se debateu e afundou.

Ficamos no barco a manhã toda. A luz do sol refletia na água e queimava meus olhos. O rio alargava tanto, que só o que eu via era que a terra era montanhosa à esquerda e plana à direita. Chekura estava sentado na canoa entre nós, e cochichava para mim enquanto viajávamos:

— Vocês são os sortudos — disse ele. — Um grande barco, quase lotado, está à espera. Todos vocês serão vendidos e viajarão pelas águas brevemente.

— Sortudos? — perguntei.

— Outros esperam, há luas, no barco. Morrendo aos poucos, enquanto o barco lota. Mas vocês não terão de esperar.

Um cheiro repugnante veio com a brisa. Cheiro de comida podre. Cheiro de lixo produzido por uma cidade de homens. Fiz uma careta.

— É o cheiro do barco — Chekura disse com voz trêmula. — Partiremos logo.

— Caminhe vagarosamente entre seus cativos, Chekura. Com certeza, um deles deve ter uma faca, e espera que você dê um passo em falso.

— E você, Aminata, cuidado com sua beleza, florescendo em meio a estranhos.

A brisa nauseabunda se fez sentir novamente.

— Como algo pode florescer, ou até mesmo viver, em meio a esse fedor? — disse eu.

Os lábios de Chekura estremeceram. O garoto que sorrira durante três rotações da lua agora estava sério. Eu, que nunca tivera um irmão, naquele momento parecia ter um.

— Onde nos levarão agora? — sussurrei.

— Para o outro lado da água.

— Eu não irei.

— Irá ou morrerá — disse ele.

— Então, voltarei.

— Levei muitos homens até o mar — disse Chekura —, mas nunca vi nenhum deles voltar para sua aldeia.

— Então, eu dormirei durante o dia e andarei à noite. Mas, ouça, meu amigo: eu voltarei. Voltarei para casa.

As canoas pararam no cais de uma ilha, onde vi um castelo em cima da montanha. Uma multidão de toubabus e homens da cor da minha terra carregavam mercadorias e guiavam pessoas. Fomos conduzidos por um caminho íngreme e atrás do prédio. Notei que Chekura ainda estava conosco. Mais à frente, vi duas áreas cercadas, dispostas lado a lado, rodeadas por estacas afiadas, da altura de dois homens, fincadas no solo. Os captores abriram os portões e empurraram mulheres para uma das áreas e homens para a outra. Olhei para Chekura, mas ele desaparecera. Também não vi Fanta. Talvez pudesse encontrar Sanu e o bebê. Ali estavam, vinte passos à minha esquerda. Eu não estava amarrada, então corri para ficar com elas.

Dois toubabus, com lança-chamas, guardavam minha área, mas homens da minha terra também estavam de prontidão, com cassetetes, facas e lança-chamas. Trancados nesse curral, nus, doloridos e sangrando, ficamos grudados uns aos outros sobre solo arenoso fedendo a urina e fezes.

Esperávamos enquanto assistíamos ao movimento do sol no céu. Trouxeram milho cozido e jogaram-no em um cocho. Algumas mulheres pegaram. Não consegui fazê-lo, mas quando passaram cabaças com água, bebi.

Mulheres da minha terra lavaram-nos com água fria e esfregaram óleo de palmeira em nossa pele, para que parecêssemos reluzentes e saudáveis. Dentro do nosso curral, nativas vestidas e indiferentes, arrastaram uma cativa para um canto, onde toubabus e homens da terra ficavam esperando com um dispositivo de metal aquecido sobre brasa. Desviei o olhar, mas ouvi a mulher gritando como se alguém arrancasse seu braço.

Jurei não dar-lhes o prazer da minha dor. Mas, na minha vez, rendi-me à sua rudeza e seu fedor. Arrastaram-me para o local da marcação. O ferro de marcar era curvo, como um inseto gigante. Quando o levaram na minha direção, defequei. Miraram um dedo acima do meu mamilo direito e pressionaram-no contra minha pele. Senti o cheiro de carne queimando. A dor percorreu meu corpo como uma onda quente de lava. As pessoas que me seguravam soltaram-me. Só conseguia pensar em calor e dor. Não conseguia me mover. Abri a boca, mas não emiti qualquer som. Finalmente, ouvi um gemido escapar dos meus lábios. Senti braços em torno de mim. Outro grito de mulher. E desmaiei.

Quando acordei, não sabia se ou quanto o sol movera-se no céu. E adormeci novamente. Achei que sonhara que Chekura acariciava minha mão. Homens enormes o agarravam, enquanto ele protestava. Quando acordei, meu peito ainda ardia. O calor rodava e dançava sob o feio vergão saliente em meu peito. Todas as outras mulheres tinham o mesmo vergão.

Aquela noite, não consegui dormir. Quando começou a chover, fiquei em pé. Pelo menos, uma boa chuva me lavaria. Gostei da água fria correndo em meu rosto. Era bom ver o barro escorrendo por minhas pernas, mas pus a mão sobre o ferimento, para protegê-lo. A chuva parecia calmante até que raios começaram a iluminar o céu. A água caía como se viesse de centenas de baldes e o estouro dos trovões fazia eco nas montanhas. Chovia com tanta intensidade, que rezei para que não fôssemos varridas em direção ao rio, logo abaixo. No curral, umas vinte de nós agarravam-se umas às outras durante a tempestade. Segurei-me em Fanta com uma mão e em Sanu com a outra. O barulho era tão alto, que abafava o choro do bebê de Sanu. Quando a explosão de nuvens cessou, encontramo-

-nos em meio à lama que chegava à altura dos tornozelos. Passamos a noite toda em pé.

De manhã, meu ferimento ainda ardia. Um intenso nevoeiro cobria o curral. Quando o sol nasceu, o nevoeiro se dispersou e o dia tornou-se luminoso. Mulheres da minha terra, com roupas e sandálias, despejaram mais milho cozido no cocho. Olhávamos para a comida, paradas e silenciosas. Imaginei que seríamos deixadas ali até que nossa fome suplantasse nosso repúdio.

Mas o portão se abriu. Fomos puxadas para fora, novamente a caminho da água. Fomos amarradas e jogadas nas canoas que se dirigiram para águas mais largas. Uma onda quebrou contra a canoa e beijou meu rosto. Achei que a bebida seria muito bem-vinda, mas senti ânsia e engasguei. Finalmente, vomitei aquela água ardente. Sal. Cada onda pungia os cortes em meus pés e o vergão em meu peito.

Odiei o grande barco à nossa frente, que ficava maior a cada remada. Em tamanho, humilhava a canoa de doze homens, e seu cheiro era pior que o do curral onde ficamos, na ilha. O barco me amedrontava, mas meu medo maior era afundar na água salgada, impossibilitando a volta do meu espírito para junto de meus ancestrais. Que fizessem o que quisessem com meu corpo — em terra. Pelo menos meu espírito voltaria para junto de meus ancestrais, e eu não ficaria mais sozinha.

Os remadores continuavam remando sobre as ondas, até ficarmos ao lado do barco dos toubabus. Era uma coisa enorme e estranha, com mastros que pareciam palmeiras. Do convés acima, rostos olhavam para baixo, em nossa direção. Rostos da terra, rostos brancos, todos trabalhando juntos. Ondas quebravam contra as laterais gigantes do barco, que subia e descia, parecendo, misteriosamente, presa a um ponto na água.

Um dos cativos gritou, sacudiu-se e lutou, mas seus pés e cotovelos foram amarrados com videiras. Foi, então, golpeado até cair em silêncio. Homens e mulheres balançavam-se e tremiam. Fiquei quieta e calma. *Não tema nenhum homem* — papai dissera —, *conheça-o.*

Algo bateu contra nossa canoa. Era outro barco, que estacionava ao lado do nosso. Entre os homens amarrados, vi Chekura. Seu rosto estava machucado e sua expressão, derrotada. Sua cabeça estava baixa.

Que garoto estúpido. Ele deveria ter fugido em terra, perto de Bayo, onde conhecia a floresta e as pessoas. Deveria ter fugido bem antes que o atacassem. Não o chamei. Cerrei os dentes e olhei para a minha gente, amarrada em canoas, sendo empurrada, cutucada, puxada para cima em uma prancha, ao longo da grande muralha do navio. Virei para trás para ver minha terra. Havia montanhas a distância; uma delas erguia-se como um enorme leão. Mas toda a sua força estava presa à terra. Não podia fazer nada por nós na água.

Deslizamos sobre os insepultos

Um dia, se acaso voltar para casa, talvez façam uma exceção e permitam que eu me torne uma djeli, uma contadora de histórias. À noite, na aldeia, enquanto o fogo brilhasse e os velhos bebessem chá açucarado, visitantes viriam de longe para ouvir minha curiosa história. Para ser uma djeli, era preciso ter nascido em uma família especial. Eu desejava isso, pela honra de aprender e contar as histórias da nossa aldeia e de nossos ancestrais. Muito cedo, a criança nascida em uma família djeli aprendia a história do crocodilo que carregou cinco crianças, a do homem que era tão rico que tinha dezessete esposas, mas tão cruel, que todas fugiram e a história da primeira vez em que um homem de nossa aldeia retornou do Timbuktu segurando o misterioso Alcorão. Dizia-se que, quando um djeli morria, a sabedoria de uma centena de homens morria com ele.

Quando fui carregada escada acima e jogada, como um saco de farinha, no convés do navio dos toubabus, busquei conforto imaginando que era uma djeli, e que precisava ver e me lembrar de tudo. Meu propósito seria testemunhar e preparar-me para depor. Papai não deveria ter ensinado sua filha a ler e escrever em árabe. Por que quebrou as regras? Talvez soubesse que algo estava por vir, e quisesse que eu ficasse pronta.

No navio, e em todos os anos que se seguiram, pensei em quanta coisa meus pais plantaram em minha cabeça no curto período de tempo em que estivemos juntos. Asseguraram-se de que eu soubesse cultivar o painço; bem pequena, eu semeava tão rapidamente quanto qualquer adulto. Sabia cavar o solo com o calcanhar direito, jogar as sementes no buraquinho, cobrir o buraco com os dedos do pé, dar um passo à frente e fazer tudo de novo. Sabia tirar as ervas daninhas, e compreendia que se deve capinar o solo de forma que, quando a chuva viesse, beijasse-o e se casasse com ele, não que o beijasse e fosse embora. Sim, eu sabia cultivar um campo de painço, e mostraram-me que a mente precisava ser cultivada.

Uma série de coincidências salvaram minha vida durante a travessia. Ajudou o fato de estar entre as últimas pessoas de minha terra a embarcar. Ajudou também o fato de eu ser criança; uma criança tinha certas vantagens no navio. Ninguém corria para matar uma criança. Nem mesmo um sequestrador. Além disso, a mente da criança tem elasticidade. Adultos são diferentes; aperte-os muito e eles se rompem. Muitas vezes durante a longa viagem, fiquei totalmente aterrorizada, mas minha mente manteve-se intacta. Homens e mulheres da idade dos meus pais perderam a cabeça durante a jornada. Se eu tivesse o dobro dos meus 11 anos, também teria perdido a cabeça.

Naquele navio de escravos, vi coisas em que as pessoas em Londres jamais acreditariam. Mas penso nas pessoas que atravessaram o mar comigo. Nas que sobreviveram. Vimos as mesmas coisas. Alguns ainda gritam no meio da noite. Mas há homens, mulheres e crianças andando pelas ruas sem a menor ideia dos nossos pesadelos. Eles não poderão saber pelo que passamos, se não encontrarmos alguém que escute. Ao contar minha história, lembro-me de todos os que não resistiram à bala de mosquete, aos tubarões e aos pesadelos; todos os que nunca encontraram um grupo de ouvintes, e os que nunca tocaram em uma pena e em um tinteiro.

O navio era um animal na água. Balançava de um lado para o outro, como um jumento tentando livrar-se de um fardo, subindo nas ondas como um macaco enlouquecido. O apetite desse animal era infinito, consumindo-nos a todos: homens, mulheres e bebês. E junto conosco vinham dentes de elefante, sacos de inhame e todo tipo de mercadoria que nativos içavam em cestas.

Não bastasse o choro dos cativos e os gritos dos toubabus e dos nativos que trabalhavam, o bebê de Sanu não parava de reclamar. Parecia sentir nosso destino. Gritava, ofegava e chorava. Arrepios cobriam meus braços, e eu me esforçava para não gritar. Em vez disso, sentia ânsia com o mau cheiro do navio e vomitava. Durante algum tempo, a náusea foi uma distração.

Em volta do meu tornozelo direito, eu tinha uma garra de ferro ligada à outra, que estava enganchada no tornozelo esquerdo de Sanu. Ao lado dela, estava Fomba, acorrentado a outro homem. Dois a dois, fomos transportados a bordo e adicionados à corrente crescente. Um dos cativos soltou-se antes que colocassem a garra de ferro em volta de seu tornozelo e pulou nas águas revoltas. Estava nu, exceto por uma bandana vermelha em volta do pescoço. Fiquei triste ao ver a cabeça do homem e a bandana na água. Desejei que ele conseguisse o que queria, que afundasse e tivesse uma morte rápida. Mas homens da terra, trabalhando no convés, atiraram laranjas no pobre homem, e outros, em canoas, seguiram o rastro das frutas. Resgataram o homem, golpearam-no na cabeça e mandaram-no para os braços de um conterrâneo gigantesco, parado na escada, fora do navio. O gigante carregou o homem de volta ao convés e segurou-o até que o tornozelo fosse preso com a garra de ferro.

Tremendo por causa do vento, achei que desmaiaria. Tentei estabilizar-me e não cair, pois os cativos que caíam apanhavam até levantar. Procurei me acalmar, imaginando uma mãe tranquilizando uma criança histérica. *Olhe em volta*, imaginei minha mãe me dizendo. *Olhe em volta e não tenha medo.*

Conterrâneos içavam barris. Um dos barris caiu, através de um buraco em uma rede, bateu contra o convés e se abriu, espirrando água em nossos pés. Em meio ao reboque das pessoas, aos gritos e à colocação das garras nos prisioneiros, pude notar um padrão. Um toubabu em roupas luxuosas e outro homem percorriam uma longa fila de cativos, inspecionando-os um por um. Uma vez inspecionados, os cativos eram mandados para baixo, para a fedorenta barriga do navio.

O toubabu era alto e magro. Seu cabelo liso, cor de laranja, escorria nas laterais do rosto, mas no alto da cabeça ele era careca. Tinha os olhos azuis. Nunca pude imaginar alguém assim. Eram do mesmo tom de azul da água do rio em um dia de sol. O ajudante do toubabu não parecia nem negro nem branco, mas uma mistura dos dois. Tinha uma cor marrom-amarelada, e uma cicatriz saliente que ia de um dos olhos até a boca. Não era uma marca de beleza, mas consequência de uma facada.

Quando chegaram perto de mim, o ajudante beliscou meus braços. Ele segurou minhas bochechas, forçando-me a abrir a boca. O homem de cabelos cor de laranja o interrompeu e deu um passo à frente. Fez um sinal para que eu abrisse a boca e enfiou nela seu dedo indicador cabeludo. Engasguei. Ele passou as mãos em meu pescoço e ombros, tocou minhas costas e mandou que eu movimentasse os cotovelos e joelhos. Enquanto o toubabu me inspecionava, o ajudante batia no rosto de Fomba. A boca de Fomba ficou meio aberta, os lábios imóveis e os olhos tão grandes quanto duas mangas. O ajudante bateu nele uma vez mais e murmurou algo em uma língua vagamente parecida com bamanankan, algo como abaixe a cabeça. Fomba não respondeu; não fez nada. O ajudante ergueu o braço novamente.

— Fomba — chamei —, abaixe a cabeça.

Fomba olhou para mim e abaixou a cabeça.

O ajudante e o inspetor olharam para mim.

— Você fala maninka? — o ajudante perguntou.

— Bamanankan — respondi.

— E você fala a língua dele também?

— Fulfulde — disse eu.

O ajudante e o inspetor conversaram na língua do toubabu. Olhei novamente para o inspetor toubabu. Ele tinha um bastão de fogo preso em um lado do quadril, uma espada no outro e narinas estreitas. Escutei as estranhas palavras que um dirigia ao outro. Então, o ajudante começou a falar maninka, e, para minha surpresa, o inspetor entendeu. Usando palavras simples para que o homem entendesse, o ajudante disse:

— Ela fala a língua dele e fala maninka.

O inspetor gesticulou para outro toubabu e apontou para minhas correntes. O homem correu, agachou-se, enfiou um pedaço de metal em minha cinta de ferro e me soltou. O ajudante colocou-me na frente de Fomba.

— Diga a ele que abra a boca e não morda — o ajudante me disse.

Mandei Fomba fazer o que fora pedido. O toubabu pôs o dedo na boca de Fomba, testou seus dentes e, aparentemente, aprovou.

— Diga-lhe que se mova — disse o ajudante. O inspetor tocou suas costelas e viu Fomba retrair-se.

— Fratura? — o ajudante perguntou.

— Fomba, olhe para mim. Suas costelas doem? — Fomba murmurou um quase inaudível "sim", mas, instintivamente, mudei sua resposta ao traduzir para o assistente. Parecia mais seguro mentir. — Ele diz que está tudo bem, e que as costelas não doem muito.

O homem de cabelo alaranjado examinou as orelhas de Fomba e inspecionou outras partes dele, inclusive o pênis, que ele levantou e puxou. Fomba abriu a boca, mas não emitiu nenhum som. O inspetor falou com outro toubabu, que ficou ao meu lado, e usou uma pena para rabiscar em um pergaminho. A mão movia-se no sentido errado ao longo do pergaminho, deixando nada além de símbolos sem sentido. Terminaram a inspeção de Fomba. Dois nativos abriram uma porta pesada deitada rente ao chão. A porta foi se alargando como a boca de um crocodilo, até que ficou totalmente levantada. O cheiro de detritos humanos saiu dali como uma nuvem pesada, e com ele, os gritos de homens adultos. Fomba e o homem acorrentado a ele foram empurrados para o alçapão. A porta foi fechada. O inspetor toubabu falou comigo, mas eu não entendi.

Apontando para Sanu e seu bebê, o assistente disse:

— Toubabu está perguntando se foi você.

— Pode repetir?

— Foi você quem amparou o bebê daquela mulher?

Perguntei-me como eles saberiam. Perguntei-me o que mais sabiam a meu respeito. Assenti.

O inspetor me fez uma pergunta. Não compreendi. Ele perguntou novamente. Captei a palavra *chuvas* em maninka.

— Onze — disse eu.

— Andou quanto tempo? — ele perguntou.

— Três luas — eu disse.

— Onde mãe? — perguntou. Não respondi. Ele apontou para Sanu. — Mãe? — perguntou novamente. Balancei a cabeça de um lado para o outro. Ele apontou para Fanta, que estava ao lado de Sanu. — Mãe? — balancei a cabeça mais uma vez.

— O que você está dizendo a ele? — Fanta quis saber. Tentei ignorá-la, mas ela gritou que eu não devia falar com o homem mau. O ajudante deu um passo em sua direção, mas o toubabu puxou-o de volta.

— Não mãe? — perguntou o inspetor.

Fiquei quieta.

O ajudante e o inspetor examinaram Sanu. Ela e o bebê, que dormia, foram dispensados. Gostaria de poder ter ido com elas.

Enquanto o toubabu dispensava Sanu, o assistente puxou-me para perto de Fanta e soltou-me. Fiquei ali, sem que nada prendesse meu braço ou meu pé, sem amarras ou ferros, e olhei para os lados do navio. Poderia ter corrido e pulado, mas ponderei o medo que tinha da água contra o medo que sentia do navio, e fiquei paralisada.

— Abra a boca — o ajudante disse para Fanta. O inspetor estava ao seu lado, aguardando.

Ela murmurou em fulfulde que o ajudante era um imbecil. Ele percebeu o insulto e levantou a mão. Ela se pôs na sua frente firme, desafiadora.

— Não fale em maninka — disse eu.

— Diga-lhe que abra a boca e não morda — disse o ajudante.

Eu disse.

— Nunca — disse Fanta, dirigindo-se a mim. — Eles vão nos comer.

Eu não queria ver Fanta apanhar, e temia que eles punissem a mim por sua desobediência.

Desta vez, não planejei minhas palavras. Elas simplesmente saíram de minha boca.

— Ele disse que vai me punir se você não o fizer — eu disse.

Fanta abriu a boca. O inspetor olhou seus dentes, cutucou sua barriga redonda e disse-me que pedisse a ela para abrir as pernas.

— Estão mandando você abrir as pernas.

— Nunca — disse Fanta.

— Bebê, logo — eu disse para o inspetor.

— Bebê, quando? — perguntou ele.

— Uma lua — respondi.

O inspetor hesitou. Sua respiração era barulhenta; ofegante e sibilante. Perguntei-me se suas narinas pequenas estariam entupidas. Seus dentes eram negros, e a gengiva bem vermelha, como pescoço de peru. Era um homem feio, que parecia estar apodrecendo de dentro para fora, mas eu não conseguia ver más intenções em seus olhos. Arrisquei novamente.

— Bebê uma lua — repeti. Passei a mão sobre a barriga de Fanta. — Mamãe grande. Mamãe grande. Ela diz que vocês vão comê-la.

— Não comer mamãe — disse o inspetor. Ele e o ajudante riram.

— Trabalhar. Trabalhar terra de toubabu. Não comer. — O toubabu de cabelo alaranjado baixou as mãos. A inspeção chegara ao fim.

O ajudante chegou perto, novamente.

— Ele não vai cozinhá-la. Ela vai trabalhar para os toubabus. Todos vocês vão trabalhar.

Achei inacreditável que os toubabus tivessem se dado a todo esse trabalho para fazer-nos trabalhar em sua terra. Construir o navio, vencer as águas, carregar o navio com as pessoas e mercadorias, só para que trabalhássemos para eles? Com certeza, podiam catar suas próprias mangas e socar seu próprio painço. Seria mais fácil do que tudo isso!

Apontei para o inspetor toubabu e perguntei ao ajudante:

— O que ele faz?

— Xamã — o ajudante respondeu.

— Você está falando demais com eles — disse Fanta.

— Ele disse que eles não vão comer você — disse-lhe.

— Quem disse?

— Toubabu.

— O que ele disse?

— Que você terá de trabalhar.

— Por que eu deveria trabalhar, se vão me comer de qualquer jeito? Escute-me, criança. Todos nós seremos cozidos e comidos.

Mais toubabus levaram Fanta embora. Mas eu tive de ficar ao lado do xamã e explicar as instruções do ajudante aos cativos fulbes. Um a um, eram mandados para baixo. Quando me vi sozinha, a última cativa no convés, perdi a coragem. Os toubabus me usaram, e agora me matariam. Mal conseguia ficar em pé, mas pensei em minha mãe e meu pai fora de minha aldeia, e me mantive firme. Urina quente escorreu entre minhas pernas, fazendo-me morrer de vergonha.

O xamã deu-me uma cabaça com água.

— Você me ajuda — disse ele.

Bebi, mas não disse nada.

— Você me ajuda e eu ajudo você.

Eu não tinha ideia de como ele poderia me ajudar, ou o que eu poderia fazer por ele. Desejei ter sido mandada para junto de Fanta e Sanu. Vi os trabalhadores nativos saindo do navio, entrando nas canoas e remando para longe. A eles era permitido ir e vir, mas nós, os cativos, estávamos sendo mandados embora. Disso eu tinha certeza.

A mão do xamã descansava em meu ombro. Ele dizia algo que eu não entendia. O ajudante explicou que eu deveria ir com eles para dentro do navio. Ele foi à frente. O xamã segurou meu braço e levou-me por degraus íngremes para um porão escuro e malcheiroso. Engasguei com o cheiro de resíduos humanos. Imaginei o maior leão da minha terra — tão grande quanto a montanha em forma de leão, na praia, mas vivo, respirando e faminto. Era como se fôssemos levados diretamente ao seu ânus. O leão já havia feito desordens nas aldeias, engolido todos os vivos, e agora mantinha-nos amontoados, mal podendo respirar, à luz fraca de sua barriga. Mais à frente, o assistente segurou um candeeiro que iluminou as sombras. O xamã também levava um candeeiro. Por todos os lados havia homens nus, deitados, acorrentados uns aos outros e às suas tábuas de dormir, gemendo e chorando. Detritos e sangue corriam pelo chão, cobrindo meus pés.

Nosso corredor não era nada além de um estreito caminho que separava os homens à esquerda e à direita. Empilhados como peixes no balde, estavam dispostos em três andares — o primeiro à altura dos meus pés, o segundo, da minha cintura e o terceiro à altura do meu pescoço. Não podiam levantar a cabeça mais de trinta centímetros acima da tábua de madeira úmida.

Os homens não conseguiam ficar em pé a menos que se inclinassem, acorrentados aos pares, no corredor estreito por onde eu passava. Em suas pranchas ásperas, não havia espaço para sentar. Alguns estavam deitados de bruços, outros de frente. Estavam algemados pelo tornozelo, o direito de um com o esquerdo do outro. Através de orifícios nestes ferros corriam correntes tão curtas que, com o consentimento de um dos homens, seu parceiro conseguia mover-se apenas alguns centímetros em direção ao balde em forma de cone, que coletava os excrementos.

Os homens tentaram me agarrar, implorando ajuda. Recuei, para não ser arranhada por suas unhas. Um dos prisioneiros mordeu a mão do assistente. Este golpeou o homem na cabeça.

Os homens gritavam nas mais diversas línguas. Gritavam preces árabes, gritavam em fulfulde, em bamanankan e em outras línguas que eu nunca escutara. Todos pediam as mesmas coisas: água, comida, ar, luz. Um deles clamava estar acorrentado a um morto. Sob a luz bruxuleante, pude vê-lo tocar o corpo inerte preso a ele, pé com pé. Gelei e quis gritar. *Não*, disse pra mim mesma. *Seja uma djeli. Veja e recorde-se.*

— Irmã, irmã — disse um homem.

Falava com uma autoridade que não pude ignorar. Falava como meu pai. Vi um rosto tenso e cansado, mas cheio de propósito. Estava no mais alto dos três níveis.

— Irmã — cochichou em voz rouca, em bamanankan —, de onde você é?

— Bayo, perto de Segu — respondi.

— Ouvimos falar de você. Você é a que ampara bebês, mas ainda é uma criança.

— Não sou criança. Já vi onze chuvas.

— Qual seu nome, Onze Chuvas?

— Aminata Diallo.

Falei para o ajudante que alguém, dez fileiras atrás, estava acorrentado a um homem morto. Ele foi, com dois toubabus, encontrá-lo. Eles agitaram correntes, resmungaram, agitaram mais correntes e, finalmente, puxaram o homem e arrastaram-no pelo corredor empoçado. Minha cabeça girava e meus joelhos tremiam, mas eu não podia cair em um chão imundo como aquele. Os gritos dos homens ressoavam em meus ouvidos.

— Passe por aqui sempre que tiver chance — disse o homem que dava ordens como meu pai. — Sem que o ajudante esteja escutando. Recolha informações e traga-as para mim. Sou Biton, chefe de Sama. Também sou bamana. Fale comigo; conte-me tudo. Não esqueça. Escutou, criança?

Engoli em seco e concordei.

— Eu não deveria ter sido roubada — falei, sem pensar. — Sou uma muçulmana livre.

— Todos nós fomos roubados — ele disse. — No momento certo, vamos nos rebelar. Por enquanto, traga-nos água.

— Vamos partir em breve — informei, contente por estar oferecendo algo.

— Como você sabe?

— Escutei, lá fora. Vamos partir logo.

— Bom — disse ele. — Alguns de nós estão aqui há luas, e estamos morrendo de calor. Você fala a língua dos toubabus?

— Não. Mas falo fulfulde também e sei um pouco de árabe.

— Aprenda a língua dos toubabus — sugeriu —, mas não lhes ensine a nossa. O xamã estava me empurrando. Biton falou novamente: — Onze chuvas. Aminata Diallo! Lembre-se do chefe bamana.

Seguimos em frente com dificuldade. Íamos devagar, no escuro. Um momento depois, outra mão tocou meu pulso. Estava quase dando uma palmada, mas, quando virei, vi Chekura.

— Aminata — ele sussurrou. — Você não me odeia por tê-la trazido aqui? — perguntou.

— Aqui é muito quente para sentir ódio — eu disse.

— Você não contará a ninguém o que eu fiz? Antes de me prenderem?

— Não. Eu quero que você viva.

Ele repetiu meu nome inúmeras vezes, e acrescentou:

— Preciso escutar você dizer. Por favor, diga. Diga meu nome.

— Chekura — falei.

— Alguém sabe o meu nome. Ver você faz com que eu queira viver.

Perguntei-me se haveria uma forma de trazer-lhe água.

— Agora, todos nós temos de viver — eu disse. — Quem quer morrer no ânus de um leão?

Minha expressão, *ânus de um leão*, disseminou-se pelas pilhas de homens. Biton escutou a frase e deu uma gargalhada que ecoou pelo porão. Ele gritou a frase e o cativo ao seu lado repetiu. Aqueles que falavam bamanankan gritaram. Um homem perguntava e todos os outros respondiam.

— Onde nós estamos? — ele dizia.

— A irmã diz que estamos no ânus de um leão — dois homens respondiam.

— Eu digo, onde estamos? — um deles perguntava.

— No ânus de um leão — outros homens respondiam.

Um homem perguntou:

— Quem é a irmã que veio nos visitar?

— Aminata. Sou de Bayo, perto de Segu, na região do Joliba.

No escuro, os homens repetiram meu nome e diziam os seus, enquanto eu passava. Queriam que eu os conhecesse. Soubesse quem eram. E que estavam vivos, e que continuariam vivos.

— Idrissa.

— Keita.

E por aí afora. Procurei Fomba, e, finalmente, o vi. Chamei-o pelo nome. Olhou-me, mas seu olhar era inexpressivo. Nenhuma palavra saiu de seus lábios.

— Sou eu, Aminata — murmurei. Nada. Ele não falava. Toquei sua bochecha, mas ele sequer piscou. Queria deitar minha cabeça nos ombros deste homem grande e forte, mas o xamã segurou-me pelo braço e apontou para frente.

O ajudante destrancou uma repartição de madeira e abriu-a, revelando outro cômodo, onde havia cerca de vinte mulheres cativas e um punhado de crianças. As mulheres não estavam acorrentadas, mas tinham pouco espaço para se mover. No meio do cubículo, o teto era mais alto, e as mulheres podiam ficar em pé, embora as mais altas tivessem de se inclinar. Tive de empurrar e me virar um pouco para conseguir passar pelo grupo. As mulheres murmuravam seus nomes para mim e perguntavam de onde eu era.

Uma mão segurou-me firmemente pelo cotovelo. Era Fanta.

— Fique longe desses toubabus; eles vão comer você — disse ela.

Esquivei-me dela e me afastei. Ouvi um bebê choramingar, e caminhei entre a massa de mulheres até encontrar Sanu. Ela segurou meu braço.

— Preciso de água, ou não terei leite para o bebê — disse ela.

Toquei seus dedos com os meus.

O xamã passou por mim e subiu. O ajudante parou, virou-se com seu candeeiro e disse:

— Você fica aqui, a menos que a chamemos lá em cima. Fique neste canto, perto da escada. Se sair deste canto, baterei em você. Se ficar aqui, guardarei a surra para os outros.

Olhei para ele de modo desafiador. Vi o assistente levantar o braço. Não me lembro dele batendo em mim. Só me lembro de ter caído.

Acordei na escuridão, com um gosto ruim na boca. Eu balançava como um asno que tivesse bebido vinho de palmeira. Meu estômago estava revirado, dolorido e vazio. Tentei ficar imóvel e voltar a dormir. Mas o balanço não parava e uma voz me chamou. O xamã.

Movimentei-me sobre a madeira áspera e senti uma lasca cortar meu quadril. Levantei a cabeça o máximo que pude — uns 30 cm apenas — e deslizei pelo chão, para um local onde pudesse ficar em pé. Meus quadris doíam, lixo seco estava grudado em meus pés, meus dentes não tinham sido limpos. Senti sangue menstrual escorrer e detestei ter de ficar na frente daquele toubabu cabeludo.

O xamã segurou minha mão e me puxou escada acima. Saímos em uma escotilha separada daquela que servia aos prisioneiros. Lá fora, no convés, a luz do dia queimou-me os olhos, e eu os fechei. Quando voltei a abri-los, vi que nosso navio deslizava sobre mar aberto, e que não havia nenhum remador. Ondas faziam-no subir e descer. Em cima de mim, velas em mastros verticais batiam como asas de monstros voadores. Não vi sinal de terra, nem canoas com nativos. Estávamos perdidos no meio da água. Concluí que os toubabus deviam ter espantosos dotes mágicos para mover esse navio sobre o infinito deserto de água.

O xamã apontou para um balde com água. Agachei-me e me lavei. Tinha ferimentos por todo corpo: rosto, quadril, coxas, tornozelos. A marca em meu peito estava muito dolorida; não consegui tocá-la ou lavá-la. A água salgada feria e queimava a pele, mas, foi bom lavar toda aquela imundície. Enquanto me lavava, vi outras mulheres em volta de baldes com comida. Usavam os dedos para comer um mingau de feijão.

O xamã deu-me uma casca de coco vazia, e apontou para um balde com água fresca. Tirei água e experimentei cuidadosamente. Era sem sal. Bebi depressa. Fanta chegou perto de mim.

— Dê-me isso — ela disse, apontando para a casca de coco. — Eu não bebi o suficiente.

Entreguei-lhe a casca. Enquanto Fanta bebia, o xamã entregou-me um pano longo, cor de areia. Cobri-me e senti-me quase tão aliviada quanto estivera ao beber água.

Fanta jogou a casca.

— Mulheres antes de crianças — disse ela, arrancando o pano de mim e amarrando-o em si própria.

O xamã resmungou por entre os dentes tortos, mas não disse nada. Eu não tinha certeza de que tipo de homem era ele, mas não parecia inclinado a bater. Naquele momento, entretanto, gostaria que tivesse dado um tapa no rosto de Fanta, e me devolvido o pano. Ao contrário, deixou que ela ficasse com ele e mandou que eu o seguisse pela área das mulheres no convés e passasse por uma porta.

O xamã levou-me a um compartimento separado para os homens cativos. Muitos estavam acorrentados à borda do navio. Cumprimentei cada um dos que me chamaram pelo nome. Encontrei Biton, o chefe. Ele ficou em pé, com os ombros para trás e a cabeça erguida.

Ele sorriu.

— Aminata Dialo. — Falou com ímpeto, com orgulho. Gostei de escutar meu nome dito daquela maneira. Fez com que eu me aprumasse.

— Chefe Biton — respondi.

— Você está longe há mais de um dia. Por que demorou tanto para me ver?

Disse que estivera dormindo, mas que não sabia que havia sido por tanto tempo.

Biton olhou para o machucado em meu rosto.

— Fique aqui, se puder — disse ele. — Quanto mais tempo você ficar lá embaixo, mais rápido morrerá.

O xamã perguntou-me, falando de modo infantil, em maninka, se havia homens mortos lá embaixo. Olhei para Biton, mas ele não entendeu. Repeti a pergunta em bamanankan. Biton respondeu que havia um homem morto e que o sujeito preso a ele não pôde vir para o convés para comer ou beber.

— Um morto — comuniquei ao xamã. Este não entendeu. Levantei um dedo e apontei para baixo.

O xamã precisava de dois homens para ajudá-lo. Apontou para os ferros que prendiam o tornozelo de Biton ao de um cativo chamado Poto.

O xamã tirou de um bolso em suas calças um molho de finas chaves metálicas, escolheu uma, inseriu nos ferros e libertou os prisioneiros. Enquanto dez outros nativos olhavam, ele recolocou o metal no bolso, escolheu dois outros toubabus com tochas e levou os dois nativos para baixo.

Aproximei-me de Fomba, que estava comendo.

— Bom?

Ele balançou a cabeça negativamente.

— Seus pés doem? — perguntei. Ele assentiu. Não olhou para mim, mas pegou minha mão e não soltou. Sentei-me com ele, sentindo o navio balançar. Biton e Poto voltaram do porão, arrastando o morto. Olharam um para o outro, e depois, para mim. O xamã acenou para que se movessem para a borda do convés e gesticulou, furiosamente, para que jogassem o morto. As velas oscilavam loucamente ao vento; não ouvi o corpo bater na água. Perguntei-me quantos de nós pararíamos lá no fundo.

Segurei o xamã pelo braço e apontei para Fomba, tentando dizer-lhe que o homem era forte e que obedeceria, e bem que seus tornozelos poderiam ser soltos. O toubabu não fazia ideia do que eu falava.

— Não sugira isso — Biton disse-me, apontando para Fomba.

— Por quê?

— Ele nem consegue falar. Está fora de si. Precisamos que o toubabu confie em homens que são úteis para nós.

— Ele é da minha aldeia.

— Somos todos de uma aldeia, criança. Cuidarei para que não o machuquem. Biton ficou parado, para que o xamã recolocasse as correntes. — Venha ver-me logo, Aminata.

O toubabu de cabelos alaranjados segurou-me pelo braço e puxou-me, parando para examinar as correntes de alguns prisioneiros. Na fileira seguinte, ouvi chamarem meu nome.

— Aminata.

Era Chekura. Tinha ferimentos em ambas as bochechas, seu cabelo estava embaraçado e os pés, cobertos de sujeira. Entretanto, naquele momento, parecia não se importar. Sussurrou em fulfulde para que Biton não entendesse:

— Cuidado com aquele homem. Ele quer ser nosso líder, mas pode matar você.

Biton era adulto e Chekura, apenas uma criança. Biton era bem maior e mais poderoso, e nossos conterrâneos já escutavam o que ele dizia.

Chekura havia cooperado com meus captores, mas, ainda assim, eu queria confiar nele. Andara comigo durante três luas, vinha de uma aldeia próxima da minha, e falava a língua de meu pai. Senti que Chekura me protegeria se pudesse. Mas vira o que mastros de fogo são capazes de fazer, e Chekura provavelmente morreria se os cativos se revoltassem. E então, quem me protegeria? Não sabia em quem confiar. Chekura ou Biton. Sua resposta trouxe-me um pouco de conforto.

— Mantenha os olhos bem abertos e os ouvidos atentos — disse ele —, e não confie em ninguém além de você.

Puxando-me pelo braço, o xamã levou-me para baixo, por uma nova escadaria. Empurrou-me por um cômodo lotado de homens que dormiam em redes penduradas em vigas no teto. Passamos por uma cozinheira trabalhando em uma imensa panela, e depois por um espaço estreito com portas enfileiradas. O xamã abriu uma delas. Entramos em uma pequena sala. Era um alívio ficar longe dos fétidos cômodos onde os prisioneiros dormiam e do convés superlotado. Mas, sozinha com o toubabu em seu quarto, não era um bom lugar para eu estar.

Ele bocejou, esticou os braços e tirou o casaco. Sua camisa estava amarelada em baixo dos braços e seu cheiro era forte. Sentou-se na cama que era uma plataforma de madeira, coberta com um saco de pano irregular, recheado de palha. Fez sinal para que eu me sentasse. Continuei em pé. Deu umas batidinhas na cama. Sentei-me, sem graça, desejando que outros estivessem ali comigo. Nessa situação, Fanta saberia o que fazer.

O xamã falou uma palavra em toubabu, apontando para o lugar onde eu me sentara.

— Cama — disse, várias e várias vezes, esperando que eu apontasse e repetisse a palavra.

— Cama — disse eu, e ele pareceu ficar contente.

Com o polegar, apontou para o próprio peito, e disse outra palavra.

— Tom — repetiu várias vezes.

— Tom — repeti.

Então, apontou para mim. Eu disse meu nome. Ele fez uma careta.

— Aminata — repeti.

Mas ele apontou para mim e disse outra coisa. Muitas e muitas vezes. E queria que eu repetisse.

— Mary — finalmente, eu disse. Ele apontou para mim novamente e repetiu. Usei o polegar, como ele. — Mary — falei com suavidade. Vomitei a palavra e me prometi que esta seria a última vez que pronunciaria este nome e o dele.

Ele se levantou e bateu palmas.

— Mary — repetiu inúmeras vezes.

Fiquei em pé, como ele. Queria voltar para a companhia das mulheres, mas ele colocou a mão em meu ombro e fez com que eu voltasse a sentar, aproximando o rosto do meu. Havia pelos alaranjados em seu queixo, e grandes bigodes perto das orelhas e no rosto. Nas laterais do rosto, perto das orelhas, os pelos cresciam tão grossos quanto seus polegares. Ele atravessou o quarto, em direção a um baú, de onde tirou um pano vermelho. Era largo e comprido, feito de linho macio. Colocou-o em meu braço. Levantei-me depressa e coloquei-o nas costas, em volta das minhas partes íntimas, amarrando com um nó na altura dos quadris. Ele pareceu maravilhar-se com o nó e com a rapidez de minhas mãos. Depois de mandar que eu voltasse a sentar na cama, saiu do quarto.

Do lado oposto à cama, havia um pequeno buraco na parede. Fui até lá dar uma espiada; um fino jato úmido atingiu meu rosto. Estávamos navegando por águas tranquilas. Podia ouvir a vibração suave das velas, mas um novo e estranho som surgiu atrás de mim. Embora a porta não estivesse aberta, tive certeza de que alguém me observava. Meu coração acelerou. Virei-me. Ninguém. Absolutamente ninguém. E, então, o som ressurgiu, de um canto do quarto. Ali, sobre outra mesa, havia uma gaiola de metal. Dentro estava um papagaio azul e amarelo, com um bico repugnante. Suas asas farfalhavam. Dei um pulo para trás. Ele só se movia sobre o poleiro; não podia escapar nem me atacar, já que estava preso na gaiola tanto quanto eu estava presa àquele navio.

Moveu a cabeça para o lado, como se quisesse me ver melhor e, com certeza, pronunciou algumas palavras. Não entendi nada. O pássaro não estava cantando; estava falando. E não era uma língua da minha pátria. Ele falava a língua dos toubabus.

Ao lado da gaiola, havia um prato com nozes. Peguei uma. Tinha um sabor forte, rico. Pus outras duas na boca e mastiguei. O pássaro grasnava ruidosamente e olhava para as nozes e para minha boca. Larguei as nozes. Perto delas, havia uma fruta amarela, de casca grossa, metade do tamanho do meu punho, pontuda nas extremidades. Dei uma mordida. Era amarga, por isso coloquei-a de volta.

Virei-me quando a porta se abriu.

— Oh, oh, oh! — disse o xamã. Aproximou-se e examinou a fruta amarela com a marca dos meus dentes. Tirou uma faca da bainha de seu cinto. Voltei para a cama e mordi os lábios, tentando não chorar. Mas ele não apontou a faca para mim. Em vez disso, cortou a fruta em fatias, pegou uns cristais marrons de uma jarra e salpicou-os sobre a fruta. Levou um pedaço à boca, mordeu e chupou a polpa, sem comer a casca. Deu-me uma fatia. Levei-a à boca, chupei. Tão amarga era, que senti ânsia de vomito. O xamã salpicou mais cristais. Chupei de novo. Minha boca dançou com o gosto da fruta, e, de repente, tomei consciência de minha fome e minha sede.

Ele havia trazido para mim duas cascas de coco, uma com água e outra com inhame cozido com óleo de palmeira. Comi o inhame muito depressa e bebi a água como se alguém fosse roubá-la; minha barriga ameaçava rebelar-se. O navio voltara a balançar nas águas.

— Comida — disse ele, apontando para o que eu comi.

Repeti a palavra.

— Com fome — ele disse, dando tapinhas na barriga.

Bateu na superfície onde eu estava sentada. Lembrei-me da palavra.

— Cama — falei.

Ele sorriu e mostrou que eu deveria me deitar. Não me pareceu uma boa ideia, mas eu não tinha outro lugar para ir. O navio era um mistério. Se eu escapasse e corresse dele, não saberia como encontrar as mulheres da minha terra. E mesmo que o fizesse, teria de voltar a dormir no porão fedorento do navio. Ele colocou um pano sobre mim, pôs a mão em meu ombro e repetiu:

— Mary.

Sua mão deslizou sob o pano, e foi descendo por minha costas. Virei-me bruscamente e puxei o pano sobre meu corpo. Fiquei deitada de bruços, as pernas bem unidas. Passou as mãos em minhas costas novamente. Virei-me, sentei e sibilei para ele:

— Não faça isso comigo, ou meu pai voltará do mundo dos mortos para atacá-lo. Eu só tenho onze chuvas.

O toubabu não tinha a menor ideia do que eu falava, embora deva ter percebido minha raiva e meu medo. Quando alguns animais percebem o medo, atacam com mais violência. Mas o xamã afastou-se prontamente, com a cabeça entre as mãos. Um momento depois, pegou um objeto branco de cima da mesa e levou-o para junto do peito. Tratava-se de uma estranha escultura, simples, com uma vareta em um sentido e a outra, cruzada sobre ela. Ele pressionou o objeto contra o peito, recitou alguma coisa com suavidade e cobriu-me novamente. Deu tapinhas em meu ombro e continuou recitando. Sua mão não voltou a deslizar em minhas costas. Fiquei rígida, em silêncio, deitada de frente para poder vigiá-lo. No final, devo ter adormecido.

Acordei no escuro. Eu fora empurrada para o canto da cama, junto da parede, e não estava sozinha. Ao meu lado, dois vultos, um sobre o outro, balançavam para frente e para trás. Ambos respiravam ruidosamente. A voz de um era alta, exigente, ameaçadora. Era uma mulher da minha terra, ofegante, dizendo palavras que eu não compreendia. Ela estava por baixo. O xamã estava deitado sobre ela, grunhindo e empurrando, para cima e para baixo, para cima e para baixo. Empurrei-me contra a parede e fechei os olhos. Sabia que um homem nunca deveria tocar em uma mulher dessa forma, a menos que fosse seu marido. Mesmo que papai não tivesse me ensinado partes do Alcorão, eu saberia.

— Aaaaaaah! — o toubabu suspirou. A cama ficou silenciosa.

Senti o peso do xamã despencar no espaço entre a mulher e eu, enquanto ela arfava e gritava. Por fim, a respiração dele voltou ao normal, assim como a dela. Vi seu peito subir e descer por um longo tempo, até que devo ter adormecido também.

Acordei com a luz brilhando através da janela. O xamã não estava ali; nem a mulher. Puxei o pano vermelho firmemente em volta do corpo. A janela estava fechada. Sobre a mesa, embaixo da janela, vi algumas conchas cauri e três objetos de metal rígido. Mais finos que uma joaninha, eram redondos como a unha do meu polegar, mas maiores. Eram prateados. Mordi um deles, mas não cedia. A cabeça de um homem estava esculpida em um dos lados de cada objeto.

Nos dias seguintes, o toubabu de cabelos alaranjados mostrou-me como sair da cabine, subir ao convés e como encontrar os cômodos das mulheres e dos homens cativos. As mulheres podiam visitar a área dos homens, mas estes permaneciam acorrentados e não podiam sair. Sentinelas armados vigiavam para que eles permanecessem no pequeno espaço do convés.

Durante o dia, eu me movimentava livremente pelo convés, mas à noite, era aguardada lá embaixo, no quarto do xamã. Ele me mostrou como cuidar de seu pássaro; à noite, precisava cobrir a gaiola com um pano, que, de manhã, eu retirava. Eu limpava a gaiola e alimentava-o com nozes e outros mimos que o toubabu trazia para o quarto. Banana. Carne cozida. Inhame, painço, arroz. Aquele pássaro comia qualquer coisa. Quando o homem não estava por perto, eu também comia. A ave grasnava quando eu comia as nozes, e eu, então, dava-lhe algumas. Se, algum dia, eu voltasse a Bayo, as pessoas não acreditariam. *O xamã amava aquele pássaro. Deixava-o empoleirar-se em seu braço. Amava-o tanto, a ponto de ensiná-lo a falar a língua dos toubabus.* Ficava imaginando sua reação. Elas jogariam coisas em mim e morreriam de rir; e falariam sobre isso durante duas luas, sem parar. *Conte-me novamente a história do homem e seu pássaro.*

O xamã nunca tentava tocar em mim quando o pássaro estava olhando. Primeiro, mandava cobrir a gaiola com o pano. Há homens cujos olhos queimam quando a intenção é machucar, mas este toubabu tinha as íris débeis, azuis, aguadas, mesmo quando a ave não podia nos ver. Sempre que colocava a mão em meu ombro ou em minhas costas, eu dava um empurrão brusco e um grito raivoso. Ele se recolhia como um cachorro assustado e punha-se a ler, em voz alta, um livro que conservava em seu quarto. Parecia estar repetindo, inúmeras vezes, as mesmas palavras. Por estranho que pareça, nesses momentos, ele me dava tudo o que eu pedia. Comida. Água. Outro pedaço, do comprimento de um braço, do pano que guardava dentro do baú. Ou ainda, um dos misteriosos discos de metal com a cabeça esculpida em um dos lados.

Diariamente, os toubabus traziam os nativos para cima em pequenos grupos. Via-os emergir da escuridão, tropeçando, retraindo-se em face da luz do sol e cobrindo os olhos com o braço curvado. Confinados em seu compartimento ínfimo no convés, os homens recebiam água e comida e, às vezes, permissão para se lavar. Vi um homem tombar com o rosto no chão ao tentar se lavar. Suas costelas estavam à mostra, e ele parecia tremendamente esgotado. Uma nativa, também mais velha e fraca, foi cuidar dele, acariciando sua testa e dando-lhe de beber de uma cabaça. Quatro toubabus a empurraram e agarraram o homem pelos joelhos e axilas. Ele deixou-se cair em seus braços, sem forças para resistir. A mulher gritou, suplicou e tentou soltar os dedos dos toubabus. Estes se chocaram contra ela, puxaram o homem para a lateral do navio e jogaram-no para fora.

Nos dias seguintes, a tristeza da mulher era tanta, que ninguém queria ficar perto dela no convés ou agachar-se ao seu lado para comer. Por

Sanu, eu soube que um dia a mulher não subiu ao convés. Depois de outros dois dias, não mais se movia. Foi carregada para fora e jogada nas profundezas, tal qual seu homem. Ninguém lutou ou rogou por ela. E ninguém queria falar dela depois que se foi. Perguntei à Fanta se ela achava que, pelo menos, a mulher havia morrido antes de ser tirada do porão.

— Shh — respondeu, e me deu as costas.

À medida que os dias passavam, vi que quanto mais as mulheres viam-se livres, mais se arriscavam. Fanta disse que eu era boba porque ia com o xamã. Disse que preferia dormir com os baldes imundos no porão a deitar-se na cama de um toubabu. Ela costumava ficar no porão, e por estar com a gravidez tão adiantada, os toubabus não se opunham. Mas eu não tinha escolha, e muitas outras mulheres eram obrigadas a passar as noites, ou parte delas, com os líderes toubabus. O xamã levava uma mulher para sua cama regularmente; tinha três ou quatro favoritas, e fazia-me permanecer na cama mesmo quando estava com uma delas. Eu deitava junto à parede, tapava os ouvidos e cantarolava bem alto, tentando ignorar os arquejos e as vibrações. Sabia que, praticamente, assim que seu corpo parava de tremer, ele dormitava. A mulher saía da cama com o maior cuidado, e andava pelo quarto do xamã, às vezes pegando algum objeto do baú, que escondia dentro de seu pano. O homem acordava de repente, levantava-se, dava à mulher um pouco de comida ou água, ou ainda um pano colorido e a mandava embora.

Em seu quarto, à noite, as mulheres nunca olhavam para mim, ou cruzavam seu olhar com o meu. Eu sabia que não deveria lhes falar. Nunca contava ao xamã que as nativas roubavam o que podiam de dentro de caixas que eram levadas e trazidas diariamente para o aposento. Via peças de ferro desaparecer dentro dos panos. Vi uma mulher pegar uma laranja sem seu consentimento, esperar que ele se virasse, catar um prego do chão e enfiá-lo profundamente dentro da fruta.

Lá em cima, no convés, ouvia o que as mulheres conversavam. Diziam que o grande chefe dos toubabus era tão bem dotado quanto um jumento e que nunca dava às mulheres nada além do fedor de seu corpo. Diziam que seu pescoço, as costas e até os dedos dos pés eram cobertos de pelos. Fanta só resmungava, alertando que uma de nós acabaria em seu estômago, bem ao lado de sua bola de pelos.

Depois de dez dias no mar, os toubabus tiraram os ferros de alguns homens que tinham permissão para ficar no convés, mas acorrentavam-nos novamente na hora de descer para o porão. Biton encorajava-me a aprender o maior número possível de palavras dos toubabus, para que pudesse passar-lhe informações. E sempre me dizia para pegar objetos da cabine do xamã.

— Se Biton a amasse como um pai — Chekura afirmava —, ele não a colocaria em perigo. Diga-lhe que não encontrou nada.

Fomba permanecia em silêncio e acorrentado. Biton havia me dito que eu não devia pedir nada em benefício de Fomba, mas era difícil olhar para os seus tornozelos ensanguentados, em carne viva. Ele não se queixava para mim. Fiz com que o xamã compreendesse que Fomba era confiável, que poderia ficar sem as correntes e que seria capaz de despejar a comida das panelas nos baldes. Consegui, também, uma tanga para Fomba. Mas, depois disso, preocupava-me ver mulheres aproximando-se dele e passando-lhe objetos quando os toubabus não olhavam. *Fique longe de confusão*, imaginava meu pai dizendo, *e mantenha-se em segurança.*

Eu guardava comida da cabine do xamã para dar a Fomba, Chekura, Fanta e Sanu e a entregava no convés. Certo dia, quando trouxe uma laranja para Chekura, ele cortou-a em pedaços, chupou o bagaço e jogou os restos para fora do navio. Tinha suco e polpa em volta da boca e no rosto; parecia uma criança aprendendo a comer com as próprias mãos, mas não se importava. Estava ansioso para me dar as notícias.

— Fomba pode não falar, mas, com certeza, sabe usar as mãos.

— O que foi que ele fez?

— Lá embaixo, no porão, ele pegou um prego e abriu sua tornozeleira. Biton achou que foi puro acaso. Fomba fechou-a e abriu-a novamente. Durante toda a noite, Biton tentou abrir a dele, mas não conseguiu. Chamou Fomba, que o fez em um instante.

No convés, certa tarde, antes da refeição dos cativos, o chefe dos toubabus surgiu carregando a carcaça de uma galinha. Jogou-a no meio dos prisioneiros. Os homens brigaram e lutaram pelos restos, lambendo e sugando o que podiam, raspando os ossos por fragmentos de carne e triturando-os para comer o tutano. Outra carcaça de galinha foi jogada, e novamente os homens lutaram. Os marinheiros dobraram--se de tanto rir e jogaram mais uma.

Biton estava entre os nativos no convés. Ouvi-o dar ordens e vi os homens pararem de brigar e se afastarem da terceira carcaça. Biton pegou-a e jogou-a de volta para o chefe dos toubabus.

— Vocês não se atreveriam a me matar — Biton gritou. — Sou muito valioso.

Os toubabus não tinham ideia do que ele falava, mas bateram nele mesmo assim; foram dez chicotadas nas costas. Vi quando a primeira chicotada rasgou sua carne; em seguida, fui para o quarto do xamã.

No dia seguinte, ele estava novamente no convés; não se queixava, embora caminhasse com dificuldade. Desse dia em diante, Biton era o chefe incontestável dos prisioneiros.

O que os nativos mais odiavam era ter de dançar sobre um chicote que o assistente meneava sobre o piso do convés. Certo dia, o ajudante dos toubabus caiu doente, deixando um marinheiro toubabu a cargo do chicote. Enquanto dançávamos, comecei a cantar uma música com o nome de todas as pessoas que via. Tentei nomear cada um dos rostos e dizer, também, o nome de sua aldeia de origem. Eu já sabia alguns.

— Biton — comecei —, de Sama.

— Chekura — cantei —, de Kinta. E Isa, de Sirakoro. Ngolo, de Jelibugu. Fanta, de Bayo. O humor dos nativos melhorou um pouco. Quando eu cantava um nome, caso acertasse, uma mulher ou um homem aplaudia, e os outros o repetiam uma vez. Quando eu errava ou não sabia o nome, a pessoa aplaudia duas vezes, dançava um pouquinho comigo e dizia seu nome e a aldeia de onde vinha. Todos aderiram a essa atividade e, em outras ocasiões, quando éramos obrigados a dançar, os nativos se revezavam clamando os nomes e as aldeias das pessoas à sua volta. Alguns eram capazes de falar até 15 nomes e aldeias, mas, depois de alguns dias, eu podia dizer o nome de quase todos.

Biton fazia-nos repetir a brincadeira dos nomes e dançar com tanto entusiasmo, que os toubabus chegaram quase a nos admirar. Estes se agrupavam pela ordem, ou seja, o toubabu chefe, seu primeiro assistente, o xamã e outros líderes à frente dos outros toubabus. O próprio Biton dançava e cantava enquanto todos nós assistíamos.

Ele começava com uma pergunta, que fazia soar com uma canção:

— O ajudante dos toubabus está aqui? Por favor, digam-me, amigos.

— Não — alguém respondia — o ajudante não está aqui.

— Olhem novamente, amigos, para ter certeza — ele bradava. E quando asseguravam que o ajudante não estava presente, Biton dançava e cantava: — Esse, com pelos apenas no queixo, é o primeiro assistente. Ele dirige o navio. Ele vive. E esse outro, com a barriga do tamanho de uma mulher grávida, é o chefe dos toubabus, e ele morre. Mas, primeiro, vamos esperar pelo bebê de Fanta.

Estávamos a bordo há um ciclo completo da lua. Nativos morriam regularmente, ao ritmo de um ou dois por dia. Não havia respeito para com os mortos. O som de um homem ou de uma mulher chocando-se contra a água horrorizava-me cada vez mais e insultava o espírito dos mortos. Na minha maneira de pensar, era pior do que matá-los. Eu ouvia o barulho, e, embora o temesse, o que me incomodava mais ainda era não escutá-lo. Para mim, uma entrada silenciosa sugeria que os corpos afundavam no esquecimento. À noite, meus sonhos eram assombrados por imagens de pessoas caindo da margem de Bayo, desaparecendo sem aviso e sem ruído, como se tivessem andado, de olhos vendados, à beira de um precipício.

Marinheiros toubabus também morriam a bordo. Nos dias em que seguia o xamã, vi alguns doentes e alguns morrendo. Tinham as gengivas inchadas e putrefatas, manchas pretas na pele, feridas abertas, que cheiravam de modo terrível, e cuspiam um catarro esverdeado. Quando o líder dos toubabus morreu, tiraram-lhe as roupas e jogaram-no para os tubarões que se arrastavam atrás de nós como abutres aquáticos. Diariamente, os marinheiros jogavam na água todo tipo de lixo: baldes de excrementos, barris quebrados com comida estragada, ratos inchados, de tal modo que, toda vez que eu ouvia o barulho de algo se chocando contra a água, temia o pior.

Não havia crianças da minha idade a bordo. Ninguém para brincar comigo. Além de alguns bebês, havia apenas homens e mulheres. Eu tinha sorte pelo fato de não ficar confinada com os outros no porão, mas, frequentemente, não tinha nada para fazer. Sozinha na cabine do xamã, às vezes eu dormia para passar o tempo, ou divertia-me jogando amendoins para o papagaio ou ensinando-lhe palavras como *o toubabu vai pagar*, em fulfulde. E encenava diálogos entre meus pais, discussões a meu respeito. *Ela vai dormir com as mulheres, no porão. Não, não vai; é melhor deixá-la com o toubabu, pois ele é inofensivo. Inofensivo? É inofensivo com as mulheres, à noite?* Quando essa conversa me dava dor de cabeça, eu mudava de assunto. Falava sobre a nossa casa. *Você passa muito tempo visitando mulheres em outras aldeias e nós não temos muito painço. As mulheres se queixam toda vez que você evita ir aos campos com elas. Não vou visitar mulheres. Vou amparar bebês, e trago para casa galinhas, panelas e facas. Uma vez trouxe até uma cabra. Não me importo com as suas mulheres estúpidas nos campos. Elas plantam galinhas? Plantam cabras?*

Uma noite, no convés, Fanta disse-me que sua barriga estava em convulsão e que estava pronta para ter o bebê. Fiz sinal para Chekura, que, juntamente com os outros homens, era levado para baixo, para passar a noite. Assentiu ao ver-me apontar para Fanta, mostrando com as mãos minha barriga.

Eu andava diariamente entre o convés e a cabine do xamã e ninguém ousava impedir-me, pois pertencia a ele. Desta vez, trouxe Fanta comigo. Era a primeira vez que ela descia até o ambiente dos toubabus. Viu as panelas dos líderes e disse:

— Precisamos matá-los, antes que nos cozinhem.

No quarto do xamã, cobri a cama com panos e puxei para perto um jarro com água. Desejei que este nascimento fosse rápido.

— Eu posso ter de ficar aqui a noite toda, se isso demorar muito — disse Fanta. — E eu não vou passar a noite com nenhum toubabu. Morro antes. Ou ele morre.

Coloquei a mão em seu ombro e disse-lhe para pensar no bebê. Ela resmungou.

— Parei de me incomodar com isso há muito tempo. Nenhum toubabu fará a esse bebê o que fizeram conosco. — Um arrepio percorreu meu corpo.

Eu precisava me afastar de Fanta por um instante. Precisava me recompor. Por isso fiz o que o xamã me mostrara. Peguei um balde grande de metal do quarto, saí e pedi ao jovem toubabu que trabalhava na cozinha que jogasse dois tijolos de ferro bem quentes no balde. Voltei ao quarto com eles. Lá dentro, Fanta apontava para o pássaro, boquiaberta. O pássaro grasnava para ela. Joguei-lhe alguns amendoins e um pano sobre a gaiola para que se calasse.

— Não dê comida para essa coisa — disse Fanta. — Pegue a comida para você. Dê aos outros, ou a mim.

— Preciso alimentar essa ave, ou morrerá. E, se morrer, o xamã...

— Eu sei, eu sei — disse ela.

Joguei diversos baldes de água no balde de metal, e pedi à Fanta que entrasse. Ela se agachou com cuidado.

— Não tive água morna como esta desde que saímos de Bayo — disse.

— Hmmm — respondi.

— Você faz isso?

— Às vezes.

— Ele assiste?

— Sim.

— Toca em você?

— Ele já tentou, mas eu não deixo.

— Você pode fazer isso?

— Ele para quando olho em seus olhos e falo em tom violento.

— Ele é um toubabu fraco. E os fracos morrem primeiro.

Não ousei perguntar quais eram as pessoas fracas que Fanta tinha em mente. Nativos ou toubabus?

Fanta relaxou um pouco. Vi que sentiu algumas contrações. Ela terminou o banho, secou-se com uma toalha que eu lhe dei e deitou na cama.

— Você o chama de alguma coisa? — Fanta perguntou.

— Quem?

— O xamã. Você o chama pelo nome?

— Ele tem um nome. Parece que é Tom.

— Você o chama por esse nome?

— Não. Nunca o chamo de coisa alguma. Só falo com ele. Sem nomes.

— Ótimo.

As contrações agitaram Fanta durante algum tempo, mas, quando diminuíram, ela adormeceu. Nesse intervalo de tempo, o xamã veio ao quarto. Ele ergueu os braços e parecia chocado.

— Bebê — disse eu. — Amparar bebê. Ele havia me ensinado essas palavras.

— Não.

Fiquei em pé. Olhei em seus olhos. Esta era a única maneira; funcionava quando eu afastava suas mãos de mim, por isso esperava que funcionasse agora.

— Amparar bebê — repeti, e, em bamanankan, disse com firmeza: — Vá. A mãe está dormindo.

— Quando? — ele perguntou.

— Amparar bebê logo.

Ele tirou uma laranja do bolso e desembainhou uma longa faca com cabo de dente de elefante. Então, fatiou a fruta, colocou-a junto com a faca sobre uma mesinha e seus gestos indicaram que Fanta e eu podíamos comê-la. Virou-se, pegou outro pano de dentro do baú e deixou-o perto dos pés de Fanta. Meus olhos voltaram-se para a faca. Ele a havia esquecido sobre a mesa. Rapidamente, ele bebeu de uma garrafa, recolocou-a sob um pano no baú, pegou mais algumas coisas e deixou o quarto.

Sentei na cama e esperei que Fanta acordasse. Ela roncou. Pensei em brincar com ela a respeito, dizendo que parecia um porco selvagem. Quando acordou, sentou-se rapidamente, olhou à sua volta e lembrou onde estava. Gemeu e deitou-se novamente. Sua respiração estava acelerada. Massageei suas costas.

— Você precisa saber de uma coisa — disse ela.

— Ninguém será comido, portanto, pare de pensar nisso agora — eu disse.

— Em uma estação chuvosa ou duas, você se tornaria a próxima esposa de meu marido — Fanta disse.

Meu queixo caiu e eu afastei minha mão para longe dela.

— É mentira.

— É por isso que eu não gostava de você — Fanta disse. — Você era tão jovem, ainda nem bem mulher, e eu sabia que, um dia, você seria a favorita de meu marido. — Gotas de suor brotaram em sua testa, mas eu não as enxuguei. — Eu teria feito sua mãe deixá-la na porta — Fanta continuou — e, assim que estivéssemos sozinhas, eu lhe daria uma bela surra. Eu a faria pagar.

— Não acredito em você — eu disse. — Minha mãe e meu pai nunca concordariam.

— Não? O que você acha que um joalheiro diria ao chefe da aldeia? Não seria melhor aceitar e negociar os termos?

— Não acredito em você.

— Você não quer saber por quais produtos foi trocada?

— Não.

— Um dia você vai odiar as pessoas, assim como eu. Não terá essa carinha de criança que faz com que todos a amem e aplaudam com orgulho o fato de uma tampinha como você saber amparar bebês. E, sabe de uma coisa, Aminata? Qualquer um pode ter um bebê, e qualquer idiota pode ampará-lo.

Eu estava com tanta raiva, que não sabia o que dizer. Queria esfaqueá-la, arrancar seu cabelo. Queria gritar que ela era uma mentirosa e que meus pais nunca me deixariam ficar com aquele velho, ainda que ele fosse o chefe. Mas sabia que não podia machucá-la, e que não podia gritar. Minha mãe havia me ensinado. Quando se faz um parto, é preciso ficar calma. A mãe pode se comportar como uma tirana, ou uma criança selvagem, mas você não. Quando ampara uma criança, você não é você. Você esquece-se de si própria e ajuda a outra. Engoli em seco. Perguntei-me se o que Fanta dissera era verdade. A tristeza que vinha germinando dentro de mim durante as três luas em terra e há mais de uma lua neste fétido barco de toubabus agora transbordara. Lágrimas brotaram em meus olhos e senti dificuldade para respirar. Ofegava e soluçava como uma inútil, enquanto Fanta permanecia deitada, esperando. Por um longo tempo fiquei ali, tremendo, com os pés plantados embaixo de mim, os olhos fechados e os punhos cerrados. Eu balançava de um lado para o outro até que, finalmente, me acalmei. Não havia nada a fazer além de, como eu vinha fazendo há muito tempo, apelar para Deus. *Allahu Akbar,* murmurei. Deus é grande.

— Não perca mais tempo com isso — Fanta disse. — Você não vê que Alá não existe? Os toubabus estão no comando, e só existe loucura aqui.

Talvez fosse verdade. Talvez Alá existisse apenas em minha terra, com os que ali vivem. Talvez não vivesse no navio dos toubabus ou em sua terra. Tentei mover tudo o que Fanta dissera para um cantinho de minha cabeça e fechei a porta. Imaginei a voz de minha mãe, calma e eficiente. *Temos um bebê para amparar.*

O corpo de Fanta voltou a tremer. Ofereci-me para checar com a mão se estava pronta, mas Fanta recusou. As contrações começaram a ficar mais intensas, longas e frequentes, e deixei que ela decidisse quando começar a empurrar. Eu não iria orientá-la. Ofereceria água, seguraria sua mão, mas deixaria que a esposa do chefe decidisse o que fazer.

Ela empurrou durante um longo tempo, e, então, deitou-se e relaxou. Algo pareceu tomar conta de seu corpo, e ela empurrou mais uma vez. Deitou-se, e, em seguida, empurrou com tanta força, que percebi que ela defecara.

— Agora — disse Fanta. Fez força mais três vezes. Vi cabelos começarem a surgir, mas o bebê não vinha. Fanta empurrou uma vez mais, e a cabeça saiu — azul e purpúrea, clara e salpicada de manchas esbranquiçadas e de sangue. Fanta empurrou novamente, e os ombros surgiram. O restante deslizou rapidamente: a barriga, o pênis, as pernas, os pés. Usei a faca do toubabu para cortar o cordão; então, embrulhei o bebê e entreguei-o à Fanta. O bebê chorou, e Fanta deixou que gritasse bastante antes de levá-lo ao peito. Ela não era uma mãe orgulhosa, mas, sim, enfurecida. Tentei deixá-la confortável na cama, mas recusou.

Virei de costas e agachei-me perto do cesto de lixo. O bebê pôs-se a chorar novamente, e, quando me virei, vi que, embora trêmula, Fanta estava em pé do outro lado do quarto. Tirou a cobertura da gaiola, abriu a ampla porta e segurou a ave pelo bico. A ave a prendeu com suas garras. Ela blasfemou, mas não desistiu.

— Pare — gritei.

Fanta ignorou-me. Estava com a faca do xamã nas mãos. Ela golpeou e golpeou e golpeou, até que as garras soltaram-na e o corpo descansou. Jogou os restos de volta na gaiola, fechou a porta e cobriu com o pano. Depois de limpar a faca, embrulhou-se e guardou a faca dentro da roupa. Então, pegou o choroso bebê e empurrou seu rosto contra o peito. Fanta e o bebê acabaram adormecendo, mas eu fiquei acordada, com medo do que aconteceria quando o xamã voltasse e tirasse a cobertura da gaiola. Mas a janelinha mostrava que estava claro, e não havia sinal do xamã.

Ao raiar do dia, acordei Fanta e nós três subimos para o convés. Uma lua pálida pairava no céu no mesmo instante em que, do lado oposto, a ponta de uma bola de fogo surgia no horizonte.

O xamã viu o bebê e proferiu palavras de prazer. Deu tapinhas em meu ombro, e ensaiou um passo em direção à Fanta, mas a expressão dela fez com que desistisse. Pensei em como ela havia caminhado durante três luas com um bebê crescendo em sua barriga, e como ela havia cortado o papagaio enquanto ele a agarrava, chutava e cortava seu pulso. O sol, agora uma bola vermelha em fúria, clareou o horizonte. A lua começou a desvanecer, enquanto eu ficava com a impressão de que me deixava e que eu teria de me defender sozinha.

O toubabu de cabelo alaranjado estava tão alegre com o bebê, que dava para pensar que ele próprio havia dado à luz. Deu ordens a alguns marinheiros toubabus, que voltaram com o chefe e seu assistente. Os três conversaram. Depois de receber instruções, o assistente falou comigo, mas eu não entendi. Ele repetiu. Percebi que o xamã queria que eu falasse com os homens no porão. Eu devia contar-lhes que Fanta tivera o bebê.

O toubabu abriu a porta do porão. Dei alguns passos em direção à escuridão. Mal conseguia enxergar.

— Um filho para Fanta — falei em bamanankan.

— Mais alto — disse o assistente.

Repeti, e depois em fulfulde.

Achei que os homens comemorariam, e que, quando subissem, todos nós dançaríamos sobre o chicote. Mas ninguém se mexeu. Nenhum som, sequer um sussurro. Ouvi os estalos de metal com metal. Sob o comando do assistente, gritei novamente, mas não houve resposta. Subi para o convés.

O xamã conversou com o chefe e seu assistente. Dois marinheiros, juntamente com o assistente, foram mandados para o porão com cassetetes, lança-chamas e candeeiros. Ouvi o ajudante gritando que Fanta tivera o bebê e que os homens podiam subir e dançar com as mulheres. Um marinheiro foi pegar as mulheres.

Alguém tocou meu cotovelo. Virei-me. Era Sanu, segurando seu bebê nos braços. O bebê dormia. Sanu deu um passo à frente para abraçar Fanta, mas esta a encarou friamente. Sanu recuou e voltou a ficar ao meu lado. As outras mulheres, algumas vindo do porão, outras das cabines dos líderes toubabus, agruparam-se em volta de nós.

Naquele momento, nativos começaram a sair do porão. Moviam-se tão suavemente, que levou um tempo até que os dois sentinelas que cuidavam do alçapão percebessem que os homens não estavam acorrentados. Os guardas foram jogados no porão, pelas mãos dos homens que subiam.

Os toubabus começaram a atirar com seus lançadores de fogo. Alguns dos cativos foram atingidos na face e no peito, caindo para trás contra os que subiam, enquanto outros se empurravam para fora do buraco e corriam livres pelo convés. Uns vinte ou trinta homens conseguiram escapar antes que as rajadas de fogo se tornassem tão intensas, a ponto de que todos aqueles que surgiam, com o peito à mostra, eram jogados no buraco outra vez.

Biton passou correndo por mim com uma garra de ferro em uma mão e suas algemas de tornozelo na outra. Ele golpeou os olhos de um toubabu com a garra, e estraçalhou o rosto de outro com as algemas. Um nativo usou pregos enferrujados para cutucar o olho de um marinheiro. Os líderes dos toubabus continuavam a atacar com seus lança-chamas.

À minha volta, apenas tiros e homens e mulheres chorando. Recuei para junto do parapeito do navio. Vi uma mulher pular sobre as costas de um marinheiro, apertando-o como se ela fosse um macaco e usando os dedos para rasgar seus olhos. Homens e mulheres gritavam, nativos e brancos. Outros toubabus davam ordens. Seus lança-chamas eram mortais, mas parecia levar tempo para que os toubabus conseguissem usá-los mais de uma vez. Com facas, martelos, pregos e mãos enfurecidas, os nativos atacavam mais rapidamente.

Poucos passos à minha esquerda, vi Fanta agachada. Primeiro, pensei que estivesse ferida ou exausta, devido ao parto. Estava dobrada, e o bebê contorcia-se sobre um pano, ao lado dela. Enquanto eu olhava, Fanta enfiou a mão em sua veste. Escutei o bebê dar um gritinho; vi seus calcanhares chutando. Fanta pegou a faca do xamã, colocou a mão sobre a face do bebê e levantou seu queixo. Então, enterrou a ponta da faca no pescoço do bebê e rasgou sua garganta. Em seguida, puxou o pano azul sobre ele, levantou-se e jogou-o no mar. Senti ânsia de vômito, meu corpo vacilou, mas não consegui tirar os olhos dela. Fanta correu atrás do xamã, que apontava o lança-chamas em outra direção, e enfiou a faca, profundamente, na parte de trás de seu pescoço. Ele começou a se virar, mas caiu de joelhos. Sangue jorrava de sua boca e seus olhos pareciam fixos em mim. Não consegui olhar nos olhos do homem que morria, e desejei que fosse uma morte rápida.

Fui atacada pelas costas. Agora, com certeza, eu morreria. *Allahu Akbar*, murmurei, espatifando-me no solo. Entretanto, nenhuma mão apertou meu pescoço, e nenhuma faca perfurou minhas costelas. Fomba estava deitado em cima de mim, e sangue de seu braço derramava-se sobre meu rosto. Ele se levantou; a mão do braço ferido segurava um martelo, que Fomba usara para esmagar a cabeça de um toubabu que apontava um lança-chamas para Biton.

Eu estava muito assustada para me mover. Vi Fanta correr em direção à Sanu, que estava agachada no convés, apertando seu bebê e tentando escapar da destruição. Pude ver Fanta gesticular loucamente para Sanu e tentar arrancar o bebê. Esta o segurou, mas Fanta puxava repetidas vezes, finalmente golpeando Sanu no nariz. Sanu caiu. Fanta agarrou o bebê pela perna. Tentei levantar; eu precisava chegar até ali. Precisava fazer com que Fanta me escutasse. Mas, antes que eu pudesse me mover, Fanta segurou o bebê pelo tornozelo, de cabeça para baixo. Eu não compreendia que tipo de loucura havia tomado conta dela. Fanta foi em direção ao parapeito, e jogou o bebê na água. Sanu deu um pulo. Vi-a com a boca aberta, mas, devido às armas e aos gritos dos nativos e dos toubabus, não consegui ouvir sua voz. Sanu subiu no parapeito e seguiu o caminho de seu bebê no mar.

Fanta tentava subir no parapeito, mas um toubabu agarrou-a, empurrou-a contra o convés e começou a surrá-la. O nativo ao meu lado enterrou uma espada, bem fundo, na barriga do toubabu. Este tombou em cima de mim, e me cobriu com seu sangue. Fiquei presa embaixo dele e não conseguia me levantar. Dois homens passaram por mim correndo e pularam na água. O duplo esguicho de água fez com que eu me encolhesse. Uma mulher pulou na água, e então outra. Tentei empurrar o homem morto de cima de mim. Impossível. Biton lutava com o chefe dos toubabus, cujo lança-chamas havia parado de funcionar. Ele balançava a arma, mas Biton se abaixou, agarrou o chefe pelo pé, derrubando-o. Outro nativo esmagou a cabeça do chefe com um martelo uma vez, e o chefe continuou se mexendo, duas vezes, e ele parou. O nativo estava coberto de sangue, mas eu não conseguia saber de quem era. Dois toubabus fecharam e seguraram a escotilha. Um marinheiro lutava contra Chekura, ferindo-o com uma faca. Chekura caiu, segurando o braço, mas Fomba surgiu, e segurou o marinheiro pelos cabelos. Com uma mão, puxou a cabeça dele para trás, com a outra, segurou o homem pelo meio das pernas e jogou-o para fora do navio. Fomba foi ferido na nuca com a ponta de um lança-chamas e caiu pesadamente.

Um nativo usou um barril de madeira para golpear a cabeça de um marinheiro, mas seu peito ficou exposto. Não pude olhar para o sangue que jorrava. Dois marinheiros passaram carregados de novos lança-chamas para os toubabus, que os faziam explodir em cada nativo que passava.

Dois outros nativos foram atingidos e caíram. Fechei os olhos por um momento. Eu não ouvia mais gritos de guerra de nativos atacando. Agora, nenhum de nós estava de pé. Havia apenas gemidos, arquejos, e o som da explosão dos lança-chamas. Então, surgiu o som do metal, quando os toubabus começaram a nos prender com ferros. Chekura sangrava, mas não muito para que fosse jogado na água, então, ele também foi preso. Biton apanhara brutalmente, e tinha um corte na boca. Ele já estava com ferros presos nos pés. Vi os corpos de três marinheiros toubabus, mais o do xamã e o do chefe. Em meio a essa infinidade de corpos sangrando, inconscientes ou mortos, não tinha ideia de quantos dos nossos foram mortos e quantos estavam no mar.

Os toubabus caminhavam aos tropeços, sangrando, com as roupas rasgadas, os cabelos em desalinho, os rostos frenéticos. Um deles começou a gritar com os outros, que se moveram para onde ele apontava e fizeram o que ele ordenava. Os toubabus começaram a prender um nativo depois do outro. Eu também fui presa, o metal ferindo meu tornozelo. Mas estava viva, e, agora, só precisava ficar quieta.

Do metal em meu pé olhei para cima. Um enorme marinheiro, com as calças arriadas até os joelhos, segurou Fanta deitada no convés. Prendeu seus pulsos com uma mão e, enquanto sua masculinidade se sacudia como uma enorme língua rígida, ele batia nela com a mão livre, e inclinava-se sobre ela. Fanta cuspiu nele, e mordeu seu pulso com tanta força, que ele se afastou. Outro toubabu usou um balde de madeira para atingir a cabeça do homem que estava sobre Fanta. O atacante desistiu, saiu de cima dela e chutou-a. Ela foi presa nos ferros e um pano foi colocado em sua boca, para mantê-la quieta.

Vi quando os toubabus jogaram os nativos mortos no mar. Sob gritos de protesto, jogaram também os que estavam muito feridos. Estes, enquanto estavam sendo jogados, gritavam novamente. Sete ou oito toubabus mortos espalhavam-se em todas as posições imagináveis: de rosto para baixo, de rosto para cima, de lado, pendurados em vigas, ou no parapeito. O chefe e o xamã estavam deitados de costas, tão mortos quanto eu gostaria que estivessem. *Allahu Akbar,* murmurei mentalmente. Mas talvez Fanta estivesse certa. Talvez Deus fosse impossível aqui.

Os toubabus não executaram Biton. Eles penduraram alguns nativos pelos polegares, bateram neles e só soltaram-nos depois de mortos. Mas só fizeram isso com os que estavam fracos e aleijados, e que tinham pouca serventia para eles. Pensei que eles fossem matar Fanta, ou, talvez, todas as mulheres, mas não o fizeram.

Depois da rebelião, eles mantinham-nos acorrentados o tempo todo. Éramos trazidos para cima em pequenos grupos, para assistir aos açoitamentos. Faziam-nos comer e beber e mandavam-nos para baixo novamente. Sem higiene, sem roupas, sem agrados. Sem mulheres nas cabines dos líderes. Os marinheiros eram mandados ao porão com lança-chamas e cassetetes, e tiravam os mortos e todas as roupas e armas que encontravam.

A cada nascer do sol, mais pessoas morriam. Falávamos seus nomes enquanto eles eram retirados do porão. *Makeda, de Segu. Salima, de Kambolo.* Ali embaixo, pelo menos, eu não escutava os corpos batendo na água. Embora o porão fosse escuro e malcheiroso, eu não queria mais ver a água, nem respirar o ar lá de cima.

Depois do que pareceu ser uma infinidade de dias, os toubabus voltaram a levar-nos para cima em pequenos grupos. Davam-nos comida e uma bebida detestável onde havia pedacinhos de fruta. Davam-nos bacias e água para nos lavarmos. Os toubabus queimavam alcatrão em nossos aposentos, fazendo-nos engasgar e sufocar. Tentavam fazer-nos lavar as pranchas onde dormíamos, mas estávamos muito fracos. Nossas costelas estavam à mostra, nossos ânus, vazando. Os marinheiros pareciam tão doentes quanto nós. Vi muitos deles sendo jogados ao mar, sem qualquer cerimônia.

Depois de dois meses no mar, os toubabus levaram todos nós ao convés. Nus, fizeram com que nos lavássemos. Havia apenas dois terços de nós. Pegaram aqueles que não conseguiam andar e jogaram ao mar, um por um. Fechei os olhos e tampei os ouvidos, mas não consegui bloquear totalmente os gritos.

Algum tempo depois que o barulho acabou, abri os olhos e vi o sol se pondo. Pairava no horizonte, deixando uma longa trilha rosa nas águas calmas. Navegamos serenamente rumo ao rosa, como se este nos chamasse, a um braço de distância, sempre próximo, mas nunca conosco. *Venha aqui*, parecia dizer. Lá longe, na direção do sol, vi algo cinzento e sólido. Mal podia distingui-lo, mas estava ali. Íamos em direção à terra.

Quando nos levaram de volta ao convés, na manhã seguinte, pude ver novamente. Estava mais próximo. Terra. Árvores. A costa. E, mais perto que a costa, havia uma pequena ilha. Podia vê-la claramente. Não tinha árvores, mas sim areia e uma enorme barricada quadrada. Era para lá que nos dirigíamos. Soltaram-nos das correntes. Chekura apareceu ao meu lado; era pele e ossos.

— Sinto muito, Aminata.

— Perdemos nossa pátria — eu disse. — Perdemos nossa gente.

Olhei para Chekura inexpressivamente. O fato de ele ter trabalhado para os sequestradores era a última coisa que me passava pela cabeça.

— Estou insensível, e sequer consigo orar. Alá não mora aqui.

— Nós ainda vivemos, Aminata de Bayo — Chekura disse. — Atravessamos o oceano. Nós sobrevivemos.

E assim foi. O barco que tanto nos atemorizou nas águas perto da nossa terra salvou, ao menos, alguns de nós de ser enterrados nas profundezas. Nós, os sobreviventes da travessia, agarramo-nos à besta que nos roubara. Ninguém entre nós quis embarcar nesse navio, mas, uma vez em mar aberto, agarramo-nos à vida. O navio havia se tornado uma extensão de nossos corpos podres. Aqueles que foram eliminados do animal ondeante afundaram, rapidamente, para a morte, e nós, que permanecemos, apodrecemos mais devagar, enquanto veneno corroía nossas entranhas. Ficamos com a besta até que a nova terra encontrou nossos pés, e cambaleamos pelas longas tábuas antes que o veneno se tornasse fatal. Talvez aqui, nesta nova terra, permaneçamos vivos.

LIVRO DOIS

E minha história aguarda como uma fera adormecida

(LONDRES, 1803)

Quando eu era muito jovem, papai costumava dizer-me que as palavras voam em ventos impetuosos da boca das pessoas ardilosas. Quando os ventos se precipitam, ele dizia, a areia entra em suas orelhas e fere seus olhos. Tempestades formam-se na sua cabeça como um lago com um jato d'água, mas você não vê nem ouve. Só quando está abrigado, em segurança, papai dizia, você pode dizer para que lado o vento sopra. Somente dentro da calmaria, dizia ele, você pode proteger-se das dificuldades.

Então, agora estou em Londres, descansando da companhia de 12 homens e de suas palavras retorcidas. Estou sozinha, sentada em uma sala separada, misturando mel em meu chá quente. No corredor, escuto a risada do líder dos abolicionistas. Um homem que, com frequência, tira a peruca para coçar o couro cabeludo, mantém-se direto e violento, como um ponto de interrogação. Comigo, entretanto, ele deve parecer solícito. Abre seus braços, como se quisesse me confortar com sua ampla barriga. Seu nome é Sir Stanley Hastings, mas penso nele como o abolicionista alegre. Com sua voz entusiástica e musical, ele tem me dito que sua esposa e filhos prometeram não colocar açúcar em seu chá. Se Deus quiser, diz ele, ninguém em sua família beberá o sangue dos escravos. Ele diz que o que nós realmente precisamos, e que dará um basta a este comércio em um minuto, é de uma invenção que manche todos os produtos de açúcar com tinta vermelha. Agora, ele gesticula como um orador no púlpito. Deixe a cor de sangue manchar cada xícara de chá no país, diz ele, e nossa batalha terá fim.

Eles me tiram do meu sossego. Sufocando-me com empatia, o abolicionista alegre pergunta se estou pronta para continuar. Decisões devem ser tomadas, e logo. Escute, escute, os outros homens ecoam, sorrindo para mim. Precisamos saber se você apoiará nosso plano, Sir Hastings diz, perscrutando-me sobre manifestos amarrotados.

Os abolicionistas chamam-me de sua igual e dizem que todos nós conspiramos para acabar com a tirania contra a humanidade.

— Então, por que — começo a perguntar. Mas não deixam que eu termine. Ouço sussurros sobre propriedade e compensação e Estado de Direito. Observo o massagear de mãos e o entrelaçamento de dedos. Acreditando que sou surda, Sir Hastings sussurra ao vizinho que não se pode esperar que eu capte os detalhes em sua complexidade. Ele se volta para mim, mais uma vez.

— A sua é uma história de virtude — diz.

— Sobrevivência não tem nada a ver com virtude — respondo.

— Estou me referindo à sua dignidade e coragem — diz. — Precisamos de um rosto para nossa luta, e aqui está você. Uma mulher. Uma africana. Uma escrava liberta, que se rebelou, que é autodidata. Durante vinte anos — ele prossegue —, os parlamentares britânicos apagaram o fogo abolicionista. Mas, desta vez — diz ele —, uma mulher como você pode fazer toda a diferença.

A tensão me deixa cansada. Não me importo de lutar. Quando baixo a voz, todos se inclinam. Digo que não posso falar ao Parlamento ou encontrar seu rei sem abordar a escravidão do meu povo.

Os homens continuam pressionando. Qualquer fala sobre a imediata abolição unirá fazendeiros, transportadores, comerciantes e seguradoras. Será que eu não vejo que são homens ricos os que votam no Parlamento?

Mas estou muito velha para espertezas.

— Não posso falar contra o comércio de escravos sem condenar a escravidão — digo. — Exponham seus argumentos — digo-lhes —, e deixem-me expor os meus.

Forçando um sorriso, Sir Hastings diz que o povo britânico ainda está assombrado com as sanguinolentas rebeliões dos escravos em St. Dominique.

— Negócio sujo todo esse massacre de homens brancos. O máximo que podemos pedir — ele diz —, é que o comércio pare.

— Ainda que se destrua cada navio negreiro — digo —, o que será dos homens e mulheres que já estão na escravidão? O que será das crianças que nasceram deles, mas que pertencem a outros?

Os homens voltam-se para John Clarkson, o abolicionista que me provê alojamento. É óbvio que ele tem pouco prestígio no grupo. É muito falante a respeito de seus ideais e nunca é mencionado nos jornais.

Mas ele é o inglês com quem excursionei e foi quem me trouxe para junto dos abolicionistas. Ele tenta, mas não me convence.

Então, estamos empacados neste problema. Os abolicionistas continuam conspirando. Já se fala em audiências sobre comércio de escravos, e, um dia, quando as audiências forem levadas a cabo, proporão um novo projeto de lei no Parlamento. Dizem que, desta vez, podem ganhar e eu quero que eles sejam bem-sucedidos. Seus procedimentos são melhores que a alternativa, mas não são suficientes.

Os abolicionistas podem até me chamar de sua igual, mas seus lábios ainda não pronunciam meu nome e seus ouvidos ainda não ouvem minha história. Não da forma como quero contar-lhes. Mas há muito que amo a palavra escrita, e vejo nela o poder do leão adormecido. *Este é o meu nome. Eu sou esta. Foi assim que cheguei aqui.* Na falta de uma audiência, escreverei minha história de modo que esta espere, como uma fera adormecida, com um coração pulsante e pulmões que respiram.

John Clarkson sussurra que eles não podem continuar me exaurindo desta maneira. Todos os abolicionistas se levantam. A conversa de hoje está encerrada. Os homens se aproximam de mim, um por um, cheios de apertos de mão e saudações.

Um deles me pergunta se tenho comida suficiente e se a comida inglesa não ofende meu paladar. Asseguro-lhe que meu paladar não se sente ofendido. Um sujeito, com um bigode espesso, oferece-me distrações para o inevitável enfado:

— Há, na cidade, uma exposição maravilhosa sobre mamíferos e répteis africanos — afirma. — Está em voga em Londres.

Eu já vi? Não sinto empatia por criaturas conservadas em álcool, mas não quero insultar o bom homem.

— Não — digo-lhe —, não vi.

Sir Hastings toma a palavra:

— E então, meu Deus, o que você faz o dia todo? Não se sente desorientada com a agitação de comerciantes, cavalos e carroças?

Ele fica de queixo caído quando digo que nenhuma agitação se compara ao interior de um navio negreiro. Outro abolicionista pergunta sobre os moleques que roubam nas ruas de Londres. Não me incomodam?

— Não desperto interesse nesses moleques de rua — respondo —, mas na esquina da Old Jewry com a Prince há um velho africano esfarrapado sob um chapéu em forma de navio. Às vezes, dou-lhe algumas moedas quando o homem do chapéu estende a mão.

Os abolicionistas bradam em coro: Devo tomar muito cuidado, dizem, para não ser ludibriada pelos ociosos cúmplices londrinos.

— Sem querer desrespeitar — dizem —, mas ladrões e vagabundos têm o coração negro dos ladrões de estrada.

Dirigi-me à porta. Um tagarela insistente pede-me que diga como passo meu tempo. Digo que tenho uma pessoa que me leva à biblioteca. Ele dá uma risadinha.

— Posso imaginar cabeças se virando — diz.

— Não ria — John Clarkson fala de forma um tanto ríspida —, aposto que ela já leu mais livros do que você.

Ao final de cada encontro, os abolicionistas trazem pequenos presentes. No último, recebi um livro, um jornal e um doce amarelo e duro que tinha dois amendoins dentro. Desta vez, Sir Hastings presenteou-me com uma pena nova e um vidro de tinta decorado com espirais de azul índigo. Adoro a suavidade e o peso em minha mão. Acaricio a superfície, mas o índigo está enterrado fundo no vidro. Os ingleses gostam de enterrar tão completamente uma coisa na outra, que as duas só podem ser separadas à força: amendoins em doces, índigo em vidro, africanos em ferros.

Muito próximo, encostando uns aos outros, os abolicionistas acompanham-me para sair da rua Old Jewry, 18. Desço as escadas, em direção ao coração de Londres. Aceito o braço que me foi oferecido, e John Clarkson me leva de volta à sua casa. Ele mora perto. Atualmente, demora até que eu consiga andar dois quarteirões. As pessoas correm, mas isso não tem importância. Ainda estou na vertical e ainda caminho.

De volta à casa de John Clarkson, como um pedaço de pão com queijo cheddar. Gosto de comida com expressão: manga, pimenta malagueta, gengibre cozido com mel, rum. Quando pedi pela primeira vez, a esposa de John Clarkson ficou escandalizada. *Rum?*

Depois de um lanche e de um cochilo, espero pegar minha pena. Se eu viver tempo suficiente para acabar minha história, esta sobreviverá a mim. Tempos depois que eu tiver retornado ao espírito de meus ancestrais, ela talvez espere na Biblioteca de Londres. Às vezes, imagino o primeiro leitor que se deparar com a minha história. Será uma garota? Talvez uma mulher. Um homem. Um inglês. Um africano. Uma dessas pessoas encontrará minha história e a passará adiante. E então, creio, terei vivido por uma razão.

Chamam-me de "africana"

(Ilha de Sullivan, 1757)

Fomos levados a uma ilha ao largo da costa dos toubabus. Éramos cerca de cem e fomos colocados dentro de uma barricada quadrada. Toubabus ficavam no portão e patrulhavam-nos com cassetetes e lança-chamas, mas, na maior parte do tempo, éramos deixados sozinhos, imaginando o que seria feito de nós.

A mim parecia que viajamos para o outro lado do sol. Neste lado do mundo, o sol era desgastado e nada confiável. Meus dedos ficavam inchados e dormentes todas as noites e pulsavam todos os dias, ao nascer do sol. Minhas orelhas estavam frias; meu nariz estava frio. Como aos outros, deram-me um pano áspero, que mal cobria minhas costas. Eu tremia à noite sobre a terra arenosa e, certa manhã, acordei com fumaça saindo da boca. Achei que meu rosto pegara fogo. Que alguém havia me flagelado durante a noite ou marcado minha língua com ferro quente. Esperei pela queimadura. Preparei-me para gritar. Prendi a respiração. Nada de fumaça. Respirei. Fumaça outra vez. Vinha de dentro de mim. Nada de queimadura. Só fumaça. A fumaça em minha respiração continuou até o sol começar a nascer no céu, e, então, notei que outros também tinham fumaça na boca de manhã.

A maioria dos compatriotas ganhavam força a cada dia. Mas aqui, nesta pequena ilha, minhas entranhas emitiam riachos de água marrom. Meu corpo estava desistindo.

Certa manhã, Biton veio sentar-se ao meu lado.

— Você atravessou o grande rio, criança. Não morra agora.

Pisquei. Não tinha forças para responder. Ele ficou ao meu lado, afagando minha mão.

Duas vezes por dia, sem falta, os toubabus traziam baldes de comida e água para dentro do portão. Havia o suficiente para todos nós. Fanta procurava no meio do arroz e do inhame, e pegava pedaços de carne que dizia ter cheiro de porco. Ela e eu não tocávamos na carne, mas os outros comiam prontamente. Eu bebia água, mas não tinha apetite. Preferia morrer logo a comer porco. Não obstante, diariamente Biton me dizia que eu devia comer. Ele juntava um pouco de arroz nas mãos e aproximava do meu rosto.

— Veja — ele dizia —, não há porco neste arroz. Para viver, criança, você precisa comer.

Fanta argumentava que o porco contaminara toda a comida, mas Biton a afugentava e colocava comida em minha boca. Eu estava muito fraca para protestar.

Nos dias em que eu estava muito fraca para levantar, Chekura trazia comida e Fomba, água. Fanta disse que puxaria minha orelha se eu não voltasse a me movimentar, mas, mesmo naquele estado doentio, eu não queria que ela cuidasse de mim. Ninguém falava sobre a rebelião ou as mortes, mas eu não conseguia esquecer as coisas que Fanta fizera. Nós, os sobreviventes da travessia, juntamo-nos em pequenos grupos para comer, dormir e passar as horas esperando. Eu estava com Biton, Chekura, Fomba, Fanta e uma jovem chama Oumou. À noite, nós seis dormíamos próximos uns dos outros, em busca de conforto, mas eu evitava deitar perto de Fanta.

Os toubabus deram-nos água para higiene e tigelas com óleo para que esfregássemos na pele. Eles entregavam baldes com comida duas vezes por dia e mantinham distância de nós. Mas observavam quem comia e passava óleo na pele e quem não, e ameaçavam bater nos cativos que resistissem. Chekura ofereceu-se para espalhar óleo em minha pele seca e rachada. Fanta ficou entre nós dois e disse que faria isso. Eu preferiria os gestos gentis de Chekura, mas não tinha ânimo para objetar.

— Então, agora eles nos engordam — Fanta disse, enquanto passava óleo em minhas canelas, — e nós sabemos o que isso significa.

Tentei rezar à maneira de papai. Achava que se conseguisse encontrar o caminho de volta para Alá, alguém viria me salvar. Nessas alturas, o povo de Bayo e de outras aldeias já deveria saber o que aconteceu comigo. Eles podiam formar um grupo de homens para dominar os captores com lança-chamas, rastrear meus passos e me resgatar. Agachada, com a cabeça baixa, voltei-me para o lado do sol nascente. Na direção de minha terra. *Venha me salvar. Alguém, por favor, venha me salvar.* Dei início às preces, mas Biton me proibiu. Com a mão em meu ombro, rígido e impassível, contou que um dia antes um homem levara uma surra por rezar assim. Eu não devia rezar, não devia expor-me às surras. Em meu estado, disse ele, eu nunca sobreviveria a uma surra. Acima de tudo, disse, eu tinha o dever de permanecer viva.

— Lembre-se de sua mãe e de seu pai — falou. — Você os carrega em seu coração. Ouça-os. Eles lhe dirão o que fazer.

— E todas essas pessoas que pularam do navio não tinham pais e mães?

— Pare de pensar no navio, criança. Ele nada mais é que uma ossada apodrecendo na grama. A carcaça chocou-a com seu cheiro e suas moscas, mas você já passou por ela, e precisa continuar andando.

— Você acha que eles virão?

Biton ajudou-me a ficar em pé e encarou-me com o olhar sombrio.

— Quem?

— Nossos compatriotas. Nossa gente.

Biton olhou em direção à água. Segui seu olhar e notei que o navio que nos trouxe não estava mais lá. Devia ter partido à noite.

— Não, criança — Biton falou —, eles não virão.

Disse para mim mesma que Biton não sabia nada. Ele não rezava; não conhecia Alá. Ele devia estar errado. Mas, talvez, pudesse me ajudar de outra forma.

— Um dia, quando estivermos fortes novamente, você me levaria de volta até aquele rio?

— Você sabe qual é a grossura do rabo de um coelho?

— Sim — respondi.

— É a distância a que estivemos da morte. Há seis luas apenas, ensinei os garotos de minha aldeia a lutar. Nenhum deles conseguiu vencer-me. E agora já sou velho. Muito velho para o que você me pede. E você é muito jovem para pensar nisso.

— Um dia — eu disse.

— Hoje, você vive, criança. Amanhã, você sonha.

Mais uma ou duas vezes, recitei as preces mentalmente. *Allahu Akbar. Ashhadu Allah ilaaha illa-Lah. Ash hadu anna Muhamadar rasuululah.* Não era como rezar em casa, em um canto silencioso, com todos os pensamentos do mundo deixados para trás. Em casa, mesmo durante o Ramadan, quando jejuávamos durante o dia no decorrer de um ciclo completo da lua, rezar era fácil. Mas, na terra dos toubabus, eu não conseguia rezar para mim mesma. Rezar mentalmente fazia com que eu me sentisse solitária e fútil. À medida que as noites iam e vinham, meus pensamentos distanciaram-se de Alá.

Na Ilha de Sullivan, comíamos em volta de baldes comunais. No terceiro dia, Fanta não parava de olhar para Fomba durante a refeição. Ele pegou um pouco de comida na palma da mão e afastou-se para comer sozinho. De repente, Biton ficou em pé, seguiu Fomba e trouxe-o de volta, com a mão em seu ombro.

— Ele come conosco — falou em bamanankan, e pediu que eu explicasse isso à Fanta. Disse que não importava se Fomba e alguns outros foram escravos em nossa terra. Aqui, na terra dos toubabus, comeríamos juntos. Não exibiríamos diferenças. Os toubabus não saberiam nada a nosso respeito.

Fanta chutou o balde para longe.

— Eu não deveria ser cativa — ela murmurou. — Eu nasci livre.

Um grupo aconchegava-se para dormir sobre a areia fria e dura. Biton, Fanta, Chekura, Fomba, Oumou, alguns outros, e eu. Em Bayo, eu nunca vira tantos homens e mulheres dormindo juntos. Isso nunca seria tolerado. Mas, nesta ilha, compartilhar nosso calor em um ninho de corpos confortava-nos.

Uma noite, acordei para olhar as estrelas. Senti falta da perna quente de Oumou sobre a minha, e do ronco de Biton. Chekura estava lá. Fomba estava por perto. Infelizmente, Fanta estava bem ao meu lado. Mas Oumou e Biton não estavam.

Virei-me e prendi a respiração. Ali estavam eles. Biton e Oumou! A poucos passos de distância. Um montado sobre o outro, ofegantes, impelindo seus lombos um no outro. Estavam atracados um ao outro, como cães. Ouvi o som de carnes úmidas se batendo. Fez-me pensar no xamã, levando as mulheres sempre no mesmo horário: após a comida e a aguardente, mas antes de dormir. Em casa, com meus pais, às vezes eu precisava levantar à noite para me aliviar, mas, antes, precisava olhar. Mamãe e papai podiam estar juntos, balançando e arfando como Oumou e Biton. Naquele momento eu não podia me levantar; teria de ficar deitada, quieta. Fecharia os olhos, na esperança de que acabasse logo e desejando nunca ver isso novamente.

De manhã, quando acordei, Oumou e Biton estavam novamente entre nós.

Um navio veio até a ilha. Os toubabus começaram a nos reunir, primeiro os que ainda drenavam fluidos do corpo. Meu corpo queria sucumbir; não queria nada além de se lançar e ser embalado pela terra. Palha. Grama. Terra. Areia. Eu estava além de cuidados. Qualquer tipo de cama serviria. Mas eles obrigaram-me a ficar em pé e me curvar. Temia que fossem queimar minha pele outra vez, mas não tive forças para lutar. Empurraram minha cabeça mais para baixo, puxaram minhas ancas e empurraram uma rolha de grama bem fundo em meu ânus. Doeu e provocou câimbras agudas, mas eu não consegui expelir o objeto. Fomos obrigados a despir o pano áspero que havíamos recebido, e a jogá-lo no fogo. Levaram-nos para o navio, onde navegamos em direção à terra à vista.

Um cheiro inconfundível pairava no ar. Senti-o antes de me virar. Era outro navio da nossa terra. Mal pude imaginar as pessoas amontoadas no convés. Seu navio rumava para a ilha que acabávamos de deixar. Senti alívio pelo fato de não ter de olhar em seus olhos, ou confrontar-me com seu sofrimento. Desejava nunca encontrá-los.

Os toubabus deram-nos outro trapo, tão áspero quanto o primeiro. Enfiei os braços e puxei-o pela cabeça. O material grosseiro arranhou minha pele, mas não machucou tanto quanto a corda branca que amarraram em meus pulsos. Pranchas ligavam o navio ao cais, e por elas caminhamos para a terra dos toubabus.

Eu nunca vira um lugar tão movimentado e estranho. Vi meninos e homens toubabus, de cabelo liso e dentes amarelos, andando, montando a cavalo ou sentados em carroças. Alguns usavam trapos, outros, camadas de tecidos finos e botas pesadas.

O mais estranho de tudo foi ver nativos da nossa terra por toda parte, carregando mercadorias, suando e gritando. Em suas vozes, às vezes, eu ouvia notas de alegria e brincadeira. Não havia correntes em seus pulsos ou tornozelos, mas nenhum deles lutava ou tentava fugir. Alguns dos compatriotas trabalhadores não usavam nada além de calças. As nativas andavam sem pressa pela rua, desfilando seus traseiros e ostentando lenços de cabeça coloridos. Não pude tirar os olhos dos vermelhos, laranjas e azuis que flutuavam naqueles lenços. Algumas mulheres riam junto dos toubabus. Vi um toubabu colocar a mão no traseiro de uma nativa. Ela sorriu para ele, um sorriso largo.

Meninos toubabus riam e jogavam seixos em nós. Na rua, nos degraus, nos alpendres, no topo dos prédios de madeira e nas carroças puxadas por cavalos, pessoas gritavam e nos encaravam. O mundo tinha enlouquecido.

Vi uma mulher toubabu. Ela segurava um objeto circular sobre a cabeça, para fazer sombra. Suas mãos eram tão brancas quanto ossos. Não. Não ossos. Não era possível. Suas mãos eram da cor de dentes de elefante escovados. Olhei novamente. Aquilo não era pele. Era outra coisa, cobrindo suas mãos. Parecia ser algo macio e delicado. Como eu desejava aquele material. Talvez aliviasse meus dedos do frio e do inchaço durante a noite.

A mulher toubabu olhou diretamente para mim. Bochechas rosadas e gordas; lábios finos e pálidos. Seus olhos fizeram-me pensar em um rio pedregoso, com águas fundas e perigosas me chamando. *Pule, criança. Pule. Não vai machucar.*

Nossos olhos encontraram-se. A mão da mulher foi até a boca. Tomei consciência da coceira em meu couro cabelo, onde o cabelo havia caído, da ferida aberta em meu joelho e da rolha de grama que obstruía meu traseiro. Queria tornar-me a mulher que crescia dentro de mim, para encontrar minha dignidade e nunca mais perdê-la.

Pisei em um buraco e perdi o equilíbrio. Mesmo com as mãos amarradas, Chekura conseguiu usar o braço para evitar que eu caísse.

— Aminata, ande direito. Ande!

Onde quer que olhasse, eu via mercadorias. Sacos de grãos, pilhas de milho, feno para cavalos, pilhas de pregos. Vacas e porcos sendo levados pela rua. Não havia cabras, mas galinhas por toda parte, amarradas pelos pés em grupos de cinco ou mais, de cabeça para baixo numa mesma corda, carregadas por garotos ou compatriotas.

As ruas e as sarjetas estavam cobertas de lixo. Frutas podres, gatos mortos, fezes humanas e carne esverdeada, tudo isso sendo selecionado por pássaros da morte, barrigudos, com grandes asas, que circulavam, rodeavam e faziam acrobacias no ar. Achei que, ao passar voando, eles também olhassem para mim, e que pensassem, *No momento certo, pegaremos você também.*

Na minha terra, as cidades que eu conhecia eram formadas ao redor de um círculo, de modo que todos pudessem ficar juntos. Neste lugar, as pessoas andavam em todas as direções, em ruas empoeiradas, às vezes lado a lado, ou formando ângulos agudos entre um e outro. Eu não acreditava poder encontrar o caminho certo em um lugar assim.

Fomos agrupados em um espaço aberto, em frente a um prédio de madeira, da altura de cinco homens adultos. Havia tanta gente naquele espaço, que achei que fosse um mercado. Olhei em volta, à procura de pilhas de abóboras, sal ou nozes de caritê, mas vi apenas gente — minha gente — amarrada e malvestida. Chekura foi separado de mim, assim como Fanta, Biton e a maioria dos outros. Chamei Chekura, mas os gritos dos homens abafavam minha voz. Os cativos saudáveis foram empurrados para um grande círculo, e, para outro, foi o resto de nós — os que mancavam, sangravam, estavam cegos ou tinham as costelas à mostra como navios em construção. Alguém me cutucou. Olhei para trás. Era Fomba. Seus olhos estavam vítreos, seu andar, desequilibrado, a cabeça, ainda mais caída. Parecia que os toubabus já sabiam que Fomba não estava muito bem.

— Fomba — eu disse. Ele olhou para mim. Ergueu os pulsos amarrados, para que pudesse morder a unha. Sua mente o deixara, mas eu podia trazê-la de volta. — Não se incline desse jeito. Endireite a cabeça — Se ele parecesse valioso, talvez escapasse de uma surra ou de coisa pior.

Dois homens subiram em uma plataforma. Os cativos saudáveis eram colocados ali, um por um. A maioria ficava parada com os ombros caídos e a cabeça baixa, enquanto os toubabus gritavam. Quando os gritos cessavam, desciam da plataforma, sendo levados para fora, no meio da multidão.

Biton subiu na plataforma de cabeça erguida. Tinha um corte na perna e uma cicatriz no rosto, mas permaneceu altivo e aprumado. Sua pele estava oleosa e reluzente. Odiei vê-lo parado ali, com todos os olhos voltados para ele. Um toubabu levantou a roupa de Biton, para olhar seu pênis murcho. Depois, pôs o pano de volta no lugar e testou seu bíceps. Quando a gritaria aumentou, Biton olhou em volta e nossos olhares se encontraram. Ele abriu a boca. *Aminata Diallo*, disse. Eu não ouvia nada, mas vi o movimento de sua boca, e sabia que ele dizia meu nome.

Dois toubabus subiram na plataforma, examinaram as bochechas de Biton, mandaram que este abrisse a boca e colocaram os dedos dentro dela. Cutucaram todo seu corpo e deixaram a plataforma. O barulho aumentou. Um toubabu começou a cantar com voz anasalada, mas parou depressa. Um homem na multidão gritou, e o primeiro toubabu continuou onde o outro havia parado. Mais homens gritavam. A cantoria parava e recomeçava, repetidas vezes, até que Biton foi levado da plataforma, para o meio da multidão.

Um por um, os cativos eram exibidos na plataforma. Chamei Chekura, quando chegou sua vez, mas ele não me escutou. Desejei que ficasse tão altivo quanto Biton, mas ele não conseguiu. Tropeçou; inclinou-se para trás quando alguém pôs a mão em sua boca.

Os toubabus riram. Mais alguns gritos e Chekura foi tirado da plataforma e perdeu-se de vista.

Os toubabus usavam as mesmas penas e potes de tinta que o xamã me mostrara no navio. Fiquei olhando para um dos homens que escrevia. Esquerda para direita. Esquerda para direita. Outros faziam da mesma maneira. Será que todos aprenderam a escrever de trás para frente? O homem viu que eu olhava para ele, encarou-me duramente e se virou, para que eu não pudesse vê-lo. Outros homens passavam peças de metal redondas para lá e para cá. Algumas eram brilhantes, outras, opacas. Não eram tão atraentes quanto conchas cauri ou manilhas de cobre.

Em meio à sujeira dos meus pés, notei uma peça de metal brilhante, cerca de três vezes maior que a unha do meu dedão. Consegui me agachar, agarrá-la entre meus dedos e ficar novamente em pé, para examinar a peça mais de perto. Vi a cabeça de um homem de um lado — a mesma cabeça que vira no quarto do xamã. Coloquei o metal entre os dentes. Era muito duro para se quebrar. Talvez pudesse ser furado; se fosse possível fazer um buraco, um fio trançado de grama poderia ser enfiado no buraco, de modo que ele fosse pendurado no pulso ou no pescoço. Ainda assim, seria feio. Eu não imaginava o que concedia a isso algum valor.

Ouvi mais gritos e voltei a olhar para a plataforma. Agora, Fanta estava em frente à multidão. Ela cuspiu quando a mandaram abrir a boca, e chutou quando tentaram examinar seus genitais. As pessoas riram e jogaram seixos. Quando Fanta gritou, colocaram um trapo em sua boca. Ela engasgou, e eles tiraram o trapo. Ela voltou a gritar, e colocaram o trapo na boca outra vez. Um homem pegou em seu peito. Ela arranhou seu rosto e tirou sangue. Suas mãos estavam amarradas atrás das costas. Desejei que ela parasse de resistir, antes que alguém a machucasse seriamente. Quando ela deu uma joelhada no rosto de um homem, a multidão voltou a gritar. Este lhe deu uma palmada no rosto e outro homem amarrou seus tornozelos. De todos os cativos levados à plataforma aquele dia, Fanta foi a única cujos pulsos e tornozelos foram amarrados e que teve a boca calada com trapos. Ela parecia pedir que a matassem, mas eles se divertiam. Quando os toubabus pararam de rir e gritar, tiraram Fanta da plataforma.

Todos os cativos saudáveis partiram, assim como a maioria dos toubabus. Sob a guarda de compatriotas vestidos, que não falavam a nossa língua, o restante de nós ficou aguardando na rua. O sol moveu-se uma boa distância no céu e estávamos sem água, sem comida e sem lugar para sentar. Éramos cerca de cinquenta: os mais velhos, os mais jovens, os doentes e fracos, aqueles com membros fraturados e sem dentes, com olhos lacrimosos, esbranquiçados e inúteis. Alguns conseguiam ficar em pé sozinhos. Outros não, e encostaram-se no prédio ou caíram. Enquanto esperávamos, um compatriota soltou meus pulsos, mas Fomba continuou amarrado. Ele conseguiu sentar-se, encostou as costas em uma árvore e adormeceu. Sentei-me também, mas tive certeza de que não conseguiria dormir com toubabus circulando em volta de mim.

A próxima coisa de que tive consciência foi ter sido acordada por um jovem compatriota que me cutucava com uma vara. Com o polegar, fazia sinal para que eu me levantasse. Agora havia bem menos toubabus e cativos em frente ao prédio. Todos aqueles à minha volta sangravam, estavam doentes ou cegos; um ou dois, como Fomba, tinham os olhos esbranquiçados e a mente dilacerada. Havia apenas uns trinta e bem menos barulho do que antes. Nenhum toubabu gritava ou ria. Nenhuma mulher toubabu assistia.

Dois jovens compatriotas, cada um segurando a ponta de uma vara de madeira, separavam-nos, deixando a distância de um braço entre um e outro. Éramos cativos sem valor, e fomos dispostos em uma longa fila. O espaço à nossa frente estava livre. Toubabus e trabalhadores ficaram de um lado ou do outro, exceto um grupo de cinco toubabus que ficaram nos encarando, a uma distância de uns trinta passos. Esses cinco toubabus formaram uma fila, e foram separados em igual distância. Cada homem segurava uma corda e estava em pé atrás de uma linha riscada no chão.

Um toubabu, que segurava um lança-chamas acima da cabeça, gritou algumas palavras. Ele apontou o lança-chamas. Nós, os cativos sem valor, espalhamo-nos um pouco mais. O toubabu com o lança-chamas nos mataria um por um. *Por favor, permita que eu vá primeiro*, rezei.

O toubabu deu um tiro tão alto, que fez com que eu perdesse o controle do intestino. Não tive um momento sequer para refletir sobre humilhação, quando a rolha de grama e minhas fezes derramaram-se sobre mim. Os toubabus correram para frente, com cordas, empurrando e atropelando, ao tentar agarrar os cativos e amarrar cordas em volta deles. Um homem me agarrou. Tentou me amarrar. Outro o derrubou e amarrou sua própria corda em volta de minha cintura. Puxou-me para perto de seu peito malcheiroso, e prendeu a corda, que machucou minha pele. Fazendo um nó, ele pisou nos meus dedos dos pés, colocando todo seu peso sobre o meu pé direito. Gritei e ele deu um passo para trás. Achei que meus dedos estavam quebrados. Com a corda estava amarrada em volta de minha cintura, fui deixada em pé, sozinha.

Uma velha compatriota — eu a vi e perguntei-me como havia sobrevivido à travessia — foi derrubada. Vi Fomba de relance, sentado no chão, cotovelos em volta dos joelhos, mãos nos ouvidos, olhos fechados, balançando-se para frente e para trás. O mesmo homem que me amarrara estava amarrando Fomba. Foram necessárias três pessoas para colocá-lo em pé. Ele caiu em seus braços como um peso morto. Um homem puxou as mãos de Fomba de junto dos ouvidos e gritou com ele. Outros aglomeraram-se. Não o vi mais. Nós, o refugo, estávamos agora todos amarrados.

Os toubabus com cordas começaram a se afastar do prédio com grupos de dois, três ou quatro cativos doentes. Um toubabu agarrou a corda em volta da cintura de Fomba, puxou-o em minha direção e levou-nos para longe do prédio, por um caminho empoeirado. Olhei em todas as direções, à procura de Chekura, Biton e Fanta, mas não os vi, como também não vi os outros cativos sãos.

Fomba caminhava a alguns passos de mim. Seus olhos estavam abertos, mas ele não discernia nem a mim nem a qualquer outra coisa ou pessoa. O toubabu pisou no meu pé outra vez. Gritei. A cabeça de Fomba girou, seus olhos voltaram a ter vida, e ele olhou para mim. Agora me via. Minha voz parecia ser a única coisa que o tirava do transe. Senti vergonha. Em Bayo ele devia nos servir, e, agora, precisava de mim.

— Você está bem? — perguntei.

Ele sorriu.

— Se eu conseguir água — eu disse —, darei um pouco a você.

Fomba abriu a boca, mas nada, nenhum som, saiu de seus lábios.

Depois de caminhar um pouco, fomos levados até um jovem trabalhador, nosso compatriota, que estava parado ao lado de uma carroça com um cavalo. Aguardando com ele, estavam dois cativos amarrados, um homem e uma mulher. Eu não os conhecia; não vieram em nosso navio, e pareciam mais fortes e saudáveis do que eu. Sussurrei algumas palavras, mas ficou claro que eles não conseguiam falar nem comigo, nem um com o outro.

O toubabu distribuiu-nos, colocando-nos em fila única, separados por cerca de cinco passos. Amarrou-nos com novas cordas, cintura com cintura. Fomba, o primeiro, foi amarrado à parte de trás da carroça. O segundo homem, que parecia querer correr, foi colocado atrás dele. A jovem mulher foi posta na minha frente, e pude ver que ela olhava para a esquerda, para a direita e para trás, enquanto eu era colocada na última posição. O toubabu subiu na carroça e bateu no cavalo com uma vara.

O cavalo andou, a carroça moveu-se e nós não tivemos outra escolha a não ser andar para frente.

Andamos o dia todo. Sem água. Sem comida. Sem paradas para urinar. Se precisássemos, teríamos de fazê-lo enquanto caminhávamos, com urina escorrendo pelas pernas e queimando a pele castigada. Às vezes, de um lado, eu via a grande água, mas, na maior parte do tempo, havia árvores, terra e o caminho sem fim. E, à minha esquerda, pântanos. Nunca vira, em minha terra, esse solo úmido, com grama e cana crescendo de dentro da água.

Musgos cobriam as árvores como roupa folgada. As rodas traseiras da carroça giravam, e eu as observava durante horas, rodando, movendo-se, sem brecar, sem resistir. As rodas me encantavam, e eu tentava imaginar que minhas pernas eram assim e que rodavam sem parar sob o sol. O trabalhador que era nosso conterrâneo andava ao nosso lado, com a cabeça baixa como um cão surrado.

Quando paramos, à noite, as cordas continuaram amarradas em volta de nossas cinturas, mas deixaram que deitássemos no solo. Ocupei o espaço perto da mulher que andara na minha frente. Olhamos livremente uma no rosto da outra, e senti alívio quando vi um rosto amigável. O compatriota que trabalhava para o toubabu fez uma fogueira e cozinhou mingau de fubá. Ele o serviu em cabaças, que me fizeram sentir uma saudade enorme de minha terra, e nos deu água. Apontaram o chão; eu sentei-me e relaxei.

A mulher e eu deitamos lado a lado, e ela colocou o braço em volta de mim. Fiquei grata por seu calor e conforto, embora nunca pudesse ter pedido isso. Sua língua era estranha, então nós apontamos para trocar nossos nomes. Tala. Era este o seu nome. Apontamos para o balde e trocamos nomes para comida, água, para a lua e as estrelas. Para aprender a língua da mulher eu só precisava ficar deitada ao seu lado.

Sonhei que caminhava em uma floresta, na terra dos toubabus. Os toubabus e seus trabalhadores negros levavam-me para longe da cidade. Andamos em meio à névoa da manhã. Coelhos cortavam o caminho. *Depressa*, pensei, falando com eles mentalmente, *ou alguém os pegará para cozinhá-los*, avisei uma coelha que passava e que estava visivelmente prenhe. Em vez de correr para a floresta, a criatura parou e ficou olhando fixamente para mim, até que percebi que ela tinha os olhos de minha mãe. Por algum tempo, a coelha ficou saltitando na minha frente, mostrando-me o caminho, indicando que eu deveria continuar por ali, garantindo que eu estava na direção certa. Continuei andando, e os toubabus transformaram-se em caçadores da minha aldeia. Da floresta, ouvimos as batidas de tambores e os gritos das mulheres que lavavam roupas em um riacho. O coelho transformou-se em minha mãe, equilibrando, na cabeça, uma bandeja com um coelho morto. Acabávamos de amparar um bebê, e voltávamos para casa.

Na manhã seguinte, quando acordei e a marcha continuou, olhei para a direita e para a esquerda, à procura de pessoas de minha aldeia. No caminho batido e nos campos, havia compatriotas por toda parte. Nunca imaginei que seria assim. Achei que ficaria sozinha; uma nativa em meio a um mar de toubabus. Mas, para onde olhava, homens e mulheres conterrâneos passavam por nós. Alguns, acorrentados, outros amarrados com cordas, e outros, ainda, caminhando livremente, totalmente desacompanhados. Com todos esses negros andando por aí — pude perceber que eram em maior número que os toubabus — com certeza, minha prisão não seria permitida. Alguém viria me resgatar. Mas este era um mundo muito, muito estranho. Eu não entendia. Nenhum compatriota lutava, gritava ou corria. Não demonstravam a menor resistência. Nenhum deles reparou em mim.

Quando Tala e eu encontrávamos outros de nossa terra, chamávamos em nossas diversas línguas. Normalmente, ninguém respondia. Mas, durante nosso primeiro dia completo de caminhada, Tala reconheceu um homem. Tinha, mais ou menos, a idade de meu pai, e estava ao lado do caminho empoeirado, com um pequeno grupo de conterrâneos acorrentados, que descansavam na relva. Ele também era vigiado por um toubabu e por um trabalhador negro. O homem era alto e muito magro. Era evidente, pelas falhas no cabelo, pela aparência esquálida e pelo tremor, que, como nós, deixara o navio recentemente. Ela o chamou, e ele respondeu. Tala ignorou os avisos do nosso toubabu e continuou chamando-o. Ela e o homem estavam, aparentemente, dizendo nomes de pessoas. Wole. Youssouf. Fatima. Falavam o mais rápido que podiam. Trocaram todo tipo de informação possível, no curto espaço de tempo de que dispunham. O homem continuou falando com Tala enquanto nos afastávamos, até que seus gritos deixaram de ser ouvidos. Tala gritou de volta para ele. Finalmente, quando não conseguiu mais ouvir, ela caiu por terra chorando, e nossa pequena corrente foi forçada a parar.

O toubabu desceu da carroça e caminhou em sua direção, mas eu fiz sinal para ele, apontando para o meu próprio peito, e depois para Tala. Ajoelhei-me e sussurrei palavras gentis em seus ouvidos. Peguei sua mão, levantei-a, acenando com a cabeça para o toubabu e arrastando-a na direção do caminho que seguia à nossa frente. O toubabu subiu na carroça, e seu ajudante veio caminhar ao nosso lado. Ele usava mocassins de couro macio, uma camisa de linho sem mangas e calças grosseiras, com uma corda na cintura. Perguntei-me quem seria e de onde vinha.

— Onde estão nos levando? — perguntei-lhe em voz baixa.

Ele olhou para mim, inexpressivamente, e disse algumas palavras incompreensíveis.

Os conterrâneos, naquela nova terra, estavam sempre em movimento. Conforme caminhávamos, vi um toubabu puxando uma mula carregada e quatro conterrâneos e cinco conterrâneas. As mulheres equilibravam trouxas na cabeça, carregavam bebês nas costas, e seguravam diversos potes e panelas. Os homens não levavam nada na cabeça nem nas costas, mas caminhavam, à beira da estrada, molhados de suor, cada um no canto de um estrado de cama. Nós os ultrapassamos, já que eles iam devagar. Não estavam apressados, mas seu trabalho era árduo. Quando passamos por eles, tentei novamente fazer contato visual com uma das mulheres mais distantes do toubabu.

— Fulfulde? Bamanankan? — murmurei. — Você fala alguma língua?

Ela era morena, baixa e tinha quadris largos; parecia saber como dar à luz sozinha. Olhou para mim e continuou andando.

Para passar o tempo, eu estudava o rosto das pessoas, tentando falar com elas sempre que o toubabu com o lança-chamas não podia ouvir. Conforme as pessoas passavam, eu observava se tinham marcas tribais e de que forma as mulheres penteavam os cabelos. Trançados? Rastafari? Cobertos? Tentava ver se encontrava alguém que se parecesse com as pessoas de minha aldeia. Muitos daqueles que passaram não pareciam, de forma alguma, ter vindo de minha terra. Perguntava-me onde teriam nascido e como chegaram aqui.

Em nosso segundo dia de caminhada, vi uma mulher se aproximando. Pela forma como o balde se equilibrava à frente da cabeça, e pelo modo como o bebê estava amarrado, bem baixo em suas costas, vi que se tratava de uma bamana.

— *I ni sógóma* — eu disse, enquanto ela chegava mais perto. *Bom dia.*

A mulher parou.

— *Nse i ni sógóma* — ela respondeu, *e bom dia para você.* — Criança — ela prosseguiu em bamanankan —, você nada mais é que um saco de ossos. Você é filha de quem?

— Sou Aminata Diallo, filha de Mamadu e Sira, da aldeia de Bayo, perto de Segu, e estamos andando há dois sóis nesta ilha.

— Sou Nyeba, filha de Tembe, de Sikasso, minha criança, aqui há cinco chuvas. Você é muito forte, para ter sobrevivido à travessia.

— Onde estou indo? — perguntei.

O toubabu desceu da carroça e caminhou, nervosamente, em minha direção.

— Vá — Nyeba disse —, ou você levará uma surra.

— Onde posso encontrá-la?

— Se tiver sorte, encontrará algumas pessoas no arrastão.

— Arrastão? — perguntei.

O toubabu me deu um soco na cabeça e gritou até Nyeba se afastar. Levei mais um soco e, depois, sequer ousei olhar para trás. Continuei andando com os outros. A dor que envolvia todos os órgãos de meu corpo estava prestes a explodir, mas não tinha para onde ir.

Chegamos a um rio da largura de uma pedra atirada. Aguardamos metade do dia. Oito nativos vieram nos pegar em uma longa canoa, feita de duas árvores escavadas. Fomos desamarrados e embarcados na canoa. O toubabu também embarcou, deixando o compatriota, a carroça e o cavalo em terra.

Os homens, com as costas nuas, enterravam longos remos na água, rumo a uma ilha não muito distante. Músculos fortes podiam ser vistos sob sua pele, mas vários deles tinham, nas costas, cicatrizes em forma de cruz, resultado de chicotadas. Fomba observava, fascinado, os nativos afundando os remos na água. Ele cutucou um deles, grunhiu e pegou o remo. Os trabalhadores caíram na risada ao ver Fomba tentando, ao mesmo tempo, se equilibrar e puxar o remo. Mas, rapidamente, Fomba encontrou o ritmo. Deixaram-no continuar remando, e começaram a cantar baixinho, em uníssono, enquanto trabalhavam. Era a música mais triste que eu já escutara, e falava de almas inquietas e fatigadas. Eu achava que eles também haviam sobrevivido à travessia. Por que outro motivo cantariam assim? Cutuquei o homem que dera o remo a Fomba.

— Bamanankan? — sussurrei.

— Maninka — ele respondeu, sem mover a cabeça. — Aprendi com minha mãe. Ela era da África.

— De onde?

— África. A sua terra.

Olhei para ele, entusiasmada. Queria pular em seus braços. Ele levantou a cabeça, casualmente. Não tinha marcas tribais. Ele quis certificar-se de que o toubabu não estava olhando.

— O que é arrastão? — perguntei.

— É como nós encontramos uns aos outros, passando mensagens de um para outro e mais outro.

— Aonde estamos indo? — eu quis saber.

— Trabalhar em uma ilha. Ficar com as mulheres e aprender com elas.

— Você não têm marcas no rosto.

— Estas são marcas de país. São luas bonitas, criança, mas eu não quero.

— Por quê?

— Porque nasci aqui. Nesta ilha não se usa marcas de país.

— Os outros nasceram aqui também?

— Sim. Mas dizemos que aqueles que sobrevivem à travessia do grande rio são destinados a viver duas vidas.

Eu não queria viver duas vidas. Só queria minha verdadeira vida de volta.

— Por que fizeram isso comigo?

— Você foi trazida da África para trabalhar para os toubabus.

— África — eu disse. — O que é isso?

— A terra de minha mãe. A terra de onde você vem.

— Eles a chamam África?

— Sim. Se você nasceu lá, eles a chamam de africana. Mas, aqui, eles chamam todos nós da mesma forma: negros. Principalmente, eles nos chamam de escravos.

— Escravos? — repeti.

— Escravos. Significa que pertencemos aos buckras[6].

— E quem são os buckras?

— Os homens a quem você pertence.

— Eu não pertenço a ninguém, e não sou africana. Sou bamana. E fula. Sou de Bayo, perto de Segu. Não sou isso que você diz. Não sou africana.

— O toubabu está olhando.

— Aonde ele está me levando?

Ele pareceu me olhar com admiração.

— Você é como minha mãe. Sua cabeça é impetuosa como uma armadilha. Mas agora você precisa comer, aprender e tornar-se valiosa. O toubabu ainda está olhando para nós. Precisamos parar de falar.

— Sou uma crente livre — eu disse. — *Allahu Akbar.*

Ele agarrou meu braço com violência.

— Pare — ele murmurou.

Ofeguei e olhei para ele. A raiva estava estampada em seus olhos. Seus dedos pareciam garras, apertando mais e mais.

— Você não deve rezar assim, nunca. É perigoso, e o toubabu vai castigá-la com o chicote. Ele vai castigar a todos nós. O homem que me chamara de africana soltou meu braço, pegou o remo de Fomba e voltou a remar.

Deslizamos sobre alguns juncos e paramos. Fomba e eu fomos os primeiros a descer do barco. Atravessamos um pântano para chegar até a ilha, onde fomos recebidos por um negro com um lança-chamas, que nos levou embora.

---

6 *Buckras*: assim eram chamados os brancos, pelos negros, especialmente nos Estados Unidos, de forma desdenhosa (N. do T.).

Palavras vão mais longe do que a distância que um homem pode caminhar

(Ilha de Santa Helena, 1757)

Eu devia ter uns 12 anos quando cheguei à plantação de índigo de Robinson Appleby. Acredito que devia ser janeiro de 1757. O clima estava frio, e em volta da cintura eu não tinha nada além de um pedaço de pano áspero. A pele do meu quadril estava vermelha e ferida e os dedos dos pés sangravam. Dois deles estavam fraturados e eu mal conseguia andar. Quando tropecei em um grande pátio, em frente à uma casa branca excepcionalmente pomposa, ocorreu-me que eu não conseguiria sequer equilibrar uma bandeja de comida na cabeça. Aos meus cuidados, laranjas e bananas teriam se espatifado no chão.

No pátio onde eu claudicava, com Fomba ao meu lado, vi muitos homens, mulheres e crianças. Vi gente com a pele escura como a minha e com a pele um pouco mais clara. Entre as crianças e os bebês, vi alguns cuja pele era de um marrom muito claro, e outros com a pele tão clara quanto a dos buckras. E havia as cabeças. Estilo rastafári, cacheados, trançados, carecas, curtos, com partes raspadas formando desenhos. Cabeças com lenços de cores fortes. Vermelhos, laranjas. Meu olhar foi capturado por um lenço amarelo, e eu me perguntava se poderia ter um igual.

Devo ter chegado em um domingo. Mulheres debruçavam-se em uma caçarola sobre o fogo. Uma grande caçarola sob a qual apenas três gravetos queimavam. Um cozimento longo e vagaroso. O aroma pairava no ar: carne, vegetais, pimenta. Era o meu primeiro encontro com comida que cheirava bem, em meio ano. Um homem estava sentado no chão, com as pernas cruzadas, dando as costas para outro, de pernas grossas, sentado em um banco. O que estava sentado no chão baixou a cabeça, e o que estava no banco, passava uma faca na parte de trás do pescoço, raspando o cabelo, enxaguava a faca em uma cabaça com água e voltava a raspar. Eu mal conseguia ficar em pé, mas lembro-me de ter pensado: *Aquele homem tem uma faca, e ele não a está usando. Se ele tem uma faca, e, mesmo assim não a usa, o que será de mim?*

Entre todos esses negros, havia um toubabu com um longo casaco abotoado na frente. Tinha nariz pronunciado, queixo fino e cabelo liso como pergaminho. A luz do sol refletia sobre os botões do casaco, e seus calções eram feitos de tecido macio e brilhante. Com as pernas afastadas e firmemente plantadas no solo, ele parecia ser o dono do mundo. Ao seu lado, uma mulher cujos cabelos pareciam palha, molhava uma pena em um pote de tinta empunhado por um negro, e escrevia em um livro. Da esquerda para a direita. Da esquerda para a direita.

O chefe toubabu tinha um ajudante negro, melhor vestido que os outros da nossa cor e que estava em pé apoiado em uma bengala. O negro fez sinal para que Fomba se abaixasse, e examinou seu rosto e peito. Com a bengala, ele deu batidinhas nas canelas, nas costelas e nas costas de Fomba, e depois, voltou-se para mim.

O ajudante observou-me atentamente. Ele dava ordens. Vi uma pequena falha entre seus dentes frontais. Não compreendi. O toubabu aproximou-se, arrancou o pano da minha cintura e fez um gesto como se quisesse que eu abrisse as pernas. Todos os outros negros olhavam, enquanto eu fiquei paralisada. Ele repetiu o gesto, mas eu não consegui me mexer. Não poderia me submeter a uma nova inspeção. O toubabu me bateu e eu caí. Fiquei ali deitada, pensando que, ele teria de se esforçar para inclinar-se, se quisesse continuar me batendo. O negro levantou a bengala. Protegi meu corpo com os braços e fechei os olhos. Escutei uma voz. Era o toubabu, dando ordens. Nenhum golpe. Abri os olhos e vi o negro baixando a bengala. O toubabu se abaixou e eu fixei o olhar em seus olhos. Azuis. Movendo-se para cima e para baixo ao longo de meu corpo. Demorando-se. Não era o sinal em meu peito que chamava sua atenção. Era outra coisa. Naquele momento, tive a sensação pungente de minha nudez, e percebi que ele avaliava os botões em meu peito. Ele disse algo e o negro com a bengala também se abaixou. Agora, os dois gritavam comigo.

A voz de uma mulher interrompeu a gritaria. Vi um lenço vermelho, um pescoço tão escuro quanto o meu, um nariz largo e o brilho de dentes. A mulher tinha um pequeno pano enfiado em suas roupas, na cintura. Vi-a esfregar as mãos uma vez sobre o pano, e ouvia-a sibilar abuso para o negro com a bengala. Sua boca desferiu um milhão de palavras, que fluíam como uma sopa e que pareciam impossíveis de se compreender. O negro e o toubabu se afastaram e a grande mulher pegou-me em seus braços.

Para cima e para baixo eu sacolejava no bíceps da mulher. Enquanto ela me carregava, eu escutava sua respiração, mas a mulher não dizia nada. No final da clareira, chegamos a uma série de casas com paredes de barro e telhado de palha. A mulher manobrou o corpo largo através da porta. Lá dentro, dois homens estavam em pé no quarto úmido, rindo e batendo palmas. A mulher colocou-me em pé no chão, mas ficou me segurando para que eu não caísse. Os homens ficaram em silêncio, imóveis. Parecia que nunca haviam visto alguém como eu.

Os homens saíram da cabana como se estivessem fugindo de um milagre, e a mulher levou-me até uma cama de palha. Cobriu-me com um cobertor e aproximou uma cabaça com água de meus lábios. Bebi um gole. Seus olhos eram de um castanho profundo, difíceis de decifrar. Não tinha a aparência de alguém que fosse morrer em breve. Senti-me segura em sua presença, e caí em um sono mais profundo do que qualquer outro que tivera em muitas luas.

Às vezes, eu tomava consciência do som da mulher mexendo em uma coleção de cabaças. A superfície dura batia uma contra a outra, produzindo um som musical, como o de atabaques, fazendo-me sonhar com minha casa. Tinha a vaga noção de que alguém me erguia e me dava de beber. Um pano quente e úmido acariciava meu rosto. Certa vez, escutei o canto de um pássaro no breu da noite. Para quem, perguntei-me, estaria ele piando? Talvez estivesse me chamando. Um corpo quente dormia ao meu lado. Eu gostava do cheiro da mulher e me sentia tranquila com o som de seu ronco.

Quando acordei do longo sono, eu tinha uma camisola áspera pendendo em meus ombros. A mulher que me dava abrigo em sua cama, pegou-me pela mão para que eu cumprimentasse todas as pessoas que viviam sob os telhados de palha. Os homens olhavam-me maravilhados, às vezes tocando meus pulsos e falando palavras que eu não compreendia. As mulheres seguravam meus ombros, abraçavam-me, usavam os dedos para tocar as luas em meu rosto, riam muito e traziam cabaças com água, milho cozido, às vezes carne. Cheirei a carne, mas recusei. Era porco. A mulher de grandes braços que dormia comigo levantou uma galinha de um cercado, segurou-a pelos pés e apontou para minha boca. Sim, concordei, eu comeria a galinha. Mas, não, fiz sinal com o dedo, apontando para o grande animal com focinho, que estava no cercado cheio lama. Aquele não. Porco, não.

Três homens saíram de uma das cabanas, e vi que um deles era Fomba. Seus olhos se arregalaram e eu corri para ele. Parecia vigoroso e forte; parecia ter se alimentado. Abriu a boca, tentando dizer meu nome, mas nenhum som saiu.

— Fomba — falei para a mulher. — Ele é Fomba, de minha aldeia, em Bayo.

Ela sorriu. Não parecia se preocupar ou ter curiosidade a respeito do que eu falava, e eu sabia por quê. Sabia exatamente por quê. Ela era negra, mas não nativa de minha terra. Ela era daqui. Esta era sua casa, e ela não precisava me entender; eu é que precisava entendê-la. Eu não poderia ir a lugar algum ou compreender coisa alguma até que aprendesse a falar com essa mulher. Sabia que eu teria de aprender por mim, mas também por Fomba.

Quando voltamos ao lugar onde dormíamos, a mulher fez com que eu me sentasse em um toco de árvore ao lado da porta e falou comigo, devagar. Segurou minha mão em uma palma que era o dobro da minha. Ela tinha as unhas quebradas, os dedos calejados e a pele vincada como o leito seco de um rio. Deu tapinhas em minha mão, passou o dedo em minhas costelas e descansou sua mão em meu ombro. Pôs o dedo em seu próprio peito, disse:

— Georgia — e abriu suas mãos em minha direção.

— Aminata — eu lhe disse. Georgia fez com que eu repetisse três vezes, mas o melhor que conseguiu foi dizer:

— Meena.

Nesta nova terra, eu era africana. Nesta nova terra, eu tinha um nome diferente, dado por alguém que não me conhecia. Um novo nome para a segunda vida de uma menina, que sobrevivera à travessia do grande rio.

As luas vieram e se foram. O ar estava se aquecendo, ficando mais pesado. Mosquitos zumbiam raivosamente, aterrissando em minhas orelhas, picando minhas panturrilhas, minhas costas e meu pescoço.

Tínhamos de trabalhar — albees albees albees — como Georgia dizia. Albees, como vim a saber, significava até que tivéssemos feito nosso trabalho, seis dias a cada sete. Havia porcos para alimentar e matar, galinhas para incomodar e pedir ovos, sabão para fazer com cinzas e soda cáustica e roupas para lavar e remendar. Robinson Appleby, o chefe toubabu, estava fora durante a maior parte do tempo, e sua mulher raramente o acompanhava em suas visitas à plantação. Quando Appleby não estava, outro toubabu morava na casa grande e vigiava o nosso trabalho. *Capataz* foi uma das primeiras palavras que aprendi. Não mais que uma ou duas luas depois da partida de Appleby, o capataz morreu e Appleby voltou. Quando partiu, alguns dias mais tarde, Mamed, o negro com a bengala, ficou no comando. Mamed tinha dois ajudantes, ambos com lança-chamas, cassetetes e chicotes. Na maior parte do tempo, não havia ninguém na plantação além de cinquenta negros, vigiados por um negro capataz e seus dois ajudantes negros. Não havia nenhum toubabu à vista, mas, mesmo assim, ninguém tentava fugir da ilha.

Georgia me levava para todos os lugares aonde ia, falando sem parar, dizendo o nome de tudo o que fazia. Ela catava longas gramíneas e as tecia, fazendo cestas. Quando os homens traziam gambás, ela tirava sua pele. Quando traziam tartarugas, eu a via colocá-las na sopa; os cascos saíam facilmente, depois do cozimento. Georgia estava sempre recolhendo folhas, frutos e raízes.

— Sabugueiro — disse ela um dia, ao examinar uma planta alta, folhosa, com flores brancas, em maço. De volta à panela, ela fermentava as folhas em água quente e guardava o líquido em uma cabaça. Cozinhava as flores em gordura de porco, e guardava o preparado em uma cabaça em forma de bola, que tinha um pescoço fino. Essa cabaça fazia parte de uma coleção de cabaças de todos os tamanhos e formas, penduradas em paus ou pregos, nas paredes de sua cabana.

— Flores de sabugueiro e banha de porco — ela repetia muitas e muitas vezes, até que eu pudesse falar. Um dia, ela esfregou essa mistura em uma ferida aberta no pé de um homem que foi à sua casa. Ele deu-lhe uma de suas cabaças, cheia de um líquido de cheiro forte. Ela bebeu um grande gole e abriu a boca, como se exalasse fogo.

— Caldo — disse ela.

Eu repetia cada palavra que saía da boca de Georgia. Passadas uma ou duas luas, já estava acostumada à maneira como ela falava. À medida que se tornou possível acompanhar sua fala, e conversar com ela, percebi que me ensinava duas línguas. Era como maninka e bamanankan — línguas diferentes, mas relacionadas. Uma soava mais ou menos como a outra. Havia a língua que Geórgia falava quando estava só com os negros na plantation[7], e que ela chamava de língua crioula. E havia a que ela falava com Robinson Appleby ou com outros brancos, e que ela chamava de inglês. "*Bruddah tied de hog*" era crioulo, e "irmão, roube o porco", era como se falava com o homem branco. "*De hebby dry drought most racktify de cawn*" era um modo de falar, mas eu também precisava aprender a dizer "A longa estiagem prejudicou o milho". "*De buckra gib we de gam; demse'f nyam de hin'quawtuh*" era como Geórgia falava, normalmente, mas tive de aprender, também, a falar isso de outro modo: "Os brancos nos dão os cortes dianteiros; eles comem os cortes traseiros". Buckra era como os negros chamavam os brancos, mas Geórgia me avisou que eu nunca deveria chamar um homem de "branco".

— Se você chamar um homem branco de branco, ele vai deixá-la roxa de tanto apanhar.

— Então, como devo chamá-lo? — perguntei.

Eu devia chamar o dono da fazenda de "Senhor Apbee", Geórgia disse, explicando-me que, quando ele falasse comigo, diria "Senhor Appleby". Sua esposa deveria ser chamada de "Senhora" ou "A Senhora".

As lições e instruções que eu precisava aprender nunca tinham fim. Appleby tinha o primeiro nome — Robinson —, mas eu, com certeza, apanharia, se chamasse um buckra pelo nome. Se eu não soubesse o sobrenome, "Senhor" ou "Senhora" serviriam. Eu nunca deveria olhar nos olhos de um buckra, quando este falasse comigo, e nem agir como se soubesse mais que ele. Era igualmente leviano agir estupidamente, Geórgia dizia. A melhor conduta era acompanhar a conversa do buckra como um cão bem treinado. Eu deveria esforçar-me, ao máximo, para ficar longe de Appleby, principalmente quando estivesse sozinha. Finalmente, disse Geórgia, eu nunca deveria esquecer que buckras não falavam crioulo; eles só compreendiam a sua maneira de falar. Eu, jamais, deveria ensinar a um buckra uma única palavra ou expressão que os negros usavam, ou dar a entender que compreendia o que os buckras diziam.

Geórgia ficou contente com a minha facilidade para aprender. Ela me levava para junto de outros homens e mulheres na plantation, e se vangloriava do meu progresso.

---

7 Plantation: plantação; é um sistema de monocultura para exportação (N. do. T.).

— Ela aprendeu tão depressa — dizia. — Zing zing zing. As palavras saem de sua boca como águias.

Eu ria. Eu adorava ouvir aquela mulher. Toda vez que ela abria a boca, era para dizer alguma coisa surpreendente. Algo em seu modo de falar tornava a vida tolerável.

— Querida chile[8] — ela me disse, uma vez —, por que Fomba não fala?

Respondi que ele perdera a fala no navio.

— Ele fez a travessia com você?

— Sim.

Geórgia assentiu e pôs as mãos em meus ombros.

— Você fez a travessia e sua cabeça está em chamas. Mas homens adultos fazem a travessia do grande rio e se calam para sempre. — Geórgia parecia pensar a respeito, tentando compreender aquilo tudo. Ela cruzou os braços, colocando as mãos nas axilas. — Vocês todos atravessaram um abominável rio, de calar a boca.

Não contei à Geórgia que em nossa vila Fomba era um cativo de segunda geração. Eu não queria que ninguém soubesse disso.

— Ele trabalha bem — eu disse. — É forte como um touro.

— Eu sei — Geórgia respondeu. — Ontem ele ergueu um porco do chão e pendurou-o em um carvalho vermelho para sangrar. Trabalho para três homens, que ele fez sozinho.

Eu queria que Fomba vivesse. Preocupava-me o fato de ele não falar. Nesta plantation, aprendi que havia duas classes de cativos. Havia os "negros sábios", como eu, que falavam a língua dos toubabus e compreendiam as ordens. E havia os outros, que não sabiam falar com os homens brancos, que nunca recebiam tarefas fáceis, nunca aprendiam uma habilidade interessante, e jamais recebiam comida extra ou privilégios.

Eu achava que, se fosse amplamente reconhecido o fato de Fomba poder levantar um porco e pendurá-lo sozinho, talvez cuidassem dele e o deixassem em paz. Conhecia-o bastante bem para saber que ele ficava perturbado quando as pessoas o prendiam. Mas quando estava livre para jogar cal virgem em lagoas a fim de atordoar os peixes e tirá-los da água, era muito eficiente. Nesses momentos, Fomba era capaz e forte. Eu esperava, ardorosamente, que ele se mantivesse assim. À minha volta eu queria somente os fortes.

8 Chile: forma carinhosa de falar "menina" na língua crioula (N. do T.).

Um dia, quando os mosquitos estavam particularmente hostis, enquanto Geórgia e eu lavávamos roupas, Mamed me chamou para ir com ele.

— Não a importune — Geórgia disse. — Ela está tão ocupada quanto um passarinho no ninho.

Mamed empurrou-a e segurou-me pelo pulso com um gancho de ferro. Lembrou-me a tornozeleira usada no navio negreiro.

Geórgia deixou cair os braços ao lado do corpo e avisou:

— Você vai se ver comigo se tocar um dedo nessa garota.

Puxando-me, Mamed dirigiu-se para a parte de trás das cabanas. Seu joelho, o direito, o mesmo lado em que segurava a bengala, parecia não dobrar de modo apropriado, mas isso não o impedia de mover-se rapidamente, e, com certeza, força não lhe faltava. Suas calças iam até os joelhos, e os músculos das pernas serpenteavam como cobras. Os cabelos prateados não eram crespos como os meus, e sua pele era mais clara que a da maioria na plantation.

Quando estávamos fora do campo de visão de Geórgia, Mamed soltou meu pulso e seguiu na minha frente rumo à floresta. Chegamos a uma clareira. Vi um grande telhado de palha, suspenso em quatro colunas altas, sem paredes ou piso. A cobertura servia apenas para fazer sombra, e, sob a mesma havia seis cubas retangulares, feitas em cipreste, dispostas em duas fileiras de três, e que cheiravam a urina. Em cada fileira, três cubas estavam colocadas lado a lado, cada uma com uma altura um pouquinho diferente da outra. Canos ligavam uma cuba à outra.

Mamed entregou-me agulhas de pinheiro e uma escova. Mostrou-me como subir nas cubas, mergulhar a escova no sabão e esfregar a madeira. E então, ficou observando se eu seguia suas instruções. O trabalho era árduo, mas mostrei que aprendia com facilidade e era capaz de fazê-lo bem. Não pretendia contrariá-lo.

À noite, perguntei à Geórgia por que tive de lavar as cubas.

— Para o índigo — Geórgia respondeu.

— Índigo — repeti.

Ela disse que tinha algo a ver com tingimento das roupas dos buckras. Eu não entendia a relação entre esfregar uma cuba de madeira vazia e roupas. Ela explicou que, enquanto eu trabalhava com Mamed, ela e os homens arrastavam cepas de um pedaço de terra.

— Mordidas de cobra, picadas de abelha, insetos rastejando; trabalho ruim e sujo — disse Geórgia.

Dia após dia, Mamed me levava para limpar as cubas. Certa vez, enquanto esfregava, levantei os olhos e vi Appleby vindo em minha direção. Mamed disse que eu deixara de limpar alguma coisa, e golpeou-me com a bengala. Senti os olhos de Appleby fixos em meu corpo por tempo demais, e senti alívio pelo fato de o pano áspero estar amarrado em volta de mim. Logo, Appleby nos deixou e meu trabalho prosseguiu, sem mais golpes de bengala.

Quando estava sozinho comigo, fiscalizando meu trabalho de limpeza, Mamed não usava a linguagem dos negros; ele falava como os buckras. Perguntava-me se isso tinha a ver com sua aparência, já que era bem mais claro que eu, mas mais escuro que um buckra. Eu queria saber sobre seus pais, mas não ousava perguntar.

Finalmente, Mamed começou a deixar-me sozinha, esfregando as manchas de sujeira.

— Limpe até aqui — ele dizia, marcando um ponto na cuba. Quando voltava, examinava se eu havia alcançado o ponto estabelecido. Para evitar golpes de bengala, eu fazia o trabalho rapidamente, e me distraía imaginando meu pai dizendo palavras de incentivo. Quanta diferença um pai faria. Um pai falando minha própria língua, mostrando-me como evitar surras de bengala, ou como escapar de um homenzarrão beliscando meus pulsos, ou, ainda, como agir nesta nova terra. Eu desejava, ansiosamente, alguém que conhecesse tudo a meu respeito e que soubesse como me guiar. Tentava ouvir o som da voz baixa e firme de meu pai, ao mesmo tempo em que seus dedos tocavam, suavemente, meu braço. É isso que eles querem, Aminata, e é assim que você vai sobreviver. Galinhas, por exemplo. Neste país, eles não as sangram. Você só corta a cabeça e arranca as tripas. Evite porco, se puder, mas não se preocupe demais com isso. Agora, você está em uma nova terra; faça o que for preciso para manter-se viva. Estou cuidando de você, filha. Uso as estrelas como olhos, e vejo você nessa nova terra. Você atravessou o grande rio e precisa continuar viva.

Mamed voltava algumas vezes por dia, a fim de examinar o trabalho. Ele acenava a cabeça com relutância, e, às vezes, trazia água ou comida. Depois de sete dias de trabalho, finalmente, Mamed ficou satisfeito com a limpeza das cubas.

Em nossa cama, à noite, Geórgia contou-me que ouviu Mamed dizer que eu fizera um bom trabalho.

— De onde ele é? — perguntei.

— Ele é só um negro — ela disse — nascido aqui na Carolina do Sul.

Parei por um momento, ouvindo como ela dizia aquela palavra. Ela parecia dizer "Ca-r-ly-na". Enquanto pensava no modo como ela havia pronunciado cada um dos sons da palavra, quase parando entre um e outro, Geórgia sussurrou outro detalhe.

— A mãe de Mamed é africana pura.

— É?

— Não fale sobre isso, chile.

Segurei seu pulso e cochichei:

— A mãe de Mamed é africana?

— Hã hã.

— De onde?

— Solte minha mão, garota.

Larguei seu pulso.

— Mas, de onde ela é?

— Africana é africana, e isso é tudo o que eu sei.

— A mãe dele está viva?

— Morta, há muito tempo.

— Você a conhecia?

— Eu nunca a vi, mas isso não é tudo — Geórgia disse.

— O que mais?

— O pai de Mamed era um buckra. Ele tinha sua própria plantation na Ilha Coosaw.

— Ele está vivo?

— O pai está tão morto quanto a mãe.

— Como, então, ele pode ser escravo?

— Capataz — Geórgia respondeu.

— Ele não é escravo, também?

— Hã hã, mas mais arrogante do que eu e você.

— Mas o pai dele era um buckra?

— De verdade — Geórgia afirmou.

— Então, por que Mamed é escravo?

— Se a mãe é escrava, então, você é escravo. Se o pai é escravo, então, você é escravo. Qualquer traço negro e você é escravo. Isso é tão claro quanto a luz do dia.

Eu perguntaria como Mamed chegara à nossa plantation, mas Geórgia já tinha a resposta pronta.

— Quando a mãe de Mamed faleceu, o pai buckra vendeu-o para o Senhor Apbee.

Fiquei em silêncio por algum tempo, mas não consegui dormir. Parecia absurdo eu esfregar cubas, lavar roupas e cortar o pescoço de galinhas para um homem que nem morava conosco. Como ele veio a se tornar meu dono, e de todos os outros? Perguntei-me se ele seria meu dono o tempo todo, ou apenas quando eu trabalhava para ele. Seria ele meu dono enquanto eu dormia? Ou sonhava?

Geórgia roncava alto, mas não pude resistir, e cutuquei seu braço.

— Hum? — ela gemeu.

— O que é um escravo?

— Não me acorde para fazer perguntas bobas.

— De que forma, exatamente, aquele homem é nosso dono? — perguntei.

— De todas as formas.

— E se nós não...

— Não o quê?

— Não trabalharmos?

— Se você não trabalhar, você morre — disse Geórgia. — Os buckras têm coisas para plantar e casas para construir, e se você não fizer esse trabalho, você morre.

— Antes de nós. Antes dos negros. Quem fazia esse trabalho?

— Eu estava tendo um lindo sonho — Geórgia disse. — Por que você fica perturbando minha cabeça com esta conversa? Quem, o que, onde. Menina, eu estou muito cansada. Todos os ossos do meu corpo doem.

Deitei de costas e fechei bem a boca. Talvez, em outro momento, eu pudesse fazer todas estas perguntas. Agora que eu conseguia conversar com ela, minha cabeça estava cheia de dúvidas.

Geórgia afastou-se de mim na cama e ficou assim por um instante. Então, resfolegou e me olhou. Deu um tapinha em minha mão, de brincadeira.

— Na sua terra, os africanos latem assim, o tempo todo?

— Não mais do que você — respondi. — Quando começa, você late como um cachorro com o rabo em chamas.

Geórgia riu e levantou para se aliviar no balde, lá fora. Quando voltou para a cama, disse:

— Sua boca africana é como um cavalo a galope. Vá devagar e com cuidado, querida chile, ou você vai dar de cara com uma árvore. Agora, deixe-me dormir, antes que eu lhe dê uma surra — ela deu uma tapinha em meu bumbum, virou-se, e logo já roncava novamente.

Levou algum tempo até que eu conseguisse adormecer, mas os sons que ela fazia e o calor que ela emanava em nossa cama me traziam conforto.

Uma mudança de lua depois, Mamed levou um grupo de escravos, incluindo Geórgia, Fomba e eu, para uma fazenda. Enquanto ele nos vigiava, nós plantávamos sementes. Como em nossa pátria. Eu cavava com o calcanhar, jogava uma semente, e cobria o buraco com os dedos do outro pé. Percebi que Mamed estava impressionado com minha habilidade. Os homens, no entanto, usavam longas enxadas, e iam mais depressa.

Cantávamos com as pessoas que estavam perto de nós, e, com frequência, era Geórgia quem liderava. Enquanto cavávamos a terra, plantávamos sementes, cobríamos os buracos e começávamos tudo outra vez, cada um trabalhando em sua fileira, Geórgia cantava em um tom de voz baixo e lamentoso. Nunca soube de onde as canções de Geórgia vinham. Algumas vezes ela as cantava ininterruptamente, outras, esperava que respondêssemos ao final de cada verso. Nesses momentos em que cantávamos juntos, mantínhamos um ritmo de plantar sementes a cada resposta.

Em nosso último dia de plantação, enquanto cavávamos o buraco, Geórgia cantava um verso:

— *Had a big ole daddy but he done gone.*

E nós jogávamos a semente e respondíamos:

— *Big ole daddy but he done go.*

Fomba, que trabalhava na fileira à minha esquerda, também jogava a semente, embora não cantasse. Cobríamos nossos buracos, dávamos um passo à frente e parávamos por um momento. Então, quando Geórgia cantava outra vez *He pull ten stumps in da burnin*, cavávamos outro buraco. Para dentro deles iam as sementes, e, com os outros, eu cantava *Ten stumps in da burnin sun.*

Preparei o pé para cavar, assim que Geórgia começasse a cantar a próxima estrofe. Nesse momento pisei em uma cobra. Ela serpenteou e sibilou, movendo-se rapidamente. Gritei. Fomba veio correndo, e cortou fora a cabeça da cobra com a enxada. Antes que eu tivesse chance de agradecer, ele pegou a cabeça da cobra com uma mão, o corpo trêmulo com a outra, e jogou-os longe.

— Bobo — disse Geórgia, dando-lhe uma bronca. Ela correu até o lugar onde Fomba havia jogado a cobra e recuperou o corpo.

Naquela noite, ela tirou a pele da cobra, esfregou-a com óleo e repetiu o procedimento por diversos dias. Depois, enxugou todo o óleo e enrolou-a duas vezes em volta de seu chapéu de domingo — um chapéu de palha, de abas largas, enfeitado com uma pena de pavão, azul e verde.

— Cobra ou patrão, é a mesma coisa, disse Geórgia. — Use suas roupas. Elas trazem sorte.

Levou apenas 15 dias para que as plantas começassem a brotar na terra arenosa. Sob a supervisão cuidadosa de Mamed, eu usava um balde para regá-las, e elas brotaram do chão. Quando as folhas começaram a surgir, Mamed designou-me dez fileiras por dia. Meu trabalho era remover todos os gafanhotos. Eu não deveria, de maneira alguma, danificar as folhas, para não tirar a tênue camada de pó. Podia, apenas, levantar o inseto gentilmente, esmagá-lo, jogá-lo no balde e continuar percorrendo planta por planta. Mamed examinava as folhas como se conhecesse cada uma, individualmente, e não suportasse a ideia de compartilhá-las com os insetos. Dez fileiras por dia, durante muitos e muitos dias, limpei aquelas plantas enquanto ficavam cada vez mais altas.

A grande casa do Senhor Appleby era limpa por uma negra que trabalhava com um bebê pendurado nas costas, à maneira africana. Ela morava com seu bebê em uma casa de barro separada dos outros e era de pouco falar. Pouco tempo depois de sentir-me confortável para falar a língua crioula, fui me encontrar com ela enquanto trabalhava em seu pequeno jardim.

— *Noite, Cindy Lou* — eu disse.

Ela resmungou e continuou arrancando as ervas daninhas.

— *Você carregar seu bebê à maneira africana.*

Ela resmungou novamente, mas não disse nada.

— *Fomba e eu viemos da mesma vila* — eu disse. — *Em Bayo, nós amarramos nossos bebês.*

— É desta terra aqui, e agora estou catando feijão, então não fala comigo sobre a África.

À noite, quando estávamos na cama, Geórgia me repreendeu:

— Não solte a língua falando sobre a África — disse ela. — Quando passar por um negro, fique com a boca fechada, ou quando encontrar um branco em um cavalo ou sentado sobre sua bunda, não fique falando sobre a sua terra. Os buckras da Ca-r-ly-na querem a África longe de vocês.

Na noite seguinte, enquanto Geórgia me via comer e declarava que agora eu tinha carne sobre os ossos, Appleby veio à nossa casa. Ele era alto, tinha barba benfeita e usava calças justas e botas de montaria de couro. Eu sabia que não devia confiar nele, mas queria, a uma distância segura, saber mais a seu respeito.

Tentei acompanhar o diálogo que Appleby mantinha com Geórgia. Ele disse algo sobre uma mulher que tinha problemas em outra ilha.

— Trabalhar a noite toda, não trabalhar amanhã — disse Geórgia.

— Só pela manhã — Appleby replicou.

Geórgia não cedeu. Quando ele desistiu, ela exigiu que ele trouxesse, de Charles Town, um pilão e um almofariz, do tamanho de um bebê. Appleby concordou. Geórgia colocou em um saco de pano suas poções, seus líquidos e suas plantas, e, pegou-me pela mão.

— Só você — Appleby disse-lhe.

— Ela vai comigo.

— Logo, então.

Andando tão depressa quanto Geórgia conseguia, tentamos acompanhar os passos rápidos de Appleby. Geórgia respirava ruidosamente, como se seu nariz estivesse entupido. Um negro, chamado Happy Jack, esperava-nos com dois cavalos e uma carroça. Geórgia e eu subimos na carroça e nos sacolejamos até chegarmos a um píer. Dali fomos levadas por uma canoa — um tronco de cipreste escavado, com dois outros amarrados ao lado. Negros de outra plantation, de pé, usavam estacas para conduzir Appleby, Geórgia e eu pela água. Durante todo o tempo em que estivemos no barco, Geórgia fazia perguntas aos remadores, falando muito depressa. Estava claro que não apenas Appleby não compreendia como também não escutava.

— Onde estava Old Joe? — Geórgia perguntou. — E Quaco? E o que aconteceu com Sally, depois que a tiraram da Ilha de Santa Helena? — Eu conseguia acompanhar a maior parte do que os homens respondiam. Chegamos à outra ilha, e fomos levados, de carroça, até uma cabana onde uma mulher chorava.

Antes de entrar, Geórgia falou com o buckra dessa nova plantation.

— Senhor, arranje-me um cachimbo e tabaco — disse — e dois metros de tecido vermelho de Charles Town.

— Você terá dois cachimbos e tabaco, e nada mais — disse ele.

Geórgia aquiesceu, e nós duas entramos na cabana.

Uma mulher estava deitada em uma cama próxima de três velas acesas. Geórgia pediu ao novo buckra um pano e três cabaças com água morna e mandou que ele e Appleby saíssem. De sua bolsa, Geórgia tirou uma cuia com óleo.

— Sente-se ao lado dela e fale — Geórgia disse.

Enquanto Geórgia esfregava a mão direita com óleo, separava as pernas da mulher e colocava seus dedos dentro dela, olhei nos olhos dela e perguntei seu nome. Ela não respondeu.

— Qual seu nome? — perguntei novamente. Não houve resposta.

— Ela perguntou seu nome — Geórgia disse. Nada.

A mulher parecia assustada. Quando tentei falar em bamanankan, seus olhos se esbugalharam. Quando tentei fulfulde, as palavras brotaram em sua boca.

Geórgia me cutucou.

— Que bom que você está aqui, chile.

A mulher, que se chamava Falisha, contou que atravessara o o grande rio há poucos meses. Falisha segurou minha mão e arqueou a coluna.

— Quando doer faça respirações rápidas e curtas — eu disse.

Geórgia colocou minha mão sobre a barriga de Falisha, em diversos pontos. Perguntou-me se eu sentia alguma coisa.

— Dois bebês — falei.

Geórgia ficou de queixo caído.

— Como você sabe?

— Eu não contei antes; minha mãe ensinou-me a amparar bebês.

— Sua mãe seria útil aqui — Geórgia disse. — Esta mulher pode morrer.

Durante toda a noite, Falisha sofreu mas, entre as contrações, falou e falou como se não tivesse falado com alguém há meses. Disse que tinha duas crianças em casa. Fora sequestrada com o marido, que morrera durante a travessia. Eu não queria escutar esse assunto e não fiz perguntas, desejando que ela se cansasse e ficasse calada, mas Falisha continuou falando. Seus outros filhos viram três e cinco estações chuvosas; ela não fazia ideia de onde se encontravam e nem quem cuidava deles. Fiquei aliviada quando ela parou de falar e gemeu baixinho. O longo gemido veio do fundo de sua garganta.

Falisha não esperou as instruções. Empurrou com força de acordo com sua própria vontade e, diversas tentativas depois, a cabeça surgiu. Fez força novamente e surgiram os ombros, o bumbum e os pezinhos. Geórgia embrulhou o bebê e me deu para segurá-lo. Perguntei-me quanto tempo levaria para que aquela criaturinha compreendesse que não era livre para viver como gostaria.

A respiração de Falisha era superficial.

— Um menino — disse eu.

Falisha sorriu, mas não teve forças para falar.

— Você vai ter mais um bebê — contei-lhe.

O primeiro bebê começou a chorar.

— Que bom. Ele está respirando — disse Falisha. — Eu morro agora, e você fica com meu bebê, menina fula. Eu morro agora.

— Ninguém vai morrer — disse eu. — Há outro bebê dentro de você.

Falisha dormitou durante algum tempo. Segurei o bebê firmemente, até que este adormeceu.

— Vocês estão conversando em mumbo-jumbo — Geórgia afirmou.

— Fulfulde — repliquei.

— Fu o quê?

— Nossa língua — eu disse. — Fulfulde.

Geórgia deu de ombros. Ela acendeu um cachimbo e fumou tabaco.

Não queria acordar nem o bebê e nem a mãe, mas há dias eu tinha vontade de fazer uma pergunta à Geórgia. Murmurei:

— Eu gostaria de encontrar um homem chamado Chekura.

Geórgia me olhou fixamente.

— Você é muito jovem para ter um homem.

— Ele não é meu homem — respondi. — Fizemos a travessia juntos. Ele é como um irmão.

— Um irmão — disse Geórgia, com desdém. Minha expressão séria comoveu-a. — Se ele estiver no Low Country, o arrastão o encontrará.

— Arrastão — repeti.

— Temos os nossos meios — Geórgia continuou. — As bocas dos negros são como rios. Nossas palavras nadam de Savannah para Santa Helena para Charles Town e ainda mais longe. Soube que nossas palavras já nadaram até a Virgínia e voltaram. Nossas palavras vão mais longe do que a distância que um homem consegue percorrer. Quando encontramos alguém, lá vem ele no arrastão.

— Na verdade, ele não é um homem — disse eu. — Apenas um menino, e seu nome é Chekura.

— Se estiver por perto, vou encontrá-lo no arrastão. Ou, talvez, ele a encontre.

Geórgia usou o polegar para colocar fumo no cachimbo.

— Você fuma?

Balancei a cabeça.

— Crentes não fumam.

— Crentes?

Apontei para o céu.

— Alá.

— Você está falando de quê, menina?

— Deus — respondi.

— O que Deus tem a ver com isso? — Geórgia perguntou.

— Deus proíbe o fumo. Nosso livro diz *não fume*.

— Não fique falando de livros. Os buckras não gostam disso.

Fiquei totalmente confusa. Eu tinha visto o xamã lendo livros sob a luz do candeeiro em sua cabine no navio.

— O que Deus tem a ver com isso? — Geórgia repetiu.

— Deus diz não tabaco — respondi.

— Hã! — Geórgia deu tapinhas em suas coxas. — O Senhor Apbee tem Deus, ele fuma. Dois negros em nossa plantation falam o tempo todo sobre Jesus isso, Jesus aquilo, e fumam. Alguns de nós têm Deus, outros não, mas todos os negros da Carolina amam tabaco.

Eu não sabia como dizer à Geórgia que vinho de palmeira e tabaco eram proibidos, mas que noz de cola não era. Eu não vira noz de cola desde que deixara minha terra. Era difícil explicar o Alcorão.

O bebê começou a chorar. Geórgia pegou-o de mim e comprimiu sua boca contra o mamilo de Falisha. O bebê sugou impetuosamente.

— Isso a manterá animada — Geórgia disse.

De fato, Falisha acordou e voltou a fazer força. O segundo bebê veio logo. Uma menina. Pálida e imóvel.

Geórgia cortou o cordão e tentou escutar os batimentos, mas o coração não batia. Ela então embrulhou totalmente o bebê.

— E o segundo? — Falisha perguntou.

— Ela está morta — respondi.

— Uma menina? — Falisha disse.

— Sim.

— Eu sempre quis uma menina. — Falisha cobriu o rosto com a mão, e ficou ali, deitada, imóvel.

Afaguei seus cabelos, mas ela não se moveu. Levantei-me para tomar ar do lado de fora. As estrelas brilhavam naquela noite, e as cigarras cantavam sua canção sem fim. Se o céu era tão perfeito, por que a terra era tão imperfeita?

Geórgia veio me encontrar.

— Temos de ir. O buckra virá logo. O segundo bebê é nosso segredo. Ninguém sabe. Falisha só teve o menino. Ouviu? Diga isso a ela também.

Geórgia amarrou a criança morta, colocando-a sob suas roupas. Deixamos o menino no peito de Falisha.

Quando voltamos à plantation de Appleby, a luz começava a raiar no céu. Paramos à nossa porta por um momento. Certa de que tudo estava em silêncio, Geórgia me levou para dentro da floresta, para que enterrássemos a gêmea morta. Em seguida, retornamos rapidamente para nossa cama.

— Nunca vi alguém da África aprender tão depressa — Geórgia parou para tocar meu cabelo. — Mas cuidado, garota. Se você souber demais, alguém poderá matá-la.

— Não sou das que morrem com facilidade — disse eu.

— Com certeza você estava meio morta quando eu a peguei do chão — Geórgia disse —, mas estou bem contente que você esteja viva agora.

A atmosfera foi ficando mais quente e úmida. Com a carne sobre meus ossos, que deixavam Geórgia tão orgulhosa, minha menstruação também voltou. O calor lembrava minha casa, mas a umidade pesava como um cobertor úmido. Vi a primeira de várias tempestades. No final da tarde, nuvens inchadas começaram a escurecer. Muito antes que o dia terminasse, a luz mudou, como se a noite tivesse surgido de repente. Raios rebentaram, trovões ecoaram e o céu explodiu. Geórgia me puxou para longe das cubas.

— Raios fritam como bacon — disse, puxando-me para sua casa e colocando o braço em volta dos meus ombros. — Espero que o telhado aguente.

Não era apenas chuva. Era como se milhares de baldes de água fossem despejados ao mesmo tempo. Duas árvores foram derrubadas e os raios partiram uma terceira. Nosso telhado suportou, mas outro desmoronou. Ouvimos os gritos dos negros fugindo da casa destruída, buscando abrigo em outra. Tão depressa quanto começara, a tempestade teve fim. O céu clareou, as nuvens desapareceram e o frescor trazido pela chuva transformou-se em vapores fumegantes sob o sol.

Geórgia me levava sempre que era chamada para amparar bebês, na plantation e em ilhas próximas. Cerca de um a cada três bebês morriam ao nascer ou logo depois e muitas mães também morriam. Eu adorava estar com Geórgia, mas não me agradava ter de encarar doenças e morte. Geórgia não queria me deixar sozinha na plantation, dizia que eu não estava segura sem ela ao meu lado, mas eu implorava para ficar quando ela sabia, de antemão, que uma gestante já estava mal.

Não eram apenas as mães e os bebês que morriam. Muitos outros, incluindo buckras e negros adultos. Morriam de febre, com os ossos em fogo. Geórgia contou-me que os buckras temiam os vapores nos pântanos do Low Country. Appleby ficava ausente, praticamente, toda a metade mais quente do ano, que Geórgia chamava de "temporada da doença".

Geórgia era conhecida em todas as ilhas da região como parteira e doutora. Todas as vezes em que um negro capataz ou um buckra de outras plantations lhe pedia ajuda, ela demandava alguma forma de pagamento. O que ela desejava, mais que rum, tabaco e roupas coloridas, era casca de quina. Appleby ou outros donos de plantações tinham de trazê-la do mercado de Charles Town, e reclamavam do alto custo. Às vezes, Geórgia precisava trocar dez partos por um bocado de casca. Quando a conseguia, secava-a, moía uma parte dela em seu socador, não desperdiçando um grão sequer, e guardava o pó em uma bolsa de couro, que ficava pendurada em uma viga de madeira, dentro de casa. O restante, ela mascava. Oferecia-me, mas era muito amarga. Além de mim e de Happy Jack, que ela, às vezes, colocava em sua cama, Geórgia não permitia que nenhum outro negro entrasse em sua casa. Ela não queria ninguém mexendo em seus pós e raízes, principalmente em sua casca de quina, que, conforme dizia, era o melhor tratamento para febre.

Geórgia tinha bolsas em vários tons de azul. Fazia com que eu me lembrasse de cada detalhe. A bolsa azul-escura continha tomilho, que apressava o parto e a expulsão da placenta. Na de tom azul-água havia estramônio, que era sua arma secreta para provocar loucura. Ela guardava ramos de agulhas de pinheiro em uma bolsa azul-céu. Com eles fazia um chá que desentupia o nariz. A bolsa azul-clara levava erva-doce e sementes de aniz, para distúrbios ventosos.

— O que é isso? — Geórgia perguntava, testando-me.

— Mistura de banana-da-terra e marroio, contra picadas de cobra — eu respondia.

— Bom. E isso?

— Poejo, para insetos.

— Não conte a nenhum buckra que sua cabeça aprende depressa, garota — dizia ela. — Eles a levariam direto para o rio e a afogariam.

Pouco tempo depois de termos plantado o índigo, Geórgia anunciou que me tornaria muito doente, mas garantindo que depois eu não morreria. Disse que precisávamos ganhar tempo e que esta era uma boa época para fazer isso. Havia uma epidemia no país, disse ela. Em Charles Town. No Low Country. Nas áreas populosas. A doença ia e vinha, dizia, e, quando vinha, tirava muitas vidas. Geórgia disse ter aprendido com uma mulher do Low Country como prevenir a varíola.

— Vou curá-la e você não morrerá — ela disse.

Disse-lhe que não queria que nenhuma faca tocasse meu corpo.

— Só um pedacinho de seu braço — disse ela. Recusei.

— Veja aqui — ela disse, mostrando-me seus ombros e costas. Vi inúmeras cicatrizes provocadas pela varíola. — É só isso que você vai ter. Algumas destas marcas. Faço com que você fique doente, e você não morrerá.

— Quando?

— Agora. Você terá tempo para se recuperar antes da colheita do índigo.

— Mas Mamed me surrará se eu não trabalhar — falei.

— Mamed sabe. Anos atrás, eu o tratei contra a varíola.

Comecei a chorar. Ela segurou meu queixo.

— Pare com isso, já. Tratarei de você como se fosse alguém da minha família.

Usando uma faca afiada, Geórgia fez um corte em meu antebraço. Eu esperava uma dor terrível, mas o corte foi rápido, superficial e tinha menos de três centímetros. Dentro do corte, ela colocou um fio que disse ter vindo de um homem em quem ela provocara a doença, da mesma forma. Ela fechou o corte, e colocou banha de sabugueiro sobre ele.

— Só isso? — perguntei.

— Por enquanto — ela replicou.

— Não vai haver mais cortes?

— Não. Mas a doença chegará rapidamente.

— Quando?

— Uns sete dias.

Geórgia me mandou ficar dentro de nossa casinha. Eu não podia sair; tinha de comer e me aliviar ali dentro. Quase fiquei louca de enfado. Sentia-me bem, e não havia nada para fazer. Briguei com ela por ter de ficar o dia todo na cabana escura e úmida, mas ela insistiu. Então, veio a febre. Era como se meus ossos e costas se quebrassem. Melhorou logo.

— Posso sair agora? — quis saber.

— Ainda não terminou — Geórgia respondeu.

A febre voltou. Senti uma dor de cabeça tão forte, que precisei deitar e cobrir os olhos contra a luz. Quando me reclinei na cama para vomitar, vi um de meus dentes cair no balde. Um dia mais tarde, feridas começaram a ulcerar em minha boca e nariz.

— Vai feder tanto, que você odiará a si mesma — disse Geórgia —, mas não se preocupe. Vai passar. O mau cheiro vai desaparecer. Não dê atenção.

Surgiram feridas em meu corpo. As localizadas nas solas dos pés eram as piores. Exalavam um cheiro tão forte, que eu sentia vergonha de ficar perto de Geórgia. Eu não suportava meu próprio cheiro.

— Conheço o cheiro. Estou acostumada a ele. Você tem boas feridas — ela disse.

— O que você quer dizer com "boas"? — quis saber. Minha voz era apenas um sussurro. Não conseguia sair da cama. Queria morrer.

— As feridas estão separadas umas das outras. Uma aqui, outra ali. Não juntas. Elas não se tocam. E você só tem dez. Dez é bom.

Minha doença durou mais ou menos meio ciclo da lua. As bolhas viraram crostas. Prometi a mim mesma que, se melhorasse, jamais me queixaria — nem a mim mesma — de ter de trabalhar duro sob o sol, ou ter de trabalhar para os buckras. Comecei a recobrar a força até que virar-me na cama começou a ser menos doloroso. E, depois, já conseguia ficar sentada, movimentar-me pela casa e comer um pouco. Quando a última crosta caiu, Geórgia disse que eu estava melhor.

— Saia e respire um pouco — disse. — Você voltará a trabalhar em breve.

Várias vezes durante aquele verão ela me examinou.

— Você se recuperou com facilidade. Apenas algumas cicatrizes, nenhuma no rosto.

Disse-lhe que isso me deixava aliviada.

— Marcas de varíola no rosto são uma coisa boa, chile querida.

— Por quê?

— Você precisa de alguma coisa para enfeiá-la. Agora, você parece uma flor, e isso não é bom.

Geórgia estava certa. Eu estava curada a tempo da colheita do índigo. Na noite anterior ao início, Geórgia e eu arrastamos baldes de um depósito, colocando-os na porta da casa dos outros negros.

— Para que isso? — perguntei.

— Urinar — disse Geórgia.

Naquela noite, todos os cinquenta escravos da plantation de Appleby usaram os baldes para urinar. Na manhã seguinte, Geórgia e eu levamos todos os fedorentos recipientes às cubas que eu lavara tão cuidadosamente na primavera. Quando terminamos esse trabalho, os escravos se reuniram. Mamed deu ordens, e todos sabiam exatamente o que fazer, menos Fomba e eu. Mamed mandou que Fomba picasse as plantas de índigo perto do chão. Fomba não conseguia seguir as instruções. Mamed puxou-o para o lado, colocou outro homem em seu lugar e mandou que eu juntasse as hastes e folhas de índigo nos braços e as colocasse nas cubas.

— Não tão depressa — Geórgia disse ofegante, na tentativa de me acompanhar. Vi Appleby distante do atarefado grupo. Ele estivera fora durante alguns meses, e eu havia parado de pensar nele.

— O Senhor Appleby está nos observando — sussurrei —, e Mamed disse *rápido*.

— Não tanto. Está muito quente. Temos de aguentar o dia todo. É preciso fazer isso de um jeito fácil e agradável.

O índigo arranhava muito meus braços. Na pressa para afastá-lo da pele, jogava-o rapidamente na cuba. A bengala de Mamed estalava em minha perna. Fiquei furiosa com o fato de ele me bater outra vez, depois de eu ter trabalhado tanto para limpar as cubas na última primavera. Naquele momento, eu não tinha medo dele. Estava apenas brava.

Mamed segurou-me pelo braço.

— Ande com calma — disse. — Trabalhe rapidamente, mas não corra. O índigo é como um bebê adormecido. Ande calmamente para não despertá-lo — tentei puxar o braço, mas ele me segurou.

— Veja — disse ele, apontando para as folhas nos braços de Geórgia. — Vê aquele pó fino? — vi o pó sobre as folhas. — Você balança as folhas, a poeira cai. Trabalhamos pelo pó. É isso o que queremos. Ande suavemente. Seja gentil com as plantas.

Lancei-lhe um olhar furioso, e então, notei que Appleby me observava. As moscas e os mosquitos zumbiam à nossa volta, entrando em meus ouvidos e cabelos. Dois negros usavam galhos de cedro para abanar Appleby, e outros quatro abanavam as cubas, para evitar que os insetos pousassem nelas.

— Suave — repeti. — Suave.

Mamed soltou meu braço e eu voltei ao trabalho, movimentando-me do modo como ele instruíra. Uma hora mais tarde, Appleby puxou-me de lado.

— Você. Meena.

Fiquei surpresa com o fato de que ele soubesse meu nome. Abaixei os olhos, em direção aos meus pés, como Geórgia ensinara.

— Você é uma negra sabida?

— *Simsor.*

— Você aprende depressa — ele disse.

— Apenas sabida, Senhor Appleby.

— Quantos anos você tem?

— Doze anos — respondi.

— O que você sabe fazer?

Geórgia me preparara para essa pergunta.

— Sabão e gororoba de porco — repliquei.

— Isso é tudo?

— Não, senhor.

— O que mais você sabe fazer?

Vi que Geórgia nos observava.

— Sei capinar, limpar cubas e amparar bebês.

— Como aprendeu?

— Com Geórgia — contei a Appleby.

— Menina, o que são essas marcas em seu pescoço?

— *Seinão*, Senhor.

— Menina, você teve varíola?

— *Seinão*, Senhor.

— Continue trabalhando e escute Geórgia — ele disse.

— Sim, Senhor.

Appleby afastou-se de mim e voltou para junto de Mamed.

— Ela vai estar ótima na próxima estação — disse, e dirigiu-se para a grande casa.

De volta ao trabalho, ajudei a despejar o líquido fétido no segundo conjunto de cubas, ao qual estavam presas longas varas em forma de garfo. Na ponta de cada estaca havia um balde sem o fundo. Geórgia mostrou-me como usar a vara para misturar o líquido. Eu devia misturar com força, firmemente. Trabalhei em uma cuba e, ao meu lado, Geórgia trabalhou em outra. Meus braços queimavam de cansaço, mas Geórgia misturava sem parar. Quando eu precisava descansar, Geórgia mexia sua cuba com uma das mãos e a minha com a outra. Eu espantava os mosquitos e voltava a mexer. Em dado momento, o líquido do segundo conjunto de cubas começou a espumar. Mamed acrescentou o óleo que se encontrava em um balde de couro. Quando um barro azul formou-se no fundo das cubas, a água foi drenada para o terceiro conjunto de cubas.

— Isso é o que queremos — disse Geórgia, apontando para a lama da segunda série de cubas.

Enquanto a lama secava, Geórgia e eu balançávamos galhos de cedro, para manter os insetos afastados. Mamed e os homens retiravam a lama, colocando-a em sacos pesados, que ficavam pendurados, para que o líquido escorresse. Então, usávamos pás retas e largas para espalhar a lama em um galpão de secagem. Era difícil não engasgar com o mau cheiro enquanto transformávamos a lama em bolos que colocávamos em barris de madeira.

Trabalhávamos desde a escuridão da madrugada até a escuridão da noite. No quintal ao lado de nossa casa, Geórgia e eu mantínhamos o fogo aceso sob um imenso caldeirão com água. Antes de nos deitarmos, por mais tarde que fosse, por mais que nossos braços doessem, levávamos baldes dessa água para a floresta e nos lavávamos sob as estrelas.

— O que vão fazer com toda aquela lama? — perguntei.

— Transformar as roupas brancas dos homens em azuis — Geórgia disse.

— Aquela lama é para a roupa deles?

— Na última vez em que apareceu, Senhor Appleby usava uma camisa azul. Você não viu?

Disse que não me lembrava.

— Cinquenta negros fazem xixi na lama para a camisa do Senhor Appleby — disse ela.

Geórgia reclamou de todo o trabalho pesado durante a colheita, mas também sentia-se atraída pelo índigo. Por tratar as dores e ferimentos de Mamed, este deixava que ela pegasse pequenas quantidades de folhas de índigo e uma ou duas bolsas de lama. Com as folhas, Geórgia fazia uma pasta que aliviava as hemorroidas que a força durante o trabalho de parto provocava nas mulheres; mas ela também usava a lama para seus experimentos.

— Aqui *está* eu, uma mulher adulta, brincando com lama — dizia, bufando e rindo.

Eu me sentava de cócoras e assistia, enquanto Geórgia acrescentava água à lama de índigo em uma grande cabaça.

— Não sei por que gosto tanto. Quando era pequena, eu tinha um cachorro cego. Era um belo cão, nunca mordeu ninguém, e era completamente cego. Não enxergava nada. Não tinha nada além daquele cachorro. Tudo o que eu via era vara na lama. Eu adorava socar a vara na lama.

Geórgia deixou um pano de molho na cabaça. Na manhã seguinte, o pano havia adquirido um tom azul-claro. Quando o retirou da cabaça e levantou-o contra o sol, o pano parecia ter sido recortado de um pedaço do céu. Enquanto trabalhávamos, ela colocou o pano novamente no líquido. Ao retirá-lo novamente, estava mais escuro, mais arroxeado, como minha flor predileta, a canchalágua. Geórgia balançou a cabeça e mergulhou o pano outra vez. Desta vez, ficou escuro igual ao céu iluminado pela lua cheia.

— É isso — Geórgia disse, e colocou-o no fogo.

Finalmente, quando seu cabelo estava coberto com o pano tingido e seco, admirei o tom de índigo sobre as rugas de seus olhos e dos cantos da boca. Parecia que tanto o pano quanto a face estavam inundados de sabedoria e beleza.

Durante semanas, colhemos e processamos o índigo. No último dia de trabalho, eu derrubei um saco de lama de índigo. Caiu no chão e nada pôde ser aproveitado. Mamed segurou meu braço com força, seus dedos apertando meus músculos cansados.

— *Allahu Akbar* — gritei, sem pensar. Temi que Mamed me batesse por ter proferido a prece proibida, mas ele me soltou e se afastou. — *Allahu Akbar* — ele murmurou de modo que só eu escutasse.

Fez sinal para que eu o seguisse até a beirada da floresta.

— Como você aprendeu essas palavras? — ele perguntou baixinho.

— Com meu pai.

— Ele falava árabe?

— Em preces. Observei a bengala, que permanecia ao seu lado. — Você vai me bater novamente?

— Por quê?

— Por ter dito essas palavras. Por ter dito que eu tinha um pai.

— Não. Não vou bater em você.

A pequena certeza fez com que minha raiva viesse à tona.

— Pare de me agarrar. Dói. Você deixa marcas em meus braços.

— O trabalho duro termina hoje — ele disse. — A colheita terminou. Esta noite, depois de comer, venha me ver.

Eu não conseguia esquecer a sensação dos dedos de Mamed penetrando em minha pele. Entretanto, talvez houvesse algo a aprender com o homem que falava as mesmas palavras que meu pai. Geórgia ensinava-me a sobreviver na terra dos buckras, mas talvez Mamed me ensinasse a escapar dela.

Mamed vivia na última cabana dos escravos, localizada no ponto mais distante do nosso conjunto de casas em forma de ferradura. Com o dobro de tamanho das outras, a casa tinha paredes espessas, feitas de cal, areia e conchas de ostras. Embora Geórgia e eu tivéssemos piso de barro, Mamed havia feito o seu com madeira e afastado do solo. Enquanto tínhamos uma porta, mas nenhuma janela, ele tinha os dois. Nosso lar tinha espaço para uma cama, um banco e área para "sair pela porta", como Geórgia gostava de dizer. Mamed tinha espaço para dois bancos, uma lareira com chaminé, uma mesinha e uma prateleira forrada de livros.

Sua cama, de madeira, ficava bem acima do chão e era coberta com palha e tecido. Ele tinha cobertores extras.

Olhei em volta da cabana e avancei em direção à porta.

— Trouxe você aqui para conversar — ele disse, usando a linguagem de Appleby. — Posso ensiná-la a falar a língua dos buckras?

— *Sei não.*

— Posso fazer isso. Você entende essa língua?

— Um pouco.

— Você está com medo que eu a machuque — disse ele.

Engoli as palavras. Quando o Senhor Appleby me olhou, seus olhos pareciam passear pelo meu corpo. Mamed me olhava, mas diretamente nos olhos, analisando-me, como se quisesse me compreender. Mamed ofereceu-me um banco.

— Sente-se — disse.

O assento, amaciado, fora polido com óleo. Descansava sobre quatro pernas bem sólidas, conectadas por barras transversais que penetravam na madeira. Era um banco simples, elegante, que fazia com que eu lembrasse minha casa.

— De onde veio isso? — perguntei.

— Eu fiz.

— Como?

— Com uma tora de cipreste.

— É lindo.

— Quando você tiver tempo, pode fazer coisas bonitas. Mesmo aqui, na terra dos buckras.

— Esta é a sua terra?

— Você quer saber se sou africano ou negro?

Assenti. Mamed passou a mão no banco e esperou que eu sentasse. Seu pai fora um buckra, da Ilha de Coosaw, dono de uma plantation, e a mãe, filha de um chefe fula, contou. A mãe de Mamed aprendeu a ler com seu Senhor. Ele prometera que, um dia, daria a liberdade a ela e a Mamed. Ela se lembrava de algumas preces e ensinou-as a Mamed, bem como todas as coisas que os buckras lhe ensinaram.

Gostei de escutar sua história e me agradava sua voz melodiosa. Ele tinha cicatrizes nos braços, mas, naquele momento, não parecia um capataz com a bengala erguida. Parecia um homem diferente, um homem disposto a ensinar.

Se papai estivesse vivo, e tivesse atravessado o grande rio comigo, teria me encorajado a aprender. Mas não ousei perguntar a Mamed aquilo que queria. Se ele sabia tanto, eu me perguntava, por que permanecia na plantation de Appleby? Ele viu a pergunta nos meus olhos.

— Um cavalo caiu em minha perna quando eu era jovem, deixou-me manco, e agora sou também muito velho para correr — disse Mamed.

— Para onde os negros correm? — perguntei.

Mamed estudou-me cuidadosamente, entrelaçando os dedos. Disse que eles se escondiam entre os índios, ou iam para o sul, viver entre os hispânicos. Mas ele não queria se esconder com os índios e nem viver em Fort Musa com os hispânicos. Gostava de dormir na mesma cama todas as noites e de ter um jardim para cuidar.

— Você aceita sua vida como ela é? — perguntei.

Mamed tossiu, constrangido.

— Fico aqui e vivo bem. É o melhor que posso fazer. Ninguém conhece o índigo melhor que eu, e o Senhor Appleby sabe disso.

Mamed contou ter feito um acordo com Appleby. Se Mamed cuidasse da plantation e continuasse produzindo uma boa lama de índigo, podia comer o que quisesse, organizar sua casa como lhe aprouvesse e, todos os anos, conseguir que Appleby lhe trouxesse artigos especiais vindos de Charles Town, como livros. Mas precisava manter sua casa trancada, não mostrar os livros a ninguém e não ensinar nenhum negro a ler.

Fiz que sim.

— Eu não planejava ensinar ninguém a ler, mas vi o brilho do seu olhar.

Tanta coisa a que eu tinha direito fora tirada de mim — minha mãe, meu pai, minha terra, minha liberdade. E, agora, recebia uma oferta que nunca deveria ter recebido. Eu tinha medo de aceitá-la, mas tinha ainda mais medo de recusá-la.

— Sempre quis aprender a ler — eu disse. — Muito antes de cruzar o rio.

— Os buckras não chamam de rio. Chamam de mar, ou de oceano. Chamam-no de Oceano Atlântico.

— Oceano Atlântico — repeti.

— Você não pode contar a ninguém as coisas que eu lhe ensino — Mamed disse.

— Eu prometo.

— Ninguém pode saber — insistiu.

Meu olhar encontrou o seu e eu, calmamente, concordei.

Nossa primeira lição começou com a pronúncia e a soletração do meu nome. Mamed era a única pessoa na Carolina do Sul que perguntou meu nome completo. Ele o falava de modo apropriado, e ensinou-me a escrevê-lo. Mas, na plantation, ele sempre me chamava de Meena.

Geórgia esperava quando deitei na cama.

— Aquele homem mexeu com você? — perguntou.

— Não.

— O que ele queria?

— Apenas conversar.

— Homens não conversam apenas.

— Só conversar.

Geórgia esperou um momento.

— Quando você estava apenas conversando, senhorita Meena, alguém veio chamá-la.

— Me chamar? — Pulei da cama. Naquele dia, o impossível tornara-se possível. — Alguém veio para me levar para casa?

— Sente-se, menina — disse Geórgia. — Era um menino, do tamanho de um homem pequeno, mas nada mais do que um menino.

Voltei para a cama.

— Que menino? — perguntei baixinho.

— Perguntou por você chamando-a por aquele nome africano. O nome dele também é engraçado, como...

— Chekura?

— Isso mesmo. É este o nome.

Pulei da cama novamente, gritando.

— Quieta, menina, antes que você acorde os mortos ou alguém ainda pior.

Baixei o tom de voz, mas não larguei a mão de Geórgia.

— Como estava ele?

— Parecia um vadio. Um vagabundo. Não gostei do jeito dele. Muito africano. Foi isso o que você me fez trazer no arrastão?

Minha exaltação deu lugar à dor. Senti profundamente não ter me encontrado com ele.

— Ele voltará, querida chile. Está na Ilha de Lady, não muito longe daqui. Ele voltará, como um cão faminto.

Passamos por um segundo ciclo de colheita do índigo. O trabalho era igualmente árduo, mas quando nossas tarefas diárias estavam concluídas, estávamos livres para cozinhar, cuidar do jardim ou remendar roupas, e éramos deixados sozinhos, sem buckras para nos incomodar. Às vezes, quando ninguém olhava, eu subia em uma árvore e praticava, lendo as palavras que Mamed havia escrito. Certa vez, consegui ler "gato", "cachorro", "leão", "água", "pai", e assim por diante, e segui adiante para outros desafios. Mamed sabia como manter-me interessada. Dizia estar fazendo como sua mãe fizera com ele. Um dia era "O cão comeu o gato". Depois, "O gato correu do cachorro que latia". E mais tarde "O cachorro que latia perseguiu o gato que subiu na árvore e os pássaros voaram para longe do ninho".

A linguagem surgia como se fossem peças de um segredo, e, a cada dia, eu queria mais.

Quando as aulas de leitura terminavam, Mamed explicava-me como as coisas funcionavam na plantation ou me fazia perguntas.

Fomba não proferira nenhum som desde que chegara à Ilha de Santa Helena. Sua dificuldade em seguir instruções durante a colheita do índigo enfurecia Mamed, que, certa noite, me fez perguntas a seu respeito.

— O que ele fazia em sua vila?

— Caçava, e nós comíamos tudo o que ele matava.

— Bom caçador?

— O melhor — respondi. Ele podia matar um coelho jogando uma única pedra.

Em poucos dias, Mamed fez com que um negro experiente ajudasse Fomba a construir uma canoa de bambu. Eles a amarraram fortemente com junco e recortaram uma árvore para usar como mastro. Com cipreste, fizeram um remo. Fomba aprendeu os caminhos do barco como se este fosse parte de seu corpo. Quase da noite para o dia, remava pelos canais e enseadas das ilhas do Low Country, jogando redes e pescando camarões, caranguejos e peixes. Mamed dispensou Fomba do trabalho com o índigo, na expectativa de que, diariamente, ele voltasse com todo o peixe que conseguisse em sua rede. Fomba fazia melhor. Voltava com esquilos, gambás, perus selvagens e ovos de tartaruga para Mamed e para nós. Todos gostavam tanto dos produtos que ele acrescentava às panelas, que começaram a compreender que Fomba era mais útil trabalhando sozinho.

Geórgia se queixava dos meus estudos, mas gostava de ter a casa só para ela à noite. Quando eu me dirigia à casa de Mamed, com frequência, cruzava com Happy Jack, a caminho de nossa cabana para ver Geórgia. Ele era o único homem que eu conhecia, capaz de caminhar, assobiar e entalhar um bastão ao mesmo tempo. Frequentemente, ele lhe trazia flores que catava na floresta, cujo maço colocava atrás da orelha, mantendo as mãos livres para entalhar a madeira.

Certa noite, quando voltei da aula, Geórgia tinha novidades para mim.

— Happy Jack e eu estávamos rolando e arfando e nos divertindo, e eis que aparece aquele africano de boca grande. Happy Jack saiu correndo. Lá se foi meu homem, enquanto eu fiquei aqui, olhando para aquele africano esquelético. Ele fica dizendo o seu nome. Eu podia bater nele durante três dias.

— Para onde ele foi?

— Eu não sei, mas espero que para bem longe. Do jeito que aquele garoto torce a boca...

Corri para a floresta atrás de nossa cabana e chamei seu nome. Ele estava escondido atrás de um bosque de árvores. Corri para os seus braços. Abracei aquele menino até sentir que ele ficava excitado. Afastei-me bruscamente. As palavras, em fulfulde, jorraram. Eu precisava saber onde ele morava, por onde andou, o que tinha vu. Queria saber tudo de uma vez.

Geórgia veio ao nosso encontro e disse que voltaria quando o sol nascesse. Não, Chekura disse, não quando o sol nascesse. Fiquei surpresa ao me dar conta de que ele não falava o inglês dos negros tão bem quanto eu. Geórgia não se importava de ficar ouvindo traduções, então, rapidamente expliquei que ele precisava voltar antes do nascer do sol. Ela deu de ombros e saiu à procura de Happy Jack.

Chekura deitou seus olhos sobre mim, e eu me senti orgulhosa diante dele. Soube que o buckra que comandava a plantation na Ilha de Lady partira devido à temporada da doença, portanto, Chekura estava livre para sair à noite. Nessas noites, disse Chekura, dezenas de negros podiam ser vistos perambulando e navegando, trocando aves por arroz, vegetais por cabaças, coelhos por rum, buscando informações sobre irmãos e irmãs, esposas e filhos, jogando redes de pesca. Chekura vira africanos em todas as ilhas do Low Country: havia dois fulbas em Edisto, um bamana em Coosaw e três eboes em Morgan.

Chekura estava surpreso com a facilidade com que eu aprendera a língua dos negros. Orgulhosa, disse-lhe baixinho que estava aprendendo a ler, em segredo.

— Tenho algo para você — disse ele. De dentro da manga, tirou um pano, dobrou-o formando um quadrado e me deu, como se fosse noz de cola, um presente tradicional em nossa terra.

Era um lenço de cabeça vermelho, listrado. Apertei-o, cheirei-o, passei-o pelo meu rosto e, finalmente, amarrei-o em volta dos cabelos.

— Você está linda — disse ele.

Segurei seu braço novamente. Queria senti-lo perto de mim, e desejei tê-lo ao meu lado quando acordasse, na manhã seguinte. Tentei encontrar uma maneira de dizer-lhe que eu não estava pronta para aquilo que ele queria, mas, ao ver minha hesitação, ele me poupou de precisar falar. Ele precisava ir, disse, para que pudesse voltar à sua plantation antes que notassem sua ausência.

Chekura só podia vir me ver uma vez por mês. Eu ansiava por seu rosto, sua voz e seu cheiro, que lembrava minha casa. Excitava-me pensar que ele me conhecia e conhecia meu passado, anterior a essa vida na Carolina. Cada vez que ele me visitava, nossos abraços tornavam-se mais longos. Algo se agitava no fundo de minha barriga e entre minhas pernas. Mas eu não confiava nessas sensações. Queria me prender à sua voz e aos sons da minha vila nelas. Ele parecia preparado para simplesmente conversar o quanto eu quisesse, e não pressionava em outro sentido.

As luas iam e vinham, e na estação mais fria, quando não havia índigo para plantar e colher, Appleby estava conosco frequentemente. Ele voltou à plantation mais ou menos quando completou um ano de minha estada na Ilha de Santa Helena e abriu sua grande casa. Vários negros tinham de trabalhar noite e dia para deixar a casa em ordem e para começar a cozinhar para ele e a esposa. Ela só ficou durante algum tempo; depois, levou-a de volta para Charles Town e retornou sozinho.

Certa manhã, durante a estação fria, Appleby veio à nossa casa.

— Geórgia, mexa-se. Há um homem esperando para levá-la para a Ilha de Lady, para amparar um bebê.

Geórgia pegou sua bolsa com uma mão e meu braço com a outra.

— Não — Appleby disse-lhe. — Desta vez, é só você.

Olhei para Geórgia, suplicando.

— Ela vai comigo — Geórgia disse.

— Chega de respostas malcriadas — Appleby replicou. — Você precisa ir agora.

Depois que Geórgia se foi, Appleby levou-me até sua casa. Eu queria olhar para todos os objetos, tocar nos livros e cheirar a comida que era preparada na cozinha. Mas não tive tempo, e sabia que não teria permissão. Mesmo assim, esperava que qualquer distração me desse a chance de encontrar um modo de escapar. A cozinheira me olhou demoradamente e se foi. Um homem, que limpava o chão, também me olhou e saiu.

— Acha que sou estúpido? — Appleby perguntou.

— Senhor? — eu disse.

Appleby me empurrou por um corredor até um quarto, arrancou minha bata, rasgou meu lenço de cabeça listrado e me jogou na cama.

— Quem é o garoto que está fungando no seu cangote?

— Não tem garoto, Senhor.

Ele me bateu.

— Não é um dos meus. Quem é aquele garoto?

— Não tem garoto, Senhor.

Ele colocou uma mão em minha boca, prendeu-me com seu peito e começou a desabotoar suas calças com a outra mão. Sua pele fazia pressão contra a minha. Eu podia sentir sua pele úmida, suando. E ele fedia.

— Quem é o seu dono? — ele perguntou.

— Senhor.

— Perguntei quem é o seu dono.

Os pelos ouriçados do seu peito arranhavam meus seios. A barba espetava meu rosto.

— Senhor, por favor, não!

— Não me diga o que fazer — disse ele.

Eu arfava e empurrava, mas não conseguia sair debaixo dele. Pensei em morder seu ombro, ou um dedo, mas achei que ele me machucaria ainda mais. Seria melhor ficar quieta, como se estivesse morta, e esperar que tudo acabasse? Tentei manter as pernas bem unidas, mas ele as separou com as mãos. Ele era dono do meu trabalho, mas agora estava prestes a me ter por completo.

Se ao menos eu tivesse o óleo que Geórgia usava durante os partos, não doeria tanto. Mas não havia óleo, e a dor foi terrível quando ele mergulhou fundo dentro do meu corpo, que não pertencia a ninguém além de mim. Não conseguia empurrar seu corpo de cima de mim, por isso fiquei o mais quieta possível. Eu só queria sobreviver a isso e que acabasse. Sobreviver e acabar. Sua respiração acelerou, ele deu um grito estridente e terminou. Quando ele saiu de cima de mim, senti como se minhas entranhas estivessem exauridas.

— Puta africana — Appleby disse, ofegante. Ele se levantou, subiu as bombachas e desapareceu.

Meu sangue cobria a cama e continuava a escorrer. Ainda não conseguia me mover, prisioneira da dor e da vergonha.

Uma figura surgiu à porta. Era Happy Jack, usando um avental de cozinheiro. Tinha uma fatia de laranja na mão. Ele se aproximou e colocou a laranja em minha boca.

— Coma alguma coisa doce, chile — disse, tentando me segurar.

Engasguei com a laranja, e ele, então, abriu minha boca, tirou-a e jogou fora. Segurou-me como um pai seguraria o próprio filho, e me levou para fora. Não sabia se chegaria até ali viva, mas sabia que estava indo para a cama de Geórgia. A distância era longa e eu subia e descia nos braços de Happy Jack, que seguia a passos largos. A respiração do cozinheiro e os lamentos das mulheres foram as últimas coisas que escutei.

Leite para a amamentação mais longa

Após o ataque de Appleby, Geórgia me fez beber uma poção de tanaceto quente e bagas de cedro moídas, que provocou uma dor de estômago terrível e sangramento entre as pernas.

— A sujeira do Senhor está saindo de você — Geórgia falou, e eu me senti grata por isso.

Estava preocupada com o que diria a Chekura, mas Geórgia aconselhou-me a ficar quieta.

— Homens não precisam saber de nada — disse —, e certas coisas eles não devem saber de jeito nenhum.

Depois que Geórgia me curou, duas coisas colaboraram para que eu não tivesse mais problemas com Appleby: eu sempre ficava ao lado de Geórgia quando o Senhor estava por perto e Appleby comprou uma nova negra chamada Sally. Senti alívio por deixar de ser alvo de suas atenções, mas, ao mesmo tempo, ressentia-me pelo fato de ele ter se voltado para outra mulher. Apenas alguns anos mais velha que eu, Sally tinha rosto meigo, quadris largos e seios fartos. Entretanto, era fraca e tinha dificuldade para acompanhar os outros no plantio e na colheita do índigo. Appleby ficou com Sally muitas vezes, e teria continuado, não fosse o fato de ela e outros oito escravos terem morrido de varíola. Foi preciso que outra mulher me salvasse de Appleby, a qual somente a varíola salvou.

Dois anos vieram e se foram, ficando claro que os negros que ficaram na plantation de Appleby morriam ou de velhice ou mais cedo, devido a doenças respiratórias, febre ou varíola. Eu buscava uma forma de escapar da plantation de índigo e voltar para minha terra. Mas não havia um caminho rápido para conseguir o que eu desejava. Todos os dias, eu pensava em meus pais e imaginava-os aconselhando-me a mergulhar nos estudos e fazer uso de minhas habilidades. Robinson Appleby era dono do meu corpo. Por ele, eu labutava em meio ao mau cheiro do índigo, enfrentando o sol abrasador e as picadas de mosquitos. Mas era por meu pai que eu queria aprender tudo o que Mamed sabia a respeito da preparação da lama de índigo e por minha mãe que eu me tornei ajudante fixa de Geórgia, amparando bebês em todas as ilhas do Low Country.

Sabia que precisaria entender a língua dos buckras para sobreviver entre eles, por isso, devorava as lições de Mamed. Logo, eu podia ler tão bem quanto ele, e não havia muito mais que ele pudesse me ensinar. Foi desapontador saber que Mamed não tinha ideia de como uma pessoa poderia chegar à África. A única coisa que dizia era que nunca ouvira falar de um escravo que tivesse voltado para lá, ou sequer tentado fazê-lo. Nenhum de seus livros abordava a questão, mas eu os lia e relia sempre que estava livre. O lugar mais seguro para ler era a cabana de Mamed, e ele nunca objetava minha presença ali. Pelo contrário, protestava quando alguns dias se passavam sem que eu fosse lá à noite, acendesse uma vela, sentasse em um de seus bancos de cipreste e ficasse lendo.

A principal vantagem da Bíblia era seu volume. Suas maravilhosas histórias eram infinitas e os contos sobre Abraão e Moisés lembravam os relatos que papai fazia do Alcorão. Após ler o Guia Médico do Plantador, cometi o erro de dizer à Geórgia que o livro recomendava a sangria para a cura de todos os tipos de doenças. Ela respondeu que eu deveria evitar a leitura se soubesse o que era melhor para mim. *Os buckras são loucos, menina. Imagine! Deixar o sangue escorrer de uma pessoa doente.* Mamed deu-me também um almanaque escrito por um homem que chamava a si próprio de Pobre Richard. Este escritor sabia tudo a respeito de como prevenir estragos nas casas provocados por raios e trovões, mas nada sobre como ir da Carolina à África.

Ler era como um sonho diurno em uma terra secreta. Ninguém além de mim sabia chegar lá, e ninguém além de mim era dono daquele lugar. Todos os livros tratavam apenas dos buckras, mas logo percebi que não conseguia passar sem eles. E vivia com a esperança de, um dia, encontrar um livro que respondesse às minhas perguntas. *Onde ficava a África, e como chegar lá.* Às vezes sentia vergonha de não ter a resposta. Como eu podia ter vindo de um lugar e não saber onde ficava?

Estávamos no meio da estação de poda do índigo. Bem cedo, enquanto Geórgia ainda dormia, eu corria para fora e vomitava na floresta. Mas pouco tempo depois de isso ter começado, Geórgia pôs a mão em meu braço enquanto caminhávamos para o campo.

— O que você vai fazer quando o Senhor Appleby descobrir?

— Descobrir o quê? — respondi.

— Que você tem um pequenino que a faz vomitar todas as manhãs.

Eu vinha pensando em contar à Geórgia, mas queria guardar o segredo um pouco mais. Estava explodindo de orgulho. Meu bebê, do meu homem! Este era o bebê que ficaria comigo, que eu amaria. Este bebê veio não de um buckra, mas do homem que eu escolhera: um africano que sabia de onde eu vinha, falava a minha língua e vinha me ver uma vez por mês. Passei a depender das visitas de Chekura, que aconteciam exatamente na época da lua cheia e quase totalmente certas na temporada da doença, quando era mais fácil viajar à noite sem ser notado. Raramente falávamos sobre a caminhada pela nossa terra ou sobre a travessia, mas confortávamos um ao outro com histórias em fulfulde sobre nossa infância, e com observações, quase sempre em crioulo, sobre nossa nova vida na Carolina. Enquanto falávamos e ríamos, e aproximávamos nossas testas para descansar um ao lado do outro, Chekura massageava meus pés com óleo que, com jeitinho, conseguira com Geórgia, mas, inicialmente, ele não me pedia nada. Com o passar das luas, suas mãos começaram a viajar acima dos meus tornozelos e depois joelhos. Finalmente, o desejo surgiu em mim como um furacão. Aproximei seus lábios famintos dos meus e recebi-o dentro do meu corpo. Havíamos devorado um ao outro poucas vezes quando minha menstruação cessou.

— Eu iria lhe dizer — falei.

— Não me conte coisas que eu já sei — ela replicou. — Apenas diga o que fará com o Senhor Apbee, agora que Sally morreu.

Eu não sabia o que dizer.

— Não conte a ele sobre Chekura — Geórgia disse.

— Ele já sabe — falei.

— Ele não sabe os nomes. Se quiser que aquele garoto viva, não diga o seu nome. E outra coisa...

— O quê?

— Quando o bebê nascer, amamente-o até seu leite secar.

— Por quê?

— Se você estiver amamentando-o, talvez Appleby não leve o seu bebê.

— Ele levaria um bebê?

— Se você já tem idade para ter um bebê, tem idade para saber que o Senhor Apbee é dono de você e de tudo o que você fizer.

Caí em silêncio. Geórgia e eu amparamos dois bebês na plantation de Appleby, e eles continuavam com suas mães.

— Ele não levaria um bebê — eu disse.

— Criança — Geórgia disse —, a maldade não tem telhado. — Ela olhou para mim e colocou a mão no meu ombro. — Amamente o bebê e reze para ter leite — disse. — Muito, muito leite. Deixe que todos a vejam amamentando-o. Quantas menstruações você já deixou de ter?

— Só duas.

— Você tem um longo caminho pela frente, chile. Um longo caminho.

Ao final de certa manhã, enquanto Geórgia e eu mexíamos cubas cheias de folhas de índigo e xixi, Robinson Appleby apareceu com dois visitantes. Mamed gritou para que trabalhássemos mais depressa.

Um dos conhecidos de Appleby era um homem bem-vestido, que se abanava para manter as moscas afastadas e parecia querer sair de baixo do sol quente. O outro inclinou-se para ver melhor o que estávamos fazendo. Era alto, talvez da idade de meu pai, e tinha uma barba tão escura quanto a minha pele. Continuei batendo a água, os talos e as folhas na segunda cuba e quando me virei, vi o homem olhando para mim. Nossos olhares se cruzaram e eu, rapidamente, baixei os olhos. Aquilo era um sorriso? Voltei ao trabalho. De um buckra, um sorriso era uma expressão facial na qual eu não confiava. Para mim, significava: *eu sei de algo que você não sabe*. Continuei batendo o índigo.

— Você sabe quem é esse homem? — Appleby perguntou a Mamed.

— Não, Senhor.

— Este aqui é Solomon Lindo — Appleby disse. — Ele é o novo inspetor de índigo de toda a Província da Carolina do Sul.

O homem que se chamava Solomon Lindo perguntou a Mamed:

— O que vocês têm ali?

— Nesta cuba? — Mamed perguntou.

Solomon Lindo assentiu.

— Cal — Mamed disse —, urina e água.

— Quantos centímetros de sujeira você calcula que há no fundo desta cuba? — Lindo perguntou.

— Oito — Mamed respondeu.

Solomon Lindo me cutucou. Parei de trabalhar.

— Olhe para mim, por favor — disse ele.

Devagar, voltei o rosto em sua direção. Ao contrário de Appleby, Lindo tinha olhos castanhos.

— E o que você está fazendo? — ele me perguntou.

— Mexendo o índigo para que o ar se movimente através dele.

— Por quanto tempo vocês mexem? — O homem falou inglês de uma forma que eu nunca ouvira antes. Não falava como Appleby.

— Até que o pó azul aflore na água.

— E então?

— Paramos de mexer e deixamos que o azul assente na lama.

— Você sabe o que acontece se mexer o líquido por tempo demais?

— A tintura estraga — respondi.

Solomon Lindo voltou-se para Appleby.

— Você tem gente boa. — Os três homens voltaram para dentro de casa.

Naquela noite, Geórgia, duas outras mulheres e eu fomos ajudar a fazer um panelão de cozido de quiabo com galinha.

— Porco, não — Appleby disse. — Não posso oferecer porco aos judeus. Os homens vieram de Londres. — Façam o melhor cozido da Carolina, porque ele está dando nota ao nosso índigo.

Eu queria saber mais a respeito desse homem que evitava comer as mesmas coisas que os muçulmanos. Fizemos comida suficiente para dez negros e Appleby e seus convidados comeram a maior parte dela. Finalmente, esparramaram-se na sala de visitas onde fumaram charutos e beberam café e uísque. Appleby mandou que todos os negros saíssem da casa, exceto eu. Era a primeira vez em dois anos que eu estava em sua presença sem ter Geórgia ou Mamed ao meu lado. Fiquei no meio da sala, enquanto os três homens me contemplavam.

— Minha presa coromantee — Appleby disse aos outros. — Está aqui apenas há três anos, e já é muito esperta. Ela ajuda os outros a cozinhar, faz sabão e vocês viram como lida com o índigo. E o mais incrível é que sabe cuidar das escravas grávidas. Consegui-a em Charles Town, por uma pechincha. Quando chegou à Ilha de Sullivan, estava um trapo; não achei que sobreviveria. Mas vejam-na agora. Eu poderia vendê-la por vinte vezes mais do que paguei por ela.

— E por quanto você a venderia? — Solomon Lindo perguntou, fitando-me ligeiramente.

— Não menos que vinte libras — Appleby disse.

O terceiro homem largou o charuto e se aproximou de mim. Tinha uma barriga enorme que pendia sobre o cinto e um nariz grande e vermelho.

— Quantos anos você tem, Mary? — perguntou.

Os buckras chamavam as negras de Mary quando não sabiam seus nomes, mas eu detestava isso. Mantive os olhos baixos e a boca fechada.

— Menina — Appleby disse —, este é William King. Ele praticamente comanda o tráfico de escravos em Charles Town. Ele lhe fez uma pergunta.

— Quinze, suponho — respondi.

— Supõe? — King indagou.

— Sim, senhor.

— A mim parece ter mais de 18 — King disse. — Já teve algum bebê? — Ele estava falando com Appleby, por isso fiquei calada.

De repente, Appleby pôs um copo em minha mão e disse:

— Beba um pouco de Madeira.

— Não lhe dê isso — disse Lindo, tirando o copo de minha mão. — Ela ficará com náuseas. Não dê vinho a uma criança.

— Ela é mais mulher do que criança — disse Appleby.

— Ela não está distante da infância — disse Lindo, com cuidado.

— Eu sou o mercador — disse King. — Fale sobre índigo, e eu falarei sobre mulheres negras. — Voltou-se para mim. — Como você aprendeu a respeito do índigo?

— Mamed me ensinou.

King me olhou com desconfiança.

— O que você disse?

Ensinou. Percebi meu erro. *Ensinou* era uma palavra dos buckras. Mamed havia me alertado para que nunca falasse em inglês correto com um buckra. — Mamed tinha ensinar para mim — corrigi. — Mamed tinha ensinar para mim índigo.

Appleby levou King para conhecer a casa, mas Lindo ficou. Ele alisou a barba. Seus dedos eram longos e finos; não eram dedos de um plantador ou de um capataz. Talvez, todos os graduadores de índigo tivessem dedos suaves, unhas limpas e pele macia.

Sobre a cabeça, Lindo tinha um pequeno barrete. Não era uma bandana como as que eu gostava de usar. Cobria apenas parcialmente a parte de trás da cabeça. Ele percebeu que eu o observava.

— Sabe o que é isso? — disse, tocando o chapéu.

Balancei a cabeça.

— Quer saber? — perguntou ele.

Assenti.

— Menina curiosa — disse.

Continuei olhando para ele.

— É um solidéu. Eu sou judeu. Sabe o que isso significa?

Solomon Lindo aproximou-se de uma escrivaninha, pegou uma pena e um tinteiro e escreveu uma mensagem em um pedaço de pergaminho. Mostrou-o a mim. Dizia:

— Vire-se. Você verá sua mãe.

Virei-me. Nada. Virei-me novamente. Ele sorriu.

— Um pequeno truque — disse —, mas eu não direi a ninguém.

Congelei.

— Não se preocupe — disse ele. — Uma garota como você pode me ser útil.

Escutei vozes que vinham de trás da porta. Appleby e King voltavam, bebendo de frascos de couro.

— Então você é africana pura — King disse.

Assenti.

— Quero ouvir você falar em língua africana — pediu ele.

Em bamanankan, falei que ele parecia ser um homem muito ruim.

King deu risada.

— Não entendo nada — disse para o outro homem —, mas gosto de ver se eles realmente sabem falar uma de suas línguas.

Antes que eu pudesse me conter, algo explodiu dentro de mim.

— De onde eu venho? — perguntei.

King sorriu para mim. Parecia achar tudo muito divertido.

— Isso é você quem deve dizer.

— Onde é minha terra?

— Você está voltando? — King perguntou.

Appleby riu.

King parou em frente à escrivaninha, abriu uma gaveta, desenrolou um grande pedaço de pergaminho e estendeu-o. Desenhou algumas linhas e disse que aquilo era água. De um lado das linhas desenhou um círculo, dizendo ser a Carolina. Do outro lado, fez um desenho esquisito, como um cogumelo com a metade esquerda maior, e disse ser a África.

Desenhou um círculo escuro no cogumelo.

— Ela é daqui — disse ele aos homens, apontando para o canto superior esquerdo.

— Os coromantees são os melhores africanos — disse King — mas, meu bom Appleby, não havia coromantees em cuja leva você a pegou. Só de olhar, já posso dizer que ela não é coromantee. É a melhor raça. Boa simetria e porte altivo. Mais bonitos que os outros. Tão bonitos, que você quase esquece que são negros.

— Ela é bonita — Appleby disse a King.

— Não se preocupe. Ela vai lhe render um bom dinheiro. Appleby, meu garoto, você quer uma plantação de classe, portanto, conheça sua gente. Escravos da Costa do Ouro ou Gambia são os melhores. Depois destes, tente escolher homens fortes da Costa Windward. Mandingos, é isso, sua garota deve ser uma mandinga, são gentis, mas inúteis quando estão cansados. E cansam-se muito rapidamente. Depois vêm os Whydahs, que são muito alegres. Você pode querer um ou dois, mas, se tiver mais, terá muita dança e brincadeira. Pode apostar sua vida que um macho do Congo procurará os hispânicos quando ouvir falar de Fort Musa. Não compre os do Congo, nem os de Callabar. Esses são os piores. Os piores, eu lhe digo.

— Você consegue distingui-los? — Appleby perguntou.

— Não fiquei rico dormindo — King respondeu. — Escute o que eu digo. Se você tiver um ibo de Callabar, assim que der a ele uma faca para cortar a garganta de um porco, ele cortará sua própria garganta. Ibos são tão preguiçosos, que sequer querem viver.

Eu estava cheia de perguntas, mas não podia fazê-las. De onde estas pessoas vinham? Como King conhecia todas essas tribos, e quem eram? Se sabia tanto, como podia dizer que os mandingos se cansavam rapidamente, quando eu os vira trabalhando no pilão por horas a fio, socando o painço para fazer farinha, ou nozes de caritê para obter a manteiga?

— Lindo, venha comigo — Appleby disse. — Vamos falar sobre o meu índigo.

Enquanto os dois homens se retiravam e a porta se fechava, notei que Lindo me olhava franzindo as sobrancelhas. Fiz menção de sair, mas o outro homem impediu-me de passar.

— Sabe quem sou eu? — perguntou.

Meneei a cabeça negativamente.

— William King. Sou o mercador mais rico de Charles Town.

Tentei passar por ele, mas ele impediu.

— Você sabe o que é rico? Menina, você é sabida.

Achei que ele poderia pensar que, de alguma forma, eu me tornara burra, e que me batesse, então me apressei para responder:

— Casa grande, muitos negros, muitas cubas de índigo.

— Seu dono, Appleby, fica só com o índigo. Eu planto arroz também. Você acha que o trabalho com o índigo é árduo?

Assenti, com relutância.

— O índigo não é nada — disse ele. — Tente o arroz. Alguns negros caem mortos em uma temporada. Trabalho úmido. Úmido e quente. Jacarés, também. Eles nadam até o lugar em que você trabalha. Um minuto, e lá vai você. — William King abriu os braços e bateu as palmas das mãos. Dei um pulo para trás. — Eu gosto de negras espertas — disse.

Perguntei-me se a porta atrás dele estaria trancada.

— Lindo veio dar nota ao índigo, mas eu vim para ver seus negros. Fui eu quem vendi você e queria ver como estava indo. Vejo que vai bem. Só que você não é coromantee. Trouxe-a da Ilha Bance, e nenhum coromantee veio de Bance naquele ano. Aproxime-se.

Ele estendeu a mão, mas eu fiquei parada.

— O que é Bance? — perguntei.

— Você não deixa passar nada, não é? Bance é onde você foi vendida, na Guiné.

A porta devia estar destrancada, mas seria difícil passar por esse homem tão grande para alcançá-la.

William King tirou o colete e desabotoou as bombachas. Dei um passo atrás e tentei me esquivar quando ele atacou. Mas ele me atacou novamente e prensou-me contra a parede.

— Pare de tentar escapar, menina. Só quero ver como você ficou. — Suas bombachas estavam abaixadas. Seu membro balançava como um galho na ventania.

Atrás de King, a porta se abriu. Ouvi Lindo conversando com Appleby.

— Droga — King murmurou, tentando arrumar as bombachas.

Um mês mais tarde, Geórgia ouviu uma conversa no arrastão. O judeu de Charles Town queria comprar-me, mas Appleby recusou. Fiquei desapontada. Ir embora com Solomon Lindo seria melhor do que ficar na plantation de Appleby. Mas Geórgia disse que Appleby jamais me venderia.

— Por quê? — perguntei, desanimada.

— Porque você é muito boa. Muito valiosa. Ampara bebês e faz lama de índigo; por que ele a venderia?

Meu peito começou a crescer. Em breve, minha barriga começaria a aparecer. Appleby não deixava que seu negros se casassem. Alguns se casavam em segredo e outros apenas viviam juntos ou se visitavam à noite. Mas eu sabia, com certeza, qual seria o desejo de meus pais, e disse a Chekura que queria me casar.

Escolhemos a primeira lua cheia de agosto. A ideia de nossa cerimônia, por mais humilde que fosse, alegrava-me. Eu queria unir minha pequena família e mantê-la assim. Não poderíamos ter um casamento igual ao da nossa terra, com os idosos da vila e os contadores de histórias testemunhando o evento, para descrevê-lo às gerações futuras. Não haveria negociações complicadas entre pais e vilas, nem troca de presentes para compensar minha família da perda da filha. Mas insisti com Chekura para que desse à Geórgia um belo presente, e ele roubou duas galinhas, dois lenços de cabeça, uma jarra de vidro azul, uma garrafa de rum e uma bolsa cheia de casca de quina.

Os convidados compareceram com presentes e comida. Antecipadamente, Geórgia e Fomba arrastaram até a clareira uma panela de ferro, onde ela cozinhou um coelho. Mamed trouxe-me uma vela e um lindo banco feito de madeira de cipreste polida. Fomba entalhara uma pequena escultura de uma mulher segurando um bebê. Durante dias, ele passou óleo e poliu o objeto, e parecia incrivelmente feliz ao entregar seu presente. Chekura me deu um pente, uma jarra com óleo de milho, que, segundo se dizia, era bom para cabelo pixaim, um lenço de cabeça vermelho e dourado e uma linda bata feita de algodão macio — o mesmo material que eu via os buckras usando quando vinham visitar a casa grande. Dei a Chekura uma bata amarela que ganhara quando amparei um bebê. Geórgia disse que eu não deveria lhe dar nada.

— Você está se dando a ele — ela disse. — O africano de boca grande tem sorte por ter você.

A festa foi ao som de flautas e banjo. Alguns homens e mulheres cantaram e dançaram, enquanto outros beberam rum e fumaram cachimbo. Eu deixara de rezar há anos, mas não fumava nem bebia, nem mesmo na noite em que Chekura e eu nos casamos. Depois que comemos, Mamed trouxe uma vassoura, fez-nos pular sobre ela e declarou-nos marido e mulher. Chekura e eu nos beijamos. Estávamos casados, e agora meu bebê teria um pai apropriado. Voltamos para a cabana, abraçamo-nos, unimo-nos como homem e mulher e dormimos um nos braços do outro. Pelo menos eu dormi em seus braços.

Quando acordei, Chekura havia partido — de volta para a plantation na Ilha de Lady.

Robinson Appleby voltou à plantation em dezembro. Ele mandou me chamar. Barriguda, cheguei à ampla varanda que circundava a grande casa. O bebê dentro de mim nasceria em três luas.

— Ouvi — disse ele, acenando em direção à minha barriga.

— Bebezinho — eu disse. Não queria que ele visse meu orgulho, mas meu lábio inferior tremia.

Ele engoliu em seco. Mordeu a bochecha. Colocou as mãos nos bolsos, tirou um relógio do bolso e examinou-o.

— Quem é o pai? — perguntou.

Não respondi.

— Sei que um garoto tem vindo procurá-la.

Olhei para o chão, para que ele não lesse a expressão em meu rosto. Esperava que ele não soubesse nada sobre o casamento.

— Aqui, sou eu quem tomo as decisões sobre procriação — disse.

Fez sinal com os dedos para que eu me aproximasse. Cheguei um pouco mais perto.

— Roupas chiques hoje. Bata azul, lenço vermelho e dourado. Aposto que você adora roupas. Deixe-me ver esta bata. Venha até aqui. Aqui.

Cheguei mais perto.

— Diga "eu adoro as minhas roupas, Senhor".

Eu disse.

— Venha até o meu jardim.

Senti um alívio momentâneo. Se ficaríamos fora, ele não faria certas coisas. Appleby gritou para que Mamed e Geórgia reunissem todos os homens, mulheres e crianças da plantation. Quem não viesse perderia as próximas três refeições e ficaria sem seus pequenos presentes — rum, roupas e sal de Charles Town. Todos formaram um grande círculo em torno de nós no jardim. Appleby ordenou que duas mulheres acendessem uma pequena fogueira. Mandou Mamed trazer um barril vazio do depósito. Outro homem teve de trazer uma navalha. Uma mulher, uma banheira e uma tesoura. E, finalmente, Geórgia foi obrigada a trazer todas as minhas peças de roupa para Appleby, que estava parado ali, perto do fogo.

Quando a fogueira estava alta, a banheira cheia e a faca pronta, Appleby disse que qualquer pessoa que dissesse uma palavra em sinal de protesto teria a mesma sorte que eu, ou pior.

— Suas roupas — disse-me. Quando hesitei, ele as rasgou e jogou-as na pilha que Geórgia trouxera. — Temos uma lei na Província da Carolina do Sul — disse. — Negros não usam roupas finas.

Naquele momento, eu tomei uma decisão. Ele faria o que quisesse, de qualquer maneira. Eu era de Bayo e tinha uma criança crescendo dentro de mim. Eu conservaria a dignidade.

— Jogue-as no fogo — Appleby disse, dirigindo-se a mim e apontando para minhas roupas no chão.

Não me mexi. Appleby virou-se para Geórgia e apontou para mim.

— Geórgia, você sabe que estou falando a sério. No fogo, ou isso ficará pior para ela.

O rosto de Geórgia estava tão inexpressivo quanto uma pedra. Ela se abaixou, pegou minhas roupas e jogou-as no fogo. No meu íntimo, fui grata a ela. Ela queimou minhas roupas, mas salvou minha dignidade. Com todos os negros assistindo, eu enfrentara Appleby. Eu tinha aquela vitória, e me lembraria dela.

Agora, ele apontava para a banheira.

— Fique de joelhos e molhe a cabeça — ele disse. Permaneci imóvel. — Último aviso. Cabeça na banheira.

Ajoelhei, mas o ventre volumoso me impedia de colocar a cabeça na banheira.

— Então, sente-se — disse ele, e jogou três baldes de água em mim. A água escorreu pelo meu rosto, pelo meu pescoço e sobre a minha barriga.

Appleby fez o barril rolar para perto de mim. — Deite-se sobre o barril.

— Não — gritei.

— Faça o que eu mando e faça agora, ou limparei sua cabana. Queimarei tudo o que você tem. Roupas, pente, tudo. Geórgia também. Jogarei suas roupas, bolsas e cabaças no fogo. Tudo, escutou?

Tentei deitar sobre o barril, mas minha barriga estava muito grande.

Ele agarrou meus cabelos e ergueu minha cabeça.

— Então, sente-se direito.

Ainda ajoelhada, endireitei as costas.

— Você e seu homem secreto — Appleby disse. — Vocês não são espertos? Acha que eu não sabia que você estava prenhe? Você e seus lenços de cabeça. Chique como os brancos, você põe as negras de Charles Town no chinelo.

Appleby ficou atrás de mim e puxou meu cabelo.

— O que é isso? — gritou.

Dei um grito de dor.

— O que é isso? — ele repetiu.

— Meu cabelo.

— Não é cabelo — disse, puxando com mais força. — Lã. — Quando ele puxou ainda com mais força, eu meneei a cabeça. — Não é cabelo — ele disse. — Diga "lã".

— Lã.

— Diga "tenho lã na cabeça, não tenho cabelo".

— Tenho lã, não cabelo.

— É só lã, e nem a isso você tem direito, se eu não concordar.

Pressionando um cotovelo em meu ombro, e forçando-me a ficar debruçada sobre o barril, Robinson Appleby começou a cortar com a tesoura. Chumaços de cabelo caíam em minha testa, em meus olhos. Mais chumaços entravam em minha boca, enquanto lágrimas silenciosas escorriam.

Perdi todo o cabelo do qual Geórgia e eu cuidávamos todos os domingos. Penteávamos, passávamos óleo, trançávamos, prendíamos. Quando Appleby parou de usar a tesoura, ensaboou minha cabeça e pegou a navalha.

— Mexa-se um centímetro e eu tiro sangue do seu couro cabeludo — disse ele.

Ouvi as lamúrias das negras. Até aquele momento, eu mantive a coragem, mas, de repente, sucumbi.

— Senhor, por favor.

Ele puxou minha cabeça para baixo, esfregou sabão e se pôs a passar a navalha com força, da testa até a nuca. A água com sabão que ele despejava em minha cabeça provocava dores nos cortes do couro cabeludo, escorria pelo rosto e entrava nos olhos. Seu gosto amargo misturava-se a chumaços de cabelo. Ele me fez ficar inclinada, seu cotovelo em minhas costas. Passou a navalha inúmeras vezes, cada vez mais para trás. Finalmente, jogou mais água e forçou-me a ficar em pé. Ele, então, colocou um espelho à minha frente.

Gritei, como nunca havia gritado em toda a minha vida. Não me reconheci. Estava sem roupas, sem beleza, sem feminilidade.

— Desta vez, deixarei você ir sem apanhar — ele disse. — Saia daqui, e vista seu saco de pano. Se eu vir você com roupa de branco novamente, vou tosá-la como um carneiro e queimar cada uma das coisas na cabana de Geórgia.

— Geórgia não vive em uma cabana — falei baixinho.

— É melhor não replicar — ele disse.

— Ela tem uma casa. Ela mora em uma casa.

Seu queixo caiu. Virei de costas para ele. Cabeça raspada, nua, barriguda, pus-me a caminhar até o ponto mais distante do jardim. Era domingo, dia em que as pessoas lavavam e cozinhavam. Todos os homens, as mulheres e as crianças da plantation olhavam-me em silêncio enquanto eu passava. Fomba tinha a cabeça baixa e suas mãos escondiam os olhos. Toquei em seu braço enquanto caminhava, segurando os soluços. Recusava-me a correr; isso só aumentaria minha vergonha.

— Você não possui mais seu bebê, assim como não possuía a lã do seu cabelo — Appleby disse. — Ambos pertencem a mim.

Continuei andando, tão tranquilamente quanto consegui, barrigão e tudo, sem derrubar uma única lágrima, até estar sozinha em minha casa.

Eu já vivia na Ilha de Santa Helena há quatro anos quando o momento chegou. Era o dia 15 de março de 1761, e eu tinha 16 anos.

— Agora, a Carolina é a sua casa — disse Geórgia —, sua e de seu bebê.

Achei que Geórgia ficaria chateada se eu discordasse, por isso fiquei calada. Onde seria o lar desta minha criança? Na África? Na plantation de índigo? Uma parecia impossível, a outra, inaceitável. Para esta minha criança, o lar seria eu. Eu seria a sua casa. Eu seria tudo para ela, até que fôssemos para casa juntos. Mas eu não disse isso para a mulher que cuidava de mim como uma mãe desde que eu chegara àquela ilha.

Geórgia fez com que eu me lavasse em um grande balde de couro, lá fora, sob a luz da lua. Ela esfregou minhas costas; em suas mãos, minha pele ficou macia e meus músculos, relaxados. Em dado momento, senti ondas percorrendo meu corpo. Quando as ondas se tornaram mais intensas, elas me derrubaram. Geórgia preparou-se para colocar a mão dentro de mim, mas recusei. Eu não estava pronta. Ainda era preciso esperar. E continuei sentindo mais dores e contrações. Como um bebê tão pequeno podia causar tanta agitação?

Pensei em todos os bebês que minha mãe e eu amparamos. Aos 8 anos eu já era boa nisso, mas não tinha ideia da intensidade da dor. Como poderia saber? Senti minha garganta rugir, como um animal, e percebi que estava pronta. Empurre... empurre... empurre.

Geórgia disse que eu deveria descansar e tentar novamente em um instante. Ela passou uma pomada de folhas de índigo em minhas hemorroidas. Descansei e bebi água. Quando as contrações recomeçaram, agachei na tina de lavar roupas e empurrei. E, então, surgiu meu menino.

— Mamadu — falei, quase sem fôlego.

— Isso é africano? — Geórgia perguntou.

— Mamadu — repeti. — Era o nome de meu pai.

Imediatamente, coloquei meu filho em meu peito. Por um breve momento, enquanto ele procurava o bico e se alimentava, senti-me alegre e energizada. Quando Mamadu ficou satisfeito, Geórgia lavou-o, cobriu-o e me deu água, pequenas quantidades de açúcar e pedaços de banana, laranja e mingau de milho. Ela, então, colocou o bebê de volta em meus braços. Segurei-o bem junto ao peito, curvei-me em torno dele e, assim, nós adormecemos.

Quando acordei, as mulheres mataram algumas galinhas, que nós guardávamos para nosso consumo. Naquela noite, muitos negros comeram juntos, e vieram, um após o outro, até a casa de Geórgia conhecer o bebê e me cumprimentar. Fiquei mortificada com o fato de Robinson Appleby conhecer o menino antes de Chekura. Ele veio até a beira de minha cama e me deu uma cesta. Eu não queria que ele chegasse perto de mim e muito menos que tocasse no bebê. Geórgia, muito esperta, aproximou-se, pegou Mamadu do meu colo e segurou-o firmemente em seus braços. Appleby levantou a ponta da manta para ver o sexo do bebê, e, felizmente, virou-se e saiu.

Esperava ver Chekura na mesma noite em que nosso filho nasceu, mas ele não veio. Ele sabia qual seria minha lua. O pai de meu bebê não veio conhecer seu filho e me dar um beijo. Contaram-me que meu pai me carregou nos braços no dia seguinte ao meu nascimento. E onde estava o homem que caminhara comigo até o mar, sobrevivera, ao meu lado, àquela travessia voltara, fungando entre minhas pernas, colocara em mim sua semente e pulara sobre a vassoura sob a lua cheia?

— Homens vêm e vão — disse Geórgia. — Não se preocupe com Chekura. Apenas dê a esse homenzinho o seu leite.

Os dias vieram e se foram, mas eu ainda não vira meu marido.

— Não se aborreça com isso — disse Geórgia. — Seu homem virá assim que puder.

Certa noite, quando Geórgia saiu para encontrar Happy Jack, eu adormeci com Mamadu aninhado ao meu lado. Sonhei que uma mão deslizava em meu pescoço e, subitamente, o sonho se transformou em pesadelo: alguém roubava meu bebê. Agarrei a mão que tocara meu pescoço e mordi. Acordei com o grito de dor de Chekura.

— Minha esposa perigosa — ele disse, balançando a mão.

— É perigoso você vir catorze dias depois de seu filho nascer.

— Você estava contando os dias, não é? Então você me ama.

Olhei para ele com carinho. O pesadelo terminou, e, finalmente, meu marido veio nos ver.

— Chegue aqui para conhecer seu filho.

— Era isso o que eu estava fazendo quando você me mordeu — Chekura segurou Mamadu, que resmungou. Ele colocou a ponta do dedo na boca do bebê, que o sugou. Chekura sorriu e deitou-se na cama ao meu lado.

Enquanto o bebê dormia entre nós, Chekura explicou-me que ultimamente era difícil sair de sua plantation. Um novo capataz tentava impedir que os negros saíssem à noite para fazer comércio. Havia sentinelas e armadilhas em volta da plantation. Todo negro que fosse encontrado perambulando à noite seria morto. Qualquer um que fosse pego nas armadilhas receberia cinquenta chicotadas. Chekura contou que estavam preparando uma rebelião. Contou que foi preciso muita habilidade para que ele escapasse da plantation sem ser visto. Pedi que voltasse bem antes de o nascer do sol; disse que voltaríamos a nos ver quando a situação se acalmasse. Não queria que meu marido morresse porque saía à noite para me ver. Não queria que o pai de Mamadu fosse ferido por um capricho.

Subitamente, Geórgia surgiu à porta.

— Ouvi um barulho — disse ela —, por isso vim inspecionar o ninho. E veja só o passarinho que voou até aqui.

— Voar seria muito bom — disse Chekura. — É difícil ver as armadilhas. Eu as localizei durante o dia, para me lembrar delas à noite.

— Não seja morto — Geórgia falou. — Volte antes que sintam sua falta.

— Você também, Geórgia? Está me mandando embora, como Aminata?

Eu adorava quando Chekura dizia o meu nome. Inteiro.

— Eu não gosto de você — Geórgia disse, sorrindo para o meu marido —, mas suponho que agora você é da família.

Chekura levantou-se da cama e deu um beijo nela.

— Você não é um doce? — disse.

Geórgia o afastou e voltou para junto de Happy Jack. Quando ela já estava longe, Chekura disse-me:

— Você deveria ter esperado por mim para lhe dar um nome. Eu ia chamá-lo Sundee.

— Este é o nome que daremos ao próximo — disse eu, segurando a mão do meu homem. — Venha ver seu filho quantas vezes quiser, mas não seja capturado e não se machuque.

Tive uma semana de descanso; depois, esperava-se que eu trabalhasse na plantação durante meio período. Os outros cumpriam minhas tarefas quando eu me cansava. Geórgia não fez modificações em nossa casa, mas passou a dormir com Happy Jack. Eu carregava Mamadu pendurado nas costas em um pano cor de laranja. Seus sons e movimentos eram uma nova língua que eu queria aprender para poder lhe dar tudo de que precisasse. Jamais permitiria que ele tivesse motivos para chorar. Eu podia até sentir quando ele se preparava para evacuar, dando-me tempo para tirá-lo de minhas costas e desembrulhá-lo antes que isso acontecesse.

Mas quando meu filho Mamadu tinha apenas 10 meses, acordei no meio da noite com seus gritos. Virei-me para trazê-lo para perto de mim, a fim de acalmar seus gritos e aliviar a pressão do leite em meu peito. Minha mão tocou o colchão, a cama, o ar, meu próprio corpo e mais nada. Abri os olhos. O choro vinha do lado de fora de meu pequeno cômodo. Lá de fora, na noite. Dei um pulo, tonta, confusa e cheia de leite como uma vaca antes da ordenha, e vi Robinson Appleby colocando meu bebê nos braços de um homem em uma charrete. Corri em sua direção. O charreteiro chicoteou o cavalo e a charrete arrancou. O chicote cantou novamente, e a carruagem disparou. E meu bebê desapareceu na noite, tão depressa quanto uma estrela cadente.

Corri até Appleby, batendo as mãos em seu peito. Bati até ele me empurrar.

— Devolva meu bebê — gritei.

Ele riu na minha cara.

— Traga-o de volta.

— É tarde. Ele foi vendido. Consegui apenas cinco libras, mas ele é macho, e vai crescer; um dia, dará um bom lucro a seu novo dono.

A sujeira cobriu meus joelhos e o leite escorreu do meu peito. Nunca antes eu tivera vontade de matar alguém, mas, naquele momento, teria matado Robinson Appleby. Meu coração e meu corpo gritavam por Mamadu, mas meu bebê desaparecera. Vendido, vendido, vendido. Appleby não diria para quem.

Aprofundamos bastante a rede do arrastão, mas ninguém sabia nada a respeito de um menino que teria chegado sem a mãe. Nem em Santa Helena nem nas ilhas próximas. Ele não se encontrava em Lady, nem nas ilhas Coosaw, Edisto ou Hunting.

— Ele não está no arrastão — disse Geórgia. — Foi para muito longe. O Senhor Apbee fez um bom trabalho.

Todo o fogo e a vontade de lutar secaram dentro de mim. Eu nunca havia me sentido pior, desde que chegara à Carolina. Chekura não veio me ver uma vez sequer. Eu estava convencida de que a culpa era minha. Meu marido me dera as costas porque eu havia perdido o filho que fizemos juntos. Sentia-me doente e desesperada; não tinha vontade nem de levantar a mão. Peguei a febre que matara muitos negros e ainda mais brancos, mas Geórgia me devolveu a saúde. A morte teria sido muito bem-vinda, mas ela apenas bateu à porta e partiu.

— Se seu homem não está vindo — dizia ela —, é porque foi vendido ou arrendado e não pode vir.

Mas eu não acreditava. Recusava-me a trabalhar. Não amparava mais bebês, nem lavava cubas de índigo. Appleby ameaçava raspar minha cabeça novamente, mas eu não recuei. Meu filho desaparecera, meu marido não vinha me ver e todos os meus esforços para compreender os buckras foram desastrosos. Geórgia ficou furiosa comigo por me recusar a trabalhar e Mamed afirmou que só poderia me proteger por algum tempo. Appleby surrava-me, mas mesmo assim eu não trabalhava para ele. No início da temporada do índigo, eu não plantei as sementes. Parei de comer e não saía mais da cama.

Certa manhã, Appleby entrou gritando no quarto e me arrastou para fora. Preparei-me para uma surra, mas ele simplesmente me xingou — *sua puta imprestável da Guiné* — e me vendeu para Solomon Lindo.

O formato da África

(Charles Town, 1762)

Eu sentia muito a falta de Chekura. Meu corpo jovem já estava perfeito, macio, forte, cheio, farto em curvas. Minha pele pedia para ser beijada e acariciada. Minhas mãos e meu corpo estavam prontos para acariciar, abraçar e cavalgar em um homem. No meio da noite, eu acordava úmida entre as pernas, desejando ardentemente as carícias de Chekura. Mas nunca o via ou ouvia falar dele, embora tivesse deixado recado com Geórgia de que eu estava com Solomon Lindo, em Charles Town. Ele poderia ter me encontrado, se quisesse. Angustiava-me pensar que se, de alguma forma, conseguisse voltar para Bayo, eu o faria sem meu bebê e sem meu marido. Não haveria uma criança, fruto de minhas entranhas e um marido orgulhoso ao meu lado, enquanto eu contava ao meu povo histórias a respeito das esquisitices dos buckras.

Charles Town estava em plena atividade. No momento em que cheguei ao porto com Solomon Lindo, ao sentir o cheiro de comida estragada e lixo humano, sabia tratar-se do lugar onde estivera cinco anos antes. Tentei afastar aquilo da memória. Olhei para aquele homem alto que era meu novo dono. Ao entrarmos no mercado, notei que ele olhava calmamente para as barracas de comida, e que cantarolava.

— Você tem outros escravos? — perguntei.

Ele hesitou.

— Um. Mas minha esposa e eu preferimos o termo *criado*. E não somos rudes com nossos criados. Em nossa casa, você não verá as atrocidades da Ilha de Santa Helena.

Camarões cintilavam ao sol, caranguejos e peixes estavam à venda, mas o que mais me surpreendeu foi ver mulheres negras andando livremente com bandejas na cabeça e cestas nas mãos. As mulheres usavam lenços de cabeça, combinações em cores vivas e anáguas flamejantes. Algumas usavam chapéus com borda de pele, outras, lindos sapatos. Elas riam, gesticulavam e pechinchavam. Falavam rápido e com segurança; pareciam totalmente à vontade e agiam como se não existisse uma alma sequer no mundo que pudesse fazer-lhes mal.

— Senhor, dê-me um xelim pelas laranjas. — Uma negra, com um bebê na barriga e laranjas amontoadas em um saco a seus pés, agarrou as calças de Lindo, tentando agarrar seu bolso para conseguir alguns trocados. Lindo deu um passo atrás, mas não demonstrou ter ficado assustado.

— Quero dez — disse ele.

Ela meneou o dedo na cara dele.

— Cinco por um xelim — disse.

— Você me deu dez por este preço na semana passada.

— O preço muda — ela replicou.

Ele colocou uma moeda em sua mão.

Ela deu um sorriso.

— Boas laranjas, Senhor. Compre sempre de mim. Laranjas para você e para sua mulherzinha.

Sua *mulherzinha*? Ele não respondeu. Ela colocou as laranjas em um saco e saiu gingando. Fiquei observando, enquanto ela voltava para o meio da multidão. Um homem branco, maltrapilho, aproximou-se dela, oferecendo algo em troca de suas frutas. Ela cuspiu no chão e foi embora; interessou-se por ele tanto quanto se interessaria por um rato de rio. Lindo, em sua peruca e suas roupas finas, era o único tipo de homem que lhe interessava.

Lindo olhou para mim e sorriu.

— Você vai encontrar vendedores de frutas e mascates por toda a cidade — disse-me. — Eles ficam com parte do dinheiro que ganham, mas ainda pertencem a seus donos.

Voltamos às ruas. Pulando para o lado para desviar de uma carroça, pisei em estrume de cavalo. Enojada, limpei os pés em uma parte mais limpa da rua, coberta de areia e conchas de ostra esmagadas.

— Você poderá se lavar quando chegarmos à casa — Lindo disse. — Fique com os olhos pregados no chão em Charles Town, sempre.

Quando vi que o próximo trecho da rua era seguro para caminhar, voltei a olhar para cima. Grandes abutres voavam em círculos, vagarosa e pacientemente.

— É contra a lei matar essas aves — Lindo explicou. — As pessoas daqui acham-nas valiosas, porque elas levam embora a carniça. Elas limpam as ruas, sem cobrar nada.

— Com uma dessas, Geórgia faria uma sopa com cebola e inhame.

— Geórgia?

— A mulher que cuidou de mim na terra do Senhor Appleby.

— Ela cuidou de você?

— Sim, Senhor. Ela cuidou de mim.

— Não precisa ter medo de falar corretamente, Meena — ele disse. — Eu já sei que você sabe ler e que fala bem.

— Quer que eu fale como você? Como os brancos?

— Inglês — disse. Ele parou por um momento, enquanto andávamos. — Eu não sou branco. Sou judeu, e isso é muito diferente. Tanto eu quanto você somos intrusos.

Eu esperava que ele não visse descrença em meus olhos. Não queria ter problemas com esse homem. Passamos por uma taberna. Homens barulhentos lotavam o local, alguns com copos na mão. Um deles, na lateral do prédio, urinava à vista dos que passavam. Pela porta, pude ver que negros bebiam com brancos. Parecia incompreensível. Negras vendendo no mercado, negros bebendo ao lado de brancos e, ainda assim, aqui estava eu. Uma escrava.

— Será que escutei duas libras? — uma voz gritou.

Em frente a um grande prédio, vi um homem branco sobre uma plataforma, com uma africana. Ela estava coberta de farrapos. Seus olhos voltavam-se para a direita e para esquerda, e a boca espumava. Ela sacudiu a mão para algo que estava na frente do seu rosto, mas não havia nada ali. Os homens gritavam mais números.

— Duas — alguém gritou.

— Será que escutei cinco libras? — o homem da plataforma gritou. Ninguém respondeu. Havia gargalhadas no meio do grupo. — Senhores, por favor. Pedi cinco libras. Um bom trato recuperará esta jovem.

Perto da plataforma, havia um grupo de africanos; alguns mal conseguiam ficar em pé, enquanto outros tinham pus saindo das feridas nas pernas. Parecia que para cinco deles o beijo da morte seria muito bem-vindo. Senti um nó na garganta, e olhei para o chão, evitando cruzar meu olhar com o deles. Eu estava alimentada, e eles não. Tinha roupas, e eles, não. Não podia fazer nada para mudar sua perspectiva. Ou a minha. Isso, decidi, era o que significava ser escravo; você é invisível no presente, e não pode ter pretensão em relação ao futuro. Minha situação não era melhor que antes. Eu não sabia onde estava meu filho, ou se seu nome mudara e não tinha esperança de encontrá-lo. Passados cinco anos desde que chegara à Carolina, eu perdera mais do que ganhara.

Subitamente, senti muita saudade de Santa Helena. Do carinho das mãos de Chekura, das noites que passava lendo a Bíblia de Mamed, das tardes de domingo em que nos sentávamos em volta da panela de sopa, sentindo o aroma de peixe e vegetais, enquanto Geórgia cuidava do meu cabelo. Senti saudade do incansável canto das cigarras, que eu imaginava serem as vozes de meus ancestrais, dizendo: *Cantaremos sempre sempre sempre assim, para que você não se esqueça de nós.*

Olhei para os cativos novamente. Jurei não deixar que o barulho da cidade abafasse suas vozes ou roubasse meu passado. Esquecer era menos doloroso, mas eu preferia olhar e lembrar.

Solomon Lindo possuía uma grande casa de dois andares na rua King. No térreo ficava o seu escritório, onde ele trabalhava como inspetor oficial de índigo da Província da Carolina do Sul. Ele e a esposa moravam no andar superior e nos fundos do escritório.

Quando chegamos, não tiraram minha roupa e nem me examinaram. Fui levada para dentro da casa. Lindo me deixou ali, de pé, sozinha. Observei as grandes janelas, quadros de Lindo com a esposa e cadeiras com os pés esculpidos. Enquanto olhava para a mesa de madeira, sobre as quais havia vasos de prata, uma mulher entrou na sala. Era alta, magra, bem branca, nem dez anos mais velha do que eu. Usava uma touca, um vestido amarelo e anágua lisa. Tinha lábios e nariz finos, e os olhos azuis, com um quê de pequeninas estrelas cor de laranja em volta das pupilas. Pessoas brancas tinham olhos curiosos, com estranhos brilhos de cor, e, entre elas, não havia dois pares de olhos iguais. Os da esposa de Solomon Lindo eram olhos afetuosos. Ela não parecia ser o tipo de pessoa que usaria um chicote.

— Meena — disse ela. — Estou falando de forma correta? — sua voz era alta, como a de uma criança agitada.

Engoli em seco. Ela era a primeira pessoa a saber meu nome antes de nos conhecermos.

— Sou a Senhora Lindo. Estou muito contente por poder, finalmente, conhecê-la. O Senhor Lindo falou-me a seu respeito, tão jovem e inteligente.

Não sabia se seria adequado olhá-la nos olhos, então baixei a cabeça.

— Sente-se, por favor — a Senhora Lindo disse. Sentei-me em uma cadeira rosa com almofada no assento e encosto rígido. — Está terrivelmente quente — ela prosseguiu. — Quer beber algo?

Eu não sabia como responder, mas ela falava como se eu fosse uma visita. Em minha terra, recusar comida ou bebida era o pior dos insultos. Aceitei sua oferta. Quando levei o copo fino aos lábios, a doçura arrebatou minha boca, como se dissesse: *não vamos deixá-la esquecer-se disso.*

— Espero que goste de refresco de limão — disse a Senhora Lindo. Ela falou sobre a casa, sua vida, como Charles Town era movimentada, e como eles estavam ansiosos para que eu chegasse. Entendi suas palavras, mas não as absorvi. Enquanto ela falava sobre tudo isso, eu me perguntava onde estariam os negros e quando eu veria o local onde dormiria.

Senti-me aliviada quando uma negra com a barriga crescida surgiu à porta. Calculei que ela estava com cinco meses de gestação.

— Então — disse a negra — ela vai tomar o meu lugar?

— Não diga isso, Dolly — disse a Senhora Lindo. — O Senhor Lindo e eu já lhe dissemos que ninguém vai tomar o seu lugar.

— Agora que estou com um bebê na barriga, esta bela garota vem e toma o meu lugar.

— Meena vai ajudá-la com o bebê — disse a Senhora Lindo. — O Senhor Lindo contou que ela sabe amparar bebês.

Dolly curvou o lábio, incrédula.

— Este toquinho? Amparar meu bebê?

Achei que Dolly seria ameaçada de levar uma surra, mas a Senhora Lindo apenas deu um suspiro.

— Chega. Por favor, leve Meena para os aposentos. E seja gentil, ou perderá seus privilégios. Não irá ao mercado, não ganhará roupas extras, não terá folga aos sábados. Ficou claro?

— Sim, Senhora — Dolly respondeu e eu a acompanhei.

Atrás da casa, passei por um jardim, uma magnólia, algumas árvores frutíferas e um carvalho. Mais ao fundo, havia uma construção de madeira de dois andares. Parecia ter espaço para vinte pessoas. Ao entrarmos, notei que o piso era de madeira. Nada de lama, terra ou água entre meus dedos. Vi velas e uma cama com palha no andar inferior.

— Quem fica aqui?

— Trabalhadores autônomos, quando os Lindos precisam deles — ela respondeu.

— Autônomos?

— Os Lindos pagam para que eles trabalhem, às vezes. Escravos de outras pessoas, arrendados para Lindo.

Assenti. Achei que havia compreendido.

Dolly levou-me para cima, por uma escada de madeira. Ali descobri o aposento mais espaçoso que qualquer outro onde dormi.

— Este é o meu quarto, mas agora você vai dormir aqui também — disse Dolly.

Havia duas camas de madeira, que estavam a trinta centímetros do chão. Sobre elas, estavam colchões de palha e cobertores. Tanto espaço, só para duas pessoas, parecia muito solitário. Aquele lugar se tornaria mais alegre com Geórgia e duas ou três outras mulheres que rissem e penteassem umas às outras.

— Eu cozinho e vou ao mercado — Dolly disse. — Se você fizer esses trabalhos em meu lugar, eles me mandarão embora.

— Mandar embora? Você não é escrava?

— Vão me vender, na Geórgia — disse ela.

— Não se preocupe. Eu não sei cozinhar.

— Não sabe? — disse ela. — Que tipo de mulher é você? — Ela me estudou com cuidado e, finalmente, perguntou: — Africana?

— Sim.

— Africana pura? Diretamente da África, no navio?

— Sou da África — eu disse.

— A Senhora Lindo diz "africana pura"' — disse ela. — Eu nunca tinha visto uma africana que não cozinha e fala de um jeito tão natural.

Sorri para ela.

— Eu gosto de comer — eu disse —, mas detesto cozinhar.

— Se eu detestasse cozinhar — Dolly disse —, a Senhora Lindo me mandaria embora. Você deve ser boa para alguma outra coisa.

Em minhas primeiras semanas em Charles Town, eu acompanhava Dolly em suas tarefas. Todas as manhãs ela saía para comprar frutas, verduras e pão. Dolly gostava de fazer isso antes que os temporais desabassem.

Durante essas caminhadas com Dolly pelas ruas empoeiradas da cidade, com frequência eu precisava cuidar para não ser atropelada por parelhas de cavalos. Charles Town fedia a cocô de cavalos e de homens, a animais apodrecendo pelas ruas, a gente que nunca tomava banho e a comida estragada espalhada pelo chão e pelo Rio Ashley. Sem nem mesmo olhar para o porto, ou em direção à Ilha Sullivan, era possível detectar a presença de um navio negreiro. O cheiro da morte pairava no ar, de tal modo, que eu me sentia asfixiada.

Para desviar a atenção do mau cheiro, eu ficava observando as roupas das mulheres. Dolly não usava aqueles panos grosseiros que arranhavam minha pele em Santa Helena. O que ela tinha era um algodão mais fino, com frequência tingido de azul ou rosa, que os Lindos deram também a mim. Dolly gostava de usar uma anágua em volta da cintura, mas eu preferia usar o tecido que recebia de Lindo enrolado em volta do corpo, à moda africana, amarrado nos quadris. Dolly não se preocupava em ter um lenço na cabeça ou sapatos enquanto trabalhava na "Cidade dos Lindos", que era como ela chamava a casa deles, mas jamais seria vista nas ruas sem uma echarpe em volta dos ombros e um par de sapatos vermelhos, com grandes fivelas de metal. Nós apontávamos uma para a outra sapatos de todas as cores, anáguas, lenços de seda e luvas brancas. Dolly gostava tanto de sapatos com fivelas, que ela mantinha uma coleção de sapatos usados sob uma tábua solta no assoalho de nossa casa, nos fundos. De tempos em tempos ela os tirava para limpá-los e experimentá-los.

Certo dia, Dolly apontou para uma mulher com anágua de seda e disse:

— Veja aquela mulher. Ela é elegante; veste-se como uma rainha.

— O que é uma rainha?

— Você não conhece o rei e a rainha?

Eu não conhecia.

— O rei George e a rainha Charlotte — Dolly respondeu. *Chaulot* foi como Dolly disse o nome.

— O que faz o rei? — perguntei.

— É o chefe de toda a terra.

— Que terra?

— Qualquer terra que pertence aos buckras. E ela é a chefe. Continuamos caminhando enquanto eu pensava naquilo. E, então, Dolly virou-se para mim e disse: — Eles chamam-na de rainha Negra.

— Como assim?

Dolly cochichou:

— Ela tem um quê africano.

Eu não acreditei. Ninguém permitiria que uma africana se tornasse chefe de toda uma terra.

Todos os vendedores do mercado sabiam que Dolly trabalhava para Lindo. Habitualmente, ela comprava verduras e especiarias de um negro que ficava sentado sozinho em um banco que trazia em sua carroça diariamente. Atendia pelo nome de Jimbo, e tinha o rosto coberto por uma barba espessa e áspera.

— Ele tem má aparência — dizia Dolly —, mas trata bem as pessoas.

— Cachorro peludo — eu sussurrava para ela.

— O que o Senhor Lindo quer hoje? — Jimbo perguntava à Dolly.

— As melhores verduras que você tiver.

— Para o Senhor Lindo, sempre o melhor — Jimbo dizia. — Ele mantém meus negócios; é meio que meu homem branco. Vou lhe dar quiabo, vagens, tomates e três pescoços de galinha.

— Lindo não come os seus pescoços de galinha — Dolly disse.

— Eu os darei a você, assim vai se apaixonar por mim — disse ele.

— Já estou apaixonada por um cachorro fugitivo — Dolly disse rindo e dando tapinhas na barriga —, e não preciso de homem agora. Coloque os pescoços aqui na cesta, e eu os cozinharei para mim.

— Quem é sua amiguinha? — Jimbo perguntou.

— Não pergunte seu nome africano. Não consigo dizê-lo. Nós a chamamos de Meena. Gentil. Amável. Mas acabou de chegar do Low Country e não sabe a diferença entre um urubu e uma banheira.

— É claro que sei — disse eu, entrando na conversa. — Urubus fazem sujeira na sua cabeça e banheira é do que você precisava ontem.

Jimbo morreu de rir.

— Então, o que você faz, Meena chile? — ele perguntou. — Você é boa em quê?

— Estou ajudando Dolly porque ela está ficando do tamanho de uma casa.

— Boa menina — disse ele. Voltando-se para Dolly, ele passou a somar quanto ela devia.

— Eu não sei os números — Dolly me disse. E, voltando-se para Jimbo, acrescentou: — O Senhor Lindo virá pagar amanhã.

Quando saímos do mercado, vimos um homem branco conduzindo um grupo de garotos negros, de pele clara, todos com cerca de 8 anos, com a cabeça raspada. Assim como eles caminhavam, também dançavam, cantavam e batiam palmas. Um sexto garoto, mais alto, maior, mais ou menos da minha idade, andava atrás deles com um cartaz que dizia: QUÍNTUPLOS DE COR. ALUGA-SE. FESTAS EM CASA. FALE COM WILLIAM KING, RUA WALTER. Vi William King em roupas finas e postura ereta.

Ele olhou em minha direção, mas passou direto por mim. O homem que me vendera para Robinson Appleby não fazia ideia de quem eu era.

Os quíntuplos de cor de King tinham correntes em volta do tornozelo, e dançavam apesar delas. Sem parar de dançar, pegavam uma laranja, jogavam-na para lá e para cá, mantendo-a metade do tempo no ar. Depois de esvaziarem os bolsos, cada um passou a equilibrar três laranjas. A canção que cantavam parecia meio louca, sem sentido, mas alegre, algo que lembrava minha terra, embora as palavras não significassem nada para mim. "*Bokele bokele bo. Bokele bokele bo. Awa. Bokele bokele bo*". Eles cantavam e batiam palmas enquanto as laranjas davam voltas no ar. Depois, os meninos colocaram as laranjas de volta em um caixote de madeira, viraram-se e começaram a andar e dançar de cabeça para baixo, batendo os pés como se fossem mãos.

Um jovem branco sem camisa, de mais ou menos 18 anos, foi para o meio deles e começou a gritar e dançar com os meninos negros.

— Os brancos adoram esses meninos — disse Dolly.

— Por que esse garoto branco está agindo feito louco?

— Rum, eu acho — disse Dolly. — Há lutadores por toda a cidade, bebendo e esperando para voltar para casa.

— Contra quem eles lutam?

— Um com o outro. Os ingleses e os franceses estão se matando. E os índios também.

Meneei a cabeça. Não podia imaginar uma coisa assim. Nunca vira homens brancos lutando uns contra os outros.

— Brancos lutam por qualquer coisa — disse Dolly. — Lindo contou-me que, muito tempo atrás, homens brancos começaram a se matar só porque um deles cortou fora a orelha do outro. Jenkins foi o homem que teve a orelha cortada, por isso, a guerra chamou-se *A Guerra da Orelha de Jenkins*[9].

O homem que conduzia os garotos afastou o intruso e observamos o enquanto o cortejo chegava ao extremo do quarteirão e virava a esquina. Dolly disse ter ouvido que o homem que possuía os meninos fazia dinheiro alugando-os para festas. Respondi que achava estranho que brancos quisessem negros em suas festas.

— Brancos são estranhos. — disse Dolly. — Em suas festas, gostam de negros de pele clara, misturados, mulatos e mestiços. As coisas que eles gostam são estranhas, e as que não gostam são estranhas.

---

9 War of Jenkins' Ear — A Guerra da Orelha de Jenkins (N. do T.).

No caminho de volta para a casa de Lindo, Dolly precisou parar para descansar.

— Meus pés estão gritando como um padre — ela disse.

Eu adorava a maneira como Dolly falava. Embora falasse de um jeito diferente do de Geórgia, ela me fazia lembrar as pessoas em Santa Helena, em volta do fogo, cutucando a lenha e contando histórias. Eu estava tão encantada com os livros dos buckras quanto com a maneira de falar dos negros, línguas que me faziam sentir como se estivesse em casa. Quando abri as fivelas dos sapatos de Dolly, as palavras escaparam de minha boca.

— Seus pés estão muito inchados para estes sapatos vermelhos.

— Os sapatos estão ótimos e eu não estou inchada — ela replicou.

— Eu tenho amparado bebês em todo o Low Country. Você fica grande com o bebê, seus pés ficam inchados.

— Uma menininha como você vai amparar bebês?

— Ele vem daqui a cinco luas — disse eu.

— Deus me livre. Você vai me matar do jeito que o cachorro mata o gato.

Os Lindos comiam sua principal refeição no meio da manhã. Dolly cozinhava e lavava a louça, mas depois que terminava suas tarefas, podia ocupar o tempo como quisesse. Não trabalhava aos sábados, que era o dia do Shabat[10], mas devia preparar a refeição do Shabat na noite anterior. Os judeus em Charles Town ensinaram a um de seus escravos como preparar a carne de acordo com a sua crença, e Dolly parava na loja onde ele trabalhava para pegar a carne e o frango. Solomon Lindo e a mulher também não comiam porco. Talvez ele estivesse certo ao dizer que éramos parecidos. Decidi que enquanto vivesse com os Lindos, comeria carne da forma como eles a preparavam. Com frequência, os Lindos permitiam que pegássemos as sobras da comida e as levássemos para comer na casa dos fundos, e, muitas vezes, a Senhora Lindo nos dava romãs, figos e queijo.

A cidade de Charles Town tinha a forma de um dedo, tendo o Rio Cooper de um lado e o Ashley do outro. As marés subiam e desciam duas vezes por dia, e, quando a água baixava, o lodo cheirava terrivelmente mal sob o sol quente. Algumas vezes, animais eram encontrados

10 Shabat é o nome dado ao dia de descanso semanal no judaísmo, simbolizando o sétimo dia em Gênesis, após os seis dias de Criação. É observado a partir do pôr do sol da sexta-feira até o pôr do sol do sábado (N. do T.).

apodrecendo, outras, corpos de africanos eram trazidos para a costa ou apareciam quando a maré baixava. Todas as vezes que tinha início alguma agitação à beira da água, eu ficava longe da multidão. Não aguentava ver os corpos inflados.

Num sábado, Lindo permitiu que fôssemos a uma feira fora da cidade. Agindo como os negros que eu, confusa, vira ao desembarcar do navio negreiro, Dolly e eu fomos até lá sem pensar em fugir. Na feira, assistimos à briga de galos e *bear-baiting*[11]. Vimos também homens brancos lutando contra porcos, enquanto os espectadores gritavam, riam e jogavam moedas. O primeiro lutador que conseguisse derrubar o porco poderia levá-lo para casa. Dolly parecia relaxada, mas eu não me sentia confortável em meio à multidão de homens brancos que bebia e gritava. Achava que sua alegria tempestuosa poderia transformar-se em violência a qualquer momento. Se isso acontecesse, eu ficaria espremida entre eles, como havia acontecido no navio.

Na volta, ao cruzarmos pela cidade, passamos pela casa de ponche *Sign of the Bacchus*, onde um aviso dizia: GAROTA NEGRA CLARA, OLHOS VERDES E CABELO BRANCO. Tentei espiá-la através da porta de vaivém, mas só consegui avistar uma negra de pele clara, bebendo em um balcão com um homem branco.

— Os buckras gostam que seus negros sejam claros — disse Dolly. — Amarelos, desbotados, com apenas um discreto traço africano.

Não acreditei totalmente em Dolly. Lembrei-me de Robinson Appleby. Além disso, muitos homens olhavam para mim nas ruas de Charles Town. Andando pela cidade, principalmente nos dias em que Dolly estava muito cansada para me acompanhar, concluí que precisaria ser cuidadosa. Em plena luz do dia, um homem branco tentara agarrar-me e me levar para uma taberna. Puxei meu braço e corri. No dia seguinte, no mercado de peixe, um negro alto pôs a mão em meu seio e tentou puxar-me pelo cotovelo.

— Venha no meu barco — ele disse. — Tenho um presente para você — fugi dele também.

Solomon Lindo fez com que eu me acostumasse às rotinas de Dolly e aprendesse a andar por Charles Town. Apeguei-me aos meus novos confortos. Dormia melhor e comia mais do que em qualquer outra época

11 Bear-baiting: atividade em que cães ferozes são estimulados a atacar ursos acorrentados (N. do T.).

desde que saíra de minha terra. Certo dia, Lindo pediu que o acompanhasse até sua sala. Disse que sua esposa estava fora, discutindo livros e música com as amigas, mas que ela sabia que ele planejava falar comigo. Lindo deu-me um copo de refresco de limão com três pedras de gelo — eu gostava de gelo mais do que de qualquer outra coisa nos dias quentes e pegajosos de Charles Town — e olhou para mim outra vez.

— Não tenho certeza de como você aprendeu a ler — disse.

Fiquei ainda mais rígida na cadeira de encosto duro.

— Mas eu não preciso saber — ele disse. — Você está guardando esse segredo, e deve guardar este também. Estou preparado para ensiná-la ainda mais do que consegue ler agora.

Perguntou se eu gostaria disso. Fiz que sim. Ele disse que ele e a Senhora Lindo me dariam aulas de cálculos e grafia. O povo de Charles Town não gostaria de saber que um negro podia ler; por esse motivo, esse seria um segredo da casa.

— Sim — respondi.

— Dolly diz que você não cozinha.

— É verdade, senhor.

— Não se preocupe. Tenho outra coisa em mente para você. Você está gostando de ser uma criada nesta casa?

— Acho bom, Senhor Lindo.

— Ótimo. Então quero que você comece a me pagar.

— Pagar?

— Há dez mil pessoas nesta cidade e mais da metade é negra. Você começará a amparar bebês em Charles Town.

— Bebês de quem?

— Os bebês das criadas negras — ele respondeu —, embora eu saiba de alguns judeus que talvez a queiram também. Vou colocá-la no sistema autônomo.

Sentei-me mais para frente.

— Autônomo?

— Pela manhã, você trabalhará em meus livros-razão, fazendo contas. Vou ensiná-la a fazer isso. E, quando não estiver ocupada com isso, vai começar a amparar bebês. Com o que ganhar com isso, começará me pagando dez xelins por semana.

Solomon Lindo começou a me ensinar durante duas horas por dia, bem cedo, antes que seu longo dia começasse. Prometeu me dar um livro se eu conseguisse aprender tudo sobre dinheiro na Carolina do Sul. E mostrou-

-me um cartaz, que mandara publicar no jornal *South Carolina Gazette*: Parteira habilidosa. Criada obediente e esperta, da Guiné. Informações com Solomon Lindo, rua King.

— O que quer dizer "parteira"? — perguntei.

— Uma mulher que ampara bebês.

— E "criada"?

— Mulher — ele respondeu.

— A Senhora Lindo é uma "criada"?

Ele ajeitou-se na cadeira. Esfregou as mãos e olhou diretamente para mim.

— Ela é uma *lady*.

— Eu não sou da Guiné — disse eu, de repente. A raiva em minha voz surpreendeu-me. Dei um pulo, derrubando um vidro de tinta. — Não sou uma criada. Eu tive um bebê, e ainda o teria se o Senhor Appleby não o tivesse roubado de mim. Não sou criada, sou esposa, mãe. Será que não sou mulher?

Lindo endireitou o vidro e limpou a tinta derramada. Ele sorriu.

— Esse é apenas um termo, para o jornal. Acalme-se. Evitarei a palavra, se ela a ofende. Mas qual o problema com Guiné?

Ele me observava, animado; parecia estar se divertindo. Não gostei da maneira como pousava os olhos em meu corpo.

— A Guiné não significa nada para mim, então, como eu posso ser de lá? Sou de Bayo. Essa é a minha aldeia. Já ouviu falar?

— É um grande continente negro. Eu não o conheço. Ninguém o conhece. Chega de conversa, Meena. Temos trabalho a fazer.

Um livro-razão era um registro do que se tinha. Manter livros-razão significava registrar quanto se gasta e quanto se ganha. E aí as coisas ficam complicadas. Lindo disse que se podia ganhar algo de duas maneiras. Uma, é pagando por um artigo oferecendo-se algo em troca.

— Como Geórgia, que recebe rum ou roupas por amparar bebês — disse eu.

— Foi por isso que eu a comprei — Lindo disse. — Eu sabia que você entenderia as coisas rapidamente. Vi inteligência em seus olhos e queria estimulá-la.

— Estimular?

— Oferecer-lhe a chance de usar as habilidades que Deus lhe deu.

Nunca nenhum branco falara comigo assim, e eu não confiava nele.

— Você tem uma religião, Meena?

— Meu pai costumava rezar para Alá — respondi —, e eu estava aprendendo com ele.

— Portanto, você é muçulmana e eu, judeu. Veja que não estamos tão distantes um do outro.

Fiquei bulindo na pena e no tinteiro. Queria evitar seu olhar, mas Solomon Lindo continuou falando.

— Nossas religiões vêm de livros semelhantes. Seu pai tinha o Alcorão, eu tenho a Torá[12].

Surpreendeu-me o fato de Solomon Lindo saber o nome do livro que meu pai me mostrara, em Bayo.

— Em minha fé — disse ele —, valoriza-se muito dar a uma pessoa o que esta precisa para tornar-se independente e capaz de cuidar de si própria no mundo.

Então, pensei, por que ele não me deixava livre?

Creio que ele sentiu a frieza do meu olhar, pois, subitamente, voltou às aulas.

Lindo explicou que eu poderia tanto trocar um objeto como pagar por ele com moedas de cobre, prata ou ouro. Isso me confundia. Não fazia sentido alguém preferir ser pago com uma moeda de metal inútil, em lugar de cinco galinhas ou uma porção de milho. Lindo colocou algumas moedas em minha mão esquerda e pediu que eu imaginasse ter uma galinha viva na direita. Eu devia me imaginar indo ao mercado com essas duas coisas apenas. Um vendedor de laranjas aceitaria de bom grado as moedas, mas somente alguém que precisasse da galinha iria aceitá-la como pagamento.

— Mas e se as moedas se tornassem inúteis? — perguntei. — As pessoas sempre vão querer galinhas, mas será que sempre vão querer um feio disco de metal? Não tem beleza e não pode ser comido. Se eu fosse a vendedora de laranjas, escolheria a galinha.

Lindo tamborilou na mesa.

— Não estamos em um debate. Isto é uma aula. Está pronta a continuar?

Assenti.

Partimos para as contas. Um xelim mais um xelim era igual a dois xelins. Dois mais dois era igual a quatro. Lindo embaralhava as moedas rapidamente sobre a mesa. Com um xelim, eu podia comprar dez ovos.

12 Torá é o nome dado aos cinco primeiros livros do Tanakh e que constituem o texto central do judaísmo (N. do T.).

Com cinco xelins, cinquenta. Durante duas horas, todas as manhãs, seis vezes por semana, estudávamos aritmética. Após somar e subtrair, multiplicar e dividir ficou fácil. Solomon Lindo fazia com que minha mente galopasse como um cavalo e eu adorava o desafio de acompanhá-lo.

A lição seguinte de Lindo tratou de todas as moedas que circulavam em Charles Town. Havia a moeda chamada "eight-reales Spanish", a qual era mais simples chamar dólar. Não era britânica, mas prata era prata e era a moeda mais comum na Carolina. Ele me mostrou um dólar hispânico que fora cortado em pedaços. Os oito pedaços triangulares eram usados quando não havia moedas menores em número suficiente. Um dólar hispânico valia seis xelins, disse, e começou a explicar a relação entre pênis, xelins, coroas, libras e guinéus. Havia moedas de cobre e de prata, mas o guinéu era feito de ouro.

— Guinéu? — falei. — É a mesma palavra que você usou para minha pátria.

Elas eram chamadas de guinéus, disse ele, porque eram feitas com o ouro da Etiópia.

— De onde?

— Da sua terra.

— Acho que você a chamou de Guiné.

— Nós a chamamos de muitos nomes — ele disse. — Guiné, Etiópia, Negritia, África; todos têm o mesmo significado.

— E vocês deram para sua grande moeda de ouro um nome africano?

— O guinéu. Vale 21 xelins.

Fiquei de queixo caído. Da minha terra, os buckras tiravam tanto ouro como gente, e usavam um para comprar o outro.

Naquele dia, não tive vontade de continuar aprendendo, e fiquei aliviada quando a aula terminou. Enquanto nos levantávamos e nos preparávamos para sair da sala, Lindo disse:

— Você fará um bom dinheiro para mim. E eu a alimentarei e vestirei de modo apropriado. Você será tratada melhor que qualquer negro da sua terra.

— Eu venho de Bayo e nasci livre — murmurei.

Solomon Lindo voltou a sentar-se.

— Como é que é?

— Eu era uma muçulmana nascida em liberdade.

— Bem, eu nasci na Inglaterra. Mas agora estamos nas colônias.

Cruzei os braços.

Ele ficou me olhando por algum tempo e disse:

— Você será livre o suficiente. Será livre para ganhar dinheiro extra, trabalhando como parteira autônoma, e eu terei retorno do investimento. Eu gastei uma fortuna com você.

Eu não fiquei surpresa com o sarcasmo de minhas palavras:

— E você pagou essa fortuna em moedas ou galinhas?

Lindo pareceu aturdido. Talvez tais palavras fossem intoleráveis. Talvez eu levasse uma surra. Mas Lindo balançou a cabeça, cofiou a barba e começou a rir. Era a primeira vez em que eu dizia uma coisa capaz de fazer um branco rir. Mas, para mim, não era nada divertido.

Lindo testou-me por diversos dias e decidiu que eu havia aprendido tudo sobre aritmética e moedas. Ele deu-me de presente um livro chamado *As Viagens de Gulliver*, de Jonathan Swift. Meus olhos fixaram-se nas palavras:

> *Deitei-me na grama, que era muito curta e macia, onde dormi, como nunca me lembrava de ter dormido na vida... Tentei levantar, mas não consegui me mexer: pois, como estava deitado de barriga para cima, percebi que meus braços e minhas pernas estavam fortemente presos, de cada lado, ao chão; e meu cabelo, longo e denso, estava amarrado da mesma maneira...*

No mesmo instante, desejei, ardentemente, ler o livro.

— Parece tão bom quanto Êxodo — eu lhe disse.

— E o que você sabe sobre isso? — ele me perguntou.

Expliquei que lia a Bíblia em Santa Helena.

— Todos nós falamos sobre o Êxodo, você sabia? — ele disse.

Parecia tolice falar tanto, mas não consegui reprimir a pergunta:

— Como assim?

— O que estou dizendo é que judeus, muçulmanos e cristãos têm a história do Êxodo como livro religioso — Lindo afirmou. — Os israelitas são o meu povo e Êxodo é a história de como nos libertamos da escravidão.

Escutei atentamente o que Lindo dizia e pensei a respeito. A descoberta era fascinante, embora confusa. Talvez Lindo pudesse explicar por que cristãos e judeus mantinham muçulmanos como escravos, se todos tinham o mesmo Deus e celebravam a fuga dos judeus do Egito.

Quanto devia ter sido pago por mim, pensei, e quem fez os arranjos para que eu fosse trazida para esta terra? Como os negros que me arrancavam de Bayo estariam ligados aos cristãos e judeus que traficavam escravos na Carolina do Sul? Se por um lado o mundo dos buckras começava a fazer um pouco mais de sentido para mim, por outro, tornava-se cada vez mais obscuro.

Lindo interrompeu meus pensamentos.

— Tenho a intuição de que um africano pode aprender qualquer coisa, se lhe for dada a oportunidade — disse ele. — Assim, façamos uma experiência para ver o quanto você aprende.

Lindo pôs uma mão sobre a outra. Meus olhos pousaram no anel de ouro em seu dedo. *Guiné*, pensei. *Ouro da Guiné. Use-me se precisar, mas eu usarei você.*

Solomon Lindo tinha várias fontes de renda como inspetor oficial de índigo na Província da Carolina do Sul. Ele não tinha salário, mas a assembleia pagava-lhe quinhentas libras por ano para calcular quantas libras de índigo eram embarcadas para a Grã-Bretanha e os produtores de índigo pagavam-lhe para avaliar sua produção e para orientá-los acerca de como aperfeiçoá-la. Eu cuidava de seus livros-razão, entregava seus lembretes de contas devidas e comecei, como resultado do anúncio que Lindo colocara no jornal *South Carolina Gazette*, a ser chamada uma ou duas vezes por semana para amparar bebês em Charles Town e nas redondezas. Lindo me deu dinheiro para comprar, de um vendedor no mercado, um saco de pano, ervas medicinais e suprimentos. Para mostrar que tinha direito de andar pela cidade como autônoma, evitando ser molestada ou presa pelos brancos, eu portava, preso à roupa, um emblema de metal, de seis lados, gravado com meu nome e o ano: Meena, 1762.

No mercado, comprei flores de sabugueiro, que cozinhei em banha, para tratar a mordida do ácaro vermelho, inseto que vive escondido no musgo hispânico que pende dos carvalhos. Comprei raiz de algodão, pois, às vezes pediam que eu interrompesse uma gestação, como Geórgia fizera comigo, quando Robinson Appleby atacou-me. Comprei casca da árvore de cereja negra silvestre, que deixei de molho em água morna, para ajudar mulheres cujo fluxo mensal era muito intenso. Adquiri a casca da raiz da árvore da Geórgia e folhas de aloé americano para mordida de cobra, pois às vezes as pessoas vinham queixar-se disso enquanto eu ajudava alguma mulher e seu bebê. Ervas de amora eram boas para dores de estômago e diarreias, e o chá feito com a raiz de sassafrás curava a cegueira. Corniso, casca de cerejeira e casca de carvalho vermelho faziam um chá para tratar a febre que acometia os negros que trabalhavam no ar lúgubre e pantanoso.

Depois de juntar minhas ervas e raízes, comecei a fazer partos de escravas na cidade. Aprendi a negociar com seus donos tão bem quanto as mulheres que vendiam peixe nas ruas. Precisava entregar a Solomon Lindo dez xelins por semana, por isso, comecei a cobrar dos donos das escravas 12 xelins por parto. Eu sempre tentava ter diversas semanas de pagamento guardadas e escondidas sob uma tábua, no quarto onde dormia com Dolly. Havia semanas em que eu não ganhava nada. Em outras, eu era chamada algumas vezes na mesma semana, e trazia para casa uma ou duas libras. Os senhores, às vezes, recusavam-se a pagar em moedas, mas as únicas outras formas de pagamento que eu aceitava eram madeira, rum, tabaco e tecido de algodão de boa qualidade. Eu sabia quanto de cada coisa era preciso para somar 12 xelins, e poderia, facilmente, trocá-los pelos produtos de que precisava.

Depois que Lindo deu por encerradas as aulas de aritmética, moedas e de como manter os livros-razão, sua esposa começou a ensinar-me a arte da grafia. A Senhora Lindo tinha prazer em ter-me ao seu lado e era uma professora amável. Ensinou-me a escrever em uma caligrafia regular, fluente; queria que eu soubesse soletrar e ensinou-me a compor palavras e sentenças. Eu estava desesperada para aprender o que meu pai havia começara a me ensinar anos atrás, e absorvia cada palavra que ela dizia. *Cachorro. Osso. Gato. Árvore. O cachorro mordeu o osso. O gato subiu na árvore.* Era fácil. Era emocionante. Conforme eu progredia, a Senhora Lindo me deixava sozinha para que eu praticasse. *Dez badejos custam um xelim no mercado de peixe. A produção de índigo aumentará no próximo ano. Um dia eu voltarei para casa.*

Quando a Senhora Lindo achou que eu escrevia satisfatoriamente, comecei a fazer cartas comerciais para o seu marido:

> *William King, Esquire. Fundos em atraso para Solomon Lindo, inspetor de índigo da Província da Carolina, cinquenta e cinco libras esterlinas pela consultoria em produção de índigo e vinte libras esterlinas pela inspeção. Remeter pagamento para Solomon Lindo, rua King. Contas em atraso serão tributadas em 10% de juros ao ano. Seu humilde criado, Solomon D. Lindo.*

Conforme se passavam os meses, e eu conseguia pagar os dez xelins por semana, fui autorizada a ler mais e mais livros que Solomon Lindo trazia da Sociedade Biblioteca de Charles Town. Li outros livros de Jonathan Swift. Li Voltaire e *The Shipwreck*, de William Falconer. E, enquanto a vela queimava até tarde no quarto que eu compartilhava com Dolly, na casa dos fundos, eu lia cópias do jornal *South Carolina Gazette*, sempre procurando notícias sobre escravos fugitivos.

> *Moça negra, forte, recém-chegada da Guiné, fugiu na última quarta-feira de Goose Creek, usando uma túnica nova, lenço de cabeça preto, listrado, bochechas com marcas de varíola. Dez libras de recompensa pela devolução ao dono, Randolph Clark.*

Conforme o tempo foi passando em Charles Town, consegui comprar uma linda echarpe vermelha e ainda economizar algumas libras esterlinas. O Senhor e a Senhora Lindo nunca me surraram, mas eu sentia muita saudade de Geórgia e de Chekura, e Mamadu nunca ficava longe dos meus pensamentos.

Certa noite, eu havia feito o parto de uma das poucas negras livres da cidade. A mãe era um pouco mais velha do que eu, e seu companheiro voou para dentro do quarto no momento em que terminei meu trabalho. Ele a abraçou e segurou o bebê. Quando voltei para casa, encontrei Dolly dormindo profundamente, com a mão sobre o ventre intumescido. Sentei na beirada da minha cama, pus o rosto entre as mãos e extravasei minha tristeza. Dolly acordou em meio às minhas lágrimas.

— O que houve, querida chile? — A solidariedade em sua voz fez com que eu chorasse ainda mais. Dolly levantou-se da cama e veio colocar o braço sobre os meus ombros. — Um dia seu homem voltará e vocês recomeçarão tudo — disse.

Alguns meses mais tarde, ajudei a trazer o filho de Dolly, Samuel, ao mundo. Nós três vivíamos juntos na casa dos fundos; o bebê passeava nas costas de Dolly enquanto ela fazia suas tarefas e dormia em sua cama à noite. Era confortador ter uma nova vida em nossa casa, mas, às vezes, meu corpo doía ao som de Samuel mamando ou gorgolejando.

Os Lindos estavam tão satisfeitos com o meu trabalho de parteira, que, quando chegou o momento de a Senhora Linda ter seu primeiro bebê, ela teve uma conversa particular comigo.

— Ouvimos falar sobre o médico da cidade — a Senhora Lindo sussurrou. — Ele sangra as mulheres durante o trabalho de parto.

E, então, eu ajudei a Senhora Lindo a trazer ao mundo um menino saudável, a quem ela deu o nome de David. Para minha surpresa, o menino foi circuncidado, da mesma forma que fazíamos em Bayo. Algumas semanas mais tarde, o Senhor e a Senhora Lindo chamaram-me, ofereceram-me um refresco e perguntaram se haveria algum pequeno presente que eu gostaria de ter.

— Presente? — perguntei.

— Você tem nos ajudado tanto — disse a Senhora Lindo.

Pensei por um instante. Perguntei se poderia ver um mapa do mundo.

— Por que você quer ver um mapa? — o Senhor Lindo perguntou.

— Ela já leu dezenas de livros — a esposa o interrompeu. — Ela faz tudo o que lhe pedimos. Não vejo problema.

— O que você quer aprender? — ele perguntou.

— Eu não sei de onde venho — respondi.

— Você veio da África. Atravessou o oceano. Nós estamos em Charles Town. Você já sabe isso.

— Sim, mas eu não sei onde a Carolina do Sul fica em relação à minha terra.

O Senhor Lindo deu um suspiro.

— Não vejo motivo para isso.

— Solomon — a Senhora Lindo disse, colocando a mão em seu joelho — leve-a à biblioteca de Charles Town. Deixe que ela veja os mapas.

Ele deu um pulo do sofá, derrubando sua bebida.

— Eu tive de me humilhar para ser aceito na Sociedade — ele gritou.

— Solomon, por favor — a Senhora Lindo pediu.

Peguei um pano da Senhora Lindo e comecei limpar a bebida e fiquei com os olhos fixos em meu trabalho. Algumas vezes, o Senhor Lindo mencionara que, em tempos remotos, os judeus foram escravos no Egito e que seus ancestrais foramexpulsos da Espanha. Ele havia me contado que judeus e africanos podiam compreender uns aos outros porque eram, ambos, intrusos, mas, embora ele preferisse o termo "criado" em lugar de escravo, ele me possuía e possuía Dolly, e, agora, possuía também o bebê de Dolly. Ele tinha uma casa grande na cidade e fazia negócios em toda a região do Low Country. Usava roupas finas e ia e vinha como quisesse. Podia viajar para Londres no próximo navio, se assim desejasse.

Achei que o Senhor Lindo ficaria envergonhado por ter perdido a calma, mas ele não parecia capaz de se conter.

— Sou bom o suficiente para ser seu inspetor de índigo, mas posso votar nas eleições? Os anglicanos não me querem nem na diretoria da biblioteca.

Mantive os olhos grudados em minhas mãos, mas pude ouvir o tremor na voz do Senhor Lindo.

A Senhora Lindo levantou-se, pegou a mão do marido e fez com que ele voltasse a sentar ao seu lado.

— Ninguém precisa se humilhar — disse ela, calmamente, colocando a mão em seu braço. — Você não precisa pedir para trazer o mapa. Apenas vá lá e olhe.

— E Meena? — Lindo perguntou.

— Leve-a com você. Ela é sua criada — a Senhora Lindo deu uma risadinha. — Leve um leque, Meena. Mantenha as moscas afastadas durante a pesquisa.

A Sociedade Biblioteca de Charles Town guardava os livros e os mapas em uma sala na rua Union. O responsável pelos livros, que ficava sentado à entrada, olhou para mim rapidamente e virou o rosto, como se tivesse visto algo asqueroso.

— Ah, sim, Senhor Lindo — ele disse. — Infelizmente, não permitimos a entrada de negros aqui.

— Senhor Jackson, o senhor não tem um irmão no mercado de índigo?

O homem fechou o livro sobre a mesa, com cuidado.

— Estou certo de que, desta vez, ninguém fará objeções, Senhor Lindo.

— Ótimo. Precisamos de alguns livros de Voltaire, e dos mapas-múndi mais recentes.

Ele nos levou até uma mesa no fundo da sala, trouxe dois livros de Voltaire e alguns mapas enrolados, e deixou-nos sozinhos.

— Mantenha o leque em movimento — disse Lindo.

— Ele não está olhando.

— Faça-o de qualquer maneira — ele disse. — Está quente aqui.

Enquanto eu o abanava, Solomon Lindo desamarrou o cordão de um grande mapa enrolado.

— Eu nunca vi tantos livros — disse eu, olhando à minha volta e desejando que mulheres e negros pudessem entrar na biblioteca.

— Eles têm milhares de livros — o Senhor Lindo murmurou —, e eu paguei por metade deles.

— Onde estamos? — perguntei apontando para o mapa.

— Esta é a América do Norte Britânica — ele disse, apontando para um grande pedaço de terra.

No canto dessa terra, encostado à uma grande faixa azul chamada Oceano Atlântico, Lindo colocou o dedo sobre um ponto ao lado do qual estava o nome Charles Town.

— E aqui — disse ele — é a África. — Do outro lado do mar azul, eu vi uma massa que tinha uma forma estranha, mais larga na parte de cima, curvada no meio e que ficava mais estreita na parte de baixo.

— Como você sabe?

— Se olhar com cuidado, você verá as letras. Vê aqui? Á-F-R-I-C-A.

— É esta a minha terra? Quem disse que tem essa forma estranha?

— Os cartógrafos que fazem os mapas. Os mercadores que navegam pelo mundo. Britânicos, franceses, holandeses e outros, que vão à África, navegando pela costa de cima a baixo, e que mapeiam a forma do continente.

Vi no mapa alguns rabiscos em forma de triângulos sem a base. Lindo disse que indicavam montanhas. Vi um leão e um elefante desenhados no meio da terra que se chamava África. Mas o mapa não indicava nada a respeito do lugar de onde eu viera. Nada sobre Bayo, Segu ou Joliba. Não havia nada que eu pudesse reconhecer como minha terra.

— Deste lado da água, na América do Norte Britânica — eu disse, apontando —, está escrito Charles Town. Posso ver onde estamos. Mas não há cidades na África. Apenas esses lugares ao longo da água. Cabo Verde, Cabo Mesurado, Cabo Palmas. Como saber onde estão as aldeias?

— As aldeias são desconhecidas — Lindo respondeu.

— Eu andei por elas. Há pessoas em todos os lugares.

— Mas são desconhecidas das pessoas que fizeram este mapa. Veja aqui no canto. Está escrito 1690. Esta é a cópia de um mapa feito há 73 anos. Sabia-se menos ainda naquela época.

Senti-me traída. Agora que eu podia ler tão bem, tinha ficado animada com a possibilidade de encontrar a aldeia de onde eu vinha no mapa. Mas ela não existia — nem a minha nem a de ninguém.

— Não há mais nada? — perguntei.

Solomon Lindo olhou para o seu relógio, e disse que tínhamos tempo para mais um mapa.

O segundo mapa dizia: MAPA DA ÁFRICA — CORRIGIDO COM AS MELHORES E MAIS RECENTES OBSERVAÇÕES. Olhei a data. 1729. Talvez fosse melhor que o primeiro. O mapa mostrava a terra em forma de cogumelo, com a haste deslocada para a direita. Perto do topo, vi as palavras *Deserto do Barbary* ou *Saara*, e, embaixo, Terra dos Negros. Mais embaixo, ao longo das sinuosas curvas da costa, vi pedaços chamados de *Costa dos Escravos, Costa do Ouro, Costa do Marfim e Costa dos Grãos*. Havia palavras em letras bem pequenas onde a terra se encontrava com a água, mas, mais para dentro, via-se, principalmente, desenhos de elefantes, leões e mulheres com os seios nus. Em um dos cantos do mapa, vi o desenho de uma criança africana deitada ao lado de um leão, sob uma árvore. Nunca vira nada tão ridículo. Nenhuma criança dormiria ao lado de um leão. Em outro canto do mapa, estudei o desenho de um homem com um animal de rabo longo sentado em seu ombro.

— O que é isso?

— Um macaco — Lindo respondeu.

— Este "mapa da África" não é o mapa da minha terra. Isto é fantasia de algum homem branco.

— Faltam alguns detalhes — disse Lindo —, mas agora você pode ver o formato da África.

Disse que já vira o suficiente. Agora, depois de todos os livros que eu lera, e de tudo o que aprendera sobre os brancos da Carolina do Sul, sentia, mais do que nunca, que essa gente não sabia nada a meu respeito. Sabiam levar navios até a minha terra. Sabiam como tirar-nos de lá. Mas não conheciam a minha terra. Não tinham ideia de quem eram ou como viviam as pessoas ali.

Ao caminhar de volta para casa, senti certo desespero. Além de ter perdido meu filho e meu marido, achava que jamais voltaria para casa. Eu não queria copiar os escravos fugitivos, que iam para junto dos índios ou dos hispânicos, no sul. Esconder-me nos pântanos e nas florestas não me aproximaria da África. Minha única opção era continuar escutando, aprendendo e lendo. Talvez um dia eu compreendesse o mundo dos brancos bem o bastante para descobrir como sair dele.

As palavras de uma ama de leite chegam tarde

Os anos se passaram e meu trabalho como parteira autônoma continuou o mesmo, mas as perdas que tive na vida foram se somando. Depois que fui vendida aos Lindos, nunca mais vi Geórgia, e, um dia, chegou pelo arrastão a notícia triste e derradeira: Geórgia morrera, durante o sono, por razões desconhecidas. E meu conterrâneo e amigo Fomba fora morto por um patrulheiro noturno. Fomba pescava em seu barco a remo, à noite, quando o buckra pediu que ele se identificasse. Fomba jamais recuperou a fala, por isso, o patrulheiro matou-o com um tiro na cabeça. Em vez de aprender a me sentir menos desapontada, constatei que cada agravo que meu coração sofria fazia com que o próximo fosse ainda pior.

No outono de 1774, cerca de 13 anos depois de eu ter vindo viver com os Lindos, uma epidemia de varíola matou a Senhora Lindo, Dolly, seus filhos e cerca de duzentas outras pessoas em Charles Town. Em meio à nossa dor, Solomon Lindo e eu mal falávamos um com o outro. Quando passava por mim, entrando ou saindo de casa, normalmente acompanhado de um homem de sua sinagoga, era como se não me visse.

Rastejando em meio à bruma de sua dor, o Senhor Lindo, pelo menos, tinha amigos que o visitavam e traziam-lhe comida, enquanto eu não tinha ninguém que me consolasse. Não era permitida a visita de negros na casa dos fundos, e eu havia perdido a maioria dos amigos que havia conquistado ao longo dos anos; alguns haviam partido com seus donos, que os levavam para onde quisessem, enquanto outros tinham morrido de febre ou varíola.

Eu não conseguia parar de pensar em Dolly e em seu filho, que foram minha companhia mais regular durante os longos anos em Charles Town. Ela cuidava de mim como uma mãe, cozinhando minhas refeições e lavando minha roupas, e, quando eu lhe dava algumas das coisas que vinham do meu trabalho como parteira, como uma caixinha de madeira em miniatura ou uma pequena garrafa de rum caribenho, seu rosto se iluminava como o de uma criança. Ela guardava a garrafa junto de seus sapatos de fivela, e examinava-os, de tempos em tempos, como se visitasse velhos amigos.

Dolly sentia muito orgulho do fato de eu saber ler e escrever. Às vezes, enquanto eu lia livros à noite, em nossa casa, ela se deitava ao meu lado e adormecia com a mão sobre o meu braço. Ela nunca abriu um livro, mas gostava de sentar-se por perto enquanto eu ensinava seu filho Samuel a ler. Como resultado de nossas aulas, tarde da noite, aos 10 anos de idade ele se tornara um bom leitor.

— Você lhe deu a única coisa que eu não posso dar — Dolly dissera.

Perder a Senhora Lindo foi igualmente doloroso. Ela nunca levantou a mão contra mim, durante todos os anos em que eu trabalhara para ela. Eu confiava mais nela do que em qualquer outra pessoa, e gostava de seu filho David como se fosse meu.

Depois da morte de Dolly, Samuel e David, a Senhora Lindo padeceu com a febre. Ficou com o corpo coberto de pústulas que causavam dores insuportáveis nas plantas do pés e palmas das mãos. Ela ficou sob meus cuidados, e eu sabia, pelo modo como as pústulas se juntaram, inclusive no rosto, pescoço e costas, que ela não ficaria por muito tempo neste mundo.

Após sua morte, chorei durante uma semana. Eu não podia estar presente durante o shiva[13] e nem falar com ninguém que estava na casa sobre quanto eu amara a Senhora Lindo. Então, minha única forma de despedida foi limpar e acariciar cada um dos livros que ela me dera ao longo dos anos. Há muito tempo, ela havia criado a rotina de me presentear com um livro por mês, juntamente com uma garrafa de óleo de baleia, para encher minha lâmpada. Eu mantinha os livros empilhados em 13 colunas — uma para cada ano em que trabalhara para ela — em um dos cantos da casa dos fundos. Era seguro ali, já que nenhum branco entrava no quarto onde eu dormia. Eu havia constituído minha própria biblioteca naquela casa, e, às vezes, lia até altas horas de minhas noites solitárias, enquanto Dolly e Samuel dormiam.

Até o momento em que saí do quarto da Senhora Lindo pela última vez, eu nunca imaginara que lamentaria a morte de um branco. Não achava que fosse possível sofrer por um.

13 Shiva é o período dos sete primeiros dias de luto pela morte de uma pessoa próxima, quando se visita a família enlutada e se faz orações duas vezes ao dia (N. do T.).

Pessoas da sinagoga vieram à casa diariamente, durante uma semana. Mesmo depois, continuaram vindo quase todos os dias, durante um mês. As mulheres da sinagoga traziam alimentos de todos os tipos, e sua irmã, uma mulher baixinha e séria, chamada Lea, que parecia ofendida com a minha presença, patrulhava a casa com frequência.

Algumas semanas depois da morte da Senhora Lindo, o Senhor Lindo e eu encontramo-nos sozinhos durante um raro momento.

— Toda essa gente em volta — ele disse. — É sufocante.

Pelo menos ele tinha a sua gente, com quem podia comer e chorar. Já eu não tinha ninguém.

O povo de Charles Town passava por tempos difíceis. As moedas eram mais raras do que nunca, e o governo britânico aprovara leis proibindo o uso de papel moeda na Carolina do Sul. As pessoas estavam tão revoltadas com o modo como os britânicos controlavam a remessa e a venda de chá, que grandes quantidades do produto foram deixadas apodrecendo nas docas de Charles Town, e os brancos recusavam-se a bebê-lo em suas casas. Lindo e seus amigos culpavam os britânicos por seus problemas, chegando a prever uma guerra, caso as coisas não melhorassem. Lindo me dissera que o índigo da Carolina conseguia, mal e mal, alcançar metade do preço do produto originário da Guatemala ou das Antilhas Francesas, e que os proprietários das plantações pensavam em cultivar outras coisas. Para piorar, a febre, a sífilis e a varíola mantinham o povo em constante estado de medo e agitação. As pessoas de Charles Town tinham medo de se cumprimentar dando as mãos e de sair de casa. Durante algum tempo, as autoridades tentaram prevenir a disseminação de doenças impedindo que navios negreiros atracassem na Ilha Sullivan.

Em janeiro de 1775, alguns meses depois da epidemia de varíola, Solomon Lindo disse-me que viajaria durante um mês para a cidade de Nova Iorque, onde esperava convencer as autoridades britânicas a proteger os subsídios parlamentares do índigo da Carolina. Contou que a lama para tingimento estava com preço tão baixo no mercado internacional, que a produção poderia ser interrompida na Carolina, se os subsídios britânicos fossem reduzidos ou suspensos.

Após a partida de Lindo, sua irmã mudou-se para a casa, mas fazia suas refeições sozinha e não fazia qualquer provisão em relação às minhas.

— Não há comida — eu lhe disse um dia depois de Lindo ter embarcado no porto.

— Você não é autônoma? — disse ela.

— Sim.

— Então pode preparar suas refeições. Eu não gastarei nem tempo nem dinheiro com você, e se eu puder dizer algo a respeito, meu irmão não terá mais ninguém fazendo isso para você.

Quando tentei entrar na casa em busca dos livros que a Senhora Lindo havia deixado, a irmã de Lindo recusou-se a destrancar a porta. Sem nada para ler e sem comida, eu andava pelas ruas diariamente, pedindo frutas, amendoins e pedaços de carne cozida para mulheres que conhecia nos mercados. Algumas vezes, à noite, eu comprava peixe grelhado que era vendido atrás de uma taberna onde homens brancos iam à procura de mulatas.

Era difícil conseguir moedas, e, nos mercados, até mesmo produtos pequenos eram comercializados à base de troca. Pesarosa, pensei nas lições sobre dinheiro que Lindo me ensinara anos atrás. No final, eu estava certa. Galinhas eram mais confiáveis do que prata. Raramente eu tinha galinhas para trocar, mas trocava todos os produtos que recebia dos judeus e anglicanos em pagamento por amparar seus bebês ou os de suas escravas.

Algumas mães me davam pequenas quantidades de rum, mas uma mulher rica me deu uma caixa com cinquenta garrafas de vidro. No primeiro momento, senti-me traída. Que tipo de recompensa era uma caixa com garrafas vazias? Mas, quando abri a caixa em casa, vi que o vidro era de uma beleza extraordinária, colorido com linhas azuis em espiral. Nas pequenas garrafas seria possível colocar umas duas onças de líquido, e cada uma delas tinha um formato diferente, cilíndricas, em forma de bulbo, ou de cubo, ou, ainda, ligeiramente esféricas. Enchi cada uma delas com duas onças de rum e fechei-as com rolhas.

Durante meses, usei as garrafas com espirais azuis para fazer compras no mercado. Os vendedores negros adoravam rum e guardavam as garrafas porque achavam que soprar o vidro azul trazia sorte. Quando me viam chegando chamavam-me de "a menina do vidro azul", e as garrafas trocavam de mãos entre outros compradores e vendedores.

À noite, eu dormia na casa dos fundos, sentindo-me muito sozinha, sem Dolly e seu filho. Parecia uma violência contra a natureza humana ter de dormir sozinha. Às vezes, eu me confortava pensando em meus parentes em Bayo, ou no ronco cálido de Geórgia, na cama que compartilhávamos na plantation de Appleby. Quando não conseguia dormir, eu relia os livros e pensava nas pessoas — Geórgia, Chekura, Mamed, Dolly, Senhora Lindo — que fizeram parte da minha vida quando os lera pela primeira vez.

Certa noite, escutei passos embaixo. Pulei da cama e me cobri com uma bata.

— Quem está aí? — perguntei.

— Aminata? — Era a voz de um homem, sussurrando. Parei. Quando havia sido a última vez em que alguém me chamara pelo meu nome africano?

No momento em que Chekura alcançou o último degrau, pulei em seus braços. Quando minhas mãos pressionaram suas costas e meus pés descansaram sobre os seus, senti minha meninice em sua carne e minha terra em sua voz. Fiquei agarrada a ele durante longos minutos, quase com medo de descobrir o homem que ele havia se tornado. E se ele não fosse mais o menino que me ajudara a sobreviver à longa caminhada até a costa da África, ou o jovem com quem eu me casara e que me dera um filho?

Seu cabelo havia caído e a cabeça nua brilhava. Ainda era um homem esbelto, um pouco mais pesado do que eu e apenas alguns centímetros mais alto. Metade do dedo médio da mão esquerda estava ausente, mas o sorriso que nos acompanhou durante toda a nossa jornada continuava ali. Eu adorava a luz em seus olhos e a forma como sorria abertamente quando olhava para mim. Começamos a conversar como se tivéssemos estado juntos no dia anterior.

— Como você me encontrou?

— Perguntei pela casa de Lindo, o judeu — ele respondeu.

— Como chegou a Charles Town?

— Um homem, que está levando uma carga de tabaco e rum pelos canais do Low Country, veio ao mercado de Charles Town e eu estou aqui com ele.

— Por quanto tempo você pode ficar?

— Apenas esta noite. Mas poderei voltar uma ou duas vezes por mês.

— Poderá voltar uma ou duas vezes — disse eu, soltando sua mão e sentando-me na cama.

Ele sentou-se ao meu lado e colocou a mão sobre a minha. Eu a retirei. Ele voltou a pegá-la, mas eu a puxei com firmeza.

— Não — eu disse. — Você não pode fazer isso. Senti sua falta mais do que você imagina. Mas você não pode deitar em minha cama com a promessa de que poderá voltar "uma ou duas vezes".

— Você tem comida?

— Eu como na cidade. Não há comida aqui. Lindo não está.

Ele deslizou os longos dedos pelo meu rosto.

— Então você pode vir comigo; ele não sentirá sua ausência.

Virei o rosto para o outro lado.

— Você quer que eu fuja com você para o Low Country? E o seu dono?

— Ele deixará que eu me ausente por um ou dois dias. Conheço lugares onde podemos ficar sozinhos.

— Um ou dois dias não é o que eu quero com você — repliquei.

— Às vezes, um ou dois dias é tudo o que podemos ter — Chekura disse.

Por alguns instantes, nenhum dos dois disse nada.

— Casei-me com o homem que amo — eu disse.

— E o homem que a ama casou-se com você.

— Você ainda me quer? — perguntei.

— Sempre. Nunca deixei de lhe querer.

— Você nem veio me ver depois que levaram Mamadu.

Chekura espreguiçou-se na cama, fez com que eu me deitasse ao seu lado e cochichou em meu ouvido: '

— Meu senhor, na Ilha de Lady, mandou-me para a Geórgia por três anos. Isso aconteceu antes do roubo de Mamadu.

Afastei-me para olhá-lo diretamente nos olhos. Ele sorriu e passou os dedos em meus cabelos.

— O meu senhor e o seu se conhecem — disse ele. — Eles me mandaram, portanto, não haverá problema.

Peguei sua mão.

— Durante todo o tempo, eu tinha certeza de que você me culpava.

— Culpava de quê? — ele perguntou.

— De ter perdido nosso filho.

Chekura me puxou para junto dele.

— Que mãe poderia ser culpada por perder um filho?

Estávamos deitados um ao lado do outro e minha mão repousava em seu quadril. — O que você teve de fazer na Geórgia? — perguntei.

— Plantar arroz. Pior que índigo. Muito pior. Trabalhando o tempo todo na água. Se você não trabalha duro, eles batem com o chicote, e, se trabalha duro, morre. Sobrevivi a três temporadas.

Chekura deitou minha cabeça em seu peito e sussurrou:

— Quando me mandaram de volta à Ilha de Lady, eu soube que você estava em Charles Town, mas as viagens e o comércio estavam proibidos. Guardas impediam que os negros se movimentassem durante a noite. Eu passei pelos guardas, mas fiquei preso em uma armadilha.

Afastei-me de seu peito para olhá-lo nos olhos. Acariciei sua mão e vi o dedo pela metade.

— Meu castigo — ele disse.

Beijei os nove dedos bons, mas fiquei por mais tempo acariciando e beijando a metade do décimo dedo. Sentia-me arrebatada de amor por aquele homem, mas pensei em como me sentiria se ele penetrasse em meu corpo e desaparecesse por outros quatorze anos.

— Seus olhos são redondos como duas nozes e as luas em seu rosto são lindas — disse ele.

Pensei em como eu era bonita aos 20 anos, quando precisava me defender dos bêbados e ultrajantes homens, brancos e negros, de Charles Town e evitar os olhares de Solomon Lindo e dos poucos amigos que ele trazia para casa para se regalar comigo. Agora, eu tinha 30 anos e não tinha nada para mostrar. Nem filho, nem família, nem pátria. E, até mesmo minha beleza desapareceria em breve.

— Não fique triste — disse Chekura, passeando seus dedos para cima e para baixo em meus braços. — Nenhuma lua tão bonita quanto a sua jamais cruzou o Atlântico — disse ele. — Durante todos esses anos em que senti sua falta, eu esperava por uma lasquinha da lua crescente para sair à noite. Naquelas noites, apenas uma ou duas vezes por mês, se o céu estava claro, eu sentia que você estava comigo.

Debulhei-me em lágrimas. Chekura tomou-me em seus braços e me segurou com força. Quando meu choro se transformou em soluços, pude sentir o movimento suave de seu peito. Fiquei acordada por um longo tempo depois que Chekura começou a roncar, perguntando-me se o veria quando o dia raiasse. Fui a primeira a acordar e encontrei-o deitado com sua mão na minha. Pressionei-a contra o meu peito. Em outros tempos, nós pulamos a vassoura. Em outros tempos, nós fizemos um filho. Em outros tempos, eu desejara que nós três ficássemos juntos.

Chekura acordou; viu nossas mãos unidas e virou o rosto em minha direção.

— Um marido precisa de sua esposa — ele me disse. — Você me amaria agora?

Sob a fraca luz da manhã que iluminava o seu rosto, pude perceber uma ou duas rugas nos cantos dos olhos. Este homem andara comigo durante três luas, até a costa de nossa pátria. Este homem arriscara a vida diversas vezes para me visitar nos campos de índigo de Santa Helena. Ele perdera metade do dedo e todo o seu cabelo, mas não perdera seu amor por mim. Um desejo há muito sepultado aflorou em meu peito. Senti o mesmo calor e a mesma umidade que sentira durante as inúmeras noites em que o desejei ardentemente, mas, desta vez, Chekura estava ali comigo, e era meu.

Não tinha ideia de quando iria vê-lo novamente, por isso queria saborear cada um dos momentos de que dispúnhamos. Lambendo e tocando cada pedacinho de seu corpo, eu me aqueci com seu cheiro e seu suor e senti minha paixão emergir sob sua língua e sob seus dedos, que me tocavam, me excitavam e me devoravam. Nossos lábios se encontraram. Eu trouxe apenas a pontinha dele para dentro de mim e ficamos assim, beijando, lambendo e balançando levemente. Gemi quando seus lábios tocaram meus mamilos e seu dedo encontrou o sulco rígido e dilatado de minha feminilidade. Chekura arqueou-se e penetrou fundo dentro de mim, e nós absorvemos a vida um do outro. Sua respiração ofegante levou-me ao pico de meu próprio prazer. Uma, duas, três vezes estremeci com meu marido derramando-se dentro de mim, e nosso grito foi um só. Esgotados, ficamos, um nos braços do outro, por muito tempo. Nós nos beijamos uma vez mais e adormecemos.

Quando acordei, seus dedos percorriam meu rosto. Ele sorriu, e eu sabia que ele teria de partir em breve.

— Você sabe o que aconteceu com Mamadu? — perguntei.

— Ele foi vendido na Geórgia — ele respondeu.

— Quem lhe disse isso?

— Várias pessoas. As notícias vieram pelo arrastão.

— Como você soube disso e eu não?

— Eu trabalhei lá durante três longos anos. Soube, na plantation de arroz, que ele fora vendido e que mais tarde você fora mandada embora. Quando eu soube disso, pensei em me afogar.

Afaguei as costas de sua mão.

— Você nunca sabe quando poderá ver sua esposa novamente — eu disse.

— Talvez por isso eu não tenha me matado. — Chekura sentou-se com as pernas cruzadas sobre a cama. — Eu não gosto desse homem, Lindo. Ele a deixa aqui sozinha, sem comida.

— Ele é melhor que a maioria. Nunca me bate, isso eu posso afirmar.

— Ouvi falar dele no arrastão.

— O quê?

— Foi algum tempo depois que Mamadu foi vendido. Eu sabia que seus amigos em Santa Helena e nas ilhas próximas estavam perguntando para onde ele teria ido. E, na Geórgia, comecei a perguntar a respeito dele em todos os lugares que ia. Toda vez que eu encontrava um negro indo ou vindo, mandava recados pelo arrastão. Alguém, em algum lugar, devia saber algo a respeito de meu filho. Um ou dois anos depois, veio a notícia: Mamadu fora vendido para uma família na Geórgia. Em Savana. Eu teria continuado a perguntar; teria encontrado a família e matado alguém, mas uma epidemia de varíola assolou a cidade e nosso bebê morreu.

— Morreu? — peguei novamente a mão de Chekura e a segurei com força.

— Cerca de um ano após ter sido vendido.

— Que família era essa?

— Eu não sei o nome, mas foi Solomon Lindo quem intermediou a venda — disse Chekura.

— Como você sabe que foi ele?

— Foi assim que a notícia veio pelo arrastão. Tratava-se de uma rica família branca de Savana. Eles tinham em casa uma ama de leite nascida na África. Quando nosso bebê de pele escura chegou, sem os pais, a ama de leite mandou a notícia pelo arrastão.

— O que foi que ela disse, exatamente?

— O homem que intermediou a venda foi "Lindo, o judeu do índigo". Foi o que eu ouvi. A ama de leite disse que "o judeu do índigo" estava com a família quando o bebê chegou. Ele recebeu um pagamento e foi embora.

Desci correndo e me tranquei na casinha que servia de banheiro. Chorei até começar a tossir. E tossi até vomitar. Finalmente, vazia e entorpecida, voltei para cima. Chekura não tinha se mexido.

— E o bebê está morto? — perguntei. — Você tem certeza de que ele está morto?

— Ouvi isso três vezes no arrastão. Três pessoas trouxeram a notícia, e nenhuma delas conhecia as outras. Eles sabiam que eu era o pai do bebê que chegara sem os pais em Savana, e conheciam a ama de leite. Ela contou para cada um deles. Disse que a varíola matou-o em 1762.

Fiquei sentada em silêncio por um longo tempo. No fim, Chekura disse que não podia mais ficar. Precisava encontrar o homem ao meio-dia, na rua Broad.

Andamos juntos pela rua. Usei uma garrafa azul com rum para comprar dois pedaços de robalo cozido, dois pães e duas laranjas de uma mulher no mercado. Comemos no meio da multidão de pessoas, negros, mulatos, mestiços e brancos, indo e vindo.

— Você quer que eu o mate? — Chekura perguntou.

— Você vai matar Appleby também? E todos os homens brancos que nos trouxeram para cá?

— Eu só quero Lindo — disse ele. — Aqui, nesta cidade, ele é o único que eu posso matar. Posso vir à noite; ninguém me veria.

— Eles podem não vê-lo, mas eu saberia — respondi. — Matá-lo não trará nosso bebê de volta. Eu quero você vivo, e quero que você fique bem.

— Quer que eu fique bem?

— Já houve mortes demais em nossa vida. E você não é um assassino. Você ainda é o garoto raquítico que era muito bobo para fugir antes que o amarrassem e jogassem no navio.

— Eu teria fugido dos traficantes de escravos, mas sabia que você embarcaria e quis ir junto.

Sorri timidamente.

— Bela desculpa — respondi. — Você era um bobo, mas era bom. Se continuar bom, volte e fique mais tempo na próxima vez; nunca se sabe o que pode acontecer. Pode ser que eu me case com você.

— Não me diga! — disse ele. Por um longo momento, ele ficou me olhando com doçura, prendendo-me com os olhos de uma forma profunda e ardente, tal qual um homem pode fazer usando o corpo.

Era hora de Chekura partir. Ao meio-dia ele se encontraria com o homem, o mesmo homem que lhe dera uma noite de folga e que agora teria de ser conduzido pelos canais do Low Country. Espalmei minhas mãos e uni meus dedos aos de Chekura. Juntas, nossas mãos pareciam o esqueleto de uma casa. Comprimi um pouco mais meus dedos contra os dele, que eram macios e lisos, apesar dos anos. Quando Chekura sorriu, vi linhas profundas nos cantos de sua boca.

— Adeus, minha querida esposa — disse ele.

Um branco, parado do outro lado da rua, observava-nos. Devia ser o homem a quem ele pertencia.

Não pude sorrir, e não tive palavras. Apertei os dedos de Chekura uma última vez, e, então, meu homem se foi.

Solomon Lindo voltou depois de estar ausente por um mês. Eu amparara dois bebês durante a sua ausência, mas não recebi nada além de um frasco de rum, uma bolsa de tabaco e uma jarda de algodão tingido com índigo.

Lindo mandou a irmã de volta para casa, passou o dia trabalhando, e, então, me chamou em seu escritório.

— Eu vi as contas — disse ele. — Você me deve duas libras.

Não olhei para ele.

— Quando eu falo, espero uma resposta — disse ele.

Em um tom baixo e monótono, respondi:

— Você me deve muito mais do que prata.

— Você deve me pagar dez xelins por semana, mas, na minha ausência, não deixou nada com minha irmã.

— Eu não tenho nada para lhe dar. E tenho outras coisas em mente.

Lindo bufou.

— Perdi meu emprego como inspetor oficial de índigo, e, você quer saber por quê?

Ignorei a pergunta. O que eu tenho a ver com os problemas dele com o índigo?

— Porque — ele prosseguiu — não há produção suficiente que mereça minhas inspeções. Se eu não conseguir que os britânicos aumentem os subsídios, e se o preço não subir nos mercados internacionais, a economia do índigo na Carolina entrará em colapso.

— E o que tem isso a ver comigo?

Ele bateu o punho na mesa.

— Eu a mantenho vestida e alimentada — ele gritou. — Você vive melhor nesta casa do que qualquer outra criada na cidade. Não haverá roupa, comida ou outros benefícios, e não haverá ajuda até que você pague.

— Eu não posso lhe pagar dinheiro que não é pago a mim — respondi.

— Então você não sairá na rua, a não ser para trabalhar como parteira ou para cumprir tarefas que eu ordenar.

— Então, agora, você começará a dizer "escrava" no lugar de "criada"?

Ele me segurou pelo pulso e me puxou. Pude sentir sua respiração em minha testa.

— Você cozinhará e fará o que eu mandar.

— Não.

Tentei soltar o pulso, mas ele segurou-o com firmeza. Com a outra mão, ele me bateu no rosto, e, então, me largou.

Minha bochecha queimava. Olhei-o nos olhos até que ele virou o rosto.

— Desculpe-me — ele disse, baixinho, olhando para o chão. — Não sei o que aconteceu comigo. Eu não sou mais eu, agora que a Senhora Lindo se foi.

— Você não pode colocar a culpa de tudo em sua dor — eu lhe disse. Quando ele levantou o rosto, eu voltei a falar. — Você vendeu meu filho.

— Não sei do que você está falando. Robinson Appleby vendeu seu filho.

— Você o ajudou, e foi pago por isso. Vendeu meu filho para uma família em Savana, Geórgia.

— Quem lhe contou isso?

— Que belo hebreu você é. E diz que não é um homem branco.

— Você mexeu em meus papéis?

Achei que ele me atacaria, ou rasgaria minhas roupas e me violentaria. Achei que me mandaria porta afora, para me defender sozinha nas ruas da cidade. Mas Solomon Lindo não fez nada disso. Ele se sentou pesadamente e pediu que eu também sentasse. Recusei-me. Fiquei em pé, com os braços cruzados.

— Eu não espero que você compreenda, mas esta não é toda a verdade.

Eu não tinha mais nada a dizer, pois Solomon Lindo e suas verdades não me importavam.

Nas semanas seguintes, Lindo sempre se movimentava com relutância e tristeza. Fizemos uma trégua desconfortável. Eu não lhe pagava, e ele não me dava mais nada, nem comida, nem roupa, nem óleo de baleia, nem assistência de qualquer tipo, a não ser o direito de dormir na casa dos fundos, sossegada.

Deixei de ser chamada pelos judeus de Charles Town para trabalhar como parteira, e os anglicanos senhores de escravos não me davam nada além de pequenas quantidades de rum e tabaco, que eu tinha dificuldade para trocar nos mercados. Eu tinha de amarrar minha última boa bata mais apertado ao redor da cintura e dos quadris, e esta também começou a rasgar.

Solomon Lindo não me incumbia mais do trabalho de contabilidade e passou a fazer as refeições na casa da irmã. Passei fome pela primeira vez desde que chegara a Charles Town, uma fome avassaladora e diária. Nos mercados, os brancos murmuravam uns com os outros de que estavam sendo escravizados pelo rei da Inglaterra, mas eu não prestava atenção em suas queixas. *Liberdade para os americanos. Abaixo a escravidão.* Eles não se referiam à escravidão que eu conhecia ou à liberdade que eu desejava, e tudo aquilo me parecia ridículo.

Contrariando a razão e a lógica, eu tinha esperança de que Chekura voltasse. Ele disse que voltaria. Mas, ao contrário, ninguém me chamava pelo meu nome africano; ninguém subia os degraus para encontrar-me no meio da noite. Eu procurava por Chekura nas ruas e nos mercados, mas não o encontrava. Até mesmo os jornais de Charles Town eu vasculhei, em busca de algum anúncio sobre a fuga de um "criado" chamado Chekura. Mas os jornais diziam que os britânicos tomaram as terras hispânicas do sul. Em uma cidade hostil, e com o Low Country guardado por sentinelas, guardas e armadilhas, eu sabia que era tão improvável ele voltar a Charles Town em segurança quanto eu viajar para a Ilha de Lady sem ser notada. Não havia aonde ir e nem onde se esconder.

Três meses depois de ter voltado de Nova Iorque, Solomon Lindo chamou-me em sua sala. Há muito tempo eu não punha os pés em sua casa, e não lembrava quandofora a última vez em que comera até ficar satisfeita.

— Parece que nós dois estamos sofrendo — Lindo disse —, e eu vou acabar com esse impasse. Preciso viajar a Nova Iorque novamente.

Tenho mais uma oportunidade de discutir em favor dos subsídios do índigo.— Lindo me deu um prato com pão, queijo e frutas e uma pilha de roupas. — Pegue esta comida e estas roupas para se cobrir, pois não está certo eu deixar que você definhe.

Achei que ele me venderia, mas o homem que dizia não ser branco surpreendeu-me uma vez mais.

— O navio sai amanhã às dez da manhã — ele disse. — Esteja pronta às oito em ponto. Decidi levá-la comigo. Ficaremos fora por um mês. Garanto que será alimentada e vestida de modo apropriado para o clima do norte. Você escreverá cartas, atualizará meus livros e fará outros serviços. Talvez possamos reparar o mal-estar entre nós. Agora vá, por favor. Tenho trabalho a fazer.

Pela manhã, decidi que viajaria com ele. Seria o meu Êxodo. Com um pouco de sorte, eu nunca voltaria à Província da Carolina do Sul.

LIVRO TRÊS

Nações não tão abençoadas quanto você

(Londres, 1804)

Os abolicionistas suspeitam que o tempo que tenho é limitado, e eu não posso dizer o contrário. É como se tivesse sido concedido aos meus pulmões um certo número de sopros. Agora que o limite se aproximava, quase posso ver o número escrito nos contornos das nuvens ao pôr do sol. Pela manhã, acordo ligeiramente inquieta. O ocaso permanece em minha mente o tempo todo, mas tento não pensar nele, nem deixar que me impeça de receber cada dia como um novo presente. Não abracei um Deus, como aquele imaginado pelos muçulmanos, judeus ou cristãos, mas, de manhã, conforta-me imaginar uma voz suave dizendo: Vá em frente, é isso aí, aceite um novo dia.

Deixei de trabalhar duro, não luto o tempo todo para encher a barriga ou para cobrir a cabeça e acho fácil fazer uma nova descoberta a cada dia. Recentemente, descobri que alguma coisa acontece quando as pessoas percebem que poderão não encontrá-la novamente. Elas esperam de você sabedoria e que você esteja por perto durante os grandes momentos.

Ontem, o alegre abolicionista, Sir Stanley Hastings, como o resto do mundo o conhece, finalmente conseguiu que eu o acompanhasse ao culto dominical. Ele vinha me pedindo isso há algum tempo; eu não podia adiar mais.

Fomos à sua igreja, que, segundo ele, é a única casa de adoração respeitável da cidade. Fiel à sua palavra, ele ficou me vigiando durante todo o serviço, amparando-me de todos os lados. Dentro do prédio, sob uma arcada de pedras e ecos eternos, homens e mulheres de diferentes convicções, sob as mais variadas perucas ou chapéus, congregavam-se à minha volta para serem apresentados.

— Soubemos que a apresentariam logo — disse um.

— Ouvimos que a data do comitê parlamentar está próxima — disse outro.

— Escutamos que você pode citar de Voltaire a Swift — falou um terceiro.

— Apenas quando minhas próprias palavras me faltam — repliquei, provocando risos.

Quando o bispo se levantou, finalmente pude repousar minhas costas cansadas em um banco. Nada menos que o primeiro banco. Sir Stanley cochichou que mais de mil pessoas estavam sentadas atrás de nós, e eu tive a sensação de ter o dobro de olhos afundados na pele escura do meu pescoço. Basta dizer que a minha era a única pele daquela cor dentro do sagrado edifício. Achei irritante ser observada pelo bispo, enquanto ele subia ao púlpito, e por toda a congregação atrás de mim. Eu não queria nada além de dormir e do conforto de um quarto silencioso e solitário. Minhas pálpebras estavam pesadas, e eu lutava para mantê-las abertas. Não queria envergonhar meu valoroso anfitrião, por isso permaneci sentada tão quieta e ereta quanto os brancos anglicanos de Londres, com os olhos abertos, mas sonhando com uma cama quente e um travesseiro de penas.

O povo da Grã-Bretanha e de outras nações com tradição marítima legaram castigos terríveis aos filhos de Ham, mas, naquele momento, nada parecia pior do que aquela tortura autoinfligida: ficar sentado, imóvel, mas proibido de dormir, em um lugar cavernoso, com pedras em forma de arco e janelas proibidas, enquanto um homenzinho fala em tom monótono durante a maior parte de uma mísera hora.

Fiz o melhor que pude para permanecer ereta. Se fechei os olhos até a metade, com certeza, ninguém podia afirmar que eu sonhava com outras terras, em outros tempos. Pensei em minha mãe, que me parecia tão sábia e velha quando eu era criança. Mesmo quando damos os últimos passos da vida, ainda ansiamos pelo balanço lento dos braços da mãe. Balanço. Meu corpo balança. Tive um momento de pesadelo, em que o balanço dos braços de mãe transformou-se no balanço de um navio. Movimentei-me no banco. Por um instante, a mão de Sir Stanley tocou em meu braço. Endireito-me assustada, envergonhada. Meus olhos se abrem. O bispo continua enrolando, em uma voz feita, unicamente, para induzir uma velha ao sono.

A massa de pessoas se levanta e eu as acompanho. Fico em pé enquanto rezam, espero enquanto cantam, ajoelho-me quando o fazem e sento-me no banco com toda a graça que consigo demonstrar. Não surpreende não haver um único homem ou mulher de ascendência africana na igreja. Se lhes fosse permitido, será que aguentariam este purgatório?

Estariam todos os ouvidos anglicanos sintonizados no murmúrio contínuo do bispo, que agora oferecia palavras sobre ressurreição e eternidade? Escutei algo sobre os israelitas e a terra prometida, mas meu corpo pedia a posição horizontal. Um dia, em breve, eu cairia naquela cama e dela não me levantaria mais. Mas ainda não. Meus olhos se abriram um pouco mais. *Ainda não, por favor.*

Precisaria ter energia e vigor, quando falasse para o comitê parlamentar. Nesse dia, precisaria de força nas pernas e de um sopro de minha velha paixão. Ai de mim. Eu havia chegado à idade em que é mais fácil falar do que ouvir. Naquele ponto do serviço religioso, concluí que a última pessoa na Terra que tinha o direito de falar a qualquer outra era um diminuto bispo anglicano que não mexia os olhos, não movimentava as mãos, não balançava as pernas e não ia de encontro a Jesus. Faça chuva ou faça sol, ninguém vai me convencer a visitar uma igreja anglicana, nunca mais nesta vida. Se Deus tiver de ser saudado, que seja entre os batistas de Birchtown ou Freetown. Pelo menos eles dançam quando clamam por Jesus, e gritam tão alto que até os semimortos ficam acordados.

Consegui manter o queixo erguido e as pálpebras suficientemente abertas para evitar que fosse detida. Não foi prazeroso ficar sentada, imóvel, em uma igreja, mas isso não era motivo para envergonhar Sir Stanley Hastings, a esposa e cinco filhos.

Perto do final do serviço, uma vez mais fui despertada do meu estupor quando a massa se levantava para cantar. E fiquei em pé, em meio a ela, desta vez, totalmente acordada. Meus calcanhares latejavam, como se tivessem sido desprovidos de todo o acolchoamento, e consistissem, apenas, de ossos. Enquanto estava de pé, perfeitamente desperta, com os calcanhares e todas as partes do corpo doloridas, aguardando o final do serviço, aconteceu uma coisa que aliviou meu desconforto e aguçou meus ouvidos. Ouvi vozes; milhares de vozes; as vozes de todos os misericordiosos anglicanos, juntas.

Ao captar a melodia, esta parecia debil, discreta e impossivelmente familiar. Onde teria eu escutado esta melodia?

When Britain first at Heav'n's command
Arose from out the azure main;
This was the charter of the land,

And guardian angels sang this strain...[14,15]

As vozes prosseguiam enquanto eu perscrutava a memória. Teria ouvido esta canção em Charles Town? Não. Nova Iorque? Também não. Então, onde?

Rule, Britannia! Britannia, rule the waves:
Britons never never never shall be slaves...[16]

Bretões? Escravos? Que absurdo era esse? Voltei a escutar. As palavras pareciam impossíveis, mas não era da letra que eu me lembrava, e sim da melodia. O que seria esta música, e por que estaria eu, de certa forma, reconhecendo sua grandeza e otimismo?

The nations not so blest as thee
Shall in their turns to tyrants fall;
While thou shalt flourish great and free,
The dread and envy of them all...[17]

Tentei captar as palavras e vasculhar a mente com elas. *Nations not so blest as thee, Shall in their turns to tyrants fall.* Olhei para a direita. Sir Stanley Hastings cantava apaixonadamente; sua boca era a de um passarinho na primavera. E, então, o coro cantou a parte que me era mais familiar. Um som que fez brotar a paixão nos misericordiosos anglicanos, fazendo com que cantassem tão vigorosamente como eu jamais vira branco nenhum cantar.

Rule, Britannia! Britannia, rule the waves:
Britons never never never shall be slaves...

---

14 "Rule, Britannia!" é uma canção britânica patriótica, originária do poema "Rule, Britannia", de James Thomson, com música de Thomas Arne, de 1740. É fortemente associada à marinha real, mas também utilizada pelo Exército britânico (N. do T.).

15 Quando a Grã-Bretanha, no início sob o comando do firmamento, / Surgiu do mar azul; /Estes foram os estatutos, / E anjos da guarda cantaram esta estirpe... (N. do T.)

16 Governe, Grã-Bretanha! Grã-Bretanha, governe as ondas:
Britânicos nunca, nunca serão escravos... (N. do T.)

17 As nações não tão abençoadas como ti
Devem se transformar para tiranos caírem;
Enquanto tu florescerá grande e livre,
Ante ao temor e à inveja de todos eles... (N. do T.)

Isso mesmo. Agora me lembro. Não foi em Nova Iorque, nem em Charles Town. Foi antes, muito antes, no navio negreiro. Na cabine, sob o convés, com o xamã. Ele gostava de cantar, e eu não fazia ideia do significado de suas palavras. Supunha que estivesse indisposto, ou, talvez, bravo, e, às vezes, no meio da noite, após ter bebido muito e desonrado mais uma de minhas compatriotas, ele se deitava, ficava olhando para o teto e, em meio ao rebentar das ondas e ao burburinho dos marinheiros, repetia o refrão, muitas e muitas vezes. Sua audiência limitava-se ao papagaio, coberto em sua gaiola e a mim, deitada, imóvel, ao seu lado.

Rule, Britannia! Britannia, rule the waves:
Britons never never never shall be slaves…

Ignorante da língua inglesa e do mundo dos brancos, ainda sem ser mulher, mas, perigosamente, próxima de me tornar uma, eu ficava ali, deitada, na cama do xamã, tão quieta quanto possível, perguntando-me o que ele cantava. Deixe-o cantar, pensava eu, pois suas mãos não me tocarão enquanto ele cantar. Deixe-o cantar, pensava eu, na esperança de passar mais uma noite longe de seus dedos grossos e peludos. Deixe-o cantar, pensava eu, envergonhada pelo fato de ele abusar das mulheres de minha terra. Sua má sorte era a minha boa sorte, sua desgraça, minha salvação.

Rule, Britannia! Britannia, rule the waves:
Britons never never never…

Nunca nunca nunca foram as últimas palavras que escutei, até perceber os gritos alarmados dos homens e das mulheres à minha volta. Devo ter desmaiado. Com certeza, Sir Stanley Hastings havia me levantado depois que caí, pois, quando acordei, estava deitada no banco de madeira. Finalmente, a posição que tanto desejara. *Nunca nunca nunca...* Eu não estava mais junto do xamã, não estava a dois metros da cova mais fria da terra, mas, de volta à igreja anglicana, esticada em um banco de madeira duro, sob proteção do mais venerado abolicionista da Inglaterra. A mão firme de Sir Stanley Hastings segurava-me para que eu não caísse do banco. Mantive os olhos fechados, pensando no que fazer. Os anglicanos, e, principalmente, Sir Stanley

Hastings, estavam muito agitados. *Eu imploro, por favor, para trás. Por favor, para trás. Nossa nobre visitante desmaiou, certamente por causa da exaltação de nossa fé, mas não se preocupem. Vamos revivê-la. Ela tem pulso e ainda respira. Deem um passo atrás, por favor, para que possamos ajudá-la. Tudo o que ela necessita é de um pouco de ar.*

Fiquei com os olhos fechados até me levarem para fora, para o sol.

Eles vão e voltam do solo sagrado

(MANHATTAN, 1775)

Solomon Lindo e eu partimos de Charles Town no navio Queen Charlotte. Dia após dia de viagem, as ondas saltavam e espumavam como se me dissessem: você nunca voltará a ver terra. A água, escura e ameaçadora, parecia capaz de matar uma pessoa com sua frieza. Eu detestava ter de voltar ao meu pequeno apartamento sob o convés, e teria permanecido acima do nível da água dia e noite, não fosse o fato de o ar ficar cada vez mais gelado à medida que navegamos para o norte. Todos os dias, Lindo tentava falar comigo, mas eu me eximia de qualquer discussão a respeito de sua correspondência.

Criados negros em calções brancos e coletes vermelhos serviam caranguejo cozido e amendoins torrados a negociantes de Charles Town, que faziam amizade com eles em alto-mar, mas eu era proibida de entrar no salão de jantar destinado a passageiros brancos e recusava os convites de Lindo para comer com ele em sua cabine. Ele parecia inclinado a usar a viagem como uma oportunidade para relaxar e se socializar comigo, e ficava zangado com meu distanciamento.

No terceiro dia de viagem, o único ensolarado e de tempo bom, homens e mulheres de famílias dedicadas ao comércio ou às plantations espreguiçavam-se nas cadeiras do convés. Negros traziam-lhes Madeira, charutos e laranjas. Lindo desembrulhou seu jogo de xadrez portátil e pediu que eu me sentasse com ele. Aceitei, apenas porque minhas pernas estavam cansadas de ficar em pé. Para as pessoas, o fato de eu saber jogar foi uma novidade. Lindo desafiou um homem com chapéu de palha e braços vermelhos de sol a jogar comigo, e eles apostaram dois guinéus. Anos atrás, quando nossas relações ainda eram cordiais, Lindo me mostrara todas as estratégias. Primeiro, domine o centro do tabuleiro. Aponte seus bispos como peças de artilharia, e posicione seus cavalos como espiões. Faça com que seu inimigo não tenha espaço para se movimentar. Controle, ataque e imobilize o rei. Para mim, era um jogo feio, mas evitava que eu precisasse conversar com Lindo ou ouvi-lo falar sobre a decadência do mercado de índigo. O homem com os braços queimados de sol ficou muito surpreso ao sofrer um xeque-mate e enfurecido ao ver Lindo entregando os guinéus em minhas mãos.

— Ela os mereceu — Lindo disse, encolhendo os ombros.

Eu sabia que não devia olhar meu oponente nos olhos, e guardei o ouro dentro de minha roupa.

O navio aportou no final da manhã seguinte. Só quando nos aproximamos da terra descobri que Nova Iorque era uma ilha, com a forma de uma longa perna, com todas as pessoas empurradas para o pé.

— Chamam-na Manhattan — Lindo explicou —, por causa da palavra indígena para ilha montanhosa, *Manna-hata*.

Eu estivera desanimada durante toda a viagem, mas, ao ver as ruas cheias de prédios e ao contar umas quinze torres de igrejas, a mais alta do tamanho de uma árvore gigante, o peso do passado começou a amainar. Manna-hata oferecia um tipo de caos reconfortante. Ilha ou não, talvez fosse o tipo de lugar onde eu pudesse me refugiar.

No cais, fomos rodeados por uma ruidosa multidão. Um negro jogou minha valise e a mala de Lindo em uma carroça. O negro pediu-lhe um xelim e ele reclamou. Seguimos o homem com as malas pelas ruas repletas de gente, carroças e cavalos. Os prédios eram de madeira, mas alguns eram construídos com tijolos. Prédios pontudos, retangulares, limpos e em bom estado. Não tínhamos andado muito, quando passamos pelas cercanias de uma área desprovida de prédios, que tinha um estranho amontoado de barracos, cabanas e tendas, com os cantos apontando para todos os ângulos, como ossos quebrados. Das vielas e becos lamacentos, via-se negros e negras, entrando e saindo, alguns carregando sucata, provavelmente saqueada dos estaleiros: mastros quebrados, velas rasgadas, e longos pedaços de madeira, curvados como costelas.

— Canvas Town — disse Lindo. — Fique longe daqui, se sabe o que é bom para você.

— Quem são essas pessoas? — perguntei.

— Os negros de Canvas Town — ele respondeu. — Um bando de inúteis sempre querendo roubar as pessoas.

— Eles são livres?

— A questão é como vivem — ele replicou.

Olhei novamente na direção daqueles negros, entrando e saindo de seus barracos, arrastando lona e água. Uma mulher tinha, inclusive, uma panela sobre o fogo. Eles pareciam se movimentar sem ser molestados.

— Vamos prosseguir — Lindo disse, pedindo ao homem com as bagagens que se apressasse.

Deixamos as cercanias de Canvas Town e entramos em outra área desenvolvida. Li o nome de cada uma das ruas. Broadway, Wall Street, William. Passamos pela rua Broad e chegamos à Pearl. Sob uma placa que dizia THE FRAUNCES TAVERN, nosso carregador abriu a porta de um hotel.

Atrás do balcão, um mulato alto, forte, usando camisa de algodão azul e portando um relógio com corrente, sorriu para nós.

— Sejam bem-vindos — disse ele, em um sotaque que não era nem americano, nem africano. — Sam Fraunces — ele se apresentou, apertando a mão de Lindo —, mas pode me chamar de Black Sam ou apenas de Sam, se preferir. Sei que nunca esteve aqui, porque nunca esqueço um hóspede. Ele olhou em minha direção, e apertou minha mão também. — E eu sei, sem sombra de dúvida, que nunca a vi antes. Mas há muito tempo desejava conhecê-la. Sim, há muito tempo.

Eu sorri.

Caribenho. Ele era caribenho. Provavelmente jamaicano. Eu ouvira esse sotaque em Charles Town, mas nenhum jamaicano ou outro negro poderia ser dono de uma taberna por lá; e esta não era apenas uma taberna; era um renomado hotel com dez apartamentos em um prédio de dois andares. Sua boa comida era tão conhecida, que chegou a ser mencionada pelas pessoas durante a viagem de navio.

— Eu não sei seus nomes — disse ele.

Lindo se apresentou.

— Pelas malas, suponho que tenham vindo de longe — disse Sam.

— Charles Town — Lindo respondeu.

Vi um sorriso nos lábios grossos e bonitos de Sam. Sóbrio e íntegro, calmo e confiante.

— A moça vai precisar...

— Sim — Lindo o interrompeu —, queremos quartos separados. Para mim, um quarto espaçoso. Por favor, providencie mesa e cadeira, já que tenho trabalho a fazer.

— Faremos isso, senhor — Sam respondeu.

Lindo começou a assinar o livro de registros. Ele escreveu *Solomon Lindo e criada*, perdeu a paciência, e disse que precisava se lavar e que tinha assuntos para resolver na cidade antes que o comércio fechasse.

— Mas, o registro, senhor, e o pagamento — disse Sam. — Desculpe-me, mas eu não aceito moeda corrente. Eu só aceito prata.

— Ela cuidará disso — disse Lindo, entregando-me uma bolsa.

Enquanto Sam Fraunces pedia ao porteiro que acompanhasse Lindo ao quarto, escrevi meu nome no livro de registros: *Aminata Diallo.* Considerei o fato de poder escrever meu nome verdadeiro na cidade de Nova Iorque um bom sinal. O simples ato de escrevê-lo, movimentando a pena com delicadeza e segurança, na caligrafia que a Senhora Lindo tão pacientemente me ensinara, selou um contrato particular que eu havia feito comigo mesma. Eu escrevera meu nome em um documento público, e era uma pessoa, com o mesmo direito à vida e à liberdade quanto o homem que dizia me possuir. Eu não voltaria a Charles Town. Não me importava que, em abril, Nova Iorque fosse tão fria quanto Charles Town, em dezembro. Não me importavam o cocô dos cavalos, os carregadores barulhentos e o empurra-empurra das pessoas no cais. Nada disso importava. Já era claro para mim que negros circulavam livremente em Nova Iorque. De alguma forma, eu encontraria meu lugar entre eles e nunca mais me submeteria a ser propriedade de homem nenhum.

Solomon Lindo e o porteiro subiram.

Sam pegou a pena de minha mão e colocou-a no suporte.

— Se você não se importar que eu diga, eu nunca vi uma moça escrever tão bem e com uma caligrafia tão bonita.

Sorri e meu olhar encontrou seus alegres e curiosos olhos negros.

Sam Fraunces entrelaçou as mãos e olhou para o livro de registros.

— Que nome intrigante — disse. — A-mee...

— Meena — disse eu. — Pode me chamar apenas de Meena.

— É mais fácil do que parece — disse ele. — O Senhor Lindo é seu...

— Dono — completei. Queria que ele soubesse qual a minha situação. Alguma coisa me dizia que esse homem, tão confiante, poderia me ajudar. — Mas não por muito tempo — concluí.

Ocupado com sua pilha de papéis, o homem alto murmurou:

— Nova Iorque é um lugar de oportunidades.

Eu também baixei o tom de voz:

— Você pode me ajudar?

O rapaz que levara as malas de Lindo para cima voltou. Sam pigarreou.

— Apartamento 4 — disse, apontando para minha mala. Quando o rapaz nos deixou, Sam perguntou: — Você já almoçou?

— Não. Ficamos quatro dias no mar e lá eu não tinha apetite.

— E como está seu apetite agora? — perguntou Sam, sorrindo.

— Voltou.

— Então, vou levar-lhe algo feito por mim.

O porteiro mostrou-me meu quarto. Abri a janela e vi uma atividade frenética. Um jovem negro tocava violino na rua. Ao ver um branco bem-vestido, o negro correu em sua direção e se pôs a tocar enquanto caminhava ao lado do cavalheiro, que, finalmente, deu-lhe uma moeda. O violinista olhou em volta. Ao ver um homem branco usando colete, correu ao seu encontro.

Afastei-me da janela. Deitei na cama macia e, escutando o repicar dos sinos das igrejas e o martelar das ferraduras dos cavalos, adormeci.

Eu nunca passara pela experiência de ver um negro alto abrir a porta, entrar com uma bandeja de comida quente e colocá-la na mesa ao lado de minha cama.

— Desculpe-me — disse ele —, mas você disse que estava com fome.

Eu adormecera vestida como estava, e me senti um tanto constrangida ao levantar da cama e alisar os vincos em minha roupa.

— Você prefere comer sozinha? — perguntou ele.

— Se tiver tempo, você pode sentar-se comigo, pois eu não gosto de comer sozinha.

Ele sorriu.

— Muito civilizado, e eu aceito.

Ele se sentou em uma cadeira em frente à minha.

— O Senhor Lindo partiu enquanto preparávamos sua comida — disse. — Qual seu ramo de negócios?

— Índigo.

— Ele disse que vocês dois irão a um concerto esta noite, e pediu que eu lhe dissesse que você deve estar pronta às sete.

Sentei-me à mesa para comer. Ele havia preparado sopa de feijão com pimenta suficiente para me levar de volta para casa. No prato ao lado havia pão de milho adoçado com mel e leite de coco. Trouxe-me também bolinhos de caranguejo. Disse que a forma de preparar um bom bolinho de caranguejo era passar um pouquinho de farelo de pão, manteiga derretida e creme na carne de caranguejo. Era tão bom, que era preciso tratá-lo com cuidado.

— Caranguejo não é uma coisa que se deva carregar no tempero — disse. — A carne de caranguejo quer se dissolver discretamente na língua.

Eu estava faminta. Entre um bocado e outro, fazia-lhe perguntas. Sam Fraunces nascera e fora criado na Jamaica. O pai era senhor de escravos e a mãe, uma escrava posta em liberdade pelo pai. Aos 15 anos, ele se viu sozinho com dinheiro suficiente para viajar para Nova Iorque e investir em um negócio. Deixou o dinheiro bem guardado e, durante dois anos, gerenciou restaurantes, até aprender tudo sobre o ramo e travar conhecimento com os fornecedores. Então, conseguiu uma hipoteca para comprar o prédio e abriu um restaurante chamado The Queen Charlotte.

— Dizem que ela é a rainha Negra — comentei.

— Alguns dizem isso, mas há controvérsias — ele respondeu. — Mas aqui ninguém liga a mínima para isso. Os britânicos, todos eles, inclusive o rei e a rainha, não são exatamente queridos pelo povo de Nova Iorque.

Sam não queria sua taberna e seu hotel associados à realeza britânica, por isso mudou o nome para Fraunces Tavern.

— É melhor para os negócios — disse. — Os tories[18] jantam aqui e sentem-se bem. Os americanos podem jantar aqui também. Eu digo... você devorou os bolinhos de caranguejo. Vou tomar isso como um cumprimento. E, deixe-me retribuir: você é uma mulher muito bonita.

Assentei o garfo com delicadeza.

— Agradeço a refeição e sua companhia — eu disse —, e não quero ser indelicada, mas...

Ele levantou a mão.

— Deixe-me poupá-la de uma indelicadeza — disse, mudando de posição. — Um tipo de apetite não leva, automaticamente, a outro.

— Tenho certeza de que um homem em sua posição tem muitas oportunidades — eu lhe disse.

Ele sorriu e não negou. Achei que sairia imediatamente, mas ele cruzou os braços, deixou que os lábios assumissem uma pose mais tranquila e disse:

---

18 Plural de tory. Tory é o nome do antigo partido de tendência conservadora do Reino Unido, que reunia a aristocracia britânica (N. do T.).

— Pelas luas em seu rosto, suponho que sua jornada tenha começado muito antes de Charles Town. Não posso ajudar todas as pessoas que passam pela minha porta, mas farei o que puder por você.

— É possível escapar em Nova Iorque?

— A maioria vai para Canvas Town, — ele respondeu —, mas, às vezes, os homens brancos mandam grupos de invasores e agarram seja quem for, — seus próprios escravos ou negros livres.

Frente a uma simpática fonte de informações, aproveitei para perguntar tudo o que queria.

Sim, Sam disse, muito provavelmente, eu encontraria uma forma de me sustentar em Nova Iorque. Ele devia ter algum trabalho para mim.

— E um navio para a África? — perguntei.

— Impossível — Sam respondeu.

— Tem certeza?

— Até sonhar com isso é loucura — disse ele.

— Por quê?

— Não há navios de Nova Iorque para a África. Primeiro, eles vão para a Inglaterra, descarregar açúcar, rum, tabaco e o índigo que seu Lindo tanto adora, e só depois eles navegam para a África.

— Então, daqui é possível viajar para a África — afirmei.

— Um transportador, negociante ou traficante de escravos, sim. Via Londres. Você? Não. Nunca. Que capitão de navio em Liverpool perderia tempo levando-a para a África? Ele a venderia como escrava mais uma vez, e, provavelmente, você acabaria em Barbados ou na Virgínia. E, mesmo que, de alguma forma, você conseguisse voltar à África, os traficantes de escravos a mandariam de volta para cá.

Baixei os olhos.

— Não perca a esperança — ele disse. — Esta é a melhor cidade para você. Nova Iorque tem lugares onde você pode se esconder, e oferece muitos tipos de trabalho. Eu me saí muito bem quando vim para cá.

— Mas você era livre.

— E você já está livre naquilo que é o mais importante: sua cabeça. Esta é a melhor das Treze Colônias. É o melhor lugar do mundo. Esqueça Londres. É Nova Iorque que você deseja.

Eu tinha milhares de outras perguntas: onde poderia me esconder, como trabalharia e o que faria para me alimentar, mas Sam Fraunces não tinha mais tempo.

— Espero o restaurante repleto para o jantar — disse ele.

Naquela noite, Solomon Lindo levou-me para assistir ao solo de um violoncelista que tocou J. S. Bach na Igreja Trinity, a igreja cuja torre é uma das mais altas da cidade.

— Cinquenta e três metros de altura — disse Lindo.

Ao subir as escadas, passamos por homens, mulheres e crianças negras com as mãos estendidas. Senti-me mal por não ter nada para lhes dar, e esperava que a má sorte não me levasse para junto deles, em breve. Lindo tirou seis centavos do bolso, jogou-os na mão de uma mulher e me pegou pelo braço. Seu gesto simbólico irritou-me. Se ele achava que isso me levaria a escrever suas cartas no dia seguinte, logo descobriria que estava enganado. Dentro da igreja, preso à parede, vi um aviso escrito à mão: PRECISA-SE DE VOLUNTÁRIOS, PARA DAR AULAS AOS NEGROS.

Nós nos sentamos na primeira fileira, e, quando o concerto começou, estávamos tão perto do violoncelista, que eu quase podia tocar os fios de seu arco. O jovem negro tinha a barba bem aparada; seus olhos eram como duas castanhas que exploravam meu rosto, enquanto tocava. Sabia a música de cor, e, em vez de olhar para as páginas onde a música estava escrita, esse homem, cujo nome constava do programa como Adonis Thomas, olhava para mim. Enquanto o músico inclinava o corpo sobre o instrumento, abaixava a cabeça, levantava-a novamente, para evidenciar uma mudança na melodia, eu sentia como se ele falasse para mim.

Eu sempre sentira dificuldade em escutar o som frenético de vários instrumentos juntos. Em Charles Town, certa ocasião, eu ouvira flautas, oboés, instrumentos de sopro e violinos, todos ao mesmo tempo, mas eles me pareciam vozes em guerra. Entretanto, ali, fiz amizade com o violoncelista, fui tomada por sua música, fiquei atenta à urgência da melodia e fui tocada pela forma como o tom baixava do mesmo modo que as vozes dos velhos de minha vila e subia como o canto das crianças. O violoncelo de Adonis Thomas falava baixinho para a minha alma. *Não perca a esperança. Você também pode fazer algo maravilhoso, mas, primeiro, você deve ser livre.*

Lindo ordenara que eu o encontrasse na manhã seguinte, às 8h, no salão de café do hotel, mas cheguei alguns minutos antes, para ver Sam Fraunces.

— Como foi o concerto? — este perguntou.

— Música para alimentar a alma — respondi.
— Esperemos que também alimente a alma dele — disse Sam.
— De quem?
— De Adonis Thomas, o violoncelista.
— O que há de errado com ele?
— O Senhor Lindo não lhe contou que ele é escravo de um homem muito rico da cidade?
Meu queixo caiu.
— Ele tocou tão maravilhosamente — foi minha resposta.
— Com um anseio verdadeiro, imagino — disse Sam.
Lindo desceu e me levou ao refeitório. Eu nunca havia comido com um branco em lugar público, e surpreendeu-me o fato dc me deixarem entrar. Mas foi um negro quem veio anotar os pedidos e este simplesmente sorriu para mim. Lindo pediu pães e ovos para nós dois, e café.
Pedi ao garçom chá com leite e açúcar.
— Esta manhã, temos café e cerveja.
— Então, quero café com leite e açúcar — pedi.
— Os patriotas estão furiosos com os britânicos, por isso não estão tomando chá — Lindo me contou, baixinho. — Estão dizendo que faz mal para o estômago, causando tremores e espasmos. Eu não os culpo. Os britânicos uniram os patriotas na raiva em torno da Lei do Chá[19] e, muito em breve, se perdermos os subsídios do índigo, suscitarão muito ressentimento na Carolina do Sul.
Eu não estava com fome, mas achei que devia comer. Precisava manter-me forte e saudável agora, pois pressentia que, em pouco tempo, minhas refeições seriam bem espaçadas.
Lindo disse ter preparado uma carta para William Tryon, governador de Nova Iorque, sobre as razões pelas quais o índigo deveria ser protegido. Talvez o governador pudesse convencer as pessoas certas em Londres.
— É um rascunho, com correções nas margens. Preciso que você a escreva para que possa ser enviada amanhã — disse ele.
Eu não queria concordar, mas discordar não me pareceu sensato.
— Onde está? — perguntei.

19 A Lei do Chá foi criada pelos britânicos em 1773, aumentando a aquisição de impostos sobre a comercialização do chá, que era muito consumido nas colônias. Também foi instituída a exclusividade de sua venda (o monopólio comercial) à Companhia das Índias Orientais. Foi uma medida inglesa que impediu os colonos de participarem do comércio de chá, que era bastante lucrativo (N. do T.).

— Em meu quarto. Deixarei a chave com você. Há uma grande escrivaninha, com todo o material que você vai precisar.

Assenti.

— Por quanto tempo você ficará fora hoje?

— Tenho reuniões até a noite — ele respondeu. — Serão necessárias muitas horas para conseguir o encontro com o governador. O homem joga golfe e janta com os anglicanos todos os dias.

Beberiquei meu doce e cálido café com leite.

— Você sabia que Adonis Thomas é escravo?

— Quem?

— O violoncelista de ontem à noite.

— É claro. Você acha que um negro consegue aprender a tocar assim, sem instrução? E onde você acha que ele obteve a instrução? Morando em Canvas Town?

— Eu pensei...

— Eu não tenho tempo para isso agora — disse ele, levantando-se da mesa. — Certifique-se de que a carta esteja pronta hoje, até o final do dia. Alguém em Londres precisa saber que o índigo está apodrecendo em barris no cais de Charles Town.

Depois do café, não consegui entrar no quarto de Lindo. Fiquei deitada em minha cama até que os sons que entravam pela janela me chamaram lá fora. Meus pés pareciam leves, como se já estivessem pisando um solo livre. As pessoas corriam em todas as direções, e ninguém fez qualquer objeção a mim. Quando virei a esquina, e o sol iluminou meu rosto, senti-me absolutamente otimista. Podia caminhar para qualquer direção, e escolhi Wall Street. Quando cheguei lá, ouvi gritos e olhei em direção à Broadway. Do lado de fora de uma casa de dois andares, vi um estranho ajuntamento de homens brancos, agitados, e com os braços erguidos: rufiões, trabalhadores e homens bem-vestidos.

— Vamos arrombar a porta — alguém gritou. A multidão bradava de forma desprezível.

A casa era pintada de branco. Um belo corredor de pedras ia da porta até a rua. Em uma casa como aquela, em Charles Town, morariam um homem, uma mulher, três crianças e um ou dois escravos. Perguntei-me se haveria escravos naquela casa, e se, por alguma razão, aquelas pessoas furiosas estariam querendo pôr as mãos nos negros.

— Abaixo os britânicos — alguém gritou.

Um grupo de homens começou a chutar a porta, enquanto outros atiravam pedras nas janelas fechadas. A porta foi aberta por um mordomo branco. Este foi puxado para fora, atacado e jogado ao chão. A multidão lançou-se sobre o homem cujo nariz sangrava, e avançou para dentro da casa. Achei que devia correr, caso resolvessem, em seguida, virar-se contra mim. Mas nenhum outro morador, branco ou negro, saiu da casa. Tudo o que vi foi os amotinados, alguns ainda tentando passar pela porta da casa e outros tentando jogar para fora vasos, finas caixas de mogno, cadeiras e tapetes. Lá dentro, venezianas eram quebradas e cortinas de seda, jogadas pela janela. Fiquei hipnotizada assistindo àquela cena de ódio desvairado, mas, depois de alguns minutos, quando saqueadores começaram a sair com um barril de rum, bebendo, avidamente, na palma da mão, não pude deixar de pensar no horror que seria, para pessoas como a Senhora Lindo ou Dolly, ficar presa em uma casa com gente tão furiosa.

O mordomo conseguiu ficar em pé. Em vez de fugir, ele ficou de lado, com as mãos na cabeça. Mais e mais pessoas surgiam na Wall Street, gritando coisas que eu não entendia.

Um garoto branco, com não mais que 17 anos, parou ao meu lado e gritou para quem quisesse ouvir:

— Correu sangue na Lexington com a Concord.

Em meio à excitação, arrisquei perguntar:

— O que você quer dizer?

— Rebeldes lutaram contra os tories em Massachussetts, e os rebeldes venceram. — Ele gritava tanto, que precisei dar um passo para trás. Ele pôde ver que eu não entendia, mas o que ele queria era ouvir sua própria voz em público.

— Rebelde sou eu — disse ele. Tories são... você é uma tory?

— O que, precisamente, você quer dizer?

— Para uma negra, você fala bem. É melhor que você não seja tory. Estamos em guerra, e precisamos de liberdade — disse ele.

— Liberdade? Para os escravos?

— Negros, nada. Estou falando de nós, rebeldes, patriotas. Precisamos nos libertar dos britânicos e de seus impostos. Nunca mais seremos escravos. Você está do lado dos rebeldes ou dos tories?

— Isso tem importância?

— Fique com os rebeldes, se sabe o que é bom para você — ele disse e correu para junto de seus amigos.

As ruas estavam lotadas de gente cantando, gritando e dando tiros de mosquete para o ar. Quando voltei para a Fraunces Tavern, o local estava um pandemônio. Havia gente bebendo, caindo pelo chão, xingando os britânicos e jurando que um dia veria a liberdade. Alguns também comiam, e Sam e seus funcionários estavam ocupados servindo.

— O que está acontecendo, Sam?

— Se você me ajudar a alimentar esta multidão — ele me disse —, eu pagarei você.

Eu queria muito me ver em local seguro, longe dos enfurecidos, mas a oferta era muito boa para ser recusada.

Trabalhei na cozinha, tirando cerveja dos galões e colocando em jarras, fazendo ponche com rum, limonada e pedacinhos de laranja, e passando para os homens que serviam as mesas. A gritaria era tanta, que cheguei a pensar que o comportamento selvagem das ruas se repetiria ali, mas os clientes amavam Sam Fraunces e sua taberna e pareciam sentir-se em casa. Embora bêbados e tempestuosos, não quebraram nada.

Afinal, a multidão dispersou-se e os patriotas voltaram às ruas para celebrar. Sam pegou-me pelo braço.

— Meena, fuja agora — disse ele.

— Já?

— A guerra é inevitável, e os britânicos estão sendo pegos de surpresa. Eles não têm ideia da fúria das pessoas. Se você fugir, Lindo não terá tempo de procurá-la.

— Por quê?

— Ouvi dizer que os britânicos estão pensando em fechar o porto. Seu senhor vai querer voltar para casa, pois as pessoas podem estar amotinadas lá também. Se ele não voltar hoje, talvez não possa voltar mais.

Eu não queria ver Lindo nunca mais, mas a ideia de fugir dele me assustava.

— Onde devo me esconder? — perguntei.

— Vá para o norte. Siga a Broadway e vá em direção da floresta.

— O que você acha de Canvas Town?

— Não. Ainda não. Ele pode mandar alguém procurá-la.

Fiquei paralisada. O que seria de mim, sozinha na floresta? Mas Fraunces estava jogando maçãs, pão, um pedaço de carne seca e um pequeno cobertor em uma sacola.

— Pegue a sacola e agora vá. Não volte ao seu quarto, e não espere mais. Norte, pela Broadway. Quando você chegar ao fim da cidade, continue andando para dentro da floresta. — Lá fora, na rua Pearl, homens despejavam na palma da mão mais rum, de outro barril roubado. — Venha me ver em alguns dias. Bata três vezes na porta da cozinha, no beco aqui atrás.

E lá fui eu, em meio à insanidade, aventurando-me entre homens que bebiam, gargalhavam, xingavam e arrombavam as lindas casas da Wall Street. Cheguei à Broadway, passei pela igreja Trinity, onde estivera na noite anterior, e continuei andando pela Broadway até uma pequena capela chamada St. Paul. Em busca de um local tranquilo para pensar, subi os degraus. Lá dentro, vi alguns negros reunidos. Quando eles se viraram e me viram, virei de costas e saí. Na rua, um velho negro pegou-me pelo braço e disse: — Se eu fosse você, não iria nessa direção.

— Que direção?

— Na direção em que você está seguindo. Para Holy Ground[20].

— O que é Holy Ground?

— A terra pertence à igreja, mas está repleta de mulheres com má reputação. Você parece nova na cidade, por isso, precisa saber.

— Para que lado é seguro?

— Nesse momento, nenhum lugar é seguro — disse ele. — No norte, você encontrará a floresta, mas tenha cuidado.

Mudei de direção e segui para o norte, como o homem havia sugerido. Havia menos gente na rua e o barulho dos arruaceiros cessou. Depois de algum tempo, atravessei a última rua e entrei na floresta. Continuei andando, amedrontada com a escuridão e com a solitude do som de meus passos sobre as folhas secas, mas continuei andando. E perguntando-me se, alguma vez, Lindo imaginara que eu pudesse escapar.

Ao passar por uma clareira, vi que no chão havia gravetos entalhados, dispostos em forma retangular, perto de um amontoado de pedras que formavam um círculo perfeito. Mais à frente, vi mais gravetos e pedras arrumados da mesma forma. Quando, finalmente, achei que já havia adentrado mais fundo na floresta do que Lindo poderia imaginar, sentei-me no chão, encostei o saco de Sam Fraunces no tronco de uma árvore, como se fosse um travesseiro, deitei e estiquei as pernas. Era o fim da tarde de 23 de abril de 1775, e eu recuperara minha liberdade.

Imaginei que, em algum momento, Solomon Lindo voltaria à Fraunces Tavern, esperando ver pronta a carta para o Governador Tryon. Em

20 Holy Ground: Solo Sagrado (N. do T.).

meio à loucura das ruas de Nova Iorque, ele não encontraria uma alma capaz de me apontar. Na verdade, se parasse alguém para perguntar por mim, correria o risco de ser tomado por proprietário de uma daquelas casas de Wall Street. Perguntei-me se Sam Fraunces estaria certo; se Lindo tomaria mesmo o primeiro navio. Se estivesse errado, Lindo correria a cidade atrás de mim, mas, com certeza, não chegaria tão longe. Quase vinte anos se passaram desde que eu fora sequestrada na floresta ao redor de Bayo, mas, aqui, eu estava sozinha, rodeada pelas árvores de outro continente, e novamente livre.

Naquela noite, dormi um sono agitado, agarrada ao fino cobertor. Em meus sonhos, coelhos corriam pelos caminhos parando de repente, com os olhos arregalados, olhando para mim. Havia duas luas crescentes no céu, e uma coruja me chamava: *Aminata Diallo*, repetia muitas e muitas vezes. Eu acordava, e, cada vez que voltava a adormecer, as estranhas imagens ressurgiam.

De manhã, senti que a luz tocava minhas pálpebras e ouvi vozes. Vozes da África. Estariam elas me chamando? Abri os olhos. O solo estava úmido. O cobertor continuava a cobrir meu corpo e a sacola repousava sobre a minha barriga. De onde viriam essas vozes? Tremendo, por causa do frio daquela manhã úmida, levantei, coloquei o cobertor na sacola, e dei alguns passos em direção à cidade, em direção às vozes.

Não eram vozes de alguém que estava em perigo, mas sim em luto; vozes da minha terra. Um minuto mais tarde, pus a mão no tronco de uma árvore, às margens de uma pequena clareira. Ali, perto dos gravetos e do amontoado de pedras pelos quais eu passara na noite anterior, havia um pequeno grupo de negros cantando canções africanas. Embora eu não conhecesse, era uma língua de minha terra, profunda e cheia de saudade. Em círculo, as pessoas dançavam em um estilo que me era familiar: braços levantados, quadris se requebrando, e pés, quase imóveis. Fui impelida para junto deles como uma criança é impelida para junto da mãe.

No meio do círculo, uma africana segurava o corpo de uma criança e chorava. A cabeça da criança estava descoberta, mas o corpo estava embrulhado em tecido da cor do índigo. Em volta da cintura, havia um colar de contas de vidro azuis, verdes e brancas. A mulher pôs a criança no chão e um homem cobriu o buraco com uma pá. Em volta, algumas mulheres fizeram um círculo perfeito com pedras, enquanto outras colocavam na terra galhos esculpidos formando um retângulo do tamanho exato da criança.

Andei em direção ao grupo até me encontrar no meio deles, chorando e dançando. Alguns homens e mulheres tinham o rosto marcado, mas nenhum com luas iguais às minhas, e nenhum falava bamanankan ou fulfulde. Eles deixaram que eu dançasse sem perguntar de onde eu vinha; tudo o que precisavam era olhar para mim e ouvir meus lamentos na minha língua materna, para saber que eu era uma igual. A criança morta era a menina que eu fora; era meu filho, Mamadu; era cada um dos que foram jogados ao mar na infinita travessia.

Ao fim da dança, um velho virou-se em direção à cidade e os outros se puseram a caminhar atrás dele, em fila única. Fui atrás, com uma mulher no final da fila.

— Onde vocês moram? — perguntei. Ela não falava inglês, então me dirigi a outra, repetindo: — Onde vocês moram?

— Em todo lugar onde há africanos — ela respondeu. — Alguns em Canvas Town. Você conhece? — perguntou. Assenti. — Alguns com brancos, que são os seus donos.

— Alguns são livres, outros não? — perguntei.

— Não seremos livres, até que voltemos para nossa terra — ela disse.

— Onde é a sua terra na África? — perguntei.

— Viemos de todos os lugares — ela respondeu, apontando para os que andavam à nossa frente, — mas eu sou de Ashanti.

Eu não conhecia aquela palavra, então, repeti-a.

— E você? — ela perguntou.

— Fula — respondi, — e bamana.

— Um pouco de tudo; como aqui — disse a mulher.

— Você mora em Canvas Town? — perguntei.

— Não. Trabalho na casa de um homem da Inglaterra que diz que, um dia, me dará a liberdade. Mas não há liberdade nesta terra. O que há é apenas comida, roupas e um teto para se proteger da chuva. Lar é onde você é livre. Aquele bebê que nós enterramos está a caminho de casa. Você viu os vidros coloridos?

— As contas em volta da cintura?

— Através da água, elas levam o espírito para casa, que é o lugar ao qual ele pertence.

Sorri para a mulher e parei de andar. Estávamos perto das cercanias da cidade, por isso eu não podia prosseguir.

— Bom lugar para se esconder — disse ela. — Os toubabus não vão ao nosso cemitério.

Ela me cumprimentou cruzando os dedos e se virou. Os africanos continuaram caminhando pela floresta em direção ao sul e nenhum deles voltou-se para olhar para mim.

Depois de mais dois dias e noites na floresta, bati na porta da Fraunces Tavern. Esperei. Bati, e, finalmente, Sam abriu a porta da cozinha.

— Você! — ele exclamou.

Eu tremia e minhas roupas estavam molhadas e sujas.

— Ele está aqui? — perguntei.

— Ele partiu no dia da revolta. Chegou uma hora depois que você saiu, esbravejou por alguns minutos e embarcou no primeiro navio que partiu para o sul.

— Posso comer e beber alguma coisa?

— Eu vou preparar algo enquanto você veste roupas limpas.

— Ele levou minhas coisas?

— Eu escondi a sua mala e disse-lhe que você havia levado tudo.

— Estou em dívida com você — eu falei.

Ele pôs a mão em meu ombro.

— Sem dúvida, você se afundará um pouco mais. Mas não se preocupe. Você dará um jeito.

Fiz um acordo com Sam Fraunces. Ele me dava cinco xelins por semana, mais uma cama improvisada em um depósito abarrotado, permitia que eu fizesse as refeições na cozinha, com os empregados e, em troca, eu trabalhava para ele durante seis horas por dia. Eu lavava louça, varria, higienizava verduras, esvaziava penicos nos quartos e redigia faturas e recibos. Sabia que este era um arranjo temporário. A Fraunces Tavern estava longe de ser um esconderijo seguro.

Na Igreja Trinity, descobri que as aulas para os negros tinham lugar: seis quarteirões ao norte, na Capela St. Paul. Era uma igreja pequena se comparada à Trinity, mas era um lugar charmoso, mais adequado às pessoas comuns. O sacerdote branco segurou minhas mãos quando eu lhe disse que sabia ler e escrever.

— Você é exatamente a pessoa que eu procurava — disse o padre.

Ele mandou divulgar a notícia por meio dos negros que conhecia, e, na terça-feira à noite dei minha primeira aula. Seis negros compareceram ao santuário ao cair da noite. Em uma sala privativa, iluminada por lampiões e velas, disseram-me seus nomes, acotovelaram-se em volta de mim, colocaram as mãos sobre meus ombros, braços e costas e observaram atentamente as palavras que tomavam forma sob minha mão.

— O que é isso? — perguntou um homem alto de cerca de 20 anos.

— Seu nome — respondi. Claybourne Mitchell.

— Bem, eu não sei ler, então como posso distingui-lo de outros nomes?

— Eu vou lhe ensinar — respondi.

— Eu posso fabricar para você um barril de qualquer tamanho, mas não vou ensinar — disse ele.

— É claro que vai — respondi.

— Não posso. Meu senhor não deixa. Por isso fugi dele.

— Você pode — disse eu.

Com a mão em meu ombro, ele ficou observando, enquanto eu escrevia.

— Claybourne é o único nome que me deram — disse ele. — Mitchell foi escolhido por mim. Ouvi de um homem e gostei tanto que decidi que, quando chegasse aqui, eu seria um novo homem. Um homem livre. Com dois nomes, ambos meus.

Outra mulher, mais ou menos da mesma idade, mais baixa que Claybourne, mas duas vezes mais volumosa, veio à frente.

— Você está gastando muito tempo com esse homem — disse ela. — E o meu nome? Quando vai escrevê-lo?

— Aqui — respondi.

— Onde?

— Aqui — disse eu, apontando para uma lista de nomes. — Bertilda Mathias.

— É o nome que eu tenho e não vejo razão para mudá-lo como Claybourne. O homem tem uma boca do tamanho de uma ponte.

— Quem tem a boca do tamanho de uma ponte?

— Você acha que essa africana está aqui só por sua causa? — ela respondeu.

Pedi à Bertilda que falasse um pouco mais a seu respeito, e escrevi para que ela visse.

— Lavadeira do quartel dos britânicos.

— Você não vai escrever quanto eles me pagam — disse ela.

— Não. Você não me disse.

— Ótimo. Porque eu quero mais. Você escreve quando eu receber um xelim por dia. É o que minha mãe recebia até levantar e morrer.

— E se eu escrever "quero um xelim por dia"? — perguntei.

— Faça isso, irmã. Mostre-me como fica.

— Você também fugiu do seu senhor? — Claybourne lhe perguntou.

— Não, eu não fugi — ela respondeu. — Não me chame de escrava. Nunca fui e nunca serei escrava. Minha mãe ficou livre antes que eu nascesse, e começou a lavar roupas para os britânicos desde que eu era recém-nascida.

Depois que escrevi os nomes e algumas circunstâncias sobre cada um, praticamos repetindo o som de cada letra. Então, escrevi algumas outras palavras: *Nova Iorque. Canvas Town. Tories. Patriotas. Negros. Escravos. Homens livres. Homens Brancos.* Passadas duas horas, o sacerdote trouxe pão, queijo e maçãs.

— Pão bom — disse Claybourne. — Fresco. O último que comi estava mais duro do que um barril de rum. Teria quebrado o dente de um rato — Todos riram, inclusive Bertilda. Claybourne disse ao padre que eu era uma boa professora.

— Então, trate-a bem — disse o padre —, pois ela está dando aulas de graça.

— Ela é a melhor professora que eu já tive — disse Claybourne.

— Vocês nunca tiveram aulas antes — Bertilda replicou.

— Sim, mas agora posso ler meu nome — disse ele.

— Em breve, vocês aprenderão a escrever seus nomes — eu disse.

— Como se escreve "é proibida a entrada de ratos aqui"? — Claybourne perguntou.

Todos olharam para ele, sem compreender.

— Escreverei um grande cartaz, para pendurar em Canvas Town.

Eles riram enquanto saíam da capela. Na rua, o grupo se dispersou e desapareceu na noite.

Depois de mais duas semanas de aulas, Claybourne se ofereceu para mostrar-me como eu poderia conseguir material para construir meu próprio barraco em Canvas Town. Disse que levaria um martelo e um pé de cabra, e pediu que eu trouxesse alguns xelins e um lampião. Então, nós nos encontramos ao cair da noite, na rua Pearl, em frente à Fraunces Tavern. Claybourne tinha um saco de pano pendurando no ombro.

— Aonde nós vamos? — perguntei.

— Procurar uma casa em ruínas — ele respondeu.

Passamos uma hora ou duas andando pelas ruas, evitando os cavalos e seus excrementos. Cada vez que virávamos a esquina, eu via um grupo de jovens negros que nos seguia a um quarteirão de distância.

— Não ligue para eles — disse Claybourne.

Continuamos andando pelas ruas da cidade até que, mais para frente, vimos um grupo de homens brancos sâir correndo de uma casa de dois andares, com lampiões, prataria e barris de bebida alcoólica.

— Vamos esperar até que as abelhas deixem a colmeia — Claybourne disse.

Demos uma volta e voltamos meia hora mais tarde. Era noite. A porta estava quebrada, e as venezianas haviam sido arrancadas das janelas. Dois barris estavam jogados na rua, as últimas gotas de vinho brilhavam ao luar.

— Agora é a nossa vez — Claybourne disse.

— E se tiver alguém aqui?

— Turbas como aquela vêm e vão. Não há ninguém e não deve haver mais nada — disse ele.

Eu não queria entrar na casa de ninguém, ainda que esta já tivesse sido saqueada. Pensei em minha mãe. E se ela soubesse de tudo o que eu tenho passado, o que diria neste momento? Claybourne percebeu minha hesitação.

— Todos têm a sua oportunidade e o truque é saber quando aproveitá-la. Vamos, menina, é agora ou nunca.

Entrei atrás dele. A casa fora devastada. Vi vasos quebrados, prateleiras para vinhos vazias e fragmentadas. Na parede, vi o quadro de um homem e uma mulher, sentados em lindas cadeiras. Alguém tinha rasgado a tela com uma faca.

— Quem mora aqui? — perguntei.

— Eles se foram — Claybourne disse.

— Mas quem são eles?

— Tories, eu acho. Os rebeldes têm saqueado suas mansões desde Lexington e Concord — explicou ele.

Enquanto eu segurava o lampião, Claybourne tirava do saco nos ombros o pé de cabra e arrancava as pernas de uma mesa. Em um closet vazio, ele encontrou dois cobertores de lã. Na cozinha, onde o único alimento que restava estava jogado no chão, tirou três gavetas do balcão. Ele ia, rapidamente, de um quarto para o outro, arrancando os dosséis das camas, pegando um colchão de palha e cortando em pedaços uma estranha mesa verde com bolsos laterais cheios bolas coloridas.

— O que é isso? — perguntei.

— Já vi uma dessas antes — respondeu Claybourne. — Só o que sei é que é um jogo de brancos.

— Como vamos carregar tudo isso?

— Você trouxe os cinco xelins?

— Sim.

— Ótimo.

Depois que empilhamos tudo na frente da casa, Claybourne assobiou bem alto. Quatro adolescentes negros viraram a esquina e se aproximaram de nós.

— Canvas Town, rápido — disse Claybourne.

Eles não se moveram.

— Um xelim para cada um — disse ele.

Coloquei uma moeda em cada uma das quatro mãos. Os garotos agarraram tudo o que conseguiram e partiram na noite. Eu segurava alguns pés de mesa e Claybourne equilibrava o tampo nas costas. Com muito esforço, fomos andando pelas ruas escuras, mas, passado algum tempo, os garotos voltaram para nos ajudar.

No dia seguinte, seguindo as instruções de Claybourne, dei um xelim para um estivador, que deixou que eu levasse muitos metros de lona rasgada. Com ajuda de três outros homens que estavam aprendendo a ler e escrever na Capela St. Paul, Claybourne construiu um pequeno barraco nos fundos de Canvas Town. Não parecia possível criar uma casa com objetos roubados, mas algumas pessoas trouxeram mais madeira de mesas quebradas e batentes arrancados de paredes. Em questão de dias, eu já podia me mudar da Fraunces Tavern para um barraco que não tinha espaço para mais ninguém além de mim. As pernas da mesa verde com bolsos foram serradas, permitindo que eu colocasse o colchão de palha sobre ela e afastado do chão. Havia espaço para uma cadeira, um lampião e três gavetas, empilhadas uma sobre a outra. Se conseguisse encontrar um livro ou dois, eu os guardaria ali. Para que eu tivesse um pouco de privacidade, a lona cobria a entrada, mas Claybourne prometeu construir uma porta de vaivém, para que eu me protegesse do frio.

— Arrume um homem antes que a neve comece a cair — disse ele.

— Eu já tenho um homem, e espero que ele me encontre — repliquei.

— E onde está ele?

— Nesse momento, não sei. Em algum lugar na Carolina do Sul.

Claybourne balançou a cabeça, mas não disse mais nada.

Solomon Lindo não retornou a Nova Iorque, por isso eu podia voltar à Fraunces Tavern com segurança. Sam permitia que eu comesse, usasse o banheiro e me dava mais trabalho, escrevendo cartas e mantendo os livros atualizados. Ele aumentou o pagamento para sete xelins por semana, o suficiente para manter-me vestida. Quando hóspedes esqueciam nos quartos livros, roupas e sapatos velhos, Sam dava-os para mim. Depois que correu a notícia de que eu era parteira, fiz dois partos em Charles Town sem cobrar. Quando a primavera transformou-se em verão, o grupo de negros que frequentava minhas aulas às terças-feiras aumentou de seis para dez e depois para quinze alunos. Às vezes, do fundo da sala, o padre assistia às aulas por alguns minutos, mas depois saía, para que tivéssemos privacidade. Ninguém me pagava, mas, uma vez por semana, ou a cada duas semanas, alguém vinha ao meu pequeno barraco trazendo mais madeira, pregos ou lona.

— Vou consertar seu barraco para ficar seguro — disse, certa vez, Bertilda —, para que nossa professora africana consiga atravessar o inverno.

Sob minha instrução, uma negra de 70 anos, com cabelos brancos, chamada Senhora Betty, aprendeu o alfabeto em três aulas, e, um mês depois, estava lendo. Quando perguntei se era livre, respondeu que era muito velha para essa bobagem. Ela pertencera ao mesmo homem branco por trinta anos, um homem que idolatrava o rei George, e que, recentemente, havia se mudado de Boston para Nova Iorque. Agora que ela era velha e inútil, ele não se importava que ela aprendesse a ler.

— Você precisa conquistar a liberdade — disse-lhe Claybourne.

— E morar naquele chiqueiro que vocês chamam de Canvas Town? — a Senhora Betty retrucou.

— Somos livres — disse Claybourne.

— Livres com as pulgas é isso que são — disse ela. — Eu tenho uma cama limpa debaixo de um teto que não pinga e não preciso das refeições caridosas da Capela St. Paul.

— Ótimo — disse Claybourne. — Posso ficar com a sua maçã?

Bertilda deu um tapinha na mão dele.

— Você é um sujeito muito desagradável, sabia?

— Vou ficar com minha maçã, muito obrigada, e apenas por malvadez, Senhor Claybourne Sabe Tudo — disse a Senhora Betty.

Durante o verão, a Senhora Betty compareceu a todas as aulas, mesmo quando comecei a lecionar duas vezes por semana. Ela sempre se sentava ao lado de Claybourne, e parecia ansiosa para discutir com ele. Quando ela faltou a duas aulas seguidas, Bertilda vestiu suas melhores roupas, pediu que eu a acompanhasse à casa da Senhora Betty, e nós, então, batemos à porta.

Um homem de cabelos brancos abriu-a, segurando uma arma.

— Se vocês são hooligans[21] — ele disse —, darei um tiro em cada uma.

— Estamos procurando a Senhora Betty — disse eu.

— Quem é você?

— Sou sua professora.

— Professora? Que tolice é essa?

— Sou professora dela na Capela St. Paul.

— Professora de quê?

— Eu ensino a ler e escrever.

— Velha estúpida. Ela não me disse nada disso. Disse que estava indo lá por causa da religião. Bem, ela está doente e eu não espero que a vejam por muito mais tempo.

Pedimos para visitá-la. O homem, que disse se chamar Senhor Croft, indicou-nos um quarto nos fundos da casa. A Senhora Betty estava deitada debaixo de um fino cobertor vermelho, e mal podia falar.

— Não tive visitas antes — disse com dificuldade.

— Qual seu problema? — perguntei.

— Sou velha e estou morrendo. Só isso — disse.

Senti seu pulso franco e coloquei a mão em sua testa. Ela não tinha febre.

— Podemos fazer alguma coisa por você?

— Ensine-me alguma coisa — pediu ela.

Mostrei-lhe algumas linhas do jornal *New Amsterdam Gazette*, e lemos juntas. Era uma história a respeito de como os rebeldes atacaram um arsenal na prefeitura e jogaram no rio provisões de um navio britânico.

— Problemas à vista — disse a senhora.

— Assim parece — concordei.

O Senhor Croft surgiu à porta do quarto, querendo que fôssemos embora. Antes de sair, fiz com que prometesse que poderíamos voltar.

— Obrigada, chile — disse a Senhora Betty. — Sua mãe lhe deu uma boa educação.

---

21 Hooligan: arruaceiro. Hooliganismo refere-se a um comportamento destrutivo e desregrado (N. do T.).

Queria ficar sentada a noite toda com a Senhora Betty, apertando sua mão até que partisse deste mundo. Mas, tudo o que pude fazer foi segurar seu braço e dizer que voltaríamos em breve.

Bertilda e eu levamos Claybourne para visitar a Senhora Betty dois dias depois, mas foi preciso bater à porta por muito tempo, até que o Senhor Croft a abrisse.

— Como souberam? — perguntou ele.

— De quê?

— Ela faleceu esta tarde. Fui à igreja Trinity, mas eles não aceitam mais negros em seu cemitério. Não sei o que fazer com ela.

— Nós a levaremos — disse Claybourne.

O Senhor Croft uniu as mãos.

— Eu lhe darei algo por isso. Pode pegá-la no quarto dos fundos.

Bertilda e eu vestimos a Senhora Betty com sua roupa de ir à igreja. Claybourne pegou o baú com suas coisas. Fiz com que ele o colocasse no chão, novamente, e tirei de dentro algumas contas e garrafas de vidro que ela guardara em uma bolsa de couro.

— Isto vai com ela — falei.

O Senhor Croft deixou que levássemos os lençóis e os cobertores que estavam sobre a cama. Nós os dobramos e colocamos no baú, deixando o melhor deles para enrolar o corpo. Claybourne levou o baú para Canvas Town. Mais tarde, voltou com uma pá, um lampião e vários homens e mulheres.

A Senhora Betty era leve como uma pluma. Carregando-a sobre os ombros, fizemos a longa caminhada pela Broadway, rumo ao norte, passando pela rua Chambers até chegar à floresta, e, depois, ao cemitério dos negros. Enquanto os homens cavavam, Bertilda e eu tiramos o cobertor, arrumamos o cabelo da Senhora Betty e colocamos as contas e as garrafas sobre seu ventre.

Nenhum de nós tivera intimidade com a Senhora Betty, mas cantamos, seguramos as mãos uns dos outros e despedimo-nos dela como esperávamos que alguém fizesse para nós.

— *Nosso Senhor e Salvador Jesus* — Bertilda cantava — *carregue esta mulher sobre estas águas verdes e frias e leve-a para casa.*

Depois que a deitamos na cova rasa e a cobrimos com terra, sob a luz da lua, Claybourne e os homens cataram pedras e empilharam-nas formando um círculo.

— Por que vocês fazem isso? — perguntei.

— Não sei, mas vejo isso em todas as covas de negros, e parece-me apropriado — respondeu Claybourne.

Caminhamos de volta para o sul de Manhattan; então, separamo-nos em pequenos grupos e desaparecemos na noite.

Naquela noite, minha cama parecia mais fria e solitária do que nunca, desde que chegara a Nova Iorque. Um ano havia se passado desde que Chekura viera me visitar, por uma noite, em Charles Town. Teria ele voltado lá à minha procura? Caso o tenha feito, qualquer negro mascate ou vendedor de frutas do mercado lhe teria dito que Solomon Lindo havia me levado para Nova Iorque.

Em novembro, o tempo começou a esfriar. Eu tinha um chapéu e luvas do baú da Senhora Betty, e usava-os dia e noite. Ficava com o chapéu até mesmo dentro da taberna.

— Você não precisa usá-lo aqui — disse Sam um dia, ao ver-me sentada em um banco com o *New Amsterdam Gazette*.

— Quero guardar todo o calor possível, para que se prolongue quando eu voltar para a rua — respondi.

Ele me trouxe um café bem quente. De acordo com o jornal, os tories estavam em guerra contra os rebeldes. O que aconteceria com os negros em Nova Iorque, caso os rebeldes expulsassem os britânicos? Sam achava que os rebeldes eram melhores. Ele não confiava nos britânicos, nem mesmo nos que vinham jantar na taberna. Eram muito amáveis, apreciavam a comida, e metade deles tinha escravos, dizia ele. Da minha parte, eu suspeitava que seria melhor não confiar em ninguém.

Beberiquei o café, misturado com melado e leite. Então, deixei o copo e voltei a atenção ao jornal. Na primeira página, havia uma proclamação de Lord Dunmore, governador do Estado da Virgínia, prometendo liberdade aos negros que estivessem dispostos a lutar com os britânicos na guerra.

"Para que a paz e a ordem sejam restauradas o mais breve possível", dizia a proclamação de Dunmore, "necessito que todo aquele que for capaz de empunhar uma arma, recorra às insígnias de Sua Majestade... e eu, abaixo assinado, declaro que todos os criados, negros ou outros (pertencentes aos rebeldes) livres, que forem capazes e estiverem dispostos a lutar, que se juntem às Tropas de Sua Majestade o quanto antes, para que esta colônia volte à razão em relação ao seu dever para com a dignidade e a coroa de Sua Majestade".

Os britânicos estavam nos prometendo liberdade se lutássemos ao lado deles. Minha cabeça se encheu de perguntas. Perguntei-me como nos dariam a liberdade, e onde, e como nos deixariam viver? A proclamação falava a respeito de pessoas pegando em armas. Parecia referir-se somente a homens. Com certeza, não deixariam uma negra pegar em armas. E se todos os negros que lutassem fossem mortos pelos rebeldes, que bem a liberdade lhes traria? Sam voltou à cozinha.

— Você viu isto? — perguntei.

— Canvas Town vai ficar em polvorosa — disse ele —, mas eu não daria muita importância a isso. Os britânicos estão morrendo e precisam de mais homens, por isso estão chamando os escravos. Isso deixa os rebeldes malucos. Estão todos com muita raiva, dizendo que não é justo roubar os negros dos homens bons.

— Mas e esta oferta de liberdade? — comentei. — O que significa?

— Mais cedo ou mais tarde os britânicos irão embora, e quando isso acontecer, você acha que levarão você?

Naquela noite, na capela, meus alunos pularam quando lhes mostrei a notícia do *New Amsterdam Gazette*. Pediram que eu lesse o texto diversas vezes.

— O que isso tudo quer dizer? — perguntou Bertilda.

— Quer dizer — respondeu um homem — que os homens que lutarem ao lado dos britânicos serão livres.

— Quer dizer que os homens que lutarem com os britânicos morrerão com cinco tiros na cabeça — disse Claybourne.

— Por que deveríamos nos envolver na luta deles? — outro homem perguntou.

— Você quer ser livre, não quer? — Bertilda disse.

— Livre para morrer — protestou Claybourne. — Muito obrigado, mas eu já sou livre.

— Você é livre até um branco plantador de arroz bem gordo aparecer aqui e colocar uma argola no seu pescoço — disse Bertilda. — Tire sua bunda magricela da cadeira e lute, homem.

— Por que você não luta também? — Claybourne perguntou.

— Eu lutaria — disse Bertilda — se me deixassem. Se me dão um mosquete eu atiro em todos os donos de plantations, um depois do outro. Mato todos mais depressa que um chefe vodu.

— Dê um tiro por mim — disse Claybourne.

Uma semana depois, eu caminhava pela Broadway, com a igreja Trinity atrás de mim e a Capela St. Paul alguns quarteirões adiante, quando uma mão forte cobriu minha boca. Tentei olhar para trás, mas meu pescoço estava preso, meu rosto estava imobilizado contra o braço de um homem grande e fui arrastada para um beco. Não ouvia vozes nem passos, apenas a respiração ofegante do homem que me jogou no chão. Deitado em cima de mim, vi um homem branco com as calças arriadas. Tentei rolar para o lado, mas ele me bateu.

Comecei a gritar, mas ele segurou minha boca, usando a outra mão para me golpear. Jogou todo o seu peso sobre o meu corpo, e me prendeu sobre a lama fria e úmida. Cuspi nele, mordi sua mão, mas não conseguia sair debaixo dele, nem mesmo quando ouvi e senti que minhas roupas eram rasgadas.

Passos. E, finalmente, gritos. A voz irada de um homem:

— Ei! Você. Facínora! Largue essa mulher. Solte-a ou eu mato você.

O homem continuava a me atacar. Estava rijo e tentava me penetrar.

Só quando a pistola disparou ele parou.

— A próxima vai direto para a sua cabeça.

O peso saiu de cima de mim. Meu agressor ficou em pé, subiu as calças e saiu correndo com a braguilha desabotoada.

— Que coisa horrível — disse o homem que estava com a pistola.

Não olhei em seu rosto, mas reconheci o sotaque britânico.

— Mais um instante, e eu teria atirado nele. Venha. Deixe-me ajudá-la.

Eu estava grata por ele ter repelido meu agressor, mas, quem quer que ele fosse, queria que me deixasse sozinha. Meu corpo aparecia sob a roupa rasgada. Só queria caminhar mais dois quarteirões até a capela, onde alguém me ajudaria. Fiquei olhando para o chão.

— Obrigada — disse eu —, mas está tudo bem agora. Você pode me deixar...

— Você fala inglês muito bem. Ouvi falar a seu respeito — disse ele. — Você dá aulas para os negros na capela. Você é Meena.

Olhei para cima e vi um jovem britânico de uniforme. Ele estendeu a mão e eu o cumprimentei.

— Tenente Malcolm Waters — apresentou-se, soltando minha mão. Tinha cabelos loiros, curtos e penteados para o lado, rosto austero e olhos arregalados. — Acredite ou não, outro dia falei a seu respeito — disse.

— Obrigada, mas eu preciso ir.

— Não posso deixá-la sozinha, desse jeito. Você estava a caminho da capela?

Assenti.

— Então, vou acompanhá-la até lá. E, enquanto seus amigos a estiverem ajudando, vou conseguir um cobertor para você.

Pus-me a andar a seu lado.

— O padre da capela disse que você é professora. Ouvi dizer que também é parteira, certo?

Perguntei-me por que ele falou com o padre a meu respeito, mas apenas aquiesci novamente e continuei andando. Quando chegamos à capela, ele deixou-me com meus amigos, que me pegaram em seus braços, limparam os ferimentos em meu rosto e tagarelaram, aconselhando-me a não andar pelas ruas sozinha à noite. Claybourne não estava naquela noite, mas, depois de uma hora, o tenente Waters voltou à capela com um cobertor, que enrolei em volta do corpo. Ele se ofereceu para me acompanhar até Canvas Town.

— Você não vai levá-la — disse Bertilda. — Um homem branco como você, e bem-vestido. Você pode ir até Canvas Town, mas pode não voltar.

— Acompanharei vocês duas, em parte do caminho — disse ele.

Bertilda, o tenente e eu começamos a longa caminhada até Canvas Town.

— Quem é você? — Bertilda perguntou.

— Sou tenente da Marinha Britânica — ele respondeu.

— O que você quer com a minha Meena?

— Preciso lhe fazer algumas perguntas — disse ele.

— De que tipo?

Ele respondeu baixinho:

— É assunto particular.

— Hum. O homem que a atacou também tinha um assunto particular.

— Bem, não é esse tipo de assunto. Sou um homem decente.

Sua voz era melodiosa, e ele não parecia ofendido com as perguntas de Bertilda; ao contrário, parecia se divertir. Ofereceu-me um jantar na Fraunces Tavern no dia seguinte e nos deixou nas cercanias de Canvas Town.

— Que tipo de homem branco anda em Canvas Town no meio da noite? — Bertilda comentou.

— Alguns idiotas — respondi — andam pelas ruas de Nova Iorque à noite.

— Aquele Claybourne sempre nos diz para não andar à noite. Ele é um idiota — disse Bertilda. — Como se espera que uma mulher ande, a não ser com seus dois pés? Eu não tenho um homem para dormir comigo, e nem para me levar para casa à noite.

— Nem eu — disse eu.

— Você está de olho em Claybourne? — ela me perguntou.

— Não. Já tenho meu homem.

— Onde ele está?

— Eu não sei. E você? — perguntei. — Está de olho em Claybourne?

A boca de Bertilda se curvou e seus olhos se arregalaram na escuridão.

— Tenho passado as noites esperando por ele e me perguntando se, um dia, o idiota vai me pedir um pouquinho de amor.

— Talvez ele precise saber que você quer — disse eu.

— Você não tem nada com ele? — ela perguntou.

— Nadinha de nada — respondi.

— Ótimo. Não vá mudar de ideia.

Pato assado, batatas cozidas, vagens, café com melado. Comi uma refeição maravilhosa patrocinada pelo tenente Malcolm Waters, e ele não abordou nenhum assunto privado enquanto comíamos. Contou estar lotado em Nova Iorque por um ano, e ser bem-visto por seus comandantes. A guerra com os rebeldes estava difícil, disse ele, mas, sim, Lord Dunmore falava sério quando ofereceu a liberdade aos negros que pegassem em armas.

— Qualquer negro do sexo masculino? — perguntei.

Ele bebericou seu café.

— Sim, bem, é isso — disse ele. — Sim. Ele quer homens negros para os combates, mas há outras formas de servir. Há outras coisas que uma pessoa treinada e confiável pode fazer.

Olhei para o meu copo de café e esperei que prosseguisse.

— Preciso falar com você em particular — disse ele.

Não havia ninguém no salão além de nós. Sam Fraunces entrou e pedi que ele mandasse seus empregados ficar fora dali por algum tempo.

Sam arqueou as sobrancelhas e me olhou como se dissesse: "espero que você saiba o que está fazendo". Mas, quando o tenente Waters olhou em sua direção, Sam disse:

— É claro — e saiu.

O tenente Waters disse:

— Exatamente o tato de que preciso nesta conjuntura.

— E o que é particularmente crítico nesta conjuntura? — perguntei.

Seu queixo caiu.

— Alguém já lhe disse que, para uma africana, você tem a mais incrível...

— Dicção.

Ele sorriu.

— Sim, já disseram. — Ele esperou um momento e voltou a falar. — Eu me meti em uma situação embaraçosa.

Bebi o café.

— Você é parteira — disse ele.

Assenti.

— Ouviu falar de Holy Ground?

— Eu não estava longe dali, quando você me salvou daquele agressor — disse eu.

— Sim, isso mesmo — disse ele. — Uma área violenta. Você ficará sabendo que há muitas mulheres da noite em Holy Ground.

Fiquei olhando para ele calmamente e deixei que continuasse. Corpo inclinado, cotovelos sobre a mesa, queixo nas mãos e rosto próximo ao meu, ele prosseguiu.

— Eu me envolvi um pouco demais com uma delas.

— Você tem uma namorada — disse eu, em um tom amável, — e ela precisa de meus serviços.

— Tenho muita consideração por ela, mas ela é... ela é, como posso dizer, uma moça de cor. De Barbados, para ser mais exato. Uma garota encantadora, gentil, bonita, mas receio que esteja com problemas agora.

— Que problemas?

— Eu esperava que você fosse lá e julgasse por você mesma.

— Eu cobro uma libra de prata.

— Isso é uma pequena fortuna.

— É o que cobro.

— Você não está querendo me dizer que um negro, em Canvas Town, paga a você uma libra? — disse ele.

— É o que eu cobro — repeti, tentando resistir à tentação de dizer "de você".

— Dez xelins.

— É o que eu cobro. — Eu já estava pensando nas roupas de inverno que compraria. Precisava de meias mais grossas, de um suéter de lã e de um casaco.

— Quinze xelins — disse ele.

Nossos olhares se encontraram.

— Está certo — disse ele. — Uma libra. Podemos ir?

— Quando?

— Bem, agora. A situação é urgente.

Rosetta Walcott tinha o rosto da cor de creme e sardas marrom-escuras nas bochechas. O ventre volumoso contrastava com as pernas e os braços finos. Viera de Barbados com a família branca a quem ela pertencia. Pouco tempo depois de a família ter se fixado em New Jersey, ela fugiu a pé e acabou chegando à Holy Ground. Tinha 13 anos, estava aos oito meses de gestação e dizia amar o tenente Malcolm Waters.

— Ele não me bateu uma única vez — disse ela — e me deu roupas e comida, mas agora sei que preciso ir. Posso voltar quando estiver magra de novo, mas não com uma criança.

— O que quer fazer? — perguntei.

— Afogar esta criança no rio e voltar para o tenente Waters — Rosetta respondeu.

— Este sentimento pode mudar quando o bebê começar a mamar.

— O tenente me ama — disse ela.

— Como você sabe?

— Durante todo esse tempo, ele cuidou de mim. Arrumou este quartinho para mim e eu não tive de me encontrar com nenhum outro comandante. Ele me guardou só para ele, e veio me ver todas as semanas.

— Se a amasse — eu lhe disse —, não pediria para você se livrar da criança.

— Ele disse que eu não poderia voltar com o bebê. Eu não preciso do bebê. Eu o amo e ele me ama.

O tenente Waters ofereceu-se para me acompanhar de volta a Canvas Town. Recusei. Ele tentou insistir, mas pedi para me deixar em paz, se quisesse que eu voltasse e fizesse o parto do seu filho.

— Shhh — disse ele, embora estivéssemos sozinhos. — Você fará o parto do filho dela, e isso é tudo o que precisa ser dito a respeito.

Desejando ter pedido a ele cinco libras ao invés de uma, deixei que me acompanhasse de volta a Canvas Town. Levara algum tempo até que Solomon Lindo mostrasse seu lado podre, mas o brilho do tenente Malcolm Waters se apagou no mesmo dia em que jantamos juntos.

— Quantos anos você tem? — perguntei.

— Essa pergunta não é pertinente — ele retrucou.

— Se quer que eu o ajude, diga-me sua idade.

— Vinte e dois.

— Bem, ela tem 13 — disse eu.

— Ela tem idade suficiente.

— Para quê?

— Para saber o que está fazendo.

— Ela acha que você a ama, e que cuidará dela — disse eu.

— Holy Ground não é lugar para bebês.

— Você não quer um bebê por perto.

— Você conhece algum lugar onde ela pode ficar? — ele perguntou.

— Por que não faz algo por ela? Por que não a ajuda?

Um olhar de frustração surgiu em seu rosto.

— Eu gosto dela, mas não achei que chegaria a isso.

— Então, por que não a ajuda agora, que chegou a isso?

— É aí que entra você.

— Uma libra para fazer o parto, mais três para trazer os dois para Canvas Town.

— Isso é um absurdo.

— Absurdo é você abandoná-la com o seu filho. E eu gostaria que você construísse um abrigo para eles, por três libras.

Algumas semanas depois, um mensageiro do quartel britânico — um rapaz negro, para não levantar suspeitas — procurou-me em Canvas Town, pedindo que eu o acompanhasse, imediatamente, a Holy Ground. Amparei o bebê de Rosetta Walcott, e usei o dinheiro para pagar Claybourne e um grupo de homens para roubar, comprar, carregar e montar um barraco de tamanho suficiente para mãe e filha. Não havia espaço perto do meu barraco, já que quinze novos foram erguidos desde que eu me mudara para lá. Rosetta e o bebê foram instalados no final daquele bloco desordenado.

Nos meses seguintes, fiz outros dez partos em Holy Ground. Eu desprezava os oficiais britânicos, mas sabia que as mulheres sofreriam sem a minha ajuda. Fiquei conhecida entre os oficiais do quartel britânico da Broadway e de Chambers como "Meena de uma libra". Com o dinheiro, comprava comida, roupas e toras de madeira a fim de suportar o longo inverno gelado.

Em abril de 1776, um ano após ter chegado a Nova Iorque, ao voltar das aulas na Capela St. Paul encontrei Rosetta chorando em meu barraco.

— Todos eles se foram — ela me contou.

— Quem?

— Os britânicos. Você não percebeu? Há dias, eles têm embarcado nos navios, e os últimos partiram ontem. Fui com o bebê ver o tenente Waters.

— Você o chama de "tenente"?

Rosetta olhou para mim com impaciência.

— Ele só a viu uma vez. O quartel está vazio. Os britânicos foram embora, soldados, comandantes, todos eles. E ele foi junto.

Todo o Exército britânico deixara Nova Iorque. O *New Amsterdam Gazette* relatou que até o Governador William Tryon estava refugiando em um navio, no porto. Os rebeldes ocuparam a Broadway, atirando e entornando garrafas de gim.

Os clientes cantaram e beberam até tarde na Fraunces Tavern. Eu tinha sorte por ter o trabalho na cozinha, mas, com a saída dos britânicos, perguntava-me como poderia ganhar dinheiro suficiente para comida, roupa e consertos no meu barraco.

— O quê? — Sam perguntou. — Você acha que os rebeldes não têm prostíbulos? Enquanto houver homens lutando, haverá trabalho para garotas como Rosetta, e para você também.

Negros ou outras propriedades

Os rebeldes ocuparam Manhattan durante seis meses. Depois, os britânicos retomaram a ilha durante sete anos. Não havia mais aulas de inglês na Capela St. Paul, porque os tories trancaram prisioneiros lá dentro e deixaram-nos ali, para morrer de fome. Os gritos dos homens brancos morrendo pareciam-se tanto com o dos cativos no navio negreiro, que eu evitava andar pelas cercanias da capela.

Restaram-me apenas três lugares onde podia ensinar negros a ler e compartilhar notícias com eles: o cemitério dos negros, para reuniões com muitas pessoas; uma sala na Fraunces Tavern (para, no máximo, vinte pessoas), e a entrada do meu barraco.

Canvas Town vinha atraindo uma base de dois ou três fugitivos por dia, principalmente após a Proclamação Philipsburg[22] em 1779. Todo negro a quem eu ensinava sabia os termos dessa proclamação, assinada por Sir Henry Clinton, o comandante supremo dos britânicos: *Para cada negro que renunciar à insígnia dos rebeldes, total segurança para seguir estas linhas e qualquer ocupação que julgar conveniente.*

Todos os negros capazes obtiveram empregos trabalhando para os britânicos. Desta vez, eles não queriam apenas soldados. Precisavam de cozinheiras, lavadeiras, serralheiros, carpinteiros, coletores de excrementos e operários, trabalhadores que fabricassem barris e cordas.

E precisavam de mim.

Malcolm Waters voltou a Nova Iorque com a insígnia de capitão sobre os ombros. Eu lhe disse que sua promoção deveu-se, provavelmente, à sua verdadeira vocação em Holy Ground e chamei-o de capitão Santidade[23]. Os britânicos não mantinham mais suas amantes em casas separadas em Holy Ground, uma vez que os oficiais ocuparam casas por toda a cidade. Mas os novos bordéis ofereciam mulheres de todos os

22 A Proclamação Philipsburg é um documento histórico emitido por Sir Henry Clinton em 30 de junho de 1779. A proclamação alargou o âmbito da Proclamação Dunmore, emitida quatro anos antes. O novo documento proclamava livres todos os escravos no recém-criado Estados Unidos pertencentes a americanos patriotas, independentemente da sua vontade de lutar pela Coroa. Este foi um movimento de desespero por parte dos britânicos, que perceberam que a guerra não seria a seu favor. Além disso, o anúncio prometia liberdade, proteção e terra a qualquer escravo que deixasse seu senhor (N. do T.).

23 Capitão Santidade: alusão a Holy Ground — Solo Sagrado (N. do T.).

tipos, negras em algumas casas, brancas em outras e, ainda, de outros tipos em outros locais.

Eu não era chamada apenas para amparar bebês. Com frequência, chamavam-me para ministrar doses de tanásia ou raiz de algodão, e ficar com as mulheres enquanto abortavam. Homens também me chamavam para tratar problemas de bexiga e excreções do pênis. Eu mantinha um suprimento de sanguinária e aloé, e cobrava a mesma remuneração de uma libra, de todos aqueles que podiam pagar. Eu precisava do dinheiro e precisava desesperadamente. Os preços estavam subindo e todos trapaceavem, inclusive os padeiros. As coisas ficaram tão difíceis, que os britânicos chegaram a fixar o preço do pão em 22 moedas de cobre e estabeleceram que cada filão de pão deveria pesar, exatamente, dois pounds[24]. Para evitar fraudes, os padeiros estampavam suas iniciais nos pães.

Toda vez que havia rumores de mudanças, as pessoas em Canvas Town reuniam-se em frente ao meu barraco, esperando que eu aparecesse com o *New Amsterdam Gazette*. Li para eles sobre Thomas Paine e seu livro *Common Sense*, fazendo com que a maioria dos residentes de Canvas Town vaiasse. Acharam um absurdo que qualquer branco das Treze Colônias reclamasse da escravidão nas mãos dos britânicos.

Sam Fraunces estava lá para essa leitura e disse que Thomas Paine tinha um objetivo.

— Digam o que quiserem, mas os americanos estão vencendo o rei George e os ingleses — disse ele. Os rebeldes só queriam controlar seus próprios assuntos, e é isso que Paine dizia quando falava sobre os americanos sendo escravos em sua própria terra.

Os negros de Canvas Town adoravam Sam Fraunces por causa de suas doações e das sobras de alimentos depois das festas e dos banquetes. Além disso, tinham orgulho de ver um dos seus como proprietário da taberna mais famosa da cidade. Entretanto, naquele dia, não deixaram que continuasse a falar.

— De que liberdade eles necessitam que já não tenham? — Claybourne bradou.

Bertilda pegou Claybourne pela mão e entrou na briga:

— Eles são livres o bastante para aparecer aqui, prender-nos pelo pescoço e arrastar-nos para o sul, para os campos de arroz — disse ela. — Vocês sabem que eles aparecem por aqui sempre que podem.

Umas duzentas pessoas concordaram com ela, aos gritos.

24 Equivalente a 907 gramas (N. do E.).

— Ninguém vai me levar para o sul — disse Claybourne. — Eu morro antes. Se alguém puser um ferro em mim, meu coração para. Eu olho para baixo e digo para o meu coração que pode descansar. Liquido rapidamente com tudo e vou descansar.

Todos deram risada.

— Eu não sou bobo — prosseguiu Claybourne. — Durante todo esse tempo em que os rebeldes e os tories têm se matado, eu tenho ensinado minha boca a mandar mensagens ao meu coração. Eu digo pare, e ele para. Digo ao coração que ele perdeu o emprego. Acabou, baby, você está desempregado. Fique quieto agora, descanse e morra. E meu coração obedece, como um cachorrinho. É por isso que ninguém vai me levar para o sul.

Um homem gritou, no meio da multidão:

— Ei, Claybourne, que tipo de cachorro é o seu coração?

— É um *british retriever*[25], é isso que ele é.

Sam Fraunces foi embora, descontente. Para ele, Claybourne não passava de um palhaço, um tipo de homem que jamais iria um passo além da escravidão.

— Só os palhaços e os Claybournes têm razão para ter medo dos americanos — disse Fraunces. — Os rebeldes estão reclamando sua própria liberdade, e são mais honestos que os britânicos. A liberdade está chegando a esta terra, e, em breve, o que se seguirá é a liberdade para todos os negros.

Em 1782, li para as pessoas reunidas à minha porta, que os britânicos haviam decidido se render, pondo fim à guerra. Naquela noite, a multidão era imensa, e as pessoas ficaram ali, caladas e pensativas, muito tempo depois do fim da leitura. Apegamo-nos às palavras da Proclamação Philipsburg: *A cada negro que renunciar à insígnia dos rebeldes, total segurança.* Mesmo eu, indo contra todas as possibilidades, mantinha a esperança de que me levassem a Londres. Eu acreditava que de lá, e apenas de lá, tinha chance de voltar para a África.

Em 26 de março de 1783, Canvas Town foi, gradualmente, parando por completo. Pessoas que lavavam roupas para os britânicos voltaram aos seus barracos; três lavadores de pratos e dois ajudantes de cozinha da Fraunces Tavern abandonaram o trabalho e acamparam em frente ao meu alpendre. Ferreiros puseram de lado o metal, tanoeiros deixa-

25 Retriever é uma raça de cães de caça de origem britânica. Retriever significa "o que recupera" (N. do T.).

ram de lado seus barris, estivadores abandonaram o cais e parecia que todos os homens, mulheres e crianças da nossa comunidade reuniram-se, horrorizados.

Para os que ainda não tinham escutado os rumores, abri o jornal *Royal Gazette* e li, em alto e bom som, a notícia a respeito do tratado de paz do comandante supremo das Forças Armadas de Sua Majestade nas colônias.

Em Canvas Town, a única parte do tratado que interessava era a Sessão VII, que dizia:

> *Todas as hostilidades, tanto por mar quanto por terra, devem, doravante, cessar. Todos os prisioneiros, de ambos os lados, devem ser postos em liberdade e Sua Majestade britânica deverá, com toda a rapidez, sem causar destruição e sem se apossar de qualquer negro ou outras propriedades dos habitantes americanos, retirarem seu Exército, guarnições e frotas dos citados Estados Unidos.*

Os brancos de Nova Iorque estavam exultantes com a notícia, mas, para todos os que fugiram da escravidão, o tratado tinha o sabor de desastre. Ao concordar em não levar com eles "negros ou outras propriedades", os britânicos nos traíam, e nos condenando a cair nas mãos dos senhores de escravos americanos.

Encorajados pela capitulação dos britânicos, proprietários de plantations começaram a mandar seus homens a Canvas Town, em incursões. Estabelecemos um sistema de revezamento de vigias, que controlavam a entrada de estranhos, brancos ou negros. Normalmente, nossas próprias patrulhas conseguiam agarrar os intrusos e segurá-los até que fossem presos pelos britânicos. Mas senhores de escravos e agentes da Virgínia até a Geórgia, em quantidade nunca vista, rondavam a cidade, e agarravam fugitivos sempre que podiam.

Ficar em Nova Iorque era perigoso, mas sair era ainda pior. Aquele era o último lugar das Treze Colônias ainda comandado pelos britânicos e, até a completa saída destes, ainda contávamos com alguma proteção.

Alguns dias depois que todos começaram a falar sobre a traição britânica, no momento de minha habitual leitura das segundas-feiras, Waters veio me ver. Ele havia se tornado um homem bonito, ainda mais atraente em suas roupas de gala: galões, patentes, botões reluzentes e tudo o mais. Mas, naquele dia, eu não o chamei de capitão Santidade; eu não estava de bom humor. Em outro momento, os britânicos já haviam abandonado as pessoas que juraram proteger, e, agora, tudo indicava que fariam isso novamente. Jurei recusar-me a ajudar Waters agora, independentemente do quanto implorasse ou da quantia que me oferecesse. Eu estava cansada de facilitar a vida dos oficiais britânicos amparando os bebês de suas amantes.

Todos pareciam compartilhar comigo o desapontamento e a raiva.

— Qual a vantagem em servi-lo? — Claybourne perguntou a Waters. — Que tipo de homem é você, vendendo-nos aos rebeldes?

— Você está tirando conclusões precipitadas — disse Waters. — Meena, você poderia vir comigo?

— Não estou trabalhando hoje.

— Não é o que você pensa.

— Não trabalharei mais para você, capitão Waters.

Waters aproximou-se e baixou a voz de modo que só eu ouvisse:

— Não é a respeito de Holy Ground. É outra coisa, e é urgente.

— Eu já volto — disse eu aos meus amigos.

— Não conte com isso — Waters disse.

Em uma sala de oficiais, no quartel dos britânicos, trouxeram-me chá com leite e açúcar, uma maçã, pão fresco e uma fatia de queijo. Bebi o chá e comi o pão e o queijo, mas guardei a maçã na bolsa.

Waters me apresentou a um homem chamado coronel Baker, que tinha patentes sobre os ombros, porte régio e autoconfiança suficiente para destruir nós dois.

O coronel Baker apertou minha mão à contra gosto.

— Irei direto ao ponto, já que você tem pouco tempo e eu, menos ainda — disse ele.

Seguindo seu exemplo, sentei-me novamente, esperando que prosseguisse.

— O capitão Waters disse que você é nascida na Guiné, correto?

— Sou de Bayo, na África.

— E que é muito instruída e que sabe escrever corretamente.

Assenti.

— E que tem atualizado livros contábeis e que sabe como funcionam. Colunas, linhas, números e nomes nos lugares certos, e todos os detalhes.

Novamente indiquei que a informação estava certa. Imaginei que Waters devia ter obtido essa última informação com Sam Fraunces, em cujos livros eu vinha trabalhando ao longo dos anos.

— Mais importante: entendo que você conhece a maioria das pessoas em Canvas Town e que a maioria deles a conhece. E que fala duas das línguas africanas. E que, onde quer que vá, é respeitada pelos homens e pelas mulheres de sua comunidade. Sim? Ótimo. Sua Majestade o rei precisa dos seus serviços. Precisamos trazê-la para o nosso quadro de empregados e não podemos perder um dia sequer.

Por um momento, achei tratar-se de um plano para que eu amparasse os bebês das amantes dos oficiais das mais altas patentes da força militar britânica em Nova Iorque.

O coronel Baker perguntou-me se eu conhecia a Sessão VII do Tratado de Paz Temporário.

— Ensinei metade de Canvas Town a recitá-lo de cor.

— Sei que as pessoas de cor sentem que foram traídas por ele — disse o coronel. —, mas não há motivo para pânico. Veja que a Sessão VII afirma que concordamos em não partir com negros ou qualquer outra propriedade dos americanos. "Propriedade" é a palavra que está em vigor.

O coronel Baker parou por um instante, e, então, inclinou-se em minha direção.

— Compreende? A pessoa de cor não é propriedade dos americanos. Se tiver servido aos britânicos por, no mínimo, um ano, você já está livre. Você não é propriedade de ninguém.

Era fácil para ele afirmar isso, uma vez que não precisava defender-se dos caçadores de escravos em Canvas Town. Mas não parecia sensato desafiá-lo, então eu disse:

— Você quer dizer que está mantendo as promessas que fez aos negros?

— Quando removermos vocês para a Nova Escócia, que é o que pretendemos fazer, não estaremos violando nenhum dos termos do Tratado de Paz.

— Nova Escócia? — repeti. Esperava que não se tratasse de uma colônia penal. — Não Londres?

— A Nova Escócia é uma colônia britânica que não foi tocada e nem maculada pelos americanos, e fica a uma distância de duas semanas de navio do porto de Nova Iorque. É uma ótima colônia, sem dúvida, no

Oceano Atlântico, mas ao norte daqui, com bosques, água fresca, animais em abundância e florestas ricas, implorando para se converter em terra cultivada. A Nova Escócia, Senhorita Diallo, será sua terra prometida.

Eu tinha mais perguntas, mas o coronel foi em frente. O Exército britânico concordara em deixar Nova Iorque antes do final de novembro, em meros oito meses, e havia mais trabalho a fazer. Milhares de tradicionalistas seriam transferidos para a Nova Escócia por dezenas e dezenas de fragatas, navios de transporte, embarcações reais e navios privados. Donos de propriedades se mudariam também, e em muito maior número que os negros.

— Nesse lugar que você chama de Nova Escócia — perguntei —, nós seremos livres?

— Totalmente. Tão livres quanto um tradicionalista. Mas fique avisada: o trabalho será árduo. Vocês receberão terra que deverá ser cultivada. Precisarão de sementes, implementos e provisões, e tudo isso vocês terão. Haverá bastante para todos na vastidão da Nova Escócia.

Como quase todos os negros em Canvas Town, eu estava desesperada para partir com os britânicos, antes que os americanos, entre eles senhores de escravos, retomassem Nova Iorque. As promessas do coronel Baker seriam verdadeiras? Mas quando precisei decidir em quem confiar com minha tênue liberdade, minha decisão estava tomada.

— Por que você me trouxe aqui? — perguntei. — Por que está me dizendo...

Ele me interrompeu mais uma vez.

— Você divulgará a notícia entre a sua gente. Ajudará a registrá-los. No devido tempo, coletará seus nomes, idades e como eles serviram aos britânicos. Só podemos ajudar aqueles que estiveram atrás das linhas britânicas durante um ano. Precisamos saber quantos desejam viajar e começar a embarcá-los quase que imediatamente.

O coronel Baker levantou-se para sair da sala, mas, de relance, viu minha mão, o dedo indicador levantado.

— Coronel, com o devido respeito, eu ainda não aceitei sua oferta.

Ouvi o capitão Waters suspirar baixinho. Não olhei em sua direção, mas, com certeza, devia estar abafando um sorriso.

— Você é conhecida por esperar remunerações justas, senhorita Diallo. Será adequadamente recompensada.

— Eu também quero ir para a Nova Escócia — disse eu.

— Tem a minha palavra — prometeu o coronel.

— Então, eu aceito.

— Estupendo. Fale com Waters a respeito dos detalhes — o coronel Baker apertou minha mão mais uma vez e saiu.

Virei-me para Waters.

— E os outros?

— Se serviram aos britânicos por um ano e puderem obter um certificado provando isso, sim.

— Como fazem para conseguir o certificado? E as mulheres de Holy...?

— Negros que serviram as nossas linhas e que tiverem o requerido certificado serão autorizados a partir para as colônias — disse Waters.

Eu tinha esperança de que as mulheres pudessem partir, mas Waters mal me dava espaço para falar.

— E o meu pagamento?

— Uma libra por semana, em prata. Você terá de se mudar para o nosso quartel, uma vez que terá trabalho constante. Receberá alojamento e alimentação, além do salário.

— Onde ficará guardada toda essa informação a respeito dos negros? — perguntei.

— Em uma pasta especial — respondeu ele.

— Como se chamará?

Waters deu um sorriso sarcástico.

— Que tal Êxodo de Holy Ground?

Cruzei os braços.

— Isso tudo diverte você.

Waters checou seu relógio de algibeira e ficou sério.

— Será chamado O Livro dos Negros. Você encontrará comigo e com o coronel amanhã, às 7h da manhã, para o café da manhã, na Fraunces Tavern. Precisamos examinar alguns detalhes. Será um longo dia de trabalho. Você terá oito meses de longos dias.

— O Livro dos Negros — murmurei.

Assenti e levantei-me para sair. Waters estendeu a mão, pediu que eu esperasse e saiu. Voltou um minuto mais tarde, com um saco de lona. Nele havia maçãs, dois filões de pão, queijo e figos secos.

— Produtos de nossa despensa. Tenho certeza de que serão úteis para alguém — disse ele.

Duas horas depois de meu retorno a Canvas Town, não havia homem ou mulher ali que não soubesse da notícia. Meus amigos aglomeraram-se à minha porta para dizer-me adeus.

— Guardaremos este barraco para você, caso se canse dos brancos — disse Claybourne.

— Ele fala isso — disse Bertilda, — mas, assim que você se for, pegará toda a madeira. Zás-trás.

— Não vou pegar nada — disse ele —, porque eu construí esse barraco para ela, antes de todos vocês morarem comigo.

— A boca dele é do tamanho de uma ponte, mas eu amo meu homem — Bertilda disse, segurando sua mão.

Dei a eles metade da comida e guardei o restante para Rosetta. Claybourne pegou o pão e avaliou seu peso.

— Minha esposa tem seu próprio pão no forno.

Bertilda deu um tapinha em sua mão.

— Psit — resmungou, sorrindo. — Não era para contar.

Arregalei os olhos e sorri para a mulher. Ainda não dava para ver.

— Um pão no forno — disse Claybourne — e também muito bom.

Naquela noite, enquanto eu empacotava meus pertences, dois homens de Canvas Town bateram à minha porta.

— Meena — disse um deles —, há um homem aqui.

— Um homem?

— Ele quer vê-la.

Senti um nó na garganta. Eles me encontraram. Imaginei-me sendo presa em meu próprio barraco. Lá fora, eu achava que poderia correr. Saí.

— Meena, você conhece este homem? — um dos guardas perguntou.

Era uma noite escura, sem lua. Cheguei mais perto. Um homem negro. Magro. Alguns centímetros mais alto do que eu. Um dos guardas riscou um fósforo e acendeu seu lampião.

— Aminata Diallo! — disse o homem.

Joguei os braços em volta de meu marido e, sobre seus ombros, sorri para os guardas.

— Sim, conheço este homem. Conheço-o de todas as formas e em todos os lugares. — Peguei Chekura pela mão, sentindo o ponto onde faltava um dedo e, em seguida, a falta de dois outros, na outra mão.

— Você vai ter de parar de desaparecer — disse eu. — Fique por aqui e agarre-se aos seus dedos.

— Tenho dedos suficientes para segurá-la — disse ele.

— Esperei por você por nove anos — disse eu.

— Melhor que treze — ele replicou, sorrindo. — Ouvi dizer que você veio aqui no início da guerra.

— Isso mesmo. E você, onde esteve?

— Em Low Country, como sempre. Na Geórgia, e, depois, de volta à Ilha de Lady. Quando os britânicos ocuparam Charles Town, fizeram de mim um guia de rio. Eu os levava para cima e para baixo pelos córregos do Low Country, sem que fossem baleados. Não sei se foi bom. Alguns morreram por tiros de mosquete, outros, tiveram febre ou varíola.

— Você está pensando em ficar por mais de uma noite? — perguntei.

— Seu marido é um homem livre, Aminata Diallo. Livre hoje, livre amanhã, livre para ficar com você.

— Não estamos longe da liberdade, mas ainda não chegamos lá — disse eu. — Não até que deixemos as Treze Colônias.

Não é fácil fazer amor com um homem que não se vê há nove anos. Na última vez em que o vi, eu tinha 30 anos. Achei que estava menos bonita. Meus seios não eram empinados como antes. Será que a flacidez de minha barriga o afastaria de mim? Não achei que ele estava menos bonito; não me importei nem com o prateado em suas têmporas e nem com a leve calvície. Ele era o meu homem, apenas um pouco mais adiante na estrada da vida. Ainda queria vê-lo envelhecer. Queria notar todas as mudanças, um dia depois do outro e proteger suas mãos nas minhas.

Naquela noite, fui dormir confiante de que acordaria com meu esposo. De manhã, após deixar Canvas Town, eu teria mais uma coisa para negociar com o coronel Baker: alojamento e alimentação para o meu marido, e sua ida comigo para a Nova Escócia.

Durante o café da manhã, recebi mais uma notícia que deveria ser divulgada em Canvas Town. A partir do dia seguinte, todas as manhãs entre 8h e 11h, todos os negros que tivessem passado um ano ou mais atrás das linhas britânicas, deveriam formar fila na Fraunces Tavern. Cada homem ou mulher teria dois minutos para se explicar. Se convencessem os oficiais de que eram pessoas de caráter e de que serviram ao Exército britânico por pelo menos um ano, seriam informados a qual cais se dirigir, em que data, e em qual navio embarcar. Nos navios, a inspeção seria mais profunda. Todos os fraudadores seriam entregues aos americanos.

Na manhã seguinte, quatrocentas pessoas reuniram-se à porta da taberna. O coronel Baker ocupou-se dos primeiros trinta, colocou-os de lado e pediu aos outros que voltassem no dia seguinte.

— Temos meses para fazer isso — ele gritou. — Não podemos atender a todos em um único dia.

Meu trabalho era entrevistar os negros e repetir as respostas aos oficiais. Vi pessoas vindas de lugares que nunca ouvira antes. Alguns, eu não conseguia entender, mas fui capaz de coletar informações da maioria, e pude explicar-lhes o que estava escrito nas passagens que recebiam. A sala era lotada e quente, e os dias, longos. Mas, embora estivesse ansiosa para voltar aos braços de Chekura, eu adorava minha nova ocupação. Sentia que dava algo especial para os negros que buscavam refúgio na Nova Escócia, e que eles me davam algo especial. Diziam-me que eu não estava sozinha.

Eu imaginava, de alguma forma, que minha vida era única nessas migrações inesperadas. Vi que não. Cada pessoa que se colocava na minha frente tinha uma história, tão inacreditável quanto a minha. Ao final de cada um dos encontros, eu me apressava para explicar os detalhes mais importantes: o cais para onde deveriam ir, o nome do navio e o que podiam levar, isto é, um barril com comida, outro com água limpa e um baú com roupas. O coronel Baker insistia comigo para que eu repetisse tudo isso, embora eu lhe tivesse dito que os negros de Canvas Town não tinham barris de comida e baús com roupas. Mas eu fazia mais pelas pessoas que passavam pela primeira inspeção: mostrava-lhes as passagens, lia seus nomes e me certificava de que eles vissem que seus nomes foram registrados.

Nos dois dias seguintes, processamos mais sessenta imigrantes. Então, Baker disse à multidão que esperava à porta da Fraunces Tavern que fosse embora e voltasse duas semanas depois. Não seriam distribuídas novas passagens até meados de maio.

Deram-me um quarto agradável em Holy Ground, permitiram que Chekura ficasse comigo e nos prometeram passagens para a Nova Escócia.

— Podemos empregá-lo para limpar o quartel, assim ficará ocupado — disse Waters. — Ele deve aceitar, pois não vai ficar muito com você.

Depois que os primeiros noventa negros reuniram-se no cais de Murray na manhã de 21 de abril de 1783, meu verdadeiro trabalho começou. Eles eram levados, por barcos a remo, até os poucos navios ancorados no rio East: o *Spring*, o *Aurora* e o *Spencer*, com destino a Saint John e o *Peggy*, com destino a Port Roseway. Eu sabia que Saint John e Port Roseway eram parte do que era chamado de Nova Escócia; haviam me mostrado sua localização no mapa.

O coronel Baker, o capitão Waters e eu fomos os primeiros a ser levados de barco até o Spring. Assim que embarcamos, ajudantes providenciaram-nos uma mesa. Dois oficiais do Exército americano juntaram-se a nós, a fim de garantir que nenhum negro desautorizado viajasse. Marinheiros e oficiais movimentavam-se no convés, mas os passageiros foram mantidos na área de espera, abaixo. A bordo estavam, também, dezenas de legalistas brancos, os primeiros a embarcar, mas estes não eram problema nosso. Meu trabalho era escutar os oficiais entrevistando os refugiados e anotar os detalhes em um livro-razão de duas páginas.

— Use seu talento de escrivã — o coronel me pediu. — Seja cuidadosa, sucinta e precisa.

Essas páginas formariam o livro listando todos os negros levados para as colônias britânicas no final da guerra. Caso, mais tarde, os americanos decidissem pedir uma compensação, disse o coronel, O Livro dos Negros apontaria quem havia deixado Nova Iorque.

Um grupo de dez negros foi chamado ao convés. Nunca os vira antes.

— Quem são eles? — perguntei a Waters.

— Escravos e empregados contratados — ele respondeu.

— Mas eu pensei...

— Evacuamos Canvas Town — ele me interrompeu —, mas primeiro vamos registrar a propriedade dos legalistas brancos.

O coronel começou a inspecionar um negro que gaguejava incontrolavelmente, mas um branco legalista deu um passo à frente, dizendo:

— Ele é meu. — O legalista, tenente-coronel Isaac Allen, disse ter obtido o negro como empregado contratado e o estava levando a Saint John.

Seguindo as instruções do coronel, comecei a preencher a ficha. Na primeira coluna, *George Black*. Ao lado, 35. Em seguida, o nome do senhor ou patrão, *tenente-coronel Isaac Allen*. Na última coluna, anotei como ele se libertara antes de ser contratado. Libertado por Lawrence Hartshorne, conforme certificado.

Uma garota surgiu na minha frente. A julgar pelo rosto consternado, e pelo homem branco ao seu lado, vi que nada naquela viagem sugeria liberdade.

Hana Palmer, escrevi, novamente anotando as palavras do coronel. 15, *moça robusta. Ben Palmer de Frog's Neck, Requerente.*

— Requerente? — perguntei ao coronel depois que o homem branco levou a garota embora.

— Significa que ele a possui — o coronel respondeu.

Examinamos os outros negros. Nenhum deles era contratado ou escravo, e o questionário era mais rigoroso. Como haviam se libertado? Podiam afirmar ter servido aos britânicos? Tinham certificado de algum oficial do Exército britânico, provando ter prestado serviços às forças de Sua Majestade? Quando o coronel ficava impaciente com os sotaques dos negros, eu fazia as perguntas e anotava as respostas.

Uma jovem se colocou na minha frente com um bebê nos braços. Lembro-me de tê-la visto em Holy Ground.

Harriet Simpson, anotei na primeira coluna. *19*, continuei escrevendo. Em seguida, vinha a coluna onde devia ser feita uma breve descrição física.

— Apenas uma ou duas palavras — Baker instruiu. — Coloque "moça robusta".

Moça robusta, escrevi, indignada com esses termos. *Antigo proprietário Wiston Wakeman, Nancy Mum, Virgínia.* Uma vez que ela possuía o certificado de que havia servido aos britânicos, acrescentei CGB, de Certificado do General Birch[26].

Enquanto Baker se ocupava enchendo o cachimbo, Harriet me disse, baixinho, que sua filha havia sido gerada por um capitão britânico. *Sara, 2, criança saudável. Filha de Harriet Simpson e nascida dentro das linhas britânicas.* Fiquei aliviada de saber que Harriet tinha o Certificado do General Birch — ninguém acharia necessário questionar como ela servira aos britânicos.

Um homem tinha 89 anos.

— Nascido em 1694, na Virgínia — contou-me, e eu, então, anotei. Quanto a como havia servido aos britânicos, ele disse: — Desertei da insígnia dos rebeldes, e isso já foi um serviço e tanto. Nasci escravo, mas vou morrer livre. — O coronel estava cansado de detalhes e os inspetores americanos estavam ficando entediados, por isso, adulterei o registro como achei melhor.

John Cartwright, 89. Debilitado e com um olho opaco. Antigo proprietário *George Haskins, Virgínia. Diz ter se juntado às linhas britânicas há três anos.*

O velho não tinha certificado provando ter servido ao Exército britânico, mas ninguém pediu, e deixaram que ficasse.

Registramos todos os negros no Spring.

---

26 Certificado do General Birch — General Birch's Certificate: Samuel Birch foi o general britânico responsável por manter a ordem em Nova Iorque no final da guerra. Birch foi um protetor dos negros na cidade, tentando impedir que fossem apreendidos e levados por seus antigos proprietários americanos. Ele assinou pessoalmente a maioria dos Certificados de Liberdade realizada pelo movimento Loyalists Black, isto é, Legalista Negro. Legalista Negro era um habitante da América britânica de ascendência africana que se juntou às forças coloniais britânicas durante a Guerra Revolucionária Americana. Muitos foram escravizados e decidiram lutar ao lado dos britânicos em troca de promessas de liberdade da escravidão (N. do T.).

— Só dez? — perguntei a Waters.

— A maior parte do espaço é reservado para os legalistas e seus bens — disse Waters.

No *Aurora*, inspecionamos catorze negros. Novamente, percebi que os britânicos, sem dúvida, estavam enviando para a liberdade alguns fugitivos, mas estávamos permitindo, também, que legalistas brancos levassem escravos.

Mais tarde, naquela noite, na cama com Chekura, falei muito a respeito do que vira, mas meu marido não se impressionou.

— Escravos e negros livres juntos na Nova Escócia? — disse ele, chupando os dentes. — Que terra prometida!

Durante mais quatro dias, fomos levados, por barcos a remo, até os navios no rio East. Em cinquenta navios, aproximadamente seiscentos homens, mulheres e crianças precisavam ser inspecionados. Baker, Waters e eu não podíamos fazer todo o serviço, por isso, três outras equipes de inspetores foram formadas. Eu trabalhava todos os dias, de sol a sol, e o tempo passava rapidamente. Eu gostava de escrever os nomes no Livro dos Negros, registrando como as pessoas obtiveram a liberdade, quantos anos tinham, e onde nasceram: Carolina do Sul, Geórgia e Virgínia; Madagascar, Angola e Bonny. Queria escrever mais a respeito deles, mas a ficha estava repleta e o coronel Baker pressionava para que eu me apressasse. O coronel ficava impaciente, principalmente com as descrições, preferindo frases curtas, como *moça robusta, cicatrizes no rosto, homem robusto, marcas de varíola, sujeito apto, sujeito comum, debilitado, um olho só, moça forte, inválido e incurável, sujeito de baixa estatura, garoto apto e criança saudável.* Eu não me importava com a descrição, mas adorava a forma como as pessoas acompanhavam os movimentos de minha mão enquanto escrevia seus nomes e o momento em que pediam que eu lesse seus nomes em voz alta, assim que eu terminava. Estimulava-me imaginar que, cinquenta anos mais tarde, alguém poderia encontrar um ancestral no Livro dos Negros e dizer: *Essa era minha avó.*

Em junho, fui mandada a Canvas Town para avisar aos negros que outros dezessete navios estavam sendo disponibilizados para eles no rio Hudson.

No *Free Briton*, inspecionado em 13 de junho, 34 pessoas foram registradas, todos eles empregados contratados. Um moça parecia amedrontada por estar partindo com o homem que a contratara, mas nada pude fazer, a não ser escrever as palavras que o coronel Baker ditava.

Sarah Johnson, 22, moça robusta, mulata clara. Contr. por Donald Ross. Antigo proprietário: Burgess Smith, Lancaster County, deixou-o com o acima citado Thomas Johnson, seu marido. O mesmo Donald Ross levou com ele, no navio, cinco empregados contratados.

Quando saímos do *Free Briton*, perguntei ao coronel:

— "Contratado" é sinônimo de "escravo"?

— Não — ele respondeu. — Você se deixa contratar por livre-arbítrio, por um período de tempo, em troca de dinheiro, alojamento e comida.

Depois de uma jornada tão longa em busca da liberdade, eu não podia me imaginar concordando com isso.

No mês de julho, outros cinquenta navios partiram do porto de Nova Iorque, levando mais de oitocentos homens, mulheres e crianças. Em um navio com destino a Saint John, levantei os olhos da ficha para entrevistar a pessoa seguinte e dei de cara com Rosetta e sua filha. Sabia que ela havia trabalhado como cozinheira no quartel. Queria pular da cadeira e abraçá-las, mas tive medo que o coronel ou um dos inspetores achassem que eu poderia estar protegendo amigos. Olhei de relance para ela, que respondeu acenando a cabeça de leve. Ela também não queria chamar atenção. Por isso, pigarreei e voltei ao trabalho. Olhei o certificado em suas mãos, perguntei seu nome e idade e voltei à ficha.

— Depressa, senhorita Diallo — Baker pediu. — Se ela é livre, coloque apenas que está viajando por conta própria.

Rosetta Walcott, 21, moça robusta, viajando por conta própria. Disse que começou a trabalhar para os britânicos há seis anos. Certificado do General Birch.

Adriana Walcott, 8, filha de Rosetta. Menina saudável.

Daquele momento em diante, sempre que registrava uma mulher que ingressara nas fileiras britânicas bem jovem e partia por conta própria, com uma criança, eu achava que poderia estar escapando do Holy Ground e torcia por ela, em silêncio.

Também entrevistamos negros em navios com destino a Quebec, Alemanha e Inglaterra. Num primeiro momento, cheguei a invejar os que estavam a caminho da Inglaterra, por saber que de lá havia navios com destino à África. Mas, todos os negros que iam para a Europa eram propriedade de militares britânicos ou hessianos[27], que voltavam para casa, depois da

27 Hessiano: soldado mercenário alemão que serviu o Exército britânico durante a Revolução Americana (N. do T.).

guerra. Alguns pertenciam a seus donos há anos, enquanto outros foram sequestrados de plantations, continuando na situação de escravos, mas dos britânicos. Rapidamente, minha inveja transformou-se em pena.

David, 10, menino apto, Alemanha é o país de residência do requerente, que o conseguiu na Filadélfia. O garoto não sabe informar com quem morava anteriormente.

O coronel me fez escrever assim, mas David falara comigo, brevemente, a bordo do *Hint*, dizendo que o general Kospoth e seus soldados hessianos fugiram com ele e outros escravos que pertenciam a um fazendeiro plantador de tabaco.

— Não complique, Meena — Baker disse, ao ditar a resposta.

Durante todo o tempo, Chekura foi paciente. Por cinco xelins semanais, ele varria o quartel britânico e carregava baldes de lixo até um cais abandonado perto do rio. Diariamente, acordávamos duas horas antes do nascer do sol para nos abraçarmos, nos acariciarmos e para contar histórias sobre os 27 anos de América. Nunca nos faltavam histórias. Eu queria saber tudo sobre ele e contar-lhe tudo o que havia acontecido comigo; confortava-me muito saber que meu marido conhecia toda a minha trajetória.

Acredito que concebemos nosso filho em 15 de agosto de 1783. Eu sabia, pelo modo como ele penetrou fundo dentro de mim, e pela forma como ambos estremecemos e chegamos ao êxtase no mesmo momento, que havíamos feito outro bebê. Era de manhã, bem cedo. Os britânicos tinham alguns galos e estes nem cantavam ainda.

— Quero sair daqui com você assim que possível — eu disse, com a perna dobrada sobre a dele. — Quero ter uma vida de verdade com você.

Chekura colocou as mãos sobre minhas bochechas e delineou minhas luas.

— O que nós temos neste momento é real — disse ele.

— Mas os britânicos prometeram que estaríamos livres na Nova Escócia — disse eu.

— Não esqueça todos os escravos e contratados que você entrevistou. Foram roubados dos rebeldes e escravizados novamente. Pode ser que cheguemos à terra prometida, pode ser que não. De um jeito ou de outro, a vida não será fácil, mas isso nunca nos fez desistir.

— Desistir de quê?

— Disso — ele respondeu, mais uma vez pressionando seus lábios contra os meus.

Em agosto, tantos navios partiram, que Canvas Town começou a encolher. Teria sido um progresso encorajador, não fosse o fato de que isso facilitava os ataques de caçadores de escravos. Havia menos lugar onde se esconder, menos aglomeração e um menor número de negros para proteger uns aos outros. Os grupos de brancos tornavam-se cada vez mais audaciosos na caça aos negros, fossem estes escravos fugitivos ou não. Se Chekura e eu não estivéssemos vivendo no quartel, estaríamos correndo um grande risco. Ainda assim, eu estava preocupada. Quanto mais tempo ajudássemos os outros em busca de sua liberdade, provavelmente, mais difícil seria obtermos a nossa.

Em setembro, enquanto recebia meu pagamento semanal, perguntei ao coronel Baker se Chekura e eu podíamos partir.

Baker levantou os olhos de seu livro de contabilidade.

— Ele pode partir quando quiser — disse, olhando para Chekura —, mas você precisa ficar até o fim. Nós precisamos de você, Meena. Esse é o combinado: nós a contratamos, mas você fica até o fim.

— Quando vai terminar?

— Antes do fim do ano.

Mais uns cinquenta navios partiram de Nova Iorque em outubro. Sem aviso ou explicação, fui transferida para outro grupo de inspetores. Com eles, passei um longo dia entrevistando negros no navio *La Aigle*, com destino a Annapolis Royal, Nova Escócia. Muitos tinham papéis provando ter prestado serviço para uma companhia militar chamada Black Pioneers.

Joe Mason, 25, homem robusto, Black Pioneers. Previamente, criado de Samuel Ash, Edisto, Carolina do Sul; deixou-o em abril de 1780.

Prince, 30, homem comum com uma perna de pau, Black Pioneers. Previamente, criado do Senhor Spooner, Filadélfia; deixou-o em 1777.

As pessoas apareciam em bandos. Todos de uma família, ou os que serviram juntos como soldados, cozinheiras, lavadeiras, em um mesmo regimento militar, ou os que fugiram juntos, anos atrás, de um mesmo senhor de escravos em Charles Town, Edisto ou Norfolk. Havia pessoas de 90 anos e bebês recém-nascidos, soldados saudáveis e outros que estavam morrendo; havia os que carregavam outros e havia os que eram levados pela mão.

Sarrah, 42, mulher comum, totalmente cega, Black Pioneers. Previamente, escrava de Lord Dunmore; deixou-o em 1776.

— Como você perdeu a visão? — perguntei baixinho.

— Eu estava mexendo em soda cáustica para fazer sabão, quando houve uma explosão — ela contou. — Um homem, a trinta centímetros de distância, estava me dando seu uniforme, dizendo que eu o lavasse com cuidado. Morreu na hora, por isso, acho que tive sorte.

— Deve ter doído muito — eu disse.

— Já vi coisa pior — disse ela. — Diga, você é negra americana?

— Africana.

— Está escrevendo isso?

— É o meu trabalho — respondi.

— Agradeça a Deus, garota. Agradeça a Deus. Eu sempre quis aprender a ler. Agora, tudo o que posso fazer é aprender a cantar.

— Lord Dunmore — eu disse. — Era o seu senhor?

— Sim, senhora.

— O mesmo Lord Dunmore que fez a Proclamação? A primeira, dizendo que seríamos livres se lutássemos com os britânicos?

— O mesmo. O governador da Virgínia precisava ter seus escravos — disse ela.

— Agora você está livre, Sarrah, e a caminho de Annapolis Royal.

— Não sei onde fica, mas o nome é bonito.

— Na costa da Nova Escócia. A duas semanas de navio.

— Você parece tão esperta — disse Sarrah. — E bonita, aposto.

Inclinei-me para lhe dizer algo que não havia dito a ninguém, exceto meu marido. Olhei em volta, para ter certeza de que ninguém podia ouvir.

— Estou esperando bebê.

— Um bebê é um milagre, principalmente nos dias de hoje — disse Sarrah. — Seu homem está com você?

— Sim.

— Agradeça a Deus. Você está viajando conosco, querida chile?

— Não neste navio. Mas, em breve, espero.

— Boa viagem, menina, e cuidado com seus olhos.

Em uma fria manhã de outubro, depois que fizemos amor, com nossos dedos entrelaçados, Chekura contou-me como havia perdido as pontas dos dedos.

— Eu estava conduzindo britânicos pelos córregos de Low Country. Eles atacavam todas as plantations que encontravam; matavam rebeldes, roubavam facas, galinhas, porcos e prata. Levavam alguns escravos como prêmio e transformavam outros em ajudantes, como eu. Prometiam libertar todos os que colaborassem com eles. Mas quando chegou o momento de evacuar Charles Town, os britânicos levaram apenas alguns negros. Haviam prometido levar mais, porém, como sempre, mentiram. Eu sabia que, se não partisse, um homem em Bearfort County tentaria pôr as mãos em mim, por ter tentado fugir com os britânicos. Os soldados britânicos começaram a levantar a prancha de desembarque, quando eu e outro sujeito pulamos na água, de roupa e tudo. Estávamos a poucos metros do navio. Tentamos subir, mas os homens a bordo avisaram que atirariam se não desistíssemos. Eu não acreditei, já que havia trabalhado para eles durante meses. Continuamos subindo a escada, embora dois marinheiros a bordo acenassem com cutelos. "Soltem" gritavam eles. Mas fomos adiante. No final, não atiraram em nós, mas, quando meu amigo apoiou a mão no último degrau, um dos soldados cortou seus dedos. Ele gritou ao cair na água e continuou gritando quando sua cabeça voltou à superfície. Eu estava com as duas mãos no parapeito. Um dos marinheiros apunhalou minha mão esquerda, cortando fora dois dedos; continuei me segurando com a outra mão. Preferia morrer na água a voltar para o meu antigo senhor.

— Olhei para o outro marinheiro. Eu já o conhecia. Navegara com ele pelo Low Country. Percebi que, ao me reconhecer, seu rosto se modificou. Ele me puxou para dentro, deu-me um pano para estancar o sangue e me empurrou convés adentro. Tive febre durante toda a viagem, mas não conseguia parar de pensar em você. Ao chegarmos a Nova Iorque, fui deixado em Brooklyn Heights, e fiquei lá até ouvir falar de Canvas Town. Então, fui atrás de você outra vez.

Senti saudade de Chekura desde os nossos primeiros dias na América, e não queria passar nem mais um dia sem ele. Embora meus dias de trabalho fossem longos, as madrugadas eram nossas e só nossas, para amar e conversar.

— Deixe-me falar com esse bebê dentro de você — disse ele, aproximando a boca do meu umbigo.

— Saia daí — disse eu, rindo.

— Não. Deixe-me dizer-lhe algo. Tenho palavras para ela.

Sorri para o meu homem, lembrando que meu pai havia feito a mesma coisa comigo, quando eu estava na barriga de minha mãe.

— Fique com sua mãe, menininha — Chekura sussurrou ao meu umbigo.

— Você acha que é menina?

— É claro que sim. Seu pai não é um bom sujeito, por isso, fique com sua mãe.

— Papai é um bom sujeito — disse eu. — Um bom sujeito, sem dúvida.

— Papai é um viajante — Chekura prosseguiu.

— Somos todos viajantes — disse eu.

No dia seguinte, no quartel, disseram-me que o coronel Baker e o capitão Waters haviam partido para a Inglaterra. Sem se despedir. Sem agradecer. Sem dizer quem continuaria pagando meu salário. E sem dizer quando eu poderia partir.

Falei com o vice-intendente geral, que estava nervoso e impaciente.

— Nós não precisamos mais dos seus serviços — disse ele. — Além disso, precisamos de espaço no quartel. Você precisa voltar a Canvas Town.

— E o meu navio? Em que navio posso embarcar com meu marido?

Ele remexeu em sua mesa e pôs algo em minha mão, sem olhar.

— Embarque neste — disse ele, fazendo sinal para que eu me retirasse. Nossas passagens diziam "*Joseph, data do embarque: 7 de novembro destino: Annapolis Royal*".

Chekura e eu ficamos no meio de uma multidão de duzentos negros no Cais de Murray. Amontoados sob uma chuva gelada, esperávamos que em Annapolis Royal os invernos fossem mais amenos que o frio e a neve de Manhattan. Guardado em meu pesado casaco, estavam os certificados que recebera quando comecei a trabalhar no Livro dos Negros.

Em um pequeno quadrado de papel, o texto dizia:

Nova Iorque, 21 de abril de 1783. Atesto a quem possa interessar que a portadora deste, Meena Dee, negra de origem mandinga, recorreu às insígnias britânicas, em consequência das proclamações de Lord Dunmore, Governador da Virgínia e de Sir Henry Clinton, ex-comandante em chefe na América; e que a referida negra, pelo presente documento, tem a permissão de Sua Excelência Sir Guy Carleton para ir para a Nova Escócia ou qualquer outro destino que considere apropriado.

Eu tinha também bolinhos de caranguejo, queijo, dois filões de pão, seis maçãs e quatro garrafas de cerveja, tudo doado e empacotado em jornal por Sam Fraunces, que veio ao cais para se despedir de nós. Àquela altura, todos os meus amigos já haviam partido, alguns para Saint John, outros para Annapolis, outros ainda para Quebec. Eu não conhecia ninguém entre as pessoas que estavam no píer. Sam Fraunces deu a mão para Chekura e me abraçou. Eu não sabia como lhe agradecer. Depois que Chekura e eu tivemos de deixar o quartel britânico, Sam permitiu que ficássemos em sua taberna. Segundo ele, homens brancos rondavam Canvas Town todas as noites. Naquele momento, as pessoas diziam que George Washington ocuparia a cidade antes do fim de novembro.

No momento em que Chekura e eu estávamos partindo, Sam inclinou-se e sussurrou ao meu ouvido que George Washington havia lhe prometido um emprego quando a guerra terminasse. Sam seria o cozinheiro chefe da residência do general em Mount Vernon, Virgínia.

— Quando os tories jogarem a última âncora, os americanos provarão ser pessoas melhores. Vocês nunca foram justos com eles.

— Eu vou arriscar com os britânicos — repliquei.

Sam segurou minha mão.

— Escreva-me aos cuidados do general Washington, Mount Vernon.

Fomos dispostos em fila, no meio da chuva, reunidos no Joseph e mandados para baixo, a fim de esperar pelas entrevistas. Durante dois dias, o navio foi carregado com carne salgada, ervilhas secas, sebo, vinho e água. Finalmente, três britânicos começaram a inspeção para o Livro dos Negros. Eu não conhecia nenhum deles. Dois oficiais americanos observavam todos os nossos passos. Chamaram Chekura antes de mim.

Chekura, 41, homem comum, diz ter servido os britânicos em Charles Town, deixou seu senhor, Senhor Smith, Beaufort, 1779. De posse do Certificado do General Birch.

Parecia que, quanto menos eu falasse, melhor. Dei-lhes até meu nome “inglês”, para facilitar as coisas.

Meena Dee, 38, natural da Guiné, serviu nas linhas britânicas em Nova Iorque desde 1777, pertencendo, anteriormente, ao Senhor Lindo de Charles Town. De posse do Certificado do General Birch.

Com alguns rabiscos de pena, estávamos livres. Chekura e eu juntamo-nos a outros negros já aprovados, em um espaço sob o convés. Mas, no momento em que o *Joseph* se preparava para zarpar, ouviu-se um chamado:

— Meena Dee. Volte aqui, por favor.

Os oficiais britânicos e os americanos conferenciavam baixinho. Os americanos apresentaram um papel onde apontavam detalhes ao vice-intendente. Finalmente, este falou:

— Meena Dee, há uma reivindicação contra você. Não podemos deixá-la partir neste momento. Você deverá acompanhar estes homens.

— Mas...

— Sem discussão.

— Mas eu tenho um Certificado do General Birch. Servi aos britânicos durante anos. Trabalhei neste mesmo Livro dos Negros, sob o comando do coronel Baker, desde abril.

— Você terá permissão para responder às alegações de seu reclamante.

— Que reclamante?

— Senhores, por favor, retirem esta mulher.

Chekura segurou minha mão.

— Sou marido dela, e vou junto.

O vice-intendente franziu o cenho.

— Veja, garoto: se você descer deste navio, posso garantir que não embarcará em nenhum outro. Se ela prevalecer sobre seu reclamante, poderá embarcar em outro navio, mas, se você desembarcar, ficará em Nova Iorque. Eu mesmo cuidarei dessa questão. Não tenho tempo para isso.

— Fique no navio, Chekura — eu disse. — Eu voltarei.

— Não posso abandoná-la, esposa.

— Vá com o navio. É o único jeito. Nós nos reencontraremos na Nova Escócia. Mande notícias e eu irei.

Ele me abraçou. Segurei suas mãos. Seus dedos disseram-me adeus enquanto eu era levada para fora do navio, descia as escadas e subia em um barco a remo para voltar ao Cais de Murray. Durante todo o trajeto, fiquei com os olhos fixos no Joseph. Eu sabia que Solomon Lindo havia feito a reivindicação contra mim. Ele ajudara a me separar de meu filho há mais de vinte anos, e agora me separava de meu marido. Não gostava do ódio que tomava conta de meu coração, então, tentei tirar Lindo da cabeça e pensar nos braços de Chekura em volta do meu corpo.

Passei a noite na prisão. Levaram minha mala, com algumas roupas e todas as minhas economias. Eu não tinha, sequer, alguns xelins para subornar o guarda negro da prisão. Mesmo assim, falando baixinho, supliquei que informasse Sam Fraunces a meu respeito. Se fizesse isso por mim, prometi que, com certeza, Sam o recompensaria de alguma forma.

O guarda sorriu para mim.

— Eu faria isso por você, de qualquer maneira. Sei quem você é — disse ele.

— Sabe?

— Você deu aulas para minha filha na Capela St. Paul e, agora, ela lê muito bem. Ela me ensinou, depois que aprendeu com você.

Na manhã seguinte, Sam Fraunces veio me ver. Em outros tempos, ele sempre foi um otimista incurável, mas, naquele momento, estava muito sério.

— Confiei nos britânicos — disse eu. — Disseram que nos protegeriam, e eu acreditei.

Sam pegou minha mão. Disse que alguns proprietários de plantations, que apareceram com provas documentais, tinham permissão para reclamar seus fugitivos.

— Não posso prometer tirá-la daqui, mas farei tudo o que puder — disse Sam. — No entanto, tenho más notícias.

— O quê?

— Acabo de escutar que Solomon Lindo está na cidade.

Cobri o rosto com as mãos.

— Agora, está tudo acabado.

— Não desista — disse Sam. — Tentarei descobrir alguma coisa.

O guarda acompanhou Sam para fora da cela. Acariciei meu ventre e murmurei cantigas da minha infância para acalmar o bebê que crescia dentro de mim. Não queria que aquela criança aprendesse comigo a sentir medo. Para protelar minha raiva, tentei imaginar a boca de meu bebê e o som de seus primeiros gritinhos.

Após dois dias na prisão, fui levada, com os punhos amarrados e as pernas acorrentadas, para a Fraunces Tavern, cujo salão de reuniões se transformara em corte de reivindicações.

Esperei, com o carcereiro e um juiz de paz, que sequer disse o nome de meu reclamante.

A porta se abriu e Robinson Appleby entrou. Meu queixo caiu. Eu não via Appleby desde que deixara a Ilha de Santa Helena, 22 anos antes. Ele estava careca e barrigudo, mas sua autoconfiança aumentara ao longo dos anos. Trazia um grande sorriso nos lábios.

— Meena, que surpresa — disse ele.

— Como se atreve?

— Cuidado com a maneira como fala com quem a possui.

— Você não possui nada além de sua consciência — retruquei.

— Você se tornou conhecida em Nova Iorque — disse ele. — Foi fácil rastreá-la.

Appleby contou ao juiz que ainda era meu senhor. Que eu havia sido apenas emprestada a Solomon Lindo, que Lindo se evadira comigo e que eu fugira de Lindo. Portanto, Appleby concluiu, eu nunca fui livre, estava em Nova Iorque ilegalmente e ainda pertencia a ele.

Appleby desdobrou um velho pedaço de papel.

— Isto, senhor, indica que eu comprei esta mulher do Senhor William King em Charles Town em 1757.

— O que você diz a respeito? — o juiz perguntou-me.

— Que parte disso é verdade. Mas, em 1762, ele me vendeu a Solomon Lindo. — E, aí, eu não tive escolha, a não ser mentir: — O Senhor Lindo me libertou em 1775.

— Onde estão seus papéis? — perguntou o juiz de paz.

— Eu os perdi — respondi.

— Ela alega que tinha os papéis, mas que os perdeu — disse Appleby. — Eu faço minha reivindicação com documentos.

— Você tem algo mais a dizer a seu favor? — perguntou-me o juiz.

— Ele está mentindo.

Então, Sam Fraunces entrou na sala.

— Senhor Fraunces — disse o juiz —, o senhor tem algo a contribuir neste processo?

— O senhor me conhece como um negociante honesto — disse Sam.

— Sua reputação é sólida — disse o juiz.

— Então, peço um pequeno prazo. Preciso de duas horas. Estou em vias de conseguir provas a favor desta mulher.

O juiz suspirou.

— Tenho três outros casos hoje — disse ele. — Farei as audiências, e, quando terminar, se o senhor não tiver trazido as provas, não terei escolha a não ser decidir esta questão.

Fiquei sendo vigiada, ainda acorrentada, enquanto Appleby saía para almoçar. Dos fundos da sala, ouvi reivindicações contra dois outros negros que, como eu, foram tirados de navios. Ambos, um homem e uma mulher, foram entregues a pessoas que diziam ser seus proprietários. Eu desprezava os americanos por levarem esses negros, mas meu maior desdém era pelos britânicos. Eles nos usaram de todas as maneiras em sua guerra. Cozinheiros, putas, parteiras, soldados. Demos a eles nossa comida, nossas camas, nosso sangue e nossa vida. E, quando senhores de escravos apareciam com histórias e documentos, os britânicos voltavam as costas para nós, permitindo que fôssemos agarrados como objetos. Nossa humilhação não significava nada para eles, e nem nossa vida.

Appleby esperava com dois ajudantes grandalhões. Os melhores, temia eu, para que conseguissem me carregar. Finalmente, Sam Fraunces voltou.

— Senhor Fraunces — disse o juiz —, conseguiu algum progresso?

— Sim.

— Apresente-o, então.

— Eu o farei.

Sam abriu a porta, e na sala surgiu Solomon Lindo.

Solomon Lindo? Sam devia estar louco. Teria ele se tornado um traidor? Estaria ele selando meu destino? Teria Lindo oferecido a Sam algum dinheiro? Estariam os tempos tão ruins a ponto de Sam aceitar? Mas isso não parecia possível. Ao contrário de Appleby, que me encarava com os lábios crispados, Lindo caminhava arrastando os pés, e com os olhos baixos. Ele não olhou para mim.

— Por favor, identifique-se — pediu o juiz de paz.

— Solomon Lindo.

— Local de residência.

— Charles Town.

— Ocupação.

— Comerciante.

— Possui propriedades?

— Sim — disse Lindo —, uma casa em Charles Town e uma plantation de índigo na Ilha Edisto.

Seu trabalho como classificador de índigo devia ter se encerrado nos anos de guerra. Ele devia estar cuidando da plantation por desespero. Eu não conseguia imaginar como poderia continuar vivendo, se ele me mandasse cuidar de sua produção de índigo ou de seus livros novamente.

— O senhor veio à Nova Iorque para reivindicar esta mulher?

— Vim para conversar a respeito do comércio de índigo com o governador de Nova Iorque, mas sabia que ela estava aqui.

— Qual seu interesse neste caso? — perguntou o juiz de paz.

— Este homem — Lindo disse, olhando na direção de Appleby — vendeu-me Meena em 1762. Tenho os papéis aqui.

— Então, o senhor está dizendo que ela lhe pertence? Está reclamando-a para si próprio.

— O Senhor Appleby não a possui — disse Lindo —, eu, sim.

— O Senhor Appleby mostrou seus papéis — disse o juiz. — O senhor tem algum comprovante de compra mais recente?

— Sim. Quer que eu lhe mostre?

— Senhor Lindo, o dia foi longo. Apenas leia-o.

— Eu prefiro...

— Apenas leia, Senhor Lindo.

Lindo pigarreou e tirou um papel do bolso. Desdobrou-o com cuidado, coçou o queixo, pigarreou novamente e começou a ler.

— Nota de compra entre Robinson Appleby, da Ilha de Santa Helena, e Solomon Lindo, de Charles Town. Data: 1º de fevereiro de 1762. Cláusulas da compra de Meena, moça da Guiné. Basta?

— Continue — pediu o juiz.

— Solomon Lindo concorda em comprar a referida moça, Meena, por sessenta libras de prata, e...

Nesse ponto, Lindo parou. Vi o papel farfalhando em sua mão.

— Nós não temos o dia todo, Senhor Lindo. Por favor, continue.

Lindo continuou lendo: — ...e planejar a venda de Mamadu, filho de Meena. A referida venda seria efetivada em Savannah, em termos convenientes a Robinson Appleby. Os lucros da venda do filho seriam divididos, sendo três quartos para o Senhor Appleby e um quarto para o Senhor Lindo.

Três quartos do lucro para um homem e um quarto para o outro. Eu não queria envenenar meu coração com ódio, pois tinha outro bebê dentro de mim. Por ele, eu queria ficar tão calma quanto uma habitante de Bayo caminhando com uma trouxa na cabeça. Pus a mão em meu ventre e esperei que os homens terminassem de falar.

— Esse contrato foi assinado e executado? — perguntou o juiz.

— Sim.

— E vocês acham que são cavalheiros?

Appleby não respondeu, mas Lindo ergueu a mão para falar.

— Senhor, não sinto orgulho das coisas que fiz, mas gostaria de corrigir um registro. O Senhor Appleby estava determinado a vender o bebê a uma pessoa e a mãe a outra. Estava obcecado com o desejo de punir sua escrava porque ela resistia à sua autoridade. Não consegui convencê-lo a me vender os dois. Mas, com uma grande soma de dinheiro, muito mais do que o valor habitual, finalmente o convenci a vender-me Meena. Mesmo assim, ele só concordou se eu intermediasse a venda da criança. Fiz o melhor possível para colocar o menino nas mãos de um homem respeitado. Quanto a Meena, é verdade que eu queria comprá-la, e que planejei me valer de seu trabalho, mas senti também que seria melhor levá-la comigo do que deixá-la ir para uma plantação de arroz na Geórgia.

O juiz de paz balançou a cabeça.

— Senhor Appleby, o senhor tem algo a dizer?

— Não tenho nada a dizer ao judeu — Appleby respondeu.

— Deixe-me ver o contrato — pediu o juiz. Ele o pegou, alisou a folha, examinou-o com cuidado, devolveu-o e voltou-se para Appleby. — Senhor Appleby, o senhor dá aos homens brancos uma péssima reputação. O senhor tem um dia para deixar Nova Iorque. Se amanhã, ao meio-dia, o senhor ainda estiver na cidade, será preso. E, se não sair desta sala em trinta segundos, vou prendê-lo por perjúrio. Agora vá.

Appleby saiu sem olhar nem para Lindo, nem para mim.

— Senhor Lindo, pode levar sua propriedade — disse o juiz.

— Ela está livre — replicou Lindo.

— O senhor veio até aqui para alforriar sua escrava?

— É uma questão de deixar minha consciência em paz.

— Solte esta mulher — disse o juiz ao carcereiro —, e deixe-a partir.

Fui solta pelo guarda sorridente cuja filha fora minha aluna. Ele tocou meu ombro, e deixou a sala atrás do juiz de paz e do escrevente.

Lindo olhou para mim com um misto de respeito e vergonha.

— Meena — disse ele —, posso falar com você?

Eu não estava pronta para receber o arrependimento de Lindo, e nem para agradecer-lhe por me devolver o que sempre fora meu. Podia ver que Solomon Lindo era um homem melhor que Robinson Appleby, mas ele estava envenenado pelo mesmo mundo em que vivia, e do qual tirava seus lucros. Eu não queria odiá-lo, mas não podia perdoá-lo.

De repente, um medo novo surgiu dentro de mim, infiltrando-se em meus pensamentos como a lava de um vulcão. E se o bebê que crescia dentro de mim tivesse escutado a maldade desses homens e todas as suas manobras?

— Meena — repetiu Lindo —, posso...

— Não — disse eu. — Eu não consigo. Segurei o braço de Sam Fraunces e corri para fora da sala.

Nenhum outro navio partiu de Nova Iorque até o último dia da ocupação britânica. Em 30 de novembro de 1783, fui de barco até o George III; homens que não me conheciam entrevistaram-me para o Livro dos Negros, e recebi autorização para deixar as Treze Colônias. Eu sabia que o país receberia o nome de Estados Unidos, mas recusava-me a dizer este nome. Não havia nada de unido em uma nação que dizia que todos os homens eram criados da mesma forma, mas que, ao mesmo tempo, mantinha meu povo acorrentado.

Eu havia perdido meus pertences na prisão e não haveria marido para me encontrar em Port Roseway. Annapolis Royal era o destino que eu desejava, o mesmo do navio de Chekura; entretanto, não havia embarcação para lá, e eu não tive escolha. Eu tinha minhas pernas, que ainda trabalhavam direito, minhas mãos, que ainda conseguiam amparar bebês, e meu filho crescendo dentro de mim. Perguntava-me quem ampararia o meu bebê, quando seu dia chegasse, na Nova Escócia.

Desejava que fosse Chekura.

Como se os tivesse perdido com meu mais recente suspiro

(Birchtown, 1783)

Navegando em direção ao porto, no extremo de uma baía de 15 km, senti a neve no rosto e uma camada de gelo nos lábios e pude avistar o granito se espalhando pela costa. Havia pinheiros gigantescos e densas florestas, e, nesta cidade novinha em folha, centenas de pessoas perambulavam. Haviam me dito que nosso destino era Port Roseway, mas a placa no cais dizia SHELBURNE.

Paguei caro por ter pegado o último navio que levava os legalistas para fora de Nova Iorque: primeiro, meu marido partira antes de mim, e assim como ele, todos os outros negros com permissão para partir com os britânicos. Seis outros negros desembarcaram do George III, mas todos eram escravos ou contratados, sendo levados pelos homens a quem pertenciam.

Seria esta a terra prometida?

Saí do cais e comecei a caminhar em direção à cidade, procurando por Chekura. Talvez ele tivesse descoberto onde os últimos navios de Nova Iorque ancorariam. Talvez tivesse vindo colocar sua mão em meu ventre para saudar a criança que fizemos. Mas não vi rostos conhecidos. A maioria das pessoas era branca, e passava por mim como se eu não existisse.

Uma mulher branca, usando um chapéu e um casaco longo, se aproximou na rua Water.

— Aqui é Port Roseway? — perguntei. Ela continuou caminhando sem parar para olhar para mim.

Na Nova Escócia fazia mais frio do que em Charles Town, e muito mais frio do que em Nova Iorque.

Naquele momento, parei de pensar em Chekura e me concentrei em achar um lugar para dormir e comida para sustentar a criança que crescia dentro de mim.

Dentro do *Merchant's Coffee House*, perguntei a respeito de acomodação e trabalho. Um homem alto pegou-me pelo braço e me levou em direção à porta.

— Nós não servimos negros — disse ele.

— Não estou pedindo para ser servida. Tudo o que quero...

— Ande — disse ele. — Birchtown é o lugar para gente como você.

Do lado de fora, novamente na rua Water, olhei para a direita e para a esquerda, tentando descobrir onde poderia conseguir ajuda. Eu não havia pensado a respeito de onde dormir ou comer quando cheguei a Santa Helena, Charles Town ou mesmo Nova Iorque. Ali, eu não tinha nada e não conhecia ninguém. Mas escolhera a liberdade, com todas as suas inseguranças e nada no mundo me faria voltar atrás.

Alguma coisa com o peso de um besouro bateu em minha nuca, mas a neve de dezembro rodopiava ao vento, portanto, estava muito frio para insetos. Virei e fui atacada novamente. Agarrei algo na bochecha e segurei na palma da mão. Foi então que ouvi risadas. Dois homens brancos, em farrapos do que fora um dia um uniforme vermelho dos britânicos, passavam uma garrafa um para o outro. Quando olhei para eles, pararam de jogar amendoins em minha direção, mas cuspiram, primeiro um, depois o outro.

Mais adiante, passei por uma placa que dizia THE SHELBURNE CRIER e abri a porta. Um branco de baixa estatura arrumava letras em uma placa de metal.

— Bom dia — disse ele, com os olhos fixos em seu trabalho.

— Bom dia para você também — disse eu.

Imediatamente, ele olhou para mim e deu um sorriso discreto.

— Creio que ouvi o sotaque de um lugar mais quente que este.

Ocorreu-me que ninguém no mundo tinha um sotaque igual ao meu, já que ninguém vivera com as mesmas pessoas em vilas, e cidades em dois continentes. Eu gostava de ter meu sotaque, qualquer que fosse, e queria mantê-lo.

— Aqui é Port Roseway? — perguntei.

— Shelburne — disse ele. — Você acaba de desembarcar? — Ele parecia não se importar com o fato de eu ser negra e desconhecida.

— Sim, mas achei que estávamos indo em direção a Port Roseway.

— Você estava. Recentemente, o nome mudou para Shelburne.

— Essas letras — disse eu, acenando para o trabalho dele. — Estão todas de cabeça para baixo. Parece que uma criança tentou escrevê-las e errou.

— Você tem bom olho. As letras são feitas assim, mas quando a máquina termina, as palavras surgem do modo correto. A não ser que haja erros.

— Eu consigo descobrir erros. Você precisa de ajuda?

Ele sorriu.

— Preciso de todo tipo de ajuda, mas não posso pagar. Onde, nesse mundo, você aprendeu a ler?

— É uma longa história — respondi.

— Eu tenho tempo — ele disse. — Em Shelburne, algumas pessoas a tratarão com indiferença, mas acredito que devemos tratar cada pessoa de acordo com seu mérito. Posso lhe oferecer chá?

Uma rajada de vento frio sacudiu a porta.

— Obrigada, mas eu não posso ficar. Estou procurando alojamento e preciso encontrar trabalho.

Seu nome era Theo McArdle, e eu aceitei o chá com gratidão. Ele ofereceu para que eu voltasse para revisar as primeiras edições que saíssem de sua impressora, em troca de biscoitos, chá, jornais gratuitos e toda e qualquer informação que ele pudesse compartilhar comigo. E um detalhe muito útil veio com aquele primeiro chá, antes mesmo que eu fizesse qualquer serviço para ele: a maioria dos negros livres morava em Birchtown, três milhas ao redor da baía, e eu podia descobrir mais no Escritório de Registro Predial. Agradeci Theo pelo chá e prometi voltar.

A única pessoa no Escritório de Registro Predial era um velho negro sentado em um banco, perto de uma placa que dizia AUSENTE PARA O CHÁ. Suas bochechas tinham marcas de varíola, e ele usava óculos, que não tinham lentes, apenas aros. Um dos olhos era opaco, o outro, transparente. Na mão enrugada, grossa e três vezes maior do que a minha, ele segurava uma bengala branca feita com madeira de bétula. Com ela, ele bateu, com delicadeza, no meu pé.

— Não vai dizer alô para um pobre velho? — ele perguntou.

— Você não é tão velho.

Um sorriso surgiu em seus lábios.

— Isto é muito cristão de sua parte. Diga mais uma frase ou duas, para que este velho capenga e cego ouça sua voz novamente.

— A distribuição de terras é feita aqui? — perguntei.

— Isso depende.

— De quê?

Ele se inclinou e segurou minha mão com a sua, que era seca e áspera. Era a maior mão que eu já tinha visto.

— De muitas coisas — disse ele. — Você veio de Nova Iorque?

— Sim.

— E sua crença é africana? — ele perguntou.

— Eu sou crente — respondi com um sorriso.

O homem gargalhou.

— Gosto de mulheres com senso de humor.

— Tenho uma *pessoinha* com quem me preocupar, por isso, meu humor vai melhorar quando eu encontrar um lugar aquecido para dormir — disse eu.

— Não ouvi ninguém vindo com você.

— A *pessoinha* está crescendo dentro de mim.

— Aleluia, irmã — disse ele. — Não desperdice sua manhã. Você não tem tempo a perder. O homem que você quer não está aqui, e não a ajudaria se estivesse. Mas você está com sorte, irmã, pois eu sou Moses Wilkinson. Alguns me chamam de pastor, mas a maioria me chama de Papai Moses. Você foi salva?

— Isso depende — respondi.

— De quê? — disse ele, rindo.

— Você sabe onde eu posso ficar?

— Com certeza — ele respondeu. — Você está com a pessoa certa.

— Então, eu preciso ser salva, Papai Moses.

Falei com o pastor até que um jovem forte chegou dizendo:

— Estou de volta, Papai Moses — e pegou-o nos braços como a um bebê.

— Pegue meu banco — Papai Moses gritou para mim.

Peguei o banco e segui os dois homens para fora. O jovem colocou Papai Moses em um carrinho de duas rodas.

— Você pode vir junto, mas terá de andar — disse Papai Moses.

O jovem atrelou-se à parte da frente do carro e começou a puxar Papai Moses. Eu caminhei ao lado do pastor, enquanto o carro seguia em frente, aos solavancos.

— Estamos indo para Birchtown? — perguntei.

— Ouviu falar, não foi? — disse Papai Moses. — Fica a três milhas naquela direção, no limite do porto.

No caminho, ele explicou que escravos e criados contratados ficavam na cidade com os legalistas a quem pertenciam. Mas se você fosse negro e estivesse por conta própria, disse ele, Birchtown era o seu destino. A Nova Escócia tinha mais terra que um espirro de Deus poderia alcançar, mas quase nenhuma era loteada para os negros.

— Mas os britânicos afirmaram que teríamos terra — disse eu.

— Espere sentada confortavelmente, no fim da fila — disse ele. — Existem milhares de negros na sua frente. E, na frente desses, milhares de brancos. Chamam de Nova Escócia, mas o povo de Birchtown tem outro nome para este lugar.

— E qual é?

— Nova Escassez.

Pensei em Chekura avisando-me para que fosse realista em relação à terra prometida. Onde estaria naquele momento? Teria comida e abrigo?

— Precisamos caçar para você — disse ele.

— Caçar?

— Precisamos conseguir peles para você. Coisa boa, de veado, alce e urso, mocinha, pois o escritório dos legalistas não salvará sua alma nem aquecerá suas costas. — Enquanto caminhávamos, Papai Moses explicava que as pessoas em Birchtown estavam divididas em companhias, cada uma com um líder que distribuía a ração dos britânicos e, quando vinham, os lotes de terra.

Papai Moses liderava a igreja Metodista, que era, também, uma companhia.

— Você já pegou Jesus nos braços? — ele me perguntou.

— Meus braços têm estado ocupados, e Jesus não vem à procura.

— O bom a respeito dos braços é que você só precisa abri-los — disse ele. — Perdi a visão e a locomoção há quatro anos.

— Varíola?

— Isso mesmo. Mas eu ainda tenho meu coração e meus braços, e isto basta para Jesus. Esse garoto que está me puxando? Eu cuido de sua alma, e ele e os outros me levam daqui para lá. Jesus diz que devemos cuidar uns dos outros.

Duas hastes saíam do carrinho. O jovem estava postado entre elas, puxando uma em cada mão. Devia ter uns 16 anos, já bem alto e musculoso, e nem estava suado.

— Olá — eu lhe disse.

Virou-se, com um belo sorriso, como se esperasse permissão para fazê-lo.

— Bom dia, minha senhora, e bem-vinda a Nova Escócia.

— Obrigada — respondi. — É bom que você esteja puxando o pastor.

— Papai Moses e eu, nós puxamos um ao outro.

— Nós somos viajantes — disse eu.

— Amém — disse Papai Moses.

Olhei novamente para o rapaz e pensei: que bom seria ter meu filho vivo e forte, mais alto do que eu, e vê-lo ajudando alguém. Perguntei-me como seria Mamadu, se tivesse podido ficar comigo. Se estivesse vivo, ele teria um pouco mais de 20 anos.

— Como você se chama, filho?

— Jason Wood. E como você se chama, senhora?

— Aminata.

— Ah, ah, ah. Parece uma daquelas palavras compridas da Bíblia.

— Aminata — repeti —, mas pode me chamar de Meena.

Papai Moses encontrou minhas costas com a ponta da bengala, e me cutucou, com muita delicadeza.

— Para uma menina sem Jesus, você fala como uma pastora — disse ele. — Suas palavras parecem ter sido ditas há cinco mil anos, e você parece estar lendo-as em muros sagrados. Uma voz como a sua poderia ser útil em minha igreja. Você tem ritmo e cadência, Meena, mas, como o Jason aqui diria, "da sua boca sai um som divertido, que não passa despercebido". Nós temos tempo, então, conte-me sobre você e de onde vem.

Nas Treze Colônias, em meio a estranhos, eu sempre conservei minha alma e meu coração cuidadosamente trancados, mas Papai Moses tinha uma voz compreensiva, solícita, que coube direitinho naquela fechadura. Senti que ele não me julgaria, e que, talvez, o fato de ser cego ajudasse. Pela primeira vez desde que deixara minha amiga Geórgia, comecei a falar com um estranho a respeito de minha mãe, meu pai, e sobre as coisas que aprendera em Bayo. Contei como havia caminhado até a costa, e falei sobre a travessia. Enquanto ele murmurava, ocasionalmente, "amém", ou, gentilmente dizia "Deus nos enviou em uma longa migração e fez com que sobrevivêssemos", contei como fora levada à Carolina do Sul, o que fizera lá e como perdera Mamadu. Eu não queria que Papai Moses esperasse que eu desse algo que não estava dentro de mim, por isso expliquei que a minha não era uma alma cristã, embora eu tivesse visto um pouco do Alcorão e da Torá e que, muitas vezes, havia lido trechos da Bíblia.

— Somos um povo viajante, como você bem disse, e você é uma das melhores representantes — disse Papai Moses.

— Amém — replicou Jason.

— Mesmo viajantes precisam de um lar, e, na falta deste, precisam de anfitriões — disse Papai Moses. — Minha esposa e eu temos uma vida simples, mas será uma honra ter você conosco até que outro arranjo seja feito.

— Obrigada, Papai Moses.

Sua bengala descansou, delicadamente, em meu ombro.

— Não estou pedindo para que receba Jesus em seus braços — disse ele. — Vamos, apenas, chamar sua alma de "um trabalho em andamento".

— Com tudo o que você está fazendo por mim, pode chamar minha alma do que quiser.

— Não importa como você chama sua alma — Papai Moses me disse. — O que importa é para onde ela viaja e quem a enaltece.

Depois de caminhar em silêncio por um breve momento, passamos por um longo corredor de pinheiros. À direita, a floresta parecia densa e impenetrável. À esquerda, havia um número menor de árvores e, nos espaços entre elas, eu podia ver as águas frias e cinzentas da baía de 15 km.

Depois de andar uma boa distância, perguntei a Papai Moses:

— Quanto tempo leva para caminhar até Annapolis Royal?

— Você nem está convenientemente vestida para o inverno, e já está pensando em partir.

— Meu marido está lá.

— Pode ser que, quando o inverno se for, possamos ajudá-la a encontrá-lo.

— Será que eu não poderia ir antes? — perguntei.

— Não é um trajeto que se possa percorrer a pé, menina.

— Eu andaria o quanto fosse necessário para encontrar meu marido.

— Não dá para ir a pé. Não no inverno. E não com um bebê. Ambos pereceriam. Para Annapolis Royal é preciso ir de navio, e, se você for como nós, não tem dinheiro para navios. Neste momento, tudo o que você precisa é manter você e esse bebê vivos. Seu marido se cuidará até que vocês dois possam encontrá-lo.

Tentei perguntar se ele sabia se o *Joseph* havia chegado a Annapolis Royal, mas ele ficou impaciente.

— Não sei de nenhum navio chegando e partindo para outros lugares na Nova Escócia — disse ele. — O máximo que posso fazer é cuidar do meu próprio rebanho.

Quando chegamos a Birchtown, uma camada de neve cobria o chão e o vento frio soprava com muito mais força. Cerca de mil negros moravam naquela área. Alguns, em barracos, outros, em buracos fundos, cavados no solo e cobertos com madeira e galhos de árvores. Precisavam se amontoar para manter-se vivos durante o inverno.

Papai Moses e sua esposa, Evangeline, tinham um barraco com um quarto, com uma cortina no meio. Dormiam nos fundos. A parte da frente era onde os paroquianos conversavam com Papai Moses, em particular. Esse espaço se transformou em meu dormitório temporário.

Theo McArdle empregou-me para escrever anúncios para importadores que vendiam seda, tabaco, melado, frutas, farinha, lona e rum. Ele me dava comida para compartilhar com meus anfitriões em Birchtown, mas o que eu mais gostava era da chance de ler o jornal *Shelburne Crier*. Eu varria as páginas em busca de notícias sobre outros lugares, na esperança de encontrar algo sobre Annapolis Royal ou sobre os negros de lá. Mas não vi nenhuma notícia a respeito de negros livres. As únicas notícias que li sobre a minha gente falavam de escravos fugitivos. Em um velho exemplar do *Nova Escócia Packet and General Advertiser*, que Theo McArdle também vendia em sua loja, encontrei o seguinte anúncio:

> *CINCO DÓLARES DE RECOMPENSA.*
> *Fugitivo de assinante, sábado, dia 22..., uma moça negra, chamada Dinah, de cerca de 25 anos; ao fugir, usava combinação de lona azul e branca, vestido curto de chita e uma velha capa azul. Quem prender a referida moça, de modo que o dono a recupere, receberá a dita recompensa, de valor razoável. Robert Sadler, Shelburne, rua Mowat, 24 de julho de 1783. Construtores de navios e outros estão, por meio desta, proibidos de transportar ou acolher a referida moça.*

Quando voltei a Birchtown, disseram-me que Dinah fora capturada e retornara ao seu senhor, que, então, açoitou-a. Compreendi que, se você tivesse chegado à Nova Escócia livre, continuaria livre, embora isso não impedisse os americanos senhores de escravos de viajar até lá para tentar recuperar sua propriedade. Entretanto, se tivesse vindo como escravo, seria preso tão rapidamente quanto nossos irmãos e irmãs nos Estados Unidos.

Em meu primeiro mês em Birchtown, amparei dois bebês e fui contratada por um grupo britânico chamado Sociedade para a Propagação do Gospel no Estrangeiro. Eles me pagavam três xelins por semana para ensinar as pessoas de Birchtown a ler. Eu dava aulas na igreja Metodista, acotovelada aos alunos em torno de um forno. Trabalhava o máximo possível para comprar roupas mais grossas e uma pele de urso para minha cama. Eu tinha muito pouco; menos comida e menos conforto do que em qualquer outro período de minha vida. Mas estava na Nova Escócia, e era livre.

Quando Papai Moses não precisava dele para sua própria locomoção, nós compartilhávamos o carrinho que fora usado para puxá-lo de Shelburne a Birchtown. Com minhas economias, consegui cobrir o carro com três fardos de madeira, pregos, galhos de árvore e retalhos de lona náutica. Com ajuda de Jason e de três outros jovens a quem eu dava aulas, levantei um barraco. Fixamos estacas no solo, amarramos vigas, preenchemos as fendas com musgo e pedaços de madeira, amarramos lona em volta de tudo para proteger do vento e puxamos um fogão barrigudo pela porta. Naquele barraco^, além de mim, cabiam uma cama, uma cadeira, uma mesa e o fogão. O fogão fez de mim uma curiosidade. Eu era uma das poucas pessoas em Birchtown que tinha um, e isso porque Theo McArdle conhecia um legalista que não precisava mais do seu, pois recebera um carregamento de suprimentos da Inglaterra.

Enquanto Papai Moses cuidava de nossas almas, sua esposa, Evangeline, cuidava de nossos estômagos. Quando me mudei para meu próprio barraco, ia ao encontro dela em busca de suprimentos fornecidos pelos britânicos. Qualquer um que sonhasse em arrombar seu galpão de suprimentos enfrentaria sua fúria. Ela contava os suprimentos diariamente, e registrava os itens que me dava. Um serrote, um martelo, um saco de pregos, um quilo de feijões secos, uma porção de carne de porco salgada e um saco de arroz ou batatas.

Hesitei.

— Eu não quero a carne de porco — disse. — Posso receber outra coisa no lugar? — Ela trocou por peixe salgado. Perguntei se seria melhor pegar o arroz ou as batatas.

— Leve o arroz — disse ela. — É mais fácil de conservar e rende mais. Ao arroz você pode adicionar outras coisas. Coloque pimenta. Misture vegetais, fígado de galinha ou orelha de porco picado. As pessoas aqui pegam maçãs amargas caídas das árvores e as cozinham. Se acrescentar condimentos, o arroz arrebata e fala com você. Já a batata, é sempre a mesma coisa, dia sim e outro também. Leve o arroz, e cuide dele como se fosse seu bebê. Embrulhe-o bem e não deixe que tome chuva.

Evangeline era uma mulher piedosa, que acreditava que os negros eram culpados dos problemas que arrumavam à noite. Ela assistia a todos os sermões do marido e pedia pronta punição às pessoas de cor pegas bebendo e dançando, isto é, violando a proibição oficial de Shelburne de promover "Folias Negras".

Nas sessões da Corte de Justiça de Shelburne, uma vez por mês, pessoas de Birchtown recebiam sentenças variadas: uma chicotada aqui, por dançar em uma Folia Negra, um açoitamento ali, por beber e vadiar. Um negro, que roubou um filão de pão e bateu no dono da loja que tentou impedir o roubo, recebeu trinta chicotadas em cada um dos cruzamentos da rua Water. Em pelourinhos colocados nas esquinas das ruas William, Charlotte e Edward, multidões se aglomeravam para torcer e jogar amendoins enquanto as costas do homem eram chicoteadas. Uma mulher foi enforcada na rua Charlotte por ter roubado prataria de um homem do qual ela era aprendiz. Os escravos fugitivos apanhados eram trazidos à corte e sempre retornavam a seus senhores, embora nós, em Birchtown, fossemos adeptos de esconder os fugitivos e misturá-los a nós, como se fossem da família.

Em Birchtown, ninguém tinha nada, em nossos primeiros meses. Nunca uma moeda mudava de mãos entre nós. Ajudei um homem a escrever uma carta para a esposa em Boston e ele ajudou-me a escorar um dos pés de ferro do meu fogão. Amparei os gêmeos de uma garota de 18 anos da Geórgia que lembrava ter registrado no Livro dos Negros em Nova Iorque, e o marido dela derrubou e serrou quatro árvores da floresta para aumentar e reforçar meu barraco. Os moradores de Shelburne pagavam quando eu trabalhava para eles, e eu precisava do dinheiro para comprar mercadoria na cidade, mas, em Birchtown, as pessoas tinham tão pouco, que alguns trocavam as próprias roupas por comida. A mãe de Jason, aquele que havia puxado Papai Moses no carrinho para Birchtown, teve de matar seu próprio cachorro depois de passar dois dias sem comer. Uma mulher, que falara comigo vangloriando-se por ter viajado para a Nova Escócia por conta própria, sentiu tanto frio e fome, que colocou um x em seu contrato, abrindo mão da liberdade por dois anos, em troca da promessa de quarto e comida e, quando o contrato vencesse, um pagamento de cinco libras.

Eu falava com o bebê que crescia em meu ventre a respeito de meu sofrimento e de minhas privações.

— Meu bebê — eu dizia —, nunca deixarei que prendam, com um contrato, nem a mim nem a você. Estou tentando conseguir o suficiente para nos manter vivos. A primeira coisa que pretendo ensiná-lo é de onde vim e quem é o seu povo. A segunda, é ler e escrever. Você acha que pode aprender isso mais ou menos na época em que começar a andar?

Sempre que ficava sabendo que alguém de Annapolis Royal visitava Shelburne, perguntava se tinha ouvido falar do Joseph, ou se conhecia Chekura. Ninguém me ajudava. Por intermédio de duas ou três pessoas que viajavam para lá de navio, enviei cartas, pedindo que fossem deixadas em tabernas frequentadas por legalistas negros, mas nunca obtive resposta. Era muito longe para ir a pé, e eu não tinha dinheiro para a passagem de navio. Além disso, eu estava ocupada tentando manter-me viva e com saúde para o bebê que estava a caminho. Onde quer que estivesse, eu sabia que Chekura queria que eu cuidasse, em primeiro lugar, do bebê.

Birchtown ficava a uma longa, difícil e lamacenta caminhada de Shelburne. Levava umas boas duas horas, andando o mais rápido possível. Não havia nem cavalos nem carroças; nada além das solas calejadas de nossos pés, para levar-nos daqui para lá. Em Birchtown, além dos barracos, tendas e buracos no chão, havia música e risada em nossas igrejas. Tomávamos rum e uísque, quando conseguíamos. Era perigoso beber nas tabernas de Shelburne, mas raramente se via brancos em nossa comunidade.

À noite, em Birchtown, mulheres e homens iam de cama em cama. Apesar da desaprovação de Evangeline Wilkinson, que falava sobre os pecados da carne, casais se juntavam e se separavam, trocavam de parceiros e voltavam a se unir. Caminhando pelas vielas lamacentas de Birchtown, eu escutava gemidos profundos e gritos agudos provenientes dos barracos à noite e das capelas durante o dia. Do púlpito, Papai Moses às vezes pedia — sempre em vão — que as pessoas conduzissem sua vida com mais modéstia durante o dia e que oferecessem mais noites silenciosas a Jesus.

Em meu primeiro inverno na Nova Escócia, uma epidemia alastrou-se por Birchtown. Quando o solo estava muito congelado para cavar, os mortos iam diretamente para o pântano. Os vivos tiravam as roupas dos mortos e rezavam para que, quando seu momento chegasse, que fosse durante os meses mais quentes, para que o solo permitisse um enterro decente.

Amparei quatro bebês, mas dois deles morreram durante o primeiro mês. Perguntava-me como um bebê poderia sobreviver com um tempo como aquele, e sentia-me afortunada pelo fato de que o meu nasceria na primavera. As pessoas em Birchtown não tinham nem dinheiro nem objetos com que me pagar, mas davam-me cozido de coelho com batatas, já que sempre havia alguns pés de batata e os jovens eram adeptos das armadilhas para caçar lebres cor de neve.

Em Shelburne, por amparar o bebê de uma branca, que disse que o médico da cidade era um charlatão que cobrava duas libras, recebi dois filões de pão, vinte maçãs, um saco de arroz e um velho trenó. Coloquei a comida no trenó e puxei-o até Birchtown. Jason reforçou-o e amarrou nele uma corda mais grossa. O trenó facilitou o deslocamento de Papai Moses sobre a neve pesada.

Duas vezes por semana, eu assistia aos serviços de Papai Moses. Reclinado sobre o púlpito de modo a ficar em pé sem ajuda, ele gritava e se esgoelava até ficar rouco. Às vezes, seus olhos se reviravam e ele caía para trás, nos braços de dois diáconos. Nos bancos da igreja, os congregantes davam pulos, agitavam-se e desfaleciam. Nunca me vi renascida dessa maneira, mas enquanto os outros ficavam extasiados, eu pensava em meu pai lendo o Alcorão, e perguntava-me o que pensaria ele sobre tais arroubos de piedade. Pensar em meu pai fazia-me pensar em minha mãe, e, enquanto o povo de Birchtown sucumbia um nos braços do outro e cantava para Jesus, eu ficava sentada e deixava minha tristeza entrar em erupção. Ao som de "Louvado seja o Senhor", e "Aleluia, Irmã", eu deixava que as lágrimas rolassem, certa de que ninguém me importunaria com sua solidariedade. Muitas vezes, naquele inverno, caí de joelhos e chamei os nomes de meus parentes, meu filho e meu marido, chorando por eles como se os tivesse perdido naquele momento, com meu mais recente suspiro. Com os braços em volta da barriga, balançando-me de um lado para o outro, eu rezava pela dádiva de uma criança saudável.

No dia de primavera em que entrei em trabalho de parto, a maior parte do povo de Birchtown fora ao encontro de um navio no cais de Shelburne. Todos os homens e as mulheres com ombros fortes e bons braços podiam receber dois xelins carregando caixas e engradados do raiar do dia até tarde da noite.

Eu não queria ter meu bebê sozinha. E se algo desse errado? E se precisasse de ajuda? Quando eu era criança, em Bayo, as pessoas costumavam dizer que o azar recaía sobre bebês amparados pelas próprias mães.

Ninguém respondeu quando bati na porta do pastor. Abri e escutei o rangido das dobradiças enferrujadas.

— Papai Moses! Evangeline!

Evangeline, que vestia e barbeava o marido todas as manhãs, não estava na sala da frente. Nos fundos, Papai Moses roncava.

— Papai Moses! Evangeline!

Puxei a cortina. O pastor estava sozinho, deitado, sobre as cobertas, totalmente vestido. Havia uma xícara de chá na mesinha ao lado da cama. O chá estava morno. Concluí que Evangeline vestira o marido, oferecera-lhe o chá e partira para passar o dia em Shelburne.

— Papai Moses.

Ele se sentou de pronto.

— Quem está aí?

— Sou eu, Meena.

— Que horas são?

— É cedo.

— O que você está fazendo aqui, no meu quarto, mulher?

— Minha hora chegou, Papai Moses.

Ele pareceu não me escutar.

— Onde está minha esposa?

— Parece que ela já o vestiu e ofereceu-lhe o chá, Papai Moses.

— Sim, sim, é verdade. Ela foi para Shelburne. Onde estão meus óculos? — perguntou ele.

Peguei os óculos que estavam sobre um caixote e coloquei-os em sua mão. Ele os ajustou no nariz.

— Diga novamente. Por que você veio aqui hoje?

— Estou pronta para ter meu bebê.

Na igreja, o homem era tão cheio de vida, que as pessoas não se continham quando ele golpeava o púlpito e falava sobre Moisés guiando os hebreus rumo à liberdade. *Eles foram o povo escolhido para ocupar a Palestina, e nós também somos o povo escolhido. Nós também, irmãos e irmãs, somos escolhidos para a liberdade, exatamente aqui, em Birchtown, Nova Escócia.* Mas, em casa, sem a esposa para cuidar dele, o homem que deixava tantos congregantes extasiados parecia vulnerável.

— Se o bebê está chegando, temos coisas a fazer. — Papai Moses sentou-se e pôs os pés para fora da cama. — Encontre alguns rapazes para me levantar.

Saí, e voltei alguns minutos mais tarde com quatro garotos que ficaram para cuidar dos irmãos mais novos. Eles carregaram Papai Moses para fora do barraco e em direção ao carrinho comunitário. Depois de puxá-lo até o meu barraco, levantaram-no e colocaram-no sentado em um banco que eu trouxera comigo.

Ao ficarmos sozinhos, eu disse:

— Não sei se conseguirei fazer tudo isso sozinha.

— Não deixe que seu coração se aflija, e não tenha medo.

Dei uma risadinha.

— Enquanto eu estiver tendo este bebê, você não vai agir como se estivéssemos na igreja, vai?

Papai Moses esticou as pernas e bateu com a bengala na parede.

— Acho que é melhor não. Não se preocupe, menina. Você é tão forte quanto uma árvore de três metros.

— Eu me sentiria melhor se as mulheres voltassem logo de Shelburne.

— Já faz algum tempo que eu quero lhe fazer uma pergunta.

— Bem, vá em frente, então.

Papai Moses voltou o rosto em minha direção como se pudesse me ver.

— Você estava casada quando esta criança germinou em seu ventre?

— Sim, com certeza. Meu marido é Chekura. Como já lhe contei, eu devia ter embarcado para Annapolis Royal com ele, mas tiraram-me do navio e ele partiu. Não sei onde está, nem tenho certeza se chegou a Annapolis Royal. Mas eu tinha esperança de que ele aparecesse hoje.

— Hoje?

— Sim, é o que eu esperava.

— Se tivesse intenção de vir, já estaria aqui. Acredite em mim; eu conheço os homens.

— Ele virá — disse eu. — Eu sei que virá.

— Por que você tem tanta certeza?
— Tenho de acreditar em alguma coisa — disse eu.
— Amém — disse Papai Moses.
— E, agora, eu tenho uma pergunta para você.
— Então, faça-a.
— Se você é totalmente cego, porque usa óculos?
— Gosto do modo como eles repousam sobre meu nariz, e me dão certa dignidade.
— Mas não tem lentes.
— Elas caíram depois que tive varíola, e eu nunca me preocupei em repô-las.
— O que há dentro dos seus olhos?
— Nada — disse ele. — Eu não vejo nada. Não há luz. Nem escuridão. É como se eu não tivesse olhos de jeito nenhum, mas eu me lembro de como as coisas são.

Ficamos em silêncio por algum tempo. Então, coloquei um velho bule de ferro com água sobre o fogão.

— Você pode colocar alguma coisa estimulante nessa água?
— Tenho limão, rum e açúcar.
— Aqui em Birchtown, nós chamamos isso de "limonada do pastor".
— Por quê?
— Certa vez, o xerife parou um de nossos homens durante uma arruaça em Shelburne e perguntou-lhe o que ele estava bebendo — disse Papai Moses. — E o homem respondeu: É só a limonada do pastor.

Papai Moses e eu pegamos nossas bebidas quentes e passamos horas conversando, enquanto minhas contrações ficavam cada vez mais intensas. Finalmente, quando meu corpo ficou pronto, comecei a empurrar. Empurrei e empurrei, mas não sentia a cabeça com minha mão. Eu nem sequer sabia se já estava totalmente pronta, e comecei a ficar com medo de que o bebê ficasse preso dentro de mim para sempre, matando nós dois. Tomei mais um gole da limonada do pastor e, de repente, meu corpo arremeteu.

Enquanto o pastor segurava minha mão, empurrei e resmunguei uma vez mais. Com as costas levantadas e as pernas bem abertas, empurrei com toda a vida que havia dentro de mim. Senti a cabeça e, em seguida, empurrei o resto do corpo.

Olhando para baixo, peguei a pessoa mais nova do mundo e me deitei com ela plantada em meu peito.

— Pelas barbas do profeta, mulher, diga-me o que você trouxe a esse mundo.

Mas, naquele momento, eu não estava pensando em Papai Moses e nem no sexo da criança. Senti meu coração bater de encontro ao peito de meu bebê, deixei que minha mão acariciasse delicadamente suas costas e cobri-nos com um cobertor que deixara ao lado da cama. Aquele coraçãozinho batia junto ao meu.

Meus filhos eram como membros fantasmas

Dei à minha filha o nome de May[28], em homenagem ao mês em que ela nasceu. Quando tinha seus pequenos rompantes de fúria — talvez porque eu demorava a dar-lhe o peito, ou, quando ficou mais velha, para amassar as batatas e verduras — eu a chamava de Little May First[29], em homenagem ao dia em que ela nascera. Eu não sabia o que fazer com seu temperamento. Às vezes, parecia que todas as coisas erradas do mundo estavam confinadas em sua alma, aguardando qualquer pretexto para irromper. Antes de completar 1 ano, ela gritava e me batia nas costas para ir para o chão e se arrastar por conta própria. Ela adorava ficar no colo das outras mulheres em Birchtown, especialmente no da Senhora Alverna Witherspoon, uma legalista branca que veio nos ajudar pouco tempo depois do nascimento de May. Mas quando May se cansava das mães substitutas e queria voltar aos meus braços, ela ela fazia aquela cena caso eu demorasse.

Onde quer que eu fosse — lecionar, trabalhar na gráfica e amparar bebês —, eu a mantinha presa às minhas costas com um belo tecido da cor do índigo. Conversava com ela sobre todos os assuntos, mesmo antes que pudesse compreender. Sentia que o som de minha voz precisava compensar por tudo o que lhe faltava — um pai e as tradições de minha aldeia nativa. Até lhe expliquei que havia comprado o pano que a mantinha próxima de mim na loja "Todas as coisas do mundo", em Shelburne, e que poucas lojas na cidade recebiam clientes negros.

— Você precisa saber onde é seguro e onde não é — eu lhe disse.

Alverna Witherspoon esteve na gráfica de Theo McArdle várias vezes antes que nós nos conhecêssemos. Seu marido trabalhava com pesca de baleias, e a Senhora Witherspoon trazia seus anúncios duas vezes por mês. McArdle sempre a atendia enquanto eu ficava nos fundos da loja, caçando *p*s e *q*s trocados e outros erros, em leitos de letras de cabeça

28 Maio (N. do T.).

29 Little May First: Pequena Primeiro de Maio (N. do T.).

para baixo, para que pudessem ser impressas. Mas, certo dia, eu estava sozinha na loja quando a Senhora Witherspoon entrou.

— O Senhor McArdle está? — ela perguntou.

— Ele saiu para fazer um serviço, Senhora Witherspoon — respondi.

— Como você sabe meu nome?

— Você vem sempre aqui.

— Eu a vi aqui com aquele bebê, mas não sei seus nomes.

— Bem, esta pequenina que gosta de tentar tirar as letras do componedor[30] chama-se May, e eu sou Meena.

— Dei a Theo um anúncio hoje cedo.

— Sim, de óleo de baleia. Eu estava compondo as letras.

— O preço que eu lhe dei está errado. O preço de um barrilete de óleo não é duas libras e seis xelins, e sim três libras e seis xelins.

— Posso corrigir isso.

— Pode fazê-lo antes de imprimir?

— Só um minuto. — Removi algumas peças de uma base de letras, deixei que May segurasse uma delas, ela gostava de passar os dedos pelos sulcos, e as substituí. — Pronto — disse eu.

— Já? Posso ver? — pediu a Senhora Witherspoon.

— É um pouco complicado. As letras estão de cabeça para baixo, em uma grande bandeja, e eu estou correndo para terminar antes de imprimi-las. Posso mostrar-lhe outro dia, se quiser.

Ela abriu um enorme sorriso.

— Não, está tudo bem. Diga ao Senhor McArdle que estive aqui. Você é uma visão e tanto! Parece uma aprendiz de tipógrafo com este lindo traje africano e, para completar, esta menina bem-comportada ao seu lado.

— Eu era aprendiz até o ano passado. Theo não me considera mais aprendiz. Eu monto o tipógrafo para ele às segundas-feiras, sem supervisão.

— Por favor, diga-lhe que estive aqui e que fui muito bem-atendida.

De repente, May saiu de perto de mim, correu em direção à Senhora Witherspoon e colocou em sua mão a letra *M* do componedor.

— Normalmente, ela é mais acanhada com estranhos — eu disse.

— Obrigada, querida — a Senhora Witherspoon disse para May. Ela piscou para mim e me devolveu a letra, rapidamente.

30 Componedor: Utensílio em que o tipógrafo reúne manualmente os tipos, e que consiste em lâmina de metal com rebordo num dos lados e num dos extremos, e peça corrediça para estabelecer a medida (N. do T.).

— Não — May gritou, me puxando.

Quando, finalmente, cedi, ela abriu minha mão, recuperou a letra M e devolveu-a à Senhora Witherspoon.

A senhora jogou um beijo para May, esperou até que a menina se virasse, colocou a letra sobre o balcão e saiu.

Na segunda-feira seguinte, a Senhora Witherspoon voltou e perguntou:

— Quantos dias por semana você trabalha para o Senhor McArdle?

— Às segundas e terças — respondi.

— Você gostaria de trabalhar de quarta a sábado para mim?

No dia seguinte, a Senhora Witherspoon e seu marido me contrataram. Eu fazia tudo o que precisavam — limpava sua grande casa na rua Charlotte, passava roupas, carregava água e lenha, acendia o fogo, limpava a lareira, comprava comida e fazia outros serviços. Até cozinhava. Pagavam-me um xelim por dia para trabalhar do raiar do dia até o anoitecer. Eu preferia a gráfica de McArdle ao trabalho braçal nos Witherspoon, mas o emprego tinha certas vantagens. Eles permitiam que eu levasse May e que ela explorasse a casa, contanto que se comportasse. Os Witherspoons não tinham filhos, mas tinham convidados com frequência e tinham sobras de comida que podíamos comer ou levar para Birchtown. A Senhora Witherspoon me mostrava tudo o que pretendia jogar fora — cadeiras velhas, mesas, baldes e cordas. Se eu não precisasse, alguém em Birchtown precisaria.

Minhas boas relações com os Witherspoons causaram inveja em Birchtown. Muitos negros tinham contratos com os legalistas de Shelburne por períodos de três anos. Era melhor que passar fome ou frio, mas não muito. Um legalista branco tinha todos os motivos para levar um negro contratado ao colapso antes do final do contrato, e alguns contratados negros que ficavam feridos ou doentes, a partir do momento em que não eram mais úteis, eram despedidos, e seus salários, suspensos.

— Não chegue muito perto dos brancos — Papai Moses me alertava. — Eles podem ser amigos apenas por interesse. — Se isso era verdade ou não, os salários pagos por McArdle e pelos Witherspoons ajudavam a minha filha e a mim a sobreviver e, com frequência, ajudar outros, como Papai Moses. Eu ainda fazia partos em Birchtown, mas há muito tempo ninguém me pagava nada.

May adorava me acompanhar quando eu ia trabalhar em Shelburne. Quando estava com 3 anos, todas as semanas, ela ganhava biscoitos e leite da Senhora Witherspoon, que se sentava com minha filha enquanto esta comia e brincava. Certo dia, o Senhor Witherspoon escreveu as letras M-A-Y em uma folha de papel.

— Você sabe o que...?

— May — minha filha respondeu.

— Como você sabe? — O Senhor Witherspoon perguntou.

— É o meu nome. M-A-Y. May. Mamãe me disse.

— E isso? — perguntou o Senhor Witherspoon, escrevendo outra coisa.

— Mama — May disse.

— E isso?

— Papa — May leu. — Ele não tem alguns dedos e me ama.

O Senhor Witherspoon olhou para mim. Ele sabia que, com ajuda de McArdle, há muito tempo, eu colocara anúncios nos jornais de Annapolis Royal, pedindo informações sobre Chekura, sem resultado. O Senhor Witherspoon sabia também que, quando May estava com 1 ano, eu tinha dinheiro suficiente para que ela fosse comigo a Annapolis Royal para uma viagem de férias de verão, mas que pegamos o navio seguinte de volta para casa. Lá, não havia um negro sequer que tivesse ouvido falar em Chekura ou que soubesse qualquer coisa a respeito de um navio chamado *Joseph* que tivesse chegado durante o outono de 1783. Eu não fazia ideia do que acontecera com meu marido ou de onde ele estava, mas ainda acreditava que, se estivesse vivo e se pudesse, um dia ele viria me encontrar. Fiz questão de que todos os negros de Birchtown e todos os brancos amigáveis de Shelburne soubessem que eu estava à espera de Chekura, de modo que, caso o encontrassem ou ouvissem falar nele, pudessem fazer com que nos encontrássemos.

Algumas semanas depois do terceiro aniversário de May, quando eu falava com ela sobre seu pai e sobre a nossa terra, ela disse:

— Não se preocupe, mamãe, um dia nós voltaremos para lá. — Perguntei como ela sabia disso. — Nós faremos uma longa caminhada, levando bastante comida, caso seja preciso almoçar e, quando chegarmos ao final da floresta, veremos a África.

Pouco depois dessa conversa, minha filha começou a ter febre e diarreia, a mesma que circulava entre os habitantes de Birchtown. Precisei faltar ao trabalho na gráfica por dois dias, mas não pude deixar de ir aos Witherspoons. Decidi levar May comigo, achando que a Senhora

Witherspoon deixaria que eu dobrasse um velho cobertor para que May dormisse enquanto eu trabalhava. Carreguei May sobre os ombros, mas ela estava muito fraca para curvar-se e apoiar as mãos em minha testa. Durante toda a caminhada até Shelburne, tive de ficar com os braços erguidos, segurando-a. Quando chegamos, meus braços estavam exaustos e a testa de minha filha estava queimando.

— Pelo amor de Deus — disse a Senhora Witherspoon —, o que você fez com nossa querida May? Alô, May, você está me vendo? Olhe para mim. Aqui, querida, olhe para cá.

May mal conseguia ficar com os olhos abertos, e, quando tentei colocá-la no chão, ela não conseguiu ficar em pé.

— Devo chamar um médico?

— Não — disse eu, meio ríspida. Então, tentei falar de modo mais gentil, pois precisava de sua ajuda e não queria ofendê-la. — Desculpe-me, mas eu não confio nos médicos. May só precisa descansar enquanto eu trabalho.

Em um quarto vago no andar inferior, próximo de onde eu trabalhava, colocamos May em uma cama. Nós a cobrimos e demos-lhe água de hora em hora. No final do dia, a Senhora Witherspoon ofereceu para que passássemos a noite lá. Fiquei profundamente agradecida, e mais ainda nos três dias seguintes. Então, a febre e a diarreia cederam e ela voltou a comer. A Senhora Witherspoon insistiu para que nós passássemos a quarta noite em sua casa, até que May se recuperasse, antes de voltarmos a Birchtown. No final daquele dia, May havia se recuperando totalmente e brincava com o Senhor Witherspoon, tentando puxar sua barba. Assistindo àquelas brincadeiras, mais uma vez desejei que May pudesse ver o pai. Eu tinha certeza de que Chekura brincaria com ela também. Eu amava cada centímetro de minha filha e adorava cada batida de seu coração, mas não era de brincar. Eu a alimentava, vestia, ensinei-a a ler antes de seu terceiro aniversário e levava-a a todos os lugares aonde ia, mas era muito ocupada ou estava sempre muito cansada para brincar.

A convivência com os Witherspoon durante o período em que May estivera doente aproximou-nos ainda mais do casal. Eles nos deram velhos cobertores para levar a Birchtown, e até deixaram que eu levasse um velho estrado de madeira, de modo que May e eu não dormíssemos tão perto do chão. Então, cada vez que eu chegava ao trabalho, May era recebida à porta pela Senhora Witherspoon, que, frequentemente, distraía May enquanto eu trabalhava. O Senhor Witherspoon me deu óleo de baleia para o lampião até o verão de 1787, quando encerrou seu negócio por falta de mercado. No dia em que o negócio fechou, ele e a Senhora Witherspoon insistiram para que nós jantássemos com eles e passássemos a noite. Falei a respeito dos longos meses de espera até deixar Nova Iorque, e eles, sobre como haviam perdido sua terra e uma boa casa quando deixaram Boston e navegaram até Shelburne, durante a Guerra da Independência.

— Por que tantos negócios estão fechando? — perguntei ao Senhor Witherspoon.

— Este porto foi construído às pressas — ele respondeu. — Todos estavam convencidos de que se tornaria a nova cidade de Nova Iorque. Mas os empregos nunca surgiram, as pessoas não têm dinheiro para gastar e os negociantes não vendem sua mercadoria. Tão depressa quanto foi erguida, esta cidade logo será destruída.

Uma onda de calor incomum invadiu Shelburne e Birchtown em julho. Os mosquitos eram piores do que na Carolina do Sul, e ursos chegavam até as cercanias da cidade para comer os frutos dos arbustos e remexer nosso lixo. Poucos negros receberam terra, e os britânicos cortaram nossas provisões. Os homens caçavam veados e alces para salgar a maior quantidade possível de carne para o inverno. Diariamente, a maioria dos homens e mulheres saudáveis de Birchtown procurava trabalho em Shelburne, mas os empregos tornavam-se raros. O negócio do Senhor Witherspoon foi apenas mais um dos que fecharam. Os salários estavam baixando, principalmente os dos negros. Nove centavos por dia era menos de um terço do que se pagava aos brancos para carregar engradados no porto. Quem oferecia emprego gostava de contratar negros por salários mais baixos, mas isso enfurecia os trabalhadores brancos, muitos deles ex-soldados, que, da mesma forma que os negros, vieram a Shelburne após servir aos britânicos durante a guerra nas colônias. Pelas roupas rasgadas e rostos abatidos, percebi que muitos brancos também enfrentavam dificuldades, e que, para os negros, estes brancos eram, entre todos, os mais perigosos.

Certa noite, no final de julho, May e eu havíamos terminado o trabalho na casa dos Witherspoons e caminhávamos pela rua Charlotte em direção à rua Water. May costumava caminhar até ficar muito cansada, quando, então, eu a apoiava no quadril pelo resto do caminho.

— Até onde você gostaria de caminhar hoje? — perguntei segurando sua mão.

— Até a primeira cerveja — ela respondeu.

— Até a primeira placa de "cerveja"? É muito pouco. Que tal até o final da rua Water?

— Não, mamãe. Muitos homens. Pegue-me, mamãe. Pegue-me agora.

Peguei minha filha no colo e perscrutei a rua. Perto de uma placa que dizia "Cerveja do Milligan", um grupo de homens brancos atormentava um negro que trabalhava no alto de uma escada.

— O que você faz aí, garoto? — gritou um dos homens.

— Estou consertando o telhado — o trabalhador respondeu, pegando um martelo que estava em seu cinturão.

Parei entre duas lojas para que May não visse a cena e olhei de esguelha, pelo canto de um dos prédios. Pude ver um homem tentando balançar a escada para que o carpinteiro caísse. Este agarrou o beiral do telhado, enquanto o homem tirou a escada, deixando o trabalhador pendurado.

Um homem com avental branco saiu da taverna.

— Ei! Coloque a escada no lugar. Esse garoto trabalha para mim, e tem serviço a fazer.

Dois homens do grupo empurraram o homem de volta para dentro da taberna. Os outros sacudiram o trabalhador até ele cair. Em seguida, puseram-se a chutá-lo e espancá-lo, carregaram-no até o cais e jogaram-no na água.

O negro tentava sair da água gelada, mas os brancos o empurraram de volta por diversas vezes. Ouvi os homens gritarem que o matariam se saísse da água novamente. Quando o fez, andando devagar com as roupas encharcadas, os homens o surraram até ele ficar deitado, quieto. Quando o jogaram na água mais uma vez ele não voltou mais.

— Mamãe, o que eles estão fazendo?

— Estão machucando as pessoas — respondi. Eu queria correr para Birchtown, mas, à minha direita, havia uma multidão em fúria em frente à taberna, e à minha esquerda, na rua Water, outra aglomeração estava se formando. Pressionei May contra a parede do edifício.

— Vamos queimar suas casas — um homem gritou.

— Vamos incendiar Birchtown — disse outro.

— É hora de ensinar uma lição aos negros — alguém disse. — Vamos começar com aquele bastardo ali.

Muitos homens bebiam cerveja; alguns carregavam mosquetes. Os dois grupos de brancos se juntaram, afastando-se de nós. Atravessaram a rua Water, caminhando em direção a um negro muito conhecido em Birchtown. Ben Henson, um homem alto e magro, estava parado no lugar costumeiro na rua Water, serrando toras por um centavo cada trinta centímetros. Ben tinha os braços mais fortes de Birchtown, mas eu desejava que ele corresse antes que a multidão o alcançasse. Não queria que ele provasse sua força. Mas, enquanto os homens avançavam, Ben continuava trabalhando com as toras.

— Por que você não arrasta estas toras para a Cidade dos Negros? — gritou um dos líderes da multidão.

Ben não tirou os olhos da tora. O líder aproximou-se, o mosquete apontando para a cintura de Ben. Este continuou trabalhando até o homem chegar bem perto. Em um instante, Ben arrebatou o mosquete, agarrou o homem e jogou-o no chão. Outros dois brancos pularam sobre ele, mas Ben arremessou-os como se fossem gatos. Enquanto Ben se esquivava da faca de um quarto oponente, um quinto homem, armado com um mosquete, aproximou-se pelas costas, ferindo-o com um tiro na cabeça. O grande Ben Henson foi ao chão. Senti náuseas frente ao sangue que jorrava entre os ombros de Ben.

Os homens afastaram-se de Ben e me viram. Agarrei May, voltei para a rua Charlotte e corri, ladeira acima até bater à porta dos Witherspoons.

— Quem está aí?

— Meena e May.

Ela abriu a porta, gesticulou para que entrássemos rapidamente e trancou a porta atrás de nós.

— Eu assisti pela janela. Estava preocupada achando que eles podiam ter pegado vocês.

— Estão matando pessoas — disse eu.

— Eles ficaram loucos — disse a Senhora Witherspoon. Ela levou minha filha para a cozinha, para distraí-la com biscoitos de gengibre e mel. Olhei pela janela em direção ao porto. Pude avistar Ben Henson ao lado de seu tripé. À distância, ele parecia estar dormindo. Não havia nenhum outro negro na rua. A gang de brancos se afastara.

— Vi dois homens sendo mortos — sussurrei quando a Senhora Witherspoon trouxe-me um gole de rum.

— Beba isto — disse ela —, e fique conosco até que esta loucura termine.

A Senhora Witherspoon acolheu-nos e alimentou-nos durante os três dias seguintes. Seu marido trouxe mais notícias: os brancos continuavam promovendo desordens; bandos de desordeiros desempregados mataram pelo menos quatro negros e atacado vários outros. Falava-se em estupro. Os rebeldes foram atacados ao chegar a Birchtown e fugiram, voltando em maior número para derrubar algumas casas e pôr fogo em outras, atacando todos aqueles que resistiam.

Durante os dias em que ficamos com os Witherspoons, cumpri minhas tarefas habituais, enquanto May brincava. À noite, deitava ao lado de minha filha, e tentava me acalmar acompanhando o sobe e desce de sua respiração. Como eu cuidaria de nós, se nosso barraco tivesse sido destruído? E se Birchtown inteira tiver sido incendiada? O que seria de Papai Moses e de outras pessoas que precisavam de mim?

Todas as noites, eu pedia notícias ao Senhor Witherspoon. Quatro dias depois do início, ele contou-me que os tumultos haviam acabado. Não havia mais bandos de homens pelas ruas, disse ele, nem relatos de violência. Eu queria ter certeza de que era seguro levar May de volta a Birchtown, e achei que seria melhor primeiro ir até lá sozinha.

Consegui que May ficasse aos cuidados dos Witherspoons durante dois dias. Durante esse tempo, eu planejava descobrir se minha casa ainda estava de pé, se possível, consertá-la, ajudar Papai Moses e meus outros amigos e voltar a Shelburne para buscar minha filha.

Bem cedo, caminhei pela rua Charlotte, virei na rua Water e vi negros trabalhando na cidade. Havia um navio no porto, mas apenas brancos trabalhavam nas docas. Alguns homens pararam de trabalhar, colocaram as toras de madeira no chão e olharam para mim, mas ninguém se aproximou ou falou comigo. Saí da cidade sem qualquer problema. Normalmente, eu passava por quatro ou cinco pessoas no caminho entre Shelburne e Birchtown, mas, naquele dia, vi apenas um negro, e ele estava morto, enforcado em uma árvore ao lado da estrada. Usava bermudas, mas estava sem sapatos e sem camisa. Estremeci, mas senti que não poderia prosseguir sem parar para ver se eu o conhecia. Girei seus pés e olhei seu rosto, mas o homem tinha apanhado tanto, e estava tão ensanguentado, que não consegui reconhecê-lo. A capela metodista de Papai Moses fora construída no extremo leste da vila; nenhum visitante que chegasse de Shelburne deixaria de vê-la. Ao circundar a baía e atravessar a ponte sobre um córrego, avistei os restos carbonizados da capela, que fora reduzida a cinzas. Três idosas rezavam em frente ao local, enquanto outras cozinhavam num local próximo às ruínas. Caminhando pela cidade, vi muitos barracos queimados ou derrubados; vi jardins pisoteados e pessoas perambulando, enfurecidas e descontroladas. Encontrei Papai Moses sentando em seu carrinho, no cemitério. Estava sem os óculos e tinha um vergão na bochecha. Pus a mão entre as suas.

— Estou contente que esteja viva, irmã — disse ele. — Ninguém sabia onde você estava.

Puxei Papai Moses até seu barraco, que estava sem porta. Uma das paredes fora esmurrada e o telhado parecia prestes a desmoronar.

— Você estava aqui quando atacaram sua casa? — perguntei.

— Sentado à porta, esperando por eles. Ouvi enquanto bebiam, gargalhavam e encarei-os enquanto vinham em minha direção. Eu lhes disse: "Se o Senhor me quer, virá buscar-me. Assim, vão em frente, matem um velho cego, se matar está no sangue de vocês." Um deles me deu uma coronhada, outro me deu um chute nas costelas. "Não posso vê-los" eu lhes disse, "mas conheço vocês. Conheço suas vozes, e, quando encontrar seu Criador, eu Lhe falarei sobre esta sua matança. Matem-me, se forem corajosos." Mas eles não o fizeram. Covardes. Todos eles. "Cego," alguém gritou "diga a seu povo que fique longe de Shelburne. Fiquem no seu espaço, e não haverá mais problemas."

Alguém chutara a porta de minha choupana até quebrar as dobradiças e jogara meus pertences no chão. Pensei nos homens em volta de Ben Henson, e tremi ao imaginá-los destruindo minha casa. Do lado de fora da choupana, Papai Moses e eu encontramos alguns de seus paroquianos. Concordamos que primeiro deveríamos consertar as casas avariadas. Aqueles cujas casas precisavam ser totalmente ou quase totalmente reconstruídas mudariam para as casas das outras pessoas.

Passei aquele dia inteiro e a maior parte da manhã seguinte em Birchtown, trabalhando com um grupo de dez pessoas, consertando a minha e outras duas casas. Ajudei Papai Moses a se mudar para a minha choupana, em uma cama extra no quarto da frente, e, ao meio-dia, prometendo retornar com minha filha antes do anoitecer, voltei a Shelburne.

Passei pelas ruínas da capela, atravessei a ponte e rumei de volta à cidade. Era um trajeto muito longo para uma pessoa percorrê-lo sozinha, sem niguém acompanhando. O vento soprava através das árvores à minha esquerda, e, à minha direita, na baía, as ondas subiam e rebentavam. Mais à frente, em uma curva do caminho, ouvi homens falando alto. Corri em direção à floresta e continuei caminhando, silenciosamente, até avistar cinco homens com facas, armas de fogo, cordas e bebidas, caminhando em direção a Birchtown. Retornar não fazia sentido, pois eles me encontrariam ali, mas era perigoso seguir em frente, pois eles poderiam escutar-me avançando pela floresta. Então, eu subi na copa de em um pinheiro e fiquei sentada ali, totalmente imóvel. Meu coração estava acelerado; minha respiração ruidosa foi abafada pelos gritos e risos dos homens.

Eles falavam sobre "destruição de barracos na cidade dos negros", quando Jason fez a curva no caminho e foi cercado.

— Aonde você vai, garoto? — perguntou um dos brancos.

— Estou indo a Shelburne.

— Você pertence a Birchtown.

— Minha mãe está em Shelburne. Estou indo buscá-la.

— Por que sua mãe está lá?

— Ela está lavando roupas.

— Fazendo o trabalho de um branco, não é?

— Ela está só lavando roupas.

Outro homem deu uma coronhada na cabeça de Jason.

— Você acabou com meu divertimento — disse o primeiro homem.

— Que divertimento?

— Eu iria brincar um pouco com ele. Ensinar-lhe uma lição. Matá-lo devagar. Você o derrubou de uma vez, e estragou minha brincadeira.

— Vamos amarrá-lo e brincar com ele depois.

Os homens arrastaram Jason, amarraram-no em uma árvore próxima da minha e seguiram a caminho de Birchtown.

Esperei alguns minutos, para ter certeza de que ninguém se aproximava. Aos poucos, Jason acordou e começou a gemer. Desci, corri até ele e desamarrei a corda que prendia seus pulsos à árvore.

— Você está bem?

— Sim. Que bom que você está aqui — disse ele.

— Então, você está indo ver sua mãe?

— Mamãe morreu durante a rebelião. Ela acordou e morreu, sem que ninguém tivesse batido nela.

Quando ele se levantou do chão, eu o abracei.

— Que notícia triste — eu lhe disse. — Há mais alguém em sua casa?

— Não. Éramos apenas minha mãe e eu.

— Por que você está indo a Shelburne?

— Preciso de comida, de trabalho, de um lugar para dormir. Minha mãe está morta e nosso barraco está muito danificado.

— Esses homens irão matá-lo, se você voltar a Birchtown. Venha comigo. Vamos ver o que encontraremos na cidade.

Juntos, começamos a caminhar rumo a Shelburne.

— Durante todo o tempo em que fiquei em Birchtown, você nunca falou sobre o fato de ter me inscrito no Livro dos Negros.

— Céus! — disse eu. — Eu inscrevi você também? Desculpe-me, Jason. Trabalhei em tantos navios e inscrevi tantos nomes, que me esqueci de alguns.

— Eu fiquei um dia inteiro na fila daquele navio, e todos os negros sabiam quem você era. Aquela africana miudinha, que falava depressa e que escrevera os nomes de metade dos negros de Manhattan. Você não nos conhecia, mas todos nós gostávamos de você.

— Verdade?

— Porque você estava cuidando de nós.

— E você disse que eu o inscrevi no Livro dos Negros?

— Sim, senhora.

— O que eu escrevi?

— Eu não sei. Não sabia ler, e ainda não sei.

— Por que você não frequenta minhas aulas em Shelburne?

— Eu já tenho 19 anos. É muito tarde — ele disse.

— Nunca é muito tarde — repliquei.

Quando chegamos a Shelburne, percebi que o navio havia partido. Jason foi procurar um homem que uma vez o contratara e eu rumei para a rua Charlotte.

Bati na porta dos Witherspoons. Nada. Bati mais uma vez. Tentei abrir a porta. Esta não se mexeu. Fui de janela em janela. Fui até o pequeno galpão de madeira, ao poço, à porta dos fundos. Não vi nenhum movimento ou pessoa ali dentro. Novamente, bati na porta até que a mulher da casa da frente abriu a porta e perguntou-me que droga de barulho era aquele.

— Quero minha filha, mas não há ninguém em casa — gritei.

— Acalme-se — pediu a mulher. — Já houve tumulto demais ultimamente.

— Os Witherspoons estão com minha filha, mas não há ninguém em casa. Você sabe onde eles estão?

— Pelo amor de Deus, mulher, pare com essa gritaria.

Tentei ficar calma. Talvez, se eu conseguisse controlar a respiração, a mulher diria o que sabia.

— Onde — solucei — está minha filha? Ela tem 3 anos. É deste tamanho. Chama-se May.

— Aquela coisinha fofa é sua?

Atravessei a rua e aproximei meu rosto do dela. Dividida entre pavor e raiva, eu queria, ao mesmo tempo, esgoelá-la e me ajoelhar, implorando sua ajuda.

— Onde está May?

A mulher deu um passo atrás e pigarreou.

— Os Witherspoons embarcaram no navio. Você e aquela menina não são problema meu. — Ela fechou a porta na minha cara. Escutei quando passou o ferrolho. Atravessei a rua novamente, encontrei uma pedra e joguei-a contra uma janela da casa dos Witherspoons. Entrei na casa, engatinhando. Todos os quartos estavam vazios. As mesas, os armários, as camas, tudo havia desaparecido.

— May! — gritei muitas e muitas vezes, mas ninguém respondeu. Andei pela rua Water, cambaleando. Alguns trabalhadores brancos andavam pelas docas. Fui ao seu encontro.

— Estou procurando minha filha. Ela tem 3 anos; chama-se May. Vocês viram uma menininha negra? Talvez em companhia de brancos.

Um dos trabalhadores cuspiu no meu pé. Os outros continuaram trabalhando.

— Por favor, eu só quero a minha filha. Será que alguém pode me dizer se viu uma menina negra?

Nenhum deles falou comigo. Caminhei pelo cais ao encontro de um jovem que trabalhava com algumas cordas.

— Por favor — eu disse —, estou procurando minha filha. Uma menininha de 3 anos.

— Eu não vi nenhuma menina negra — disse ele.

— Você viu os Witherspoons? Um homem e uma mulher, que moravam na rua Charlotte?

— Eu não conheço essa gente rica — disse ele. — Mas alguns partiram esta manhã, no navio. Havia três ou quatro famílias. É tudo o que sei.

Saí do porto correndo rumo à loja de Theo McArdle. McArdle olhou por sobre a impressora.

— Meena!

— Onde está minha filha?

— Alguém a viu entrar? Aqui não é seguro para você.

— Não consigo encontrar minha filha. Os Witherspoons partiram.

— Se alguém achar que eu lhe pago, vai...

Peguei um de seus jornais e atirei nele. Segurei um maço de papéis, abri a porta e joguei na rua.

— O que aconteceu com minha filha?

McArdle passou por mim para trancar a porta e fechar a cortina. Ofereceu-me uma cadeira e fez sinal para que eu me sentasse. Sentei e ele ficou de costas para a porta.

— Os Witherspoons estavam se preparando para partir há algum tempo — disse ele. — Achei que você soubesse. E, assim que a revolta terminou, eles decidiram que era chegada a hora.

— Mas onde está minha filha?

— Quando os distúrbios cessaram, eles contrataram vinte carregadores para levar suas coisas a bordo. Em uma ou duas horas, partiram.

— Carregadores brancos ou negros? — perguntei. Negros, pelo menos poderiam falar algo sobre May.

— Brancos.

— May estava com os Witherspoons?

Ele não conseguiu falar, mas assentiu.

— Diga-me. Diga-me com palavras. Minha filha estava naquele navio?

Ele baixou a cabeça.

— Sim.

— Para onde eles foram? — murmurei. Ele não me escutou, então repeti a pergunta.

— Boston.

— E você não os impediu?

— Eu tentei — disse ele.

— O que aconteceu? — perguntei. — Diga.

— Eu deixei a loja e segui-os em direção ao cais.

— Minha filha estava chorando?

— Não.

— A Senhora Witherspoon estava conversando com ela?

— Sim. Estava dizendo que você os encontraria em breve. Tentei falar com a Senhora Witherspoon.

— O que você lhe disse?

— Perguntei-lhe se não seria melhor deixar a criança comigo, até que você voltasse para buscá-la. Havia guardas no cais, por causa dos distúrbios. O Senhor Witherspoon disse a eles que eu estava causando problemas. Então, decidi recuar, Meena. Eu não devia ter feito isso, eu devia ter falado mais alto, mas eu deixei o cais quando os guardas vieram em minha direção, e os Witherspoons partiram com sua filha.

— Havia negros no porto? Alguém que pudesse falar comigo?

— Não — ele respondeu.

— E minha filha, durante esse tempo?

— No colo da Senhora Witherspoon.

— Estava chorando ou reclamando?

— Não. Ela segurava um pequeno ábaco, de brinquedo, e estava empurrando as peças.

Não pensei em nada mais que pudesse perguntar e Theo McArdle não tinha mais nada para dizer.

— Há dias que quase não como, e alguns amigos em Birchtown não têm onde morar. Dê-me algo para comer e eu o deixarei em paz.

— Tenho muito pouco.

— Dê-me algo, McArdle. Você deixou que levassem minha filha, e eu preciso comer alguma coisa.

Dos fundos da loja, ele trouxe um quilo de arroz, um presunto, um saco de ervilhas e um filão de pão. Peguei os alimentos e saí.

Jason esperava por mim nas cercanias da cidade. Ele não tinha comida, mas tinha um corte no rosto. Não havia trabalho para ele e nem lugar onde ficar. Ninguém, além de soldados com armas engatilhadas, punhos cerrados e botas boas para chutar. Jason perguntou por minha filha. Não consegui responder e ele não repetiu a pergunta.

Caminhamos pesarosamente pelo barro, de volta a Birchtown. A floresta estava silenciosa demais e livre de saqueadores.

— Perdi minha filha — finalmente consegui murmurar. — Minha última filha.

— Nunca diga última — disse Jason. — Não diga isso, Senhora Dee.

— Ela foi a última, Jason, e eu digo isso porque é verdade. Não recorra a mim para mantê-lo vivo quando chegarmos a Birchtown, pois eu tenho vontade de morrer.

Jason tirou o peso dos meus ombros, levantando os sacos de ervilhas e arroz. Nem pensei em protestar, e não sei onde foram parar os trinta minutos seguintes, além de desaparecer em uma névoa de desespero. Ao chegarmos, vi que mais casas haviam sido destruídas, mas, pelo menos, não se via invasores brancos. Papai Moses esperava por mim sentado do lado de fora de meu barraco, sobre um tronco caído. Jason levantou-o e nós entramos. Milagrosamente, o barraco continuava em pé. Era mais forte do que eu.

Durante as semanas seguintes, meu desespero era tão grande, que eu mal conseguia falar. Tolerei a presença de Papai Moses e Jason em meu barraco até que o deles fosse construído, mas não podia suportar a ideia de lecionar para as crianças de Birchtown, amparar bebês, voltar a trabalhar para Theo McArdle, ou fazer qualquer outra coisa. Tinha medo de que, se expressasse meus pensamentos, toda a dor que eu sentia explodiria contra alguém, e eu poderia matá-lo. Eu não tinha dinheiro para ir a Boston, e quando, finalmente, conversei com McArdle e outros brancos sobre ir até lá, estes insistiram que eu poderia ser presa, e provavelmente, escravizada, se chegasse à cidade sem dinheiro e sem ninguém que se responsabilizasse por mim.

— Não sabemos se eles ficaram em Boston — disse McArdle. — Podem ter ido para Filadélfia, Nova Iorque ou Savana. Ou para a Jamaica, Barbados, São Domingos ou Inglaterra.

Com a ajuda de McArdle, coloquei anúncios nos jornais de Boston, Filadélfia e Nova Iorque, oferecendo uma pequena recompensa por qualquer informação a respeito dos Witherspoons, oriundos de Shelburne, Nova Escócia. Eu perguntava para todo branco que falava comigo, mas ninguém sabia o que havia acontecido com os Witherspoons. Cheguei a escrever para Sam Fraunces, aos cuidados do Presidente George Washington, em Mount Vernon, Virgínia. Passados seis meses, recebi uma resposta carinhosa, mas Sam Fraunces não havia conseguido descobrir nada.

Meus filhos eram como membros fantasmas, perdidos, mas ainda ligados a mim, desaparecidos, mas ainda dolorosos. Parei de cozinhar, de trabalhar e de comer. Pela primeira vez na vida, eu não tinha vontade de ler. Parei até de pensar em Chekura. Talvez Papai Moses estivesse certo; se Chekura tivesse de voltar, teria feito isso há muito tempo.

Papai Moses perguntou-me se eu estava pronta para deixar que Jesus entrasse em meu coração. Respondi que, quando menina, eu tive fé, mas que desistira e que não tinha necessidade de outro Deus em minha vida. Ele segurou minhas mãos e me olhou como se pudesse enxergar até o fundo de minha alma.

— Mas você é boa, Meena. Tantas pessoas a amam.

Talvez fosse verdade, mas eu não via nem sentia isso. Tudo o que eu sabia era que as pessoas que eu amava mais do que qualquer outra coisa na vida foram arrancadas de mim.

Voltei a participar dos serviços de Papai Moses. Não posso dizer que haviam mudado muito. As pessoas eram boas; traziam-me comida, sentavam-se para comer comigo quando percebiam que eu não comeria sozinha, sempre que podiam davam-me madeira, galhos e pregos para consertar meu pequeno barraco. Jason e Papai Moses vinham visitar-me todos os dias. Quando conseguiram alunos, voltei a dar aulas e, embora eu na verdade não sentisse, tentava agir como se amasse as crianças que ensinava a ler.

Eventualmente, Theo McArdle convenceu-me a voltar a trabalhar para ele e eu tentava me interessar pelo trabalho. Quando estava sozinha, eu lia todos os livros que McArdle conseguia para mim. Ele me deu um mapa da África, mas, no interior, havia somente desenhos de montanhas, leões, elefantes e macacos.

Cerca de um ano após ter perdido May, consegui um pequeno lampião e um galão de óleo de baleia, em troca de meus serviços como parteira, em Shelburne. Foi a primeira criança que amparei desde que perdera a minha. A dor de minhas perdas nunca desapareceu. Os membros foram amputados, e sua falta seria sentida para todo o sempre. Mas eu segui em frente. De alguma forma, eu segui em frente.

Elefantes no lugar de cidades

Nos quatro anos seguintes, não consegui nenhuma informação sobre May. Achava que ela estava viva, mas não dispunha de informações a respeito dela e dos Witherspoons e nem de Chekura. O apogeu de Shelburne veio e se foi, e muitos legalistas fecharam seus negócios e voltaram para os Estados Unidos. Entretanto, os negros de Birchtown ficaram, e eu fiquei com eles. Perto do que eu achava ser meu quadragésimo quinto ano de vida, eu não fazia objeções aos fios brancos que surgiam aos poucos, e nem me sentia embaraçada ao ser vista com os óculos com lentes azuladas que precisava usar para ler jornais e livros. Theo McArdle havia me ajudado a encomendá-los na Inglaterra, depois de explicar que tinham dobradiças duplas e que o modelo não machucava nem o nariz nem as têmporas. Os óculos custaram-me a economia de dois meses, mas eu não tinha muito que fazer com o dinheiro que sobrava. Não tinha marido, filhos, nem uma casa, além do barraco em Birchtown, que, a todo verão, eu consertava para me proteger nos invernos que estavam por vir. Por duas vezes, tive a oportunidade de visitar outras igrejas da Nova Escócia, com Papai Moses e membros da congregação, mas recusei. Eu vivia na esperança de que minha filha e meu marido voltassem, e não queria estar longe no dia em que viessem à minha procura.

Na primavera de 1790, os metodistas lotaram a capela de Papai Moses para ouvir um visitante de Annapolis Royal. Tratava-se de um homem baixo e forte, que parecia um pouco mais velho do que eu, e que falava em um tom tão monótono, que alguns paroquianos caíram no sono. Mas ele parecia ter algo urgente a dizer, então, fiquei na primeira fila, para ouvir melhor.

— Meu nome é Thomas Peters — disse ele. — Quatorze anos atrás, fugi do homem a quem eu pertencia, na Carolina do Norte. Durante a guerra, servi aos britânicos junto aos Black Pioneers[31], e quem não acreditar em mim pode se aproximar e ver meus documentos. Sou como todos vocês: cheguei à Nova Escócia há sete anos e ainda estou esperan-

31 A unidade militar de legalistas negros mais famosa era a dos Black Pioneers (N. do T.).

do pela minha terra. Mas, agora, estou cansado de esperar e vou fazer algo a respeito.

Thomas Peters disse que estava fazendo uma coleta para viajar para a Inglaterra, onde tinha esperança de falar com os membros do Parlamento Britânico sobre os legalistas negros sem terra e a perpetuação da escravidão na Nova Escócia. Nenhum de nós imaginava que isso daria algum resultado, mas contribuímos com o que foi possível. Eu admirava a determinação de Peters, e dei-lhe dez xelins. Após o encontro, ajudei-o a escrever a conclusão do que ele chamava de seu memorial. "Os pobres e os escravos desamparados não contam com mais proteção das leis da colônia... do que o gado e as bestas... e a opressiva crueldade e brutalidade de sua servidão são particularmente chocantes, irritantes e odiosas ao povo negro livre, que não pode conceber que a intenção do governo britânico seja favorecer a injustiça ou tolerar a escravidão na Nova Escócia".

— Não se engane quanto a isto — disse Thomas Peters ao me agradecer. — Estou indo para a Inglaterra, e, enquanto estiver lá, não esquecerei por um dia sequer a situação de nossa gente.

A coragem e a ambição de Peters fizeram-me perceber que minha determinação havia enfraquecido. Houve um tempo em que meu maior desejo era ir para a Inglaterra, e, de lá para a África. Mas, agora, eu não viajaria. Eu enfiava musgo nos espaços entre as toras das paredes de minha choupana, para me proteger do vento, e trazia madeira da floresta para manter meu fogão aceso durante a noite. Possuía pouco mais que minha casa, e trabalhava a cada dia para mantê-la limpa e seca para Chekura e May. Se, algum dia, eles voltassem, eu queria que eles tivessem o conforto de um lar, para que ficassem para sempre. Eu tentava me distrair com o trabalho, mas as lembranças de Chekura e May me perseguiam.

Em Birchtown, nós rapidamente esquecemos Thomas Peters, mas, no ano seguinte, ele voltou à nossa igreja para contar que fora à Inglaterra e encontrara com alguns brancos que estavam preparados para nos enviar para a África. Parecia ridículo. Ele não tinha detalhes que embasassem essa história e nenhum de nós acreditou nele. Antes de partir, Peters prometeu que, em breve, nós receberíamos mais informações.

Alguns dias mais tarde, li no *Royal Gazette* um anúncio do presidente e de doze diretores da Companhia de Serra Leoa em Londres, Inglaterra: ASSENTAMENTO LIVRE NAS COSTAS DA ÁFRICA.

O anúncio dizia que a Companhia de Serra Leoa estava disposta a receber em sua colônia africana negros livres que pudessem dar testemunho de seu caráter, "particularmente de sua honestidade, sobriedade e produtividade". Dizia que a todo negro livre que pudesse dar o testemunho, por escrito, seria concedido um lote de vinte acres de terra em Serra Leoa para si próprio, dez para a esposa e cinco para cada filho. Em Serra Leoa, brancos e negros terão os mesmos deveres e direitos civis, militares, pessoais e comerciais, e a escravidão e a compra e venda de escravos serão ilegais. Assim que comecei a ler o artigo para as pessoas de Birchtown, tive de relê-lo inúmeras vezes, na igreja Metodista de Papai Moses, na igreja Batista, e em todos os lugares onde havia gente querendo saber mais a respeito de Serra Leoa. Li o texto em voz alta tantas vezes, que cheguei a decorá-lo, mas não conseguia entender quem teria permissão para viajar à África, como chegariam lá, como seria possível pagar a viagem, quem estava por trás do esquema e por que estavam ofereciam isso. Todos me perguntavam onde ficava Serra Leoa, mas eu não sabia.

Logo percebemos que não era seguro discutir o esquema em público. Em Shelburne, três homens bateram em um tanoeiro negro que entrou em um café com uma cópia da *Gazette* nas mãos. Algumas pessoas em Birchtown achavam que as conversas a respeito da mudança para a África poderiam servir de desculpa para um novo motim dos brancos contra os negros. Alguns dias mais tarde, um inglês chamado John Clarkson chegou a Birchtown a cavalo, vestido com o uniforme de tenente da Marinha Real Britânica. Parecia jovem — eu tinha 46 anos e ele parecia ter metade da minha idade. Jovem, mas sério; tinha o rosto de um garoto, nariz pequeno, lábios franzidos. Tinha a barba benfeita, mas as costeletas eram fartas. Pediu para falar aos paroquianos de Papai Moses. Centenas de pessoas lotaram a igreja e outros tantos ficaram do lado de fora, por isso, todos saímos. John Clarkson deu as costas para o mar, afastando o cabelo dos olhos. A multidão se concentrou à sua volta como uma gigantesca ferradura, de frente para a baía.

John Clarkson tinha uma voz aguda e falava alto. Ficamos imóveis e em silêncio para não perder uma palavra sequer.

— Reverendo Moses, senhoras e senhores, meu nome é John Clarkson e eu sou tenente da Marinha Real Britânica. Entretanto, não estou aqui em missão militar. Minha missão é civil. Estou aqui para oferecer passagens para Serra Leoa àqueles que se interessarem e forem qualificados.

As pessoas aplaudiram com tanto entusiasmo, que o tenente Clarkson precisou esperar que o barulho diminuísse. Eu estava perplexa com sua palidez — era possível ver uma veia perto da têmpora. Tinha os olhos vivos, que pareciam estudar as pessoas enquanto esperava o barulho diminuir. Seu olhar fixou-se em mim. Achei que ele estivesse observando o lenço cor de laranja que cobria meus cabelos. Os deles eram loiros, com entradas profundas, e alguns sinais de calvície. Ele enxugava o suor das têmporas e esfregava os olhos com as mãos como se lutasse contra o sono porque tinha muito trabalho a fazer.

Quando a multidão voltou a ficar em silêncio, Clarkson disse que havia nascido em Wisbech, um pequeno porto a 150 km de Londres. Ele e seus companheiros acreditavam que o tráfico de escravos era uma mancha na Cristandade. Disse ter ficado ciente de que os negros que serviram os britânicos na guerra contra as colônias rebeldes não receberam nem terras nem oportunidades na Nova Escócia e Nova Brunswick.

— Estou aqui hoje para dizer-lhes que fui autorizado pelas autoridades inglesas a oferecer aos negros legalistas passagens para uma nova vida na África.

Clarkson prosseguiu anunciando inúmeras promessas aos que quisessem fundar uma nova colônia britânica em Serra Leoa. "Os aventureiros", como se referiu a eles, teriam liberdade para dominar seus próprios assuntos. Gozariam de igualdade política e racial, receberiam sementes para o plantio, implementos e sua própria terra.

— Mas nós não temos nossa própria terra aqui — alguém gritou.

— Eu não posso alterar as circunstâncias na Nova Escócia — disse Clarkson —, mas a Companhia de Serra Leoa vai oferecer passagens gratuitas para a colônia e terra a todos os que forem para lá.

— Onde fica esse lugar chamado Serra Leoa? — perguntou Papai Moses. Clarkson perguntou se deveria desenhar um mapa. Todos disseram que sim.

— Saibam — disse ele, sorrindo — que eu não era bom aluno nas aulas de desenho.

— Nós também não — disse Papai Moses rindo.

Clarkson tirou uma pena e um papel de sua mala e, rapidamente, rabiscou o contorno da África. Desenhou o continente de forma oval, alongada, com a parte inferior mais fina. Ao norte da parte mais larga do continente, no extremo oeste, ele desenhou um grande círculo que chamou de Serra Leoa. A oeste estava o Oceano Atlântico; no noroeste algo que ele chamou de País Wolof. A sudeste, ele apontou áreas conhecidas como Costa dos Grãos (Costa da Pimenta), Costa do Marfim, Costa do Ouro e Costa dos Escravos. Quando terminou, ele passou o papel para a multidão.

Clarkson disse:

— Fui mau aluno em artes, mas tive de aprender um pouco a respeito de mapas na Marinha.

Gostei do modo cordial com que Clarkson se expressava e do fato de ele ter dito que muitos de nós poderíamos ensiná-lo bem mais sobre a África do que ele a nós.

— Desenhe um leão — alguém pediu.

— Pode ser que saia parecido com um elefante — ele respondeu.

Quando as risadas acabaram, Clarkson voltou a ficar sério. Disse que todos os aventureiros que fossem para Serra Leoa teriam de deixar de ser desonestos, desagradáveis, anticristãos e imorais. E, lendo suas notas, ele disse:

— Criminalidade, alcoolismo, violência, roubo, licenciosidade, adultério, fornicação, obscenidades, danças e outras desinibições serão totalmente proibidas.

Foram ouvidos alguns resmungos na audiência. Um homem que estava perto de mim reclamou:

— Puxa vida! Nós vamos voltar para casa e não podemos dançar para comemorar? — Outros riram baixinho, mas Clarkson ignorou-os e prosseguiu.

— Criminosos e pessoas com má reputação serão proibidos de partir. Mulheres solteiras não poderão viajar sozinhas, a menos que um homem se responsabilize por sua integridade e garanta seu bem-estar.

Clarkson pediu um assistente, para que tomasse notas a respeito do encontro. Diversas pessoas gritaram meu nome.

— E quem é Meena?

— Sou eu. Aminata Diallo.

Ele coçou a costeleta e olhou para mim, confuso.

— Meu apelido é Meena — esclareci. — Você precisa de alguém que faça anotações? Eu posso ajudar.

Ele abriu um sorriso daqueles que eu não via há anos. Era um sorriso *estou tão indescritivelmente feliz por conhecê-la*. Um sorriso do tipo: *acho que nós dois podemos ser amigos*. Para minha grande surpresa, senti a mesma coisa. Gostei dele desde o primeiro momento.

Deram-me material para escrever e um banco para me sentar, e eu comecei a tomar notas, enquanto a reunião prosseguia.

Clarkson perguntou os nomes dos líderes da comunidade, para que pudesse obter e retransmitir informações, rapidamente, nas semanas seguintes. Deram-lhe os nomes de três clérigos. Perguntou se alguém se opunha à ideia. Um residente de Birchtown, chamado Stephen Blucke, argumentou que os negros deveriam tirar o máximo proveito do que tinham na Nova Escócia. Por que arriscar perder tudo em uma viagem para uma terra desconhecida? Em vez de ficar ofendido, Clarkson simplesmente encorajou Blucke e outros que achassem que estavam bem para que permanecessem na Nova Escócia. Gostei da segurança que Clarkson demonstrou ao encorajar as pessoas a expressar seus sentimentos.

Clarkson se esforçou para responder a cada uma das perguntas. A cada palavra que proferia, ganhava mais e mais o meu respeito. Não, disse ele, os navios não são navios negreiros.

Ele levantou o dedo para enfatizar um ponto:

— Traficantes de diversas nações ainda comercializam pessoas nas costas da África. Alguns fazem isso em Serra Leoa. Mas não haverá escravidão na colônia que vamos criar.

Ele disse que a Companhia de Serra Leoa era comandada por homens cujo objetivo de vida era abolir a escravidão. O navio ou navios teriam equipamentos modernos e levariam comida de boa qualidade para que cada homem, mulher e criança atravessasse o oceano em condições decentes.

Clarkson disse que esperava que os aventureiros estivessem a bordo em dois meses, e que a viagem de Halifax para Serra Leoa levaria cerca de nove semanas.

Graças aos sentimentos de dever e patriotismo, prosseguiu ele, a Companhia de Serra Leoa não pouparia recursos para nos tirar da Nova Escócia. Dever, porque os negros tinham o direito de viver livres da escravidão e da opressão; e que melhor forma de encaminhá-los do que os mandando de volta à África, onde poderiam civilizar os nativos, alfabetizá-los e passar-lhes valores cristãos? Patriotismo, porque nós, os colonizadores negros de Serra Leoa, ajudaríamos a Grã-Bretanha a estabelecer interesses comerciais nas costas da África. O império não precisaria mais depender dos escravos para enriquecer. A terra era tão fértil, disse Clarkson, que figos, laranjas, café e cana saltariam de nossas fazendas. Satisfaríamos nossas necessidades facilmente, e ajudaríamos o Império Britânico a comercializar os ricos recursos da África.

Havia a questão daqueles que chegaram antes de nós, disse Clarkson. Alguns negros de Londres estabeleceram-se em Serra Leoa cinco anos atrás, e sua colônia não prosperara. Entretanto, usaríamos o espaço de sua antiga vila, que poderíamos expandir e desenvolver.

Acreditei nas promessas de Clarkson, mas achava que não poderia acompanhá-lo. Se viajasse, nunca voltaria a ver minha filha e meu marido. E, enquanto Clarkson falava com o público, eu me distraí e perdi uma ou duas perguntas e respostas que deveria ter anotado. O sonho de minha vida estava ao meu alcance, mas não me parecia correto realizá-lo.

Depois da reunião, o tenente colocou Papai Moses em seu carrinho e os dois homens vieram ao meu barraco para uma visita. Comemos maçãs, pão com manteiga e queijo que Theo McArdle havia me dado para a ocasião, e bebemos minha mistura de menta, gengibre e mel.

— Uau! — Clarkson exclamou. — Isso desentope o nariz, não é? — Ele olhou para o fogão preparado para cozinhar e aquecer, para os utensílios pendurados na parede e se debruçou para examinar os livros nas prateleiras.

— Parecem bem manuseados.

Contei que eu lera cada um deles diversas vezes.

— Ler não lhe parece um ótimo meio de escapar do mundo? — ele perguntou. Ri, surpresa com a objetividade.

— Não me diga que você leu *As viagens de Gulliver*? — perguntou.

— Muitas vezes — respondi.

— O termo "liliputianos" não é ótimo? Como será que Swift inventou esse nome?

— Eles podem ser pequenos, mas fazem bastante estrago — comentei.

— Como os ingleses — ele completou.

Papai Moses e eu rimos e eu ofereci a Clarkson mais chá quente.

— Você gostaria de ser minha assistente? — perguntou-me Clarkson. — Preciso de alguém para tomar notas, comunicar-se com os negros e ajudar a organizar a viagem.

— Posso ajudar, mas eu não irei com você.

— Talvez eu possa ajudar, se você estiver contratada ou em débito — Clarkson disse.

— Eu sou livre e não tenho débitos — eu disse. — Mas estou esperando meu marido e minha filha e não posso partir sem eles.

Clarkson pediu que eu explicasse melhor; ele ouviu atentamente enquanto eu falava sobre Chekura e May.

— Eu não sei o que dizer sobre sua filha — disse ele. — Dado que os Witherspoons são ricos, podem tê-la levado para qualquer cidade ou país. Mas, vamos falar sobre o seu marido. Você disse que o navio em que ele partiu chamava-se *Joseph*?

— Sim.

— E seu destino era Annapolis Royal?

— Sim.

— E que deixou o porto de Nova Iorque em 10 de novembro de 1783?

— Isso mesmo.

— Acho que posso examinar os registros navais. Quando voltar para Halifax, verei o que posso fazer.

Concordei em trabalhar para Clarkson por três xelins por dia mais alojamento e alimentação. Ele disse que precisaria de mim dia e noite até a partida para a África. Ele conseguiria um quarto para mim no Water's Edge Inn em Shelburne e, depois de alguns dias, viajaríamos para Halifax para concluir o trabalho.

— Posso beber mais um pouquinho daquele chá? — perguntou ele. — É uma bebida maravilhosa.

Talvez um dia, pensei, contarei a ele que eu bebia chá de menta com meu pai em Bayo, mas, por enquanto, eu queria mais informações a respeito dos homens que comandavam a Companhia de Serra Leoa. Ele disse que a empresa tinha alguns dos principais abolicionistas de Londres, seu irmão Thomas Clarkson entre eles. Eles queriam criar uma colônia lucrativa na África, onde negros livres pudessem produzir com dignidade e de onde a Grã-Bretanha pudesse estabelecer um comércio rentável com o resto do mundo — comércio que não dependesse da escravidão.

John Clarkson dedicava todas as suas horas aos detalhes dos registros. — Obrigações necessárias — ele chamou a visita de cortesia que fizemos ao prefeito de Shelburne, sabendo que este se opunha à viagem. O prefeito achava que os negros morreriam durante a travessia ou devido a doenças tropicais ou, ainda, que praticariam canibalismo contra os ingênuos europeus que os levassem à Guiné.

John Clarkson escutou todas as objeções possíveis durante os cinco dias em que registramos os residentes de Birchtown para a viagem e eu ouvi todos os termos imagináveis para pessoas da minha terra. Chamavam-nos de etíopes, escuros e pessoas de raça negra. Chamavam nossa terra de Serra Leoa, Negritia, Terra dos Negros, Guiné e continente negro. Achavam que éramos ingratos por querer partir da Nova Escócia. Sabedores que escravos, contratados e devedores não viajariam com Clarkson, alguns acusavam os negros de ter débitos ou de ser contratados por eles. Meu trabalho era garantir que todo residente que quisesse viajar fosse ao Water's Edge Inn para se registrar, e encontrar evidências que refutassem falsas alegações.

Embora precisássemos correr com o trabalho, Clarkson sempre perguntava se eu precisava de alguma coisa, comida, bebida, tinta ou pena. Quando eu estava cansada, ele dizia que também se sentia assim. E, quando tínhamos alguns minutos sozinhos para comer, no final de longas horas de trabalho, Clarkson me distraía imitando algumas pessoas que conhecêramos durante o dia. O homem conseguia reproduzir todos os sotaques, mas era sério em relação ao trabalho e eu gostava do fato de ele respeitar meus esforços para ajudá-lo.

Por sua vez, as noites eram difíceis para Clarkson. Eu não sei como ele sobrevivera às batalhas navais com a mente intacta. O menor insulto ou provocação acendiam sua raiva pelo resto do dia e noite, e, ou impediam-no de adormecer, ou provocavam pesadelos. As paredes do hotel eram finas como papel e seus pesadelos me despertavam todas as noites.

— Não — ele gritava. — Eu disse, solte-a já. — Depois da primeira explosão, compreendi que se tratava apenas de ansiedade noturna. Eu também tivera meu quinhão de pesadelos, por isso não o julgava.

Em torno do chá da manhã ele tamborilava os dedos na mesa, pedia-me para, naquela noite, lembrá-lo de escrever uma carta para a noiva e reclamava dos negros que eram impedidos de viajar para a África. Quando o proprietário de uma taberna protestou porque um negro devia-lhe cinco libras por ter consumido cerveja e peixe, Clarkson pagou a conta e advertiu-o para que não colocasse os pés em nenhuma taberna durante o restante de sua estada na Nova Escócia. O tenente, cujas preocupações estavam estampadas na face, às vezes explodia em lágrimas enquanto discutíamos algum trabalho por terminar. Mas nem as lágrimas diurnas, nem as explosões noturnas o impediam de cumprir a longa jornada de trabalho. Eu o admirava por perseverar em face de seus próprios problemas e fiz um voto secreto de apoiá-lo da melhor forma que pudesse.

Quando concluímos os registros em Shelburne, Clarkson avisou os seiscentos aventureiros que foram aceitos para a jornada que enviaria navios para levá-los ao porto de Halifax. Depois de pedir a Papai Moses e Theo McArdle que ficassem alerta em relação a Chekura e May, parti com Clarkson.

Durante a viagem de dois dias que nos levou a Halifax, eu tinha uma cabine só para mim. Sentia um estranho alívio por deixar o lugar em que vivera durante oito anos. Durante as longas noites de solidão, eu tinha tempo para pensar e me espantava o fato de que os bons homens brancos não permaneciam sãos por muito tempo. Todo homem branco que queria ajudar os negros a "se levantar", como Clarkson gostava de dizer, seria impopular perante os seus pares. Eu esperava que o tenente conseguisse manter-se são para levar-nos, em segurança, à África. Suas explosões afligiam-me. Ele era preocupado demais com a questão dos negros; não parecia natural.

Halifax era uma cidade incipiente quando cheguei lá, em novembro de 1791. Não era tão atraente e bem-cuidada quanto Shelburne. Não tinha as lojas e os prédios públicos que os negros de Birchtown ergueram em Shelburne, mas era um lugar mais tranquilo e muito menos ameaçador para os negros.

Instalei-me em um quarto do hotel The King's Inn, entre um conjunto de construções de madeira em ruínas, em uma rua movimentada à beira-mar. Eu tinha apenas poucos minutos livres por dia, e gostava de começar as manhãs sozinha, tomando café no quarto, enquanto lia os jornais. Henry Millstone, que gerenciava a taberna do hotel, trazia-me a *Royal Gazette* e uma travessa de caldo de peixe às 7h da manhã. Ele gostava de parar para conversar.

— O tenente Clarkson disse-me que você é a negra mais culta que ele já conheceu. É verdade? — perguntou-me o Senhor Millstone.

Eu estava descobrindo algo intrigante sobre os brancos. Ou me amavam, ou me odiavam. Às vezes, era difícil fazer a transição de um tipo de pessoa para outro.

— Há alguns negros cultos, Senhor Millstone, e, com o tempo, haverá muitos mais na Nova Escócia, onde eles não são impedidos de ler.

— Eu não me importaria de aprender com eles — disse ele, rindo. — Então, você vai para a Guiné?

— África — disse eu.

— Sim. É isso.

— Por enquanto, eu estou apenas ajudando o tenente — respondi.

— Lugar perigoso, a África — disse ele.

Baixei a colher de sopa e olhei para ele.

— Como a Nova Escócia.

Alguns dias depois de ter chegado a Halifax, três negros bateram à minha porta às 10h da noite. Passaram quinze dias caminhando pela floresta, vindos de Saint John. Um agente naquela cidade recusara-se a registrá-los para a viagem, não permitindo que embarcassem no navio com destino a Halifax. Diante disso, decidiram fazer a jornada a pé, esperando chegar antes que os navios partissem. Clarkson concordara em admiti-los.

Em uma semana, outros cem negros, passando frio e fome, chegaram a Halifax, a pé. Vi homens sem casaco, mulheres com nada além de cobertores esfarrapados sobre os ombros e crianças sem roupa alguma. No meio de dezembro, embarcações vindas de Shelburne e Annapolis Royal transportaram mais pessoas para a cidade, totalizando mais de mil negros aventureiros. Clarkson abrigou as pessoas em armazéns perto do mar, trouxe-lhes cobertores para que não sentissem frio durante a noite e contratou dezenas de cozinheiras para que preparassem panelões de comida todas as manhãs. Ele trabalhava o dia todo e metade da noite, comprando roupas e providenciando assistência médica. Enquanto eu comunicava o que seria permitido levar para Serra Leoa (não mais que um cachorro para cada seis famílias, galinhas, mas não porcos, um baú com roupas, mas não mesas e cadeiras), o tenente supervisionava o abastecimento dos navios. Diariamente, ele falava sobre a saúde dos que viajariam e mandou que todos os navios fossem impermeabilizados com piche, que o convés fosse esfregado com vinagre e que todos os aposentos fossem reformados, de modo que tivessem pelo menos um metro e meio de altura. Ele até divulgou um documento assegurando os viajantes de que seriam alimentados de maneira apropriada. No café da manhã e na ceia, comeríamos farinha de milho com melado e açúcar mascavo. No jantar, haveria peixe, porco ou carne bovina salgada e nabos, ervilhas ou batatas.

Clarkson providenciou para que houvesse duzentos perus recheados e assados no Natal e para cada homem ou mulher um copo de cerveja ou vinho. Durante a refeição, ele me levou de armazém em armazém, onde falou com os aventureiros. Ele rezou com todos os grupos e repetiu as "Regras e Regulamentações para o embarque dos negros livres para Serra Leoa". Ele costumava se dirigir respeitosamente aos indivíduos, mas tinha a tendência de falar a grupos de pessoas como se estas fossem crianças. Estranhei quando ele instruiu os viajantes para que adorassem a Deus, falassem de maneira gentil, evitando brigas e que não fizessem amizade com os marinheiros. Entretanto, os negros não fizeram qualquer objeção, ao contrário, eles veneravam o homem que os levava para a África.

O governador e a esposa convidaram Clarkson e eu para jantar com eles no Natal. Ao entrarmos no palacete, Clarkson murmurou que a construção do palácio do governo custara vinte mil libras, e que a mesma quantia teria dado trabalho a mil trabalhadores negros por um ano. Clarkson e eu juntamo-nos a dezesseis outros convidados na sala de jantar. A Senhora Wentworth falava alto e fumava charuto. Mal começamos a jantar, quando ela entrou no assunto da migração.

— Eu diria, tenente, tratar-se, exatamente, da viagem dos seus sonhos.

— É muito importante para os negros — disse Clarkson.

— Você, acredita, sinceramente, que eles terão uma vida melhor nos trópicos? — ela perguntou.

Cansei de deixá-los discutir como se eu não estivesse ali, e então, comentei:

— Esperamos pela terra durante oito anos e a maioria de nós ainda não a tem.

— Todos os habitantes da Nova Escócia podem falar a respeito de atrasos na obtenção de terra — disse ela —, não só os negros.

— Não se trata apenas de terra; trata-se de liberdade. Os negros querem ter vida própria. Aqui nós estamos definhando.

— Vocês pegam nossos suprimentos e nossas sobras quando lhes convém — disse ela.

— Isso, para mim, não é definhar. — O Governador Wentworth interrompeu.

— Falando em liberdade, eu gostaria de propor um brinde à Sua Majestade o rei.

Após servirem frutas e queijos, um mordomo ofereceu-se para mostrar o palácio aos convidados. Clarkson e eu seguimos os outros ao longo de escadarias intermináveis e de inúmeras salas repletas de retratos, mas a única que me chamou atenção foi a sala dos mapas. O mordomo disse que ali havia mapas de todas as partes do mundo. Quando o grupo deixou a sala, Clarkson e eu ficamos. Folheei um grande maço de mapas, e quanto o tenente reclamava dizendo que o jantar fora uma perda de tempo.

— Duvido que você pudesse trabalhar muito no Natal — disse eu. Clarkson respondeu dizendo que ainda precisava terminar a reforma dos navios, e procurar outro médico de bordo. Ele perguntara a Wentworth se poderia contar com um dos cirurgiões da Corte, que estavam em Halifax, para a missão a Serra Leoa, mas o governador negou. Clarkson quase engasgou ao descrever a situação. Um cirurgião para uma frota de quinze navios era totalmente inadequado, ele dissera. E se os navios se separassem durante a viagem? Qual a utilidade de um médico em um navio se alguém está morrendo em outro?

— É óbvio que ele não quer que eu tenha sucesso. Ele prefere os negros livres aqui, para provar que estão contentes na Nova Escócia e que as queixas são infundadas.

Clarkson estava ofegante e mexia as mãos desenfreadamente. Sentei-me com ele e pedi que respirasse profundamente, enquanto eu fazia o mesmo. Quando ele se acalmou e juntou-se aos outros convidados, pude consultar os mapas. Alguém tivera a preocupação de organizá-los em categorias: América do Norte Britânica, Nova Escócia, as Treze Colônias, Inglaterra, Jamaica e Barbados, e Guiné. Da pasta onde se lia Guiné, retirei o primeiro mapa e abri-o sobre uma mesa onde duas velas estavam acesas. Mostrava os desenhos típicos: africanos seminus e africanas nuas, normalmente com babuínos e elefantes por perto. Da mesma pasta chamada Guiné tirei uma folha de papel onde, em letra floreada, lia-se: "Copiado de *On Poetry: Rhapsody*, de Jonathan Swift, 1733". E encontrei as seguintes linhas:

Então, geógrafos, em mapas da África,
Preenchem as lacunas com figuras selvagens;
E em suas terras inabitáveis
Colocam elefantes no lugar de cidades.
Elefantes no lugar de cidades.

Achei reconfortante saber que, aproximadamente sessenta anos atrás, antes mesmo do meu nascimento, Swift expressara a mesma coisa que eu sentia naquele momento. Aqueles não eram mapas da África. Nos desenhos rebuscados de elefantes e mulheres com seios fartos fazendo saudações improváveis, cada traço dizia-me que os desenhistas de mapas tinham pouco a dizer sobre minha terra.

Peguei o mapa seguinte, e o outro, e o outro, mas eram mapas velhos com detalhes que eu já conhecia. Listavam a Costa dos Grãos, a Costa do Ouro, a Costa dos Escravos e apontavam alguns dos maiores portos, como Bonny e Elmina. O nome deste último estava sempre presente em minha lembrança, pois lembrava meu nome. Finalmente, peguei o mais recente mapa da África que eu já vira; datava de 1789, e fora impresso em Londres. Novamente, vi portos de escravos, como Wydah e Elmina, mas, mais a noroeste, vi outro porto de escravos: Ilha de Bance. Lembrei de William King, o mercador de escravos da Carolina do Sul, ter dito que eu havia embarcado na Ilha de Bance. Não consegui saber se a Ilha de Bance pertencia a algum país em particular, mas as palavras "Serra Leoa" apareciam um pouco a sudeste. Estudei o mapa mais cuidadosamente. Embora ainda trouxesse mulheres nuas com crianças nas costas, macacos e elefantes, principalmente no assim chamado "Saara ou Deserto da Barbary" encontrei também os nomes de algumas cidades no interior. O mapa tinha os portos litorâneos, aparentemente a maioria deles, e também algumas poucas vilas. De minha infância, lembrava-me de meu pai prometendo, um dia, levar-me a Segu, distante cerca de quatro dias a pé de nossa vila. E agora eu via aquele nome a alguns centímetros ao norte da Ilha de Bance. Eu ponderava o que dez centímetros significavam em termos de distância real, quando John Clarkson voltou.

— Podemos sentar? Eu gostaria de conversar com você.

Sentei de frente para ele, imaginando que viera falar sobre todo o trabalho que ainda precisava ser feito.

— Você pediu que eu me informasse sobre o navio de seu marido — disse Clarkson, —, o *Joseph*, que saiu de Nova Iorque quando vocês estavam sendo retirados.

— Isso mesmo. — Juntei as mãos, fazendo uma torre com os dedos. Apoiando as bochechas na ponta dos polegares, pressionei o nariz com os indicadores.

Clarkson pigarreou.

— O navio afundou.

Fiquei imóvel.

— Chequei com as autoridades navais britânicas — ele disse, e, então, tossiu. — Eles têm um escritório nesta rua. Listas de mercadorias, registros, diários de bordo, tudo fica ali.

Eu não conseguia me mexer ou falar.

— O Joseph afundou — ele repetiu. — Foi empurrado por ventos fortes. Para tão longe, que quase chegou às Bermudas. Mas, aí, durante uma grande tempestade, afundou. Todos a bordo morreram. O capitão, a tripulação, os legalistas brancos e negros. Eu sinto muito, mas você pediu para que eu me informasse.

— Quando você ficou sabendo? — perguntei.

— Hoje.

John Clarkson pôs a mão em meu ombro, mas eu me afastei e saí correndo do Palácio. Não queria ser vista ou tocada. Queria ficar sozinha com a notícia. Chekura. Meu marido. Depois de uma jornada tão longa. Morto. O navio que eu devia ter embarcado.

Perguntei-me como o navio afundara. Talvez atingido por um raio ou sacudido pelo mar agitado. Meu marido teria morrido logo, ou tivera tempo para pensar em mim, enquanto a água engolia seu corpo? Consolava-me pensar que, provavelmente, ele devia estar ajudando alguém, uma criança, talvez. Tantos africanos já morreram no mar, e muitos padeceram em navios negreiros. E agora, isto.

Eu poderia ter morrido muitas vezes, mas estava aqui, agora à beira de outra viagem pelo mar. A primeira, involuntária. Esta, por minha escolha. Chekura estava morto. Mamadu estava morto. May estava desaparecida há cinco anos. Se estivesse viva, ela provavelmente não se lembraria de mim, e certamente não voltaria. Eu sentia tanta saudade dos três, que meu corpo parecia estar pela metade.

Passei uma manhã no quarto no King's Inn, despejando meu luto no travesseiro, e depois, voltei a John Clarkson. Eu recolheria o que sobrara do meu corpo e espírito e participaria do êxodo para a África. Não havia mais nada para mim na Nova Escócia. Imaginei May chegando a Shelburne e perguntando por mim, e isso me perturbou. Tentei me acalmar segurando um livro, acariciando a capa, abrindo-o ao acaso, lendo uma passagem muitas e muitas vezes, até poder repetir as palavras. Não importava qual o livro, ou o trecho, o simples fato de ler em voz alta levou-me a uma verdade pura e simples, que por muitos anos eu negara: eu nunca mais voltaria a ver May, e já era tempo de seguir em frente.

Calmamente, formamos filas organizadas no porto de Halifax. Conversávamos em voz baixa, aconchegados uns aos outros, tentando nos proteger do frio e do vento, enquanto esperávamos nossa vez de ser levados em barcos a remo, até o navio. De cada três homens ou mulheres, um nascera na África, como eu. Incluindo as crianças, éramos 1.200 pessoas. Embarquei no *Lucretia* com John Clarkson, o cirurgião da frota e todos os aventureiros adoentados e mulheres grávidas. Em 15 de janeiro de 1792 nossos quinze navios levantaram âncoras rumo a Serra Leoa.

LIVRO QUATRO

Toubabus com rosto negro

(Freetown, 1792)

Em meu navio, o *Lucretia*, sete dos 150 passageiros a bordo faleceram durante a travessia. John Clarkson quase morreu, sufocado pelo próprio vômito durante uma tempestade, mas foi salvo. Ele ficou de cama durante quase toda a viagem, mas em 9 de março de 1792, quando navegávamos pela Baía de St. George sentiu-se revigorado. Meus olhos esquadrinharam as montanhas verdes. De minha infância, lembrei-me do perfil das costas e da cabeça do leão. Serra Leoa — a Montanha do Leão — ergueu-se tão nitidamente na península, que meu desejo era tocá-la. Naquele momento eu soube que, uns 36 anos antes, chegara em um navio negreiro que havia partido da Ilha de Bance. Eu vira no mapa e Clarkson me contara, mas, até que a costa com a montanha em forma de leão surgisse, eu duvidava que voltasse para o local de onde havia partido. Seria esperar muito. No convés do *Lucretia*, os nova-escoceses abraçaram-se e cantaram em louvor a Jesus e a John Clarkson.

— Por favor, parem — disse Clarkson, sorrindo, um tanto embaraçado.

— Conte-nos mais a respeito desta terra para onde você nos trouxe — gritou uma mulher.

— Sinto dizer-lhes que estou na mesma situação que a maioria de vocês — disse Clarkson, olhando para a costa. — Eu nunca estive na África.

Olhei para ele e vi que outros faziam o mesmo. Nunca me ocorrera que o líder do nosso êxodo nunca estivera em minha terra natal. Para quebrar o silêncio, um dos oficiais de Clarkson abriu um barril e serviu rum para os homens e mulheres. Eu não queria beber, não sentia necessidade de rir e preferi ficar sozinha, debruçada no parapeito do navio. Apertei a barra de madeira com as mãos, senti a brisa úmida no rosto e perguntei-me o que seria de mim agora. Eu achava que ficaria muito feliz, mas, pelo contrário, sentia-me vazia. As ondas se desmanchavam nas costas da África, mas minha verdadeira terra natal ainda estava distante. Se um dia eu chegasse em casa, sabia qual seria a única pergunta que as pessoas me fariam: Onde estão seu marido e seus filhos?

Eu teria de confessar que, na terra dos toubabus, só havia conseguido salvar a mim mesma. A travessia levara quase dois meses, mas nossa espera ainda não havia terminado. Enquanto os quinze navios de nossa frota, provenientes de Halifax, baixavam âncora e cozinhavam durante três dias sob o sol africano, Clarkson ia de um navio ao outro de nossa frota, bem como a outros, já ancorados no porto. Percebi que estes também tinham a bandeira da Companhia de Serra Leoa: duas mãos unidas, uma negra e outra branca.

Senti-me aliviada, pois vi tratar-se de navios aliados, mas Thomas Peters falou a respeito comigo e com outros passageiros. Fez questão de lembrar-nos de que a migração foi possível graças a ele, que viajara para Londres dois anos antes, a fim de reclamar que os legalistas negros da Nova Escócia ainda não haviam recebido a terra.

Naquele momento, Peters tinha algo novo a acrescentar:

— O que todos estes navios de Londres estariam fazendo aqui? Isto deveria ser a nossa colônia; nossa nova vida. Todas as decisões estariam em nossas mãos. Mas o que estamos fazendo? Esperando que o tenente Clarkson discuta nosso destino com os brancos.

Clarkson havia contratado um grupo de africanos para levá-lo de barco até a Baía de St. George. Todos nós ficamos no convés, admirando os músculos dos remadores e suas remadas elegantes e suaves, até Peters ter a chance de questionar Clarkson.

— E quem são esses homens? — Peter perguntou.

— Eles são os temnes[32], e pertencem ao rei Jimmy — respondeu Clarkson.

— E quem é ele?

— O chefe local.

— O que esses homens fazem, normalmente? — Peters perguntou.

— São remadores. Transportam pessoas e mercadorias.

— Que tipo de pessoas? Escravos?

Clarkson ficou vermelho.

Peters levantou a mão.

— Sem querer desrespeitar. Apenas diga-nos. Esses homens transportam escravos?

Clarkson pigarreou e demorou a responder. Enquanto pensava, nós lentamente nos juntamos à sua volta.

---

32 Temne: o maior grupo étnico de Serra Leoa (N. do T.).

— Thomas — eu disse a Peters —, vamos recuar um pouco e dar espaço para o homem respirar.

— Obrigado, Meena — disse Clarkson. — Eu disse a vocês que havia escravidão em Serra Leoa.

— Mas à nossa porta? — questionou Peters.

— Raramente — replicou Clarkson. — Na Ilha de Bance, a 30 km.

— Mas, Senhor Clarkson — eu disse. Muitos me olharam, pois todos sabiam que Clarkson e eu nos dávamos bem. — Como pôde nos colocar perto do ninho de tráfico de escravos?

— Nós não temos vinte opções — disse Clarkson. — Este é o lugar onde nós operamos, onde negociamos com a população local. E aqui, pelo menos, é um ponto distante das atividades dos escravos.

Ouvi algumas pessoas reclamando. Eu estava feliz pelo fato de estarmos próximos à Ilha de Bance, de poder ver a costa e ter certeza de que esta era a terra de onde eu fora tirada. Mas, nesse momento, preferiria navegar mais duzentas milhas, em qualquer outra direção. Clarkson parecia adivinhar meus pensamentos.

— Em qualquer ponto onde os europeus tenham se estabelecido ao longo da costa da Guiné, há tráfico de escravos. Nenhum lugar é mais seguro que este. Nossa missão é especial, e nossa colônia será diferente. Nós prosperaremos com agricultura, indústria e comércio, e encontraremos formas próprias para servir ao Império Britânico.

— Nós não deixamos nosso lar na Nova Escócia para servir aos britânicos — disse Peters. — Viemos para a África para ser livres.

— E serão. Eu lhes dei a minha palavra — disse Clarkson. — Está claro? Nenhum de vocês será feito escravo.

Peters ficou em silêncio. Ele manifestara minhas próprias inquietações, mas concluí que a Ilha de Bance estava a uma boa distância daqui. Se eu pudesse ir para onde quisesse, nunca iria até lá.

— Quando vamos desembarcar? — perguntei.

— Amanhã — ele respondeu.

Passamos o resto daquele dia e a manhã seguinte admirando o exuberante verde da terra distante, e estávamos debruçados no parapeito do navio quando vimos um novo barco que se aproximava. Clarkson olhou através da lente e resmungou.

— O que é isso? — perguntei.

Ele passou-me a lente, e eu a ajustei. Olhando através dela, vi nativos nus no convés, e, então, o mau cheiro atingiu o *Lucretia*. O fedor aumentou à medida que o navio se aproximava. Alguns nova-escoceses desceram aos seus aposentos, mas eu fiquei paralisada. Não queria ver, mas, ao mesmo tempo, não conseguia tirar os olhos.

Clarkson dirigiu-se à sua cabine e voltou usando o uniforme de tenente da Marinha. O navio que se aproximava também havia se preparado para o encontro: todos os cativos foram mandados para os porões. Entretanto, a verdadeira natureza da embarcação não podia ser disfarçada, pois o cheiro fazia-nos engasgar e sufocar. Eu sabia, exatamente, como os cativos estavam acorrentados no ventre do navio, e podia imaginar as feridas purulentas em suas pernas e os gemidos em seus lábios. Um homem branco foi conduzido até o nosso navio, em um barco a remo.

Clarkson e o homem trocaram apertos de mão, cortesias e produtos. O tenente deu-lhe três barris com carne seca e o traficante deu a Clarkson barris com água fresca e laranjas. Deram-se as mãos como se fossem amigos. Mais tarde, quando o homem era levado de volta ao seu navio, o tenente viu que eu o observava.

— É bom ser cordial com o inimigo — disse ele.

— Por que você deixou que aquele navio partisse? — Peters perguntou.

— Senhor Peters, eu não controlo tais assuntos.

— Você está sancionando o comércio de pessoas.

— Recebi água e laranjas deles, coisas de que você e seus companheiros aventureiros necessitam — disse Clarkson.

— Você acha que aceitei esses suprimentos para meu próprio consumo?

— Por que você não deteve aquele navio?

— Senhor Peters, aquele não era um navio de guerra. Você viu algum canhão ou soldados com mosquetes? Sou totalmente contra o tráfico de escravos, mas precisamos escolher nossas batalhas. Viemos aqui para criar uma colônia livre, e não para deflagrar uma guerra contra traficantes de escravos.

Eu nem havia posto os pés em terra firme e já pude perceber que as coisas não seriam fáceis. Eu admirava o fato de Peters opor-se ao tráfico negreiro, mas, por ora, achava que Clarkson tinha razão. Havia momentos em que era impossível lutar, e que o melhor a fazer era esperar e aprender. Primeiro, precisávamos desembarcar, construir abrigos e encontrar comida. Naquela noite, enquanto eu acompanhava de dentro do *Lucretia*, nuvens escuras surgiram de trás das montanhas, ocultando as estrelas. Relâmpagos cortavam as nuvens, iluminavam os navios e emitiam trovões que chegavam até nós, ecoando como canhões. Muitos estavam apavorados, mas, mesmo depois de todos esses anos, eu não havia esquecido as tempestades, e sabia que passariam.

No terceiro dia sob o sol, ficou claro que a Companhia de Serra Leoa não tinha planos de nos retirar da embarcação. Com apenas um barco a remo por navio, teria levado uma eternidade para transportar milhares de passageiros e seus pertences à costa. Parada no convés com os outros, concluindo que o *Lucretia* era, não um navio de liberdade, mas uma prisão no mar, vi quando dezesseis remadores transportavam, em uma grande canoa, um nativo aprumado, sentado em uma cadeira de estilo inglês. Atrás dele, um timoneiro e, à frente, um homem que tocava um tambor. Por sobre o barulho das ondas, escutávamos as batidas rítmicas antes que fosse possível ver o rosto dos homens. O rei Jimmy prestaria um tributo a John Clarkson, que ordenou que seus marinheiros o recebessem com uma salva de vinte tiros e que nós nos dirigíssemos a ele como "Vossa Excelência".

— Jamais, nesta vida — Peters resmungou.

Thomas Peters postou-se, ereto, ao lado de John Clarkson no topo da escada do navio, mas o chefe passou e abraçou Clarkson. O rei Jimmy cumprimentou os soldados brancos em inglês, dando-lhes a mão, mas, no primeiro momento, recusou-se até mesmo a olhar para nós. O rei Jimmy deu a Clarkson quinze abacaxis e um dente de elefante em troca de rum puro.

Ele olhou para mim e perguntou ao tenente:

— Sua amante?

— Tenho idade para ser sua mãe — disse eu.

O rei deu uma gargalhada, passou os olhos nos aventureiros e comentou:

— O rei John Clarkson tem muitos servos.

Thomas Peters tomou a palavra:

— Somos o povo da Nova Escócia e viemos como iguais.

O chefe dos temnes não prestava atenção. Voltando-se, novamente, para Clarkson, o rei Jimmy apontou para mim e perguntou:

— Esta é a mulher sobre a qual você me falou? A africana que conhece mais livros do que os ingleses?

John Clarkson franziu o cenho. Pude perceber que ele não queria que o rei zombasse de mim.

O rei Jimmy olhou-me de cima a baixo e desatou a falar uma série de palavras africanas. Eu não tinha ideia do que ele dizia. Ele desatou a rir e desapareceu na cabine de Clarkson para beber rum. Mais tarde, quando estava de saída, cumprimentou-me.

— Venha à minha vila. Como é o seu nome?

— Aminata.

— Um dia você será a rainha Aminata, esposa do rei Jimmy.

— Obrigada, mas eu já sou casada.

— Onde está seu marido?

Quando me calei, o rei Jimmy riu.

— Se ele está do outro lado — disse, apontando para o mar —, você agora livre.

Com isso, desceu a escada de nosso navio e embarcou em sua canoa.

Parecia absurdo que tivesse sido em inglês a primeira conversa que tive depois de adulta com um africano em minha terra. Algo relacionado à sua natureza empolada, expressa na linguagem imperfeita dos toubabus, dava-me a impressão de que o rei era mais um bufão do que uma ameaça.

Poucas horas depois, o rei Jimmy enviou homens, em trinta canoas, para transportar-nos. Parecia um exército de remadores, vindo, resoluto, em nossa direção. Eu estava feliz pelo fato de que eles vinham nos ajudar, mas ciente de quão fácil teria sido para eles, declarar guerra contra nós. Na minha vez de embarcar em uma das canoas, tentei conversar com o jovem remador mais próximo a mim. Ele fazia seu trabalho e nada mais: remar com seus companheiros para nos levar o mais suave e rapidamente até a costa. E, assim, os mesmos homens que transportavam escravos para a Ilha de Bance levaram-nos pelas águas da Baía de St. George até a praia de Serra Leoa.

John Clarkson postou-se sob um abrigo feito com lona de velas, à frente de doze representantes da Companhia de Serra Leoa, enquanto todos nós colocamo-nos à sua volta. Parada em um canto, eu levantava e abaixava os calcanhares, para sentir a terra sob os pés. Tirei os sapatos, para deixar que a areia escorresse entre meus dedos. Pensava que nunca mais colocaria os pés em um navio, e que me faltava uma única jornada na vida — a longa viagem por terra.

— Senhoras e senhores — disse Clarkson —, chamaremos nossa nova colônia de Freetown. Eu tinha ordens de trazê-los até aqui e voltar a Londres, mas, de lá, os diretores da Companhia enviaram um bilhete pedindo que eu ficasse com vocês por algum tempo.

Assim como eu, a maioria do público aplaudiu. Eu confiava em Clarkson mais do que em qualquer outra pessoa, e acreditava que ele faria o melhor no sentido de nos ajudar em nossa nova vida.

O tenente apresentou os homens que estavam ao seu lado, explicando que a Companhia os enviara de Londres, a fim de administrar a colônia em Freetown.

— Não podemos resolver nossos próprios problemas? — perguntou Peters.

— Eventualmente, é claro — disse Clarkson. — Mas a empresa investiu uma fortuna para trazê-los até aqui, e pretende administrar a colônia para assegurar que seja bem-sucedida.

Peters suspirou.

— Nós não fizemos toda essa viagem para receber mais ordens de homens brancos.

Papai Moses estava sentado em um carrinho, que atravessara o oceano com ele.

— Senhor Peters — disse ele —, dê uma chance para que o tenente possa falar.

— Obrigado — disse Clarkson. — Cada um de vocês precisará dar o seu melhor. Preciso avisá-los que os ociosos não receberão comida, água, material de construção e nem qualquer outra coisa. — \Clarkson instruiu-nos a montar nossos abrigos temporários bem longe da água, pois a parte melhor da terra era reservada ao porto, lojas, armazéns, residências de funcionários da Companhia e escritórios.

Peters e alguns outros próximos a ele gritaram que não vieram a Freetown para construir casas para os ingleses, mas Papai Moses tomou a palavra mais uma vez:

— Irmãos e irmãs — disse ele —, não é o momento de discutir. Todos vocês têm olhos, e podem ver por mim, portanto, digam-me: alguém está vendo aqui quinhentas casas, já construídas, para abrigar nossos ossos cansados? Temos uma igreja? Temos algum sistema para conseguir alimentos, caçar e compartilhar até que sejamos autossuficientes?

Ninguém respondeu.

Nas semanas seguintes, derrubamos árvores e arbustos, serramos lenha para fogueira, transportamos, em barcos a remo, suprimentos de quinze navios, rasgamos lona velha e construímos casas simples, de barro, argila e sapé.

Dependíamos da Companhia para tudo. Um martelo? Um pedaço de lona? Carne de porco? Melado? Pão? Tudo vinha da Companhia, que possuía os recursos, a comida e os meios para construir abrigos, e que até parecia possuir a nós. Quando sofríamos com as longas horas de trabalho sob o sol, ou quando ficávamos ensopados por causa dos temporais repentinos, Papai Moses lembrava-nos que houvera o tempo de lutar, mas que aquele era tempo de sobreviver.

Naquele momento, nós tínhamos o que comer. A Companhia havia trazido suprimentos em navios da Inglaterra, e sobrara muito de nossa viagem de Halifax. Entretanto, o queijo estava podre, a manteiga, rançosa, o melado vazara dos barris apodrecidos cobrindo o chão dos armazéns.

Papai Moses não podia fazer muita coisa, mas ficava sentado no lugar onde nós nos reuníamos e dava sugestões. Nós nos dividíamos em equipes que captavam água potável, caçavam, cozinhavam e levantavam moradias temporárias. Construímos também um local para os doentes; as pessoas tinham febre a toda hora, e, em nossas duas primeiras semanas, dez aventureiros e três homens da Companhia morreram. Por algum tempo, tivemos uma pessoa morrendo a cada um ou dois dias. Pela manhã, não era incomum perguntarmos aos companheiros:

— Quantos morreram esta noite?

Repetidas vezes, Clarkson alertou-nos para que não deixássemos Freetown. Fora dos limites da cidade, a Companhia não poderia proteger-nos de traficantes de escravos ou de africanos potencialmente hostis. Muitos dos oriundos da Nova Escócia pareciam estar gostando de construir suas casas e de trabalhar para a Companhia, mas eu sentia que o fato de ser obrigada a permanecer dentro da cidade era como estar em uma ilha, fora do continente; eu ainda não era livre para reconquistar minha terra. Entre a construção de igrejas, casas, armazéns e estradas, não faltava trabalho, mas, para mim, todas aquelas marteladas pareciam destinadas a erguer barreiras entre os nova-escoceses e os temnes que habitavam a costa de Serra Leoa. Não estávamos mais na Nova Escócia, mas transplantávamos uma boa parte dela. Eu achava que a colônia que fundávamos não era nem uma coisa nem outra. Mas, se Freetown não era aquilo que eu viera encontrar na África, devia dedicar-me a ela naquele momento, e apoiar os sonhos dos meus companheiros. Por enquanto, meus próprios sonhos teriam de ser adiados.

Tentei escapar das doenças que tiraram tantas vidas, e fiz-me útil cuidando de doentes, amparando bebês e trabalhando para Clarkson. Dormia pesadamente à noite e passava os dias cansada. Meus ossos doíam e pediam uma cama macia. Às vezes, recordava as vozes enfurecidas dos brancos da Nova Escócia alertando:

— Você não tem ideia de como isto aqui é bom.

Para nós, nesses primeiros tempos em Freetown, a vida era dura, é verdade — nossos abrigos, igrejas, comida e roupas eram toscas, ou melhor, mais toscas do que em Birchtown. Os aventureiros reclamavam da má qualidade dos suprimentos, da grande dependência dos britânicos e colocavam sentinelas e guardas contra possíveis ataques de traficantes de escravos. Ainda assim, os colonos eram otimistas em relação à nova vida que construíam, e achavam que sua segurança em Freetown era menos tênue do que na Nova Escócia ou em Nova Iorque. Para mim, nenhum lugar do mundo era totalmente seguro para um africano e, para muitos de nós, a sobrevivência dependia de uma eterna migração. Naquele momento em que, finalmente, voltara para minha terra natal, eu não tinha intenção de partir, mas não sabia por quanto tempo poderia viver ao lado de um traficante de escravos.

Embora em Birchtown tivesse convivido com os nova-escoceses por dez anos, eu deixara de me sentir à vontade com eles. Atraía-me a comunidade dos temnes, embora muitos aventureiros os chamassem de "selvagens" e dissessem que eles não deveriam ter permissão para fazer trocas em nosso acampamento. Alguns colonos pareciam decididos a direcionar todo o desprezo com que foram tratados na América contra os africanos. Ouvi de John Clarkson que o ódio de dois nova-escoceses contra as regras e regulamentações da Companhia de Serra Leoa fizera com que fugissem, indo trabalhar com os traficantes na Ilha de Bance.

Na Carolina do Sul consideravam-me africana. Na Nova Escócia, tornara-me legalista ou negra, ou ambos. De volta à África, era vista como nova-escocesa, e, em alguns aspectos, era mesmo. Certamente, eu era mais nova-escocesa do que africana quando as mulheres temnes agruparam-se ao meu redor, com cereais e aves penduradas e cestos de frutas equilibrados na cabeça. Sabiam que eu chegara com Clarkson e com os marinheiros brancos, e, pela forma como apertavam minhas mãos e meus braços, pareciam achar que eu era tão estrangeira quanto os britânicos.

Tentei falar com elas em fulfulde e bamanankan, mas elas riam, sem entender. Mal podia esperar para falar sua língua bem o bastante para contar que eu também nascera na África. Sabia que os temnes não me viam como uma igual, e que jamais o fariam. Mesmo assim, eu sentia afinidade com eles, e a maneira mais fácil e natural de alimentar esse sentimento era aprendendo a sua língua. Todos os dias, eu decorava novas palavras em temne e as usava constantemente na conversação. Comecei aprendendo palavras como laranjas, água, ave, sal e arroz, os quais eles me davam, e outras como facas, panelas, contas, roupa e rum, que eu conseguia com os nova-escoceses para trocar.

Aprendi a contar até cem, dar bom dia, boa tarde e boa noite, a perguntar *Como vão seus filhos? Está tudo bem* e *Muito obrigada*. Eu precisava saber essas palavras, pois seria impossível viajar para o interior sem falar com o povo local.

Mas mesmo aprendendo, diariamente, novas palavras e frases, perguntava-me quem exatamente era eu e o que me tornara, após mais de trinta anos nas colônias. Sem meus parentes, meu marido, filhos ou qualquer pessoa com quem falar as línguas de minha infância, que parte de mim ainda era africana? Eu não me sentiria em casa até que voltasse para Bayo.

Em um mês, limpamos o terreno para erguer a cidade, levantamos tendas ou cabanas para todos os nova-escoceses, construímos alguns prédios-chave para a Companhia e concluímos uma igreja que se tornou nosso centro comunitário. Por algum tempo, nos revezávamos. Os batistas usavam a igreja aos domingos pela manhã, os metodistas ao meio-dia e os huntingtonianos[33] no final da tarde.

Dois meses depois, estavam abertas quatro ruas paralelas ao rio e três perpendiculares.

Os nova-escoceses, liderados por Thomas Peters, pediam, insistentemente, terras para que pudéssemos começar a plantar. Mas o inspetor faleceu, como tantos outros, brancos e negros, em consequência daquele novo

33 Os pioneiros negros participaram das igrejas Anglicana, Metodista, Huntingtoniana, Batista Negra, Igreja Episcopal Metodista Africana de Sion e Católica Romana (Fonte: Site Educação na Nova Escócia — Nova Scotia Education — http://lrt2.ednet.ns.ca/PD/bea/slidegif/relig.shtml) (N. do T.).

clima. A empresa usou o fato para reiterar que os nova-escoceses deveriam dedicar-se, inteiramente, à fortificação da cidade e à construção das estruturas da Companhia.

Thomas Peters tentou, em vão, levantar os nova-escoceses contra a empresa. Eu o admirava por tentar. Os britânicos mentiram aos legalistas que lutaram na Guerra Revolucionária e viajaram para a Nova Escócia, e mentiam novamente sobre o que receberíamos em Serra Leoa. Eles não nos escravizavam, mas não nos davam liberdade. Não nos davam a terra e nem qualquer outro meio para que nos tornássemos autossuficientes em Freetown. Dependíamos deles em relação a trabalho, mantimentos e até material e ferramentas para a construção de nossas casas. E impunham as regras segundo as quais vivíamos.

— Eles nos traíram na Nova Escócia e novamente aqui, na terra de nossos ancestrais — disse Peters a um grupo reunido na igreja de Papai Moses.

— Dê-lhes tempo — Papai Moses contemporizava. — Ainda não somos livres, mas estamos caminhando nessa direção.

Eu me sentia tão desapontada quanto Peters pelo fato de, mais uma vez, nos encontrarmos sob controle dos britânicos, mas não sentia raiva. Acreditava que Papai Moses estava certo; a liberdade chegaria. Um dia de cada vez. Mas eu também tinha outras coisas em mente. Freetown, para mim, era nada mais do que um trampolim.

Antes de deixar Halifax, eu imaginava que a colônia que fundaríamos em Freetown iria mesclar-se com assentamentos africanos, e que eu raramente voltaria a ver os europeus. Na verdade, os temnes vinham diariamente fazer trocas conosco, mas não nos convidavam para se juntar a eles em suas vilas. E um fluxo regular de navios comerciais, militares e de suprimentos trazia marinheiros a Freetown todas as semanas. Eles vinham em busca de provisões, comércio ou apenas para descansar, beber e comer, e, com isso, nossa nova colônia em Serra Leoa tornou-se um inverossímil misto de nova-escoceses, africanos, oficiais britânicos e marinheiros de folga.

Da mesma forma, os capitães e a tripulação de navios negreiros interrompiam a compra de escravos na Ilha de Bance para beber e procurar mulheres em Freetown. Preocupava-me, inicialmente, que os traficantes pudessem tentar escravizar os nova-escoceses, e falei com Clarkson a respeito.

— É preferível deixar que se divirtam a impedir que venham à cidade e incitar-lhes a fúria — disse ele.

— Mas os nova-escoceses sentem-se desconfortáveis, e eu também.

— O que podemos fazer? — disse o tenente. — Identificar todo marinheiro visitante por navio?

— Eles comercializam escravos — eu disse.

— Não aqui em Freetown.

— O que faz você ter tanta certeza?

— Eles podem conseguir todos os escravos que quiserem na Ilha de Bance — replicou Clarkson. — Tentar pegar gente aqui seria confuso e traria problemas; eles não querem isso. Tudo o que querem é beber e farrear. Eles vão à Ilha de Bance para trabalhar. Aqui eles vêm para se divertir.

Durante algum tempo, eu vivi com uma mulher chamada Debra Stockman, que ficara grávida durante a viagem de Halifax e cujo marido morrera a bordo. Amparei o bebê de Debra vários meses depois que chegamos, ensinei-a a amarrar a criança nas costas, no estilo africano. Ensinei-a também a sentir a tensão nas pernas e nas nádegas do bebê, para que ela pudesse afrouxar a criança de suas costas, remover-lhe as roupas e deixar que fizesse as necessidades.

Debra logo montou seu próprio negócio — uma loja de objetos raros para os marinheiros em visita. Com minha ajuda como intérprete, Debra comprava, de comerciantes temnes, esculturas, máscaras, facas cerimoniais, pequenos elefantes esculpidos em madeira, colares e braceletes de marfim, e vendia aos marinheiros que queriam voltar à Inglaterra com lembranças. Os itens mais vendidos eram pequenas esculturas esculpidas em madeira de sândalo. O marrom-avermelhado da madeira agradava aos compradores. Debra polia as esculturas com óleo de palmeira; pequenos elefantes, jacarés e macacos. Mas os marinheiros não resistiam às esculturas de jovens mulheres com os seios nus. Eles raramente conseguiam pagar em dinheiro, mas davam a Debra rum, potes de ferro, pequenos caldeirões, barras de ferro e roupas da Inglaterra, que Debra dava aos temnes em troca de comida, lenha ou serviços de construção. Os temnes aprenderam depressa a arte de construir em madeira casas elevadas que agradavam muito os colonizadores. Como resultado, em pouco tempo, Debra e a filha, Caroline, estavam morando em sua nova casa e viviam bem.

Além de negociar com temnes e marinheiros, também dependíamos de suprimentos do *Sierra Leone Packet*, que era um navio que fazia a rota Freetown—Inglaterra.

Um dia, algumas centenas de nós estavam reunidos no cais aguardando um navio descarregar. Esperávamos caixas com martelos e pregos, mas nos caixotes havia trezentos regadores de argila.

— O que é isso? — Papai Moses perguntou quando peguei um deles.

— Um pote de argila.

— O quê?

— Um regador. Recebemos trezentos iguais a este. Não há martelos, nem pregos.

— Menina, você precisa escrever uma carta para esses brancos. Dizer-lhes que ainda não temos jardins, e que, com toda essa chuva, não precisamos de regadores.

Eu não escrevi para a Companhia, mas para Sam Fraunces e Theo McArdle, quando Clarkson explicou-me que as cartas seriam enviadas para a América antes de chegar à Inglaterra. Foi bom imaginar que minhas palavras atravessariam os mares e eu tinha esperança de que, um dia, receberia uma resposta.

A Companhia contratou-me para ensinar crianças e adultos a ler e escrever, e Clarkson — que afirmou que escrever lhe dava dor de cabeça — deu-me mais trabalho, preparando relatórios para os diretores em Londres. Como sua eventual secretária, eu às vezes era levada ao seu navio para trabalhar com ele em uma grande cabine transformada em escritório.

— Você não preferiria viver em terra? — perguntei certo dia.

— Sou um homem da marinha — ele respondeu —, e acho mais tranquilo viver na água. Tenho tempo para pensar e as pessoas não entram aqui sem pedir licença quando estou concentrado.

— Se a Companhia lhe pediu para ser superintendente da colônia, por que você deixa outros cuidarem de quase tudo?

— Fico feliz assim — disse Clarkson. — E minhas relações com os nova-escoceses se deteriorariam se eu precisasse fazer cumprir todas as regras da Companhia.

— Não são as regras que você previa?

Clarkson levantou as mãos, mas respondeu apenas:

— Não se pode prever tudo.

Quando concluí o trabalho, Clarkson convidou-me para um chá.

— Você deve sentir-se solitário, sem sua noiva — comentei.

Estalando os dedos, ele assentiu.

Ele encorajou-me a ler alguns de seus jornais londrinos, e, enquanto eu o fazia, ele lia um livro. Pela primeira vez na vida, senti-me conectada a alguém pelo simples fato de estar sentada na mesma sala e ler ao mesmo tempo. Senti que compartilhava um bom momento com ele, embora não falássemos muito. Na verdade, agradava-me o fato de ele não perguntar sobre o meu coração. Voltar à África não trazia de volta todas as pessoas que eu havia perdido. Mas, em Serra Leoa, a saudade que eu sentia de minha filha doía menos, talvez por ter parado de procurar por ela em cada criança que via. Onde quer que May estivesse, com certeza não estaria na África.

Nos primeiros meses, a maioria dos colonizadores só conseguia sobreviver trabalhando para a Companhia, de quem recebia salários e provisões. Embora tivesse prometido que, no início, as provisões seriam gratuitas, depois de um ou dois meses estas foram cortadas pela metade, e, logo depois, se quiséssemos comida, precisávamos sacá-la na loja da empresa, em troca de trabalho. Só que não havia trabalho todos os dias para todos os colonos, e, embora um trabalhador experiente conseguisse ganhar dois xelins por dia, precisava pagar quatro xelins por semana pelas provisões. Os nova-escoceses estavam enfurecidos com a Companhia por cobrar preços exorbitantes pelo peixe salgado, pela carne e pelo frango e por colocar água em seu álcool. Mesmo assim, alcoolismo e religião caminhavam juntos em nossa colônia.

Alguns meses depois de chegarmos, seis denominações religiosas diversas estabeleceram suas próprias congregações, primeiro em tendas, depois em cabanas e, finalmente, em capelas de madeira, onde cantavam e oravam a noite toda. As pessoas em Freetown não sabiam o que era dormir, ou melhor, aprenderam a dormir em meio a um pandemônio. Todas as noites, era possível ouvir o barulho da vila do rei Jimmy, a oitocentos metros dali, dos marinheiros cambaleando e cantando até cair pelas ruas e dos colonos brigando acerca de quem matou o pato de quem, por exemplo, ou quem olhou para a mulher de quem. Podiam-se ouvir homens batendo em homens, homens batendo em mulheres e, sim, mulheres batendo em homens. E, em meio a tudo isso, os aleluias dos fiéis.

Um nova-escocês chamado Cummings Shackspear trouxera com ele, de Halifax, suprimentos que incluíam sete barris de rum. Nunca entendi como ele fora capaz de acumular todo aquele rum antes de viajar e sob qual pretexto conseguira embarcar com ele, mas ele tinha os barris selados pelos tanoeiros mais hábeis de Halifax e continuava de posse de seu imenso estoque de bebida quando abriu uma taberna a duas quadras do mar. Alguns fiéis saíam das igrejas suando, exaustos, e iam direto para lá. Muito poucos saíam da taberna para ir direto para a igreja.

Cummings colocava água em seu rum — não mais do que a Companhia — e vendia-o por copo. Conseguiu dinheiro suficiente para manter o estoque e desistir da Companhia, a qual tentava tirar de Cummings valores exorbitantes mesmo não gostando de fazer negócios com ele. Havia navios mercantes, negreiros, militares em grande número, de quem Cummings comprava alguns barris de rum em troca de mercadoria que conseguia, às vezes, com comerciantes temnes: marfim, madeira de sândalo e até grandes quantidades de abacaxi, galões de água fresca, cabras, aves, etc. Ele construiu um armazém para sua mercadoria, atrás da taberna e contratou um temne para fazer a segurança noturna. Sua taberna ficou conhecida como Shackspear's Book. Os marinheiros conheciam sua reputação, e procuravam-no assim que saíam dos barcos.

Os negócios de Cummings iam tão bem, que logo ele não mais dependia da boa vontade da Companhia, divorciando-se da política belicosa entre colonos e britânicos. Entretanto, eram poucos os que podiam dar-se a esse luxo.

Nunca tive cabeça para negócios, e os serviços que eu oferecia — aulas de leitura e escrita à noite, nos fundos de minha casa, atendimento a doentes que precisavam de mim principalmente porque os médicos da Companhia geralmente estavam bêbados ou quase mortos — nunca me renderam muito, mas impediam que minha sobrevivência dependesse totalmente dos britânicos. Pela manhã, eu continuava a lecionar na escola da Companhia.

Rei Jimmy e sua gente moravam a 2 km ou 3 km e quando eu já estava em Freetown há um ano, compreendi que o rei pressionava John Clarkson para que lhe pagasse pelo uso de suas terras. Antes de chegarmos, ninguém nos contara, mas, gradualmente, percebemos que os homens do rei invadiram e saquearam a antiga colônia de negros vindos da Inglaterra e que eles não aceitavam os termos nos quais os britânicos alegavam ter comprado aquela terra africana.

O método favorito de pressão do rei era mandar dezenas de canoas repletas de guerreiros passar por nossa costa à noite, gritando e batendo os tambores. Os nova-escoceses, aterrorizados, imploravam para que Clarkson desse-lhes mais armas. Eu gostava do som dos tambores, da forma como cantavam ao longo da baía, fazendo meu corpo vibrar. Faziam com que me sentisse mais perto de casa. *Vá procurar sua vila*, eles pareciam dizer; *vá ver sua gente.*

Abrigada nas encostas entre as praias e as montanhas, nossa nova comunidade de Freetown era exatamente onde a maioria dos nova--escoceses queria ficar. Era o único lugar onde se sentiam seguros e acreditavam poder prosperar. Para mim, entretanto, Freetown era uma ponte. Enquanto fazia comércio com os temnes e aprendia sua língua, eu sonhava com meu primeiro lar e planejava a jornada de três rotações da lua, a pé, até minha vila.

Uma jovem temne chamada Fátima realizava trocas comigo diversas vezes por semana, mas eu sempre tinha de negociar o preço. Ela insistia em três metros de tecido por 25 laranjas, mas, no final, acabava aceitando apenas um metro. Antes de concluir a negociação, precisávamos passar por sérias discussões, e, quanto melhor eu me expressava em temne, maior era o tempo que levava até que eu conseguisse trocar o tecido pelas laranjas. Certo dia, como parte de nossos rodeios, Fátima pôs-se a perguntar sobre meu marido, meus filhos e como eu os havia perdido. Depois de responder às perguntas com sinceridade, perguntei à Fátima a única coisa que realmente me interessava.

— Você tem pernas fortes, não tem?

— Sim, graças a Deus.

— E pode andar longas distâncias, não é?

— Sim, graças a Deus.

— Então, diga-me como posso ir para o interior, em direção ao rio Joliba.

Fátima começou a recolher as laranjas e colocá-las no tabuleiro

— Este é o nosso segredo.

— Por quê? — perguntei.

Ela colocou o tabuleiro na cabeça.

— Nós não podemos deixar que você entre em nossas terras.

— Eu?

— Qualquer toubabu dos navios.

— Vocês chamam-me toubabu? Você não ouviu a história sobre meu marido e minha filha? Eu nasci nesta terra.

— É uma história, e boa, e eu também posso contar uma história, se você quiser. Mas, agora, você não está pedindo uma história; você está pedindo a minha terra.

— Estou pedindo a *minha* terra. A terra onde eu nasci.

— Você tem as feições de alguém que nasceu aqui, mas veio com os toubabus. Você é uma toubabu com rosto negro.

— Eu nasci na vila de Bayo, filha de Mamadu, o joalheiro, e Sira Kulibali, a parteira. Eu ainda estaria lá, mas fui roubada.

Fátima afastou-se de mim.

— Um metro de tecido pelas laranjas, por favor. Chega de contar histórias.

Depois disso, por muitos dias, senti a solidão que lembrava ter sentido em meus primeiros tempos nas colônias. Estava agora no continente onde nascera, mas tão perdida quanto estivera do outro lado do oceano. No final, decidi que a rejeição de Fátima não importava; eu sabia quem era e de onde viera. O fato de os temnes não aceitarem minha história não mudava nada a respeito de minha vida; significava, apenas, que eu teria de buscar informação em outro lugar. Novamente, lembrei-me das linhas de Jonathan Swift:

Então, geógrafos, em mapas da África,
Preenchem as lacunas com figuras selvagens;
E em suas terras inabitáveis
Colocam elefantes no lugar de cidades.

De fato, os geógrafos colocavam elefantes no lugar das cidades, mas, então, eu compreendia como fora difícil para eles penetrarem no interior da África.

Quando a chuva chegou a Freetown, veio aos borbotões. Nossas casas eram construídas sobre estacas, para evitar os rios de lama. Aprendemos a pendurar pertences valiosos no teto. O telhado tornou-se o ponto mais importante das casas. Importamos as técnicas de utilização do sapé com os temnes, e, quando os suprimentos permitiam, construíamos telhados de madeira, pintados com piche. Cozinhávamos em frente às casas humildes e aprendemos a compartilhar, fazer turnos, construir pequenos abrigos sobre as estações de preparo de alimentos e culinária dos temnes. A primeira estação chuvosa começou em maio, indo até setembro, e, naquele período, se seus grãos e sua mandioca não tivessem raízes fortes, não resistiriam ao vento e à água. Ao término da primeira estação chuvosa, quando o sol voltou, os navios negreiros começaram a surgir com mais frequência no rio Serra Leoa e o tráfico na Ilha de Bance tornou-se ainda mais ativo.

Certo dia, em outubro, enquanto Debra e eu cozinhávamos frango com quiabo, ouvi passos, grunhidos, suspiros e o som de respiração difícil. Parecia que uma vila inteira estava em movimento; imediatamente, lembrei-me do meu último dia em Bayo. Ao virar, vi trinta pessoas acorrentadas pelo pescoço, a maioria nua, caminhando em fila em direção ao rio. Estavam sendo comandados por homens morenos, altos, que usavam mantos esvoaçantes e toucas bem firmes na cabeça segurando paus e chicotes. Todas as mulheres do comboio levavam um grande naco de sal ou uma sacola de couro bojuda, provavelmente, cheia de arroz ou painço, na cabeça. Os homens carregavam pacotes para seus captores. Um homem, de olhar vago e boca aberta, carregava um feixe de lanças. Se seu pescoço estivesse livre, talvez pudesse usar as armas, mas eu sabia que ele devia estar acorrentado há semanas, e que seu pescoço estava dolorido e ferido.

Larguei a colher com que mexia a panela e corri para a rua King antes que eles chegassem lá. Vi quando se aproximavam cativos de todas as idades e todos os tamanhos, perguntando-me como poderia libertá-los. Uma garota do comboio fez-me um apelo com os olhos. Era quase uma mulher, e, quando se aproximou, pude ver os traços de tinta azul em duas linhas verticais gravados no alto de suas bochechas. Olhando diretamente para mim, ela disse algumas palavras. Sua voz era baixa e rouca, como a de uma velha. Vi de relance seus dentes, e, embora não conhecesse a língua, sabia o que ela queria: água, comida, e o mais importante: ajuda para voltar para junto de sua família. Em volta do pescoço estava o apertado anel de madeira; dele saíam as correntes que a conectavam ao comboio de homens à frente e atrás dela. Ela parecia não pertencer a ninguém mais além de seus captores. Peguei na mão da menina quando ela cruzou a rua. Sua pele estava ressecada e rachada. Queria muito lhe dar água, mas não tinha nada comigo além de minhas roupas. Novamente, ela murmurou três palavras. Parecia uma prece, mas talvez fossem comida, água e socorro. Talvez, por favor, salve-me. Puxei o libambo, mas estava preso com firmeza.

— Não desista, menina — eu disse, tão delicadamente quanto consegui, pois queria que minhas palavras fossem como as de uma mãe. Em um movimento rápido, tirei o lenço vermelho que usava na cabeça e amarrei-o em volta de seu punho. Pretendia dizer mais algumas palavras gentis, mas, naquele momento, um condutor do comboio veio por trás e me empurrou para o lado, como se eu fosse nada mais do que uma cabra em seu caminho. Ele ficou perto da menina enquanto ela seguia em frente com o comboio, e a partir daí, os condutores ficaram próximos de seus cativos. A menina já estava cinco, dez, quinze passos à frente, e eu não pude mais chegar perto dela.

Olhei em volta, buscando ajuda, e vi muitos nova-escoceses agrupando-se no porto. Um deles empurrava Papai Moses em seu carrinho, para confrontar-se com o chefe dos condutores dos escravos, mas eles passaram reto por ele. Thomas Peters correu atrás de mim, pegou-me pelo braço e nós seguimos o comboio em direção à água.

— Onde está Clarkson quando precisamos dele? — perguntou Peters.

— Tratando de negócios com o rei Jimmy — respondi.

Debra levou o primeiro assistente de Clarkson — um homem da Companhia, chamado Neil Park — até a margem. Ficamos todos parados ali — os trinta cativos, seis captores, uma multidão cada vez maior de nova-escoceses e um grupo de homens da Companhia, armados. Para nosso desespero, vimos seis grandes canoas com remadores temnes, prontos para partir.

Papai Moses, em seu carrinho, não estava conseguindo chegar à praia. Enquanto tentava, ouviu-se a voz irada de Peters.

— Soltem estas pessoas já! — ele gritou para um africano alto, vestido com uma capa esvoaçante, à frente do comboio.

O comandante do comboio ignorou Peters e pôs-se a negociar com o timoneiro responsável pelas canoas. Peters, irado com o desprezo, tentou segurá-lo, mas três outros condutores do comboio agarraram-no; um deles mantinha uma faca contra o seu pescoço. A menina com linhas azuis nas bochechas olhou para Peters, para mim e, em seguida, para as dezenas de nova-escoceses atrás de mim. Imagino que devia estar pensando que nós poderíamos salvá-la, se realmente quiséssemos.

Neil Park entrou na briga, tendo a seu lado o tradutor temne. Os condutores de escravos também não falavam a língua temne, mas comunicavam-se por meio de seu próprio tradutor.

— Um passo atrás, e ninguém se machuca — Park falou. Ninguém se mexeu.

Park era o rei do nosso povo, disse o tradutor. O chefe dos condutores de escravos virou-se, sorriu, fez uma ligeira reverência e tirou um pequeno saco de nozes de cola de dentro da capa. Entregou-o a Park, que o segurou desajeitadamente.

Park continuou falando e conseguiu fazer com que os condutores soltassem Peters. Mandou que Peters se afastasse, mas este não se moveu. Os condutores ergueram as facas e Peters deu alguns passos para trás.

— Isto não é problema seu — o tradutor disse para Parks. — Os condutores pagaram para passar por este território. O próprio rei Jimmy deu autorização.

— O tráfico de escravos é proibido em Freetown — disse Park.

Park disse que aquele era território temne, compartilhado com os brancos, mas que eles *não* o possuíam, e que outros homens brancos esperavam por eles na Ilha de Bance.

Park voltou-se para nós.

— *É melhor deixá-los ir, e levar o assunto ao* rei Jimmy.

— Nós não deixaremos que eles levem estes cativos — disse Peters.

Park fez sinal para os homens da Companhia. Cinco oficiais da Companhia de Serra Leoa ergueram suas armas.

— *É a minha ordem* — disse Park — e farei com que seja cumprida.

— Nós não sairemos daqui e eles não irão — insistiu Peters.

— Dê um passo para trás — ordenou Park. — Você não pode salvar estes escravos, mas, se causarem problemas, poderão deflagrar uma guerra contra os temnes.

— Eles não se atreveriam — disse Peters.

— Eles já se atreveram — respondeu Park.

Lembrei-me de ter escutado que os temnes saquearam o primeiro acampamento de negros de Londres.

O chefe dos condutores do comboio soltou o primeiro cativo — um jovem de cerca de 15 anos, que parecia ter tanto medo dos nova-escoceses quanto de seus captores — e começou a conduzi-lo à canoa. Peters precipitou-se, agarrou o garoto e tentou puxá-lo de volta para terra. Os homens da Companhia levantaram seus mosquetes, mas Park fez sinal para que não atirassem. Dois outros traficantes seguraram

Peters, que se desvencilhou e agarrou o cativo mais uma vez. No momento em que pensei que Peters levaria a melhor, soltando o primeiro garoto e provocando uma reação por parte dos nova-escoceses, um dos traficantes desembainhou um sabre e plantou-o, profundamente, no peito de Peters. Este grunhiu, cambaleou e, expelindo sangue pela boca, caiu. Os nova-escoceses começaram a caminhar em direção à água, mas Park e seus homens reagiram com uma saraivada de tiros sobre nossas cabeças.

— *Último aviso* — Park gritou.

Um colono apontou seu próprio mosquete em direção aos traficantes africanos. Os homens de Park atiraram e ele caiu. Nenhum outro colono seguiu em frente, mas eu corri até Peters, deitado a poucos metros dos cativos, que já estavam sendo levados às canoas. Ajoelhei-me ao seu lado e coloquei a mão em seu ombro. Seus olhos castanhos arregalaram-se, como se quisessem absorver a vida que estava prestes a perder.

Fiquei com a mão sobre ele.

— Você é um bom homem, Thomas — eu disse —, e um bom líder.

Peters parecia compreender mal o seu destino. Levantou levemente a mão e eu a segurei; então, parou de respirar. Sua mão relaxou e a luz desapareceu de seus olhos. Continuei falando com ele, pois queria que seu espírito ouvisse o que eu lhe dizia.

— Você nos trouxe a liberdade, Thomas Peters. Você nos trouxe para a África.

Subitamente, tomei consciência da gritaria e das ordens. Scott Wilson, o nova-escocês que levantara seu mosquete contra o temne estava caído, sem vida, a alguns metros, enquanto os outros estavam sob a mira das armas dos homens de Park. Este apressava os traficantes para que embarcassem os cativos e partissem antes que as coisas piorassem. As embarcações afastaram-se da praia, em direção à Ilha de Bance. Os traficantes não olharam para trás, mas a menina, sim.

Acenei, para que a garota soubesse que alguém no mundo ainda lhe desejava coisas boas. Ela retribuiu o aceno; meu lenço vermelho ainda em seu punho.

Ajuda dos santos

Nossa comunidade caiu em desespero com as mortes de Peters e Wilson. Falávamos em como homenageá-los, e pediram-me que escrevesse o epitáfio para o túmulo de Peters: *Thomas Peters, líder dos colonos nova-escoceses. Lutou pela liberdade e está livre, finalmente.*

Quando Papai Moses começou a planejar uma “reunião familiar”, à qual apenas os nova-escoceses seriam bem-vindos, Clarkson se queixou para mim dizendo que estávamos criando uma barreira entre nós e os ingleses.

— Mas os nova-escoceses não podem ir às reuniões da Companhia — eu disse.

— Conduzir uma empresa é uma coisa, conduzir uma comunidade é outra — Clarkson retrucou.

Concordamos em discordar nesse assunto, mas, a pedido de Clarkson, perguntei a Papai Moses se os nova-escoceses poderiam reunir-se privadamente primeiro, e, depois, convidar os oficiais da Companhia para participar do encontro. Papai Moses concordou.

Quando nos encontramos na igreja, um orador após o outro condenou a Companhia por defender os traficantes de escravos em Freetown. Alguns clamaram uma rebelião armada, insistindo em dizer que os poucos homens da Companhia não seriam páreo para os mil colonos. Eu não queria que a Companhia fechasse os olhos para mais tráfico de escravos em Freetown, mas não acreditava que mais violência melhoraria a situação. Todas as vezes em que vira homens se revoltar, estes não levaram a melhor e muitos inocentes morreram.

Papai Moses conseguiu encerrar a reunião particular sem qualquer promessa de que uma revolta aconteceria. Quando as portas da igreja se abriram para os oficiais da Companhia, Clarkson e Alexander Falconbridge, outro administrador da colônia de Freetown, juntaram-se a nós. Falconbridge ficou no fundo do salão, em silêncio, observando, enquanto Clarkson ocupou o púlpito.

Fiquei contrariada ao ouvir Clarkson repetir que “circunstâncias trágicas causaram a morte de dois respeitáveis nova-escoceses”, mas aliviada quando ele prometeu que a Companhia pagaria os funerais e ofereceria apoio às viúvas.

Quando Papai Moses levantou o assunto dos traficantes passando com escravos por Freetown, Clarkson apenas repetiu o que já havia dito:

— Nós não aprovaremos o tráfico de escravos em Freetown. Em relação a isso, todos os diretores da Companhia em Londres estão de acordo.

As palavras de Clarkson fizeram com que todos nós nos sentíssemos mais vulneráveis. Perguntei-me com quanto vigor a Companhia protestaria se traficantes de escravos atacassem Freetown e tentassem nos levar para a Ilha de Bance. Mesmo vinte homens da Companhia, armados de mosquetes, não seriam capazes de resistir a ondas de ataques dos temnes.

Ao deixarmos a igreja, Alexander Falconbridge veio falar comigo.

— Ouvi falar tudo a seu respeito, Meena — disse ele, estendendo-me a mão.

— Olá, dr. Falconbridge — respondi. Eu sabia que Falconbridge trabalhara como cirurgião em um navio negreiro, apenas para, mais tarde, denunciar o tráfico de escravos. Era um homem alto, de ombros largos e abdome tão volumoso, que tinha dificuldade para respirar. Das sobrancelhas espessas, os fios despontavam loucamente. As pupilas eram dilatadas e o hálito exalava a rum; mas vi bondade em seus olhos.

— Sinto por sua perda — Falconbridge falou. — Peters e Wilson eram bons homens, que desejavam o melhor para sua gente.

— Nós não estaríamos aqui, se não fosse por Peters — eu disse. Estávamos na rua e Falconbridge caminhava comigo. Parei para não obrigar o homem a acompanhar-me até em casa.

— John Clarkson respeitava-o, embora discutissem — disse ele.

Concordei.

— John Clarkson também a admira muito.

— Ele também é um bom homem — disse eu.

— O último toubabu decente — disse Falconbridge, dando um sorriso abafado.

Eu sabia que Falconbridge estava em Serra Leoa há muito mais tempo que Clarkson ou qualquer um de nós.

— O tenente contou-me que você esteve envolvido com o tráfico de escravos e que mais tarde o denunciou.

— Sim. Eu poderia ter sido o médico do navio que a levou para a América — ele disse.

— Havia um único médico naquele navio, e eu o vi morrer.

— Bem, os médicos fazem o que podem pelos escravos. São um pouquinho melhores do que o resto. Ele parou de falar por um momento, e, quando recomeçou, mal se ouvia sua voz. — Não importa. Eles participam; perpetuam o pecado. Eu, inclusive. Mas não mais.

Concordei, como se Clarkson tivesse me contado a mesma coisa.

— Você deve saber, também, que sou casado e que minha esposa encontra-se a bordo.

Eu sabia.

— Portanto, saiba que minhas intenções são honestas. Venha comigo a bordo do *King George* esta noite. Vamos conversar um pouco mais.

Falconbridge tinha diversos aposentos no navio. Naquela noite, ele mandou seu cozinheiro temne fazer um guisado de frango e ofereceu-me um copo de rum.

— Aceito um pouquinho — disse eu.

— Um pouquinho para você, não tão pouquinho para mim — disse ele, sorrindo.

Ele sentou-se, bufou, bebeu um gole de rum e bufou novamente.

— A vida é curta, e é preciso procurar ter prazer.

Assenti.

— Não espero sair desse lugar vivo, portanto, eu seria louco se me negasse o conforto da bebida.

Conversamos sobre os diversos lugares onde os nova-escoceses viveram antes de chegar a Serra Leoa: África, Geórgia, Carolina do Sul e Nova Brunswick, entre outros.

— Os ingleses nasceram para navegar — disse Falconbridge —, mas poucos são os que conhecem todos os lugares onde vocês, nova-escoceses, já estiveram.

— Somos um povo viajante — comentei.

Em meio à nossa conversa, a comida chegou. Quando terminamos, Falconbridge tirou o guardanapo do colo, afastou a cadeira e suspirou.

— Você me odeia? — perguntou.

— Deveria?

— Você não odeia todos os brancos, indiscriminadamente? Teria boas razões para isso.

Servi-me um pouco mais de água da jarra.

— Se eu passasse o tempo odiando, minhas emoções teriam se esgotado há muito tempo e eu não seria nada além de uma concha vazia.

Falconbridge coçou o cotovelo; ele suava profusamente. Perguntei-me onde um branco tomaria banho, vivendo em um navio apinhado, que não se prestava mais à navegação. Em Freetown, pelo menos, nós, os nova-escoceses, tomávamos banho. Instalamos casas de banho separadas, para homens e mulheres, e era difícil encontrar um colono que não tomasse banho, pelo menos, uma vez por semana. Os nascidos na África faziam-no com mais frequência — até diariamente. Às vezes, tarde da noite, quando tinha dificuldade para dormir, eu levava um balde de água para a floresta; procurava um lugar tranquilo sob as árvores e as estrelas e ficava olhando para a mesma cuia que admirara quando criança. Sob o ar fresco da noite, enquanto deixava que a água morna deslizasse sobre a pele, perguntava-me se alguém em Bayo teria sobrevivido na noite em que eu fora levada.

A voz de Falconbridge acordou-me do devaneio.

— Você teria razões para odiar-me. Você acredita em redenção?

Às vezes, eu ficava aturdida com a forma como os brancos eram diretos.

— Eu não sei — respondi. — Eu nasci a três ciclos da lua a noroeste daqui. Em minha vila, tínhamos várias crenças. Meu pai era muçulmano e estudou o Alcorão. Outros em nossa vila diziam que os animais, e, às vezes, até os vegetais continham espíritos. Acreditávamos em ajudar uns aos outros nos tempos de colheita. Nós trabalhávamos juntos, comíamos juntos, socávamos o painço juntos. Acreditávamos que, quando morrêssemos, poderíamos nos reunir, voltar para junto dos ancestrais que nos trouxeram ao mundo. Mas ninguém falava em redenção.

— A redenção foi inventada pelo pecador — disse ele. — Eu pequei, mas também mudei. Era meu trabalho descer aos porões dos navios, examinar os homens e determinar se respiravam ou não. Vi abusos monstruosos. Minha alma morreu naqueles navios negreiros.

— Eu sei o que acontecia nos porões daqueles navios — eu disse.

Falconbridge pressionou os dedos contra as têmporas.

— Você sabe que eu não podia fazer nada por aqueles homens? Se colocasse gesso, eles o arrancariam, se tratasse uma ferida, ela ficaria mais vermelha e purulenta, e, provavelmente, eles morreriam de qualquer maneira. A única coisa boa que fiz foi batalhar com o capitão por água mais limpa, comida melhor e limpeza mais frequente dos aposentos dos escravos.

Falconbridge e eu éramos sobreviventes da travessia do oceano, mas parecia que seu sofrimento só aumentara, desde os seus tempos no navio.

— Posso ver que você está pouco à vontade — eu disse, tão gentilmente quanto pude. — Por que não me conta mais sobre sua vida naquela época?

— Eu me livrei daquilo — ele disse —, e escrevi a respeito.

— É mesmo?

— Não sou um bom escritor. Clarkson me disse que você é uma escriba.

Assenti.

— Com certeza, você é mais letrada do que eu, e eu admiro isso. Mas, sim, escrevi a respeito de meu trabalho como médico em navios negreiros, com a ajuda dos santos lá da Inglaterra.

— Santos?

— Pessoas como John Clarkson. Há muitos como ele em Londres. Sempre que conseguem laçar uma audiência de desavisados em uma igreja, eles tocam seus tambores de santidade.

— É mesmo?

— Eles tentaram abolir o tráfico de escravos. Você conhece a palavra "abolir"?

— Acabar, terminar, pôr fim, erradicar. Está certo?

— Você tem certeza de que não nasceu na Inglaterra?

Eu sorri.

— Eu pareço ter nascido na Inglaterra?

— Você ficaria surpresa com os caras esquisitos que nasceram em meu país.

— Eu já fui chamada de muita coisa, mas nunca de cara.

Falconbridge riu e bebericou o rum.

— Ouvi dizer que você quer ir para casa.

Assenti, e esperei que ele prosseguisse.

— Eu poderia ajudá-la, mas isso envolveria voltar à Ilha de Bance — ele disse.

— Por quê?

— Os únicos homens por aqui que conhecem os caminhos no interior são os traficantes de escravos que aparecem na Ilha de Bance — disse ele. — Os que trabalham no forte são pessoas decentes.

Olhei-o fixamente.

— O que eu quero dizer — disse Falconbridge — é que, se você os conhecer, isto é, eu a apresentando a eles, posso garantir que irão tratá-la com cortesia. Vão lhe dar a mão, oferecerão bebida, darão um pouco de risada, trocarão comida por rum, ou rum por comida, e cederão jornais de Londres.

Suspirei. Eu não podia me imaginar, indo, voluntariamente, para junto do tráfico, na Ilha de Bance.

— É verdade, eles fazem o trabalho do diabo — disse Falconbridge —, mas algum deles poderá colocar-me em contato com alguém que poderia levá-la para o interior. E você teria seu desejo satisfeito.

Depois de um ano trabalhando com os temnes, eu não fora capaz de conseguir um detalhe sequer a respeito de como viajar a Bayo, e, agora, parecia que um branco abriria as portas para mim.

— Vou pensar a respeito — eu disse.

Sua esposa, Anna Maria, veio até nosso refeitório.

— Meu Deus, você me surpreendeu — disse ela.

— Eu já estava me preparando para sair — eu disse.

— Meu marido é um homem complexo — disse ela. — Não é mesmo, querido?

— Sou um fracasso complexo — disse ele. Com isso, ele me passou o tratado que havia preparado para os homens na Inglaterra, os quais, segundo ele, tentaram abolir o tráfico negreiro, sem sucesso.

O tratado tinha, aproximadamente, quarenta páginas. Olhei a capa. Um Relato sobre o Tráfico Negreiro na Costa da África, por Alexander Falconbridge. Ex-cirurgião do Tráfico Africano. Londres, 1788.

— O que, exatamente, "ex-cirurgião" quer dizer?

— Quer dizer que eu deixei de ser quando não tive mais estômago para continuar trabalhando.

— Ele gosta de você — disse Anna Maria.

— Não comece — disse Falconbridge.

— Quando entrega seu precioso relato, ele gosta de você e quer que você goste dele — disse ela. Ela apontou para uma página aberta e pediu que eu lesse.

Peguei, segurei a quinze centímetros dos olhos e disse que precisava de duas ou três velas. Eles atenderam-me. Coloquei os óculos. Eu sabia que alguns brancos na Nova Escócia só os usariam em particular, e nunca na presença de outras pessoas, mas eu era muito velha para me preocupar com a possibilidade de Anna Maria e seu marido me acharem feia, e, de qualquer modo, eu não conseguia ler sem os óculos.

Abri o tratado e li em voz alta:

— Com frequência, os negros, quando comprados pelos europeus, ficam furiosos, e muitos morrem nesse estado, particularmente as mulheres.

Baixei o livro e disse-lhes que, em minha experiência, os homens ficavam loucos mais rapidamente do que as mulheres. Os homens, que sentem a obrigação de mudar a situação, ficam loucos em face de sua impotência. Mas a obrigação das mulheres é de ajudar as pessoas, e sempre havia algumas formas de ajudar, ainda que a situação não pudesse ser alterada.

Anna Maria abriu o tratado em outra página e passou-o para mim. Comecei a ler:

— A dieta dos negros a bordo consistia, principalmente, em favas cozidas na consistência de polpa ou de inhame cozido com arroz ou, ainda, às vezes, de uma pequena quantidade de carne de vaca ou de porco...

Fechei o livro. Era como se eu tivesse comido esses alimentos ontem, para manter-me viva em um navio que cheirava à morte. Os cativos agachavam-se em volta de baldes de gororoba, desesperados pelos biscoitos e amendoins que eu roubava da cabine do xamã.

Anna Maria apertou meu cotovelo.

— Posso ver que a leitura é traumática — disse ela. — Deixe-a para outro dia, se desejar, mas eu gostaria de conhecê-la melhor. Você aceitaria tomar chá comigo amanhã?

Anna Maria Falconbridge e eu começamos a nos visitar. Ela disse que, na Companhia, não havia quase ninguém interessante com quem conversar. Às vezes, ela me convidava a bordo para bebericar rum e foi a única pessoa da Companhia que esteve em minha casa.

Certa ocasião, queixou-se dos homens da empresa que davam presentes caros ao rei Jimmy.

— Na África, trazer presentes, ainda que pequenos, é sinal de respeito — eu disse.

— Uma garrafa de rum, talvez, mas um barril inteiro?

Não respondi.

Ela olhou para mim com muita atenção.

— Com a óbvia cultura e experiência que tem, você devia escrever sobre sua vida — disse ela. — Outros já fizeram isso, com grande sucesso. Já ouviu falar em Olaudah Equiano? Ele é africano e ex-escravo, como você. Escreveu um livro sobre sua vida, e ficou famoso. Não faço ideia se seu relato é totalmente verdadeiro, mas isso não importa. O livro foi vendido por toda a Inglaterra. Há muitos brancos ingleses mais pobres do que ele.

— Eu não li o relato dele.

Anna Maria contou ter trazido com ela uma pequena biblioteca pessoal.

— Não tenho ninguém com quem compartilhar, Meena. A maioria dos homens da Companhia tem tanto conhecimento a respeito de leitura e a literatura quanto um asno de astronomia. É um prazer dar-lhe meu exemplar.

Lá fora, construtores temnes colocavam um novo telhado na casa de Debra, minha vizinha. Vi que Anna Maria observava o suor brilhante escorrendo no peito daqueles homens e disse:

— É melhor que estejam construindo casas do que transportando escravos.

Anna Maria deu um sorriso abafado.

— Sou a favor do humanitarismo e tudo o mais — disse ela —, mas muitas pessoas mais inteligentes do que eu argumentam que o tráfico de escravos salva os africanos da crueldade. Você sabia disso?

— Os ingleses dizem isso para justificar suas barbaridades — respondi.

— E você? — ela disse. — Bem falante, inteligente, culta.

— Então o fato de eu saber ler justifica o roubo de homens e mulheres?

— Roubo? Os traficantes pagam caro por suas aquisições.

— Ainda assim, trata-se de roubo.

— Mas, Meena, o roubo começa neste continente, com os africanos roubando e espoliando uns aos outros.

— De quem você acha que eles estão roubando?

— Os africanos traficavam escravos muito antes de serem mandados para as Américas — ela argumentou.

— Em minha vila, havia uma expressão: "Tome cuidado com o homem esperto que faz com que o errado pareça certo".

— Posso imaginar como os negociantes de Liverpool responderiam a isso — ela disse.

— Liverpool?

— É onde muitos traficantes de escravos trabalham, na Inglaterra. Eles questionariam se você estaria debatendo comigo ou se teria lido centenas de livros, se não tivesse sido levada como escrava. Não foi esta sua salvação? E você não é cristã?

— Na verdade, não — respondi, aliviada com a mudança de assunto. — Vou à igreja para estar com a minha gente, mas não posso dizer que sou cristã.

Anna Maria caiu em um silêncio desconfortável. Esperava que ela elogiasse a influência civilizada do anglicanismo, mas ela inclinou-se para frente, tocou minha mão e disse:

— Não creio que haja um único funcionário de alto escalão da Companhia aqui, ou alto funcionário na Ilha de Bance que não tenha uma amante africana. Ou duas, ou mais.

— Eu já percebi — repliquei.

Inclinada sobre meu ombro, falando em um tom quase inaudível, ela prosseguiu:

— É claro que, para as mulheres da Companhia, não é assim. Você não tem ideia de como é complicado.

— Em se tratando de compreender os outros — disse eu —, nós raramente colocamos nossa imaginação à prova.

Anna Maria suspirou e tocou meu braço.

Parecia que discordaríamos com frequência, mas eu gostava do modo aberto com que falava e do fato de pedir a minha opinião.

Antes que Anna Maria Falconbridge prosseguisse, um mensageiro da Companhia veio avisar que o remador estava pronto para levá-la de volta ao *King George*. Ao sair, ela deu mais uma olhada para os homens que trabalhavam no telhado.

G de Grande e O de Oswald

Por mais um ano, tentei, em vão, encontrar um temne que concordasse em falar a respeito de viajar para o interior, até que, finalmente, aceitei a oferta de Alexander Falconbridge, de levar-me à Ilha de Bance. Durante todo o tempo, eu sonhava com Bayo, minhas memórias mais vívidas do que no navio negreiro ou nos primeiros dias nas colônias. Sentia que daria qualquer coisa para estar em casa.

Vesti minhas melhores roupas para a viagem: um chapéu amarelo com pena de pavão, um vestido inglês em vez da usual bata africana e meus sapatos vermelhos com fivelas prateadas. A roupa fazia com que me sentisse o mais distante possível da menina nua e magricela que fora encurralada e marcada a ferro, na Ilha de Bance, uns quarenta anos antes.

Disseram-me que a melhor época para a visita era, justamente, após a estação chuvosa, quando os traficantes do interior começavam a levar sua mercadoria para o mercado. Falconbridge conseguiu que um grupo de remadores temnes levasse-nos à ilha.

Levou uma manhã inteira para percorrermos as dezoito milhas contra a corrente. A água estava calma durante o percurso em que eles nos conduziam, de forma segura e regular, ao local que eu nunca quisera voltar a ver. Nós não conversamos muito. Sob um sol a pino, enquanto os remadores lutavam contra a corrente, Falconbridge disse apenas o seguinte:

— Às vezes, um acordo com o diabo é melhor do que acordo nenhum.

Ao avistar o castelo branco no topo da colina, percebi que a ilha era pequena — tinha apenas alguns metros — e oval. Um homem barrigudo, com suíças, todo vestido de branco, recebeu-nos no cais. Na mão esquerda, segurava dois bastões polidos de madeira maciça, cada um medindo cerca de 1,20 m, com grossas clavas na base. Pareciam armas, mas o homem segurava-as como se fossem brinquedos. A mesma mão segurava uma esfera de madeira, um pouco menor que meu punho. Com a mão livre, ele cumprimentou Falconbridge. Fiz questão de estender a mão, da qual eu tirara a luva emprestada de Anna Maria.

— William Armstrong é subcomandante do forte — Falconbridge informou-me.

— Aminata Diallo — eu disse. O nome formal dava-me segurança.

— Armstrong, garoto — disse Falconbridge —, essa é a mulher sobre a qual me referi na mensagem que lhe enviei. Ela é africana, americana e nova-escocesa; ela traz na bagagem uma coleção de viagens, nem todas voluntárias. E, deixe-me dizer: ela é mais culta do que nove entre dez ingleses.

Eu imaginara que Falconbridge veria aquela viagem à Ilha de Bance como um tipo de tarefa desagradável. Incomodava-me vê-lo tão relaxado na companhia de Armstrong. Este sorriu.

— Gosto de mulheres que são enigmas. Vou almoçar com meus garotos. Está com fome? O caminho rio acima é longo, não é?

Falconbridge deu a Armstrong uma garrafa de rum de Barbados.

— Bom homem — disse este, dando-lhe tapinhas nas costas. — Uma partida de golfe, por alguns minutos, antes de sentarmos para comer?

— Por que não? — concordou Falconbridge.

— Você vem assistir? — Armstrong perguntou-me.

Eu parecia não ter escolha, e, naquele momento, preferia ficar próximo de Falconbridge.

Demos alguns passos até o forte. Seis canhões apontavam para o mar. A bandeira inglesa tremulava ao vento. Havia guardas nas docas, no telhado, nas portas, todos de olho em estrangeiros e navios que surgissem no horizonte.

Atrás do castelo, os homens revezavam-se usando os tacos para bater em uma pequena bola de madeira de lá para cá entre dois buracos. Toda vez que a bola caía em um buraco, um dos homens pegava-a e arremessava-a no outro buraco. Os ingleses divertiam-se de um jeito estranho. Eu pensava em meus tempos no navio negreiro, e em como o xamã adorava seu papagaio. Felizmente para mim, Armstrong e Falconbridge logo se cansaram da brincadeira. Deram os tacos para um garoto temne, vestido com boné, camisa e bermudas, e nós entramos no castelo.

Pelo tamanho e pela decoração, o castelo da Ilha de Bance competia com a casa do governador de Halifax. Subimos a escada de mármore e entramos no salão de refeições, no segundo andar, decorado com uma mesa de sândalo africano, cadeiras reluzentes do mesmo material e quadros do rei George III e da rainha Charlotte nas paredes. Parei por um instante, para olhar para ela. Não conseguia entender como alguém podia chamá-la de negra; sua pele parecia clara, seus traços, os de uma branca. Afastei-me dos quadros. Velas em elegantes candelabros de prata estavam dispostas sobre mesas por toda a sala. Em paredes opostas, havia grandes janelas com venezianas; de um lado, pelas janelas abertas, podia-se avistar o rio Serra Leoa. As janelas do lado oposto, que davam para os fundos do edifício, estavam com as venezianas fechadas.

Armstrong ofereceu xerez a Falconbridge.

— Ela bebe? — perguntou ele.

— Pergunte a ela — disse Falconbridge. — Ela tem opinião própria.

Armstrong voltou-se para mim:

— Um drinque?

Enquanto eu pensava em uma resposta, os dois homens brindaram. Algo no som dos copos batendo lembrou-me o barulho das correntes. Senti muito medo. Ali, na Ilha de Bance, aqueles dois homens podiam fazer comigo o que quisessem. Teria eu me arriscado vindo até ali? Se, por algum motivo, eles se voltassem contra mim, dentro de dias ou horas eu estaria acorrentada em um navio negreiro.

— Você está bem? — Armstrong perguntou.

— Sim, obrigada — respondi. — E, sim, aceito o drinque.

Armstrong fez sinal para um temne vestido como um mordomo inglês, que me ofereceu o xerez. Colocar as mãos no copo trouxe-me alívio; respirei profundamente e bebi um pequeno gole. Tinha gosto do que devia ser uma mistura de melado e urina. Fiz o que pude para não demonstrar desagrado, e segurei o copo com firmeza. Parecer calma foi muito difícil.

Sentei-me ao lado de Falconbridge, em frente a Armstrong. Criados africanos trouxeram-nos pão, queijo, frutas, vinho, água e travessas fumegantes com mandioca, peixe e porco. A comida estava fresca e tinha um aroma delicioso, mas eu mal toquei nela. Meu apetite desaparecera. Eu queria deixar a ilha o mais depressa possível, mas Armstrong e Falconbridge delongaram-se nos drinques.

— Vejam isso — Armstrong mostrou-nos uma moeda de prata. Era um dólar espanhol, também conhecido como peso de oito reais[34].

---

34 O famoso Peso de Ocho ("pedaço de oito" refere-se ao valor de 8 reales = 1 peso de prata), também conhecido como dólar espanhol, foi emitido em 1497, e mais tarde tornou-se difundido na América e Ásia (Fonte: http://pt.wikipedia.org/wiki/Real_espanhol) (N. do T.).

Eu me lembrava bem dela, dos anos em que trabalhara para Solomon Lindo em Charles Town, mas aquela moeda parecia um pouco diferente. O verso mostrava a cabeça do rei Charles III da Espanha, mas estampada em seu pescoço era possível perceber a pequenina imagem do rei George III.

Olhei para Armstrong e decidi que falar um pouco mais com ele me ajudaria a recobrar a confiança. Se ouvisse minha voz e presenciasse minha cabeça em funcionamento, ele teria dificuldade para me ver como uma escrava em potencial.

— Conheço a peso de oito reais — eu disse, finalmente. — Mas o que o rei George está fazendo no pescoço do rei Charles?

— Um de meus homens trouxe isso de Londres — disse Armstrong. — Eles têm poucas moedas de prata, por isso estão usando também a moeda corrente espanhola.

— Mas tornando-a inglesa — Falconbridge acrescentou.

Armstrong contou ter ouvido um versinho engraçado a respeito. Quando Falconbridge pediu para escutá-lo, Armstrong recitou:

— *O banco, para fazer o dinheiro passar, estampou a cabeça de um abestalhado no pescoço de um abobalhado.*

Falconbridge riu, mas disse:

— Você acha mesmo que ele é abestalhado? Poderia ele deixar que as colônias americanas declarassem a independência e partir, sem guerra?

— Ele lutou demais — disse Armstrong —, e, sim, ele é louco. Você ouviu o que ele fez com o filho?

— Eu sei, eu sei — disse Falconbridge, balançando a cabeça. — Em um de seus ataques de loucura, ele tentou esmagar a cabeça do príncipe na parede. Dizem que espumava pela boca, como um cavalo de corrida.

— Não tenho mais nada a dizer — concluiu Armstrong. — A cabeça de um abestalhado no pescoço de um abobalhado.

Enquanto os homens fumavam e discutiam se o rei era realmente louco, pedi licença e fui olhar novamente os retratos do rei e da rainha. Passei a mão nos candelabros, sentei-me em uma cadeira confortável e li em um jornal inglês, um artigo sobre o compositor Mozart; depois, aproximei-me das janelas fechadas, que davam para os fundos do prédio. Os homens continuavam ocupados, bebendo, fumando e rindo. Percebi que as venezianas não estavam trancadas e abri-as com cuidado. Olhei para o céu azul, mas ouvi o som de gemidos humanos. Baixei o olhar. No chão, atrás do forte de pedra, dentro de um cercado, vi quarenta homens nus. Sentados, agachados e em pé. Sangrando e tossindo. Cada um deles estava preso a outro pelos tornozelos. Por um instante, esqueci quanto tempo havia passado desde que eu deixara Bayo, e tentei identificar algum daqueles rostos. Balancei a cabeça diante de minha estupidez, mas não pude desviar os olhos dos cativos.

Um temne, vestido adequadamente, com um grande cassetete preso em seu quadril, trouxe um caldeirão com mingau aguado e despejou-o em um cocho. Alguns cativos claudicaram até ele e, ajoelhados na lama, baixavam a cabeça para sugar o alimento. Aqueles homens estavam divididos, por uma parede de pedra de cerca de dois metros de altura, de um grupo de umas dez mulheres que não estavam acorrentadas, mas também eram cativas. Dois homens estavam deitados, imóveis, na lama, enquanto outros caminhavam em volta deles. Uma mulher também estava deitada imóvel do outro lado. Odiei-me por não fazer nada para ajudar os cativos a fugir. Tentei convencer-me que eu não tinha condições para libertá-los, mas, na verdade, o simples fato de olhar para eles fazia com que me sentisse cúmplice e culpada. A única conduta moral seria eu dedicar minha vida à suspensão do roubo de homens. Mas como, exatamente, poderia eu dedicar minha vida, e o que, no final das contas, seria suspenso?

Senti dedos tocando meu ombro. Voltei-me e vi Falconbridge.

— Não se atormente — disse ele. — Nós dois sabemos o que acontece aqui.

Armstrong aproximou-se e, gentilmente, fechou as venezianas.

— Sinto muito — disse ele. — Não era minha intenção deixar que você visse isso.

Não consegui falar.

— Falconbridge disse-me que você é admiradora de livros e mapas. Que tal se fôssemos ao meu estúdio? — Ele me levou a uma sala repleta de estantes e livros.

— Chá? — perguntou Armstrong. Antes que eu pudesse responder, ele tocou um sino.

Um temne apareceu e fez questão de não olhar para mim. Ele ouviu os pedidos de Armstrong e voltou alguns minutos depois, com uma bandeja. Eu não queria beber, comer e nem passar mais um minuto naquele castelo, mas caíra em uma armadilha. Peguei o chá e fiz de tudo para segurar o pires no colo.

— Falconbridge contou-me um pouco a seu respeito. Espero que não se importe — disse Armstrong.

— De forma alguma.

— E você está bem agora?

— Sim — respondi. Mas minhas mãos, tremiam e a xícara chacoalhava sobre o pires. — Quer dizer, não, mas ficarei bem.

— Foi a visão dos escravos?

Olhei fixamente para ele.

— Falconbridge contou que, quando criança, você foi levada de uma vila distante, no interior.

— É verdade.

— É difícil acreditar. De verdade. Que você esteve lá, fez a travessia, e está de volta aqui. Você precisa entender... Isso é raro.

Deixei que ele ruminasse seus pensamentos.

— Ele disse que você quer voltar para casa.

— Quero.

— Posso ser sincero?

Assenti.

Armstrong bebericou o chá, colocou a xícara sobre a mesa lateral e disse:

— Isso não a ajudaria em nada.

— Não é questão de me ajudar ou não. Eu quero ir para casa.

— Você será vendida novamente — disse ele.

— Como você sabe?

— Os homens são maus.

Eu não conseguia mais ficar sentada. Levantei-me, caminhei para perto das estantes de Armstrong e escolhi um livro: *Journal of a Slave Trader*[35], de John Newton, 1750-1754. Coloquei o livro de volta na estante e voltei-me para Armstrong.

— Eu nasci aqui, mas não aqui. Nasci a noroeste, distante a uma longa jornada, a pé. Cruzei o oceano para ir para casa. Você acha que vou desistir porque você acha perigoso?

— Como sabe que o local do seu embarque foi aqui?

— Um senhor de escravos, da Carolina do Sul, contou-me, e eu me lembro deste lugar.

— Você se lembra de quê?

— Durante as tempestades noturnas, depois que o relâmpago iluminava o céu, um trovão ecoava das cavernas das montanhas.

35 Diário de um Traficante de Escravos (N. do T.).

— As tempestades ocorrem ao longo de toda a costa — disse Armstrong.

— Lembro-me deste castelo e dos cercados. Lembro-me até desse jogo ridículo que vocês jogam, com os bastões e a bola.

— Você se lembra do golfe?

Assenti.

— Quando você partiu de Bance, para onde foi?

— Charles Town.

— E onde, precisamente, você chegou em Charles Town?

— Na Ilha de Sullivan. Ficamos uma ou duas semanas em quarentena.

— Com certeza, os detalhes estão corretos.

— Não é preciso testar uma mulher acerca de sua própria vida — disse eu.

— E isso foi há quarenta anos?

— Cheguei a Charles Town em 1757 e, na, época eu tinha uns 12 anos.

— E agora você quer ir para casa? — perguntou ele.

— Foi o que eu sempre quis, desde o momento em que fui levada.

— Mas para quê?

— Antes de morrer, você quer rever a Inglaterra?

— Quando navegar para casa, eu chegarei à Inglaterra. Mas, se você viajar para o interior, não encontrará sua vila. Ou você não a encontrará, ou ela estará destruída. Milhares de escravos foram tirados do interior; comunidades inteiras foram saqueadas. Duvido que sua vila ainda esteja lá. Acredite em mim.

— Não posso acreditar em você. Preciso ver isso pessoalmente.

— Os traficantes são homens rudes.

— Eles são os únicos que conhecem os caminhos.

Ele suspirou, bebeu um gole de chá e disse esperar que eu não me importasse de passar a noite. Levantei as sobrancelhas.

— Hoje, não há traficantes aqui, mas espero-os amanhã.

Armstrong disse que providenciaria para que eu me sentisse confortável. Olhou para o relógio pendurado em uma corrente e se levantou. Parecia querer sair, mas surgiu-me uma questão e eu não pude conter-me:

— Por que você faz isso?

— O quê?

Apontei para as janelas, para as estantes e para o teto.

— Isso. Tudo isso.

Armstrong pigarreou e dobrou os braços. Quando falou, sua voz estava mais baixa, menos impetuosa.

— É tudo o que sei. Eu amo a África. Gostaria que não precisasse ser assim, mas, se nós não estivéssemos aqui, os franceses ocupariam este forte em um piscar de olhos, e todo mundo faz isso: os ingleses, os franceses, os holandeses, os americanos, até os malditos africanos estão envolvidos com o tráfico há uma eternidade.

— Isso não faz com que seja correto.

— Se não levarmos os escravos, outros africanos os matarão. Eles serão mortos com crueldade. Nós, pelo menos, suprimos o mercado e os mantemos vivos.

— Se vocês parassem, o mercado entraria em decadência.

— Você não esteve na Inglaterra, portanto, deixe que eu lhe diga uma coisa. Noventa e nove a cada cem ingleses bebem seu chá com açúcar. Vivemos por nosso chá, nossos bolos, nossas tortas e doces. Vivemos por eles e não queremos nos privar disso.

— Mas vocês não precisam de escravos para fazer açúcar — disse eu.

— Nas Índias Ocidentais, só os negros trabalham nas plantações de cana. Só eles aguentam.

— Você poderia fazer outra coisa com este forte.

— O quê? Como seu querido John Clarkson em Freetown?

Assenti.

Armstrong deu com os punhos na mesa.

— A colônia em Freetown já produziu algo para exportar? Onde está a cana de açúcar? E o café? Vocês estão exportando carregamentos de dentes de elefante ou de sândalo africano? Vocês não plantam milho, nem arroz. Não têm fazendas; sequer são autossuficientes.

Eu não estava preparada para aquele argumento. Meu pensamento girava, à procura de uma resposta.

— Não há lucro na benevolência — disse Armstrong. — Nada. A colônia de Freetown é brincadeira de criança, financiada pelos bolsos recheados dos ricos abolicionistas que não sabem nada sobre a África.

Eu não sabia o que lhe dizer. Era verdade que a colônia não produzira nada para exportar, mas seus problemas não justificavam o tráfico de escravos.

— A experiência foi tão ruim assim para você? — perguntou-me Armstrong. — Aqui está você: um retrato de saúde, roupas confortáveis, barriga cheia, um teto e abolicionistas que a defendem, em Freetown. A maioria das pessoas não vive tão bem.

Eu não tinha palavras. Não sabia por onde começar. Sentia-me exausta. De repente, eu queria a cama que me fora oferecida, e um lugar para ficar sozinha e pensar nos argumentos de Armstrong.

— Nós alimentamos os escravos aqui, quero que você saiba — prosseguiu Armstrong. — Não é vantajoso para nós deixá-los passar fome, pois eles precisam dar lucro. E eu estou cansado dos abolicionistas que dizem que nós marcamos nossos cativos. Em todos esses anos em que estou aqui, nunca vi isso. Nada mais é que propaganda no sentido de despertar as senhoras da sociedade para a causa.

Hesitei. Não importava se ele era subcomandante do forte; não importava que eu não pudesse sair da Ilha de Bance sem o seu consentimento.

— Você poderia virar-se de costas, por favor?

— Como é?

— Por favor, vire-se de costas, apenas por um instante.

Ele virou-se. Abri o fecho, desabotoei três botões e puxei para baixo a parte de cima do meu vestido, para mostrar a marca saliente acima do peito.

— Pode se virar agora.

Ele se virou e soltou um grito.

— É disso que me lembro na Ilha de Bance — disse eu.

William Armstrong chegou mais perto e observou cuidadosamente minha carne exposta. Um murmúrio escapou de seus lábios:

— Você sabe o que é isso? É o sinal com que fui marcada, lá fora, em seu cercado, quando tinha 11 anos de idade.

O sangue subiu à face de Armstrong e ele deu um passo para trás.

— Duas letras — disse ele baixinho. — Você sabe o que representam?

— São um *G* e um *O* — eu disse. — Eu nunca soube o que significam.

— Grande Oswald — disse ele, com a voz monocórdia, desprovida de emoção.

— O quê?

— A empresa que opera a Ilha de Bance. Grande Oswald. Richard Oswald é um escocês e essa é a sua companhia. Seus sócios...

William Armstrong voltou a sentar-se. Deixei que se acalmasse enquanto eu me virava e fechava o vestido. Então, dei três passos em sua direção e olhei fixamente em seus olhos.

— Você não faz ideia do que eu passei. Cada momento é um pesadelo para os cativos presos neste momento do outro lado daquela parede de pedras. Você não tem ideia do que eles passam, se sobreviverem aos navios, não tem ideia das milhares de humilhações e horrores que esperam por eles em seus destinos.

— Algumas coisas é melhor não saber — disse ele.

— Diga isso aos seus cativos — repliquei.

Armstrong levantou-se e disse que ele faria o que eu queria de graça. No dia seguinte, ele me levaria ao encontro dos traficantes.

Na manhã seguinte, uma neblina pesada cobria as águas. Tomei café com pão, sozinha em meu quarto e, em seguida, segui Armstrong para fora do prédio; passamos pela cozinha, pelas cabanas de sapé onde os trabalhadores africanos dormiam e entramos em um prédio de dois andares. Lá dentro havia três quartos repletos de produtos importados: conchas das Ilhas Maldivas, barras de ferro da Inglaterra, sabonetes perfumados da Holanda e rum. Havia também pistolas, rifles e munição. Vi imensas peças de tecido em diversas cores, que Armstrong disse terem sido compradas da East India Company em Londres. Havia também sabres, panelas de ferro, caldeirões de ferro e ainda lenços, calças e vestidos.

Quando o sol nasceu, traficantes de escravos africanos começaram a chegar à Palaver House, cumprimentando Armstrong e inspecionando a mercadoria que aceitariam em troca dos escravos. Vi fulbes com capas e chapéus brancos, temnes em roupas típicas, bem como traficantes maninkas do interior. Escutei temne, árabe, fulfulde, maninka, inglês e uma liturgia de outras línguas que eu não conhecia.

Armstrong e o chefe fula, cujo nome era Alassane, puseram-se a negociar. Alassane falava em temne a um assessor, que traduzia as palavras para o inglês, para que Armstrong entendesse. Alassane queria vinte barras de ferro, um barril de rum, uma peça de tecido, seis rifles, duas caixas de munição, dois caldeirões de ferro e dois sabres para cada homem adulto saudável. Armstrong oferecia a metade disso. No fim, chegaram a um acordo, um meio termo entre as duas posições iniciais. Nele, uma mulher saudável valeria metade do preço de um homem, e uma criança saudável, um quarto. Enquanto os homens iniciavam discussões intermináveis sobre os valores do marfim, da madeira, do rum e das armas, eu parei de escutar e comecei a pensar em como já fora trocada por essa mesma mercadoria. Eu teria valido cerca de cinco barras de ferro, um quarto de barril de rum, um ou dois rifles, e frações de outras mercadorias. Certamente, quando fui raptada nas cercanias de Bayo, os homens que me levaram também estimaram meu valor. Talvez, para eles, eu valesse alguns poucos coelhos e uma cabra. Na Carolina do Sul, na primeira vez em que fui vendida como refugo, eu valia apenas uma libra ou duas, no máximo. Acho que até tive sorte por ter sido vendida, pois, se isso não tivesse ocorrido, eu seria morta. Na última vez em que fui vendida na Carolina do Sul, Solomon Lindo achou que eu valia sessenta libras. A quem culpar por toda essa maldade, e quem começara tudo isso? Se voltasse a Bayo, será que ali as pessoas ainda corriam o risco de ser avaliadas e vendidas? Será que o povo de Bayo, o meu povo, ainda mantinha wolosos, isto é, escravos de segunda geração, como em minha infância? Parecia-me que o comércio de pessoas prosseguiria enquanto alguns fossem livres para tomar posse de outros.

William Armstrong estava me chamando. Algumas pessoas olhavam para mim. Talvez ele tenha me chamado diversas vezes. Segundo ele, chegara o momento de dar um passo à frente e falar com Alassane.

Eu ouvira Alassane falando em fulfulde, a língua de meu pai, com seus ajudantes, mas não queria que ele soubesse que eu falava essa língua e por isso conversei com ele em temne. Disse que queria viajar para o interior até uma vila chamada Bayo, a uns três ciclos da lua, a pé, a noroeste dali, não longe de Segu, no rio Joliba.

O fula ergueu as sobrancelhas e disse:

— Eu não negocio com mulheres.

— Um barril de rum — eu disse — se você me levar até lá.

— Mil barris de rum — disse ele.

— Um barril de rum — repliquei —, sem uma gota sequer de água.

— Você negocia como um homem. Nós voltaremos a nos encontrar — disse ele.

— Quando? — perguntei.

— Na próxima vez que eu vier.

— Quando será isso?

Alassane sorriu.

— Eu virei quando vier. Sou conhecido aqui. Sou Alassane, o grande negociante fula.

Não confiei no grande negociante fula, mas ele era minha única esperança.

Três semanas se passaram até que eu fosse capaz de falar com John Clarkson. Ele estivera fora, negociando terras com o rei Jimmy, mas, quando voltou a Freetown, fez-me uma visita. Disse que gostava de visitar o local onde eu morava, desde o dia em que eu lhe oferecera chá de menta e gengibre, em Birchtown.

— Não há nada como uma visita a você, Meena, para me fazer esquecer dos homens da Companhia.

Sentamo-nos para beber o chá.

— Voltarei à Inglaterra em quinze dias — disse Clarkson.

Quase derrubei a xícara de chá.

— Os nova-escoceses ficarão inconsoláveis — eu disse. — Você é o único homem da Companhia em quem eles confiam.

— É hora de eu ir para casa. Não quero deixar minha noiva esperando mais tempo.

Eu podia entender, já que teria atravessando céus e terras para estar com meu marido — ou para lhe pedir que viesse me encontrar.

— Tenho uma proposta para lhe fazer — disse Clarkson. — Venha à Inglaterra comigo. Posso providenciar para que você viaje.

Na época em que eu era escrava na Carolina do Sul, desejei inúmeras vezes poder viajar para a Inglaterra, mas apenas para depois poder ir à África.

— Deixar a colônia? — perguntei.

— Sim.

— Por quanto tempo?

— Para sempre — disse ele —, ou enquanto você quiser.

— E por que eu deixaria a África, agora que eu finalmente voltei para casa?

— Precisamos de você, Meena. O movimento abolicionista precisa de você. Precisamos de sua história e de sua voz.

Parecia inconcebível que as pessoas precisassem de mim em um lugar que eu nunca vira. Perguntei o que ele queria dizer.

— Meu irmão Thomas e um grupo de homens de opinião que compartilha suas ideias, anglicanos e quakers, chegaram perto de convencer o Parlamento a abandonar essa prática selvagem.

— Falconbridge disse-me que alguns homens tentaram abolir a escravidão — contei-lhe.

— Não a escravidão. O comércio de escravos. Há uma grande diferença. Comercializar significa comprar escravos nas costas da África, colocá-los em navios para atravessar o oceano e vendê-los nas Américas. Não é o melhor, mas é o primeiro passo. A escravidão continuaria existindo, sim, mas nenhum outro homem, nenhuma mulher ou criança seriam colocados em navios negreiros.

— Como eu poderia defender sua causa na Inglaterra?

— Eu disse que os abolicionistas chegaram perto, Meena, mas nunca tiveram sucesso. Você sobreviveu à escravidão e pode contar aos bretões o que passou. Sua voz poderia mover milhares de pessoas, e, quando chegar o momento de o Parlamento deliberar sobre o assunto, sua voz pode influenciar o voto.

Fiquei tocada com o fato de Clarkson estar recorrendo a mim, mas era difícil imaginar que eu pudesse influenciar o pensamento público na Inglaterra. Podia contar nos dedos de uma mão o número de brancos que eu influenciara em minha vida até agora.

— Tenente Clarkson — disse eu.

— Pode chamar-me de John.

Nenhum homem branco jamais havia me pedido para fazer isso, e, pelo que eu vira, eles usavam títulos como "Senhor" ou "Capitão" até mesmo quando se dirigiam uns aos outros.

— Senhor Clarkson — disse eu.

Ele sorriu.

— John. Você precisa compreender que eu tenho meus próprios planos. Recentemente, viajei com o Senhor Falconbridge para a Ilha de Bance.

— É mesmo? Para quê?

— Para tentar encontrar um africano que me leve ao interior.

— Um traficante? Um traficante de escravos? — Clarkson deu um pulo da cadeira. — Você não pode estar falando a sério — ele gritou. — Homens que trabalhavam como traficantes de escravos mataram Peter Thomas, e o mesmo tipo de assassinos roubaram você de sua família. Você deve estar louca por pensar assim, e deve se lembrar com quem está compactuando.

— Foi o que Armstrong disse — falei.

— Em relação a traficantes de escravos, William Armstrong é uma fonte confiável — disse Clarkson. — Se ele disse que é perigoso, eu acredito.

— Não levo minha vida de acordo com o que é perigoso — respondi. — Do contrário, não teria fugido do homem a quem eu pertencia em Nova Iorque, não teria viajado, no mês de dezembro, para a Nova

Escócia, um lugar onde eu não tinha amigos, nem terra, nem casa e nem trabalho. E, com certeza, não teria vindo com você para Freetown.

Clarkson voltou a se sentar, sorrindo e balançando a cabeça.

— O perigo impediu-o de juntar-se à Marinha Britânica? — perguntei. — O perigo o impediria de fazer tudo que pôde para voltar para casa, para junto daqueles que ama?

Clarkson esfregou as palmas das mãos e olhou dentro dos meus olhos.

— Bem, Meena, você se conhece. Ninguém a conhece melhor que você e você me ajudou muito. Portanto, se eu puder ajudá-la, gostaria de poder fazê-lo.

Contei-lhe que havia oferecido a um traficante de escravos um barril de rum, mas que, com certeza, ele pediria mais. Clarkson disse que usaria alguns fundos para conseguir três barris de rum. Seria o seu presente para mim. Eu o servira bem e por muito tempo, disse, e se esse rum fosse tornar possível minha volta para casa, que assim fosse.

— Mas fique firme na oferta de um barril durante o maior tempo possível, pois, eventualmente, ele subirá o preço. Os africanos são bons negociantes.

— Tenente Clarkson, por favor, lembre-se de que está falando com uma africana.

Ele sorriu e me deu a mão.

— Boa sorte — disse —, e se voltar de sua missão, pense na Inglaterra.

— Se for para casa — eu disse —, espero ficar por lá.

Se Deus quiser

Em setembro de 1800, um mês ou dois depois que os tornados e os furacões da estação chuvosa pararam, preparei-me para a longa viagem ao interior. Eu tinha uma bolsa grossa, feita de intestino de cabra, grande o bastante para comportar um litro de água, que ficava dentro de uma bolsa de couro de antílope, um pouquinho maior, que eu pendurava no pescoço. Desta forma, sempre que encontrasse água fresca, poderia encher a bolsa. Em outra bolsa, de couro, eu tinha um colchão, um par de sandálias de couro confortáveis, uma muda de roupas e dez lenços de seda indianos, muito coloridos, comprados na loja da Companhia. Esperava ter de abrir mão deles, de tempos em tempos, para retribuir alguns favores. Portava também uma sacola com cascas de quina, prontas para serem fervidas em caso de febre, bem como folhas de uma planta conhecida pelos temnes como tooma, que, quando trituradas, fervidas e misturadas a suco de limão, eram usadas no tratamento de gonorreia. Isso poderia aumentar minha importância do ponto de vista dos homens doentes que viajassem comigo. Eu não tinha certeza quais os tipos de moedas usadas no interior, mas levei também cinco guinéus de ouro. Se fosse necessário fazer algum pagamento, e se o guinéu fosse aceito, pelo menos, não era pesado. Tive o cuidado de colocar as moedas na bolsa, entre as roupas, de modo que não fosse possível escutá-las batendo umas nas outras enquanto caminhava.

Eu esperava viajar alguns meses depois de minha visita à Ilha de Bance, mas a espera prolongou-se por seis longos anos. Nesses anos, a colônia fora bombardeada uma vez por navios franceses, e trouxera uma nova onda de negros — centenas de jamaicanos *maroons* vindos de Halifax. Estes chegaram a tempo de ser usados para a armação de uma rebelião por parte dos nova-escoceses, que ainda não tinham terra e tinham pouca influência no comando da colônia. Ainda assim, Freetown vivia e atraía um grande número de africanos, temnes e outros, que se estabeleciam nas cercanias, encontravam trabalho na cidade e, eventualmente, acabavam mudando-se para dentro da cidade. Os nova-escoceses de Freetown nunca eram levados como escravos, mas, ao longo dos anos, uns poucos cativos conseguiram escapar dos comboios e das canoas, refugiando-se entre nós.

O traficante fula Alassane aparecia na Ilha de Bance uma vez por ano ou a cada dois anos, e eu tive de negociar com ele por diversas vezes até que aceitasse, em troca de três barris de rum, levar-me a Segu, cidade às margens do rio Joliba, distante alguns dias, a pé, de Bayo.

No pequeno navio a vela que o presidente da Companhia enviou, meus amigos Debra, sua filha Caroline, Papai Moses, Anna Maria e Alexander Falconbridge acompanharam-me na viagem pela baía, até a Ilha de Bance.

— Se eu pudesse oferecer-lhe um jornal britânico e um novo livro a cada semana — Anna Maria perguntou-me durante a viagem —, você abandonaria essa ideia?

— Não — respondi sorrindo.

— De qualquer forma, não espere encontrar civilização à altura da Inglaterra — disse Anna Maria.

— Se estivesse procurando a Inglaterra — repliquei —, eu teria partido com John Clarkson. Estou indo em busca da minha gente, da minha casa.

Debra colocou os braços em volta de mim, assim como Caroline, que estava com 7 anos e que, diariamente, fazia com que eu pensasse nos filhos que perdera. Perguntava-me se May estaria viva, e como seria seu sorriso. Eu daria minha vida, meu futuro e até mesmo essa viagem para ver seu rosto. Mas, agora, isso era impossível e só havia um lugar para onde ir.

Papai Moses abraçou-me antes que eu desembarcasse.

— Não ficarei por muito tempo neste mundo, Meena. Espero que tenha uma boa viagem para casa. Eu também irei para casa, em breve, mas creio que minha viagem será menos significativa que a sua.

— Reze por mim — disse eu.

Quando saí do barco, Caroline, em nome de todos os meus amigos, deu-me um chapéu de palha com uma pena azul que apontava para o céu. Todos nós rimos, pois todos conheciam meu fraco por chapéus e lenços de cabeça.

Debra disse:

— É assim que sua dignidade irá manter-se intacta durante a viagem.

Caroline fez com que eu me abaixasse para que ela cochichasse em meu ouvido:

— Dentro do chapéu, na parte de trás, mamãe e eu costuramos um tecido para escondermos cinco guinéus de ouro, caso você precise.

Saí da embarcação e fiquei acenando aos meus amigos até perdê-los de vista. Achava que não os veria mais, e passei um momento recordando todas as pessoas que eu deixara em minhas migrações, por vontade própria ou não. Então, caminhei em direção à ilha da qual eu embarcara, como escrava, 43 anos antes.

Alassane chegou com três canoas e cinquenta escravos. Ele desamarrou os cativos, negociou com Armstrong e tomou chá em sua companhia. Então, deram-se as mãos e se levantaram.

— Estamos indo — disse-me ele em temne.

— E eu volto para casa, se Deus quiser — disse eu.

— Alhamdidilay — ele disse. — Se Deus quiser.

Senti um frio na barriga e desejei ser vinte anos mais jovem.

Alassane chamou-me para que me sentasse em sua canoa. Remadores levaram-nos rio acima, passando por duas feitorias que funcionavam como postos avançados da Ilha de Bance. Eram oitenta remadores para dez canoas, e um timoneiro em cada canoa; um único homem tocava o tambor para todo o grupo, e havia, ainda, um guia, que conversava com Alassane. Antes que escurecesse, a mercadoria das canoas — rum, armas, munição, barras de ferro, algodão e seda — foi desembarcada. Os homens de Alassane passaram meu pagamento, em forma de rum, ao chefe local que nos esperava na margem. Alassane e o chefe negociaram em torno do rum e, aparentemente, ficaram satisfeitos com o acordo. O rum que Alassane obtivera na Ilha de Bance vinha em quantidades menores, barris pequenos, que tinham a base plana, podendo ser equilibrados na cabeça. Vinte de seus remadores tornaram-se carregadores de rum; eles cobriam a cabeça com uma esteira grossa onde equilibravam os barris. As armas, a munição e os tecidos foram amarrados todos juntos e carregados por outros vinte remadores.

Alassane era um homem alto, magro e sério. Sua idade, creio que como a minha, era difícil de adivinhar. Se fosse jovem, com idade para ser meu neto, digamos, uns 20 anos, eu estaria preocupada com sua honestidade. Mas era mais velho, talvez tivesse 40. Esperava que ele tivesse vivido o bastante para honrar seus compromissos.

Alassane usava uma camisa larga que ia até abaixo da cintura, um fino barrete apertado na cabeça e calças largas, feitas de seda indiana branca. Andava descalço, calçando sandálias apenas quando se preparava para negociar ou encontrar autoridades. A pele de seus pés era alaranjada e empoeirada, rachada em alguns pontos, mas grossa como couro.

Ele liderava a procissão para o nordeste através das colinas, mantendo um grupo de escoteiros e caçadores à frente da trilha para enfrentar as cobras, os leopardos e outras tribos. Alassane mantinha cinco homens à sua volta — três à frente e dois atrás — também armados. Além do Alcorão em uma bolsa de couro pendurada no ombro e de uma faca embainhada no quadril, o líder não carregava mais nada. Ele mandou que eu andasse atrás dos dois homens armados que o seguiam, fazendo-me a última pessoa do grupo principal de viajantes, antes dos oitenta e poucos carregadores. Estes também andavam armados com facas, sabres e alguns com armas de fogo.

No primeiro dia, Alassane não me deu oportunidade para falar com ele. Ele falava, de tempos em tempos, com os homens à sua volta, e, em certo momento, ouvi-o mencionar meu nome, em fulfulde.

— Ela quer ir à sua vila — contou ele. — Diz que é perto de Segu.

Perdi parte da conversa, mas, depois, voltei a acompanhar.

— Burra? — disse Alassane. — Não. Ela é esperta. Faz contas, pensa e argumenta como um homem. Tenha cuidado. Ela fala temne, inglês e bamanankan.

Eu não contara a Alassane que falava fulfulde. E não planejava fazê-lo.

Duas horas antes do pôr do sol, a procissão saiu da trilha batida pela qual caminhávamos no país montanhoso e montou acampamento circular. Um grupo de seis homens — três com chicotes e bastões e dois com espadas — bateram a grama para espantar as cobras. Deram um grito de prazer quando uma cobra comprida saiu de trás dos arbustos, serpenteando e sibilando durante os poucos segundos até que o homem que portava a espada cortasse sua cabeça. Oito homens foram atrás de madeira, voltando com os braços cheios. Em poucos minutos, o fogo estava ardendo.

Do bosque, aldeões trouxeram uma cabra para Alassane. Este examinou o animal antes que fosse derrubado, cortado pela jugular, sangrado, esfolado e abatido. Eu nunca vira alguém preparar tão depressa animais para consumo. Os homens de Alassane eram ótimos açougueiros e cozinheiros. Os aldeões trouxeram mangas, laranjas, farinha de milho, cebolas, pimenta malagueta e caldeirões de ferro. Estes foram suspensos, de maneira engenhosa, em grelhas de ferro quadradas, em forma de mesa, com pernas firmes que se assentavam sobre o fogo. O cozido borbulhou durante uma hora em cada um dos caldeirões de ferro. Vi um dos ajudantes de Alassane supervisionando enquanto um terço de barril de rum era despejado em uma cabaça, trazida por um dos chefes da vila. Pagamento, acho eu, pela comida e pelo direito de passagem.

Antes das refeições, cerca de metade dos homens — inclusive Alassane e todos os principais membros — rezavam ajoelhando-se na poeira, todos voltados para o leste. Muitos carregadores não rezavam, mas ficavam em silêncio durante as preces. A última vez que eu vira fulbes rezando em grupo foi em minha vila, Bayo. Foi muito ruim constatar que homens que compartilhavam a religião de meu pai fizessem fortunas negociando escravos. Durante algum tempo, perguntei-me como uma pessoa que se considerava um bom muçulmano podia tratar outros seres humanos daquela forma, mas ocorreu-me que a mesma pergunta poderia ser feita em relação aos cristãos e aos judeus.

Sem nada melhor para fazer enquanto Alassane e seus homens rezavam, subi em uma árvore, sentei-me em um dos galhos, peguei o único livro que tinha comigo — de Olaudah Equiano relatando sua própria vida — e li por algum tempo. Pouco antes da refeição, Alassane aproximou-se da árvores. Desci para encontrá-lo.

— Vá até ali — disse ele. Seus homens haviam erguido uma pequena lona em forma de pirâmide. Dentro, havia um colchão para dormir, e, atrás, outro para comer. — Você vai comer aqui e dormir ali. Todas as noites.

Eu não gostava da forma como Alassane dava ordens. Temia que os homens tentassem falar comigo dessa forma, quando eu chegasse ao meu destino, e que todo o tempo em que fora independente fosse fazer com que eu me sentisse deslocada em Bayo.

Naquela noite, e em todas as dez noites seguintes, em todas as vezes em que acampávamos, comi sozinha. Os homens juntavam-se em grupos de dez, em volta dos caldeirões, e traziam-me generosas porções de comida. Aquela era minha única refeição, embora crianças e mulheres da vila trouxessem bandejas com frutas, e sempre que laranjas e abacaxis eram oferecidos, eu recebia uma porção. Estávamos em uma floresta densa; sentia-me grata por estar atrás dos dez primeiros homens da procissão, por causa das cobras e dos roedores que eram afugentados do caminho enquanto caminhávamos. Subíamos rumo às montanhas, e, embora passássemos por diversos grupos pelo caminho, Alassane e seus homens raramente paravam para conversar.

Na primeira vez em que passamos por um comboio de escravos, contei 48 cativos. Os homens estavam presos pelo pescoço e pelos pés. As mulheres e as crianças andavam livres, equilibrando comida e sal na cabeça. Escravos homens carregavam marfim, sândalo, esculturas de ébano, peles com água. Raramente via um cativo que não tivesse de carregar, nos braços ou na cabeça, algum fardo pesado. Alguns tinham olhos caídos, mortos, enquanto outros olhavam constantemente para os lados, na esperança de conseguir fugir. Eu não conseguia desviar os olhos deles, e nem parar de pensar nas esposas, nos maridos, nos filhos e nos parentes que perderam para sempre, nesta marcha inflexível para o mar. Amedrontados como eles já se encontravam, eu podia imaginar sua tensão transformando-se em histeria, mutismo e, em alguns casos, loucura quando fossem jogados nos navios negreiros, como peixes no balde, e, depois, caso sobrevivessem, vendidos nos leilões. Quando eu era criança, acreditara que nenhum adulto decente permitiria a passagem de um comboio; entretanto, ali estava eu, silenciosa e incapaz de agir. Eu não tinha palavras de conforto para oferecer aos homens, às mulheres e às crianças que passavam por mim a caminho do mar, e não havia nada a fazer quando nossos ombros se encostavam, nos caminhos estreitos.

Eu não disse nenhuma palavra em fulfulde aos captores e aos cativos. Não queria que Alassane, que, deliberadamente, mantinha o passo acelerado, soubesse que eu entendia essa língua. Estava com dor nas pernas e tinha um ou dois cortes nos pés, mas, nos primeiros dez dias aguentei bem, inclusive nas subidas das montanhas.

Durante os longos dias de caminhada, eu tinha tempo para deixar minha mente vagar, e pensava no que faria quando voltasse para casa. Eu passara mais de quarenta anos pensando em Bayo, mas não no que faria quando chegasse lá. Naquele momento, parei de me questionar sobre quem me cumprimentaria na aldeia e se alguém se lembraria de mim e dos meus pais. Talvez o povo de Bayo me prestasse homenagens pelo fato de eu ter voltado para contar como era viver entre os toubabus. Eu seria a primeira a voltar com tais histórias. Percebi que não estava mais preocupada com as coisas que queria fazer, mas sim com o lugar onde queria estar. Tudo o que eu queria era voltar ao lugar onde minha vida começara.

Ocasionalmente, durante o dia, parávamos para que os carregadores pudessem descansar e beber água, e os muçulmanos, rezar. Um dia, após o descanso e a reza, Alassane fez sinal para que eu andasse ao seu lado.

— Você reza para Alá? — ele perguntou.

— Não — respondi. Eu não queria que Alassane soubesse que eu já havia sido muçulmana, pois temia que ele me julgasse e, talvez, me punisse por ter abandonado a religião. No fundo, eu não sentia que havia realmente abandonado as crenças espirituais de meu pai; eu apenas acostumara a deixá-las guardadas no fundo de minha alma.

— Você não reza nada? — perguntou ele.

— Eu tenho minhas próprias preces.

— Você reza para quem?

Eu queria reforçar minha ligação aos ingleses da Ilha de Bance, por isso respondi:

— Rezo para o Deus que descobri entre os toubabus.

— Você está andando com homens há doze dias — disse ele. — Não está cansada?

— Às vezes, sinto as pernas pesadas, mas quero ir para casa.

— Casa. Segu, às margens do rio.

— Bayo — disse eu —, perto de Segu, às margens do rio.

— Qual o tamanho de Bayo?

— Tinha vinte famílias quando eu morava lá.

— E você diz que ali é sua casa, onde você viveu?

— Sim.

— E como você não sabe onde fica?

Eu não queria falar sobre ter sido cativa, por isso, não respondi.

— Não é certo uma mulher velha caminhar tanto. Onde está seu marido? Seus filhos? Onde estão seus netos?

Imaginei ser inconcebível para ele o fato de eu não ter família. '

— Estão esperando por mim — disse eu — em Bayo.

Ele riu. Isso me deixou preocupada. Ele não acreditava em mim.

— Agora volte — disse ele.

Voltei para o meu lugar, atrás dos homens que o protegiam pelas costas e na frente dos carregadores. Desejei que houvesse mais mulheres naquela viagem, da mesma forma que desejara que houvesse mais crianças em minha jornada, muito tempo atrás.

Após quinze dias de viagem, meus ossos começaram a doer e minha pele estava fria. Enquanto lutava para manter-me de pé, achei ter visto meu pai mais à frente, de braços abertos, me recebendo. Achei ter visto

Fomba esfolando coelhos e cabras para o povo de Bayo. Eu sabia que eles não estavam lá, mas continuava a vê-los.

No décimo-sexto dia, eu mal podia andar. Havíamos subido montanhas e descido, do outro lado, e começávamos a adentrar uma floresta mais densa, com mais grama, menos árvores, e mais espaços abertos. Parecia-se mais com a terra de onde eu viera, mas eu recordava ter caminhado muito por terras como aquela, antes de ter alcançado as montanhas. Duas horas após o início da caminhada, caí. Ouvi gritos e a agitação de pés à minha volta. Alguém me levou para debaixo de uma árvore e tentou fazer com que eu bebesse água, mas engasguei. Em seguida, levaram-me para uma tenda. Enquanto isso, ouvi a voz furiosa de Alassane, discutindo. Dei a um homem um pouco de casca de quina, para fazer chá.

No dia seguinte, consegui caminhar. Parecia que minhas pernas haviam perdido metade da força, e eu agradeci o fato de não ter de carregar nada na cabeça. Vi Alassane me observando em busca de sinais de fraqueza, mas, gradualmente, fui recobrando a energia à medida que meu estômago e meu intestino recuperavam-se. Lembro-me de, quando criança, ficar confusa quando pessoas mais velhas não conseguiam acompanhar o comboio, achando que, caso se apressassem, evitariam uma série de problemas. Entretanto, agora, caminhando com apenas uma fração da energia que outrora tivera, conseguia ver com admiração todas as pessoas vulneráveis — gestantes, idosos e idosas — que sobreviveram à longa caminhada até a costa. A maioria das pessoas que eu encontrara nas colônias — qualquer um que não tivesse sido sequestrado na África — imaginava que os cativos tivessem sido recolhidos na costa. Voltei a pensar nos homens que desenhavam elefantes e leões nos mapas da África. Eles não tinham ideia de quem éramos, como vivíamos e de como eram fortes aqueles que chegaram às colônias.

Aos 21 dias de caminhada, perguntei a Alassane se já estávamos perto de Segu.

— É muito longe — foi tudo o que respondeu.

Depois de outros dez dias, acordei no meio da noite ouvindo uma discussão. Permaneci totalmente imóvel em minha tenda.

— Ela está dormindo — disse um homem, em temne.

— Fale em fulfulde, por segurança — pediu Alassane.

— Foi burrice ela ter feito esta viagem conosco. Ela está nos atrasando — queixou-se alguém.

— Ela não é burra, mas é mulher — disse Alassane. — Quietos agora.

Ouvi Alassane dizer que em dois dias chegaríamos à vila de Kassam, local de venda de escravos. Um caminho de lá para o sul levaria à costa, no extremo leste da Ilha de Bance.

— Quando chegarmos lá — disse Alassane —, venderei a mulher.

— Por quanto?

— Não importa. Veremos. Cinco peças de tecido, talvez. Ela é velha, mas fala muitas línguas. Os toubabus de Bance dizem que ela ampara bebês com grande facilidade. É preciso vendê-la agora, enquanto está saudável. Logo ficará quente, e ela ficará doente. Ninguém vai querer comprá-la.

Por um momento, não consegui acreditar no que ouvia. Com certeza, Alassane honraria as promessas que me fez. Ele não esqueceria que havia aceitado meus três barris de rum.

Os homens na tenda riram e Alassane fez o mesmo. Era quase inconcebível. Senti calafrios. Eu não podia continuar vivendo se todos os meus anos esperando pela liberdade e pela volta para casa fossem levar-me de volta às correntes de minha infância.

Tampei a boca com a mão para me acalmar com o calor da respiração e também para sufocar o grito que poderia escapar de meus lábios.

Os ladrões de gente pretendiam vender-me.

Naquele momento, eu soube que jamais voltaria para casa, e comecei a planejar minha fuga.

Durante todo o dia seguinte, enquanto andávamos em direção a noroeste, suguei um pedaço de sal e bebi frequentemente. Tentei guardar na memória todo grupamento de casas, toda vila pela qual passávamos. Todos os grupos de pessoas com os quais cruzávamos — e volta e meia cruzávamos com aldeões, caçadores, comboios de escravos — eu estudava e ouvia com atenção. Tentava descobrir que língua que falavam, se eram amigáveis e se moravam por perto.

Voltei a sentir arrepios. A febre estava voltando. Certa vez, durante uma parada, escapei para a floresta, e senti metade do meu corpo se esvaindo enquanto esvaziava minhas entranhas. Mas foquei-me no que era preciso fazer: lutar para não demonstrar desconforto e rezar e rezar pelo final da tarde. Como sempre, duas horas antes do anoitecer, a procissão de Alassane parou e montou acampamento. Comi, pois não sabia quando voltaria a comer. O que não consegui comer, enterrei em um buraco que cavei atrás de minha tenda, para que ninguém comentasse com Alassane que eu não havia terminado a refeição.

Assim que a noite caiu e os homens adormeceram, recolhi meus pertences — a bolsa de água, que havia enchido antes do anoitecer, as cascas de árvore para febre e minha bolsa de couro com lenços e moedas — e corri para a floresta atrás de minha tenda.

Caminhei, em direção sudoeste, por uma milha ou duas, seguindo a trilha em que caminhamos naquele dia, mas, quando cheguei ao córrego que vira naquela manhã, entrei e andei descalça na água, sobre as pedras, o máximo que consegui. Naquele momento, eu estava indo em direção noroeste, mas os homens tentariam me resgatar caminhando para sudoeste. Procurariam minhas pegadas, varrendo a floresta perto da trilha. Eles eram melhores me caçando do que eu me escondendo. Eu não podia ganhar deles no jogo que eles mais conheciam, e só poderia evitá-los se os despistasse completamente.

Andei o máximo que pude durante a noite, parando frequentemente para fazer minhas necessidades. Todas as vezes, bebia água, sugava um pouco de sal e voltava a caminhar. Finalmente, quando o dia amanheceu, encontrei uma caverna. Entrei até o fundo, sentindo que preferia enfrentar qualquer animal a enfrentar um homem. Dormi o dia todo. Quando acordei, estava anoitecendo, e voltei a caminhar. Durante três noites, segui em frente, escondendo-me durante o dia, até sentir fraqueza devido à doença e à falta de comida. Além disso, eu havia cortado o pé em um galho, e a vermelhidão em torno do corte estava piorando, embora lavasse o ferimento em córregos sempre que possível.

Em um fim de tarde, vi um homem pastoreando cabras em uma colina. Ele ficou imóvel, enquanto eu subia em sua direção. No meio do caminho, tropecei e caí. O cansaço abateu-se sobre mim e eu não consegui levantar. Ele se aproximou, batendo a grama enquanto caminhava. Ele tentou bamanankan; disse algo que eu não entendi. Tentei levantar, mas ele fez sinal para que eu ficasse deitada e ofereceu-me uma bolsa de água. Bebi livremente, e vomitei. Tentei temne, mas não houve resposta. Tentei fulfulde, e ele entendeu.

— Ajude-me. Esconda-me. Leve-me para junto de suas mulheres, por favor.

Ele era jovem e magro, mas forte o bastante para me carregar com facilidade. Levou-me até a sombra de uma árvore, deixou a bolsa com água e disse-me que o esperasse. Voltou com três homens, quatro mulheres e uma cama portátil, feita com árvores e corda. Parecia algo feito para carregar guerreiros feridos. Fui colocada ali, e as mulheres faziam perguntas. "Quem era eu? De onde vinha?", enquanto caminhamos, aparentemente, durante horas. A cada solavanco, meus ossos gritavam de dor, e a febre tomou conta de tudo: meu pescoço, as costas, os joelhos e os tornozelos. Chegamos a uma vila com casas de barro e telhados de palha. Senti alívio por ser tão pequena — os traficantes não se interessariam por ela. Fui levada até a sombra de uma das casas. Dormi e bebi água durante dias, até conseguir me mexer.

Quando recobrei a consciência, percebi que uma pequena figura entrava e saía do quarto. Pisquei. O rosto de uma mula olhava para mim. Então, uma vozinha esperta censurou-a e uma menina com um bastão de madeira entrou e deu uma chicotada no animal, que saiu. Ela trouxe-me água; devia ter uns 8 anos.

— Como você se chama? — perguntei em fulfulde.

— Aminata — disse ela.

— Eu também me chamo Aminata — disse eu, apontando para o meu peito e repetindo meu nome. Um sorriso, tão vasto quanto o mundo iluminou seu rosto.

— Aminata — disse ela, apontando para si própria e para mim.

— Comida — pedi.

Ela ficou me olhando durante algum tempo, e então perguntou:

— Você é toubabu?

— Eu pareço toubabu? — perguntei.

— Eu nunca vi um toubabu.

— Toubabus têm a cor rosada ou branca, ou a de uma cabaça pálida — expliquei.

— Toubabus comem gente como nós comemos cabras — disse ela.

— Não aqueles que eu conheço — respondi.

— Você já os viu?

— Eu vivi entre eles, em sua terra.

— É mentira — disse ela, dando uma risadinha, e saiu da cabana.

Voltei a dormir, bebi mais, chupei sal e comi uma manga. Enquanto lambia e chupava o caroço fibroso, sem saber quando voltaria a comer, entendi o que deveria fazer. Se conseguisse escapar de Alassane e seus homens, faria todo o possível para que ninguém mais caísse nas garras deles ou de quaisquer outros traficantes de escravos.

A maior parte de minha vida havia se passado desde a última vez em que estive em Bayo, e eu nem tinha certeza se a reconheceria. Será que o muro de barro circundando as casas ainda estava ali? Será que o chefe ainda tinha quatro pequenas casas redondas, uma para cada esposa? Será que eu escutaria o som do painço e das nozes de caritê sendo socados. Talvez a vila nem existisse mais, ou talvez tivesse sobrevivido e crescido dez vezes seu tamanho original. Se Bayo ainda estivesse lá, eu não tinha certeza de que alguém me reconheceria.

Desde o dia em que fora levada, as lembranças de casa fizeram com que eu jamais sentisse que pertencia ao lugar onde morava. Talvez, se eu tivesse vivido com meu marido e nossos filhos, teria aprendido a pertencer a algum lugar. Mas minha família nunca se fixou ao ninho; nunca tivemos ninho algum. Depois que escutei as palavras de Alassane, eu não queria mais ir a Bayo, mas sim continuar livre. E enquanto recobrava as forças em uma cabana de gente que sequer conhecia, descobri meu maior desejo. Eu nunca voltaria para casa.

Falconbridge chamara meu acerto com os traficantes de "acordo com o diabo". Ele tinha razão, mas errara ao dizer que um acordo com o diabo era melhor do que acordo nenhum. Eu havia colocado minha vida nas mãos de um homem que vendia pessoas da mesma forma que se vende cabras. Ele me venderia como comprara e vendera muitos outros. E eu o ajudara em seu trabalho. Eu havia me oferecido a ele e pagado pelo privilégio. Quantas pessoas meus três barris de rum poderiam comprar? Eu preferia engolir veneno a viver mais vinte anos como propriedade de outro homem, africano ou toubabu. Eu poderia viver sem Bayo, mas, sem liberdade, preferiria morrer.

Alguns dias depois que voltei a me alimentar, os aldeões levaram-me a um local de reuniões e apresentaram-me ao chefe de outra vila.

— É verdade que você cruzou o oceano em uma canoa de toubabus e que viveu entre eles? — o homem parecia falar em nome de todos.

— Sim.

— Pode provar?

— Como poderia fazê-lo?

— Fale a língua dos toubabus — pediu ele.

Peguei o livro de Olaudah Equiano e li uma passagem.

— A parte da África conhecida como Guiné, onde acontece o tráfico de escravos, estende-se ao longo da costa, por cerca de 5.500 km, do Senegal até Angola, incluindo vários reinos. De todos, o mais importante é o reino de Benin... Eu nasci (naquele reino) no ano de 1745. A distância... [até] o mar deve ser considerável, pois nunca ouvi falar de homens brancos ou europeus, nem do mar...

Ouvi o povo murmurar. As pessoas aproximaram-se de mim. O homem levantou a mão.

— Agora, diga-nos o que isso significa — pediu ele.

Contei-lhes que Equiano era um africano que fora raptado e levado para a terra dos toubabus. Que havia sobrevivido e que, depois de reconquistar a liberdade, escrevera um livro sobre sua vida.

— Ele voltou para matar as pessoas que o capturaram e o venderam? — um homem perguntou.

— Não — respondi.

— Então, que tipo de homem é ele?

— Um homem com uma vida difícil, que viajou por muitas terras e oceanos, sem tempo para matar seus inimigos, já que estes estavam longe. E que estava muito ocupado tentando sobreviver.

O chefe sussurava, o que eu sabia ser sinal de satisfação, enquanto as crianças atrás dele empurravam umas às outras, tentando ficar mais perto de mim.

Perguntaram-me onde estavam meu marido e meus filhos. Dizer a Alassane que eles estavam em Bayo não havia funcionado, por isso, achei melhor dizer a verdade. Contei que os toubabus levaram meus filhos, e que meu marido morrera afogado no mar.

— E como é esse mar? — perguntou o chefe.

— É como um rio que nunca acaba.

— Como se chamavam seu marido e seus filhos?

— Chekura, Mamadu e May — respondi.

— E como se chamavam seus pais nesse lugar que você diz chamar-se Bayo?

— Mamadu Diallo, o joalheiro, e Sira Kulibali, a parteira.

As pessoas riram e gritaram ao escutar os nomes. Estranhei a reação, até perceber que se tratava de uma reação de prazer por escutar nomes que reconheciam.

O chefe tinha muitas outras perguntas. O que eu quis dizer ao afirmar que nem todo toubabu era mau, e como era possível ver coisas boas em alguns deles.

Respondi com outra pergunta:

— Você conhece o coração humano?

Após uma noite inteira de conversa, eu estava exausta, mas fiquei ali para conversar com o homem mais velho da aldeia, Youssouf. Disse-lhe que queria ir para a costa.

— Não — ele respondeu. — Você precisa ficar; será uma boa esposa para mim.

— Eu sou velha.

— Mas é uma mulher corajosa e sábia, e me trará muito respeito.

— Quantas esposas você tem? — perguntei.

— Quatro.

— Não posso ser a quinta — repliquei. — Eu só posso ser a primeira, e única.

— A única? Que homem forte teria uma esposa só?

— Meu pai, meu marido e alguns toubabus.

— Os toubabus são animais — ele disse. — Eles roubam nossos homens, nossas mulheres e crianças para comê-los ou fazê-los trabalhar até morrer.

— Eles os surram, fazem-nos trabalhar até a morte e passar fome, mas eu nunca os vi comendo ninguém — respondi.

— Fique aqui, entre nós. Você honrará a todos nós. As pessoas das aldeias vizinhas virão ouvir suas histórias.

Eu sabia que Youssouf e sua gente salvaram minha vida e que sem eles eu jamais teria conseguido escapar dos traficantes, mas eu tinha um lugar para ir e outras coisas para fazer, por isso, daria o melhor de mim enquanto recobrava as energias, e, depois, partiria.

— Ficarei durante uma lua, se vocês me alimentarem e me mantiverem longe dos traficantes de escravos. Retribuirei trazendo honra à sua aldeia. Mas não posso me casar porque há um homem esperando por mim, e eu preciso encontrá-lo.

— Outro homem esperando por você? — ele perguntou. — Por que não me disse isso antes?

— Estou lhe dizendo agora — eu falei. Não havia necessidade de explicar que o homem não era africano, mas sim toubabu, que não era um marido, mas sim um abolicionista. Pensei em Geórgia, minha protetora e amiga e no que ela me falara anos atrás, na Ilha de Santa Helena: — Os homens não precisam saber tudo, e, às vezes, é melhor que não saibam nada.

— Que honra você pode me trazer não se tornando minha esposa? — Youssouf perguntou.

— Cuide de mim e faça com que eu recobre as forças, e, todas as noites, durante um ciclo inteiro da lua, contarei histórias sobre todos os lugares onde estive e tudo o que vi na terra dos toubabus. Contarei essas histórias para você e todos os visitantes que você convidar.

Durante um ciclo da lua, contei minhas histórias a pessoas que vinham de outras aldeias, às vezes depois de caminhar durante horas para ouvir-me. Traziam comida e noz de cola de presente e partiam conversando alegremente.

Eu contava histórias a pessoas dispostas a ficar sentadas durante horas escutando-me e fazendo perguntas. Pediam-me para falar apenas para homens. Pediam-me para falar apenas para mulheres e crianças. Às vezes, eu falava a qualquer um que se aproximasse, enquanto os tambores ressoavam, as pessoas dançavam e os músicos tocavam seus instrumentos e cantavam.

Contei-lhes histórias de minha juventude, de minha jornada até a Ilha de Bance e de como eu amparara bebês pelo caminho. Sempre me perguntavam os nomes das pessoas.

— Quem era a mulher que teve bebê e continuou andando com ele até o navio? — uma mulher quis saber.

— Seu nome era Sanu, e, durante a maior parte do tempo, ela era gentil.

— E como se chamava a criança?

— Aminata.

— Mas este é o seu nome.

— É sim.

— Ela pôs esse nome na filha em sua homenagem?

Sorri, e a mulher também, e quatro pessoas pediram que continuasse falando. Contei-lhes como fora a travessia, a revolta no mar, as condições a bordo dos navios. Falei sobre a Ilha de Sullivan, o cultivo e a colheita do índigo, e sobre os negros que, onde quer que tenham nascido, eram escravos na América. Disse-lhes que os toubabus preferiam ter prata a galinhas ou rum. Especialmente populares eram os relatos sobre as ricas residências dos brancos, sobre suas esposas, como estas procediam, davam à luz e cozinhavam. O povo riu até as lágrimas ao saber que nenhum homem branco rico sobrevivia sem um cozinheiro africano. E mais ainda quando falei que o animal de estimação do xamã do navio era um pássaro, que ele alimentava com comidas finas e a quem ensinava a falar a língua dos toubabus. Descrevi as guerras entre os homens brancos na América, nossa traição na Nova Escócia e meu desejo inútil de voltar para casa.

Nunca consegui voltar a Bayo, mas, durante um mês, em uma aldeia de pessoas estranhas, tornei-me a contadora de histórias, a djeli que sempre desejara ser.

Enfim, recobrei a energia. Caminhava com as mulheres até os campos de painço, e socava os grãos com um pilão. Sentava com outras mulheres, enquanto estas extraíam o índigo das plantas, mexendo em grandes cubas, como eu fazia na Ilha de Santa Helena. Elas tingiam suas roupas em tons de azul e roxo. Chegado o momento de minha partida, recebi algumas roupas de presente e vesti-me à moda delas. Perguntei qual o caminho para chegar à costa e descobri não ser difícil encontrar um guia. E, então, fiz uma última descoberta.

Era quase impossível chegar à África, mas muito fácil partir.

A grande djeli da Academia

(Londres, 1802)

As nuvens foram ficando cada vez mais negras, à medida que nos aproximávamos da Inglaterra; o vento forte e o mar agitado balançavam o navio e todos nós dentro dele. Perdi o apetite e fiquei dias sem comer. Senti uma singular falta de coragem, talvez porque não tivesse determinação para ir a nenhum outro lugar. Tudo o que eu sentia, na verdade, era que havia me tornado velha e cansada.

Eu poderia ter ficado em Freetown, onde, embora alguns nova-escoceses tivessem lutado contra a Companhia pela terra e pelo direito de se autogovernar, pelo menos o clima era ameno e amigos se ofereceram para cuidar de mim. Mas, para ajudar os abolicionistas, eu cruzava o oceano uma última vez. Durante meus anos na América, com frequência desejara ir a Londres, mas sempre como um trampolim para chegar à África. O contrário, isto é, a África como um caminho para chegar a Londres, nunca me ocorrera. Comigo, a bordo do *Serra Leoa Packet*, havia um botânico chamado Hector Smithers, que trazia caixotes com insetos, répteis e outros animais preservados em rum, bem como diversas espécies vivias: uma serpente engaiolada, dois ratos, uma caixa com areia e cupins, um antílope, um porco do mato e um filhote de leopardo.

Durante as últimas semanas de travessia, passei mal, mas as criaturas engaioladas de Smither passaram ainda pior. No fim, com exceção dos cupins, todas as outras foram parar no Oceano Atlântico. Smithers forçou cinco marinheiros a ajudá-lo a eviscerar os animais e preservá-los em gigantescos galões de rum. Enquanto o botânico lutava para salvar o que podia para uma exposição em Londres, vi-me desejando que, quando chegasse a minha hora, eu fosse depositada, delicadamente, na terra. Eu não queria nem o mar nem o rum como sepultura.

Eu havia me esquecido dos brancos pobres. Os longos anos em Serra Leoa levaram-me a isso. Os brancos de Freetown eram homens da Companhia e suas esposas, vivendo nas melhores residências, recebendo os melhores salários e comendo as melhores provisões. Mas na Inglaterra... Na Inglaterra... Vi um homem aleijado, usando pedaços de pau no lugar de muletas, com a mão espalmada pedindo dinheiro. Vi cegos esmolando, vi filhos de mulheres mutiladas, sujos e com o nariz escorrendo em todas as esquinas. Parecia que metade de todos os ingleses tinha, pelo menos, um dente podre, escuro e inflamado. Vi pessoas mal-agasalhadas, tremendo de frio, tossindo, espirrando e morrendo. Homens em roupas rasgadas tinham de pular, às vezes em valas fétidas, quando cavalos e carruagens vinham de encontro a eles. Gritos, pedidos e acusações enchiam meus ouvidos. O ar tinha um cheiro acre de madeira queimada, comida podre e carne jogada das portas das lojas. Havia vendedores em todo lugar, vendendo jornais, tabaco, cachimbos, chá, rapé, vinho e torrões de açúcar.

Em Gravesend, fui recebida por John Clarkson e seu irmão Thomas. Fazia oito anos que eu não via John. Os dois irmãos cumprimentaram-me com entusiasmo, colocaram-me em uma carruagem e levaram-me para Londres. Durante o trajeto, ofereceram-me rum, pão e um pouco de queijo, e nós paramos em um café para uma bebida quente e para dar uma olhada nos jornais.

O local tinha tanta fumaça de tabaco, que meus olhos chegaram a arder. Bebemos café adoçado com mel, pois os proprietários estavam boicotando o açúcar em apoio ao movimento abolicionista. Bebi em companhia de homens que fumavam, liam e tomavam café ou chá. Eles tagarelavam e olhavam-me por sobre seus jornais. Um homem careca parecia incapaz de tirar os olhos de mim, até que me levantei e lhe perguntei se poderia pegar seu jornal emprestado, já que ele não o estava lendo.

— O quê?

Repeti o pedido.

O homem soltou uma gargalhada.

— Você sabe ler, não sabe? Comprarei café para você e para cada um dos cavalheiros que a trouxeram aqui, se puder ler este jornal.

Peguei o jornal. Em Serra Leoa, estava habituada a ler jornais impressos cerca de três a seis meses antes, mas aquele era um exemplar do dia: 4 de outubro de 1802. Passei os olhos pelas páginas, até chegar a um artigo que me interessava.

"Novas Audiências em torno da Escravidão" anunciava o artigo. Li em voz alta: "William Bilberforce solicita que o Parlamento forme um novo comitê para investigar os alegados abusos no tráfico de escravos".

Fui levada à sede do comitê para a Abolição do Tráfico de Escravos, à rua Old Jewry, 18, em uma parte da cidade onde garotos vendiam jornais, homens chamavam os pedestres para que entrassem em seus cafés e vendedores postavam-se do lado de fora de lojas minúsculas, preparados para cortar um pedaço de cordeiro ou um torrão de açúcar. Cavalos e carroças tropeavam incessantemente. O lugar era mais barulhento e movimentado do que tudo o que eu já vira em Shelburne e Nova Iorque, e, depois de dez anos em Free-town, parecia um agressão aos meus sentidos. Em um pequeno prédio, fui levada a uma sala no andar superior aquecida por um forno sob a luz bruxuleante de velas. Doze homens esperavam por mim, todos ansiosos para apertar minha mão e dar-me as boas-vindas à Inglaterra.

Todos manifestaram sua gratidão para com John Clarkson, por ter, finalmente, conseguido trazer-me até ali. John Clarkson ficou em silêncio, mas escutou, enquanto homens mais velhos dirigiam os trabalhos. Em Freetown, eu me acostumara a vê-lo na liderança, mas ali Clarkson ficava à sombra de seu irmão e de outros.

Um homem alto cumprimentou-me, apresentou-se como Stanley Hastings e começou a descrever os grandes planos que eles tinham para mim.

— Com delicadeza e cuidado — disse ele —, nós a entrevistaremos e escreveremos um curto relato sobre sua vida, incluindo os abusos que sofreu no tráfico de escravos.

Pigarreei.

— Vão escrever um relato de minha vida?

— É muito importante que eu cuide disso pessoalmente — disse Hastings. Ele estalou os dedos, fazendo com que cada um deles fizesse um estalido, e, então, pôs-se a encher um cachimbo. — Precisamos planejar o relato. A menor imprecisão ou desatenção aos detalhes poderá ser fatal à nossa causa.

Escutei, com atenção, os planos de Hastings acerca de escrever sobre minha vida. O homem tinha a energia de um cavalo, mas uma besta daquele tamanho não tinha o direito de invadir meu território.

Doze atentos homens brancos entrelaçaram os dedos e fixaram os olhos em mim, mas seus rostos começaram a girar sem parar; minha febre voltara. Calafrios tomaram conta do meu corpo como ondas no oceano. Os abolicionistas mantinham o fogo aceso, mas a sala estava fria e inóspita, e muito distante do calor da minha terra. Na falta de um marido, filho ou filha, eu desejava que o sol africano me abraçasse com sua complacência. Mas, naquele momento, não havia calor; havia apenas o tiritar dos meus dentes e a familiar agonia que agitava meus ossos.

Levantei o dedo, pois era a única coisa que conseguia levantar. Eu queria, apenas, três coisas: um cobertor, um copo de água e ninguém além de mim escrevendo minha história. Não fui capaz de pedir coisa alguma. O que percebi, em seguida, foi um grupo de homens com grandes bochechas, costeletas e olhar solícito, empoleirados à minha volta.

— Você está bem? — perguntou Hastings.

Fechei os olhos e ouvi a voz de John Clarkson:

— É claro que ela não está bem. Eu disse que este encontro era prematuro e acho que agora devo insistir nisso. Ela é minha convidada, está sob meus cuidados, e não voltará a encontrar este comitê até que lhe sejam dadas todas as oportunidades para que se recupere, em minha casa.

Fui carregada escada abaixo, colocada em uma carruagem e levada para a casa de Clarkson, que ficava na mesma rua Old Jewry. O mordomo negro que nos recebeu à porta apoiou-me quando meus joelhos fraquejaram, e levou-me até um quarto onde me deram uma sopa quente, chá, uma cama e cobertores. Quando a febre fez com que minha medula óssea entrasse em ebulição, outra serviçal negra, chamada Betty Ann, banhou-me e aplicou compressas úmidas em minha testa.

Depois de algum tempo, conseguia ficar em pé sem ajuda, esvaziar meu penico e compartilhar a primeira refeição com Clarkson e sua esposa Susannah. Depois, nós três ficamos sentados, juntos, bebericando chá em uma sala fria com cobertores sobre as pernas. Lá fora, depois que alguns flocos de neve caíram, ventava e estava frio e úmido. Decidi que, mesmo com o clima ruim da Inglaterra, eu precisava voltar a me mexer e sair, se quisesse conti-nuar viva por mais algum tempo.

Apesar de todas as perdas que tive durante a vida, a solidão que eu sentia em Londres não era páreo para nada que já sentira. Sentia-me muito fraca para escrever, levantar, explorar as ruas de Londres ou reunir-me com o comitê. Finalmente, quando a primavera chegou, voltei a me movimentar e senti que ainda não havia chegado a hora de sucumbir.

No cinza infinito de Londres, sentia falta das cores e dos sabores da minha terra. Achava o pão e a carne desinteressantes e insossos, e perguntava-me por que as pessoas que navegavam pelos oceanos e ditavam as regras do mundo não davam a mínima para a comida e como prepará-la.

Os londrinos quase não comiam frutas, e eu sentia falta das bananas, dos limões, das laranjas e dos abacaxis de Serra Leoa. Mais do que tudo, sentia falta da pimenta malagueta e cheguei a escrever para Debra, implorando para que ela me enviasse um carregamento de temperos para cozinhar.

Quase não via negros, além do mordomo e da serviçal dos Clarksons, com quem eu trocava apenas comentários sobre o tempo e minha saúde. Quis perguntar ao mordomo, um homem baixo, com a cabeça raspada, que atendia pelo nome de Dante, como poderia conhecer os negros de Londres, mas o homem me evitava. Quando senti que podia ficar mais tempo fora da cama e andando pela casa, encontrei-o na cozinha dos Clarksons.

— Podemos conversar? — perguntei.

— Perdoe-me, madame, mas eu já estava de saída.

— Meena — disse eu. — Pode me chamar de Meena.

Ele pigarreou e olhou para a porta.

— Por que você está me evitando? — perguntei.

— Não quero ofendê-la, madame.

— Mas você nunca para e responde minhas perguntas.

— São as ordens que recebi.

— Ordens?

— O Senhor Clarkson disse que eu não devo falar com você.

— Por quê?

— Porque você precisa recuperar a saúde e preparar o relato para o comitê, sem interferências.

— Que interferências?

Dante tirou o chapéu, esfregou uma manchinha que havia nele e voltou a colocá-lo na cabeça.

— Já é tarde, madame.

— Que interferências? — repeti.

Dante voltou a olhar para a porta. Estávamos sozinhos na cozinha, e ele falou tão baixinho, que mal consegui escutar:

— Dos negros de Londres.

— Como alguém poderia interferir em meu relato, se eu mesma vou escrevê-lo?

— É o que eu acho, madame, mas eles querem que sua história seja pura. "Direto da África" foi o que Clarkson disse. Os membros do comitê não querem que os londrinos digam que os negros de Londres inventaram a sua história.

— Dante, não quero criar-lhe problemas, mas, por favor, responda: Há muitos de nós aqui?

Ele suspirou ruidosamente e deu um grande sorriso.

— Milhares.

— Em Serra Leoa, eu li um livro escrito por um africano que morava em Londres.

— Olaudah Equiano — disse Dante.

— Então, você também já ouviu falar dele?

Dante sorriu mais uma vez.

— Todos nós conhecemos Equiano. Qualquer um de nós que tem sucesso entre os ingleses, ele mora nos lábios de cada negro de Londres.

— Você acha que eu poderia conhecê-lo?

— Ele morreu há alguns anos.

Senti um vazio. Equiano era alguém que eu teria gostado de conhecer. Achava que já o conhecia, após ter lido o livro dele, e tinha esperança de poder perguntar-lhe como começara escrever a história de sua vida.

Naquela semana, encontrei os abolicionistas do comitê. Stanley Hastings deu início com um longo discurso sobre como estava contente com a minha recuperação.

— Escute, escute — disseram os homens.

Disse-lhes que preferiria expirar nas ruas de Londres a receber ordens a respeito de quem eu podia ou não ver, de onde poderia ir, ou, ainda, o que poderia fazer. Acredito que devem ter achado que meu coração falharia, uma vez que os doze abolicionistas pularam das cadeiras.

— Sinto-me bem agora, portanto, podem sentar-se.

Um tanto hesitantes, todos voltaram a seus lugares.

— Tomei uma decisão — eu disse.

— Por favor, prossiga — disse Hastings.

— Decidi escrever a história da minha vida.

— Certamente — disse Hastings —, mas você ainda precisa da nossa orientação, para garantir...

— Sem orientação, muito obrigada. Minha vida, minhas palavras, minha caneta. Sou capaz de escrever.

Um homem magro, muito bem-vestido, ficou em pé apresentando-se como William Wilberforce, membro do Parlamento. Perguntou se podia esclarecer o assunto.

— Sim, por favor — disse eu.

— Não se trata de sua capacidade de escrever — disse Wilberforce —, mas sim de assegurarmos a autenticidade.

— É exatamente por isso que ninguém, além de mim, contará minha história.

— Deverá cobrir sua infância — Thomas Clarkson manifestou-se — e a marcha até o mar. Será preciso explicar sua travessia no navio negreiro, os tempos que passou na Carolina do Sul. Será preciso...

John Clarkson colocou a mão no ombro do irmão.

— Ela está ciente de sua própria história.

Eu disse que começaria imediatamente, contanto que ninguém interferisse em meu direito de falar com quem eu quisesse, inclusive com o mordomo de John Clarkson.

— Meena, quero que saiba que não foi ideia minha impedi-la de conhecer Dante — disse John Clarkson.

Wilberforce inclinou-se em minha direção.

— Pode colocar a culpa em mim, se quiser, mas, por favor, compreenda. Não pode haver nenhum sinal de que sua história sofreu um mínimo de influência dos negros de Londres. Isso prejudicaria muito a nossa causa, já que eles não são bem-vistos aqui.

— Se eu fizer meu relato, você o terá completo, mas será nos meus termos e nos meus termos somente. Não terá nem as suas pinceladas e nem as dos negros de Londres.

— Se concordarmos com esses termos — Hastings disse —, você promete compartilhar sua história conosco, permitindo-nos usá-la como evidência nas audiências no Parlamento, e não falar sobre ela em público até que estas estejam concluídas?

Concordei.

— Ótimo — disse Wilberforce. — Formidável. Precisamos prosseguir, portanto, quando ficará pronto?

— Teremos de ver.

— Deixe os jornais conosco, está bem? — disse ele.

— Como assim?

— Será a sua história, do começo ao fim, mas, pelo amor de Deus, deixe que nós digamos como e quando será publicada.

Não vi razão para discordar.

No dia seguinte, Dante contou-me que seu salário havia aumentado.

— O que você fez com esses abolicionistas?

— Feitiçaria americana — respondi sorrindo.

Naquela noite, quando terminou seu trabalho, Dante levou-me aos fundos da casa, aos aposentos dos empregados. Fui recebida por Betty Ann, que cuidara de mim quando eu estava doente. Descobri que os dois eram casados. Ela era uma jovem nascida na Jamaica, levada para Londres como escrava doméstica de um rico agricultor, e fugira para se tornar livre.

— Eles não tentaram recuperá-la? — perguntei.

— Não ousaram fazer isso. A corte de justiça não permitiria. Hoje em dia, em Londres, se um negro foge de seu senhor, torna-se livre.

Eu sabia que a cidade era grande, e o mundo, maior ainda, mas precisava perguntar se eles ouviram falar de uma família muito rica, cujo sobrenome era Witherspoon. Não. Senti-me meio boba, e disse a mim mesma que não gastasse minha parca energia sonhando com o impossível. Londres tinha um milhão de habitantes, e, se minha filha ainda estivesse viva, poderia estar em qualquer vila ou cidade de qualquer um dos lados do Atlântico.

Dante e Betty Ann ofereceram-se para levar-me a uma parte de Londres onde viviam outros negros, mas eu não tinha forças para fazer excursões, e decidi reservar minhas energias para escrever o relato para o comitê parlamentar.

Provida de comida, penas, tinta e papel, aquecida por cobertores, sentada em um local confortável, à luz de velas, dei início à minha história. Assim que comecei, não consegui mais parar. Minha infância irrompia no papel, logo em seguida, minha adolescência, depois minhas experiências como parteira e o nascimento de meus próprios filhos. Eu escrevia sem parar, e não conseguia ver o fim.

Os abolicionistas alvoroçavam-se.

— É maravilhoso que você tenha tanto para contar, senhorita Dee — disse Thomas Clarkson durante um encontro com o grupo —, mas não valerá nada se o comitê parlamentar não tiver acesso.

— Ele tem razão — disse Wilberforce. — Os traficantes de escravos fizeram excelentes apresentações ao comitê. Todos os jornais estão publicando suas justificativas para que o tráfico continue.

Os homens em volta da mesa sussurravam nervosamente. Eu havia lido suas apresentações. Os defensores do tráfico diziam que a escravidão era uma instituição humanitária, que resgatava os africanos das barbáries cometidas em sua terra. Os africanos simplesmente matariam uns aos outros, em guerras tribais, se não fossem liberados nas Américas, onde gozavam da influência civilizada do cristianismo. Os jornais diziam que a travessia era o mais segura possível, e que os africanos sucumbiam durante a viagem na mesma proporção que os marinheiros ingleses, nos mesmos navios.

Mas Hastings falou calmamente:

— Senhores, a senhorita Dee contará sua história e, quando terminar, toda a Inglaterra a escutará.

Wilberforce conseguiu adiar meu comparecimento diante do comitê parlamentar. Nesse meio tempo, incitou a imprensa a prestar bastante atenção nos depoimentos dos traficantes, dizendo-lhes que, em breve, traria evidências que os contestariam. E então, convenceu-me a dar-lhe cinquenta páginas que ele poderia usar para o meu relatório.

Na manhã em que eu deveria falar diante do comitê parlamentar, a capa do *Times* informava os leitores sobre Hector Smithers, o botânico que fizera uma exposição de roedores, morcegos, borboletas, cupins, leopardos e jacarés, todos africanos, mortos, porém, bem-conservados. No dia da abertura, a multidão foi tamanha, que as portas tiveram de ser fechadas. O *Times* chamou a mostra de "uma espetacular exibição de assustadora, luxuriante barbárie colorida do reino animal do remoto continente africano", e mencionou, ainda, que o ingresso custava seis centavos. Um pequeno artigo, em uma página interna, informava que o comitê parlamentar receberia um relatório de uma mulher "vinda recentemente da África", que sobrevivera à escravidão. Fiquei parada à porta da sala do comitê parlamentar, aguardando, na companhia de Hastings. Não sabia o que esperar, nem como seria recebida. Sentia o coração batendo forte, e tentava me acalmar pensando em meu pai e em como, quando fazia chá ou joias, suas mãos eram confiantes. Imaginei sua voz, profunda e musical, gritando, do outro lado do oceano, para me acalmar: *Apenas seja quem você é, e fale sobre a vida que viveu.*

A porta se abriu e eu fui chamada. Junto às paredes da sala retangular, foram dispostas dez cadeiras para os jornalistas, e outras trinta para visitantes. Todas estavam ocupadas. Sentei-me sozinha, de um lado de uma longa mesa, de frente para os dez membros do comitê, William Wilberforce entre eles. Este sorriu e deu início à explicação oficial daquilo que eu já sabia: ele faria perguntas que eu deveria responder.

Wilberforce pediu que eu dissesse meu nome, a data e o local de meu nascimento.

— Por favor, senhorita Dee, conte ao comitê como foi sua infância.

Ele perguntou sobre meu sequestro, aos 11 anos, e sobre a marcha, por terra, até o mar. Dei o maior número de detalhes que me foi possível; expliquei que os homens foram amarrados ao libambo nos comboios, e que, durante a travessia, os mortos, quase mortos e rebeldes eram jogados aos tubarões. Os homens cochicharam quando contei ao comitê que os membros da tripulação tomavam liberdades com as africanas e que até eu, uma criança, tive de me deitar na cama do médico do navio.

— E o que a senhora tem a dizer sobre depoimentos anteriores que relatam que homens e mulheres não são marcados em feitorias nas costas da África? — perguntou Wilberforce.

— Não é verdade — respondi.

— E como sabe disso?

— Porque eu fiquei presa em uma dessas feitorias e fui marcada.

— Que feitoria? Quando?

— Foi mais ou menos em 1756, e eu fui marcada na Ilha de Bance, nas costas de Serra Leoa.

Ouvi murmúrios. Wilberforce pediu-me que repetisse aqueles detalhes para registro, e eu o fiz.

— E como a senhora sabe o nome da ilha, uma vez que não falava inglês naquela época?

— Voltei lá alguns anos depois, com ajuda de um oficial da Companhia de Serra Leoa.

— Se não for indelicado, seria possível dizer ao comitê como a senhora foi marcada?

— Um ferro quente foi encostado em minha pele.

Uma mulher deixou a sala.

— Posso mostrar-lhes a marca? — perguntei, pois fora instruída pelos abolicionistas para que me oferecesse a fazê-lo.

— Onde é a marca? — Wilberforce perguntou.

— Acima do meu seio direito, senhor.

Ouvi um suspiro coletivo e o som de penas arranhando papel.

— É necessário que eu mostre, senhor?

— Não. Não será necessário, uma vez que ela está sob juramento — disse o escrevente. Contei como fora vendida em Charles Town, e como meu filho fora arrancado de mim. Falei sobre o nascimento de May, em 1784, e sobre seu rapto, em Shelburne, Nova Escócia.

Meu depoimento durou duas horas. Quando perguntaram se eu havia preparado algo para o comitê consultar mais cuidadosamente, ofereci uma cópia da história da minha vida.

Ao final da audiência, os abolicionistas levaram-me a uma sala reservada, onde me pediram que mostrasse a cicatriz de minha marca aos jornalistas. Dez homens aproximaram-se, um depois do outro, para examinar a prova em minha pele. Queriam fazer perguntas, mas Wilberforce insistiu em dizer que eu já fizera o bastante naquele dia e pediu que os homens da imprensa consultassem suas notas sobre o meu depoimento.

Quando, finalmente, tudo terminou, e eu entrei na carruagem com Wilberforce e Hastings, senti-me exausta. Há alguns anos apenas, quando, noite após noite, eu contava minhas histórias, na aldeia do interior de Serra Leoa, as pessoas faziam com que eu me sentisse admirada. Com suas risadas e exclamações, com as bebidas e a comida que insistiam para que eu pegasse, faziam com que eu me sentisse rodeada pela família. Falar ao comitê foi diferente. Com exceção dos suspiros e do som das penas sobre o papel, foi como se eu estivesse diante de uma parede. Eu não tinha ideia do que os parlamentares acharam de mim e de minhas palavras, já que permaneceram tão impassíveis quanto corujas e não ofereceram nada além de perguntas.

No dia seguinte, Clarkson trouxe-me os jornais *Times*, *Morning Chronicle*, *Gazette*, *Morning Post* e *Lloyd's List*. Todos noticiavam minha apresentação, começando pela cicatriz. Nas semanas seguintes, os jornais continuaram trazendo novos detalhes sobre o que eu havia dito ao comitê. Diariamente, pessoas pediam para falar comigo. Quando os jornalistas deram-se por satisfeitos, comecei a receber convites para falar para crianças, em escolas, e para sociedades históricas e literárias. Aceitei alguns desses convites, e concluí que as pessoas desses grupos tinham muito mais a me dizer.

Certa noite, John Clarkson bateu à porta do meu quarto.

— Uma carta para você — disse ele. — E deixe-me dizer que, em termos de reconhecimento público, você eclipsou todos os membros do comitê abolicionista, com, talvez, uma única exceção: William Wilberforce.

Ele sorriu enquanto eu abria o envelope, e pediu para ver enquanto eu o abria.

— Sim, tenente — disse eu.

— John — replicou ele.

Assenti e estudei o envelope. Trazia o selo do rei George III. Dentro havia um cartão, solicitando o prazer de minha companhia para o chá.

— Esplêndido — Clarkson repetia. — O rei nunca se encontraria com Olaudah Equiano. Isso é melhor do que qualquer um de nós esperava.

Quando os abolicionistas espalharam a notícia de que o rei e a rainha estavam preparados para receber uma africana pela primeira vez, os jornais voltaram a contar histórias. Para o *Morning Post*, o artista James Gillray desenhou uma caricatura na qual eu pegava um cubo de açúcar das mãos do rei George III. Nela, o rei estava magérrimo enquanto eu estava obesa e as palavras *Eu aceito isso* saíam da minha boca.

William Wilberforce, único parlamentar do comitê abolicionista, foi o escolhido para acompanhar-me no chá com o rei. Durante semanas, diariamente, uma fila de pessoas esperava por mim do lado de fora das salas do comitê, na esperança de me ver. Parecia que metade de Londres queria falar comigo. Vi Hector Smithers na fila, acenei, mas não pude parar. E, então, olhei novamente.

Vi um rosto negro no meio de um mar de brancos. Pertencia a uma linda jovem africana de cerca de 18 anos. Entre todas aquelas pessoas, ela mantinha a dignidade e o porte ereto. Nossos olhos encontraram-se, e eu perguntei-me se já a teria visto alguma vez. Seus lábios moveram-se, mas não consegui escutar o que ela dizia, em meio ao barulho da multidão.

— Quem é você? — perguntei, mas ela também não conseguia ouvir.

Que boba. Depois de todos aqueles anos, eu ainda me pegava examinando rostos, na esperança de um milagre.

Eu havia perdido muitos entes queridos durante a vida, e nenhum deles jamais voltou. Ainda assim, eu não conseguia deixar de ponderar por que aquela jovem estaria parada no meio de outras pessoas, na chuva, apenas para me ver. Entretanto, precisei parar de pensar, pois fui colocada na carruagem e levada ao Palácio de Buckingham.

Eu antecipara um encontro privado com o casal real, mas, enquanto Wilberforce e eu éramos conduzidos a um salão do tamanho de uma casa, vi uns dez criados e o mesmo número de homens e mulheres com perucas e vestidos de gala. Um após o outro, parlamentares davam-me as mãos, perguntando se era verdade que eu voltara "recentemente da África". Para repelir as perguntas, Wilberforce segurou meu braço e conduziu-me a uma mesa, onde uma criada serviu-me chá e biscoitos.

— Note a falta de açúcar, em respeito a você — Wilberforce sussurrou.

Ele tinha razão. Na mesa, vi três potes com mel. A criada colocou um pouco dele em meu chá. Era estranho ser servida por uma branca, e precisei esforçar-me para evitar que a xícara não chacoalhasse no pires.

Um homem apresentou-se como assistente da família real, pedindo que eu assinasse um livro de visitas. Enquanto ele observava atentamente, escrevi: *Para uma mulher que viajou da liberdade à escravidão e de volta à liberdade, é uma verdadeira honra conhecer o rei e a rainha, e é o meu desejo que a liberdade prevaleça para todos.*

O homem ficou de boca aberta, como se tivesse acabado de ver uma zebra lendo um livro.

Wilberforce recebeu o sinal de que estava esperando, pediu licença ao assistente, colocou minha xícara sobre a mesa e conduziu-me, por algumas portas, para outra sala.

O rei e a rainha estavam sentados em amplas cadeiras vermelhas. Seus volumosos mantos espalhavam-se pelo chão, mas o que chamou minha atenção foi a madeira de sândalo em um dos braços da poltrona do rei. Perguntei-me se ele saberia que os braços de sua poltrona eram feitos com madeira da minha terra.

— Devagar — Wilberforce disse, baixinho. — Faça uma reverência, mas não ofereça sua mão.

Dirigimo-nos, primeiro, à rainha Charlotte Sophia. Era quem eu mais queria conhecer, pois desejava ver, com meus próprios olhos, se ela parecia ser uma filha da África. Os retratos que eu vira mostravam sua delicadeza, dando ao rosto uma serenidade de porcelana. Mas, sentada à minha frente, estava uma mulher com nariz largo, lábios carnudos e pele mais bela do que qualquer pintor seria capaz de interpretar.

A rainha Charlotte estendeu a mão enluvada, e eu a cumprimentei.

— Bem-vinda, Aminata — disse a rainha. — Bem-vinda à Inglaterra.

— Vossa Majestade — disse eu.

Fiquei emocionada pelo fato de ela ter se dado ao trabalho de saber meu nome verdadeiro, e achei tratar-se da primeira branca a usá-lo em um primeiro cumprimento. Mas talvez ela nem fosse branca. Naquele momento, decidi que, já que a rainha da Inglaterra conseguia pronunciar meu nome, o resto do país também poderia fazê-lo.

— É uma honra, uma vez que tenho ouvido falar a seu respeito há muitos anos — eu disse.

— Trata-se de uma afirmação e tanto, considerando-se a extensão de suas viagens.

A rainha deu um leve sorriso, e pude ver em seus olhos o desejo de que a conversa terminasse.

— Providenciei para que você recebesse um pequeno presente de nossa biblioteca — disse ela.

— Obrigada — respondi. Eu queria dizer à rainha da Inglaterra o quanto desejava que as lideranças de seu país pusessem um fim no tráfico de homens, mulheres e crianças, mas um assistente pegou-me pelo braço e afastou-me, delicadamente, mas com firmeza, permitindo que a rainha se dirigisse a Wilberforce.

Fiquei de frente para o rei George III. Fiz uma reverência, ele assentiu. Conforme fora instruída, esperei que o rei da Inglaterra estendesse a mão ou falasse, mas ele não fez nem uma coisa nem a outra.

Ele assentiu diversas vezes e abriu a boca para falar, mas moveu a cabeça ligeiramente e arregalou os olhos; ele parecia não saber quem eu era, onde estávamos e nem o que deveria dizer.

Calmamente, olhei para o rosto largo, redondo e avermelhado e para os olhos apáticos do homem que presidia a maior nação escravocrata do mundo, e compreendi que entre nós não haveria conversa. Fui conduzida para fora, mas não fiquei chateada. Pelo que eu sabia, o rei poderia estar à beira de um de seus ataques, a respeito dos quais havia lido. Anos atrás, o Banco da Inglaterra havia até emitido uma moeda, para celebrar a volta do rei à sanidade. Perguntei-me o que o povo de minha terra diria, se soubesse que eu estivera com o *toubabu faama* — o grande chefe da Inglaterra. Nunca, nem em um milhão de anos, eles acreditariam que ele sofria de uma doença da cabeça, e que escolhera uma africana como rainha.

Quando eu estava deixando o Palácio de Buckingham, o mesmo assistente que me oferecera o livro de visitas colocou em minhas mãos um livro com capa de couro. A rainha da Inglaterra havia me dado *On Poetry: A Rhapsody,* de Jonathan Swift.

O depoimento no Parlamento e a visita ao palácio deixaram-me esgotada. Eu ansiava por silêncio, solidão e aquilo que mais me confortava: a literatura. Estava relendo o livro de Swift, quando John Clarkson bateu, de leve, à porta.

— Há alguém aqui que deseja vê-la.

— Mas eu não estou vestida para ver ninguém esta noite — respondi.

— Não creio que a moça esteja preocupada com seus trajes. Ela afirma que há muito tempo deseja vê-la.

E então, vi uma mulher africana, na verdade, uma menina, entrar em meu quarto. Bochechas lisas como o ébano, sem luas ou cicatrizes. Mas ela parecia ser alguém de minha aldeia.

— Desculpe-me — disse eu, minha mente divagando. — Lembro-me de tê-la visto hoje, na chuva. Não pude parar para cumprimentá-la.

— A chuva não me incomodou. O que são algumas horas na fila? Mamãe, eu tenho esperado há anos.

Ela deu um passo à frente e jogou-se em meus braços com tanta força, que quase me derrubou. Foi o abraço que eu vinha esperando há quinze anos. Ficamos ali, agarradas uma à outra, embalando-nos. Não consegui falar, então fiquei apertando-a até os músculos se cansarem.

Separamo-nos para olhar uma nos olhos da outra, mas nossas mãos continuaram entrelaçadas.

May e eu não nos separamos durante dois dias. Dormíamos na mesma cama, comíamos na mesma mesa e andávamos de mãos dadas às margens do Tâmisa. A mera visão daquela mulher fez-me querer continuar viva. Seus lábios tocavam minhas bochechas a todo o momento. Eu queria viver mais e mais para poder vê-la, absorver sua beleza e amar minha própria carne e sangue um pouco mais.

Eu não precisava contar-lhe o que acontecera comigo, pois ela lera os jornais, mas, ao longo das horas e dos dias, fiquei sabendo o que acontecera com ela.

Os Witherspoons nunca mudaram seu nome — May —, nem esconderam que ela fora, segundo eles, "adotada", em Shelburne, Nova Escócia.

Entretanto, eles alegavam tê-la salvo, após ter sido abandonada por uma africana.

Mas May tinha idade suficiente para lembrar-se de nossa vida juntas, e, desde o início, questionava a história. Os Witherspoons levaram-na de Shelburne para Boston, e, de lá, para a Inglaterra. Eles a idolatravam no início, mas foram ficando impacientes e, mais tarde, irritados, quando ela insistia em perguntar onde eu estava.

— Eu tinha muita determinação — disse ela —, e eles não gostavam dos acessos de fúria, durante os quais eu queria minha mãe.

Os Witherspoons mantinham May como uma criada da casa. Era trancada em seu quarto à noite e não permitiam que ela andasse pelas ruas de Londres sozinha. Aprendeu a ler e escrever, servir refeições e fazer as tarefas domésticas, as quais cumpria diariamente. Nunca fora chamada de escrava, mas não recebia pelo trabalho.

Aos 11 anos, pediu para ir embora, mas eles recusaram. Certa noite, ela escapou pela janela do quarto e correu até que um pregador negro segurou-a em seus braços e perguntou por que ela fugia descalça. O pregador deixou que ela ficasse com ele e a esposa até que encontrasse uma família de sua congregação que a aceitasse. A mulher da família limpava casas e o pai vendia jornais; eles enfiaram May no quarto com seus dois filhos. May trabalhou com a mulher, limpando casas, durante três anos, até ser capaz de lecionar em uma escola para negros pobres, em Londres.

— Você aprendeu a ler e escrever — disse eu.

May disse lembrar-se de quando eu rabiscava palavras para que ela praticasse.

— Eu sabia o quanto você amava as palavras, mamãe, e queria amá-las também.

— O que aconteceu com os Witherspoons?

Eles foram atrás de May, mas a família que lhe dera abrigo buscou ajuda do abolicionista Granville Sharpe, que foi duro com os Witherspoons, lembrando-lhes que não tinham direito de deter um negro depois que este tivesse se livrado de sua posse. Disse que os humilharia na corte caso insistissem. Os Witherspoons mudaram-se para Montreal para abrir um serviço de remessas e ela permaneceu em Londres.

No dia seguinte, May levou-me à escola onde lecionava. Jornalistas seguiram-nos até lá e assistiram, durante horas, enquanto eu passei o dia com trinta crianças africanas que aprendiam a ler e escrever. As condições eram péssimas e havia poucos recursos, mas May contou-

-me que era muito melhor que o que os outros tinham. Muitas crianças brancas sequer iam à escola. Quando os jornais falaram sobre minha visita, comecei a receber convites semanais para falar em uma escola, biblioteca ou igreja. Eu falava para negros e brancos. Falava sobre minha vida a quem se dispusesse a ouvir. Quanto mais gente soubesse, maior seria a pressão em favor da abolição.

Quando voltei a sentir calafrios, ninguém em Londres tinha casca de quina. A febre quase me arrebatou, mas May cuidou de mim durante meses. Sopa e pão, sopa e pão, sopa e pão, arroz e um pouco de carne de carneiro, quando eu conseguia. Eu parecia um esqueleto, mas tinha razão para viver, e, então, mais uma vez consegui me recuperar.

May e eu nos mudamos para um alojamento pago pelos abolicionistas. Eles alugaram dois quartos muito agradáveis, por quinze libras anuais, e contrataram uma cozinheira para fazer nossas refeições.

Em 1805, John Clarkson fez-nos uma visita e trouxe um novo mapa da África. A causa da abolição avançava, disse ele, e o comitê seria eternamente grato pelo meu trabalho.

— Vocês precisam de alguma coisa? — perguntou ele.

Pedi à May que nos deixasse sozinhos.

— Vocês não precisam mais me alimentar — disse eu a Clarkson —, mas peço-lhes que cuidem de minha filha. — Fiz com que ele prometesse que os abolicionistas sustentariam May até que ela completasse 25 anos, e que recebesse toda a educação complementar que desejasse.

— Ela é uma jovem eminentemente capaz, e nós lhe daremos uma base sólida — disse Clarkson.

— Ótimo — respondi.

— Espero que esta seja minha última discussão com você — ele disse —, pois você é uma bela negociante.

Eu sorri.

— Está no sangue.

Quando pedi aos abolicionistas que dessem à May boa educação, eles cumpriram. Quando instituímos nas igrejas, uma vez por semana, a doação de refeições para negros pobres, eles deram a comida. Mas, ao prepararem uma moção no Parlamento, consideraram apenas o tráfico de escravos.

— Um passo de cada vez — disse-me John Clarkson.

— Pule com os dois pés — disse eu. — Crianças fazem isso. Vocês também podem.

A escola de May expandiu-se, passando a contar com quarenta e depois cinquenta alunos. Ia tão bem e recebia tanto material e doações dos abolicionistas, que alguns estudantes brancos passaram a frequentá-la também. May mudou o nome da instituição para Academia Aminata, e eu fiquei conhecida como a grande *djeli* da escola. Todos os alunos sabiam que a palavra significava contadora de histórias, e aguardavam ansiosamente por nossos encontros às sextas-feiras. Eu sempre começava da mesma forma: Desenrolava um mapa-múndi, colocava o dedo em um ponto que havia assinalado, representando a aldeia de Bayo e dizia:

— Eu nasci aqui, e nós, agora, estamos aqui. Vou contar-lhes o que aconteceu nesse meio tempo.

Finalmente, eu terminei. Minha história está contada. Minha filha dorme no quarto ao lado do meu. De início, objetei ficar sozinha à noite, mas, gentilmente, May me contou que há um homem em sua vida, e que eles planejam ter um bebê. Arrume uma boa parteira, eu digo, pois minhas mãos andam trêmulas. E ela responde:

— Não se preocupe, mamãe, vai dar tudo certo.

May me diz que conseguiu um editor para minha história, mas os abolicionistas têm seu próprio editor e insistem em corrigir “alegações que não podem ser comprovadas”, e ela não sabe se aceita ou se prefere o homem que escolheu. Esse homem conhece a história de nossa gente? Eu pergunto. Sim, diz May. Sim. Olhe nos seus olhos e diga se ele é um bom homem, eu digo. Ela já fez isso e sabe que se trata de um bom homem — o editor é o seu noivo. Mas, diz ela, os abolicionistas reivindicam o direito de publicar sua história. Eu bato os pés. Eles doem. A febre voltou e meus ossos queimam. Na próxima vez, se houver uma próxima vez, porei os pés no chão delicadamente. Digo à minha filha, em um tom de voz que mal consigo ouvir, que agradeça os abolicionistas pela comida e pela casa, e aos contribuintes, pela escola de May, pois, sem educação, as esperanças de nossas crianças se extinguem, mas que minha história é a minha história e será publicada por aquele que sustentará minhas palavras.

— Esse homem que vai se casar com você — eu digo. — Quando irei conhecê-lo?

— Você já o conheceu, mamãe, mas esqueceu.

Escreva para minha amiga em Freetown, eu digo à May. Diga a ela que venha e que coloque Caroline em sua escola. May diz que, talvez, Debra deva ficar em Serra Leoa, que, talvez, Serra Leoa precise dela. Escreva de qualquer maneira, eu digo, e diga-lhe que eu a amo.

Eu gostaria de desenhar um mapa dos lugares onde vivi. Colocaria Bayo, e faria um longo traço, em vermelho, até o mar. Linhas azuis representariam as viagens pelo oceano. Não haveria elefantes no lugar de cidades, mas sim guinéus feitos com o ouro das minas da África, uma mulher equilibrando frutas na cabeça, outra com saquinhos azuis de remédios, uma criança lendo e as colinas verdes de Serra Leoa, terra de minhas chegadas e partidas.

Eles trazem-me os jornais e chá com mel, pois eu não saio mais. Parece que durmo a maior parte do tempo, e não consigo acompanhar a passagem dos dias. May diz ter notícias do editor e do cartógrafo, que trabalharão juntos e incluirão um mapa em meu livro de memórias. May e seu par estão se arrumando para a audiência de William Wilberforce no Parlamento. Eles acham que, desta vez, ele ganhará. É bom mesmo; eu o ajudei muito.

May beija minha testa e sai. A menina tem as pernas jovens e move-se como um ciclone. Eu, com os ossos em chamas, não consigo mais andar. Não atravessarei pontes, não embarcarei em navios, mas ficarei aqui, em terra firme, bebendo meu chá com mel, deitada nesta cama de palha. Não é uma cama ruim. Já vi piores. Eles me acordarão com as notícias quando voltarem.

Uma palavra a respeito da história

"O Livro dos negros" é fruto da minha imaginação, mas reflete minha compreensão dos legalistas negros e de sua história.

Em termos do número total de pessoas registradas e descritas, o verdadeiro Livro dos Negros é o maior documento único sobre os negros na América do Norte até o final do século XVIII. Contém os nomes e os detalhes de 3 mil homens, mulheres e crianças negras, que, após morar ou servir junto às linhas britânicas durante a Guerra Revolucionária Americana[36], viajaram da cidade de Nova Iorque para diversas colônias britânicas. Embora alguns tenham ido para a Inglaterra, Alemanha ou Quebec, a maioria dos que aparecem no livro desembarcou na Nova Escócia, estabelecendo-se em áreas como Birchtown, Shelburne, Port Mouton, Annapolis Roya, Digby, Weymouth, Preston, Halifax, Sydney e outros lugares. Deve-se notar que alguns legalistas navegaram da Carolina do Sul, e muitos, provavelmente, escaparam por outros meios para as colônias britânicas, longe dos olhos intrometidos dos inspetores que registravam os nomes no Livro dos Negros.

Neste romance, alguns trechos do Livro dos Negros são reais, enquanto outros foram inventados ou modificados. Os leitores que quiserem ver o Livro dos Negros poderão encontrá-lo, ou partes dele, nos Arquivos Públicos da Nova Escócia (*Nova Scotia Public Archives*), Arquivos Nacionais dos Estados Unidos (*National Archives of the United States*) e nos Arquivos Nacionais (*Public Records Office*) em Kew, Inglaterra. Pode também ser encontrado em microfilme no Arquivo Nacional do Canadá e por meio do endereço eletrônico oferecido pela Biblioteca do Canadá: <http://epe.lac-bac. gc.ca/100/200/301/ic/can_digital_collections/blackloyalists/index.htm>. O Livro dos Negros também se encontra no *The Black Loyalist Directory: African Americans in Exile After the American*

36 Guerra Revolucionária Americana é a Guerra da Independência dos Estados Unidos (N. do T.).

Revolution[37], editado e com a introdução de Graham Russell Hodges, Garland Publishing Inc., 1996.

Uns 3 mil legalistas negros chegaram à Nova Escócia em 1783 e cerca de 1.200 desistiram de continuar ali após dez anos de tratamento miserável na colônia britânica. Das costas de Halifax, eles formaram o primeiro grande êxodo "de volta à África" na história das Américas, navegando para fundar a colônia de Freetown, em Serra Leoa. Até hoje, os legalistas negros da Nova Escócia ainda são conhecidos como os fundadores do estado moderno de Serra Leoa. Como minha protagonista, Aminata Diallo, alguns nova-escoceses "aventureiros", como eram conhecidos, nasceram na África. Seu retorno, em massa, para a pátria mãe, em 1792, ocorreu décadas antes de antigos escravos americanos fundarem a Libéria, e mais de cem anos antes de Marcus Garvey, da Jamaica, tornar-se famoso por instigar os negros das Américas a voltar à África.

Os leitores gostarão de saber que em 1807 o Parlamento Britânico aprovou a lei que abolia o tráfico de escravos no ano seguinte. Nos Estados Unidos, a abolição do tráfico de escravos entrou em vigor em 1808, mas a escravidão foi abolida no Canadá e no Império Britânico todo apenas em 1º de agosto de 1834. Outros 31 anos passaram-se até que a décima terceira emenda da constituição dos Estados Unidos da América aboliu[38], oficialmente, a escravidão nos Estados Unidos em 1865.

Embora este trabalho esteja baseado em acontecimentos históricos, em alguns momentos eu os torci para que se adaptassem aos propósitos do livro. Citarei quatro dos principais exemplos: Primeiro, minha protagonista, Aminata Diallo, é paga pelo governo britânico para registrar os nomes de centenas de negros no Livro dos Negros em Nova Iorque em 1783. Meu entender é que os britânicos não contrataram escrivães particulares para esse trabalho, usando os oficiais de dentro de suas fileiras. Segundo, o primeiro motim do Canadá, no qual soldados brancos licenciados revoltaram-se contra os negros de Birchtown e Shelburne, Nova Escócia, ocorreu em 1783 e não 1787, como está no livro. Terceiro, Thomas Peters, o legalista que ajudou a organizar o êxodo de Halifax para Freetown, ao viajar para a Inglaterra a fim de denunciar os maus-tratos que os negros

37 Diretório do legalista negro: Afro-americanos no exílio depois da revolução americana (N. do T.).

38 No Brasil, a abolição da escravatura ocorreu em 1888, quando a princesa Isabel assinou a Lei Áurea (N. do E.).

sofriam na Nova Escócia, viajou para Serra Leoa e morreu logo após a chegada, mas não nas mãos de traficantes de escravos, como ocorre no livro. Finalmente, embora o tenente da Marinha Britânica, John Clarkson, tenha organizado o êxodo de Halifax para Serra Leoa, e navegado para Freetown com os "aventureiros" negros, ele não permaneceu na África durante o tempo em que eu o mantive ali.

John Clarkson e Thomas Peters são dois dos inúmeros personagens ficcionais inspirados em pessoas reais com os mesmos nomes. Outros são o irmão de Clarkson, Thomas Clarkson, o médico e abolicionista Alexander Falconbridge, o rei George III e sua esposa, a rainha Charlotte Sophia de Mecklenburg-Strelitz, o governador da Nova Escócia, John Wentworth e sua esposa, Frances Wentworth, bem como Sam Fraunces, dono da taberna, que alimentou George Washington e outros patriotas e cozinhou para o presidente após a Guerra Revolucionária.

Moses Lindo era um judeu sefaradita[39] de Londres, que chegou à Carolina do Sul em 1756. Em Charles Town, tornou-se membro da *Kahal Kadosh Beth Elohim*, uma das mais antigas congregações judaicas dos Estados Unidos. Eventualmente, Lindo tornou-se inspetor oficial do índigo na província da Carolina do Sul. Para este romance, tomei emprestados, apenas, o sobrenome de Lindo e seu interesse pelo índigo; todo o resto a respeito de meu personagem ficcional Solomon Lindo é inventado. No seu caso e no de todos os outros personagens de "O livro dos negros", tomei total liberdade de criar atos, eventos, circunstâncias e diálogos imaginários.

39 Diz-se de, ou judeu descendente dos primeiros israelitas de Portugal e da Espanha, expulsos, respectivamente, em 1496 e 1492; sefaradita, sefardita (N. do T.).

Leitura adicional

O texto contendo os livros mencionados como leitura adicional pelo autor Lawrence Hill está disponível. Baixe o aplicativo para ter acesso ao conteúdo a partir do QR code abaixo:

Sobre o autor

Lawrence Hill é filho dos ativistas dos direitos civis Donna Hill e Daniel G. Hill, um sociólogo descendente de africanos que foram escravos nos Estados Unidos. Crescendo em Toronto, durante os anos de 1960, Hill foi influenciado pelo trabalho dos pais, como pioneiros dos movimentos pelos direitos humanos no Canadá, a escrever sobre a história dos negros naquele país.

Hill começou sua carreira de escritor como repórter do jornal *The Globe and Mail*, e foi correspondente parlamentar do *Winnipeg Free Press.* Fala francês e espanhol e viveu e trabalhou no Canadá, em Baltimore (Estados Unidos), na Espanha e na França. Como voluntário da Canadian Crossroads International, viajou para a Nigéria, Camarões e Mali. É Bacharel em Economia pela Université Laval em Quebec e Mestre em Literatura pela The John Hopkins University em Baltimore.

Agradecimentos

Não posso começar a agradecer a todas as pessoas, algumas vivas, outras que escreveram diários, relatos de viagens e narrativas de escravos há mais de duzentos anos, de cujas palavras fiz uso para escrever "O livro dos negros". Ainda assim, desejo agradecer às pessoas, aos livros e às instituições que mais colaboraram.

Tive a ideia de escrever "O livro dos negros" enquanto lia um livro que havia roubado, portanto, começarei confessando o que peguei e onde encontrei. O livro era *The Black Loyalists: The Search for a Promised Land in Nova Scotia and Sierra Leone, 1783-1870*[40], e o autor era James W. St. G. Walker, um professor de história da Universidade de Waterloo, em Ontario. Peguei-o da casa de meus pais, Donna Hill e Daniel G. Hill, em Toronto. Papai escreveu seu nome na parte de dentro da capa, antes que eu saísse, mas não adiantou, pois isso ocorreu vinte anos atrás, e eu ainda estou com o livro.

O dr. Walker era amigo de meus pais (todos eles escreviam livros sobre a história dos negros no Canadá), e, mais tarde, tornou-se também meu amigo e conselheiro constante. Enquanto eu pesquisava para "O livro dos negros", ele respondeu inúmeras perguntas, apresentou-me a outros estudiosos e fez comentários em torno de um rascunho.

Por respeito ao dr. Walker e a todos os outros estudiosos que consultei, devo enfatizar que quaisquer imprecisões, intencionais ou não, são de minha inteira responsabilidade.

Paul E. Lovejoy, professor e pesquisador Emérito do Departamento de História da Universidade York e autor de *Transformations in Slavery: A History of Slavery in Africa* e de muitos outros livros, compartilhou comigo alguns de seus artigos a respeito de escarificação, escravidão e muçulmanos na África Ocidental. Comentou, ainda, cenários na África, sugeriu livros e artigos e forneceu detalhes acerca de audiências sobre a abolição da escravatura no Parlamento Britânico.

40 Os legalistas negros: A busca de uma Terra Prometida na Nova Escócia e na Serra Leoa, 1783-1870 (N. do T.).

Valentin Vydrine, autor do *Manding English Dictionary* e chefe do departamento africano do Museu de Antropologia e Etnografia de St. Petersburg respondeu muitas questões relacionadas a línguas e grupos étnicos no país da África Ocidental hoje conhecido como Mali.

Gordon Laco, especialista em navios, que trabalha como consultor de cineastas, teve a gentileza de oferecer conselhos para o romance, assim como meu amigo Chris Ralph, que passou anos a bordo, trabalhando em missões científicas.

Nicholas Butler, Diretor de Coleções Especiais da Biblioteca Pública de Charleston sugeriu e ajudou-me a encontrar muitos livros e artigos sobre a Charleston colonial. O dr. Butler deu-se ao trabalho de enviar-me uma boa quantidade de cartas, auxiliando-me e corrigindo-me em assuntos como etiquetas de identificação usadas pelos escravos, viagens em pequenas embarcações pelos canais do Low Country, a língua crioula, o uso da moeda, as roupas e os leilões dos escravos, a vida nas ruas e assim por diante. Ele deve ter respondido uma centena de perguntas, amável e pacientemente.

Gostaria de agradecer a assistência do Penn Center na Ilha de Santa Helena. Localizado no local de uma das primeiras escolas para libertação dos escravos americanos, o Penn Center é um museu e centro cultural que explora a história e a cultura do povo *Gullah*[41] nas *Sea Islands.* O pessoal do centro cultural mostrou-me o vídeo *Family Across the Sea*[42], produzido pelo South Carolina ETV (emissora de TV da Carolina do Sul), que documenta a ligação entre o povo gullah e seus ancestrais em Serra Leoa.

Durante toda a revisão do romance, tive a sorte de poder contar com as correções, o encorajamento e o aconselhamento regular de Ruth Holmes Whitehead, Curadora Emérita do Museu da Nova Escócia, e Cocuradora de sua exposição virtual Remembering Black Loyalists, Black Communities in Nova Scotia[43]. A dra. Whitehead passou os últimos dez anos pesquisando para o seu próximo livro sobre os legalistas negros da Carolina do Sul.

Cassandra Pybus, australiana e professora de história da Universidade de Sidney e autora de *Epic Journeys of Freedom: Runaway Slaves*

41 Os gullahs são afro-americanos que vivem na região do Low Country da Carolina do Sul e da Geórgia. Eles falam um inglês com base em língua crioula (N. do T.).

42 Família cruzando o oceano (N. do T.).

43 Relembrando os Legalistas Negros, Comunidades Negras na Nova Escócia (N. do T.)

of the American Revolution and Their Global Quest for Liberty[44], respondeu minhas perguntas sobre negros em Manhattan no século XVIII e indicou-me artigos.

Na Nova Escócia, Elizabeth Cromwell e Debra Hill da *Black Loyalist Heritage Society*[45] possibilitaram que eu tivesse acesso ao seu centro de pesquisas em Shelburne e apresentaram-me para descendentes de legalistas; Debra Hill conduziu-me em um passeio a pé no antigo assentamento de Birchtown, ao sul da costa da Nova Escócia. Em meus esforços para ler mais a respeito dos legalistas negros e seus primeiros dez anos na Nova Escócia, fui auxiliado também por Henry Bishop do Black Cultural Centre da Nova Escócia, que me deu uma cópia do diário de John Clarkson, Clarkson's Mission to America 1791-1792[46], e por Finn Bower, Doris Swain e Betty Stoddard, do Museu de Shelburne, que me guiaram em torno de numerosos livros e artigos de velhos jornais.

David Bergeron e Sophie Drakich, curadores do Currency Museum of the Bank of Canada[47] compartilharam textos de referência e responderam perguntas sobre moedas do século XVIII e outros meios de troca, tanto africanos quanto europeus, e Yann Girard fez um passeio comigo pelo museu.

Bibliotecários da Biblioteca Robarts da Universidade de Toronto mostraram-me mapas, atlas e outros documentos de referência. O pessoal da Biblioteca Pública de Burlington ajudou-me a encontrar artigos acadêmicos sobre as condições de vida dos escravos na Carolina do Sul.

Eu gostaria de agradecer ao Conselho do Canadá e ao Conselho de Arte de Ontário pelo subsídio financeiro.

Agradeço aos meus agentes literários Dean Cooke (no Canadá) e Denise Bukowski (mercado internacional), por apoiar este romance e levá-lo ao mercado com entusiasmo e profissionalismo.

Sou grato à minha editora, Iris Tulpholme, e aos seus maravilhosos companheiros da HarperCollins do Canadá. Iris queria este romance antes que ele fosse escrito, esperou pacientemente pelo rascunho, deu conselhos, fez revisões e, em suas notas e durante nossas conversas, sempre encontrou uma forma de ser tanto minuciosa quanto encorajadora.

---

44 Jornadas Épicas de Liberdade: Escravos Fugitivos da Revolução Americana e Sua Busca Global de Liberdade (N. do T.).

45 Sociedade da Herança dos Legalistas Negros (N. do T.).

46 Missão de Clarkson para a América — 1791-1792 (N. do T.).

47 Museu da Moeda do Banco do Canadá (N. do T.).

Gostaria também de agradecer a Lorissa Sengara pelos conselhos editoriais adicionais e a Allyson Latta, editora de texto, por seu cuidadoso trabalho.

Muitos amigos ajudaram-me durante este longo projeto. Agnés Ban't Bosch levou-me, cerca de trinta anos atrás, a começar uma série de viagens aos países da África Ocidental, como voluntário da Canadian Crossroads International[48]. Uma enciclopédia ambulante de conhecimento acerca de livros, línguas e cultura africana, Agnés deu-me sugestões e ofereceu-me um local isolado, onde pude escrever. Charles Tysoe leu os primeiros rascunhos, fez sugestões sobre assuntos ligados à religião, indicou livros úteis e plantou em mim a ideia que me levou a escrever o capítulo "Nations Not So Blest as Thee"[49]. Jack Veugelers, um velho amigo e professor de sociologia na Universidade de Toronto, trouxe-me artigos acadêmicos e acreditou no livro durante toda a sua gestação. Judith Major, Rosalyn Krieger e Sandra Hardie deram conselhos nos primeiros rascunhos. Barbara e John McCowan, Deborah Windsor e Ray Argyle, Michael e Cara Peterman, Laura Robinson e John Cameron, Conny Steenman-Marcusse e Al e Mary Lou Keith ofereceram-me as chaves de suas casas, todas com bons estoques de comida, café e boas cadeiras, para que eu pudesse trabalhar, durante longos períodos, sozinho. Randy Weir compartilhou comigo seu extenso conhecimento e sua grande coleção de livros sobre moedas do século XVIII nas Colônias britânicas e Peter Haase forneceu detalhes sobre prelos. A romancista Lauren B. Davis e seu marido, Ron Davis, deram perspectiva e encorajamento à medida que esta história ia tomando sua forma final.

E agora chego à minha família. Este é o primeiro livro que escrevo sem os conselhos de meu pai, Daniel G. Hill. Ele faleceu antes que eu tivesse feito muito progresso, mas seu amor por romances e pela história inspiraram-me para que prosseguisse. Minha mãe, Donna Hill, pôde, finalmente, dar alguns palpites em um dos meus livros, sem as interrupções de seu querido esposo. Sandy Hawkins, minha sogra, ajudou-me com a revisão e com muita pesquisa. Sandy e meu sogro, William Hawkins, ajudaram a cuidar dos meus filhos enquanto

48 Canadian Crossroads International é uma organização sem fins lucrativos dedicada à construção de um eleitorado de cidadãos globais comprometidos com voluntarismo, desenvolvimento internacional e ação social (N. do T.).

49 Nações não tão abençoadas quanto você (N. do T.).

eu escrevia e deixaram que eu usasse sua casa por longos períodos de trabalho. Minha irmã, Karen Hill, também fez pesquisas, e ela e meu irmão, Dan Hill, leram rascunhos e deram sugestões. A primeira pessoa a comentar o rascunho inicial do romance foi minha enteada Evie Freedman, que aos 10 anos já leu mais livros que a maioria dos adultos, inclusive eu. Evie encorajou-me a escrever sobre a infância de Aminata, em Bayo, e eu segui seu conselho. Geneviève Hill, minha filha mais velha e leitora entusiasta, comentou um dos rascunhos.

Neste aconchegante hospício que chamamos de lar, meus outros filhos, Beatrice Freedman e Andrew e Caroline Hill, não só suportaram meus desaparecimentos durante "O livro dos negros" mas também provaram ser bons ouvintes e proseadores à mesa do jantar. Admiro a energia com que todos os meus filhos conduzem a arte de viver e espero que minhas próprias paixões lhes sirvam de inspiração.

Eu não teria encontrado a força, a coragem e o tempo para terminar este romance sem o apoio carinhoso de minha esposa, Miranda Hill. Passar anos dentro da cabeça, sem garantia de emergir com um livro terminado, pode ser muito solitário. Miranda foi a pessoa com quem sempre pude conversar sobre como o livro estava andando — para frente, para trás, para os lados ou para lugar algum. Ela disse que me amava todos os dias de todos os anos que eu dediquei ao romance e alimentou e cuidou das crianças e de mim enquanto eu dedilhava o teclado. Quando estava pronto para compartilhar meus rascunhos, Miranda ofereceu sugestões práticas em todas as páginas. Miranda foi minha primeira editora, minha primeira crítica, minha maior apoiadora e minha grande mulher, por isso concedo-lhe toda a minha gratidão.

TÍTULO O livro dos negros

Equipe Editorial LINDSAY GOIS E LOURDES MAGALHÃES
Tradução DINA BLAJ SCHAFFER
Preparação e revisão de textos LINDSAY GOIS E PROJECT NINE
Capa PROJECT NINE
Projeto gráfico e diagramação DEBS BIANCHI | BIANCHERIA DESIGN ON & OFF E LARISSA CALDIN
Imagem de capa SHUTTERSTOCK

Dados Internacionais de Catalogação na Publicação (CIP)
(Câmara Brasileira do Livro, SP, Brasil)

Hill, Lawrence
O livro dos negros / Lawrence Hill ; tradução
Dina Blaj Schaffer. -- 1. ed. -- São Paulo :
Primavera Editorial, 2015.
Título original: The book of negroes.
ISBN 978-85-61977-69-6
1. Ficção norte-americana I. Título.

14-02936 CDD-813

Índice para catálogo sistemático:
1. Ficção : Literatura norte-americana 813

PRIMAVERA
EDITORIAL

Av. Queiroz Filho, 1700 - Vila B 37
05319-000 – São Paulo – SP
Telefone: +55 (11) 3034-3925
www.primaveraeditorial.com
contato@primaveraeditorial.com

O livro dos negros foi impresso
pela gráfica RR Donnelley
para Primavera Editorial
em Maio de 2015